# CAPITÁN RILEY

## FERNANDO GAMBOA

Fernando Gamboa

# CAPITÁN RILEY

«Todos nuestros loados progresos tecnológicos son como el hacha en manos de un criminal patológico»

*Albert Einstein*

«Mas el fin de todas las cosas se acerca»

*(1Ped 4:7)*

# Pingarrón

23 de febrero de 1937
*Valle del río Jarama*
*Madrid, España*

El sol acababa de ocultarse tras los huraños cerros que almenaban el horizonte, poniendo término, al fin, a aquel sangriento día de feroces combates en la sierra madrileña.

Las primeras estrellas despuntaban con aprensión en el cielo añil, asomándose al crepúsculo, condenadas a contemplar un día más el absurdo y violento mundo de los hombres. Un mundo en el que el sargento Alejandro M. Riley las observaba absorto desde el fondo de su trinchera, del mismo modo que durante años lo había hecho centenares de veces mientras trazaba un rumbo desde la oscilante cubierta de un navío en alta mar.

En esta ocasión, sin embargo, en su cabeza no había abatimientos, marcaciones ni derivas. Solo la necia fantasía de que los comandantes de ambos bandos, reclinados sobre un mapa de España, pudieran repartirse civilizadamente los pasos de montaña y los puentes con escuadra y cartabón, mientras los soldados permanecían en sus casas con sus familias, en lugar de estar abonando con su sangre aquella tierra vieja, ingrata y estéril.

Pensó también el sargento, con una mueca agrietada por el polvo y la mugre, que en caso de disputa incluso podrían jugarse el país a las cartas. Decidir el resultado de las batallas de aquella guerra civil tan cainita y brutal, con ases de bastos o reyes de oros. Tendría su gracia —esbozó una sonrisa sin humor, imaginándose la escena entre dos generales con las cartas en la mano—; «Escalera al siete, me quedo con Albacete».

Total, el resultado no podía ser peor del que ya era, y más de uno estaría de acuerdo. Y más de dos.

Pero no.

Había que hacerlo por las malas.

—La madre que los parió a todos... —masculló entre dientes con la mirada aún puesta en el cielo.

—¿Decía algo, sargento?

—Nada, mi capitán. —Se volvió sobresaltado, al darse cuenta de que lo había dicho en alto—. Que... no me gustan los toros.

El capitán John Scout, un buen hombre de aspecto cansado y pocas palabras que llevaba en las Brigadas Internacionales desde el inicio de la guerra, miró de reojo a su segundo, —ascendido unas horas antes, cuando una granada dejó al teniente Warner con las tripas al aire y una plaza vacante—, quien arrebujado en la cazadora de piel que distinguía a los miembros del Batallón Lincoln, se aferraba con ambas manos al máuser que apoyaba en el suelo, sentado junto a él en la penumbra de la tosca trinchera.

—Ya, claro —rezongó, sin necesidad de más aclaración.

A sus espaldas, trescientos metros más arriba, se encontraba la cima —por llamarla de algún modo— del cerro Pingarrón. Una patética colina sembrada de olivos carbonizados, cuyo único mérito era hallarse junto la carretera que iba de Arganda a Morata. Según el alto mando, la arteria que nutría de sangre a Madrid y sin la cual la capital de la República se vería asfixiada y sin posibilidades de sobrevivir a un asedio por parte del ejército rebelde. Claro que, como solía suceder en esos casos, el problema era que el enemigo tenía exactamente la misma opinión sobre la importancia estratégica de dicho enclave, lo que supuso que ambos bandos lucharan encarnizadamente por la posesión del Pingarrón como si del paso de las Termópilas se tratara, y en lo que iba de día, ya había cambiado de manos tres veces a costa de la vida de más de mil soldados. Más de mil soldados que ahora eran cadáveres, sembrando con su carne cubierta de moscas las faldas del maldito cerro y tiñendo de sangre fascista y republicana, en conspiradora fraternidad, aquel suelo acre y seco de la meseta central castellana.

A última hora de la tarde, unos y otros habían hecho una pausa en la carnicería para retirar a los heridos —a los muertos ya nadie se molestaba en sacarlos, o siquiera en contarlos—, pero ello suponía que, una vez apagado el furioso zumbido de los cazas que se batían sobre sus cabezas, detenido el escalofriante tableteo de las ametralladoras y acallados los obuses que habían caído sin pausa entre géiseres de polvo, carne y huesos. Una vez que el rugido de la guerra se detuvo, se empezaron a oír los gritos. Atroces gritos de dolor de hombres heridos, mutilados y moribundos, que en su último aliento llamaban a Dios o a sus madres mientras lloraban como niños perdidos.

Tratando de abstraerse de aquellos pensamientos, Alex Riley levantó de nuevo la mirada para contemplar lo que quedaba de la primera compañía del batallón, compuesto en exclusiva por jóvenes norteamericanos que un día se presentaron voluntarios en aquella primera guerra contra el fascismo que se libraba en España, pero que en ese momento hubieran cambiado la mitad de sus ideales por unos huevos con beicon, un café caliente y una manta.

El aspecto de aquellos muchachos imberbes —y vírgenes en su mayoría—, pero ya con decenas de muertos a sus espaldas, no podía ser más desolador. Casi todos estaban heridos de mayor o menor gravedad, cubiertos de sangre propia y ajena, oliendo a sudor, miedo y orines, exhalando nubes de vaho apretujados unos con otros, tratando de entrar en calor como sucios y macilentos corderos que se sabían a las puertas del matadero. Sumaban menos de la mitad de los que eran esa misma mañana, y en las pupilas de cada uno de ellos se podían leer los nombres de los camaradas y amigos que habían perdido. En un solo día habían matado, visto morir y vivido cien vidas. Nunca, ninguno de ellos, volvería a ser el mismo.

Alex dejó a un lado su fusil y se subió la cremallera de la cazadora, preparándose para el espantoso frío de la ya inminente noche, que de nuevo volvería a bajar de cero y se llevaría con ella a los más débiles. Hurgando en los bolsillos encontró unas migas del pan que repartieron el día anterior, y juntándolas en la sucia palma de la mano como a una recua de diminutas vacas se dispuso a comérselas. Sin embargo, se volvió hacia su capitán y alargando la mano le ofreció compartirlas.

—No, gracias, Alex —alegó el oficial, frotándose la barriga—. Creo que no me sentó bien la tarta de manzana del almuerzo.

Alex, que sabía que Scout no había comido nada en dos días, asintió con la cabeza.

—Es que en España no tienen ni idea de cómo hacerlas —coincidió circunspecto—. Siempre se les va la mano con el glaseado.

En ese preciso momento una sombra apareció desde la retaguardia zigzagueando con la cabeza gacha y, tras preguntar a un soldado varios metros más atrás, se acercó a donde ambos estaban.

Un mal presagio cruzó la mente de Alex, y cuando descubrió que se trataba de un mensajero y que de su pequeño zurrón sacaba una carta que entregó al capitán, el presagio se convirtió en terrible sospecha. De ahí a la fatídica certeza mediaba solo el contrariado suspiro de su oficial y la forma en que este lo miró justo antes de abrir la boca.

—Nos ordenan que tomemos las posiciones enemigas —dijo con resignado fatalismo.

—¿Cuándo?

—Ahora.

—Pero...

—Lo sé.

—Mierda.

—Prepara a los hombres —ordenó, sacudiéndose la guerrera y asumiendo de nuevo el papel de oficial al mando—. Y por los clavos de Cristo, cambia esa cara, que hemos de dar ejemplo.

—Lo que usted ordene, mi capitán —afirmó tras inspirar hondo, tratando de que el aire frío le insuflara la fuerza necesaria para acercarse a sus compañeros de armas y pedirles un último esfuerzo, un penúltimo sacrificio.

El sargento Riley se incorporó trabajosamente, y procurando no asomar la cabeza por encima del parapeto, se aproximó a los exhaustos soldados que alfombraban la trinchera recostados unos sobre otros.

—Camaradas... —dijo alzando la voz para que todos le oyeran—. El alto mando acaba de ordenarnos que retomemos el cerro. Así que comprobad los fusiles, recoged la munición y poneos bragas limpias. Esta noche dormiremos en las trincheras fascistas.

Una retahíla de bufidos, quejas y velados improperios recorrieron lo que quedaba de la maltrecha compañía. Alex Riley compartía aquellos reproches, y sabía tan bien como ellos que sus vidas valían más que todos los Pingarrones del mundo juntos. Pero habían recibido una orden, y aunque eran soldados voluntarios en una guerra que no era la suya, en un país que no entendían, como carne de cañón en un improvisado ejército liderado por incompetentes generales a los que detestaban casi tanto como al enemigo, no les quedaba más remedio que obedecer y rezar para llegar vivos al día siguiente.

—No quiero oír ni una protesta más —atajó Alex, endureciendo el tono—. Hemos venido aquí a luchar y a morir si es preciso. Así que dejad de comportaros como unas señoritas remilgadas y coged vuestros fusiles. El enemigo está ahí arriba —señaló hacia la cumbre, tratando de arengarlos—, a solo unos cientos de yardas. Son los que hoy han matado a Lipton, a Hicks, a Paletti... a todos nuestros camaradas, que ahora están ahí fuera, pudriéndose, asesinados por defender la libertad. ¿Dejaréis que sus muertes hayan sido en vano? —Y paseando la mirada entre los rostros demacrados, añadió con una mueca feroz—: ¿No creéis que se merecen una buena venganza?

Esa era la palabra clave: venganza. A esas alturas de la guerra, los ideales ya no valían ni el papel en que estaban escritos. Cuando la muerte se convierte en una presencia diaria, real, palpable como el hambre en las tripas, y los amigos caen uno tras otro para ya no volver a levantarse, los soldados dejan de luchar por una causa, una bandera o un trozo de tierra. Lo hacen tal como lo hicieron los espartanos, los macedonios o los romanos, cientos o miles de años atrás, por el hombre que tienen a su lado. Luchan por su vida y por la de sus compañeros, por aquellos que saben que también darán su vida por ellos y les vengarán si es preciso. Al final todo se reduce a eso, y el sargento Riley, de profesión marino mercante y que no llevaba ni un año siendo soldado, ya lo sabía por experiencia propia.

—¡Vamos! ¡Arriba! —insistió, viendo cómo los primeros comenzaban a ponerse en pie con cansancio—. Que nadie pueda decir jamás que en el Batallón Lincoln hubo un solo cobarde. Acabaremos con esos hijos de puta fascistas. ¡Por nuestros hermanos caídos! —gritó al fin, alzando el fusil por encima de la cabeza—. ¡Por la libertad!

—¡Por nuestros hermanos! —corearon los soldados, imbuidos de un súbito coraje impensable minutos antes—. ¡Por la libertad!

Fue entonces cuando el capitán Scout se aproximó a ellos y tras cruzar una breve mirada con su sargento desenfundó su Colt del 45 y se volvió hacia sus hombres.

—¡Primera compañía! —gritó, encaramándose sobre el parapeto— ¡Adelante!

Y no bien había terminado de decir la última sílaba, que una ráfaga de ametralladora barrió las defensas y el capitán Scout cayó de bruces en la trinchera, ya muerto, con tres agujeros de bala atravesándole la espalda.

Tras un breve instante de desconcierto, Alex Riley comprendió que acababa de ser ascendido y que la suerte de los soldados que miraban atónitos el cadáver desmadejado del capitán, ahora estaba en sus manos. Durante un segundo, escuchando como las balas del nueve largo zumbaban sobre su cabeza, se planteó desobedecer la orden de ataque y salvar la vida de muchos de aquellos hombres. Hombres que, comprendiendo cuál era la línea de sucesión en la cadena de mando, lo observaban con preocupado interés, atentos a cuál iba a ser su primera decisión.

Alex, a su vez, también los miraba a ellos. Reparó en el soldado Curtis de Seattle, que se alistó siguiendo a su hermano mayor en su cruzada personal contra el fascismo, y que ahora era hijo único. En el soldado Hall de Vermont, impecable con la boina azul y su chaqueta de cuero hasta el punto de parecer que venía de dar un paseo por el parque, y que le hizo merecedor del apodo «el pulcro». O el cabo Joaquín Alcántara, un gallego al que todos llamaban Jack y que siendo un niño emigró a los Estados Unidos de la mano de sus padres, echó raíces en Nueva York, y en cuanto supo del golpe de estado militar en la tierra que lo vio nacer, dejó su trabajo como chef en un restaurante de la setenta y cinco con Ámsterdam para alistarse en la Brigada Lincoln. Cuando lo conoció, debía pesar sus buenos ciento treinta kilos y aún no se explicaba cómo pudo superar el examen físico, pero con el tiempo demostró poseer una inimaginable agilidad, fuerza, resistencia y, sobre todo, un valor y una lealtad como pocas veces había visto.

—Cabo —dijo, dirigiéndose precisamente a él—, ahora es usted el segundo al mando. Si algo me sucede… Bueno, ya sabe.

—Lo sé, mi sargento. Esperemos que no se dé el caso.

—Yo también lo espero, Jack. Yo también lo espero.

El corpulento cabo, quien aun habiendo perdido quince o veinte kilos seguía disfrutando de una rotunda humanidad, se giró primero hacia sus compañeros, que se apretujaban en la trinchera temblando de frío y miedo, y luego hacia su superior.

—Entonces… ¿cuáles son sus órdenes?

Riley inclinó la cabeza hacia atrás, respiró hondo, exhaló y descorrió el cerrojo del máuser para cargar la primera bala en la recámara.

—Tenemos un trabajo que hacer —respondió, ocultando el temor en la voz—. Y por nuestro honor y el de nuestros muertos —miró el cuerpo inerte del capitán—, juro por Dios que vamos a hacerlo.

# 1937-1941

Dos años después de la batalla del cerro Pingarrón, la mañana del 1 de abril de 1939, el general rebelde Francisco Franco —quien desde ese día y durante los siguientes cuarenta años iba a ejercer como dictador absoluto sobre una España devastada por tres años de guerra fratricida—, declaró en un breve parte radiofónico que la guerra había terminado.

Aquel conflicto se había saldado con más de trescientos mil muertos entre ambos bandos —dos terceras partes civiles, y más de la mitad víctimas de represalias a manos de los fascistas—, y la victoria inapelable de Franco y sus tropas, en parte gracias a la decisiva ayuda militar y económica de los regímenes de Mussolini y Hitler.

A los cinco meses de finalizar la guerra civil española, comenzó la segunda guerra mundial.

El 1 de septiembre de 1939 las tropas alemanas invadieron Polonia y se desató la guerra en Europa. En el transcurso de los siguientes dos años, los ejércitos nazis conquistaron un objetivo tras otro y parecían imparables en su avance hacia el este, donde las fuerzas de Stalin se habían replegado hasta las mismas puertas de Moscú. Mientras, en el frente occidental, Bélgica y Holanda habían sido borradas del mapa y la *Wehrmacht* desfilaba ampulosa por las calles de París con la complicidad del gobierno títere del general Pétain. Gran Bretaña, el último bastión aliado en el viejo continente, resistía los intensos bombardeos a los que era sometida a diario, sobreviviendo solo gracias al frágil sustento de los convoyes que, sorteando a los temibles submarinos alemanes, llegaban desde el otro lado del Atlántico cargados de víveres y armas.

Estados Unidos, sin embargo, y a pesar de la ingente ayuda material y financiera que ofrecía a los Aliados, seguía declarándose neutral y su presidente Franklin Delano Roosevelt se mostraba renuente a enfrentarse a Hitler y su aparentemente invencible maquinaria de guerra.

Mientras tanto, en España, la dictadura del general Franco se mostraba abiertamente simpatizante con el régimen nazi, pero aun así neutral en aquel

10

terrible conflicto europeo que ya había pasado a ser de carácter mundial. El desolado país, gobernado con saña por los vencedores de la guerra civil, permanecía ajeno a lo que sucedía al norte de los Pirineos, sumido en una posguerra que para muchos estaba siendo más cruel aún que la propia guerra. A la escasez y la pobreza de una nación en ruinas se sumaba ahora la represión fascista, ejercida de forma sumarísima sobre todos aquellos sospechosos de haber simpatizado con el bando republicano.

Mucho tiempo atrás, sin embargo, antes incluso de que finalizara el conflicto, vencidos, decepcionados, ignorados por sus compatriotas y repudiados por un gobierno que los tachó de simpatizantes de los comunistas, casi todos los supervivientes de la Brigada Lincoln ya habían regresado a los Estados Unidos, con la esperanza de retomar sus vidas como civiles en un país en paz.

Casi todos.

# 1

21 de noviembre de 1941
*Golfo de Asinara*
*Norte de Cerdeña, Italia*

La mar en calma apenas era alborotada por una suave brisa del norte que, aunque no formaba más que unas pequeñas olas que chapaleaban desordenadas contra el costado de estribor del carguero, provocaba que los dos hombres que esperaban en cubierta, apoyados en la regala, se arrebujaran en sus gabanes. Era una noche sin luna, así que las estrellas se extendían hasta la invisible línea del horizonte y aun más allá, reflejándose en la superficie del Mediterráneo, como si no tuvieran suficiente espacio en el cielo y pretendieran extender su dominio también sobre los mares.

Del hombre de la derecha, aun en la casi absoluta oscuridad —solo las luces de posición de la nave permanecían encendidas—, saltaba a la vista su desproporcionada corpulencia en relación a la estatura. Visto de cerca se descubría un grueso y maltratado abrigo azul, un gorro de lana con una graciosa borla, y bajo este un pelo castaño que empezaba a ralear en la coronilla, pero que se prolongaba por las patillas hasta una espesa barba que enmarcaba un rostro de facciones amables y dóciles. Los melancólicos ojos grises y las rollizas mejillas sin duda reforzaban tal impresión, aunque la boca, estirada en un amago de burla irónica como si acabaran de contarle un chiste que solo él hubiera entendido, revelaba una personalidad sarcástica tras esa engañosa apariencia bobalicona.

Junto a él, un hombre más alto y delgado, enfundado en una cazadora de piel surcada de remiendos y en la que aún podían distinguirse viejas marcas de insignias y galones arrancados, se frotaba las manos para entrar en calor. Sus inquisitivos ojos color miel parecían penetrar la densa oscuridad como los de un gato, mientras los músculos en tensión de la fuerte mandíbula revelaban un carácter decidido. Un rasgo que en su momento le costó la cicatriz que cruzaba su pómulo izquierdo cuando, en una cantina portuaria, alguien le cortó la cara con una botella rota al tratar de defender el buen nombre de una dama. Una dama que luego resultó no ser tal ni preocuparse en exceso por su buen nombre pero que, a cambio, supo agradecer con creces cada gota de sangre derramada por ella.

Como recordando aquel lejano episodio, se rascó la mejilla rasposa por la barba de dos días mientras con la otra mano consultaba el reloj de pulsera. El ligero viento alborotaba su ensortijado pelo negro —herencia de su madre, como la ancha mandíbula lo era de su padre—, pues no llevaba un gorro como su amigo, y ni tan siquiera la gorra de capitán que hubiera debido lucir al menos mientras permaneciera en cubierta, ya que al fin y al cabo, ese era su barco.

—Llegan tarde —murmuró el hombre más corpulento llevándose una pipa encendida a la boca, haciendo que el tabaco crepitara en la cazoleta.

—Son italianos, Jack —apuntó el capitán—. No esperarías que llegaran exactamente a medianoche, ¿no?

—Pero eso no significa que...

El primer oficial cortó en seco su réplica al oír una voz de mujer que, con marcado acento francés, avisó desde la cabina del puente.

—Ya vienen, *capitaine* —informó con un tono casi musical—. Por la aleta de babor.

—Está bien, Julie. Avisa a tu marido y a Marco para que ocupen sus puestos.

—Enseguida —contestó alegre, como si la acabaran de invitar a una fiesta.

Alzando la vista hacia el firmamento, Alex Riley inspiró profundamente y llenó los pulmones de aire salobre, lo retuvo durante unos instantes y luego lo exhaló lentamente para calmar los nervios.

—En fin... —murmuró para sí, mientras se preparaba para recibir al barco que se acercaba desde la costa—. Allá vamos.

En cuestión de una hora, el barco italiano, un descascarillado pesquero de madera de dieciocho metros con restos de pintura verde y blanca que desprendía un fuerte tufo a pescado, ya se encontraba abarloado al costado de babor, y treinta de las treinta y dos cajas de madera del cargamento ya habían sido trasladadas de una bodega a otra, con la ayuda de la grúa del carguero y de los cinco desarrapados marineros que tripulaban la pequeña nave.

Extrañamente —sobre todo tratándose de marineros italianos—, los supuestos pescadores no cruzaron una palabra entre ellos en todo ese tiempo. Quizá porque no había nada que decir, pensó Riley, sin darle mayor importancia. Pero por otra parte, el patrón del Madonna di Campello, que se presentó sencillamente como Pietro, no había parado de otear el horizonte mientras daba caladas inquietas a un cigarrillo tras otro, y Alex hubiera jurado que, con disimulo, había dirigido gestos a sus hombres para que se tomaran el trasvase de mercancía entre ambos barcos con más calma de la necesaria.

A pesar de la intensa actividad, solo se escuchaban los pasos sobre cubierta y el rítmico crujir del costado de madera del pesquero, rozando contra el casco de acero del Pingarrón, un navío de carga costero de cuarenta y cinco metros de eslora, ocho de manga y con una superestructura de dos cubiertas en el tercio de popa. En la primera de dichas cubiertas se encontraban los camarotes y un pequeño almacén, mientras en la superior se hallaba la casamata del puente de mando del buque además de, en un amplio y diáfano espacio justo detrás, la sala de mapas, la cocina y el comedor. Todo ello a la sombra una solitaria chimenea sin emblemas que coronaba la superestructura. Las cuatrocientas veinte toneladas de desplazamiento en vacío del buque le permitían transportar un peso casi equivalente en mercancía, lo que lo convertía en un estupendo navío de cabotaje. Construido en Escocia en 1929 por los astilleros Harland & Wolff, y bautizado como Inverness, desde hacía tres años este barco diseñado originalmente para el transporte, tendido y reparación de cables submarinos, navegaba ahora bajo bandera española con otro nombre, otra dotación, y otro capitán que se dedicaba a un negocio mucho más provechoso en tiempos de guerra que el de los cables submarinos.

Justo al depositar la última caja sobre la cubierta del Pingarrón, escrupulosamente revisada como todas las anteriores por Joaquín «*Jack*» Alcántara, Alex le hizo entrega al patrón italiano de un abultado sobre lacrado. Aquel lo sopesó primero, luego lo abrió y sacó de él un buen fajo de francos suizos que comenzó a contar con exasperante lentitud, se equivocó un par de veces y tuvo que volver a empezar entre ademanes de disculpa.

Justo cuando Alex estaba a punto de ofrecerse él mismo a contar los billetes, Julie, que se había mantenido oculta hasta ese momento, se asomó de nuevo por un ventanuco del puente y, señalando hacia el sur, dio la voz de alarma:

—*Capitaine!* ¡Tenemos compañía!

Alex corrió hacia la popa oliéndose lo peor. Encaramándose a la escalerilla del puente descubrió cómo, hendiendo la noche con sus focos, se aproximaba a toda máquina una lancha patrullera que de seguro no estaba allí por casualidad. Aún se encontraba a unas diez millas de distancia, pero a esa velocidad sería cuestión de minutos que los alcanzaran.

—Son los *carabinieri* —avisó a su segundo—. Corta las amarras y ordena a Julie que ponga rumbo norte, a toda máquina.

—Pero ¿cómo demonios nos han encontrado? —protestó Jack mientras se alejaba.

—Creo tener una ligera idea —dijo Alex, volviéndose con cara de pocos amigos hacia los pescadores que, ya de regreso en su propio barco, los observaban tranquilamente como si la cosa no fuera con ellos.

—Lo siento mucho, capitán —fingió disculparse el patrón italiano—. Pero son tiempos difíciles —y con un gesto, hizo que sus hombres sacaran unos fusiles ocultos entre los aparejos y les apuntaran a él y a Jack—. La patrullera llega tarde, pero a tiempo para resolver este negocio satisfactoriamente.

Alex levantó las manos y meneó la cabeza como si se sintiera decepcionado, pero luego sonrió sin ganas, dándose la razón a sí mismo de que aquello tenía que pasar.

—Supongo que os repartiréis el botín, ¿no? —inquirió—. ¿Cómo lo habéis hecho? ¿Cincuenta y cincuenta? ¿Cuarenta y sesenta?

Pietro sonrió, desenfundó una Luger y apuntó también a Alex desde su cubierta.

—En realidad —respondió fríamente—, el dinero, la carga y la recompensa será para nosotros, y vuestro barco y las medallas para ellos —dijo señalando hacia atrás con el pulgar.

—Estás cometiendo un error.

—Yo no lo creo.

—Muy bien… como quieras —y sin girarse, exclamó—: ¡Caballeros, hagan el favor!

Para sorpresa de los pescadores italianos, que no daban crédito a lo que veían, de seis de los ojos de buey de la superestructura del Pingarrón asomaron simultáneamente otros tantos cañones de fusil, mientras por el tambucho de la cubierta de proa emergía un tipo de casi dos metros con aspecto de boxeador retirado: pelo rapado, nariz torcida, boca cruel y la mirada despiadada de alguien que no siente excesivo apego a la vida —a la vida ajena, para ser más precisos—. El fulano, con abrigo del ejército yugoslavo y pantalones de los *Afrika Korps*, apareció fumándose un humeante puro, mientras sostenía como si tal cosa una metralleta Thomson apoyada en la cadera derecha y un cartucho de dinamita en la mano izquierda. Un cartucho cuya mecha arrimó despreocupadamente al puro, hasta que esta se encendió y empezó a soltar chispas mientras se consumía en dirección al explosivo.

—Bien —dijo entonces el capitán Riley, bajando las manos y desenfundando un Colt 45, recuerdo de la Guerra Civil—. Tengo a seis hombres apuntándote con rifles y a un mercenario medio loco con un cartucho de dinamita que está deseando utilizar. Supongo que eso cambia un poco las cosas, ¿no?

El patrón italiano se quedó de una pieza, y a sus marineros les faltó tiempo para tirar las armas al suelo cuando comprendieron que no tenían nada que hacer, ya que si la dinamita caía sobre su frágil barco de madera volarían en mil pedazos.

—Los *carabinieri* te atraparán —esgrimió como última amenaza el patrón del pesquero.

—Puede —replicó Alex, lanzando al agua la pasarela que los unía—. Aunque quizá, para cubrir el expediente, esta vez se conformen con incautar un pesquero de contrabandistas locales. —a continuación les dio la espalda como si ya no estuvieran allí, y se encaminó al puente sin perder un instante.

Jack estaba cortando el último cabo con un hacha cuando los dos motores diesel Burmeister, de quinientos caballos cada uno, comenzaron a rugir y hacer girar las hélices gemelas en sentidos opuestos.

—A toda máquina —le dijo Alex a la piloto francesa en cuanto entró en el puente de mando, aún con el pomo de la puerta en la mano—. Esa lancha que viene es mucho más rápida que nosotros.

—Lo sé, *capitaine*. —Llevó la palanca de potencia a la posición de «Avante toda», se asomó al intercomunicador y, como si estuviera pidiendo la carta en un restaurante, dijo con exagerada dulzura—: Mi amor… ¿podrías regalarme un poquito más de potencia, *s'il vous plaît?*

—Eso está hecho, princesa —contestó el eco de una voz desde la sala de máquinas.

—*Merci.* —Sonrió al micrófono y le lanzó un beso.

En ese momento Marco Marovic irrumpía en el puente, todavía sujetando la ametralladora y el cartucho de dinamita.

—Maldita sea, pero qué empalagosos que sois —murmuró, escupiendo como si tuviera un pelo en la boca.

Alex se giró hacia el yugoslavo y comprobó atónito que aún llevaba prendida la mecha de la dinamita.

—¿Pero qué diablos haces todavía con eso encendido?

—Es que estaba pensando en que aún estamos a tiempo de volar el barco de esos bastardos.

—No, Marco. Tenemos la mercancía, no vamos a volar nada ni a nadie.

—Pero serviría como ejemplo, y además, esa lancha de los *carabinieri* tendría que detenerse a recogerlos.

Alex alargó la mano y arrancó la mecha del cartucho con un rápido gesto.

—Déjate de historias y ven a ayudarme a preparar la liebre. Y apaga de una vez ese puro apestoso.

—¿La liebre? ¿Otra vez? —protestó, aplastando el puro contra la barandilla—. Ya sabes que la última vez no funcionó.

—Esta vez lo hará —replicó ceñudo—. Y te he dado una orden. ¿Qué coño hacemos aquí discutiendo?

Con un gruñido el mercenario se dio la vuelta seguido de cerca por Alex, y en la escalerilla que bajaba a cubierta se cruzaron con la gran humanidad de Jack, al que el capitán dejó al mando del puente.

Sin perder un instante Alex se encaramó a uno de los dos pequeños esquifes de popa, y tras colocarle un mástil en el centro empezó a trastear con unos cables y una batería.

—¡Marco! —gritó al yugoslavo—. ¡Alcánzame la pértiga! —Le señaló un delgado travesaño de casi ocho metros, con una bombilla en cada extremo.

A oscuras, pues ahora solo la luz de las estrellas iluminaba la cubierta, Marco agarró el listón y se lo pasó a Alex que, tras asegurarlo para que no cayera y sin detenerse, accionó los cabestrantes que hacían descender la chalupa hasta que esta se posó en el agua tres metros más abajo.

Con movimientos febriles y casi a tientas, el antiguo sargento del Batallón Lincoln ató el listón perpendicular al mástil, conectó un par de cables más a la batería y le hizo una señal a Marco levantando el pulgar.

Imitándolo, Marovic hizo el mismo gesto para que lo vieran desde el puente, donde Jack a su vez accionó un interruptor que mezclaba queroseno pulverizado con el humo de la chimenea, y creaba una suerte de niebla artificial. Una niebla que, al extenderse tras la popa del barco, les haría virtualmente invisibles durante unos minutos para cualquiera que los estuviera siguiendo, algo que aquella noche sin luna y con los *carabinieri* pisándoles los talones, podía suponer la diferencia entre acabar o no disfrutando de la hospitalidad de una cárcel italiana.

Entonces Jack se asomó por un ventanuco del puente para ver a su viejo amigo bregando con el bote, y haciendo el gesto de una tijera con los dedos a Julie, sin necesidad de palabras, le indicó que apagara las luces de posición de la nave. En cuanto esto sucedió, Alex conectó la batería de la chalupa y otras tres luces se encendieron: una verde y otra roja a cada extremo de la larga pértiga, a estribor y babor, y una blanca en lo más alto de un mástil desproporcionadamente alto, aproximadamente en la misma posición en que esas luces se encontraban situadas en el Pingarrón.

Seguidamente fijó el timón, puso en marcha el pequeño motor que empujaría el esquife en dirección sureste y, tras soltar la amarra que lo mantenía sujeto al carguero, se encaramó por la escala de cuerda y dejó que la lancha se alejara entre la niebla artificial, en dirección opuesta a la que tomaban ellos.

Procurando no perder pie en la escala, Alex subió de nuevo a cubierta ayudado por Marovic, se apoyó en la borda y observó cómo las tres falsas luces de posición se perdían en la oscuridad.

—Ya está echado el anzuelo —dijo volviendo la vista atrás—. Ahora queda esperar que piquen.

—Muy primos han de ser —rezongó el mercenario, poco confiado en la eficacia del señuelo—, para que no se den cuenta de que esos no somos nosotros.

El capitán se volvió a medias hacia Marovic y estudió de soslayo el perfil del hombre que afirmaba haber sido un *chetnik*. Un partisano contra la ocupación de Yugoslavia que había combatido contra las fuerzas del Eje, hasta que su unidad fue aniquilada, y él, como único superviviente, logró alcanzar la costa y llegar a Malta como polizón a bordo de un carguero. Una épica historia que, sin embargo, hacía aguas por todas partes y nunca era igual en cada ocasión que la contaba. Había que ser muy crédulo para suponer que Marovic había luchado alguna vez por algo que no fuera él mismo. Aunque, al fin y al cabo —pensó Riley—, eso tanto daba. Lo había contratado como «figura disuasoria», para dar algo en que pensar a cualquiera que tratara de jugársela. Y lo cierto es que aquella montaña de músculos de mirada demente cumplía su papel a la perfección.

—Si supieras algo de matemáticas... —murmuró Alex, al observar cómo la embarcación de la policía cambiaba de rumbo y se alejaba de ellos, apuntando una sonrisa torcida—, sabrías que el número de primos es infinito.

# El Almirante

El despacho del almirante era de una austeridad prusiana, casi ascética, sobre todo en comparación con los de los miembros del partido, quienes no dudaban en hacer ostentación de su jerarquía colgando del techo lujosas lámparas de araña o decorando sus oficinas y salones privados con piezas artísticas requisadas en museos de Ámsterdam, París o Praga.

La única concesión al lujo en aquel sobrio despacho de la calle Tirpitzufer, 74 era una magnífica alfombra de seda persa justo en mitad del despacho, regalo de un banquero español, flanqueada por dos cómodos sofás de cuero negro y sobre la que dormitaban dos dachshund que jamás se separaban de su amo, y a los que, según se rumoreaba, el almirante quería casi tanto como a sus hijas.

Cuadros que rememoraban escenas de batallas navales de la Gran Guerra —sobre todo la Batalla de Coronel, que vivió en primera persona en las costas de Chile—, en recuerdo de la época en que sirvió como oficial en la marina, ocupaban tres de las paredes, y solo en la del fondo, justo tras la mesa de trabajo, estas heroicas pinturas de carácter naval habían dejado sitio a otra mucho menos evocadora. El Führer Adolf Hitler aparecía retratado sobre fondo negro con su uniforme de comandante supremo, las manos cruzadas a la espalda, la mirada fija en el infinito y un porte mucho más intrépido, del que todos los que le conocían en persona sabían que lucía en realidad.

Sobre la superficie del escritorio de cedro que presidía el despacho se amontonaban varias carpetas con el omnipresente marchamo del águila y la esvástica, mientras en su esquina izquierda un pequeño mástil enarbolaba el emblema de la Abwehr, el Servicio Secreto del Estado Mayor, del que ostentaba la jefatura.

El hombre sentado tras aquella mesa, de mediana estatura, delgado y de cincuenta y cuatro años de edad que solo delataban las arrugas bajo sus afables ojos azules, se mesaba las canas mientras estudiaba el documento que sostenía entre las manos. A pesar del día inusualmente caluroso para aquella época del año, mantenía perfectamente abrochado el botón del cuello de la camisa y bien anudada la corbata, bajo el elegante traje de lana gris hecho a medida que llevaba puesto esa mañana —a despecho de su rango, el almirante detestaba los uniformes—, y ni el más mínimo rastro de sudor perlaba su frente.

Unos nudillos golpearon la puerta del despacho. Esta se abrió sin esperar respuesta, y en ella apareció un joven teniente de la marina de actitud exaltada.

—*Hail Hitler!*—exclamó con un furioso taconazo y levantando el brazo con la mano extendida.

Los dos perros alzaron la cabeza y estudiaron al recién llegado con sus ojos eternamente tristones. Ya estaban acostumbrados a las teatrales irrupciones de aquellos enfáticos oficiales, así que pronto perdieron el interés y regresaron a su interrumpida siesta.

—*Hail Hitler...* —contestó el ocupante del despacho, con mucho menos entusiasmo y apenas levantando la mirada de la mesa.

—¿Me permite, almirante? —dijo el recién llegado, mirando en posición de firmes un punto en alguna parte de la pared del fondo.

—Adelante, Müller —lo invitó con un gesto—. Tome asiento.

Obediente, el oficial se sentó en la silla más cercana de las tres que flanqueaban la mesa.

—Almirante —dijo sin preámbulos—, he recibido un informe de nuestro agente en el Reichstag.

El hombre tras el escritorio se reclinó en su asiento con el corazón súbitamente acelerado, aunque este hecho hubiera resultado imperceptible para cualquier observador debido a la máscara inescrutable que era su rostro.

Parpadeó un par de veces antes de preguntar:

—¿Lo tiene?

En lugar de contestar, el oficial le entregó un sobre lacrado sin marca ni identificación alguna.

El almirante lo tomó casi con reticencia, rompió el lacre y extrajo de su interior una sola hoja garabateada a mano con urgencia.

La ojeó con rapidez, y fingiendo indiferencia, volvió a guardarla en el sobre.

—Gracias, teniente —murmuró el almirante, dejando el sobre en la mesa—. ¿Algo más?

—Verá, señor… —balbuceó, azorado—. Tras enviar esta nota, nuestro hombre ha… desaparecido.

—¿Qué quiere decir con desaparecido?

—Intenté contactar con él por los canales seguros, pero no fue posible. De modo que hice unas discretas averiguaciones, y aunque oficialmente no consta, parece que ha sido detenido y conducido a los sótanos de Prinz Albrechtstrasse.

Nadie salía con vida de aquellos sótanos en la sede de la Gestapo. El almirante Canaris rogó mentalmente por el alma de aquel desdichado, y porque hubiera tenido el valor de tragarse la cápsula de cianuro antes de que comenzaran a torturarle.

—¿Cree... que habrá hablado? —quiso saber el teniente, incapaz de ocultar su preocupación.

—No estaríamos aquí de haber sido así, ¿no le parece?

—Por supuesto, almirante —contestó, algo más aliviado.

Canaris miró el sobre de reojo por un instante, y se dirigió de nuevo al oficial.

—Ahora retírese.

—A la orden —contestó.

El teniente se incorporó como un resorte y se puso en posición de firmes.

—Ah, y teniente —dijo Canaris—. No hace falta que le recuerde que usted no me ha entregado ningún sobre. ¿No es así?

El aludido alzó las cejas con expresión aturdida.

—¿Qué sobre, señor?

—Así me gusta —asintió su superior, satisfecho—. Eso es todo de momento, Müller. Gracias.

El oficial propinó un nuevo taconazo y se dio la vuelta marcialmente para salir del despacho a grandes zancadas, seguido con desinterés por la perezosa mirada de los dachshunds.

Cuando el almirante se quedó de nuevo a solas, tomó el pequeño sobre, lo abrió con el temor de quien espera recibir una condena de muerte, y tras sacar la hoja de papel amarillento se dispuso a leerla por segunda vez.

Ya habían muerto tres de sus mejores agentes infiltrados en la Gestapo, mientras trataban de recabar en qué consistía la misteriosa operación secreta que se traían entre manos el Führer y Himmler, y de la que le habían dejado enteramente al margen. Sin duda porque no confiaban en él, a pesar del alto cargo que ocupaba. O precisamente por ello.

Pero eso ya era lo de menos. Lo que en principio había sido simple curiosidad profesional, y la certeza de que su supervivencia al frente de la Abwehr dependía de estar cabalmente informado sobre cualquier cosa que sucediera en Alemania, le había llevado a descubrir retazos de información que, por sí solos, no parecían relevantes, pero que reuniéndolos en una misma composición revelaban el diseño de un plan demencial, fruto de una mente enferma. Una operación tan inconcebible y aterradora que aún no era capaz de aceptar que realmente estuviera llevándose a cabo.

Los ojos del almirante releyeron la breve nota escrita a toda prisa.

Un escalofrío involuntario recorrió la espalda de Canaris, cuando una gota de sudor frío le resbaló por la nuca y se abrió paso bajo el cuello de la almidonada camisa blanca.

—Apokalypse… —leyó para sí mismo con voz temblorosa.

Cerrando los ojos con fuerza, el almirante Wilhelm Franz Canaris estrujó el papel entre sus manos.

—Que Dios nos perdone.

# 2

El salón principal del Pingarrón ocupaba la totalidad de la segunda planta de la superestructura de la nave, el espacio común de la tripulación donde se encontraban sin separación alguna la sala de mapas, la cocina, o el mismo comedor donde ahora estaban desayunando. Al contrario que los camarotes situados justo debajo, las paredes y el techo del salón no estaban revestidos con la calidez de la madera de haya —un inusual lujo heredado del propietario anterior—, pero en cambio, y como resultado de la terquedad de Julie y su peculiar —y nada marinero— sentido de la estética, se habían visto obligados a pintar aquella sala enteramente de verde turquesa, y posteriormente decorar los marcos de las puertas y ojos de buey con cenefas de hiedras y florecitas rojas y amarillas. Como es natural, al principio todos se habían negado en redondo, alegando airadamente que aquel era el lugar de reunión y esparcimiento de unos curtidos lobos de mar, y no la habitación de una quinceañera. Sin embargo de nada sirvieron los irrefutables argumentos ante la insistencia de la joven, y en lo referente a la decoración, las cosas se acabaron haciendo justo como ella quería. Desde ese día, al conocido refrán de «Donde hay patrón, no manda marinero» hubo que añadirle el apéndice «A menos que haya una muchacha francesa a bordo». Lo curioso del asunto fue que al poco tiempo todos se acostumbraron al cambio, y finalmente se vieron obligados a admitir que el lugar resultaba ahora mucho más agradable y acogedor que cuando los mamparos interiores lucían un anodino blanco repintado.

Allí, en el salón, se encontraba la reducida dotación de la nave al completo, iluminados por el sol del amanecer que irrumpía por las portillas de popa. Las risas y las bromas saltaban de uno a otro sobre la mesa, contagiándose entre los miembros de la tripulación mientras revivían la correría de la noche anterior.

—¡Lo mejor fue —dijo Jack conteniendo una carcajada, mientras esgrimía un trozo de panqueque que goteaba sirope—, la cara que se le quedó al tipo cuando vio aparecer los cañones de fusil por las ventanas! ¡Creí que se iba a cagar del susto! —estalló al fin, rojo como un tomate y dando un golpe sobre la mesa.

—¡Joder, Jack! —le recriminó Alex, atragantándose con el café—. ¡Que estamos desayunando!

—Es verdad —coincidió Julie, agitando al asentir la cola de caballo en la que llevaba recogida su larga melena—. Se dice hacer caca, ir de vientre, hacérselo patas abajo…

—¿Tú también? —fingió escandalizarse—. Esperaba mejores modales de una dama.

En respuesta, la piloto y navegante del Pingarrón, una risueña joven de veintisiete años, le enseñó la lengua a su capitán y luego se mató de la risa.

—Sí, muy divertido —dijo entonces César, el esposo de Julie y mecánico del Pingarrón, un flaco mulato portugués de ascendencia angoleña, mientras mojaba un poco de pan en un huevo frito—. Pero tarde o temprano tendremos un disgusto. Alguien se dará cuenta de que lo que parecen fusiles no son sino palos de escoba pintados de negro con un agujero, y ese día tendremos un problema.

Como para confirmar aquello de que los polos opuestos se atraen, el mecánico y la piloto formaban una singular pareja, en la que toda la jovialidad y constante buen humor de la francesa se contraponía al sosiego casi melancólico del que era su marido.

Ambos se habían enrolado en distintos momentos. Primero lo hizo César Moreira, cuando se vieron obligados a detenerse en

Madeira para una reparación, y tras revelarse como un electricista y mecánico excelente, se mostró encantado con la proposición que le hizo Riley de unirse a la tripulación. Llevaba casi dos años varado en aquella pequeña isla, abandonado en el puerto de Funchal por el patrón del carguero donde trabajaba, un miserable que quiso ahorrarse así los seis meses de sueldo que le debía. De modo que a César le faltó tiempo para aceptar, ansioso por abandonar aquel abrupto peñasco en mitad del Atlántico donde nadie había llegado a aprenderse su nombre, y sus habitantes seguían dirigiéndose a él como *preto*. Negro.

Pocos meses más tarde, apareció Julie *Juju* Daumas.

Cuando el anterior piloto del Pingarrón decidió enrolarse en la marina francesa para luchar contra los nazis, el capitán recaló en Niza en busca de un sustituto y allí se encontró con una risueña joven deseosa de embarcar y que, como hija menor de una familia de larga tradición marinera, afirmaba haber aprendido a navegar antes que a caminar. Las razones para unirse a la tripulación, sin embargo, no acababan de estar claras, y aunque cuando se le preguntaba siempre aludía a su deseo de huir de la guerra y ver mundo, a Alex no se le escapaba que no era ese el principal motivo, ni mucho menos. Tenía el convencimiento de que la muchacha huía de algo o de alguien que la asustaba más que los nazis. Qué o quién era algo que quizá nunca llegaría a saber.

El caso es que, tras una breve entrevista y una primera y difícil travesía hasta Port-la-Nouvelle, cruzando el golfo de León con un temporal de fuerza siete con vientos de más de cuarenta nudos y olas de cinco metros Alex supo que, con ella al timón, su barco estaría en muy buenas manos.

Lo que no hubiera esperado jamás era que dos personalidades tan diferentes como las de César y Julie se atrajeran tanto y tan rápido, hasta el punto de que pocos meses después de conocerse y en una solemne ceremonia en la que Jack y Marco ejercieron como las damas de honor más feas de la historia, él mismo los casó sobre la cubierta del barco mientras surcaban las deslumbrantes aguas del mar Egeo.

Quizá como había sugerido Joaquín en una ocasión, la explicación a aquel inesperado romance era que, en cierto modo, ambos eran fugitivos. Los dos huían de un oscuro pasado, que acaso solo se atrevían a compartir con otro prófugo.

—Hasta ahora el truco ha funcionado —adujo Alex encogiéndose de hombros ante las dudas del mecánico, quien precisamente era el encargado de, mediante un simple juego de cuerdas y poleas que recorría los camarotes, hacer aparecer por los ojos de buey los seis falsos cañones de fusil de forma simultánea.

—Deberíamos llevar más y mejores armas —terció entonces Marovic—. Es un grave error confiar nuestra defensa a unos palos de escoba y un poco de humo.

Alex torció el gesto, cansado de entablar el mismo debate con Marco por enésima vez.

—Si por ti fuera, iríamos más armados que el Bismark.

—¿Y qué hay de malo en ir protegidos? —Señaló hacia la proa y añadió—: Ahí delante hay espacio de sobra para instalar una Browning del veinte. Con ella no tendríamos que preocuparnos por…

—He dicho que no. Somos un buque de carga, no un navío de guerra.

—Un buque de carga que se dedica al negocio del contrabando. En un mar infestado de destructores y submarinos —apuntó César, dándole la razón al mercenario.

—Por eso mismo vamos desarmados —dijo Alex, paseando la mirada entre toda la tripulación allí congregada—. Navegamos bajo bandera española, que os recuerdo es un país neutral en esta guerra. Esa es nuestra mejor defensa. ¿Qué creéis que pasaría si un barco alemán o inglés nos registrara y encontrase que llevamos armamento militar? ¿De qué nos serviría entonces disponer de un cañón o una ametralladora pesada? —Hizo una pausa para que los demás reflexionaran sobre las consecuencias que ello supondría—. Y además —añadió, volviéndose hacia el yugoslavo—, no llevar armas es la mejor garantía de que no haremos ninguna estupidez.

—¿Y a mí por qué me miras? —replicó el aludido—. Si estás pensando en lo de anoche, sigo creyendo que deberíamos haber volado el jodido pesquero y a esos espaguetis.

Apoyando los antebrazos en la mesa, Alex acercó su cara a la de Marco, al que tenía sentado justo enfrente.

—Pues sí, a eso mismo me refiero. No era en absoluto necesario, y hacerlo solo nos habría traído problemas.

—Nos vendieron a las autoridades, y encima se quedaron con nuestro dinero — gruñó el mercenario—. ¿Te parece poco?

Fue el primer oficial quien contestó a eso, meneando la cabeza.

—¿Y hundiendo su barco habrías recuperado el dinero? Carallo, piensa un poco. Tenemos la mercancía, y eso es lo que queríamos, ¿no? Somos comerciantes, no asesinos.

—No —refutó Marco, levantándose de la mesa y apuntándoles con el dedo—. Somos contrabandistas. Unos contrabandistas mojigatos, y algún día…

—Algún día ¿qué? —preguntó Jack, ceñudo.

—Algún día lamentaréis no haberme hecho caso.

—Es posible —coincidió el capitán, volviendo a retreparse en la silla—. Pero mientras tanto, este es mi barco y se hará lo que yo diga, y si no te gusta puedes tomar tus ganancias y desembarcar en el próximo puerto.

Soltando un bufido el mercenario apartó la silla, y llevándose su plato se acercó a la cocina, donde se puso a lavarlo ruidosamente dándole la espalda a los demás.

—¿Alguien me puede servir más café? —dijo entonces Julie con su voz cantarina, señalando la cafetera que quedaba fuera de su alcance y diluyendo toda la tensión del momento como solo ella podía hacerlo.

—Yo mismo, cielo —repuso de inmediato su marido.

—Por cierto —dijo Alex dirigiéndose al portugués, tras dar un breve sorbo a su taza—. ¿Cómo están las máquinas? ¿Pudiste arreglar ya lo de ese filtro?

El mecánico lo miró incrédulo, como si le hubiera preguntado si había resuelto los inconvenientes del vuelo espacial.

—¿Arreglarlo? —replicó airado, lo cual para alguien tan calmado era algo a tener en cuenta—. ¿Cómo narices lo voy a arreglar? Hace un mes que le estoy pidiendo un recambio.

—Me dijiste que lo podrías solucionar.

—¡Claro! ¡Cuando tenga la pieza que se rompió!

—Vale, vale... comprendo. En cuanto lleguemos a Barcelona y vendamos la carga compraré esa dichosa pieza.

—Eso mismo me dijo hace dos semanas, cuando atracamos en Nápoles.

—Esta vez lo haré, lo prometo.

—Usted verá, capitán. Es su barco, y mientras no tenga un filtro nuevo estaremos ensuciando los cilindros y navegando con menos potencia.

—Tomo nota —asintió, y se volvió hacia la piloto—. Siento interrumpirte el desayuno, Julie, pero me gustaría que volvieras al puente. Aunque sean aguas abiertas, no es buena idea que no haya nadie al timón durante más de cinco minutos.

—A la orden, mi capitán —contestó la piloto poniéndose en pie Parodió graciosamente un saludo militar y se dirigió al puente dando saltitos con su vestido de vuelo.

—Yo bajaré a la sala de máquinas, a ver si puedo sacarle un par de nudos más a este trasto —añadió su marido. Apiló sus cubiertos y los de su mujer y los llevó al fregadero, de donde se iba en ese momento Marco camino de su camarote, seguramente para engrasar el pequeño arsenal de armas ligeras que poseía.

Jack Alcántara siguió con la mirada al mercenario mientras este salía del salón y bajaba la escala que llevaba a la cubierta principal.

—No me gusta nada ese tipo. Es un zopenco deseoso de apretar el gatillo y tarde o temprano nos causará un grave problema —dijo, dirigiéndose a Alex sin llegar a mirarlo—. ¿Es necesario que lo llevemos con nosotros?

El que había sido su oficial superior en el Batallón Lincoln meneó la taza y bebió un último trago de aquel café que tan caro les había costado en el mercado negro.

—Me gusta tan poco como a ti —murmuró en voz baja, para que nadie más le oyera—. Pero nos es útil, y aunque ya sabes lo que opino sobre llevar armas, no deja de tener parte de razón. En ocasiones su paranoia me hace ser más precavido.

—Pero es un mercenario. Nos vendería sin dudarlo a cualquiera que ofreciera recompensa por nuestras cabezas.

Alex le pasó el brazo por los hombros a su viejo compañero de armas y le dio unas palmaditas en la espalda.

—Claro que lo sé —dijo, enseñando los dientes en una sonrisa lobuna—. ¿Por qué te crees que duermo con la pistola bajo la almohada?

—Alex. —Unos nudillos golpearon la puerta del camarote del capitán, donde este llevaba varias horas encerrado—. Alex, ¿estás ahí?

La puerta se abrió al cabo de unos segundos, y apareció Riley con la mirada turbia y cara de pocos amigos. Desde el interior del camarote llegaban los afligidos acordes de una trompeta de jazz.

—¿Qué pasa, Jack?

El primer oficial le mostró un papel con unos números escritos a mano.

—Hemos recibido una transmisión de François, desde Marsella. Pide que contactemos con él por esta otra frecuencia dentro de una hora.

—De acuerdo. Dentro de un momento estaré en el puente.

—¿Crees que será un trabajo? —preguntó Jack, antes de que se cerrara la puerta de nuevo.

—Eso espero. Si descontamos lo que nos costará comprar otra chalupa, de este viaje apenas sacaremos más que para cubrir gastos.

Entonces, ajeno a la respuesta, el gallego olfateó el aire a un palmo de la cara de su capitán.

—Carallo, Alex… No me digas que has estado dándole a la botella.

—De acuerdo. —Se encogió de hombros con indiferencia—. Pues no te lo diré.

—Solo son las once de la mañana —le reprochó con severidad—, no son horas de beber.

—¿No me digas? ¿Tan tarde?

Jack bufó, contrariado.

—*Cagüenla*, eres el capitán. Tienes responsabilidades.

La expresión de Alex se ensombreció de pronto.

—Qué coño sabrás tú de responsabilidades.

Jack comprendió que había puesto el dedo en la llaga. La misma que llevaba años supurando.

—¿Otra vez estás con eso? —preguntó con aspereza—. ¿Es que no te cansas de revolcarte en tu propia mierda?

—Cada uno se revuelca donde quiere. O donde puede.

El antiguo chef hizo un gesto de cansancio.

—Mira, Alex —respondió con hartazgo—. Si quieres redención haz el puto Camino de Santiago, pero deja de comportarte como un imbécil. Un imbécil borracho. Eres el jodido capitán de esta nave —dijo clavándole el índice en el pecho—, y te recuerdo que yo no soy tu madre.

El capitán esbozó una mueca ácida.

—Yo pensaba que sí.

Jack negó con la cabeza, chasqueó la lengua con frustración, y murmurando por lo bajo se dio la vuelta alejándose por el pasillo.

Por un momento Alex siguió con la mirada los pasos de su amigo; luego cerró la puerta de un golpe.

En el tocadiscos, Louis Armstrong seguía interpretando *Melancolía* destilando pena en cada nota, y empujado por la melodía, el capitán del Pingarrón puso rumbo de abordaje hacia la botella de *bourbon* que aguardaba a medio beber sobre el escritorio. Una hora era más que suficiente.

Puntual, el capitán se encontraba en el puente asombrosamente despejado y sin apenas aliento a alcohol, sentado frente a la aparatosa radio del barco y sintonizando la frecuencia anotada en el papel.

—Aquí Pingarrón —dijo apretando el pulsador del micrófono—. Aquí Pingarrón. ¿Me recibe? Cambio.

Apenas se oyó un chisporroteo de estática.

—Aquí Pingarrón. Aquí Pingarrón. ¿Me recibe? Cambio.

—… Aquí François. Le recibo. *Comment ça va*, capitán Riley? Cambio.

—Bien, *merci* François. Me alegra hablar de nuevo contigo. ¿Cómo siguen las cosas por Francia?

—No muy bien… El cabrón de Pétain le ha puesto el culo en pompa a Hitler, y los nazis nos están jodiendo a todos. Esos traidores de Vichy pagarán un día por lo que están haciendo.

—Espero que así sea —afirmó Alex con sinceridad—. De verdad que lo espero.

En junio del año anterior, inmediatamente después de acceder al cargo como presidente de la Francia no ocupada, Philippe Pétain, secundado por su esbirro Laval, había solicitado un armisticio a Hitler a cambio de poner a la Francia no ocupada a servicio de los alemanes. Desde ese día, hacía ya más de un año, se había instaurado un nuevo gobierno en Vichy fascista y colaboracionista, rendido al poder de los nazis.

—Pero bueno, no te llamo para contarte mis penas, sino para saber si estarías disponible para un pequeño trabajo. ¿Por dónde andas?

—Aproximadamente a unas doscientas millas al este de Barcelona, adonde nos dirigimos para hacer una entrega.

—¡Estupendo! —contestó el francés—. Tengo una mercancía que necesito que recojas en Marsella y lleves a Lisboa. Está bien pagado y casi te coge de camino. Esta noche podrías estar aquí, y solo perderías un día con el cambio de ruta.

—Hay un problema. Tengo las bodegas ocupadas con maquinaria textil que he de desembarcar en Barcelona, no tengo espacio para mucho más.

—Oh, no te preocupes por eso... —A Alex le pareció que su interlocutor sonreía al otro lado de la línea—. Ellos no necesitarán más que uno de tus camarotes.

—¿Ellos? ¿Quieres decir pasajeros?

—Es una pareja que necesita salir del país. ¿Puedo contar contigo?

—Sí... claro.

Jack separó el índice del capitán del botón de transmisión de la radio.

—Aquí hay gato encerrado —susurró, mirando con desconfianza el altavoz.

Riley asintió, comprendiendo a lo que se refería su amigo. Un segundo más tarde volvió a dirigirse al micrófono situado frente a él.

—Pero tengo una pregunta. ¿Por qué no toman un avión, o van por tierra cruzando España? Les resultaría mucho más barato llegar de ese modo a Lisboa.

Silencio.

—¿François? ¿Sigues ahí?

—Sí, verás... No es tan sencillo...

—Nunca lo es.

—Se trata de una pareja austríaca, muy adinerada...

—¿Y?

—... y judía.

# El banquero y el almirante

A pesar del mal estado de la línea telefónica, el banquero mallorquín identificó la voz al otro extremo como la del almirante. No era la primera vez que hablaban así, ni la segunda, y lo que había sido un encuentro casual dos años antes en una recepción de la embajada española en Berlín, había fraguado hasta convertirse en una estrecha y beneficiosa colaboración para ambas partes. Sobre todo desde que Joan March se había ofrecido a proporcionar combustible a los submarinos alemanes de forma clandestina, dentro de las aguas territoriales españolas. A cambio, no solo había recibido ingentes cantidades de dinero por parte de la *Kriegsmarine* sino también, y de forma ocasional, información privilegiada que no había dudado en utilizar en su propio beneficio, como era el caso que le ocupaba en ese momento.

—… esta madrugada cruzará frente a Gibraltar, bordeando la costa sur del estrecho —decía la voz al otro lado del aparato, con su inconfundible acento germánico—. Uno de mis submarinos le estará esperando para mandarlo a pique.

—Entiendo —mintió March—. Y a continuación, quieres que recupere del barco hundido esa extraña máquina de la que me has hablado antes.

—Así es. No puedo permitir que caiga en manos inglesas y, si lo logras, serás generosamente recompensado.

March dudó un momento, pero finalmente se atrevió a preguntar.

—Wilhem, ¿estás seguro de que esta línea...? En fin, ya sabes. ¿Estás convencido de que nadie puede estar escuchándonos?

—Soy el jefe de la Abwehr —zanjó, entendiendo que cualquier otra aclaración era redundante. No obstante, añadió: — ¿Crees que estaría tratando estos asuntos contigo de no estar absolutamente seguro?

—Sí... claro, disculpa mi natural paranoia, amigo mío. —Carraspeó y dejó pasar unos segundos antes de proseguir—. Verás... no va a ser nada fácil encontrar a la gente adecuada para ese trabajo en tan poco tiempo, Wilhelm. Y además, resultará muy caro sobornar tanto a los ingleses como a los españoles para mantenerlos alejados y que no se acerquen a husmear.

Su interlocutor resopló al otro lado de la línea.

—¿Alguna vez ha sido un problema el dinero?

—Lo sé, lo sé —convino el banquero, dibujando en sus labios una sonrisa avariciosa.

El almirante hizo una pausa, antes de volver a preguntar.

—¿Podrás hacerlo?

—Por supuesto, Wilhelm. Aunque todo esto... —alegó, dubitativo— resulta muy desconcertante.

—Eso no ha de importarte —repuso tajante el alemán—. Limítate a hacer lo que te pido.

El banquero, que no solía vacilar a la hora de cerrar un trato tan lucrativo como aquel prometía serlo, esta vez titubeó.

—No puedo darte detalles, Joan —agregó Canaris suavizando el tono, al intuir las dudas de March—. Pero si sigues mis instrucciones al pie de la letra harás un buen negocio, y yo te deberé un favor personal.

El instinto de comerciante le decía a March que, cuando un trato parece demasiado bueno para ser verdad, es porque no suele ser verdad.

Al otro lado de la línea, la voz que le hablaba a más de mil quinientos quilómetros de distancia pareció leerle de nuevo el pensamiento.

—¿Qué puedes perder? —insistió el alemán—. Si el asunto sale mal, no tendrá consecuencias para ti y, si sale bien, ganarás mucho dinero.

Joan March asintió, aunque su interlocutor no pudiera verlo.

—De acuerdo —afirmó—. No va a resultar sencillo, pero puedes estar tranquilo. Lo haré.

—Excelente. Confío en que harás un buen trabajo.

—Descuida. Me pondré en contacto contigo lo antes posible.

—Gracias, y que haya suerte. *Auf wiedersehen,* Joan.

—Gracias a ti. *A reveure,* Wilhelm.

# 3

—No deberíamos haber aceptado —rezongó Marovic meneando la cabeza con desagrado.

El capitán se cruzó de brazos antes de contestar.

—Eso no es decisión tuya.

—Nos traerán problemas —auguró en el mismo tono.

—¿Tienes miedo de una pareja de refugiados judíos? —se burló Jack—. Si quieres, podemos encerrarlos en su camarote para que duermas tranquilo.

—No me gusta esa gente.

—Y a mí no me gustas tú —replicó Riley con una mueca—, y sin embargo, aquí estás.

El mercenario gruñó una respuesta que el capitán ignoró descaradamente.

—¡Pues a mí me parece fantástico! —terció en cambio Julie, con entusiasmo—. Tenía muchas ganas de regresar a Francia. Conozco un restaurante en el centro de Marsella que...

—Lo siento, Julie —la interrumpió Alex, chasqueando la lengua—. No vamos a pisar tierra firme, es demasiado peligroso. Recogeremos a los pasajeros a una milla de la costa e inmediatamente pondremos rumbo a Barcelona.

La piloto suspiró con tristeza encogiéndose de hombros, pero al momento ya estaba de nuevo haciendo carantoñas con su marido.

—¿Alguna otra duda? —preguntó Riley, paseando la mirada por todos los presentes.

—Yo tengo una —intervino el mecánico—. Nos has explicado que los pasajeros van a Lisboa, ¿no?

—Así es.

—Pero nosotros solo vamos hasta Barcelona.

—Veo adónde quieres llegar —apuntó Alex—. Lo que nos pague la parejita cubrirá los gastos, y en cuanto descarguemos la maquinaria en el puerto y encontremos un comprador para la otra mercancía, buscaremos un trabajo que nos lleve a Portugal, y todo lo que saquemos de ahí será limpio para nosotros.

—Ya, pero… eso puede no ser tan fácil. A veces nos hemos pasado más de un mes en tierra esperando a conseguir un flete.

—Pues en ese caso tendremos que aceptar cualquier trabajo que surja, aunque sea legal. —Y poniéndose en pie, concluyó—: En fin, si no hay más preguntas, sugiero que lo dejéis todo preparado y luego tratéis de dormir un poco. Llegaremos de madrugada a las costas de Marsella, y quiero estar en aguas internacionales con la carga a bordo antes de que amanezca, así que descansad, porque esta noche promete ser larga.

A las tres y media de la madrugada el Pingarrón echó el ancla en la bahía de Marsella, oculto en una pequeña ensenada del islote de Ratonneau, tanto de las autoridades portuarias como de cualquier noctámbulo curioso que dirigiera su vista hacia el mar.

Con todas las luces apagadas el carguero, pintado enteramente de azul oscuro, era solo una sombra, encajonado entre las paredes del peñón, algo que, en el mejor de los casos, les permitiría entrar y salir sin ser vistos y, en el peor, ser detectados por alguna patrulla militar y, al no haber dado parte de su llegada, terminarían siendo acusados de espías y fusilados tras un juicio sumarísimo. No convenía olvidar que, a pesar de la quietud de aquella noche, estaban frente a la costa de un país en guerra y de poco les serviría navegar bajo pabellón de una nación neutral para librarse del paredón.

Vestidos totalmente de negro y guardando absoluto silencio, la tripulación al completo se encontraba en cubierta, atentos a cualquier señal de aquellos a los que estaban esperando, o de aquellos a los que esperaban no encontrarse bajo ningún concepto.

Alex oteaba la oscuridad subido sobre el techo del puente, sentado con las piernas colgando y los prismáticos al cuello. Observaba, despuntando tras la masa rocosa de la isla, la silueta de la estilizada basílica de Notre Dame de la Garde que se elevaba hacia el cielo como una aguja iluminada, y aunque desde aquella posición tras el islote no tenía perspectiva de la ciudad en sí, podía distinguir el resplandor de las luces nocturnas de Marsella coloreando el horizonte con tonos amarillos, como si el próximo día fuera a amanecer por el norte. Además, sentía una emoción especial al saber que a una milla escasa, al otro lado de Ratonneau, se encontraba la famosa isla de If, en cuyo homónimo castillo Alexandre Dumas había encarcelado a Edmundo Dantés en una de sus novelas favoritas: *El conde de Montecristo*.

—Capitán —oyó que alguien le alertaba desde la proa—, veo algo justo delante, en el agua.

Riley se llevó los prismáticos a los ojos y, en efecto, acercándose desde la orilla, una barca de remos avanzaba a oscuras con penosa lentitud.

—Deben ser los pasajeros —dijo Jack desde la cubierta, justo debajo de donde se encontraba Alex—. Voy a lanzar la escala.

—Todavía no —ordenó—. No hasta que confirmes que son ellos.

—¿Pero quién demonios crees que va a estar remando por aquí a estas horas?

—Espera a que se acerquen y te den el santo y seña. No cuesta nada asegurarse.

—Tú mandas —rezongó, y se dirigió a la proa cargando una madeja de cuerda al hombro.

En realidad, Alex sabía que su amigo tenía razón, y que era una tontería lo que acababa de ordenarle, pero después del susto de la noche anterior —parecía mentira que solo hubieran pasado veinticuatro horas— se había propuesto ser más precavido y pecar de paranoico antes que de confiado. Este era un negocio peligroso, y el siguiente error siempre podía ser el último.

Diez minutos después, la barca de remos ya se hallaba al costado de la nave, y sus ocupantes ascendían con torpeza por la escala de cuerda. Desde su posición, Riley apenas podía discernir las siluetas de los recién llegados, pero una vez que Jack le silbó para confirmarle que estos ya se hallaban a bordo y se disponía a accionar el cabrestante del ancla, se descolgó de un salto al puente de mando donde, en completa oscuridad, ya se encontraba Julie sujetando la rueda del timón a la espera de órdenes.

—¿Está tu marido en la sala de máquinas?

—*Oui, capitaine.*

—Entonces marchémonos de aquí cuanto antes. Atrás un cuarto hasta que hayamos salido de este embudo. Luego vira a babor rumbo dos-dos-cinco, y a toda máquina hasta estar al menos a veinte millas de la costa.

—A la orden.

—Voy abajo a recibir a los recién llegados. Ah, y no enciendas las luces todavía, no quiero sorpresas de última hora.

—Claro, *capitaine* —contestó, y a Alex le pareció ver una hilera de dientes en la oscuridad, seguramente detrás de una sonrisa—. Salúdelos de mi parte.

Cerró la puerta tras de sí, descendió por la escalera metálica hasta la cubierta principal y se dirigió a los camarotes, uno de los cuales había sido acondicionado para alojar a los pasajeros mientras estuvieran a bordo.

Como buen capitán, se conocía cada palmo del barco de memoria y podía moverse por él con los ojos cerrados, cosa que resultaba muy útil cuando, en noches como aquella, no era conveniente encender ni un simple cigarro para no ser descubiertos.

Avanzó por el pasillo a tientas —tropezándose por el camino con Marco, que regresaba a cubierta—, hasta encontrar por el tacto la segunda puerta de madera a la izquierda, a la que llamó golpeándola un par de veces.

—Adelante —contestó la voz de Jack.

Riley entró en el camarote y se encontró con el corpulento cocinero sujetando una cerilla encendida entre los dedos, mientras frente a él, sentadas en el borde de la cama había dos personas que apenas podía distinguir a la luz del fósforo, pero a las que intuía atemorizadas y fuera de lugar. Uno era un hombre trajeado, con corbata y bombín, y una voluminosa maleta a sus pies; la otra, una mujer tocada con un amplio sombrero, la cabeza gacha y las manos sobre el regazo de un ancho y anodino vestido. Los rasgos de ambos estaban velados por las sombras, y en silencio escuchaban con atención cómo Jack les ponía al corriente de las normas del barco.

—… como ahora —decía—. Tendrán que estar a oscuras, y solo podrán encender la luz con el postigo cerrado. No podrán pasearse por la cubierta principal si no es con el consentimiento expreso del capitán Riley, aquí presente, o el mío y bajo ninguna circunstancia, jamás, deberán entrar en el puente de mando o la sala de máquinas, ¿entendido? Les llevaremos a su destino, pero recuerden que este no es un barco de pasajeros, y la navegación está llena de peligros. Sigan las normas y todo saldrá bien. —Se giró hacia Alex y preguntó—: ¿Quieres añadir algo?

—No, Jack. —Sonrió—. Creo que ya los has asustado bastante. —Y dirigiéndose a los dos pasajeros, que no habían dicho aún esta boca es mía, añadió—: Soy el capitán Alex Riley. Bienvenidos a bordo del Pingarrón. Imagino que estarán agotados, así que les vamos a dejar que descansen y mañana por la mañana nos podremos presentar formalmente, ¿de acuerdo? Y relájense —añadió por último—, aquí están entre amigos.

El pasajero levantó la cabeza, y la llama de la cerilla reflejó en sus ojos una mirada de agradecimiento.

Entendiendo que era el momento de irse, Alex tomó por el brazo a su segundo y salieron del camarote pero, antes de cerrar la puerta tras de sí, Jack asomó la cabeza por el quicio para decir una última cosa.

—Ah, el desayuno es a las siete, y les sugiero que no se lo pierdan porque este barco tiene al mejor cocinero de todo el Mediterráneo Occidental. Es decir —se señaló con el pulgar—, a mí.

Apenas tres horas más tarde, aunque con los indicios de la falta de sueño escritos en la cara, la tripulación al completo disfrutaba del opíparo desayuno que había preparado Jack a base de panqueques, huevos revueltos con especias, tocino y tostadas francesas. Además, como siempre —y a pesar de todo el tiempo que ya llevaban juntos—, nunca faltaba una anécdota que contar ni un chiste obsceno que desatara las risas de todos y también, como era habitual, era el cocinero de origen gallego el que llevaba la voz cantante.

—Entonces fue —contaba casi en susurros, haciendo que sus dedos caminasen sobre la mesa— cuando Alex y yo salimos de la trinchera en plena noche con un bote de pintura y dos brochas, y al amparo de la oscuridad nos adentramos en el pueblo de... ¿Te acuerdas del nombre del pueblo, Alex?

—En realidad, ni siquiera recuerdo que tú estuvieras allí. ¿Estás seguro de que peleaste en esa guerra?

—Bah, no sé para qué te pregunto nada —replicó, desechando el comentario del capitán con desdén—. El caso es que cruzamos las líneas enemigas sin que nadie nos viera, y con pintura roja escribimos en la fachada de la iglesia —aquí tuvo que tomar aire para no partirse de risa—: «Paca la culona es una maricona».

—¿Y eso qué significa? —inquirió Julie.

—«Paca la culona» es como muchos de nosotros, e incluso algunos de los sublevados fascistas, llamaban al general Franco.

—¿Y os jugasteis la vida para hacer una estúpida pintada? —preguntó Marco, incrédulo—. ¿No habría sido mejor que pusierais una bomba, o algo así?

Jack lo miró, meneando la cabeza.

—Esto fue mucho más divertido —contestó, como si se tratara de una obviedad—. Pero lo mejor de todo es que al día siguiente apareció el mismísimo Franco en el pueblo para pasar revista a sus fuerzas del frente, y...

—Eso fue solo un rumor —lo interrumpió Alex, solo para fastidiar.

—Pues a mí me gusta pensar que ocurrió de verdad. —Y mirando a los demás, agregó—: ¿Os imagináis la cara que pondría al descubrir la pintada en el centro de un pueblo tomado por sus tropas? Seguro que ese día —dio un golpe en la mesa con su manaza que hizo temblar todos los platos—, fusiló a más soldados de los que yo maté en toda la guerra. ¡Deberían habernos dado una medalla por eso!

—Sí —asintió Riley—. Una medalla a la... —Y se calló al punto, pues por la puerta acababa de aparecer un hombre enfundado en un sobrio traje de paño marrón.

El recién llegado tendría entre sesenta y sesenta y cinco años, un pelo repeinado y más blanco que gris, unas gafitas de leer sobre la prominente nariz, orejas grandes, mandíbula estrecha, y un par de ojillos huidizos que le daban el aspecto de un ratón asustado. Y, en definitiva, era eso lo que parecía. Un ratón con traje.

—Buenos días —musitó con inequívoco acento alemán, juntando las manos como un niño al que su maestra acaba de sacar a la pizarra.

Prescindiendo conscientemente del protocolo para esos casos, Alex se puso en pie y le señaló una silla libre.

—Tome asiento y desayune —dijo desenfadadamente—, antes de que esta manada de hienas que tengo como tripulación acabe con todo.

El hombre siguió el consejo murmurando un agradecimiento, alargó el brazo y tomó un trozo de pan con exagerada timidez.

—¿Qué tal ha pasado la noche? ¿Ha dormido bien?

—Estupendamente, gracias —contestó, mientras Jack le colocaba delante una taza de café—. Son ustedes muy amables.

—No hay de qué. Mientras estén en mi nave, quiero que se sientan como en casa. Y hablando de mi nave… —añadió— quiero presentarle a mi tripulación. Esa encantadora señorita de ahí —dijo señalando a su derecha— es Julie Daumas, nuestra piloto y navegante.

—*Enchantée* —saludó la francesa con un coqueto parpadeo.

—El que se sienta a su lado —prosiguió— es su esposo, César Moreira, el mecánico y «arreglalotodo» del Pingarrón.

—*Bom dia* —dijo el portugués, con una leve inclinación de cabeza.

—Quien le acaba de servir el café y ha preparado este estupendo desayuno es el primer oficial, gran cocinero y viejo amigo, Joaquín Alcántara. Aunque todos aquí le llamamos Jack.

—*Bo día*, amigo —dijo casi sin mirarlo mientras regresaba a su sitio y volvía a concentrarse en la montaña de tortitas que tenía frente a sí.

—Y finalmente, ese hombre que le mira como si le hubiera robado una gallina es Marco Marovic.

—No me gustan los judíos —ladró el yugoslavo, ceñudo—. No me gusta que estén a bordo, y estoy seguro de que nos traerán problemas, así que lo tendré vigilado todo el tiempo —Y como para no dejar dudas sobre sus intenciones, desenfundó la pistola que llevaba al cinto y con un golpe la dejó sobre la mesa.

—¡Maldita sea, Marco! ¡Pero qué coño haces! —le recriminó Alex, poniéndose en pie enfurecido—. ¡Quita esa pistola de la mesa! Este caballero es nuestro pasajero y como vuelvas a hablarle así te tiro por la borda, ¿entendido? ¡Y ahora sal de mi vista!

De mala gana el mercenario se levantó de la mesa y abandonó el comedor, sin dejar de mirar de forma amenazante al recién llegado que, muerto de miedo, se había hundido en la silla hasta parecer que había encogido varios centímetros.

En cuanto Marovic hubo cerrado la puerta tras de sí, Riley volvió a sentarse y se dirigió al atemorizado caballero.

—Le pido perdón, señor...

—Oh, sí. Disculpe mi grosería —murmuró, aún sin color en la cara—. Me llamo Rubinstein. Helmut Rubinstein.

—Entonces, le pido perdón por el inexcusable comportamiento de mi tripulante, señor Rubinstein. Tenemos la teoría de que a Marco lo construyeron con trozos de criminales muertos.

—Pueden llamarme Helmut —dijo esforzándose por parecer tranquilo—. Y acepto sus disculpas, no es la primera vez que tengo que vérmelas con alguien que odia a los judíos... pero tengo una curiosidad: ¿cuál es el cometido del señor Marovic?

—¿Qué?

—Usted es el capitán, el señor Alcántara su segundo, la señorita Daumas la piloto y el señor Moreira el mecánico pero, ¿Cuál es la función de ese hombre dentro del barco?

Alex Riley lo pensó un instante antes de contestar con una mueca.

—Es nuestro jefe de protocolo.

Jack fue a añadir algo cuando inesperadamente alguien apareció en el umbral y lo dejó con la boca abierta.

Como salida de una glamurosa revista de esas que ninguno de los presentes solía leer, los tripulantes del Pingarrón se encontraron frente a una de las mujeres más hermosas que habían visto en sus vidas.

Alta y delgada, aparentaba no más de veintidós o veintitrés años. Llevaba un sencillo vestido color marfil con flores rojas que resaltaban la blancura de su piel, y una mata de pelo ondulado color caoba caía en cascada sobre las angulosas mejillas hasta la altura de sus pechos, apenas insinuados bajo la vaporosa tela que terminaba en un escueto bordado justo bajo las rodillas.

Consciente del efecto que causaba en los demás, la muchacha se mantuvo de pie, delineando una seductora sonrisa de dientes perfectos. Sin siquiera pestañear, sus deslumbrantes ojos verdes se pasearon por la mesa, y tras dedicarles una breve mirada a cada uno se dirigió a Alex, sentado a la cabeza de la misma.

—Buenos días a todos —saludó con voz seductora—. ¿Me permiten que les acompañe?

—Capitán, amigos —dijo entonces Rubinstein, poniéndose en pie y apartándole la silla—. Les presento a Elsa, mi esposa.

# Högel

El hombre, completamente desnudo, permanecía atado a la silla de pies y manos desde hacía horas.

La fría habitación sin ventanas estaba desprovista de cualquier mobiliario. Sus sucias paredes desnudas, estampadas de negras manchas de humedad. El lugar apestaba a calabozo, a heces, a miedo.

No sabía cómo había llegado allí ni dónde se encontraba. Alguien lo había abordado en el portal de su casa y le había hecho perder el conocimiento con un fuerte golpe en la nuca. Lo siguiente que recordaba era haber abierto los ojos y descubrirse en esa habitación maloliente.

Enseguida trató de averiguar qué sucedía y por qué estaba allí, pero antes de poder terminar la pregunta, el desconocido le golpeó la cara brutal y metódicamente con una porra de madera. Le rompió el pómulo izquierdo y varios dientes, dejándole la cara deformada por la hinchazón y los coágulos.

Y este había sido solo el primero.

Por una puerta situada a su espalda, con regularidad, habían ido entrando y saliendo distintos hombres, de uno en uno, todos ellos igual de silenciosos y violentos, que habían puesto el mismo esmero a la hora de destrozarle cada hueso del cuerpo. El dolor era en ese momento tan lacerante y generalizado que le resultaba imposible distinguir en qué parte se habían cebado más, aunque las dos rótulas, ahora reducidas a un par de amasijos inútiles, le decían que, pasara lo que pasara a partir de ese momento, ya jamás volvería a caminar.

No sabía dónde estaba. No sabía por qué lo habían llevado allí. No sabía quiénes lo habían llevado allí. Y, lo que era peor: no sabía qué querían saber.

Desde que habían empezado a torturarlo no le habían hecho ni una sola pregunta.

La puerta a su espalda se abrió de nuevo.

Al contrario que las primeras veces, en que instintivamente intentaba girarse para verle la cara al recién llegado, cerró los ojos y agachó la cabeza, preparándose para la lluvia de golpes que sin duda estaban por venir.

Esta vez, sin embargo, no pasó nada de eso. Distinguió, por los pasos claramente diferenciados, que varias personas habían entrado en la habitación y se habían situado frente a él. Movido por la curiosidad, abrió el que ya era su único ojo sano para descubrir cómo le colocaban delante una silla y una mesa, y sobre esta una lámpara de flexo, una botella de vino tinto y un par de vasos. Por un momento tuvo la absurda impresión de que estaba en un restaurante, esperando a que le sirvieran la comida. En su desesperación, imaginó que por fin la tortura había terminado, que aquellos desconocidos se habían dado cuenta de su error y se disponían a ofrecerle disculpas por el malentendido.

Esa fantasía, por desgracia, tardó en disolverse lo que tardaron los sicarios en completar su tarea y retirarse de nuevo sin decir una palabra, cerrando la puerta tras de sí y sin hacer el menor amago de desatar sus ligaduras.

El hombre, con el cuerpo sembrado de cardenales, se quedó mirando aquella humilde botella de vino sin etiqueta como alguien perdido en el desierto miraría una cantimplora, anhelando un sorbo que arrastrara el sabor a bilis y sangre que se apelmazaba en su garganta.

Quizá por eso no se apercibió de que alguien más entraba en la habitación y se situaba justo al otro lado de la mesa.

—Oh, por favor... —dijo el desconocido con desagrado, evidenciando su acento teutónico.

Esforzándose por enfocar al recién llegado, el prisionero parpadeó varias veces hasta que una imagen más o menos clara se formó en su retina.

Frente a él, un oficial de la temida Gestapo, con su intimidante uniforme negro y el brazalete rojo de la bandera nazi destacando en la manga derecha, meneaba la cabeza al tiempo que chasqueaba la lengua con desaprobación.

—Son unos auténticos animales —añadió contrariado, y tras unas escuetas órdenes en alemán alguien más entró en la habitación y cortó las ligaduras que lo mantenían atado a la silla.

Esto supuso que el hombre se derrumbara sobre la mesa como un títere al que le han cortado los hilos. La cabeza y los brazos desmadejados, inertes, babeando un reguero de sangre que manchaba la madera.

—Le pido mil disculpas —insistió el oficial, tomando asiento—. Se han extralimitado y los culpables serán castigados. Esta no es la forma en que nosotros hacemos las cosas.

El hombre torció la cabeza, sin fuerzas para contestar, y le dirigió una turbia mirada a su interlocutor.

No podía asegurar si era un efecto producido por la luz del flexo que le deslumbraba, o del desprendimiento de retina que seguro había sufrido, pero aquel oficial parecía tener la piel más blanca que había visto en su vida. Por un instante, dudó de si se trataba de una especie de excéntrico maquillaje, como el que usaban los nobles en la corte de Luis XVI. Pero enseguida se dio cuenta de que el pelo que asomaba bajo la gorra negra era también inusitadamente blanco, así como las pupilas que lo miraban, lechosas, con unos pequeños iris negros en su centro que parecían ausentes del brillo de la vida, como las de un tiburón. Comprendió que se encontraba frente a un albino.

—Soy el capitán Jürgen Högel —dijo descorchando la botella de vino y sirviendo un generoso chorro en cada uno de los vasos—. Beba, haga el favor. Le sentará bien.

El hombre levantó levemente la cabeza, lo justo para apoyarse sobre la barbilla, y alargó la mano tratando de alcanzar su vaso.

—Yo... —masculló mientras lo hacía—. Yo soy...

—Oh, no hace falta que se presente —repuso el nazi con un ademán—. Sabemos perfectamente quién es usted.

La rotunda afirmación fue respondida con una mirada interrogativa del hombre que, con el esfuerzo que a otros les llevaría coronar la cima de una montaña, había logrado agarrar el vaso de vino y lo arrastraba sobre la mesa hacia su boca.

—¿Por… qué…? —alcanzó a murmurar.

—Usted sabe el porqué —contestó el alemán, endureciendo la mirada—. Deme la información que necesito y le prometo que de inmediato saldrá por esa puerta.

—¿Qué… información…? —balbució, con el borde del vaso a pocos milímetros de sus labios, sabiendo que dijera lo que dijera, era hombre muerto—. Yo no sé… nada.

Högel sintió una sorda ira crecer dentro de sí. Aquel despojo humano pretendía resistirse, a pesar de haberle dado una última oportunidad para confesar.

¿Por qué lo hacían? Se preguntó, enfureciéndose. No importaba lo generoso y cordial que fuera con ellos. Aquellos miserables siempre le despreciaban al negarse a colaborar.

Con su actitud estaban despreciando al Reich.

A la Gestapo.

Lo despreciaban a él mismo.

Jürgen Högel había sido siempre objeto de burlas y desprecios, desde su más tierna infancia hasta la universidad, por causa de su albinismo.«Vaso de leche» o «muerto viviente» eran los apodos más amables que recordaba. Pero una vez ingresó en el partido, ya nadie volvió a reírse de él. Todos los que lo habían hecho en los años precedentes, sin excepción, habían sido sibilinamente acusados de los más diversos crímenes contra el III Reich gracias a un eficiente y despiadado agente de la recién creada *Geheime Staatspolizei*… y ya nunca ninguno de ellos se había vuelto a reír. Ni de él, ni de ninguna otra cosa.

Högel se excitó ante la perspectiva de este mostrarle también a ese *untermen* las graves consecuencias que suponían menospreciarlo. De hecho, sería un placer hacerlo.

Sin decir una palabra, se levantó bruscamente de la silla, se abalanzó sobre la mesa y con un rápido movimiento aferró con fuerza la muñeca del prisionero.

Incapaz de resistirse, el hombre desnudo se quedó mirando un instante aquella mano que lo sujetaba y que lucía un anillo de plata con el cráneo y las tibias cruzadas: el terrorífico anillo *Tottenkopf* de la Gestapo. Entonces levantó la vista y descubrió cómo en la mano derecha del albino había aparecido un reluciente puñal con una esvástica en el mango, y en su rostro una sonrisa inhumana.

Lo siguiente que vio el puñal descendiendo salvajemente, clavándose en la mesa y seccionando su dedo meñique de un solo tajo.

Justo después comenzó a gritar.

# 4

Finalizada la guardia de Julie, era Alex quien, en compañía de Jack, llevaba el timón de la nave a través de un mar en bucólica calma bajo el sol del mediodía.

Dentro del pequeño puente de madera del Pingarrón, entre el voluminoso equipo de radio, los instrumentos de navegación y comunicación, la silla del timonel y el aparatoso compás magnético, apenas quedaba espacio para un par de personas más. Así, Jack había tenido que acomodar su voluminoso corpachón contra la puerta, y recostado sobre ella, saboreaba una humeante taza de café.

—¿Tú te lo crees? —dijo dando un nuevo sorbo.

—¿El qué? —repuso el capitán sin dejar de mirar al frente, apoyado en la rueda del timón.

—Ya lo sabes… Lo de que el tipo sea un hombre de negocios austríaco huyendo de la persecución de los nazis. A mí no me cuadra.

Alex miró de reojo a su primer oficial.

—¿Por qué? ¿Crees que no es quien dice ser?

—¿Pero tú lo has visto bien? —dijo, meneando tan efusivamente la taza que a punto estuvo de derramar su contenido—. El hombre está permanentemente asustado. Más que un hombre de negocios parece una gallina clueca.

—¿Tú no tendrías miedo si supieras que hay un montón de fanáticos que quieren matarte, o recluirte a ti a tu familia en un campo de concentración?

El cocinero de la nave negó con la cabeza.

—No es eso, y lo sabes —insistió—. Cuando a Julie se le cayó un tenedor durante el desayuno, Rubinstein se quedó tan blanco que creí que le iba a dar un ataque al corazón.

—Joder, Jack —repuso Alex mientras corregía el curso un par de grados a estribor—. Es un empresario, un fabricante de productos químicos, no un comando de las fuerzas especiales. Ponte en su lugar —añadió—. Está a bordo de un barco de contrabando, rodeado de una pandilla de desaliñados desconocidos que podrían tirarlo por la borda o entregarlo a los nazis. Es lógico que esté asustado.

—Pero nosotros no vamos a hacer eso —arguyó el gallego.

—Claro que no. Pero eso es algo que él no sabe con certeza.

Jack Alcántara pareció meditar las palabras del capitán, pero al cabo volvió a menear la cabeza.

—Sigo sin verlo claro —concluyó—. Y además, está el tema de su esposa, Elsa.

—¿Qué pasa con ella? ¿También te parece asustadiza?

—Todo lo contrario —dijo. Dio un último sorbo y dejó la taza sobre una pequeña mesita auxiliar junto al timón—. Me parece una joven extraordinaria. No logro comprender qué hace con ese vejestorio.

—A lo mejor el señor Rubinstein tiene un corazón de oro.

—Seguramente. Guardado en la caja fuerte de un banco suizo.

Alex no pudo reprimir una carcajada al comprender de qué iba todo aquello.

—Ahora veo adónde quieres ir a parar —dijo volviéndose hacia su amigo—. Así que todo esto va sobre ella, ¿no?

—¡No! —replicó, demasiado rápido y demasiado vehemente.

—Venga, hombre. Admito que la muchacha es un bombón, pero a estas alturas pensaba que ya estaba vacunado de cosas así.

—¿Vacunado? ¿Pero tú la has visto bien? ¡Es una puñetera diosa!

—Huy, huy, huy... me parece que te has quedado coladito por ella.

—Bueno, sí, es posible... —admitió a regañadientes—. Pero lo que me repatea es que ese fulano se la haya llevado al huerto solo por tener dinero.

—Si tú fueras rico, ¿no tratarías de casarte con una mujer así?

—Pues claro. Pero creo que ni siendo como Rockefeller conseguiría una esposa como esa. Es... demasiado hermosa. Una mujer como ella podría haber encontrado un hombre rico, y que, además, fuera joven.

—Los viejos suelen vivir menos, no lo olvides.

Jack dejó escapar un estoico suspiro.

—Tienes razón. Pero no puedo dejar de pensar que es una pena. Seguro que podría haber encontrado a alguien mejor que ese, que ese... —y dejó el adjetivo en el aire.

—¿Alguien como un cocinero contrabandista con sobrepeso? —inquirió Alex con sorna—. Sí, es una pena.

—¿Y por qué no? —repuso, airado por el tono del capitán—. Seguro que sería más feliz conmigo que con ese carcamal.

—No seas iluso, Jack. Ese tipo de mujeres están fuera de nuestro alcance, y cuanto antes lo asumas, menos dolores de cabeza y de entrepierna tendrás.

Herido en su amor propio, el gallego se puso muy tieso y se aclaró la garganta.

—Eso lo veremos —dijo en tono de desafío.

—¿Qué quieres decir? —preguntó Alex, sin poder contener una sonrisa ante el arranque de orgullo de su amigo—. ¿Vas a intentar seducir a nuestra pasajera?

—Antes de que los dejemos en Lisboa —recitó como un galán de película, con la mirada puesta en el infinito horizonte—, esa hermosa joven habrá caído rendida en mis brazos.

—Tú estás tonto.

—¿Ah, sí? ¿Qué te apuestas?

—Vamos, Jack. No tienes ninguna oportunidad de...

—¿Cien dólares?

—¡Trato hecho! —aceptó Riley de inmediato y selló la apuesta con un apretón de manos antes de que el otro se arrepintiera.

Mientras lo hacía, Alex repasó de arriba abajo la gruesa figura de su segundo: su enorme corpachón rebosaba bajo una ropa tachonada de lamparones, coronada por su inseparable gorro de lana con borla, que llevaba desde que alguien le aseguró que sin él no podía considerarse un auténtico lobo de mar.

—Te deseo mucha suerte —añadió el capitán, sonriendo abiertamente.

La navegación hasta Barcelona resultó inusitadamente plácida, y el único momento de tensión se produjo cuando se cruzaron de vuelta encontrada con un crucero de guerra italiano que, por fortuna, se limitó a echarles un breve vistazo al pasar por su costado de babor, sin otorgarle la menor importancia a un vulgar carguero de aspecto inofensivo y bajo pabellón neutral. La pareja austríaca, alarmada, se había escondido en su camarote, pero como el barco fascista no había mostrado ningún interés en abordarlos, la cosa no pasó de ser una mera anécdota y una anotación a pie de página en el cuaderno de bitácora del capitán.

Así pues, antes de la puesta de sol, el Pingarrón ya traspasaba la bocana del puerto de la Ciudad Condal; a su derecha dejaban la luz verde situada en el extremo sur del espigón, y a velocidad de maniobra se adentraban por el ancho canal que les llevaba hasta el amarradero en el Moll Nou, el lugar que desde la autoridad portuaria les habían asignado para atracar y descargar la mercancía.

Esta vez sí, con todas las luces del barco encendidas como un árbol de Navidad, avanzaban a menos de tres nudos cortando las aguas verdes y oleosas del puerto. Alex se mantenía al timón y, aunque sabía perfectamente que Julie era más que capaz de realizar el atraque, este solía ser uno de los momentos más delicados de cualquier travesía y a nadie más le dejaba la responsabilidad de llevar a cabo el procedimiento si podía hacerlo personalmente.

—¡Colocad las defensas de estribor! —gritó Alex, asomándose por la ventana del puente—. ¡Jack, larga el esprín de proa en cuanto puedas!

De inmediato, Marco y Julie fueron lanzando por la borda uno a uno los neumáticos viejos que impedían que el casco del Pingarrón se golpeara con el hormigón del muelle. A continuación Jack lanzó un cabo por la proa al personal del puerto, que tras amarrarlo a un bolardo, permitió a Riley poner avante al mínimo y, con el timón todo a babor, acercar lentamente la popa al muelle hasta que esta estuvo a la distancia suficiente para que de nuevo Jack les largara un cabo, esta vez desde la popa, y así el barco quedara firmemente amarrado a tierra.

—Apaga motores —ordenó a César en la sala de máquinas cuando la operación hubo concluido, inclinándose sobre el comunicador—. Y cuando termines, sube a darte una ducha y ponerte elegante. Os invito a todos a un vino en El Náufrago.

Poco más tarde, tras hacer los trámites pertinentes en la comandancia del puerto, el capitán Riley, acompañado de Jack, Julie y César, caminaba por las estrechas y enrevesadas calles de la Ciutat Vella de Barcelona.

A pesar de las airadas protestas de Marovic, que tenía planeada una larga noche de alcohol y prostitutas, Alex le había ordenado quedarse de guardia en el barco junto a la pareja de pasajeros. porque aunque disponían de falsos pasaportes suizos, consideró más seguro que siguieran a bordo del Pingarrón. Aunque España era nominalmente un país neutral en la guerra que estaba asolando Europa, a nadie se le escapaba que el régimen fascista instaurado por los vencedores de la guerra civil simpatizaba descaradamente con los nazis y espías e informadores alemanes pululaban por doquier. Así que más les valía no arriesgarse ni llamar la atención, cosa que, por desgracia, en compañía de la espectacular señora Rubinstein habría resultado imposible.

El sol ya se había puesto tras la montaña de Collserola, pero aunque en otras capitales europeas lo normal hubiera sido

encontrar las calles desiertas a tales horas, el casco viejo de
Barcelona aún hervía de actividad bajo los escasos fanales que iluminaban unas callejuelas embanderadas con sábanas, pantalones
y camisas puestas a secar en los balcones y multitud de negocios se
encontraban abiertos: tiendas de ultramarinos, zapateros remen-
dones, pescaderías malolientes y oscuras tascas de vino peleón
para marineros sin barco.

A paso tranquilo los cuatro se adentraron por el Carrer
Ample, caminando con ese paso característico que delata a los
marinos que acaban de bajar a tierra, tambaleándose como si el
suelo siguiera moviéndose aún bajo sus pies. El centenario empe-
drado de las calles repicaba de vez en cuando bajo los cascos de
algunos caballos y mulos, que transitaban el barrio repartiendo
leña o carbón para las cocinas o tirando de un carro de apáticos
barrenderos. En aquella parte de la ciudad parecían no haberse
decidido por el uso del automóvil, pues no solo las enrevesadas
calles medievales resultaban demasiado estrechas para circular
por ellas, sino que, además, en la ardua posguerra que estaba
sufriendo el país desde que Franco se alzara con la victoria, la
gasolina era un lujo al que solo tenía acceso una privilegiada minoría, y desde luego, esa minoría no vivía en los barrios populares
cercanos al puerto.

La mayoría de los peatones les dedicaban una segunda mirada
de extrañeza al cruzarse con ellos, y es que no solo formaban un
cuarteto ciertamente variopinto, sino que a un kilómetro de distancia se notaba que no eran oriundos del lugar. Los barceloneses
de aquellos días sufrían las duras consecuencias de una posguerra
que estaba resultando tan dura como la guerra civil que la había
provocado. La mayoría de los alimentos estaban racionados, y
productos como el jabón o el aceite habían pasado a ser artículos
al alcance de muy pocos. En consecuencia, el aspecto general
de la gente era el de no estar pasando precisamente una buena
racha, y las ropas viejas y remendadas de hombres mal afeitados,
con boina y alpargatas, así como las mujeres enlutadas con sucios

delantales que llevaban a niños churretosos de la mano, no hacían sino acentuar esa impresión.

Muchos de los centenarios edificios de aquel barrio parecían combarse hacia afuera, como si quisieran asomarse también a la calle, amenazando con desmayarse sobre la acera con sus paredes sucias y desconchadas repintadas a parches con pintura blanca. «Puede —pensó Alex—, que para borrar consignas republicanas de cuando la ciudad aún resistía al ejército fascista.»

Los olores a boñiga, orines y a sardinas fritas se escapaban por las ventanas e impregnaban el aire del barrio, mientras la basura se amontonaba en los rincones y las esquinas, donde no era raro ver a un hombre en competencia con los perros callejeros revolverla en busca de algo que llevarse a la boca o al bolsillo.

«Pero, a pesar de todo eso, los ojos vivaces y la actitud de la mayoría de la gente contrastan con su deprimente entorno, y el ambiente general podría calificarse casi como de...»

—Esta ciudad apesta —opinó Jack, interrumpiendo los pensamientos de Riley.

—Ya sabemos que, según tú, Vigo es la ciudad más bonita de España —replicó Alex—. Siempre que venimos dices lo mismo.

—Es que es la verdad. Y además, está mucho más limpia —recalcó dando una patada a un montoncito de basura—. El día que vayamos, veréis que estoy en lo cierto.

—Para mí también es demasiado bulliciosa —murmuró César, mirando a su alrededor—. Prefiero lugares más pequeños y tranquilos.

—Es que tú te criaste en un pueblecito de pescadores, mi amor —bromeó su mujer—. Si ves más de diez personas juntas, ya te pones nervioso. Aunque, si queréis saber mi opinión, creo que Niza es sin duda la ciudad más hermosa de toda Europa.

El capitán se volvió a medias sin dejar de caminar.

—Pues a mí me gusta esta —objetó, haciendo un círculo con el dedo en el aire—. Creo que Barcelona tiene algo especial, y el día en que salgan de este pozo de mierda de la posguerra, tengo la corazonada de que se convertirá en un lugar bastante agradable.

—Oh, venga ya —se burló el gallego con un ademán—. Eso ni tú te lo crees.

Pocos metros más allá —después de cruzarse con una pareja de guardias civiles con tricornio, fusil a la espalda y grandes mostachos que, suspicaces, les exigieron mostrar su documentación con sus habituales malos modos—, al doblar una esquina, llegaron a El Náufrago, la tasca donde religiosamente iban a parar cada vez que atracaban en la ciudad.

En realidad era un local tan cutre, sucio y desastrado como cualquier otro de los alrededores, con serrín y colillas por el suelo, toneles de roble de vino peleón en las paredes y su nómina de borrachos habituales. Pero las tapas que servían eran generosas y el tinto de la casa estaba menos aguado de lo habitual, aunque lo mejor de todo era el dueño, un excombatiente republicano llamado Antonio Román, que había luchado junto a Riley y Jack en la batalla de Belchite, unos cuatro años atrás.

—¡Me cago en la leche! —exclamó al verlos entrar por la puerta—. ¡Pero si son el gringo y el gallego! —Tiró sobre la barra el trapo que llevaba al hombro, salió a su encuentro y se fundió en un abrazo con ellos—. ¡Pero qué alegría veros de nuevo! —Y dando un paso hacia atrás añadió con un reproche—: Hacía mil años que no os pasabais por aquí.

—Yo también me alegro mucho de verte, Antonio —contestó Alex, feliz de reencontrarse con un antiguo camarada de armas—. Pero ya sabes que los negocios no siempre le llevan a uno adonde le gustaría.

El cantinero, un hombre de mediana estatura y poblado bigote, ataviado con una camisa blanca con cercos de sudor y un delantal que tiempo atrás también debió ser de color blanco, miró muy serio la prominente barriga de Jack y la palmeó con censura.

—Coño, Joaquín, has engordado. No creí que eso fuera posible.

—Vete a la mierda —contestó sin perder la sonrisa, propinándole un fingido puñetazo en el hombro.

—Vaya —dijo seguidamente, mirando a la espalda del cocinero—, veo que esta vez os han dejado bajar a tierra. Como siempre, un placer volver a verla, señorita Daumas. —Y galantemente le besó el reverso de la mano.

—Señora de Moreira desde hace seis meses —contestó la francesa, enseñándole el anillo en su mano izquierda con una sonrisa de orgullo.

Antonio se volvió hacia César con incredulidad.

—¡Tú! —Lo señaló, con los ojos muy abiertos—. ¡No puede ser! ¿Pero cómo lo lograste?

—Usé mi arma secreta —dijo en confidencia.

—¿Ser un pelmazo?

—Día y noche —admitió con un guiño—. Hasta que dijo que sí.

Minutos más tarde y ya sentados alrededor de la mesa del rincón, tenían frente a sí dos botellas de auténtico vino del Penedés, una hogaza de pan recién hecho y una suculenta tortilla de patatas con cebolla cortada en porciones.

—¿Y qué ha sido de ti en todo este tiempo? —preguntó Alex—. Veo que tienes el bar lleno de gente. Eso es buena señal, ¿no?

—Voy tirando —confirmó Antonio—, pero son malos tiempos. La gente pasa hambre, y la policía secreta del régimen está por todas partes. —Miró a su espalda y agregó en susurros—: Hasta he tenido que cambiarme el nombre por el de Antonio López, por si las moscas. A los ex milicianos que atrapan los mandan a la cárcel de Montjuic, y de muchos ya no se vuelve a saber más. Son malos tiempos —repitió, y dio un trago a su vaso de vino—. Muy malos.

—Carallo… —masculló Jack—. Pensaba que dos años después de la guerra la cosa ya se habría tranquilizado.

—Qué va, Joaquín. Casi te diría que va a peor, y con la guerra en Europa y el cabrón de Hitler llevando las de ganar, aún está más difícil la cosa.

—Bueno, esperemos que cambien las tornas.

—Brindo por eso —dijo Alex, alzando su vaso con disimulo.

—No sé, no sé… —murmuró Antonio con desánimo—. Según parece, los alemanes han sitiado Kiev y Stalingrado, y marchan a toda leche hacia Moscú. Si los rusos pierden su capital perderán también la guerra, y entonces los nazis podrían volcar toda su atención en el frente occidental e invadir Gran Bretaña. Y cuando eso pase…

—Aún quedan los americanos por entrar en juego —apuntó entonces César, mirando a su capitán—. Ellos son los únicos que pueden cambiar el signo de esta guerra.

Alex se retrepó en la silla y miró fijamente su vaso ya vacío.

—Es posible —admitió—. Pero aunque Roosevelt ha autorizado a la armada a proteger los convoyes que van a Inglaterra, no parece demasiado dispuesto a iniciar una guerra contra los alemanes, sobre todo teniendo en cuenta que las cosas en el Pacífico se están poniendo feas con los japoneses y cualquier día son capaces de darnos un susto.

—Qué curioso —apuntó Julie, pensativa—. Así que, mientras Japón no le declare la guerra a los Estados Unidos, estos no entrarán en el conflicto y los nazis tendrán vía libre para arrasar Europa, ¿no? Entonces, me temo que el emperador Hiro-Hito se lo tomará con mucha calma para no perjudicar a sus amigos alemanes.

Antonio miró a la piloto del Pingarrón con renovada admiración.

—Caramba, caramba… No solo es guapa, sino que también es lista y sabe de política internacional. ¿Por qué has tenido que casarte con él? —dijo con teatral desolación, señalando al portugués con el pulgar.

—Se puso muy, muy pesado —contestó con un teatral gesto de cansancio—. Fue la única manera de que me dejara tranquila.

—En fin… —se lamentó el cantinero— la vida es injusta. Y cambiando de tercio —dijo mirando a Riley—, ¿qué os trae por Barcelona?

—Negocios, como siempre —dijo encogiéndose de hombros—. Transportamos una carga de maquinaria textil desde Italia que mañana espero ya haberme quitado de encima.

—¿Y algo más? —inquirió Antonio con mirada ladina—. ¿Algo que me pudiera… interesar?

En respuesta, Alex abrió discretamente el bolso de viaje que había traído del barco y empujándolo con el pie lo dejó al lado del cantinero, que estudió su contenido con meticulosidad.

—Buena calidad —murmuró al cabo de un minuto largo.

—La mejor, como siempre. Champán francés, chocolate suizo y tabaco americano.

—¿Cuánto tienes?

—En total, treinta y dos cajas.

Antonio silbó con asombro.

—Eso es mucho percal para mí. En realidad, es mucho casi para cualquiera.

—No tienes por qué quedártelo todo. Podemos buscar más compradores.

—Esa no es una buena idea —dijo negando con la cabeza—. Últimamente se han puesto muy duros con el estraperlo, y si empezáis a mover mucho la mercancía, al final alguien se irá de la lengua y se chivará. No —razonó—. Lo que necesitáis es un solo comprador, y luego si te he visto no me acuerdo.

Alex se inclinó hacia delante y se apoyó sobre la mesa manchada de vino y migas de pan.

—Pero acabas de decir que es demasiada mercancía para cualquiera.

—Bueno, tengo algunos contactos… —dijo mirando de nuevo el contenido de la bolsa—. Si me hacéis un buen precio puedo encargarme de la distribución de todo el cargamento.

—¿Un buen precio?

—El diez por ciento de los beneficios.

—El dos —respondió Alex de inmediato—. Y mi más sincera gratitud.

—El ocho —replicó Antonio—. Tengo mujer e hijos que alimentar.

—Cuatro por ciento es mi última palabra. Eres demasiado feo para tener mujer —añadió—, y mucho menos una que quiera tener hijos contigo.

—Dejaos de tonterías —los interrumpió Julie con impaciencia—. Un cinco por ciento será lo justo. *C'est bien*, Antonio?

—Qué remedio… —dijo encogiéndose de hombros, con afectada resignación.

—Entonces estamos de acuerdo —concluyó el capitán, sellando el acuerdo con un apretón de manos—. Mañana mándame unos estibadores y un camión al Moll Nou, que yo me encargaré de los aduaneros.

—Está bien, los tendrás por la tarde.

—Por cierto, Antonio. ¿Sabes si hay quien pudiera estar interesado en nuestros servicios?

—Oh, pues ahora que lo dices —dijo mesándose el bigote—, sé de alguien que está buscando gente para un trabajo especializado.

—¿Quién? —quiso saber Jack.

—Todo lo que sé es que necesita rescatar urgentemente algo de un barco hundido. Vosotros ya lo habéis hecho alguna vez, ¿no?

—Alguna vez… —confirmó Alex—. Pero resulta caro y peligroso. Casi nunca vale la pena.

—Pues esta vez diría que sí —secreteó en voz baja, apoyando los codos en la mesa y echando un vistazo alrededor—. He oído que hay una cantidad indecente de dinero de por medio.

Alex sonrió.

—Me gusta la indecencia.

—¿Quién es el contratista? —insistió Jack.

—Un financiero que casualmente está estos días en Barcelona. Os puedo concertar una reunión para mañana por la mañana.

—¿Y tiene nombre ese financiero? —inquirió Jack por tercera vez, receloso ante la reticencia del otro a revelar su identidad.

Antonio Román entrelazó las manos, bajó la mirada y pareció que se le había comido la lengua el gato.

—¿Antonio? —preguntó Alex, extrañado también ante su actitud.

—Es mallorquín... —musitó—. Creo que ya sabéis a quién me refiero —agregó, sin llegar a levantar la vista.

Durante un instante todos se quedaron en silencio, tratando de descifrar aquella críptica respuesta. Pero, casi al mismo tiempo los tripulantes del Pingarrón comprendieron con idéntico estupor a quién se refería el tabernero.

—¡Ah, no! —exclamó Julie, llamando la atención del resto de la clientela—. ¡Eso no! *Jamais!*

—*Nunca mais!* —prorrumpió César, encendido—. ¡Capitán, usted dijo que *nunca mais!*

—¡Ni hablar del peluquín! —bramó al mismo tiempo el gallego con su potente voz, mientras amenazaba a Alex con el dedo—. ¡Que ni se te pase por la cabeza! ¿Me oyes? ¡Antes muerto que volver a trabajar para él!

# 5

De regreso en el Pingarrón, toda la tripulación se había congregado en el comedor alrededor de la gran mesa. Sin embargo, al contrario que esa misma mañana, el ambiente era tenso y las discusiones resultaban de todo menos cordiales.

—Será solo un trabajo como otro cualquiera —alegaba el capitán, tratando de tranquilizarlos—. Averiguamos de qué se trata, decidimos si nos interesa, y si no, adiós muy buenas.

—Con ese cabrón nunca hay un adiós muy buenas —replicó Marco, que había tenido la misma reacción que sus compañeros al saber quién estaba al cabo del negocio—. Tratará de engañarnos, robarnos o asesinarnos… y seguramente las tres cosas a la vez.

—En esta ocasión no será así. Ya estamos sobre aviso, así que estaremos prevenidos y todo saldrá bien.

—Nos dio su palabra —le recriminó Julie, apuntándole con el dedo—. Dijo que nunca volveríamos a trabajar para él.

—Lo sé, pero necesitamos el dinero y no podemos darnos el lujo de rechazar un trabajo solo porque no nos gusta quien nos paga.

—¿Que no nos gusta? —La francesa puso las manos encima de la mesa con las palmas hacia arriba, como si sostuviera una bandeja invisible—. *Mon Dieu!* ¡Quiso matarnos!

—Sabemos que usted es el capitán, pero somos mayoría —le hizo ver César, abarcando con un gesto a los demás—. Ninguno de nosotros trabajará para ese hombre, no importa cuánto dinero ofrezca.

—Señor Moreira —replicó Alex, envistiéndose de una súbita gravedad—, le recuerdo que este es mi barco y que esto no es una democracia.

—Lo sé, capitán —dijo bajando un poco el tono—. Pero usted no puede llevar el barco solo, nos necesita —añadió mirando a sus compañeros—, y no queremos aceptar ese trabajo.

—No he dicho que debamos hacerlo, pero no nos hará daño averiguar cuál es el trato, ¿no?

—Yo creo que sí —adujo Julie—. Mañana ya habremos descargado toda la mercancía y podremos ir a cualquier otro puerto, quizá a Valencia, o si no a...

—Julie... —la interrumpió Riley—. Cada día que pasamos con las bodegas vacías perdemos dinero. Y además, ¿necesito recordarte cómo es este negocio? El amarre, el combustible, el mantenimiento del barco... Tenemos que trabajar constantemente para salir adelante.

—Ese tipo es una sabandija traicionera —arguyó Jack por enésima vez—. Si trabajamos para él, nos arrepentiremos por el resto de nuestras cortas vidas.

Y justo entonces, tomándolos por sorpresa, una voz femenina con acento centroeuropeo preguntó desde el umbral de la puerta:

—¿Quién es una sabandija traicionera?

—Ho... hola, señora Rubinstein —tartamudeó Jack, antes de añadir—: Nadie, no es nadie... —dijo, desechando el tema con un gesto—. Estábamos hablando de una mala persona.

Alex, sin embargo, aprovechó la oportunidad para atacar por el flanco más débil de cualquier hombre.

—Se trata de un individuo —explicó, para sorpresa de los presentes—, con el que podríamos hacer un buen trato. Pero, por desgracia —dijo con teatral aflicción—, a mi tripulación le aterroriza ese hombre y se niega a tratar con él.

—¿Ah, sí? —preguntó la austríaca, inclinando la cabeza con interés.

—Bueno… —carraspeó Jack—. Aterrorizar no sería la palabra correcta, más bien diría que…

—¿Le tienen miedo? —preguntó acercándose a la mesa, envuelta en perfume y en un vaporoso vestido de lino blanco que dejaba a la vista un generoso escote. Fue a sentarse entre Marco y Jack, y posó una mano sobre el hombro de cada uno de ellos—. ¿Y tiene nombre ese demonio que tanto atemoriza a unos marineros curtidos?

—Se llama Joan March —aclaró Alex—, y es casi un anciano.

—¿No me diga? —Posando las manos sobre las de los hombres que tenía a izquierda y derecha, susurró apenada—: Qué sorpresa… Pensé que los contrabandistas eran hombres valientes y rudos.

El gallego y el yugoslavo enrojecieron como dos adolescentes en su primer beso.

—Eso creía yo también —coincidió Riley encogiéndose de hombros—. Pero ya ve que…

—Un momento, capitán. Tampoco he dicho que no —lo interrumpió Marovic con altivez, haciendo crujir los nudillos con fuerza—. ¿Cuándo… cuándo quiere que vayamos a hablar con ese hombre?

Al oír esas palabras, Elsa pasó el brazo por los hombros del yugoslavo, y le dedicó una insinuante sonrisa que a punto estuvo de derretirlo sobre la silla.

—Yo creo que cuanto antes, mejor —exclamó entonces el cocinero y primer oficial, tratando de recuperar la iniciativa—. Mañana mismo deberíamos tratar de reunirnos con él. Es más —agregó henchido, alzando la barbilla—, creo que debería ir yo solo y así no arriesgar la vida de nadie más.

Alex tuvo que esforzarse por no reír, y todo lo seriamente que pudo les preguntó, apoyando los codos sobre la mesa:

—Entonces… ¿eso significa que estáis conmigo en este asunto?

—Absolutamente —respondió uno.

—¿Por qué no iba a estarlo? —contestó el otro, casi ofendido por la pregunta.

—¡Estupendo! —dijo Riley, dando una palmada de aprobación—. Sabía que podía confiar en vosotros. —Y volviéndose hacia César y Julie, que habían observado toda la escena sin dar crédito a lo que estaban viendo, les dedicó un guiñó burlón—. Mira por dónde, ahora somos mayoría.

Se puso en pie, y antes de darles tiempo a comprender lo que había sucedido se encaminó a la escalerilla que llevaba a la cubierta inferior, camino de su camarote.

—Hoy ya se ha hecho tarde —dijo antes de marcharse—. Así que mañana discutiremos los detalles. Buenas noches a todos.

Sin dejar de sonreír como un zorro que acaba de colarse en el gallinero, bajó hasta la cubierta de camarotes. Pero antes de entrar en el suyo llamó a la puerta del destinado a los pasajeros.

—¿Señor Rubinstein? —preguntó dando un par de golpecitos en la madera.

Al cabo de unos segundos la puerta se abrió y Helmut Rubinstein apareció con un pijama de franela y restregándose los ojos con cara de sueño.

—¿Sí?

—Señor Rubinstein, solo quería darle las gracias por el favor que me han hecho. —Le entregó una botella de champán del alijo de contrabando y añadió—: Dígale a su esposa que nuestra pequeña comedia ha sido un éxito, y que si se hubiera dedicado a ello, sin duda habría sido una gran actriz.

El día siguiente amaneció con una fina lluvia que rociaba con indolencia las calles de la ciudad. Por lo general, esos días melancólicos que invitaban a café caliente con un chorrito de ron eran los preferidos de Alex, a pesar de que con la humedad se agudizaba el dolor de la vieja herida de bala —o más bien por eso mismo—, como un recordatorio de todo aquello que no podía, ni debía, ni quería olvidar.

En días como esos, el capitán del Pingarrón acostumbraba a deleitarse en la sorda melancolía que ya llevaba años acompañándolo, paladeando esos momentos como un dulce veneno de la memoria. Solía sentarse en el puente de mando a escuchar el hipnótico tamborileo de las gotas de agua repiqueteando contra el techo y los cristales de la cabina, a contemplar cómo el gris horizonte se difuminaba en un manto desvaído entre el cielo y la tierra. Cuando tal cosa sucedía y el mundo se revelaba como un lugar frío, sombrío e indiferente, hallaba una suerte de amarga certidumbre de que así eran las cosas en realidad y, de algún modo, eso le ayudaba a sentirse casi en paz consigo mismo.

Pero esa mañana no era el caso.

Acompañado por su segundo, atravesaba el popular barrio de pescadores de la Barceloneta camino de su cita con Joan March. Las calles eran algo más amplias y ordenadas que las del casco antiguo, —distante menos de quinientos metros.—, y aún con el cielo gris sobre sus cabezas, los colores con que los pescadores decoraban sus casas usando la misma pintura de los barcos, los omnipresentes geranios que decoraban balcones y ventanas, e incluso los pocos viandantes que corrían a protegerse de la llovizna en los portales, le daban un aire sensiblemente más alegre a aquel arrabal situado entre la playa y el puerto.

—Sigo pensando que es una pésima idea —murmuró Jack, que no dejaba de mirar a izquierda y derecha esperando una emboscada en cada esquina—. Ese cabrón nos la acabará jugando, seguro.

Alex lo miró de soslayo antes de contestar con media sonrisa:

—Pues ayer noche se te veía entusiasmado.

—Vete al carajo. ¿Te crees que no sé lo que hiciste?

—¿Quién? ¿Yo? —repuso con cara de ignorancia—. Por lo que recuerdo, tomaste tu decisión libremente.

—Un copón, libremente. Aunque lo que me fastidia —dijo el cocinero, ignorando el cínico alegato de Alex— es haber caído como un memo. Te aprovechaste de mis... de mis sentimientos hacia esa mujer, y de que Marco tiene el cerebro en los huevos.

El capitán le dio un par de palmaditas en la espalda.

—No te preocupes. Verás como todo va a salir bien.

—Ya —masculló con acritud—. Eso le dijo Hitler a los polacos.

Dos minutos más tarde llegaban a la plaza de la Barceloneta y justo frente a la fachada de la iglesia de Sant Miquel del Port los esperaba una berlina Mercedes de color negro, custodiada por dos matones con sombrero y gabardina, indiferentes a la lluvia, que se volvieron hacia ellos en cuanto los vieron llegar.

—Última oportunidad —murmuró Jack al ver cómo abrían la puerta del auto en una siniestra invitación.

—Ya hemos llegado hasta el puente —repuso Alex, llevándose la mano al costado para sentir el tranquilizador tacto del Colt bajo la cazadora—. Ahora solo queda cruzarlo.

En cuanto subieron al auto, lo primero que hicieron fue vendarles los ojos, ignorando las protestas de los dos marinos y asegurándoles que, o aceptaban ir así, o no irían a ningún lado.

Circularon por Barcelona durante casi una hora, algo que llevó a Alex a suponer que lo hacían para despistarles pues aquella ciudad, no demasiado grande y sin apenas semáforos, en ese tiempo ya habrían podido recorrerla de arriba abajo un par de veces. Finalmente, el sedán se detuvo con un chirrido de los frenos, y tras advertirles que no se quitaran aún las vendas, los hicieron salir del coche para, seguidamente, conducirlos a un lugar bajo techo.

—Ya os las podéis quitar —avisó a sus espaldas una voz de cazalla.

De inmediato se deshicieron de los antifaces, y descubrieron que se encontraban en el interior de un opulento despacho de enormes dimensiones, con un amplio ventanal que daba a un frondoso jardín, una gran mesa de caoba a la luz del mismo, y, enfrente, dos sillas vacías que parecían esperarles. Una decena de cuadros colgaban de las paredes color crema, y a pesar de no ser ningún experto, a Alex no le costó reconocer un Monet y un Van Gogh, así como un par de esculturas griegas o romanas en las dos esquinas del fondo. No dudó ni por un momento, tratándose de quien se trataba, de que todas aquellas obras eran las auténticas y originales.

Miraba a su alrededor procurando no parecer demasiado impresionado cuando uno de los matones se acercó por la espalda y con un gesto ágil, fruto de mucha práctica, los cacheó a ambos en un santiamén. Antes de que se dieran cuenta ya les habían despojado a ambos de las pistolas que llevaban bajo la ropa.

—Tranquilos —dijo el otro gorila, con una sonrisa que decía todo lo contrario—. Cuando os vayáis, os las devuelvo.

Entonces hizo una señal y a los pocos segundos apareció por una puerta lateral un hombre delgado y de nariz prominente que no pasaría del metro setenta de estatura, con un anodino traje oscuro, corbata a rayas y camisa blanca. Sin decir una palabra y con paso ágil, a pesar de la cincuentena larga que aparentaba, se acercó a su escritorio, tomó asiento en un mullido sillón de piel, y sin siquiera mirarlos les hizo una seña —acompañado por un leve empujón de los dos guardaespaldas— para que también se sentaran.

El silencio se prolongó durante unos minutos eternos en los que el recién llegado ojeó unos documentos que tenía sobre la mesa, ignorándolos como si no estuviesen ahí. Costaba creer que aquel tipo con aspecto de aburrido contable fuera uno de los hombres más ricos y poderosos de toda Europa —«el banquero de Franco», le llamaban algunos—, y que buena parte de su fortuna la hubiera amasado gracias al contrabando, la usura y la especulación en tiempos de guerra.

Casi nadie estaba al corriente de sus orígenes, ni de cómo se había convertido en un personaje que hubiera dejado a Al Capone como un matón de barrio, pero era de todos conocida su gran influencia en el gobierno español, sus contratos para abastecer de petróleo a los nazis, su doble juego con los aliados y sus traiciones constantes a todo aquel incauto que confiaba en él. Era, a pesar de su inofensiva apariencia, un personaje al que había que andarle con mucho tiento, pues con un solo gesto podía enviar a cualquiera a inspeccionar el fondo del puerto con unos bonitos zapatos de cemento.

—Me han dicho… —murmuró con voz rasposa, dejando a un lado los papeles que había estado leyendo— que ya trabajaron en una ocasión para mí. —Se quitó las gafitas redondas de lectura y miró por primera vez a los dos marinos, quietos en sus sillas como si los hubieran clavado.

El capitán y su primer oficial intercambiaron una mirada involuntaria.

—Hace unos meses —logró articular Alex, que había esperado no tener que resucitar aquel mal recuerdo—. Usted nos contrató a través de un tercero, para hacer un… transporte.

La reacción de Joan March fue de lo más inesperada.

—¿Ah, sí? —dijo frunciendo el ceño—. No lo recuerdo. ¿Salió todo bien?

Alex estuvo a punto de mentir descaradamente y decir que sí, que todo había ido de maravilla, pero entonces le pareció ver un brillo de astucia en los ojillos del hombre que tenía enfrente y supo que esa era la respuesta equivocada.

—Creo que usted ordenó matarnos —señaló al fin, esforzándose por parecer indiferente.

—Oh, sí, ahora lo recuerdo. Fue porque se retrasaron en hacer la entrega. ¿Me equivoco?

—En su momento —explicó, esforzándose por mantener la calma—, le expliqué a su contacto que habíamos roto el motor y tuvimos que recalar en Orán para repararlo. No fue nuestra culpa, pero en cambio trató de hundir mi barco y luego matarme.

Joan March fingió cansancio, como si se viera obligado a repetir una lección a un niño travieso.

—Capitán Riley... póngase en mi lugar —alegó, ajeno a cualquier sentimiento de culpa—. ¿Cree usted que he llegado a donde estoy aceptando excusas? En este negocio la reputación es lo primero, y si alguien me falla o trata de engañarme... bueno, ya sabe lo que le pasa, ¿no?

—Yo nunca traté de engañarle —replicó Alex.

—Lo sé —contestó fríamente—. Si hubiera sido así, le aseguro que usted y su tripulación ahora estarían en el fondo del mar. Pero dejemos esta desagradable conversación a un lado —dijo, apartando el asunto con un ademán, como a una mosca molesta—. Me han informado de que ustedes tienen cierta experiencia en el rescate de barcos hundidos. ¿Es así?

Alex tragó saliva, pensando que cada palabra que dijera podría ser utilizada en su contra llegado el momento.

—El año pasado recuperamos un cargamento de cobre de un carguero hundido frente a la costa de Egipto —contestó, procurando ser lo más preciso posible.

Joan March asintió, al parecer satisfecho, para comentar a continuación:

—Mis colaboradores me han dicho que se trata de un proceso complejo, que necesita un equipo especializado y hombres bien entrenados —dijo esto último posando la mirada en la voluminosa barriga de Jack.

El gallego, entendiendo la insinuación, estuvo a punto de abrir la boca de no ser por el disimulado pisotón que le propinó su capitán.

—Tengo los mejores hombres y el mejor equipo —afirmó Riley, imprimiendo seguridad a su respuesta—. Pero todo depende de la profundidad a la que esté el pecio, las condiciones en que se encuentre y lo que se desee rescatar.

—Lamentablemente —contestó March, juntando la yema de los dedos—, no conozco con certeza el primer dato, aunque posiblemente esté a menos de cincuenta metros de profundidad. ¿Pueden llegar a cincuenta metros?

—Podemos —asintió, para preguntar a continuación—: ¿Y las otras cuestiones?

—Tampoco sabemos las condiciones en que se encuentra, pero creemos que no está en muy mal estado, ya que hace solo unos días de su hundimiento.

—¿Se saben las causas?

—Desde luego. —Una sonrisa de tiburón asomó entre sus labios—. Pero aún no se lo puedo decir, así como tampoco puedo darle la localización, ni decirle qué es lo que necesito que rescate. Esos son detalles que no conocerá hasta que sea necesario, y si decido contratarlo, claro está.

—Ya veo. —Alex se pasó la mano por la cicatriz de la mejilla, dudando de si al final había sido buena idea acudir a aquella reunión—. ¿Y qué garantía tengo... de que no quiera matarnos de nuevo?

Al banquero casi le da la risa al oír aquello.

—¿Garantía? —Miró a uno de sus guardaespaldas y le preguntó—: ¿Has oído? Me está pidiendo garantías. El tipo se cree que está comprando un automóvil.

El esbirro soltó una carcajada que cortó en seco en cuanto March levantó un dedo.

—Mire, señor Riley... —dijo dirigiéndose a Alex—. La reputación funciona en ambas direcciones. Haga bien su trabajo y será puntualmente recompensado. Hágalo mal y será comida para los peces. Esa es mi garantía —sentenció con frialdad.

Jack salió de su mutismo para susurrar al oído de su capitán:

—Este nos la va a jugar, como que me llamo Joaquín.

—No me lo está poniendo fácil, señor March —respondió Alex, y a su amigo le pidió silencio con un gesto—. ¿De cuánto dinero estaríamos hablando?

El hombre más poderoso de la España de posguerra se inclinó sobre su mesa, taladrándolos a ambos con la mirada.

—Yo no he dicho en ningún momento que sea fácil —masculló con su voz de serpiente—, pero el premio les aseguro que vale la pena. La cuestión que de verdad nos atañe es: ¿pueden hacerlo, o no?

# 6

—Que ha hecho… ¿qué? —inquirió Julie, con los ojos como platos.

Alex desvió la mirada al techo del salón antes de enfrentarse a su cabreada tripulación.

—A ver —dijo tras exhalar el aire con fuerza—. Lo explicaré por segunda vez. Tras la reunión con Joan March hemos decidido…

—¿Hemos? —lo interrumpió Jack.

—Está bien… —concedió, mirando de reojo a su segundo—. He decidido aceptar el trabajo. Tenemos dos días para llegar a Tánger y una vez allí nos darán la situación exacta de un barco hundido en las proximidades. A partir de ese momento tendremos que localizar el pecio, bajar hasta él y recuperar de su interior una carga que aún no nos han especificado. Una carga que tendremos que entregar a Joan March en persona, en un punto aún por concretar, en el plazo de dos semanas como máximo a partir de hoy.

—¿Solo doce días para encontrar un pecio y hacer un rescate? —preguntó César, incrédulo—. ¿Se ha vuelto loco?

—A mí dejadme en tierra —adujo Marco negando con la cabeza—. No quiero saber nada de esto.

El capitán cerró los ojos, aguantando el chaparrón. Tras dejar durante un minuto largo que la tripulación se desahogara y diera su opinión con todos los adjetivos descalificativos que se les pasaron por la cabeza, Riley alzó ambas manos para pedir calma y un instante de silencio.

—Comprendo que tengáis dudas... —empezó a decir.

—¿Dudas? —le cortó César—. Al contrario, no hay ninguna duda.

—Por favor, escuchadme.

—*Capitaine* —le interpeló Julie en tono de súplica—, ese hombre es un asesino. No quiero trabajar de nuevo para él.

—Yo tampoco quiero —puntualizó Alex—. Pero es una buena oportunidad para todos y, si hacemos las cosas bien, podemos salir muy beneficiados.

—No veo beneficio en estar muerto —zanjó Marco, con la adhesión de Julie y César.

Alex se levantó de la silla, y se apoyó en la mesa al tiempo que bajaba la cabeza con resignación.

—Está bien —resopló con cansancio—, me rindo. Confiaba en que podría convenceros, pero ya veo que no es así. En fin... es una lástima. —Y dirigiéndose a Jack le dijo mientras se encaminaba a la puerta—: ¿Te imaginas, amigo mío, lo que habríamos hecho con un millón de dólares?

Como un resorte, el mercenario se puso en pie y tiró la silla al suelo.

—¡Un momento! Repita lo que acaba de decir.

—¿Yo? Nada. Le comentaba a Jack lo que podríamos haber hecho con lo que nos iban a pagar por el trabajo.

—¿Un millón... —balbució incrédulo el mecánico de Madeira— de dólares americanos? ¿Eso es lo que nos van a pagar?

—Ese es el trato —afirmó—. Suficiente para que ninguno de nosotros tuviera que volver a trabajar en la vida. Pero claro... —añadió, poniendo cara de compungido— como bien decís, más vale estar vivo y...

—Déjese de juegos, capitán —lo interrumpió con gesto serio—. Un millón de dólares es muchísimo dinero.

Marco, receloso por naturaleza, entrecerraba los ojos con suspicacia.

—Demasiado dinero, diría yo. ¿Qué es lo que quiere que hagamos? ¿Invadir Alemania?

—Os lo he dicho. No me ha querido dar detalles, pero creo que el trabajo es viable. No hay que matar a nadie y, además, nos va de camino para llevar a nuestros pasajeros a Lisboa. —Sin volver a sentarse, los observó uno a uno—. Tenéis razón cuando decís que Joan March es una sabandija, pero tiene una reputación que mantener y, que yo sepa, nunca ha dejado de pagar lo estipulado cuando se han cumplido sus condiciones.

—Con nuestra parte —dijo César, volviéndose hacia su mujer con un inusitado brillo de codicia en la mirada—, podríamos comprarnos nuestro propio barco, y nunca más tendríamos que trabajar para nadie.

—No sé... —musitó ella, llena de dudas—. ¿Qué puede querer March que valga un millón de dólares?

Riley se encogió de hombros.

—No me lo ha querido decir, pero ¿qué importa? Por un millón de dólares le refloto el Lusitania si hace falta.

—Debe ser oro... —murmuró Marco, perdido en sus pensamientos—. Toneladas y toneladas de oro.

—Puede ser. Pero como si son toneladas y toneladas de garbanzos —advirtió al mercenario—. Se trate de lo que se trate, nuestro trabajo es sacarlo de un barco hundido y entregárselo a March, punto. Además —añadió, dejando un grueso fajo de billetes sobre la mesa—, nos ha adelantado diez mil dólares para los gastos iniciales y que, logremos o no concluir con éxito el rescate, no tendremos que devolverle. Sea como sea —concluyó, ufano—, salimos ganando.

—A mí todo esto me huele muy mal... —opinó Julie—. Y más, viniendo de quien viene.

—Por supuesto que huele mal —contestó esta vez Jack—. Apesta más que mis calcetines sucios. Pero se trata de una oportunidad única y lo que el capitán quiere saber es si también os lo parece a vosotros y estáis de acuerdo en llevar a cabo el trabajo. —Y volviéndose hacia Alex, declaró—: Yo por mi parte, y a pesar de todo, creo que vale la pena correr el riesgo —afirmó poniéndose en pie—. ¿Qué decís vosotros?

César y Julie intercambiaron una breve mirada, y al cabo de un momento asintieron al unísono.

—Lo haremos —dijo el esposo, lleno de dudas—. Solo espero no llegar a lamentarlo.

Entonces todas las miradas se posaron en Marovic, que contaba con los dedos como un niño pequeño, hasta que levantó la vista para preguntar con gesto de concentración:

—¿Alguien puede decirme cuánto es el diez por ciento de un millón?

Al día siguiente, una vez desembarcada la carga de las bodegas —la declarada, y la otra—, llenos los depósitos de combustible y repuesta la despensa, soltaron amarras del Moll Nou del puerto de Barcelona aprovechando la marea de la madrugada., y tras cruzar la bocana del puerto a velocidad de maniobra, navegaron ya rumbo sur suroeste, dejando por la aleta de estribor la achaparrada silueta de la montaña de Montjuic y su siniestro castillo.

Alex había dejado a Julie a cargo del timón —en realidad no resultaba fácil sacarla de allí—, y apoyado en la regala de la amura, bajo el cielo encendido en un rojo amanecer que despuntaba a su espalda, observaba distraído los saltos y cabriolas de los delfines que jugaban frente a la proa del Pingarrón. Entones levantó la mirada para descubrir con alivio cómo la oscura línea de la costa iba desapareciendo lentamente tras el horizonte, y sintió una vez más que su lugar estaba ahí, en el mar, todo lo lejos que fuera posible del mundo de los hombres.

—Capitán Riley —oyó que una voz lo llamaba a su espalda—. ¿Tiene un minuto?

Se dio la vuelta y se encontró frente a Helmut Rubinstein. Con un traje gris de oficinista y el andar inseguro de alguien que nunca antes ha subido a un barco, el empresario judío se veía ciertamente extravagante sobre la cubierta de la nave.

—Claro, dígame —contestó Alex—. ¿En qué puedo ayudarle?

—Verá… —dijo llegando a su altura y agarrándose a la borda—. Acabo de tener una interesante conversación con el señor Alcántara y me ha informado de que nos dirigimos hacia el estrecho de Gibraltar.

—Exacto —asintió—. Vamos justo en la dirección que ustedes necesitan.

—Ya… —El hombre se aclaró la garganta y, como escogiendo las palabras, añadió—: Pero el primer oficial también me ha dicho que tal circunstancia se ha dado porque han aceptado un trabajo en las inmediaciones que les llevará alrededor de dos semanas. ¿No es así?

—También es cierto —corroboró, empezando a ver por dónde iban a ir los tiros.

—El problema es que tal actividad sin duda retrasará nuestra llegada a Lisboa… y me gustaría confirmar que, cumpliendo con su compromiso, nos dejará a mi mujer y a mí en territorio portugués antes de llevar a cabo dicho asunto.

Alex se rascó la barba de un día, antes de contestar:

—Lamentablemente, eso va a resultar imposible. Tenemos un plazo muy justo para realizar este trabajo y no hay tiempo para acercarse hasta su destino. Lo siento mucho —agregó, ensayando una sonrisa de disculpa—, pero llegarán una o dos semanas más tarde. Espero que ello no les suponga una grave molestia.

—¿Grave molestia? —preguntó el austríaco, súbitamente agitado—. Es mucho más que eso y usted está faltando a su contrato.

—Permítame que le corrija —dijo Alex, tratando de no perder la sonrisa—. Ustedes nos contrataron para llevarles en el más breve plazo posible a Portugal y eso es exactamente lo que estamos haciendo.

—¡Pero me acaba de decir que lo hará con catorce días de retraso!

—Catorce días de retraso que son imposibles de evitar.

—¡Pero usted...! —empezó a alegar, levantando el índice acusador.

—Mire, señor Rubinstein —lo interrumpió sin alzar la voz, pero cambiando el semblante—. Esto no es un crucero de placer, es un barco de carga. No sé por qué han decidido llegar a Lisboa por la ruta marítima, ni me importa, pero con lo que ustedes nos han pagado apenas alcanza para el combustible necesario así que, le guste o no, hemos de aceptar cualquier trabajo por el que nos paguen y nos acerque a su destino. De modo que si llegamos una semana o un mes tarde —dijo acercando su cara a la del otro hombre—, usted se limitará a quedarse tranquilamente en su camarote con su esposa y disfrutar del viaje. ¿He sido lo bastante claro?

—Esto es un atropello —protestó el empresario, indignado.

—Si no está de acuerdo —insinuó, inclinando la cabeza hacia la costa—, dígamelo y los desembarcaremos en el siguiente puerto. Por mí no hay problema.

—Es usted un falsario —barbulló— y carece totalmente de respeto por el compromiso.

Alex se echó hacia atrás, apoyando los codos en la borda.

—Lo de falsario no sé qué significa, pero lo otro ya me lo han dicho unas cuantas veces —y con una media sonrisa, añadió—: Aunque esta es la primera vez que lo oigo en boca de un hombre.

Aún no era medio día cuando Riley entró en el puente para relevar a Julie.

—¿Cómo va todo por aquí? —preguntó rutinariamente.

—Perfectamente, capitán —respondió la francesa en el mismo tono—. Seguimos con rumbo dos uno cero, a una velocidad de quince nudos y, si el tiempo sigue así, en unas cuatro horas tendremos a la vista el cabo de la Nao. Calculo que en otras cinco horas habremos... habremos... —Se quedó en silencio, dejando la palabra deshaciéndose en el aire.

Alex, que estaba apuntando su entrada en el cuaderno de bitácora, se quedó esperando a que su navegante terminara la frase.

—Habremos… ¿qué? —preguntó volviéndose hacia ella.

Pero la francesa no le estaba haciendo el menor caso, y en cambio miraba hacia adelante con una mezcla de asombro y preocupación en su joven rostro.

—*Merde…* —murmuró con un hilo de voz—. *Il n´est pas possible.*

Extrañado, Alex levantó la vista y a través del ventanal pudo ver cómo a menos de media milla y prácticamente en su trayectoria, en el centro de una erupción de agua y burbujas, nacía una fea estructura gris erizada de antenas.

En cuestión de segundos, un leviatán de acero emergió de las profundidades escupiendo chorros de agua por los imbornales. De forma ahusada y setenta y cinco metros de eslora aquel afilado monstruo, con casi el doble de tamaño que el Pingarrón, exhibía un amenazante cañón en la cubierta de proa y una inconfundible insignia en el frente de la torreta: un escudo rojo con un círculo blanco y una cruz gamada negra en su centro.

Se encontraban frente a uno de los temibles U-Boot de la marina alemana. Uno de los cientos de letales submarinos nazis que asolaban los mares de medio mundo, que hundían todos los barcos con que se encontraban en el camino y sembraban el caos y la destrucción.

Tras un instante de incredulidad en el que se quedó tan paralizado como su piloto, Riley reaccionó y pulsó el botón rojo de emergencia que alertaba a toda la tripulación con un sonido de sirena, y dando un brusco tirón a la palanca de potencia, dio atrás toda y luego ordenó a César que mantuviera los motores al ralentí.

—*Mon Dieu, capitaine…* —musitó, asustada—. ¿Qué querrán de nosotros?

—Ni idea, Julie —contestó, viendo cómo unas figuras empezaban a asomar por el balcón de la torreta—. Pero diría que estamos a punto de averiguarlo.

Las graves expresiones en los rostros de la tripulación, reunida en el salón-comedor, dejaban bien claro que sabían el peligro de la situación en la que se encontraban. Mientras ellos seguían al pairo, aquel submarino alemán los tenía en la mira de su cañón de 88 mm. y, por si fuera poco, uno solo de la docena de torpedos que llevaba en su arsenal sería suficiente para volar el modesto carguero en mil pedazos y matarlos a todos.

—No tiene ningún sentido —decía Jack, tan confuso como el resto—. Los nazis solo atacan barcos de los aliados y nosotros llevamos pabellón español.

—Si nos quisieran atacar —les hizo ver Alex— ya estaríamos muertos.

—Entonces, ¿qué quieren? —preguntó Marovic—. ¿Puede ser que nos hayan confundido con otros?

—Lo dudo mucho. Han emergido justo frente a nuestras narices, para mí está claro que nos estaban esperando.

—Seguro que ha sido cosa de March… —gruñó César—. Sabía que no nos podíamos fiar de esa sabandija.

—No seas paranoico. Esto no tiene nada que ver con Joan March, ni siquiera sabemos lo que tenemos que recuperar de ese barco hundido… No —insistió—, no tendría ningún sentido.

—Pues llevamos las bodegas vacías —señaló Jack, poniendo las palmas de las manos hacia arriba—, así que tampoco tiene que ver con la carga. No tenemos nada que les pueda interesar.

Entonces Alex chasqueó los dedos, en un súbito gesto de comprensión.

—Cierto, amigo mío, no llevamos ninguna carga que les pueda interesar. Pero ¿y si no se trata de *qué* —y girándose en la silla, se volvió hacia la singular pareja de pasajeros, que hasta ese momento se habían mantenido en silencio en un rincón de la sala— sino de *quién*?

—¡Os lo dije! —estalló Marovic en cuanto entendió la insinuación—. ¡Os dije que estos putos judíos nos traerían problemas!

—Cállate, Marco.

—¡No pienso morir por ellos! —exclamó, y haciendo el gesto de llevarse la mano al cuchillo de su cinturón, anunció—: ¡Voy a lanzarlos por la borda antes de que lleguen los alemanes!

Pero antes de que pudiera completar el movimiento un inconfundible clic sonó junto a su oído, y al girarse vio el Colt de Alex que le apuntaba a menos de un palmo de la cabeza.

—Te juro que si sacas ese cuchillo —le advirtió Riley, hablando entre dientes— repintaré la sala con tus sesos.

El yugoslavo se detuvo en seco y levantó las manos para dar muestra inequívoca de que había captado la idea.

—Capitán —alegó en tono conciliador—, ¿es que no se da cuenta? Por alguna razón los están buscando. Si los encuentran aquí, creerán que somos cómplices de lo que sea que hayan hecho y nos culparán también a nosotros.

Sin dejar de apuntar al mercenario, Alex se volvió hacia los dos pasajeros.

—En eso tiene razón —dijo, esforzándose por mantener la calma—. Los nazis no mandarían un submarino para detener a una simple pareja de refugiados. Así que la conclusión lógica es que ustedes nos han engañado y no son quienes dicen ser. ¿Me equivoco?

El señor y la señora Rubinstein intercambiaron una inconfundible mirada de culpabilidad.

—No —admitió al cabo una temblorosa Elsa—. No se equivoca...

Furioso, Alex se levantó de la silla, se plantó frente a ellos y los encañonó con el arma.

—¿Existe alguna razón —preguntó con estudiada frialdad— para que no les entregue a los nazis como muestra de buena voluntad o siga el consejo de Marco y les lance por la borda después de pegarles un tiro a cada uno?

Helmut Rubinstein extendió las manos ante sí, como si aquello fuera a detener una bala del 45.

—Yo... —balbució—. Nosotros...

Julie por la puerta del comedor, presa de un evidente nerviosismo.

—Acaban de botar dos lanchas inflables —informó con voz entrecortada—. Estarán aquí en menos de diez minutos.

Alex desamartilló la pistola, y devolviéndola a su funda se dirigió a su segundo.

—Jack —dijo bruscamente—. Coge a estos dos mentirosos y deshazte de ellos, que Marco te ayude. Tienes nueve minutos.

—¡No! —exclamó Helmut, fuera de sí—. ¡No puede hacernos eso! ¡No puede!

Ignorándolo, el capitán del Pingarrón acabó de impartir instrucciones.

—Sácalos por la puerta de atrás, no sea que nos estén vigilando con prismáticos. Tú, César —agregó, volviéndose hacia el portugués—, ve al camarote de los pasajeros y elimina cualquier prueba de que hayan estado aquí. Y Julie —ordenó por último—, llama por radio al submarino, y con la mejor de tus sonrisas infórmales de que somos un barco español y que estaremos encantados de recibir a bordo a nuestros amigos alemanes, ¿entendido?

—¡Es usted un asesino! —gritó Elsa en su desesperación, mientras Jack y Marco la empujaban fuera del comedor—. ¡Un maldito asesino!

# 7

Impulsada por los seis soldados que hacían las veces de remeros, la lancha neumática se situó al costado del Pingarrón. Tras asegurarla con un cabo largado desde el carguero, haciendo uso de la escala de cuerda, fueron ascendiendo uno por uno hasta la cubierta, seguidos en última instancia por un oficial alto y delgado que, sorprendentemente, no lucía una insignia de la *Kriegsmarine* —la marina de guerra alemana— en la gorra, sino una espeluznante calavera de plata así como, en la solapa derecha de su uniforme negro el inconfundible emblema que distinguía a los miembros de la temible *Geheime Staatspolizei*. Más conocida como Gestapo.

Por si esto no fuera suficiente, como a propósito para infundir mayor desasosiego en aquellos que estuvieran ante su presencia, el oficial en cuestión era un albino de piel cuasi transparente y en sus ojos, de un azul tan diluido que parecían blancos, destacaban dos pequeñas pupilas negras como cabezas de aguja que exhalaban auténtica maldad.

Sin pedir permiso para subir a bordo ni dar explicación alguna, el oficial nazi miró con indiferencia a su alrededor, ignorando conscientemente la presencia de la tripulación y el capitán de la nave, como si no fueran más que meros objetos o elementos inanimados en la cubierta del barco.

Los seis soldados iniciales, a los que en ese momento se unían los otros seis de la segunda lancha, los rodearon y les apuntaron con sus ametralladoras sin ningún preámbulo. Alex, Jack, Julie, César y Marco respondieron levantando las manos, sabiéndose totalmente indefensos.

Por último, el oficial se aproximó al pequeño grupo con gélida altivez y tras mirarlos uno a uno como si se tratara de cucarachas, preguntó con un acento tan marcado que parecía adrede:

—¿Quién de ustedes es el capitán de este barco?

Riley dio un paso al frente, bajando las manos.

—Aquí estoy —declaró—. Soy el capitán Riley y le agradecería que ordenara a sus hombres que dejaran de apuntarnos y luego me dijera quién es usted y qué hace en mi barco.

Como si no hubiera oído la pregunta, miró de nuevo a la dotación e inquirió extrañado:

—¿Esta es toda su tripulación?

—Es un barco pequeño, no necesito más.

—Ya —murmuró mientras se quitaba los guantes de piel que llevaba, para acto seguido fijar sus malignos ojillos blancos en Alex—. ¿Y pasajeros? ¿Lleva pasajeros a bordo?

—Somos un buque de carga —afirmó con todo el aplomo que consiguió reunir—. No llevamos pasaje, ni tampoco...

Antes de que terminara la frase los dos guantes del oficial de la Gestapo le cruzaron la cara y le dejaron la mejilla enrojecida.

—Se lo preguntaré de otra manera —dijo, como si estuviera realizando un inhumano ejercicio de paciencia—. ¿Hay alguien más a bordo, aparte de ustedes cinco?

—Le aseguro que...

De nuevo los guantes golpearon con fuerza la cara de Alex, que contuvo las ganas de frotarse el pómulo.

—Me está haciendo perder el tiempo —bufó—, y mi paciencia no es ilimitada. Usted es el capitán Alex Riley —recitó con fruición—, y gracias a una larga e interesante conversación que tuve con el ahora difunto señor François Dubois, en Marsella, sé con certeza que usted y sus hombres recogieron a dos fugitivos en la costa de esa misma ciudad con la intención de llevarlos a Lisboa. Dígame dónde están y ninguno de ustedes sufrirá daño alguno.

—Ya le he dicho que no hay nadie más, aparte de nosotros —insistió, clavando los ojos en el alemán.

Entonces, por tercera vez, la mano del oficial fue a abofetear el rostro del capitán, pero en el último momento este le sujetó la mano por la muñeca y ambos se quedaron por un segundo manteniendo un pulso en el aire.

Ese osado gesto llevó a que los soldados descorrieran el cerrojo de sus ametralladoras con un funesto clic clac y el capitán nazi diera un paso atrás mientras desenfundaba su pistola Luger.

—Así que quiere jugar, ¿no? —preguntó con una repentina cordialidad que daba más miedo que la animosidad previa—. Vamos a hacer una cosa —dijo, casi feliz, sacando un puñal con la mano izquierda y apuntándole con él al corazón—. Mis hombres registrarán su nave hasta el último rincón y si encuentran a alguien más aparte de ustedes… les cortaré uno a uno todos los dedos de las manos a los miembros de su pintoresca tripulación. A usted le obligaré a verlo antes de hacerle lo mismo —añadió— y finalmente hundiré su patético barco. ¿Le parece justo?

Y tal como lo dijo, hizo un gesto a los soldados que, tras darles unas escuetas órdenes en alemán, se dispersaron por cubierta y entraron a paso ligero en la superestructura de la nave.

A pesar de ello, lejos de amilanarse, Alex hinchó el pecho y levantó la barbilla.

—Este es un barco de bandera española —dijo, esforzándose por que su voz no delatara lo nervioso que en realidad estaba—, estamos en aguas españolas y yo soy ciudadano estadounidense. No tiene ningún derecho a abordarnos y mucho menos a amenazarnos.

—¿Derecho? —rió el oficial—. Estamos en mitad de una guerra, capitán Riley. Podría hundir este montón de chatarra y nadie sabría jamás lo que ha sucedido.

—En eso se equivoca de nuevo —alegó—. Lo primero que he hecho al verlos emerger ha sido radiar nuestra posición a comandancia marítima con orden de copia para la embajada americana e indicar que un submarino alemán nos estaba cortando el paso y nos obligaba a detenernos. Estoy seguro —añadió, desafiante— de que a sus superiores no les entusiasmaría la idea de tener un conflicto con el gobierno español, y mucho menos con el de Estados Unidos.

—¿Me toma por idiota? —replicó el nazi, alzando las cejas—. Ni su gobierno ni el de España moverán un dedo por usted o su barco. ¿Tan importante se cree?

—En absoluto —convino—. Pero ambos países son de momento neutrales en esta guerra y, aunque mi muerte no tenga importancia en sí misma, puede estar seguro de que no les gustará sentar un precedente de impunidad por parte de Alemania y quién sabe... a lo mejor les estaría dando una razón para entrar en la guerra del bando de los aliados. ¿Cómo cree —susurró acercándose aún más al alemán— que reaccionaría en ese caso su querido Führer?

—Si le entrego a los fugitivos —contestó, acercando la hoja del puñal con el emblema de la Gestapo al cuello de Alex— me impondrá una medalla y posiblemente me ascienda.

—Pues se va a quedar con las ganas —dijo desde atrás la voz grave de Jack—, porque aquí no va a encontrar a nadie.

El oficial nazi se acercó en dos zancadas al voluminoso cocinero y le clavó el cañón de la pistola en la frente.

—Está bien, capitán Riley —dijo con afectado cansancio—. Contaré hasta tres, y si no me entrega a las dos personas que estoy buscando le volaré la tapa de los sesos al gordinflón. Y luego seguiré con los demás. Uno...

—¿Gordinflón? —protestó Jack, ofendido.

—Dos...

Apretó aún más el cañón contra su frente.

—Y...

—¡Está bien! —exclamó Alex—. Prométame que nos dejará marchar y le diré dónde encontrar a sus fugitivos.

El nazi retiró la pistola de la frente de Jack, que había dejado un perfecto círculo rojizo en su lugar.

—¿Lo ve? —asintió, satisfecho—. ¿Tan difícil era? —Se encaró de nuevo a Alex y le preguntó—: A ver, dígame en qué parte de la nave están ocultos.

—En ninguna —afirmó Alex, contrito—. Es cierto que embarcaron en Marsella, pero los dejamos en Barcelona al día siguiente. Se lo juro.

—Miente —replicó, alzando de nuevo el puñal.

—¿Cree que estaría arriesgándome tanto por unos desconocidos? —alegó Alex, esforzándose por parecer sincero—. En cuanto supe que eran unos cochinos judíos los saqué de mi barco. Odio a los judíos. Toda esta guerra es por su culpa y si estuvieran aquí se los habría entregado de inmediato.

El nazi pareció sorprendido en primera instancia y luego acercó mucho su cara a la de Alex, entrecerrando los ojos con desconfianza.

—¿En Barcelona, dice?

—Le puedo dar el nombre de la persona que se encargó de ellos. No les costará encontrarlos, aún deben estar en la ciudad y la muchacha no es de las que pasan desapercibidas… usted me entiende.

Durante unos segundos que se le antojaron eternos, el alemán pareció sopesar la veracidad de las palabras de Alex. Se quitó la gorra con un gesto de cansancio, sacó un incólume pañuelo del bolsillo del pantalón y se lo pasó por la frente para enjugarse el sudor mientras meditaba qué decisión tomar.

En ese momento comenzaron a regresar los soldados y a informarle uno por uno de que no habían hallado nada en su registro. Para cuando todos estuvieron de regreso, el nazi había quedado convencido de que, como decía el capitán, no había nadie más a bordo.

—Está bien —admitió al cabo, contrariado—. Parece que dice usted la verdad. Aunque si descubro que ha tratado de engañarme... —siseó, llevándose la mano al mango del puñal que ya había vuelto a su funda— volveré para buscarle, le encontraré, y mi rostro será lo último que vea antes de que le mate lenta y dolorosamente.

Cinco minutos más tarde, las dos lanchas de goma negra se encaminaban hacia el submarino que, indolente, flotaba en la superficie sin dejar de apuntarles aún con el cañón de proa.

Mientras tanto, la tripulación del Pingarrón seguía en cubierta con el corazón en un puño, resoplando de alivio al ver cómo los alemanes se alejaban lentamente y podían vivir un día más para contarlo.

—Menudo hijo de puta... —masculló César, rompiendo el silencio.

—Casi me cago encima —dijo Jack.

—Deberías haberlo hecho —apuntó Alex—. Eso los habría ahuyentado.

—¿Cómo dijo que se llamaba ese malnacido?

—Capitán Jürgen Högel, de la Gestapo —contestó con una mueca de asco—. Y espero no volver a verlo en lo que me queda de vida.

—A mí me daba escalofríos —confesó Julie.

—Ha sido una estupidez —gruñó Marovic—. Deberíamos haberlos entregado de buen principio. No me puedo creer que haya arriesgado nuestras vidas por un par de desconocidos.

Riley se volvió hacia el yugoslavo y lo miró con censura.

—Cuando te embarcaste ya sabías que este era un trabajo arriesgado —replicó, poniéndole un dedo sobre el pecho—, y a veces vale la pena arriesgar la vida. Especialmente, si esa vida es la tuya.

Entonces la francesa señaló hacia abajo, antes de preguntar.

—Capitán, ¿vamos a...?

—Aún no —la interrumpió Alex, sabiendo a lo que se refería—. Esperemos a que se larguen los alemanes… y además, quiero que nuestros pasajeros suden un poco más.

No fue hasta que por fin el submarino alemán volvió a sumergirse y desapareció bajo las aguas como si nunca hubiera estado ahí, que Alex descendió a las entrañas del buque, seguido por Jack y Marco. Lo hicieron por una escotilla situada entre las dos bodegas de mercancía, ahora vacías tras desembarcar en Barcelona la maquinaria pesada que transportaban y bajaron las escalerillas hasta el suelo de la bodega. A continuación se dirigieron a la popa, caminando en silencio entre cuadernas como costillas de hierro de una descomunal ballena, envueltos por el fuerte olor a aceite y queroseno del enrarecido aire que se filtraba desde la sentina. Una vez frente al mamparo que separaba la bodega de la sala de máquinas, abrieron una pesada compuerta de hierro y entraron en la sección donde se encontraban los dos grandes depósitos de combustible del Pingarrón, a ambos lados de un estrecho pasillo.

Sin mediar palabra, Riley se encaramó por una escala hasta la parte superior del depósito de estribor, donde la escotilla presurizada se encontraba abierta y dejaba a la vista los diez mil litros de gasoil de su interior. De la misma abertura, aparte de las emanaciones del combustible, salían dos mangueras de goma negra que iban a parar a un ruidoso compresor.

Cualquiera que hubiera examinado aquello, tal como sin duda habían hecho los soldados alemanes, lo habría tomado por parte del sistema de alimentación de los motores. Pero cuál no habría sido su sorpresa si hubieran visto cómo en ese momento el capitán introducía el brazo hasta el hombro por la escotilla y, tras dar varios tirones, del depósito de carburante emergía una gran escafandra de bronce con tres ventanillas redondas, una anilla en la parte superior, y detrás de los vidrios sucios de gasoil unos asustados ojos verdes abiertos de par en par.

# 8

Tras ayudar a ambos a salir del depósito de combustible y luego a despojarse de la pesada escafandra, los plomos y el grueso traje de inmersión de lona cubierta de caucho, les permitieron a Elsa y Helmut Rubinstein ir a su camarote y ducharse, con la inexcusable obligación de presentarse en el camarote del capitán una hora más tarde.

Puntuales, llamaban a la puerta de madera situada al final del pasillo de camarotes y la voz de Alex los invitó a pasar.

El del capitán era casi el doble de grande que cualquier otro y, además del sencillo camastro arrimado al mamparo de popa, disponía de lavabo propio y un escritorio sobre el que se amontonaban cartas manuscritas y de las otras, de las de navegar, con compás, escuadra y cartabón, y sobre las que descansaba un reluciente sextante Weems & Plath. El mobiliario lo completaban varias estanterías que contenían libros técnicos, almanaques y novelas de Stevenson, Conrad o Melville, así como una pequeña colección de discos de vinilo apoyados junto a un maltratado tocadiscos Webster.

Un par de afiches enmarcados, uno con el código internacional de banderas de señales y otro con el de luces de posición, acompañaban a las pocas fotografías en sepia que parecían repartidas al azar por las paredes de la habitación. En una de ellas se podía descubrir al ahora capitán posando junto a un grupo de veinte norteamericanos de la Brigada Lincoln recién desembarcados en España. La mayoría jóvenes que nunca habían disparado

97

un arma, pero sonrientes y felices ante la perspectiva de luchar por la libertad enfrentándose al fascismo. Ignorantes de que solo dos años más tarde diecisiete de ellos ya estarían muertos.

En otra foto, aparecía el Pingarrón bajo su antiguo nombre y bandera inglesa, embocando el estuario del Támesis y dejando tras de sí una estela de humo blanco. En una tercera, esta en un marco de pie sobre la mesa del escritorio, se podía ver a un niño de unos diez años flanqueado por una pareja —ella con falda de vuelo, blusa blanca y rizada melena suelta; él con gesto formal y uniforme de la marina mercante—, frente a la pasarela de un barco amarrado en el puerto de Boston.

Al entrar en el camarote fue Elsa la que —como solo las mujeres son capaces de hacer— se fijó en estos detalles que revelaban parte de la personalidad de su propietario. Por el contrario, Helmut Rubinstein centró de inmediato toda su atención en los dos hombres que, sentados en sendas sillas, los estudiaban con evidente desconfianza.

Galantemente, Jack se levantó de su asiento para cedérselo a la señora Rubinstein, un ofrecimiento que, en cambio, no hizo Alex a su esposo, quien no tuvo más remedio que quedarse de pie en mitad de la habitación, con la mirada esquiva y balanceando inquieto su peso de un pie al otro.

El aspecto de ambos no podía ser más disparatado, pues al haber lanzado César todas sus pertenencias al mar dentro de una red amarrada a un peso muerto, la única vestimenta que tenían ahora era la que habían llevado puesta una hora atrás con lo que, después de ducharse, se habían visto obligados a vestirse con ropa prestada. Así, el respetable hombre de negocios llevaba ahora un mono azul lleno de grasa que le había dejado César y ella un vestido viejo de Julie, que al ser más baja y voluptuosa que la espigada austríaca, la hacía parecer una refugiada de guerra. Lo cual, en justicia, es precisamente lo que era.

—Capitán Riley —empezó a decir Helmut, incómodo, viendo que nadie tomaba la palabra—. Lamento lo que ha sucedido y le agradezco en mi nombre y en el de mi...

—Cállese —lo interrumpió Alex, sin moverse de la silla pero visiblemente crispado—. No son lamentaciones ni agradecimientos lo que quiero oír de su boca.

El hombre de negocios desvió la mirada hacia Jack, que se había sentado al borde de la cama, y de nuevo miró a Alex, confuso.

—Disculpe, pero no sé a qué se refiere, capitán.

—Deje de hacer comedia —instó el aludido, impaciente—. Quizá no sea el marino más listo que surca los mares, pero sé cuándo me están tomando el pelo. Y ustedes dos —dijo señalándoles— no son tan buenos actores.

—¡Pero capitán! ¡Le aseguro que...!

Alex se puso en pie y le acercó la cara a menos de un palmo.

—Deje de mentir si no quiere tener serios problemas —amenazó en un tono que no dejaba lugar a dudas—. Si la próxima palabra que pronuncia no es la verdad más absoluta volveré a meterlos de nuevo a los dos en el depósito de combustible, pero esta vez sin escafandra. ¿Comprendido?

El hombre volvió a mirar a Jack, como esperando una ayuda desde ese lado, pero el segundo de a bordo, ahora retrepado en el camastro, solo tenía ojos para los muslos de Elsa, que asomaban por debajo de un vestido demasiado corto para ella.

—Yo, no... —balbuceó el austríaco.

—Mire, se lo pondré fácil —dijo Alex, sentándose de nuevo—. Ya me pareció extraño que alguien con dinero como usted prefiriera ir en barco a tomar un avión o ir por tierra hasta Portugal, pero supuse que tenía demasiado miedo a ser detenido en un paso fronterizo o por la policía española, así que lo pasé por alto. Lo que ya no tiene una explicación tan fácil —añadió, endureciendo el tono— es que un oficial de la Gestapo les esté siguiendo desde Marsella y que, tras asesinar a nuestro amigo François, les haya seguido hasta aquí en un jodido submarino y amenace con matarnos a todos. La verdad —dijo mirando a su amigo—, Jack y yo llevamos una hora dándole vueltas al asunto y solo se nos ha ocurrido una explicación, y es que ustedes dos son mucho más que unos simples refugiados judíos que huyen de la persecución nazi. De modo que se lo preguntaré una vez más, y solo una. ¿Quiénes demonios son ustedes y por qué son tan importantes para la Gestapo?

Helmut Rubinstein respiró profundamente, miró a su esposa y dijo:

—Nosotros...

—Un momento —lo interrumpió Alex, alzando el dedo—. Antes de seguir, le advierto de nuevo que si vuelvo a descubrir una sola mentira, aunque sea sobre su talla de sombrero, ambos se bajarán del barco antes de llegar a Tánger... y le aseguro que no planeo tocar tierra antes de entonces.

Para sorpresa de todos, incluido el hombrecillo del mono grasiento, fue Elsa quien, adelantándose en la silla, tomó la palabra.

—Le diré lo que quiere saber —dijo con gravedad, juntando las manos—. Pero antes tiene que prometerme que nos desembarcará a ambos en Lisboa, sanos y salvos.

—Puedo prometerle que cumpliré mi parte del trato... a menos que ustedes me den motivos para no hacerlo.

—Está bien —admitió, tras dedicar un breve vistazo al señor Rubinstein.

Curiosamente, los papeles parecían haberse mudado junto con sus ropas y, mientras al hombre de negocios parecía habérsele comido la lengua el gato, su joven esposa había tomado el mando de la conversación con un aplomo impropio de su edad.

—No hemos sido totalmente sinceros con ustedes —dijo sin bajar la mirada—, pero teníamos poderosas razones para actuar de ese modo.

—Más vale que así sea.

—Lo primero que quiero aclararle —prosiguió con voz calmada— es que nosotros no somos ni judíos ni austríacos, sino alemanes. Nuestros nombres sí que son Helmut y Elsa... aunque, por supuesto, ninguno de nuestros apellidos es Rubinstein. Él es el doctor Helmut Kirchner y mi nombre es Weller, Elsa Weller.

—Un momento —intervino Jack, alzando la cabeza con súbito interés—. ¿Eso quiere decir que ustedes dos no están...? —dijo juntando los índices de ambas manos.

Una mueca contrita asomó en el rostro de Elsa, que mostró una fina hilera de dientes.

—En efecto —dijo mirando de reojo a su reciente ex marido—. El doctor Kirchner y yo ni estamos casados ni nada por el estilo. En realidad Helmut es un buen amigo de mi padre, sin el que jamás podría haber escapado de los nazis.

—¡Lo sabía! —exclamó el cocinero, dando una sonora palmada.

—Cállate, Jack —le reprendió Alex—. Vamos a ver si lo he entendido hasta ahora... —prosiguió, mirando a la muchacha y al hombre mayor alternativamente—. Ustedes dos son ciudadanos alemanes, no son judíos, están huyendo de su país y los persigue nada menos que la Gestapo. ¿Voy bien de momento?

Elsa Weller y Helmut Kirchner asintieron al unísono.

—Muy bien... Ahora deben convencerme de que todo eso tiene algún sentido —añadió retrepándose en la silla.

—El doctor Kirchner, aquí presente —explicó Elsa con reverencia— es un eminente científico en el campo de la física experimental, uno de los más avanzados en el estudio de fisión del átomo y su posible aplicación práctica. ¿Sabe a qué me refiero?

—Ni remotamente.

—Imagínese... —terció el doctor, carraspeando— que del interior de una roca del tamaño de una pelota de fútbol se pudiera extraer energía suficiente como para hacer que un barco navegara durante un siglo sin necesidad de repostar, o abastecer a una gran ciudad durante años.

—Me toma el pelo. ¿De una simple roca?

—De una simple roca, no. De una compuesta por un material radiactivo llamado uranio 235, que tiene la capacidad de liberar 18,7 millones de kilovatios hora en forma de calor, por cada kilogramo.

—Eso es imposible.

—Se equivoca, capitán —le corrigió—. No solo es posible, sino que los estudios ya han pasado de la teoría a la práctica y en Alemania se está refinando este uranio 235 a partir del uranio 238, donde se encuentra en una proporción menor al uno por ciento. Bajo unas condiciones muy determinadas, se bombardea este uranio refinado con neutrones provocando una reacción en cadena y liberando toda la energía nuclear contenida en este elemento. Una energía colosal y prácticamente inagotable, millones de veces más poderosa que cualquier otra fuente de energía conocida.

El capitán del Pingarrón dirigió a su segundo una mirada interrogativa y este contestó encogiéndose de hombros.

—Le estamos contando la verdad —insistió la muchacha al ver la duda en sus caras—. Si se niegan a creernos, no tiene sentido que sigamos hablando.

—Digamos que hago un esfuerzo y les creo… —dijo Alex, pasándose la mano por la nuca—. Aun así, esa historia del uranio no me explica nada.

—Es muy sencillo. El doctor Kirchner es uno de los dos únicos científicos en Alemania con los conocimientos necesarios para convertir el potencial del uranio en energía nuclear utilizable —aclaró—; y ninguno de los dos, una vez confirmado el inmenso potencial de dicho descubrimiento, bajo ningún concepto quiere trabajar para los nazis. Por eso huyó de Alemania —agregó señalando a Helmut—, y por eso le persigue la Gestapo.

Una larga y reflexiva pausa siguió a la aclaración de Elsa.

—Hay algo que no acabo de comprender —dijo Jack al cabo, alzando la mano como un colegial—. No quiero ejercer de abogado del diablo pero, siendo el señor Helmut alemán... no entiendo por qué se niega a desarrollar esa energía milagrosa, aunque ello signifique de algún modo trabajar para los nazis.

—Eso también tiene una explicación —contestó el científico, tomando de nuevo la palabra—. Lo que he explicado antes es totalmente cierto... aunque, como todo gran descubrimiento, tiene también un reverso tenebroso. —Tragó saliva antes de continuar—. Esta nueva fuente de energía no solo es capaz de abastecer a una ciudad durante años, sino también capaz de destruirla en segundos.

—¿Cómo dice? —repuso Jack, incrédulo ante las palabras de aquel hombre de aspecto inofensivo, enfundado en un mono de mecánico.

—Con solo unos pocos kilos de uranio 235 —precisó, entrecruzando los dedos con vergüenza— se podría construir una bomba que arrasaría Londres, Moscú o Washington.

—No lo puede decir en serio.

—Por desgracia, así es. El Proyecto Uranium, en el que trabajaba, en principio parecía enfocar sus esfuerzos en construir el primer generador de energía para uso civil, pero hace unos meses se entregó su dirección al doctor Werner Karl Heisenbreg y a las SS y, desde entonces, toda la investigación pasó a tener como objetivo la fabricación de una bomba de fisión. Por eso tuve que huir de Alemania —murmuró cabizbajo—, era algo de lo que de ningún modo podía ser cómplice... y por eso nos persigue la Gestapo —añadió—. Quieren obligarme a volver para que prosiga la investigación, convencidos de que con un arma como esa, a la que ellos llaman su *Wunderwaffe*, el mundo caería rendido a los pies de la Alemania nazi.

Alex rumió las palabras de la extraña pareja, tratando de encontrar cabos sueltos o un indicio de que aquella fantástica explicación pudiera ser otra elaborada mentira.

—De acuerdo... —dijo arrastrando las palabras—. Usted es un físico eminente que los nazis quieren recuperar, pero... —y añadió mirando a Elsa, con un puntito de sorna—: ¿Qué me dice de usted? ¿Cuál es su papel en todo esto? ¿Me va a decir que también es científica?

La alemana alzó la barbilla con altivez en respuesta a la velada burla.

—Pues en realidad soy veterinaria —replicó, orgullosa—, la primera de mi promoción. Aunque no es por mi currículum académico por lo que también me buscan los nazis. Me quieren para hacer chantaje.

—¿Chantaje? —preguntó Alex—. ¿A quién?

—¿Recuerda que le he dicho que había solo dos físicos en Alemania con los conocimientos necesarios para construir esa horrible bomba, pero que ninguno de los dos estaba dispuesto a trabajar para los nazis?

—Lo recuerdo —asintió—. Uno de ellos es nuestro amigo aquí presente, el doctor Kirchner.

—Pues el otro —afirmó, sombría— es mi padre.

# 9

Un denso silencio se había instalado en el interior del camarote del capitán. Elsa y Helmut se mantenían de pie, junto a la puerta, esperando tensos como acusados en un tribunal el veredicto de los jueces. En este caso, el capitán del Pingarrón y su segundo, que no podían dejar de mirarlos con la duda pintada en sus rostros.

—Me gustaría creerles —dijo Alex—. Pero su historia es tan… novelesca que, la verdad, me lo ponen bastante difícil.

—Capitán Riley —señaló Elsa, reflexiva—. Si hubiéramos querido inventarnos una mentira, ¿no cree que habríamos elegido una más simple?

Alex sopesó la lógica de la respuesta antes de preguntar:

—Entonces, ¿por qué nos engañaron? Si hubiéramos sabido la verdad desde el principio, nada de esto hubiera sucedido.

—Si hubieran sabido la verdad desde el principio —repuso Elsa sin vacilar—, quizá nos habrían abandonado en Barcelona. Incluso nos podrían haber vendido a los nazis al llegar a tierra.

—Eso jamás habría pasado —replicó el capitán con firmeza.

—Ahora estoy segura de ello —alegó la alemana—, pero antes no lo sabíamos. Compréndalo, no nos podíamos arriesgar. Creímos que hacernos pasar por una pareja de fugitivos judíos era lo más creíble… y lo más seguro.

Antes de que Riley pudiera responderle, Jack se levantó de la cama, se acercó a la joven, y acuclillándose ante ella tomó su delicada mano entre sus dos grandes manazas.

—No se preocupe por nada, señorita Weller. La creemos y nos hacemos cargo de su difícil situación. Mientras esté en este barco —dijo muy serio—, le doy mi palabra de que se encontrará a salvo y haré lo que sea necesario para protegerla.

—Gracias... señor Alcántara —contestó ella, algo turbada.

Al oír la melodramática declaración de su amigo, Alex se pasó la mano por la frente y puso los ojos en blanco.

—Es un placer —dijo en cambio el cocinero, ignorando a su capitán y guiñándole un ojo a la mujer—. Y por favor, llámame Jack.

Unas horas más tarde, el sol ya se encaminaba hacia el horizonte mientras dejaban a estribor, a solo diez millas del través, el cabo de Palos. Las máquinas ronroneaban haciendo vibrar la cubierta bajo sus pies, y con las bodegas vacías podían alcanzar unos nada desdeñables dieciocho nudos de velocidad, que calculaba les permitiría arribar a Tánger a media mañana del día siguiente.

El capitán había relevado a Julie en el timón y en la camareta lo acompañaba Jack, que observaba ensimismado la línea de la costa en la que destacaba la silueta de la Peña del Águila.

—Eres consciente... —dijo sin dejar de mirar por la ventana— de que en cuanto Blancanieves descubra que se la hemos jugado va a venir a por nosotros, ¿no?

—¿Blancanieves?

—Ya sabes... el albino nazi.

Alex asintió, aunque su amigo no lo viera.

—Solo espero —contestó— que para entonces estemos ya muy lejos.

—Nos buscará, seguro.

Esta vez tardó un poco más en responder.

—El mar es grande —dijo encogiéndose de hombros con resignación—. Hay una guerra en marcha y muchos barcos navegando.

—No me pareció —murmuró el cocinero, volviéndose hacia él— de los que se rinden fácilmente.

De soslayo, Riley miró a Jack con extrañeza.

—¿No estás de acuerdo con la decisión que tomé?

—No es eso —se apresuró a aclarar—. Qué va. Si hubiera dependido de mí, habría hecho lo mismo.

—¿Entonces?

—Es solo… que yo sé por qué lo habría hecho. Pero no por qué lo has hecho tú.

—¿La razón? Pues la misma que en tu caso, supongo.

—¿También quieres beneficiarte a la muchacha? —preguntó, suspicaz.

—No jodas, Jack. Sabes a lo que me refiero. Odio a esos malditos nazis y todo lo que representan, por encima de cualquier otra cosa. —Solo con pensar en ellos crispó los nudillos sobre la rueda del timón—. De ningún modo les habría entregado a esos dos, y menos aún si estaban tan interesados en capturarlos. Cualquier cosa que les perjudique —concluyó— es un beneficio para el resto del mundo. ¿No te parece?

—El enemigo de mi enemigo… —coligió Jack— es mi amigo.

—No siempre es así —replicó Alex—. Pero en este caso, me conformo con hacerles la puñeta a los nazis.

—Aunque eso te va a costar los cien dólares de la apuesta. —Ladeó una sonrisa.

—Eso ya lo veremos.

—Por cierto. El nombre y la dirección que le distes a ese cabrón de la Gestapo… son falsos, ¿no?

—¿Falsos? No, en absoluto. El nombre y la dirección son reales.

Ahora fue Jack quien miró a su capitán, escandalizado.

—¿Por qué has hecho eso? ¡Cuando encuentren a ese desgraciado lo van a torturar hasta matarlo!

Alex esbozó una sonrisa amarga.

—No caerá esa breva.

—¿Qué quieres decir?

—Pues que el capitán Jürgen Högel de la Gestapo a estas horas estará dando órdenes a sus esbirros en Barcelona para que se presenten en la sede de la Falange en la Vía Layetana e interroguen al líder del Movimiento en la ciudad.

—Pero ¿te has vuelto loco? ¿La Falange? —exclamó Jack dando un paso atrás, alarmado—. ¡Esa es la mayor organización fascista de España! ¡Vas a cabrear a mucha gente!

—Lo sé —admitió Alex con una sonrisa aviesa—. Pero es que no me pude resistir.

Riley había dejado en manos del primer oficial el mando de la nave durante la larga y delicada travesía nocturna hacia el sur, doblando el cabo de Gata. En transcurso de la misma, Jack se había visto obligado a estar muy atento a los pesqueros que trabajaban de noche y sus redes de centenares de metros sin señalizar, que podían engancharse en la hélice y dejar el barco a la deriva, así como a los U-Boot alemanes, que acostumbraban a navegar a un metro bajo la superficie asomando solo el periscopio, dejando como única pista de su presencia una exigua estela de espuma plateada y con los que no sería una buena idea colisionar. De igual modo, también suponían un peligro cierto las torpederas inglesas que, con base en el Peñón, patrullaban esas mismas aguas al acecho de aquellos mismos submarinos con las luces apagadas como fantasmales siluetas, jugando al gato y al ratón con sus mortales enemigos.

Gracias a una borrasca situada sobre el mar Tirreno, el Pingarrón había navegado toda la noche con mar de fondo y viento en la aleta, con lo que a las seis de la mañana, mientras Alex cumplía ahora con el último turno de guardia y las primeras luces comenzaban a clarear el cielo por el este, ya pudo distinguir entre la bruma del amanecer, frente a proa, la luz intermitente del faro de punta Almina en el extremo de la península ceutí. Dos destellos blancos cada diez segundos, centelleos cronometrados que honradamente avisaban de la costa y sus peligros.

Lástima, divagó, que los faros no tuvieran su equivalente en tierra firme. Alertando de negocios rodeados de arrecifes, o mujeres con bancos de arena ocultos en los que se podía acabar encallando de por vida para terminar como esos desdichados navíos varados en playas sin nombre, oxidados y desguazados, con las cuadernas desnudas apuntando al cielo como pidiendo misericordia.

Desde antes de haberse alistado voluntario en las Brigadas Internacionales cinco años atrás, desde mucho antes, Alex aceptó que no entendía ni entendería jamás las señales y derroteros que muchos otros parecían seguir de forma innata, como símbolos y marcas en una carta para él indescifrable. Casi nada de lo que parecía motivar a sus semejantes o volver locos de alegría a sus pocas amistades le producía algo más que un leve interés y una pizca de emoción. Ni formar una familia, ni llenar de ceros la cuenta del banco, ni el reconocimiento social que todos parecían anhelar. Nada a lo que encomendar su vida hasta la vejez, sin que le apabullara el convencimiento de haberla desperdiciado torpemente.

Tampoco sabía lo que quería, eso era cierto, pero mientras sostuviera un timón entre las manos y siguiera navegando, sentía en lo más profundo del corazón que seguía el rumbo correcto.

Dónde le acabaría llevando ese rumbo, en el fondo, era lo de menos.

Hijo único de un marino invariablemente ausente y una madre sobreprotectora, la infancia de Alex había transcurrido sin pena ni gloria hasta la mayoría de edad, cuando eligió seguir los pasos de su progenitor y hacer carrera en la marina mercante. Fueron aquellos años de despreocupación y aprendizaje los más felices que era capaz de recordar.

Aún sentía frío en los huesos cuando rememoraba algunas noches de diciembre en el golfo de Maine, en la cubierta del castillo de proa del buque escuela, tratando de enfilar alguna maldita estrella con el sextante mientras el barco cabeceaba en la mar picada como un caballo desbocado y los rociones de agua helada le empapaban hasta el alma y le hacían tiritar, al borde de la hipotermia. Sin embargo, lo echaba de menos. Eran tiempos sencillos, en los que todo parecía resumirse en emborracharse hasta caer redondo junto a sus camaradas cada vez que tocaban puerto y, de vuelta en el mar, calcular declinación, abatimiento, deriva, posición inicial y, con una simple regla y un compás, trazar una línea recta del punto A al punto B. Así de fácil. Estoy aquí y quiero ir allí. Sota, caballo y rey, como diría su madre española.

Pero de vuelta en tierra, las cosas no fueron ni mucho menos tan fáciles.

Como solo puede hacerlo un veinteañero de sangre caliente, se enamoró como un becerro de Judith Atkinson, la hija mayor de una acomodada familia de comerciantes locales. Una delicada y virginal muchacha de pelo rubio y mejillas sonrosadas, que cada vez que lo miraba le hacía sentir como Francis Drake regresando de dar la vuelta al mundo. Inevitablemente, se acabaron prometiendo y un año más tarde se casaron en una sencilla ceremonia en la Old North Church, en la que se declararon amor eterno en la riqueza y en la pobreza, y todas esas cosas que se juran de carrerilla cuando tienes un cura delante y doscientas personas mirando.

Sin embargo, cuatro años después, de regreso de una ruta de ida y vuelta a Guatemala, donde oficiaba de contramaestre con un cargamento de bananas de la United Fruit Company, Alex se encontró a Judith en la cama llenando el hueco de su ausencia con un apuesto vendedor de coches de Arlington. Saltándose los votos de fidelidad, al tiempo que lo hacía sobre aquel fulano que se llevó la paliza de su vida, los dientes en una bolsita y dejó de ser apuesto durante una larga temporada.

Naturalmente, aquel matrimonio se cortó de cuajo y con él las endebles amarras que mantenían a Alex Riley unido a tierra firme. Descreído, desengañado y furioso con el mundo, se enroló durante varios años seguidos en cualquier cosa que flotara, ya fuera como oficial, piloto, navegante o simple marinero; buscando alejarse todo lo posible de tierra firme y sus traiciones, relacionándose casi exclusivamente con botellas de *bourbon* añejo y mujeres de moral relajada, a las que poder olvidar después de levar anclas.

Luego estalló la guerra civil española.

Alex nunca había estado en España y, aunque hablaba un perfecto castellano, solo lo había practicado con su madre y, ocasionalmente, en algún puerto de mala muerte de Sudamérica. Su progenitora, gaditana, le había contado de las luces y las sombras de un país con una increíble historia de más de tres mil años, envidioso y cruel con los suyos, eternamente condenado al ostracismo por una retahíla ininterrumpida de reyes idiotas y gobernantes ineptos, pero a pesar de ello hermoso y alegre como pocos. Así que, sin haber llegado a conocerla, sentía cierta simpatía por aquella gente del otro lado del Atlántico, aun siendo tan diferentes de él y sus compatriotas, o quizá por eso mismo. El hecho es que, cuando se enteró de que fascistas rebeldes se habían levantado en armas y fusilado, entre muchos otros, a sus abuelos maternos frente a la tapia del cementerio de Sanlúcar de Barrameda, no necesitó ninguna excusa más. Aún demasiado joven, estúpido y amargado, la ira que todavía le consumía tomó la forma de general fascista. De modo que, sin dudarlo, se alistó en las Brigadas Internacionales que se estaban formando para defender el amenazado gobierno de la República, democráticamente elegido por los españoles, y dos meses y medio después desembarcaba junto a varios centenares de compatriotas en el puerto de Barcelona.

Fue en aquella guerra civil, luchando en el bando que pronto supo iba a ser el de los perdedores, donde descubrió el verdadero rostro del ser humano y todo el horror que podía llegar a provocar la barbarie, y cómo después de decenas de miles de años seguíamos siendo los mismos cavernícolas con garrote, deseosos de destrozar el cráneo del vecino a la que nos dieran la oportunidad.

En la guerra también comprendió que la Libertad —con mayúsculas— es un árbol que no se puede alimentar solo de palabras e intenciones, sino que exige sangre y sacrificio. Aunque en más de una ocasión, sin embargo, se había encontrado combatiendo codo con codo y en la misma trinchera junto a milicianos comunistas que, paradójicamente, en ciertos aspectos estaban más lejos de su idea de libertad que los enemigos que tenía enfrente.

Pero casi todas esas reflexiones llegaron después, cuando las Brigadas Internacionales fueron disueltas y cruzó la frontera de los Pirineos junto a miles de refugiados que huían de la represión fascista. Mientras tanto, con las balas del ejército de Franco zumbando a escasos centímetros de la cabeza y los proyectiles de artillería machacando inmisericordes las posiciones de la república que defendía, no había oportunidad, ni malditas las ganas, de pensar en otra cosa que no fuera sobrevivir hasta el día siguiente.

Luego llegó la paz de los vencedores, la de venganzas sumarísimas y ajustes de cuentas y, cuando de forma casi inmediata se declaró la guerra en Europa, cansado y con la retina aún teñida con la sangre de los hombres a los que había visto morir, decidió regresar a Boston y retomar su interrumpida carrera en la marina mercante. Le repugnaban mucho más los sistemáticos nazis alemanes con su fría determinación y su paso de la oca, que los chapuceros fascistas españoles de boina y crucifijo, pero los Estados Unidos no estaban en guerra con nadie y con luchar una vez bajo una bandera que no es la propia, se dijo, era más que suficiente en una vida.

Tiempo más tarde y mientras preparaba el regreso a casa desde Inglaterra, por obra y gracia del caprichoso destino se encontró, de la noche a la mañana, como flamante propietario de un barco carguero, modesto, pero en buen estado. Así que, sin mejores expectativas de futuro ni demasiadas ganas de regresar a una patria donde al fin y al cabo nadie le esperaba, no tuvo que pensarlo dos veces para tomar el mando del buque, reclutar marineros ocasionales —demasiado viejos o demasiado tullidos para servir en la Royal Navy— y, durante unos meses, dedicarse al transporte de mercancías y suministros a través del canal de la Mancha. No obstante, la masiva aparición de los submarinos alemanes en sus *wolfpacks*, hundiendo sin miramientos cualquier cosa más grande que una barca de remos, lo llevó a buscar aguas más saludables por las que navegar. De ese modo, decidió mudarse a las relativamente tranquilas aguas del Mediterráneo Occidental, registró la nave bajo bandera española para sacar provecho de la neutralidad del país y le cambió su anterior nombre inglés, repintando en ambas amuras y en la popa, en grandes letras blancas, el de aquella colina donde tantos hombres perdieron la vida en una fría noche de febrero de 1937.

Desde entonces, el destino le había llevado por derroteros inesperados. Acompañado de su fiel amigo Joaquín Alcántara, finalmente había enrolado a una tripulación permanente y, cuando el comercio legal cayó en picado a causa de la guerra y sus penurias, lograron salir adelante aceptando encargos de cuestionable legalidad. Algunas veces, aquellos trabajos les reportaban los beneficios suficientes para unas cuantas borracheras e ir tirando una temporada y otras, la mayoría, se veían obligados a soltar amarras y salir a toda máquina perseguidos por la policía aduanera. Pero, al fin y al cabo, de momento nadie había resultado gravemente herido o encarcelado y aún continuaban navegando, lo cual en los tiempos que corrían ya era para darse por satisfecho.

—Ojalá —murmuró Alex para sí, contemplando cómo la luz del amanecer pintaba de rojo la cumbre del monte Hacho— que March no nos la esté jugando y podamos sacar algo en limpio de todo esto.

Si en ese instante el capitán Alex Riley hubiera tenido la menor idea de lo que le esperaba a él y a su tripulación en los días que estaban por venir, habría virado en redondo la nave y puesto los motores avante toda sin volver la vista atrás.

# 10

—Esta cachimba... —dijo Jack, inhalando con fruición el humo del narguilé— está realmente buena. Sabe a manzana. Deberías probarla.

Retrepado entre media docena de cojines de diseños geométricos y brillantes colores, Jack Alcántara se encontraba a sus anchas. Con un turbante y ropas holgadas a juego habría parecido un auténtico califa.

—No, gracias —contestó Alex, tomando su vaso de té hirviente de la labrada bandeja de latón—. Esa cosa me relaja demasiado y no quiero estar relajado.

El gallego alzó una ceja interrogativa.

—¿Crees que vamos a tener problemas? —inquirió—. Tranquilízate, Alex. Solo tiene que venir un fulano a explicarnos de qué va todo esto y decirnos lo que quieren que rescatemos de ese naufragio.

—Estando Joan March de por medio... —dijo, y dio un precavido sorbo a la infusión de hierbabuena— me cuesta mucho estar tranquilo.

Ambos se encontraban en la mesa del fondo de un cafetín moro de la medina de Tánger, la antigua Tangis cartaginesa. Desde 1925 había sido una ciudad abierta gobernada conjuntamente por un condominio de países formado por Bélgica, España, Estados Unidos, Francia, Portugal, Gran Bretaña, Rusia, Holanda e Italia. Dicho en plata: un auténtico desvarío diplomático. Un enclave perfecto para espías, fugitivos y contrabandistas del mundo entero, y un batiburrillo cultural y religioso donde todo podía suceder y, a menudo, sucedía. Todo lo cual hacía de Tánger el puerto perfecto para los negocios del capitán Riley y su tripulación. O al menos, lo había sido hasta poco tiempo atrás.

Lamentablemente, el año anterior e inmediatamente después de que las tropas del Tercer Reich tomaran París, el ejército del general Franco ocupó ese enclave cerca del extremo occidental del estrecho de Gibraltar. Aunque hasta ese momento el nuevo gobierno fascista no había logrado menoscabar la esencia cosmopolita de la ciudad, la intimidatoria presencia de los militares españoles hacía ahora de ella un lugar menos seguro y agradable en el que recalar.

No obstante y para ser rigurosos, cabría decir que Tánger eran en realidad dos ciudades que coexistían una de espaldas a la otra: la occidental y la musulmana. A pesar de estar separadas por solo unas pocas calles de distancia, todo un abismo cultural, religioso, social y económico las situaba en las antípodas sociales a la una de la otra. Alguien había comparado Tánger con dos siamesas que nunca se habían visto las caras y que además se ignoraban mutuamente.

Por un lado se encontraba la Tánger cosmopolita, moderna, disoluta, de anchas avenidas orladas de elegantes edificios de estilo neoclásico, en los que se habían instalado decenas de restaurantes y hoteles de lujo, bancos internacionales, consulados, grandes empresas u ostentosas salas de espectáculos que nada tenían que envidiar a sus homólogas del viejo continente. Una Tánger habitada por miles de expatriados en busca de libertad o fortuna, provenientes del mundo entero, y que parecía sitiar por todos sus flancos a la otra Tánger, la encarnada en la antigua y hechizante medina arracimada junto al animado puerto. Sus serpenteantes callejuelas de casas encaladas en azul y blanco, con portales ribeteados de azulejos, resultaban tan confusas y caóticas que aún nadie se había aventurado a levantar un plano de aquella parte de la ciudad, en el que incluso la luz se perdía y terminaba atrapada entre las inmaculadas paredes hasta bien entrada la noche. En la medina, las viviendas particulares se alternaban con pequeños comercios de subsistencia, pensiones y teterías con macetas en los portales, puertas de madera pintadas del mismo color que el cielo del desierto, mujeres invisibles envueltas en jarques de blanco inmaculado que solo permitían ver sus ojos oscuros y huidizos, u hombres ociosos con chilaba paseando a ningún lado o acodados en una esquina, en apariencia, sin nada mejor que hacer que ver a la gente caminar arriba y abajo.

—*As Salaam alaykum* —dijo una voz a la izquierda de Alex, haciendo que levantara la vista.

Se volvió hacia la voz pensando que era de nuevo el camarero, pero en cambio se encontró frente a un hombre gordo de facciones árabes, traje de lino blanco y fez rojo, que los estudiaba con curiosidad profesional.

—*Wa alaykum as-salaam* —contestó Jack, inclinando la cabeza.

—Disculpen la molestia —dijo, y dio un paso al frente a la vez que se descubría—. ¿Son ustedes los señores Riley y Alcántara?

—¿Quién lo pregunta? —inquirió Alex.

—Permítanme que me presente —dijo tomando asiento, dejando el gorro sobre la mesa—. Me llamo Ahmed el Fassi y digamos que soy el representante de los intereses del señor March en esta parte del mundo.

—¿Y qué intereses son esos, si puede saberse? —preguntó Jack, sin esperar una verdadera respuesta.

El árabe dedicó al antiguo chef una sonrisa taimada.

—Todos —contestó, para añadir tras una corta pausa—. ¿Quién de ustedes dos es el capitán Riley?

—Creo que ese soy yo —murmuró, dejando el vaso de té sobre la bandeja.

—En ese caso —dijo Ahmed, sacando un sobre grueso, grande y marrón del bolsillo interior de la americana—, esto es para usted.

Alex miró el sobre lacrado con el sello de un anillo sobre cera negra y lo tomó de manos del árabe.

—Como puede comprobar —dijo este—, el sobre está sellado por el mismo señor March y no ha sido abierto en ningún momento.

—¿Está todo? —preguntó, sopesándolo.

—En realidad —confesó, mirando el pequeño paquete y encogiéndose de hombros—, no tengo idea de lo que contiene. Mi única misión ha sido mantenerlo a buen recaudo mientras ustedes llegaban y entregárselo en persona.

—¿Quiere decir que no sabe nada de...?

El hombre alzó la mano de inmediato para que callara.

—No —lo interrumpió—. Ni lo sé, ni lo quiero saber. Mi trabajo era encontrarme con ustedes y entregarles la documentación. Nada más.

—Pero hay muchos puntos sin aclarar —alegó Alex—. Datos precisos que resultan imprescindibles para llevar a cabo el... trabajo. El mismo Joan March me aseguró personalmente que, una vez aquí, en Tánger, nos ofrecerían toda la información necesaria.

—Y eso es justo lo que he hecho —apuntó, señalando el sobre—. Todo lo que necesitan saber se encuentra ahí dentro.

—Empezamos mal... —gruñó Jack desde los cojines—. Esto no me gusta.

—A mí tampoco —coincidió el capitán, mirando el sobre y al árabe alternativamente.

—El señor March —arguyó El Fassi como explicación— prefiere ser discreto en sus negocios.

—Esto no es discreción —replicó, golpeando el sobre con el dedo—. Es paranoia.

El árabe esbozó una mueca cansada, casi diríase que dándoles la razón, se puso en pie y se dispuso a marcharse mientras se abrochaba el botón de la chaqueta.

—Ah, y una última cosa —dijo tomando el fez de la mesa—. Hace menos de una hora el señor March se ha puesto en contacto conmigo para pedirme que les comunique que el plazo de entrega ha sido modificado.

—¿Modificado?

—Tienen una semana para terminar el trabajo.

—¡Una semana! —estalló Jack, llamando la atención de todo el café—. ¡Eso es imposible!

Alex se volvió hacia su amigo pidiéndole silencio. Luego lo hizo hacia el árabe, esforzándose por no perder la calma.

—No podemos conseguirlo en tan poco tiempo… —masculló entre dientes—. Aceptamos hacerlo en doce días, no en siete. Usted no tiene ni idea de lo complicado que… —Buscó la palabra un instante, para acabar concluyendo—: Es un disparate.

—Imposible —reiteró Jack.

Ahmed volvió a encogerse de hombros, con cara de «a mí qué me cuentas».

—Llámenlo como quieran, pero esto es lo que hay —dijo mientras se calaba el gorro—. Ustedes han llegado a un acuerdo con el señor March y, si me permiten un consejo, por el bien de su salud les sugiero que lo cumplan.

Apenas el árabe se dio la vuelta encaminándose a la salida del café Joaquín Alcántara chasqueó la lengua y bufó sonoramente.

—Sabía que de un modo u otro —lamentó en voz baja— ese cabrón nos iba a joder.

—Estas cosas son así —se resignó Alex, confirmando mentalmente su teoría de que, si algo podía ir mal, iría mal—. Ya no tiene sentido lamentarse.

Entonces tomó el voluminoso sobre, rompió el lacre y dejó caer los documentos sobre la pequeña mesa de donde había apartado la bandeja del té.

—A ver qué tenemos aquí…

Sobre la brillante superficie de madera de olivo se desplegaba ahora una carta marina a escala 1:200.000 del Instituto

Hidrográfico de la Marina del estrecho de Gibraltar, que abarcaba del cabo Roche a punta de la Chullera por el norte y de cabo Espartel a cabo Negro por el sur. Además, se incluían planos precisos y un par de fotografías de un navío mercante de ciento cincuenta metros de eslora y 7 762 toneladas de desplazamiento, superestructura central y dos grandes chimeneas, bajo el nombre de Phobos y de nacionalidad holandesa. Por último, en otro sobre blanco, encontraron unas pocas hojas mecanografiadas con detalles de la operación y la foto de lo que parecía ser una extraña máquina de escribir con demasiadas teclas, guardada en un estuche de madera.

—Bueno —dijo Jack, ojeando la carta náutica, donde una equis roja señalaba un punto a solo cinco o seis millas al noreste de Tánger, frente a punta Malabata—, al menos parece que la información no va a ser un problema. Tenemos la situación exacta del naufragio marcado con una cruz —sonrió de mala gana—, como en las novelas de piratas.

—Ya... —murmuró Alex, que sostenía entre las manos una de las páginas escritas y firmadas por el propio Joan March.

—¿Qué pasa?

—Todo esto es muy raro —dijo levantando la vista de la hoja—. Las prisas, el secretismo, lo que dicen nos van a pagar... todo, a cambio de entregarles esta cosa. —Y le mostró la instantánea en blanco y negro del aparato.

Jack alzó las cejas con incredulidad.

—No jodas —dijo señalando la foto—. ¿Eso es lo que quiere que rescatemos del pecio?

—Es lo que pone aquí. Y si además el artefacto está en buen estado —añadió—, dice que recibiremos una gratificación extra.

—¿Buen estado? —repitió frunciendo la nariz—. ¿Qué coño significa eso?

—Ni idea. Pero la palabra gratificación sí que la entiendo, y es de mis favoritas.

—¡Pero si este trasto es una puñetera máquina de escribir! —señaló el primer oficial, estudiando con detenimiento la foto que había tomado de las manos de Alex.

—Pues algo ha de tener de especial para que valga una fortuna.

—No sé —barruntó el gallego—. A lo mejor está hecha de oro y diamantes o tiene una tipografía del carajo.

—Vamos, Jack. Si es la de la foto, se ve claramente que es de metal y madera. Pero aunque fuera la máquina de escribir que usó Dios para los mandamientos, seguiría siendo demasiado dinero.

El cocinero se echó hacia atrás en su sofá, retrepándose en los mullidos cojines.

—Sea como sea... yo digo que no nos preocupemos —opinó tras pensarlo un momento, apartando el problema con la mano como a una voluta de humo—. Si las coordenadas son las correctas, con un poco de suerte, en una semana podemos rescatar ese jodido trasto, entregarlo y ser ricos para siempre. Nos podríamos comprar una de esas tranquilas islas del Pacífico Sur pobladas de hermosas mujeres semidesnudas —sus manos siguieron las curvas de una silueta femenina imaginaria— y quedarnos allí hasta morir de viejos.

—¿Ese es tu plan? —Alex sonrió y dejó la carta sobre la mesa—. ¿Morir de viejo en una isla de mujeres semidesnudas?

—¿Se te ocurre uno mejor?

—Eres un pervertido.

En ese momento, cuando Jack se disponía a replicar, se quedó mirando cómo por la puerta entraba un grupo de cinco legionarios con su uniforme de paseo. Las gorras ladeadas, las camisas arremangadas y abiertas hasta el pecho, grandes patillas, burdos tatuajes en los antebrazos y los andares más chulescos que se puedan llegar a imaginar.

Alex también se volvió y por un instante rememoró todas las veces en que había disparado o había sido disparado por soldados de ese cuerpo. Los más fanáticos del ejército fascista, según pudo comprobar en más de una ocasión.

Durante un momento se quedó así, vuelto hacia atrás con la mirada perdida, hasta que se sacudió los recuerdos y volvió a centrarse en los documentos que se esparcían sobre la mesa.

—¡Moro! —exclamó una voz ronca y agresiva a su espalda, dando un puñetazo en el mostrador—. ¡Trae una botella de vino!

Al instante apareció un obsequioso camarero con una botella de vidrio sin etiquetar y cinco vasos. Los llenó hasta el borde, dejó la botella, y prudentemente fue a buscar gamusinos a la parte de atrás.

Entonces el cabecilla, que lucía galones de sargento, alzó su vaso y exhortó a todos los clientes del café a brindar con él.

—¡Por la legión! —bramó—. ¡Por el Caudillo! ¡Viva Franco y viva España!

Sus correligionarios corearon las consignas a voz en grito, mientras el resto de comensales también los imitaron, aunque con un entusiasmo ciertamente menor.

Alex y Jack, en la esquina más alejada del local, simularon estar ocupados con sus asuntos, confiados en que nadie se percatara de su presencia.

Pero resultó mucho pedir.

Aún con el vaso en alto el legionario se quedó callado, mirando a los dos ex brigadistas con irritación.

—¡Eh, vosotros! —ladró—. ¡Como no brindéis a la salud del Caudillo os arranco la cabeza!

Los dos marineros intercambiaron una elocuente mirada.

«Si no vamos con ojo —se dijeron sin abrir la boca—, de aquí podemos salir bien calentitos.»

—Claro, amigo —dijo Alex, volviéndose a medias y levantando el vaso de té vacío de la mesa.

—¿Qué mierda de brindis es ese? —le reclamó, acercándose a la mesa a grandes zancadas seguido de los otros cuatro—. ¿Te estás burlando de mí? ¿Del sargento Paracuellos?

—Jamás se me ocurriría —contestó, esforzándose por disimular el sarcasmo.

—Un momento —dijo entonces, al tenerlo más cerca—. Ese acento tuyo... ¡no jodas que eres un puto americano!

—Lo soy —afirmó sin levantarse, percibiendo el aliento a vino del legionario que, dedujo, seguramente llevaba ya varias horas de bar en bar—. ¿Algún problema con eso?

El militar se volvió hacia sus compañeros, señalando a Riley con el dedo.

—¡Me pregunta si tengo algún problema —exclamó carcajeándose—, el yanqui maricón!

Los otros legionarios rodearon la mesa, felices con la perspectiva de partir un par de caras ante un público impresionable.

—¿Y tú, gordo? ¿También eres un yanqui maricón?

Jack le dedicó una mirada ceñuda y se mordió la lengua por mor de no liarla aún más.

—¿Sabéis? —insistió el legionario con la mejilla pegada a la de Alex, que seguía dándole la espalda—. En la guerra me cargué a un montón de brigadistas yanquis maricones... En cuanto nos veían llegar salían corriendo como conejos. —Hizo el gesto de disparar con un fusil y añadió—: No os imagináis lo divertido que era ametrallarlos mientras corrían. ¡Ratatata...!

Y el último «ta» no llegó a salir de su boca, porque Alex se puso en pie de un salto y, al tiempo que se giraba, lanzó el puño de abajo arriba en un gancho a la mandíbula del legionario, que lo arrojó volando un par de metros más allá.

Los compinches de borrachera no daban crédito a que un loco se atreviera a atacar a un sargento de la legión y los dos segundos que necesitaron para salir de su estupor fueron suficientes como para que Alex y Jack se pusieran en guardia. El primero echando mano de un alfanje mellado y oxidado que, a título decorativo, colgaba de la pared y el segundo asiendo un pequeño taburete con las dos manos, esgrimiéndolo como un domador frente a los leones.

Los legionarios, sin embargo, mucho mejor preparados para tales ocasiones, sacaron cada uno de ellos una navaja de un palmo de hoja que al momento abrieron con unos desagradables chasquidos. Cric crac, hicieron una tras otra.

—Os vamos a sacar las tripas… —anunció un cabo que parecía haber tomado el relevo del caído, dando un paso adelante con su enorme mostacho que se juntaba con las patillas y la mirada turbia por el alcohol.

Sin embargo, el sargento se incorporó trabajosamente y se puso de pie para sonreír con una mueca feroz y ensangrentada, a la que ahora le faltaban unos cuantos dientes.

—Dejáfmelos a mí —dijo llevado por todos los demonios, limpiándose la sangre con la manga—. Dejáfmelos a mí…

# 11

Ante la certeza de la inminente pelea, la mayoría de los clientes salieron del local por lo que pudiera pasar, pero pronto fueron sustituidos por una muchedumbre curiosa y bullanguera. Sobre todo chiquillos, impacientes por presenciar en primera fila una reyerta con navajas, sangre y, con suerte, algún que otro muerto.

En una esquina tenían, con pantalón verde y camisa despechugada, cinco legionarios muy cabreados armados con cachicuernas de reluciente acero de Albacete, que se morían de ganas de filetear a los dos que tenían enfrente. En la otra, un tipo gordo con un taburete, junto a otro más alto y de pelo negro que blandía resuelto la espada del abuelo de Mahoma.

La mirada de los chicuelos iba de unos a otros, sopesando las probabilidades que los dos extranjeros tenían de salir de allí con los pies por delante. Concluyendo al primer vistazo que aquello no iba a durar mucho y que, más que una pelea, iban a presenciar una auténtica carnicería.

—¿Qué? —preguntó el gordo al alto y delgado—. ¿A que ahora te arrepientes de no haber traído la pistola?

Alex, que notaba la ausencia del peso de su Colt en el cinturón, no pudo sino darle la razón.

—Creí que no nos haría falta —contestó sin quitar ojo al sargento, al que un hilo de sangre le caía al suelo desde la boca.

—Pues esta vez lo has clavado, compañero. Estos vienen dispuestos a sellarnos el pasaporte.

Y, como para reafirmar esa impresión, el legionario gruñó con inquietante regocijo.

—Primero os sacaremos los ojos —dijo, como si anticipara un sabroso plato en un restaurante, girando la navaja abierta en su mano—, luego os cortaremos los huevos y, para terminar, os rajaremos como a cerdos, de arriba abajo, y dejaremos vuestras tripas al aire para que se os coman las moscas. —Y dando un paso al frente, preguntó—: ¿Qué os parece?

—En realidad —repuso Alex, con toda la indiferencia que pudo reunir—, preferiría que resolviéramos este malentendido como caballeros. No quisiéramos tener que lastimaros.

El sargento, que esperaba una retahíla de súplicas y lamentos desesperados, quedó tan atónito con la respuesta que, durante un momento, permaneció con la boca abierta goteando sangre y los ojos achicados, como no estando seguro de haber oído bien.

—¿Has dicho… lastimarnos? —preguntó, y volviéndose hacia los otros cuatro, que exhibían las mismas navajas y ganas de usarlas que su sargento, exclamó con una carcajada—: ¡Ha dicho lastimarnos, el puto maricón! ¡Vamos a ver quién lastima a quién!

Y desplegándose en abanico, como en una maniobra militar, rodearon contra la pared a Jack y Riley, que instintivamente dieron un paso atrás subiéndose al sofá de los cojines.

Entonces, el legionario que estaba más a la derecha dio un salto hacia Jack, quien sorprendiendo al otro con una inesperada agilidad para alguien de su volumen, esquivó el navajazo dirigido a su vientre. En respuesta, agarrando el taburete por una pata, el cocinero lo estrelló con todas sus fuerzas contra la cara del soldado, que con la mandíbula fracturada salió despedido y cayó con estrépito sobre la mesa.

Al mismo tiempo, el que estaba más a la izquierda se abalanzó sobre Alex apuntando con la navaja al corazón, como si pretendiera darle una estocada con un florete. Pero seguramente, a causa del elevado porcentaje de alcohol en vena que llevaba encima, el legionario se movió demasiado despacio para los sobrios reflejos del capitán del Pingarrón, así que este tuvo tiempo para hacerse a un lado y propinarle un contundente mandoble en el antebrazo. Si aquella cimitarra hubiera estado afilada le habría seccionado el brazo como una rama seca, pero lo único que consiguió fue que el soldado soltara la navaja con una maldición, y ganar el tiempo necesario para propinarle una fuerte patada en el costado que lo dejó sin aire.

La chiquillería, entusiasmada con el espectáculo, estalló en gritos de ánimo al ver que aquellos dos iban a oponer más resistencia de la esperada.

También el sargento legionario, irradiando odio por los ojos, se percató de que la cosa no iba a ser un simple trámite, así que esperó un instante a que el de su derecha se recuperara —el que había recibido el taburetazo, ni se levantaba ni parecía que fuera a hacerlo—, y cuchicheó unas órdenes a sus subordinados.

La cosa estuvo clara de inmediato. Se dividieron en parejas e iban a ir a la vez dos contra uno, y eso no había quien lo esquivara, por muchos reflejos que se tuviera.

Los legionarios flexionaron las piernas, listos para saltar.

Los marinos tensaron los músculos, listos para recibir la que se les venía encima.

Y justo cuando aquellos se lanzaban al ataque, un par de sillas aparecieron de la nada y fueron a estrellarse contra las cabezas de dos de los legionarios, que cayeron redondos en el sitio entre una lluvia de astillas.

Sorprendidos al ver cómo se quedaban sin parejas de baile, el sargento y el del mostacho, que ya eran los únicos que quedaban en pie, se dieron la vuelta para descubrir a un mulato canijo enfundado en un mono azul y a una chica menuda con coleta que los miraba sonriente, que incluso llegó a saludarlos con un educado «*Bonjour, monsieurs*».

El sargento miró a los dos legionarios caídos bajo los trozos de madera de las sillas rotas y con los ojos inyectados en sangre levantó la cabeza.

—¡Os voy a matar! —gritó desquiciado, echando hacia atrás la mano de la navaja—. ¡Os voy a matar a todos!

Pero entonces algo frío y redondo, con el tacto del acero, se apoyó en su sien izquierda mientras una voz con acento balcánico le decía:

—Amigo, créeme cuando te digo que esa no es una buena idea.

Bajaban por los callejones de la medina en dirección al puerto, sin llegar a correr, pero a un ritmo lo bastante rápido como para poner lo antes posible tierra de por medio. Los legionarios se habían quedado en la tetería: unos, inconscientes en el suelo y otros, convencidos por el persuasivo argumento de Marovic, pero era cuestión de tiempo que salieran de la conmoción y, ayudados por otros camaradas del cuerpo, comenzaran a buscarlos por toda la ciudad, que al fin y al cabo tampoco era tan grande.

—¿Por qué demonios no habéis actuado antes? —preguntaba Riley, bajando los escalones de una pronunciada cuesta de dos en dos.

Julie sonrió inocente.

—Nos pareció que teníais la situación bajo control.

—¿Bajo control? *Arf* —resoplaba Jack, tratando de no perder el ritmo—. ¿Estáis de guasa? *Arf, arf.*

—Insististeis mucho —les recordó César— en que nos mantuviéramos ocultos y no interviniéramos a menos que hubiera verdadero peligro.

—¿Y cinco legionarios tratando de acuchillarnos —replicó Alex, sin detenerse—, no os pareció un verdadero peligro?

—Estábamos seguros de que podíais con ellos —alegó la francesa—, y además...

—¿Además...?

—No, nada.

—Julie...

—Apostamos —confesó su marido—. Julie y yo apostamos diez dólares a que os las apañabais sin nuestra ayuda.

Ahora sí, Riley se detuvo en seco y se volvió hacia su tripulación, con una mezcla de indignación e incredulidad en el rostro.

—¿Apostasteis mientras Jack y yo peleábamos? —les recriminó, ofendido—. ¿Arriesgasteis nuestras vidas por diez cochinos dólares?

—Vamos, capitán, no se ponga melodramático. Estábamos justo detrás.

—Seréis cabrones... *arf* —resolló Jack, tratando de recuperar el aliento—. A mí me pasó una navaja a dos dedos del estómago.

Entonces, el cocinero gallego se dio cuenta de que Marco sonreía sin disimulo, ya con la pistola de vuelta en la cartuchera bajo la cazadora.

—¿Y tú, de qué te ríes? —le espetó, boqueando con las manos apoyadas en las rodillas.

Para su sorpresa, el mercenario le hizo un guiño cómplice antes de decir:

—Gané la apuesta.

Alex meneó la cabeza mirando al suelo.

—Que sepáis —dijo con afectado desencanto— que sois la peor tripulación del mundo.

—Quizá —repuso Julie, estampándole un beso en la mejilla—. Pero tú tampoco eres el mejor capitán, y aun así te queremos.

—En eso hay que admitir que tiene razón la muchacha —coincidió Jack, sin poder evitar una sonrisa.

—En fin... —resopló Riley, chasqueando la lengua— ¿qué más puedo pedir por este precio? Zarparemos al alba, así que tenéis la noche libre para hacer lo que queráis. Pero antes tenemos trabajo que hacer. César y Marco —dijo señalándolos a ambos—, a vosotros os encargo comprobar la maquinaria y el equipo de inmersión. No quiero verme obligado a regresar a puerto porque se haya roto una junta. Y tú y Julie —añadió, dándole el sobre de March a su segundo— os ocupareis de consultar el parte meteorológico en capitanía, comprar provisiones para una semana y los repuestos que hagan falta. ¿De acuerdo?

—Claro. ¿Y tú qué vas a hacer?

Por un breve instante, Alex Riley se sonrojó bajo la piel curtida y la barba de tres días.

—Tengo que… visitar a una persona.

Todos se quedaron callados, sabiendo a qué se refería.

—Carallo, Alex —murmuró Jack, pasándose la mano por la cara en un gesto de cansancio—. Pensé que eso ya se había terminado.

—Yo nunca he dicho tal cosa.

—Pero si la última vez, casi te…

El capitán del Pingarrón alzó la mano, cortando la frase antes de que la terminara.

—Lo que yo haga es cosa mía —atajó secamente—. Haced lo que os he dicho y luego podréis salir a disfrutar de la noche tangerina. Ah, y una última cosa —añadió como recordando algo—. Ya habéis visto cómo están las cosas por aquí —dijo mirándolos uno a uno—, así que id con mucho ojo y no os metáis en problemas.

Y sin decir una palabra más, le dio una palmada en el hombro a Jack, se dio la vuelta y siguió calle abajo tomando el primer desvío a la derecha hasta desaparecer en un estrecho callejón azul.

El sol ya había sobrepasado el cénit en su ruta hacia poniente, así que las primeras sombras comenzaban a dibujarse en las paredes encaladas y la gente empezaba a salir de sus casas, una vez superado aquel calor del mediodía, que aun a finales de noviembre seguía asediando la ciudad.

Un hombre ataviado con una larga chilaba y la capucha sobre la cabeza, uno más entre muchos otros, se dirigió a la parte alta de la medina hasta desembocar en el Pequeño Zoco de Tánger. Una recogida placita rodeada de hoteles y teterías, con magrebíes jugando ensimismados al *backgammon* en las terrazas junto a vasos de té humeantes.

En un callejón justo detrás de la plaza se levantaba una casa de dos plantas, sin rasgo aparente que la diferenciara de cualquier otra, pero a cuya puerta llamó la figura encapuchada con un redoble de nudillos contra la madera pintada de azul celeste.

Al cabo de unos instantes, unas susurrantes pisadas llegaron desde el otro lado, unos ojos inquisitivos asomaron por el enrejado del portón y, tras un mínimo gesto de reconocimiento, los cerrojos se descorrieron y la puerta se abrió con un quejido.

Como en muchas casas árabes y del sur de España, el recibimiento al visitante lo daba un amplio y luminoso patio rebosante de floridos geranios y exuberantes buganvilias, y en cuyo centro, de una refinada fuente de diseño octogonal, emanaba un discreto caño de agua que rumoreaba con un refrescante borboteo.

La mujer que había abierto la puerta, un ama de llaves entrada en años con el rostro surcado de arrugas y un pañuelo que le cubría la cabeza, saludó con una leve inclinación que a la vez era una invitación a seguirla y, sin mediar palabra, se dirigió a las escaleras que llevaban a la segunda planta.

Una vez allí se detuvo ante una puerta mozárabe exquisitamente tallada, dirigió una última mirada al recién llegado y se marchó por donde había venido.

El hombre de la chilaba tomó el pomo de la puerta, respiró hondo y, sin llamar, lo giró y entró en la estancia.

Aunque había estado allí otras veces, no pudo dejar de admirar la etérea belleza de aquella habitación, que parecía sacada de un cuento de *Las mil y una noches*. Todo allí estaba hecho de sedas y encajes de hilo de oro. El mullido sofá de la esquina cubierto de grandes cojines, las alfombras persas, las vaporosas cortinas que bailaban con la brisa frente al ventanal abierto, las tenues gasas que rodeaban la amplia cama de sábanas de seda traídas expresamente desde la India... y justo en medio, sentada frente a un espejo tallado en madera de sándalo, una mujer se cepillaba el cabello.

La puerta se cerró a la espalda del hombre, pero la mujer pareció indiferente a ese hecho hasta que se dio por satisfecha con la imagen que le devolvía el espejo. Entonces se puso en pie, dejando intencionadamente que la ligera bata que la cubría resbalase por sus hombros hasta caer al suelo, mostrando la tersura de la piel morena en su esbelto cuerpo desnudo.

Lentamente, la mujer se dio la vuelta para quedar frente al hombre, que incapaz siquiera de parpadear, contempló de arriba abajo aquella impúdica sinfonía de erotismo como no había visto igual. Empezó por los delicados pies decorados con arabescos en henna. Ascendió con la mirada por los delgados tobillos, las piernas firmes, las perfectas caderas que rodeaban el delineado pubis, su estómago liso que antecedía a unos pechos altivos de pezones oscuros, acariciados por las puntas de una brillante melena azabache. Luego los rectos hombros, que conducían a los brazos que colgaban despreocupados junto a las caderas, y por último el grácil cuello que, tras una sensual curva, terminaba en un rostro de belleza madura y serena en el que destacaban como faros costeros, dos ojos rasgados y negros como la más negra de las noches, que lo atravesaban con la mirada y se apoderaban sin encontrar resistencia de su mente y lo poco que a esas alturas ya quedaba de su alma.

La mujer dio unos pasos hacia adelante, se diría que flotando sobre el suelo, hasta encontrarse frente al hombre. Luego le echó la capucha hacia atrás, acercó sus labios al oído y susurró con lascivia:

—Hola, Alex.

—Hola, Carmen.

# 12

De regreso del mercado, Julie ayudaba a Jack a colocar parte de la comida que habían comprado en los muebles y estantes de la cocina. Los acompañaba Elsa que, contrariada por la estricta orden del capitán de que no salieran del barco ni ella ni Helmut, buscaba cualquier cosa que hacer para distraerse. Eso sí, refunfuñando.

—Es imposible que alguien nos reconozca —argumentaba por enésima vez, tratando de convencer a Jack—. Aunque nos tropezásemos en la calle con el mismísimo Himmler, no sabría quién soy yo.

—No podemos arriesgarnos —respondía aquel—. Llamas demasiado la atención, y si una patrulla de la militar española te pide la documentación, aunque sea para charlar contigo, nos podríamos ver en un serio aprieto. —Y guiñándole el ojo añadió—: Ese es el problema de ser tan guapa.

—Pero es que estoy harta de estar aquí metida —rezongó, desahogando el mal genio con una lechuga que estampó contra la encimera—. Necesito salir a tomar el aire. Solo con pensar que aún tendré que estar una semana más aquí dentro, yo…

Jack se acercó a la espigada alemana y apoyando su manaza en el brazo de ella hizo que lo mirara.

—Créeme —dijo con voz suave—. Nada me gustaría más que invitarte a salir esta noche, llevarte al restaurante más elegante de todo Tánger y luego irnos a bailar hasta la madrugada… pero no puede ser. Es demasiado peligroso.

Elsa no contestó, pero mirándolo a los ojos terminó por regalarle una tímida sonrisa, que obligó al corazón del marinero a bombear sangre el doble de deprisa.

—Jack —lo llamó entonces Julie, rompiendo el frágil hechizo—, ¿dónde has puesto las naranjas? ¿Las cogiste tú?

El cocinero se giró a medias y señaló un armario inferior.

—Sí que las cogí, *Juju*. Están ahí abajo.

—*Merci*.

Por desgracia, cuando volvió el rostro de nuevo hacia la alemana, esta ya estaba haciendo otra cosa y la conversación transcurrió por nuevos derroteros.

—¿Y quién es esa tal Carmen de la que hablabais hace un rato? —preguntó.

Jack dejó lo que estaba haciendo buscando las palabras para decirle sutilmente que aquello no era asunto suyo sin llegar a ofenderla. Pero esta vez la francesa se adelantó, siempre dispuesta a un buen cotilleo de los que tan poco disfrutaba a bordo de aquella nave.

—Se llama Carmen Debagh —puntualizó— y es una especie de... amiga del capitán.

—¿Una amiga?

—Bueno, no exactamente. Es más bien una amante, pero sin llegar a serlo.

Elsa dejó una gran lata de sardinas en escabeche sobre la repisa y se volvió hacia la piloto, extrañada por la respuesta.

—Una amiga que no es amiga. Una amante que no es amante. Parece complicado.

—Es una prostituta —aclaró Jack con brusquedad—. Y una fuente segura de problemas.

—¡No es una prostituta! —protestó Julie con vehemencia—. Es una dama de compañía.

—¿Y cuál es la diferencia?

—La diferencia es que ella elige con quién se acuesta y te aseguro que la lista es muy corta. Ha rechazado a hombres riquísimos que le ofrecían montañas de dinero.

—Una prostituta de lujo.

—Sabes que no es así —gruñó Julie—. Es mucho más que eso, y no entiendo por qué le tienes tanta manía.

El primer oficial del Pingarrón negó con la cabeza.

—No le tengo manía —aseguró—. Admito que es una mujer impresionante. Una mujer por la que los hombres pierden el norte... y ese es precisamente el problema. Que uno de esos hombres es nuestro capitán.

—Sabes que eso no va a pasar.

—Ya veremos.

Un incómodo silencio se hizo en el salón, hasta que Elsa preguntó de nuevo.

—Entonces, ¿es muy guapa esa tal Carmen?

Julie hizo un pequeño aspaviento con la mano.

—¡Uf!, no te lo puedes ni imaginar. Cuentan que su padre es un tuareg del desierto y su madre una princesa india a la que rescató de un harén —dijo bajando la voz, como si hubiera espías al acecho—. Yo solo la he visto un par de veces, pero entiendo que haya tantos hombres y mujeres que crucen medio mundo solo por estar con ella unas pocas horas.

—¿Mujeres? —inquirió Elsa, levemente escandalizada.

—Oh, sí —secreteó—. He oído decir que es tan diestra en el amor con unos como con otras. Dicen que incluso hay famosas actrices de Hollywood que han venido hasta Tánger para... bueno —sonrió, ruborizada—, ya sabes.

A la alemana se le enrojecieron las mejillas por un momento.

—¿Y dices que es algo así como la amante del capitán Riley? —inquirió, incapaz de poner freno a su curiosidad—. Pero por lo que me cuentas debe ser muy difícil, por no decir carísimo, estar con ella, ¿no?

—Lo es —afirmó, rotunda—. Pero nuestro capitán —explicó a continuación, con un puntito de orgullo—, no paga por su compañía. Posiblemente sea el único hombre en el mundo que tiene ese privilegio.

Elsa se sorprendió sinceramente.

—¿Es cierto eso? ¿Y por qué?

Entonces Julie se volvió hacia Jack, que trasteaba al otro lado del comedor con unas cajas, desentendiéndose de la conversación.

—Eso es algo que puede explicarte mejor él, aunque dudo que lo haga. Pero lo que sí puedo decirte —bajó aún más la voz y se pasó el índice por la mejilla— es que tiene mucho que ver con la cicatriz en el pómulo izquierdo del capitán.

Exhausto, embriagado aún con el olor y el sabor a sexo en la punta de su lengua, Alex vagaba con la mirada por los arabescos del dosel de la enorme cama. Habían hecho el amor durante horas, lenta y metódicamente, reconociéndose sin prisas a sabiendas de que lo importante no es el destino, donde hasta el más torpe es capaz de llegar, sino el viaje, la travesía, el camino que lleva del primer beso al orgasmo y que más memorable resulta cuando se hace largo, esquivo, sinuoso. Las sábanas de seda púrpura habían quedado arrinconadas a los pies, y aunque una brisa fresca con sabor a sal entraba por la ventana de la habitación, no tenía intención de mover un solo músculo para taparse.

Estaba desnudo, con el codo sobre la almohada y la cabeza apoyada en la palma de la mano. Lentamente, bajó la vista para terminar posándola sobre el cuerpo sublime de Carmen, que yacía a su lado desmadejada, con la pierna izquierda flexionada formando un triángulo erótico equilátero perfecto, respirando lenta y acompasadamente por los tentadores labios entreabiertos. El cabello revuelto le cubría parte del rostro ladeado y dejaba entrever el nacimiento del pelo bajo su nuca, así como aquel cuello que había besado y acariciado hasta el agotamiento, resbalando después hasta sus hombros y volviendo a subir por su barbilla, demorándose en cada milímetro de piel hasta encontrarse de nuevo con su boca ávida, que lo recibía como una placentera ensenada en la que recalar en mitad de la tormenta.

Esbozando una leve sonrisa, levantó la mano derecha y colocó el dedo sobre el hueso de la pelvis de la mujer, ese que la había hecho estremecer al mordisquearlo suavemente. Desde tal punto, tomando marcaciones en aquellos dos osados senos de cimas sonrosadas que reclamaban a gritos ser escalados, trazó mentalmente un rumbo a través de la bahía de su vientre que lo llevara al pequeño ombligo, donde un rubí engarzado reflejaba la oscilante luz de las velas de la habitación. Entonces, calculados demora y abatimiento, con la yema del índice a avante poca, recorrió el breve trayecto sobre la carta náutica del mar de los Sargazos que era aquella hembra superlativa e impredecible. Una mujer en la que, una vez se entraba —como sucedía en ese misterioso espacio de mar cercano a las islas Bermudas—, ya no se podía ni se deseaba escapar jamás.

Alex era consciente de ello —siempre lo había sido—, mientras dejaba atrás el ombligo y recorría con su mano el muslo derecho en dirección a la rodilla. El embrujo que Carmen ejercía sobre los hombres era extraordinario, como si hubiera nacido con el don de hacer y decir cada cosa en su momento preciso, pero sin dejar jamás de mostrarse salvajemente natural y enigmática al mismo tiempo. Los perfumes, los vestidos o las palabras incitantes eran solo accesorios, menos usados para seducir que para hacer creer a los torpes e incautos que esa era la causa de su fascinación y no el inquietante poder que emanaba directamente de ella, de su sola presencia, de su capacidad de manipular a su antojo la voluntad de cualquier hombre como a un títere descabezado.

Pero eso, a Alex, le daba igual.

Ella estaba ahí, a su lado, disponible a sus caprichos, celestial como solo puede serlo una hermosa mujer desnuda y desarmada de prejuicios.

Eso era suficiente.

Más que suficiente. Era la sublimación de todos los deseos carnales, de todos los hombres, de todos los tiempos.

Tras estar aquella primera noche con ella, unos años atrás, después de que le limpiara y desinfectara el tajo de cristal roto en la mejilla, ninguna mujer se había acercado siquiera a lo que Carmen le regalaba. Como un adicto al opio al que ofrecieran un triste terrón de azúcar para combatir la dependencia, no había vuelto a disfrutar de verdad con otra mujer, pues descubrió que lo que antes creía era la cúspide del placer no había sido sino las estribaciones de un Himalaya al que solo ella era capaz de llevarle de la mano hasta la cumbre.

Solo una vez le había preguntado el porqué, a sabiendas de que la posible deuda por defenderla en aquella lejana ocasión estaba más que saldada. Por qué él y no otro, quiso saber.

—¿Por qué no? —contestó ella con toda naturalidad.

—Podrías estar con hombres más ricos… o más guapos.

—Desde luego —afirmó, sin rastro de petulancia.

—¿Entonces…?

Ella suspiró, mordiéndose el labio inferior.

—Haces demasiadas preguntas, Alex —dijo muy seria—. Y yo no quiero contestarte ninguna.

Desde ese día, jamás volvió a sacar el tema. Comprendió que a ese juego se jugaba según las normas que ella marcaba, sin cuestionarlas. Del mismo modo que no se cuestionan las reglas del póquer cuando estás sentado a la mesa con las cartas en la mano. Si quieres jugar, marinero, baraja, corta y reparte, y si no, te levantas y dejas la silla libre para otro.

Pero eso había sucedido hacía ya mucho tiempo y muchos besos atrás y, por supuesto, él no había dejado la partida.

—Te irás mañana.

Alex alzó la vista regresando de sus divagaciones, y vio que Carmen tenía los ojos abiertos y lo miraba fijamente.

No supo si aquello era una pregunta o una petición, pero en cualquier caso la respuesta era la misma.

—De madrugada, con la marea alta.

Carmen asintió, comprensiva.

—Me han dicho —apuntó, tratando de parecer casual—, que has llegado a puerto con las bodegas vacías.

Dejó el comentario en el aire, esperando la reacción de Riley con aquellos ojos negros fijos en él.

—Tienes buenos informantes —contestó, algo más arisco de lo que pretendía.

Carmen, sin embargo, se tomó aquella respuesta como un cumplido.

—En esta ciudad y en los tiempos que corren, una mujer desvalida ha de usar todos los recursos a su disposición.

Una arruga asomó en la comisura de los labios del antiguo brigadista, como si hubiera escuchado un buen chiste.

—Eres la mujer menos desvalida que conozco.

—Porque tengo buenos informantes —asintió con una sonrisa.

—Y ¿desde cuándo te interesan mis negocios?

—Tus negocios no me interesan, Alex. Pero... he oído cosas.

Riley arrugó la frente, sorprendido.

—¿Cosas? ¿Qué tipo de cosas?

—Nada en concreto —dijo con un gesto vago de la mano—. Rumores aquí y allá... ya sabes.

—Pues no, no sé —objetó Alex incorporándose en la cama.

—Y quizá es mejor así —opinó, repentinamente seria—. Solo quería decirte que tengas cuidado.

El capitán del Pingarrón se quedó mirando en silencio a la prostituta de lujo. Sabía perfectamente que por su cama pasaban mujeres y hombres poderosos, y que con unas copas de vino y sus abrumadores encantos, muchos revelarían secretos de estado que no hubieran confesado ni en su lecho de muerte. así que aquella advertencia, aunque ambigua, viniendo de sus labios era para tomársela muy en serio.

También sabía que no le iba a sacar ni una sílaba más de lo que ya le había contado, así que ni se molestó en interrogarla.

—Gracias por el consejo.

Carmen parpadeó un par de veces antes de decir:

—Odiaría que te sucediera algo malo.

Lo dijo con el tono que habría empleado para decirle a la ama de llaves que detestaría que se ensuciasen las cortinas. Sin embargo, a esas alturas de la travesía, Alex ya la conocía lo suficiente como para saber que esa era la forma que ella tenía de protegerse. Su particular cota de malla contra el infortunio.

Paradójicamente, aquella aparente indiferencia fue un halago mayor que si se hubiera lanzado en sus brazos bañada en lágrimas. Entonces, habría sabido que sin duda estaba fingiendo.

La consecuencia inmediata a aquella inesperada muestra de preocupación fue una corriente de excitación que lo recorrió desde la nuca hasta los genitales y lo llevó a deslizar la mano que aún mantenía sobre la rodilla de Carmen hacia el prometedor interior de sus muslos.

—Aún me quedan unas horas antes de zarpar —le susurró al oído, mientras le mordisqueaba dulcemente el lóbulo de la oreja.

En respuesta, ella abrió las piernas ligeramente, invitándole a aprovechar ese tiempo del que disponían.

Incitado por ese gesto insinuante Alex se deslizó hacia su cuello, lo acarició y lo recorrió con los labios, descendió luego hasta los senos recreándose en las oscuras areolas, atenazando los pezones entre los labios, lamiéndolos y jugando con ellos hasta provocar un seguido de pequeños espasmos en la mujer.

Luego, lenta y suavemente, beso a beso, se dejó caer vientre abajo hasta alcanzar el pubis. Una leve sombra de vello recortado en forma de línea que señalaba como una flecha el nacimiento de la vagina, una flor de pétalos carnosos que le llamaba a adentrarse en su interior.

Ignorando su propio deseo Alex se detuvo ahí, en el límite, acariciándolo apenas con los labios, recorriendo las orillas del sexo con su lengua, demorando el contacto directo mientras aumentaban los movimientos de pelvis de Carmen al tiempo que lo hacía su excitación.

—No seas malo... —suspiró ella

Riley levantó la mirada, encontró los ojos de Carmen fijos en él y sonrió con lascivia.

Abriéndose paso entre los muslos se acomodó frente al sexo de la tangerina ayudándose, ahora sí, de las manos para abrirlo ante sí. Una hendidura rosada en su piel morena con sabor a mujer y perdición, por la que introdujo con precisión de cirujano la punta de la lengua, encontrando con facilidad el camino entre los pliegues húmedos y cálidos que protegían esa pequeña y delicada perla de placer, que apenas llegó a rozar, pero que aun así arrancó un gemido de gozo de los labios de Carmen.

Tantas veces habían hecho el amor que Alex conocía los lugares exactos que debía acariciar y cómo hacerlo para lograr que aquella mujer que había tenido cientos de amantes disfrutara con él como con ningún otro. Como un viejo pianista que anticipara el sonido que produciría cada tecla mucho antes de llegar a tocarla.

Fue solo entonces cuando Alex comenzó a trazar círculos con la lengua alrededor del clítoris. Primero más amplios, luego más estrechos, de arriba abajo, de abajo arriba, más suaves, más firmes, más lentos, más rápidos... Cambiaba de ritmo y de movimiento en función de las reacciones de ella. Los espasmos y gemidos de placer guiaban sus movimientos en busca de un *crescendo* que la acercara al apogeo, bordeando el orgasmo, flirteando con el éxtasis pero sin permitirle llegar a él tan fácilmente. Quería que durase. Carmen gimió de nuevo acelerando la respiración, moviendo su pelvis acompasadamente, instintivamente. Alex aumentó el ritmo. Cada vez más rápido, cada vez más fuerte. Sentía cómo ella se acercaba al clímax y eso también le excitaba a él y le provocaba una dolorosa erección.

Y fue en ese momento cuando Carmen le agarró del pelo, obligándole a subir hasta ponerse a su altura para besarle apasionadamente y permitir así que el miembro del capitán se adentrara en su cuerpo.

Ella le sujetó las nalgas para lograr que la penetración fuera más profunda moviendo las caderas voluptuosamente, pero al poco empujó a un lado a Riley para colocarse encima de él y así, a horcajadas, controlando ella el ritmo y la profundidad mientras él quedaba debajo, aprisionándole los pechos mientras ella balanceaba su tupida melena negra adelante y atrás, jadeando enérgicamente con la mirada fija en los ojos ambarinos del capitán, cabalgar hacia el orgasmo.

Carmen aceleró su cadencia. Cada vez más rápido. Más rápido. En un paroxismo de sensualidad culminado con un grito de placer que tensó los músculos de todo su cuerpo, estrechándolo contra el de Alex cuando sintió que él también había alcanzado el éxtasis, y llevando su placer más allá de lo descriptible, acababa de eyacular en su interior.

# 13

La árida costa salpicada de verdes manchas de pinos se deslizaba monótonamente a poco más de una milla por estribor y un levante suave formaba algún que otro borreguillo en las crestas de pequeñas olas, pero la singladura era apacible, y el viento empujaba unas pocas nubes altas a las que, a esa hora de la mañana, aún no les había dado tiempo a vestirse de blanco.

Alex mantenía los motores en avante poca, inclinado sobre la rueda del timón y muy atento a cualquier rompiente sospechosa que asomara en la superficie. En esas condiciones, con el sol justo a proa y a menos de una cuarta sobre el horizonte, ver la sombra de un amenazador arrecife oculto bajo las aguas resultaba casi imposible.

A su lado y con las manos a la espalda, escudriñando también el estrecho paso entre bajíos por el que navegaban, Joaquín Alcántara se mantenía en silencio. De hecho, desde que habían zarpado una hora antes del puerto de Tánger, no habían intercambiado más que las palabras imprescindibles para soltar amarras y poner el buque en marcha; y a la pregunta de Riley sobre qué tal le había ido la noche, su segundo se había limitado a soltar un desganado «oscura», encogiéndose de hombros.

Unos cientos de metros más atrás, en algún lugar por la aleta de estribor, la carta náutica marcaba una roca a menos de siete metros de profundidad. Pero la que mantenía vigilante al capitán del Pingarrón era otra que, por el mismo costado, se escondía a solo tres metros bajo las olas: un abrelatas gigante de granito, esperando agazapado a hacer su propia versión del Titanic. Los cálculos le decían que aquel escollo se encontraba algo apartado de su rumbo, pero un buen marino es por naturaleza desconfiado, y aunque la carta, la sonda, las marcaciones o el mismísimo Espíritu Santo le asegurasen que no había peligro de tocar fondo —siempre le había hecho gracia ese eufemismo—, no iba a dejar de ser prudente y navegar como si lo hiciera entre un campo de minas.

En ese momento, Julie entró en la cabina sin decir palabra con los prismáticos colgando del cuello, extendió la carta del Estrecho, y tras trazar un par de líneas desde la costa que convergían sobre la equis marcada en rojo y que señalaba el punto del naufragio, dejó el transportador y el lápiz, y miró a Alex.

—Capitán, hemos llegado —anunció.

—¿Sonda?

—Veintiocho metros.

—Muy bien —dijo, moviendo adelante y atrás la palanca de máquinas hasta dejarla en paro—, fondearemos aquí. Tiraremos las dos anclas para no garrear con la corriente, y quien se quede de guardia en el puente —añadió mirando a Jack y a la francesa— tomará marcaciones cada quince minutos. No quiero despertarme de la siesta y descubrir que estamos varados en la playa.

Poco después, una vez asegurada la posición de la nave, transmitió a capitanía del puerto de Tánger el mensaje de que habían tenido un problema con la hélice, y que se verían obligados a fondear allí unos cuantos días a la espera de los repuestos. Hecho esto, convocó en cubierta a los cuatro tripulantes y los dos pasajeros.

Apoyados en la borda, expectantes, esperaban bajo el tibio sol de la mañana que su capitán, de pie frente a ellos, los pusiera al cabo de los detalles del rescate que iban a acometer y del que muy poco sabían hasta ese momento.

—¿Queréis escuchar antes las buenas —preguntó Alex— o las malas noticias?

—Empezamos bien… —murmuró Marco mordisqueando un puro apagado, mientras el resto ponía cara de «ya me lo veía venir».

—Hemos de localizar —continuó sin esperar respuesta— un carguero de ciento cincuenta metros de eslora, hundido según su situación en la carta a unos treinta o treinta y cinco de profundidad. Luego acceder a él como buenamente podamos, encontrar un objeto —abrió las manos, como si sujetara una caja invisible— de más o menos este tamaño, y traerlo a la superficie intacto.

—Nunca hemos hecho un rescate a tanta profundidad —apuntó Julie—, ni con tanta corriente. Va a ser difícil.

—Cierto —coincidió el capitán—. Va a ser difícil.

—¿Y cuál es la buena noticia? —quiso saber César, cruzándose de brazos.

Alex compuso una sonrisa esquinada antes de contestar.

—Esa era la buena noticia. La mala es que tenemos hasta el sábado para conseguirlo.

—¿Hasta el sábado? —inquirió el mecánico—. ¿Qué sábado?

—El que viene, por supuesto.

—¡Pero si hoy es domingo! —protestó—. ¡El trato original eran doce días!

—Lo sé, pero las cosas han cambiado —y mirándolos a todos, añadió—: Ahora tenemos solo seis para hacer la entrega, así que no hay tiempo que perder. En media hora quiero la chalupa lista con el motor fueraborda, un par de escandallos y una boya con un cabo de cuarenta metros. Marco y yo sondearemos el fondo, y de encontrar algo nos sumergiremos con máscara y tubo. César —dijo señalándolo—, tú manejarás la lancha. Julie, tú te quedarás de guardia al timón, y Jack, te quedas al mando, y te agradecería que nos preparases un buen almuerzo porque volveremos con mucha hambre. ¿Alguna duda?

Sorprendentemente fue Elsa quien, acodada en la regala junto a Helmut, levantó la mano.

—¿Y nosotros qué hacemos? —preguntó—. Me estoy volviendo loca metida todo el día en el camarote. Me gustaría ayudar.

—Pues no sé cómo.

—Soy muy buena nadadora —interrumpió—, y ayer Julie me hizo el gran favor de comprarme algo de ropa, incluido un bañador. Podría acompañarles en la lancha y bucear con ustedes.

El colega de su padre, súbitamente alarmado, abrió la boca para protestar, pero la alemana se volvió hacia él antes de que dijera nada, y algo le dijo en voz baja que lo calló antes de pronunciar palabra alguna.

Alex miró primero al científico, luego a Jack y por último a la esbelta joven, a la que le brillaban las pupilas de entusiasmo contenido.

—Está bien —accedió, encogiéndose de hombros—. Cogeré unas gafas y unas aletas para ti. Aunque te advierto —señaló—, que por aquí no es raro ver tiburones tintoreras de cuatro metros que estarían encantados de merendarse a una veterinaria.

Elsa sonrió e hizo un despreocupado gesto con la mano.

—Yo estoy demasiado delgada para resultar apetitosa —dijo, pasándose las manos por la cintura con coquetería—. Un tiburón iría antes a por alguien más fornido y musculoso, como usted.

El aludido y Jack intercambiaron una mirada de milésimas de segundo, con la que sin palabras más o menos se venían a decir: «¿Qué quieres que haga, Jack? Ha sido ella la que ha querido venir», y el otro contestaba: «No me fastidies. Yo preparando el jodido almuerzo y vosotros dos nadando medio desnudos en busca de un barco hundido».

Antes incluso de la media hora prevista, los cuatro se encontraban en la lancha auxiliar alejándose del barco, listos para iniciar el rastreo. Los tres hombres iban vestidos de pies a cabeza, pues el sol todavía no había empezado a calentar, aunque Elsa, para sorpresa de todos, se había presentado solo vestida con un bañador negro —que realzaba su estilizada silueta—, y una toalla al hombro, como quien planea pasar un día de piscina. Alex no le prestó demasiada atención, César se esforzó por no hacerlo, Marco murmuró algo obsceno en voz baja, y a Jack, que se la encontró de frente en el pasillo de camarotes, casi le da un infarto de miocardio.

—Empecemos por aquí —dijo Alex cuando ya se habían alejado unos cien metros, quitándose la ropa—. ¿Profundidad?

César bajó las revoluciones del ruidoso motor, y Marco lanzó y recogió la sonda al momento.

—Veintiocho metros —contestó al comprobar la marca en la cuerda—. Fondo arenoso.

—Está bien, yo seré el primero —afirmó el capitán, ya en ropa interior—. Nos turnaremos cada diez minutos para evitar la hipotermia. Ah, y César, sé que lo sabes, pero procura trazar las líneas de rastreo lo más rectas posible, y sobre todo no pasar de un par de nudos, no quiero hacer esquí acuático.

Dicho esto, se colocó la máscara y el tubo de buceo, y sin más preámbulos agarró el cabo atado a popa y se lanzó al agua.

—¿Líneas de rastreo? —preguntó la alemana, arrebujada en su toalla.

—Vamos a peinar una cuadrícula de unos quinientos metros de lado —explicó César, acelerando el motor—, y como en el agua no se pueden hacer marcas, he de tomar referencias en el horizonte y con la ayuda de la brújula, trazar las líneas de esta cuadrícula lo más rectas que pueda y así evitar el riesgo de saltarnos algo.

—Pero se trata de un barco grande, ¿no? Debería ser fácil de ver aunque esté bajo el agua.

—Si algo aprendes con los años en el mar —sentenció el mecánico, que miraba el horizonte y la brújula alternativamente sin dejar de hablar— es que nunca hay nada fácil. El barco podría estar en otras coordenadas o a más profundidad de la esperada, lo que supondría que podríamos pasar por encima sin llegar a verlo si en lugar de a treinta está a cincuenta metros.

—¿Tanta diferencia hay?

—Si está a treinta metros de profundidad, podremos ver la silueta si la visibilidad es lo bastante buena. Pero a cincuenta, aunque tuviera luces de colores como una feria sería casi invisible.

La veterinaria pareció meditar la respuesta, como si hubiera algo que no le acabara de cuadrar.

—Entonces —apuntó—, si después de recorrer esa cuadrícula al completo, no lo encontraran...

—Trazaríamos otra cuadrícula, y haríamos lo mismo.

—Y si resulta que no lo ven al pasar por encima, porque está a demasiada profundidad, ¿qué harán?

—Empezar de nuevo y buscar ayuda.

—¿Ayuda? ¿De quién?

En esta ocasión, César se volvió hacia ella antes de contestar:

—De la Virgen de los Milagros.

Al cabo de tres horas de búsqueda, habían cubierto sin resultado aproximadamente la mitad de las líneas de rastreo dentro de la cuadrícula de medio kilómetro, y tras secarse por enésima vez con una toalla húmeda y ponerse el jersey de lana, Alex apuraba el termo del café tiritando de frío, a punto de lanzar una boya de señalización y ordenar a César que pusiera rumbo de vuelta al barco, deseoso de reponer fuerzas y entrar en calor con un buen plato de sopa.

Marco era ahora quien estaba siendo arrastrado por la lancha, agarrado al trapecio del cabo con las dos manos y, aunque aún no se había quejado, seguro que también estaba muerto de frío. César seguía a lo suyo, tomando marcaciones con la mano en la caña del timón, y Elsa, decepcionada con la tediosa aventura, se apoyaba en la borda con desgana envuelta en su toalla, dejando que los dedos de la mano izquierda trazaran efímeros surcos en el agua.

Entonces, cuando nadie se lo esperaba, Marco se soltó del cabo de repente y, haciendo aspavientos mientras sacaba la cabeza del agua, soltó lo que parecía ser una maldición en su lengua natal.

De inmediato Riley volvió la mirada hacia atrás para ver qué pasaba, al tiempo que César detenía el motor.

—¿Has visto algo? —le gritó al mercenario, que se había quedado unas decenas de metros más atrás.

Este, sin embargo, repitió el improperio sin contestar a la pregunta.

—¿Qué te pasa? —inquirió de nuevo el capitán, preguntándose si le habría dado un calambre o algo parecido.

Pero, en respuesta, lo único que hizo el yugoslavo fue alzar la mano y señalar hacia ellos sin decir nada más.

Y fue en ese preciso momento cuando justo enfrente de Elsa —quien seguía apáticamente acodada con la mano en el agua— emergió de las profundidades una mole grisácea, brillante y redondeada, alzándose a casi un metro de altura y a menos de un brazo de distancia del costado de la lancha.

La joven, sobresaltada, se incorporó como un resorte. Se le había pasado todo el aburrimiento de golpe y se preguntaba con el corazón en un puño qué demonios era eso que acababa de salir del agua ante ella, cuando justo en medio de aquella especie de roca pulida, se abrió un agujero del tamaño de una moneda y un chorro de aire con miles de gotitas de agua salió despedido hacia el cielo como un pequeño geiser volcánico.

—¡Capitán! —gritó señalándolo, más sorprendida que asustada.

Alex ya estaba situándose a su lado, cuando ella se volvió con una interrogación en la mirada.

Entonces y sin decir nada, el hombre estiró el brazo fuera de la barca, y con la yema de los dedos acarició con ternura el costado de aquel gran bulto gris.

En respuesta, la mole gris emergió aún más para mayor sorpresa de la alemana —si es que eso era posible—, y como una preciosa joya que naciera del océano, un gran ojo castaño asomó sobre la superficie del agua y fijó su pupila en la joven, como si la reconociera, parpadeando varias veces mientras se dejaba acariciar por el capitán.

Elsa, maravillada por aquella profunda mirada llena de inteligencia que jamás habría creído posible en algo que no fuera humano, se llevó la mano al pecho conteniendo a duras penas la emoción y balbuceó una pregunta que no llegó a salir de sus labios.

—Es un calderón —afirmó Alex, con una expresión beatífica en el rostro que la alemana no le había visto hasta la fecha—. Una especie de ballena.

—Es… es… preciosa…

Alex Riley palmeó con afecto la piel del cetáceo, que cabeceó como un perro que disfrutara del contacto con su amo.

—Lo es —coincidió Alex incorporándose, visiblemente emocionado—. Todas lo son.

Entonces, intuyendo el sentido de la respuesta, la alemana levantó la vista de la ballena para descubrir que no menos de cien ejemplares, casi todos mayores que la pequeña lancha que ocupaban, los rodeaban completamente apareciendo y desapareciendo bajo la superficie de las olas.

—¿Son peligrosas? —preguntó entonces.

—Son grandes como un tranvía y tienen muchísimos dientes —le aclaró—. Pero no, no son peligrosas en absoluto.

Y dejándolo prácticamente con la palabra en la boca, la joven cogió del fondo de la lancha su máscara de buceo, y con toda la agilidad e irreflexión de sus pocos años se puso en pie sobre la borda y se lanzó al mar de cabeza.

Esta vez el sobresaltado fue Alex, quien vio cómo la alemana desaparecía bajo el agua y no volvía a aparecer hasta el cabo de casi un minuto, rodeada de animales de seis metros y varias toneladas que podrían acabar con ella de un simple aletazo involuntario.

Pero eso no parecía preocuparla cuando sacó la cabeza del agua y se quitó la máscara.

—¡Es mágico! —exclamó fuera de sí, como una niña que ve caer la nieve por primera vez—. ¡Lo más hermoso que he visto en mi vida!

—¡Maldita sea, Elsa! ¡Vuelve a la lancha! —replicó Riley, bastante menos contento—. ¡Estás loca! ¡No puedes hacer eso!

—¿Ah, no? —arguyó la joven, con una sonrisa de oreja a oreja—. ¡Pues yo diría que lo estoy haciendo! —Se colocó de nuevo la máscara y volvió a sumergirse entre los calderones.

La primera reacción de Alex fue irritarse por la inconsciencia de una pasajera que estaba bajo su responsabilidad, pensando entre otras cosas que, si algo le sucediera, ni Helmut ni Jack se lo perdonarían. Pero al ver emerger de nuevo a la joven, perdiendo solo el tiempo imprescindible para tomar aire antes de volver a sumergirse otra vez como un delfín, súbitamente se dio cuenta de que, pocos años atrás, habría actuado exactamente igual que ella. «Me he hecho viejo», pensó, consternado.

—A tomar por saco —masculló entonces, sacudiendo la cabeza.

—¿Decía algo, capitán? —preguntó César a su espalda.

Alex se volvió hacia el mecánico, y tras quitarse el jersey de cuello alto agarró su propia máscara y se encaramó a la borda.

—¡Te quedas al cargo! —fue lo último que dijo antes de saltar al agua entre las ballenas, con un alarido de júbilo y una sonrisa en los labios.

En cuanto emergió entre una nube de burbujas, lo primero que hizo fue mirar alrededor en busca de Elsa, y durante un breve instante le pareció verla. Una estilizada sirena asomando entre varios calderones que parecían encantados con su presencia; pero al poco la perdió de vista y lo único que pudo ver fue decenas de lomos grises y grandes aletas dorsales cortando el agua. Estaba claro que, en medio de aquel maremágnum, no le iba a poder seguir el rastro, así que decidió despreocuparse y sumergirse para gozar también del espectáculo, confiando en que la alemana sabría cuidar de sí misma. De modo que se ajustó la máscara a la cara, y tras una profunda inspiración apuntó con el torso hacia abajo y comenzó a bracear hacia el fondo con energía.

De inmediato se vio rodeado allá donde mirara, tanto a ambos lados como por encima o por debajo, por una desordenada multitud de ballenas grises nadando pausada y graciosamente en una misma dirección. Pudo ver cómo se impulsaban con la aleta caudal, que movían cadenciosamente de arriba abajo, a cámara lenta, como si les costara el mismo esfuerzo desplazarse a través del agua que a nosotros a través del aire. Por alguna razón a Alex le recordó el vuelo de los pelícanos, esos grandes pájaros marinos de aspecto torpe y desproporcionado, que en tierra parecen siempre a punto de tropezar, pero que una vez en vuelo, planeando a ras de agua mientras rozan las olas con los extremos de unas alas que apenas baten, resultan ser los seres más majestuosos de la creación. Las ballenas, pensó entonces, eran el equivalente a los pelícanos bajo el mar. Más que nadar se diría que volaban.

Una cría que fácilmente mediría tres metros se aproximó curiosa a Alex, seguida de cerca por la que seguro era su madre. La criatura se acercó de costado sin ningún tipo de recelo, observando al extraño ser de cuatro extremidades y pelo en el cuerpo, tan poco conveniente para el mundo marino. Lo estudió detenidamente de pies a cabeza con su enorme ojo izquierdo, con lo que parecía una expresión de perplejidad. Alex no pudo resistirse a alargar la mano y rozarle la mejilla como habría hecho con un niño. El inconveniente era que ese niño pesaba lo mismo que todo un equipo de rugby, y cuando quiso devolverle el gesto alzando una de sus aletas pectorales, la sola turbulencia que produjo provocó un pequeño remolino que empujó al capitán del Pingarrón a un par de metros más allá dando vueltas de campana.

En el acto, la madre del pequeño cetáceo apareció y se interpuso entre el hombre y su cría, quizá a sabiendas de la fragilidad del humano, y con un leve empujón invitó al ballenato a alejarse, se sumergió aún más y pasó justo bajo los pies de Riley.

Este se quedó mirando embelesado cómo se alejaban madre y cría, cómo se difuminaban sus compactos cuerpos grises en el azul rotundo de las profundidades. Los siguió contemplando, hipnotizado, hasta que desaparecieron y solo quedó tras ellos un ínfimo rastro de burbujas que ascendían desde el fondo marino, en el que destacaba tenuemente una masa inmóvil algo más oscura que el resto. Una masa que, observada detenidamente, tenía una forma perfectamente regular.

Bajo sus pies se insinuaba borrosa la silueta de un objeto estrecho y alargado, de gran tamaño y líneas rectas y precisas.

La silueta de un barco.

# 14

Diferentes planos del Phobos se extendían sobre la mesa del comedor, detallando sus varias cubiertas en secciones horizontales y verticales, así como una decena de representaciones de cortes transversales que daban una idea bastante clara de las dimensiones y la distribución de aquel carguero, de un tamaño equiparable a un campo y medio de fútbol. La superestructura central, donde se encontraban tanto los camarotes de los oficiales como el puente o la cabina de la radio, era la sección que centraba la atención de todos, pues era ahí donde debería encontrarse el misterioso aparato que trataban de recuperar.

El problema en este caso era que, como había podido comprobar el capitán en un par de inmersiones a pulmón libre, el mencionado barco, en el que debían entrar y explorar minuciosamente, estaba quilla al cielo. Volcado, invertido, completa e inamoviblemente boca abajo.

—Es una putada —murmuró Jack, poniendo palabras a lo que todos estaban pensando.

El «todos» era literal, pues hasta los dos pasajeros se inclinaban junto a la tripulación sobre los planos, rodeando la gran mesa. Era absurdo tratar de ocultarles lo que estaban haciendo, y habían concluido que, para cuando desembarcaran en Lisboa, el negocio ya estaría cerrado. Además, el capitán del Pingarrón era de los que creía que siete cabezas suelen pensar mejor que cinco.

—La parte buena —dijo Alex, dando golpecitos en la mesa con la punta de un lápiz— es que está solo a unos treinta metros de profundidad, lo que nos dará más tiempo de inmersión, y el agua estará algo menos fría.

—El que no se consuela... —barruntó su segundo.

—¿Pudo ver en qué estado se encuentra la superestructura? —quiso saber César, apoyando la barbilla en el respaldo de la silla, que había situado del revés.

—No conseguí bajar tanto —explicó Riley—. Pero teniendo en cuenta la posición de la nave...

—Será como un acordeón gigante —ejemplificó Marco gráficamente, mientras se hurgaba los dientes con la punta de su cuchillo.

Alex miró reprobador al mercenario. Menos por su comentario derrotista que por su liberal concepto de la higiene personal.

—Puede que no —replicó—. Pero de todas maneras, no lo sabremos con certeza hasta que echemos un vistazo más de cerca.

—¿Y si es así? —preguntó Julie—. Si la superestructura se ha convertido en un amasijo de hierros aplastado contra el fondo ¿cómo podremos acceder al puente o la cabina de radio, donde se supone que está ese artilugio?

—Sencillamente —sentenció Jack—, no podremos.

Riley paseó la mirada por todos los presentes con el ceño fruncido.

—Muy bien —dijo seguidamente, apoyándose en la mesa para ponerse en pie—. En ese caso, levemos anclas. Julie, al timón. César, pon en marcha los motores. Zarpamos en diez minutos.

—Eh, un momento —exclamó el primer oficial, mostrando las palmas de las manos—. Yo no he dicho que debamos marcharnos. Solo que...

—¿Qué, Jack? —El capitán se cruzó de brazos, irritado—. ¿Que será difícil? ¿Que no hay garantía de éxito? ¿Que nos podemos hacer pupita? Joder, dime algo que no sepa.

Volvió a mirar a sus tripulantes, y se detuvo un instante en cada uno de ellos.

—Esta va a resultar una operación compleja y muy peligrosa, las posibilidades de fracaso son altas, y lo más probable es que al final tengamos que marcharnos con las manos vacías. —Dejó pasar unos segundos para asegurarse de que ese punto quedaba lo bastante claro—. Pero si decidimos seguir adelante… al que vuelva a pronunciar un comentario derrotista o una crítica que no sea constructiva —en ese punto señaló hacia la costa, visible a través del ojo de buey—, lo mando nadando hasta Marruecos. Así que decidme: ¿qué queréis hacer?

Uno por uno asintieron, con distintos grados de énfasis, pero todos dejando claro que ni se habían planteado la posibilidad de echarse atrás, por muy complicado que pareciera el rescate.

—Muy bien —dijo Alex, disimulando su satisfacción con una pátina de indiferencia, como si nada hubiera pasado—. Creo que lo mejor será descender sobre la quilla aproximadamente en la mitad de la eslora, y luego hacerlo por el costado del buque colgados del cabestrante, mientras buscamos una vía de entrada a la superestructura —apoyó el índice sobre el plano—, o lo que quede de ella.

—¿No sería más lógico —intervino Elsa, aún con el pelo húmedo— ir hasta el fondo y luego llegar al barco simplemente caminando?

Alex iba a contestarle cuando Jack se adelantó, quizá una forma de demostrar que sabía hacer más cosas aparte de cocinar.

—Siempre estamos a tiempo de hacer eso —argumentó con aire profesional—. Pero desde arriba se tiene mejor perspectiva de la situación del pecio, y caminando por el fondo se levanta mucha arena en suspensión que dificultaría una visión general.

—¿Y eso cómo lo sabes? —preguntó Marovic con mala baba—. Que yo haya visto, nunca te has enfundado el traje de buzo.

—Exacto… —replicó, molesto— que *tú* hayas visto.

—¿No será que tu enorme barriga no cabe en el traje? —insistió mirando alternativamente al primer oficial y a la alemana, con una sonrisa burlona.

—¿Estás buscando que te parta la cara? —gruñó Jack entre dientes, levantándose de la silla—. Porque si es eso, lo haré con gusto.

—¿Ah, sí? Cuando y donde quieras.

De improviso, un fuerte puñetazo sobre la mesa acompañado de un grito ordenando silencio hizo que ambos se callaran de inmediato. No tanto por el sobresalto, como por lo inesperado de su origen.

Julie los miraba con aire inocente, y tras contemplar su propio puño descansando sobre la superficie de madera, como si este hubiera tomado por su cuenta la decisión de golpear la mesa, se sonrojó con timidez.

—*Pardon* —se excusó, frunciendo la nariz graciosamente—. Siempre había querido hacer eso.

—En fin... —dijo Alex, carraspeando como quien toca una campanilla para llamar la atención—. Primero almorzaremos algo, y dentro de dos horas haremos la primera inmersión. Jack, tú comprobarás y prepararás el equipo. César la grúa y los compresores. Julie, te quedas al tanto de la radio y de alejar a los curiosos. Marco, tú bajarás conmigo.

—¿Por qué yo? —protestó airadamente, señalando al segundo de abordo—. ¿Por qué no baja él ya que parece saber tanto del tema?

Alex suspiró cansado, como el padre que ha de pedirle a su hijo cada tarde que haga las tareas.

—No me toques los cojones, Marco —masculló—. Jack es la autoridad en este barco si yo no estoy, César es el mecánico y maquinista, y Julie la piloto y navegante. De modo que solo quedas tú para acompañarme.

—Así que soy el único prescindible, ¿no?

—Exacto —puntualizó, mientras recogía los documentos sobre la mesa—. Pero sobre todo y ante todo, vendrás conmigo porque ni borracho te dejaría en mi barco mientras Jack y yo estamos indefensos bajo el agua.

El mercenario, al oír aquello, hizo una extraña mueca a medio camino entre el despecho y el insano orgullo de que lo consideraran un tipo peligroso.

—¿Y nosotros? —preguntó Elsa, señalándose a ella misma y a Helmut—. ¿Podemos ayudar en algo? Si no hubiera sido por mí —le recordó—, no habrían descubierto el barco hundido.

Riley, que ya estaba por salir del salón, se dio la vuelta lo justo para guiñarle un ojo a la alemana.

—Guapa, en tu caso me conformo con que no saltes por la borda detrás de ningún bicho.

Tras situar con precisión al Pingarrón justo sobre la boya que habían dejado marcando el lugar del pecio, y lanzar las anclas correspondientes para dejar la nave lo más estática posible respecto al fondo, Alex y Marco, embutidos en sus trajes de buzo, ultimaban en cubierta el plan de inmersión mientras Jack revisaba por última vez cada componente del equipo.

El buceo con escafandra, tal como se entendía en ese momento, tenía en realidad casi cien años de historia. Pero no había sido hasta que el médico escocés John Scott Haldane publicó a principios de siglo unas tablas de descompresión para buzos, indicando con precisión a cuánta profundidad y durante cuánto tiempo podía un hombre permanecer bajo el agua sin sufrir dolorosas embolias o parálisis permanentes, que las actividades submarinas dejaron de ser un caro y complejo método de suicidio.

El traje de buzo en sí mismo no era más que un holgado mono de lona cauchutada para hacerlo impermeable, ya que debajo y para evitar la hipotermia, el submarinista tenía que ir abrigado como para ir al Polo Norte. La parte crucial del equipo, sin embargo, era la voluminosa escafandra de cobre; en este caso una algo abollada pero de probada fiabilidad, de la casa Siebe Gorman. Una escafandra de veinte kilos, con tres ventanillas de gruesos vidrios para tener un campo de visión de ciento ochenta grados, que tenían la mala costumbre de empañarse al cabo de varios minutos bajo el agua. Dicha escafandra encajaba con el traje mediante un cierre de media vuelta, que quedaba sellado gracias a una frágil arandela de caucho de la que dependía la estanqueidad y, en consecuencia, la vida del buzo. El aire llegaba a presión desde el compresor en la superficie, en este caso del barco, y alimentaba constantemente al submarinista con aire fresco que entraba por un conducto en la parte superior de la escafandra, y salía por una válvula en la parte inferior derecha. Si el compresor fallaba o la manguera de alimentación de aire se rompía, el buceador aún contaba con una pequeña botella a la espalda que proporcionaba una autonomía extra de, como mucho, diez minutos —en función de la profundidad a la que se encontrara—. Si para entonces no había logrado regresar a la superficie, sencillamente se quedaba sin aire y moría.

Resumiéndolo mal y mucho, el buceo con escafandra consistía en un hombre metido dentro de un traje lleno de aire, que se dejaba caer con una grúa sobre el fondo marino. El medio para lograr que descendiera en lugar de que flotara como un globo, era tan simple como incómodo: cargar al buzo con tanto plomo como fuera posible, en el pecho, la cabeza, el cinturón y los zapatos. La pega era que, aunque bajo el agua dicho peso apenas se notaba, mientras eso llegaba, el buceador debía cargar con ochenta o noventa kilos sobre él, vestido debajo del traje impermeable como un alpinista, y muchas veces bajo un sol abrasador que lo asaba como a un pavo en el día de Navidad. Alguien lo había comparado con estar en una sauna disfrazado de esquimal, cargando a la suegra sobre los hombros.

Mientras Jack inspeccionaba metódicamente las juntas de la manguera del compresor, a Alex ya le corrían regueros de sudor por la frente, y el rebelde pelo azabache se le pegaba a la frente como si acabara de salir de la ducha.

—Maldita sea, Jack —gruñó Marco, que estaba en las mismas—. Date prisa, que me estoy cociendo.

—Voy todo lo deprisa que puedo —replicó el gallego airadamente—. Si quieres, puedo prescindir de comprobar tu equipo. Así seguro que termino antes.

El mercenario abjuró entre dientes y miró al cielo, como pidiendo paciencia al altísimo.

En ese momento César hizo descender la grúa hasta cubierta, a cuyo gancho estaba firmemente sujeta una pequeña plataforma de hierro, diseñada específicamente para que los buzos la usaran en sus descensos.

—El ascensor ya está listo —apuntó, soltando los mandos de la grúa y dirigiéndose al compresor de aire, que de inmediato puso en marcha.

Entonces Jack, una vez finalizadas las comprobaciones, sin decir palabra agarró la aparatosa escafandra y con un gesto algo más brusco de lo imprescindible, la encajó en el traje de Marco y atornilló los cierres. Esperó unos segundos para comprobar que el aire circulaba correctamente en el equipo del yugoslavo, y con un golpe de nudillos en el casco le informó de que ya estaba listo y podía subirse a la cesta de la grúa.

Acto seguido tomó la escafandra de Riley para repetir la operación, pero cuando estaba a punto de colocársela se acercó Elsa con una toalla, le secó el sudor de la frente al capitán, y para sorpresa de propios y extraños, tomándole el rostro entre sus manos le estampó un sonoro beso en la mejilla. Luego le deseó suerte y le pidió que tuviera mucho cuidado.

Los ojos del primer oficial se entrecerraron suspicaces al contemplar aquella escena, y Alex temió por un momento que su amigo le estampara la escafandra en la cabeza. Estaba tan asombrado como él por aquel espontáneo gesto de la alemana, y parpadeando confuso solo atinó a alegar torpemente:

—Jack... Yo no...

Pero no le dio tiempo a terminar la frase, que el aludido le encasquetó el casco de malos modos ahogando las excusas tras el grueso cristal, y ya lo único que se veía era a Riley moviendo los labios y meneando la cabeza.

El segundo de abordo golpeó el casco de cobre con los nudillos y una fuerza que casi lo abolló, y juntando el pulgar con el índice dio su visto bueno a la inmersión sin dejar de mirar con hosquedad a su jefe.

Cargando el quintal de plomo que llevaban encima, Marco y Alex arrastraron sus pies encajados en zapatos también de plomo hasta la plataforma enrejada, de una forma tan lenta y penosa, que parecían hacerlo deliberadamente. Se instalaron cada uno en un lado de dicha plataforma, y se agarraron a los asideros preparados a tal efecto. Jack se aseguró de que las mangueras de aire estuvieran bien emplazadas, y dándole la orden a César, este manipuló una palanca para elevarlos sobre cubierta, otra para situarlos sobre el agua pasando por encima de la borda, y de nuevo accionó la primera para hacerlos descender gradualmente.

Lentamente se fueron acercando a la calmada superficie del mar, hasta que el agua les alcanzó los pies y lentamente comenzó a ascender por sus piernas.

Alex sintió la sutil diferencia de presión a medida que se sumergían. Primero las piernas, luego el estómago, el pecho, y cuando el agua ya le llegaba al cuello, echándose hacia atrás levantó la vista y vio las figuras de sus tripulantes asomados a la regala del Pingarrón, observándole preocupados, como si estuviera descendiendo dentro de un volcán en erupción.

Y como hacía siempre que se sumergía, se despidió mentalmente de todos, por si los dioses del océano o la hidráulica decidían que en ese día no debía regresar al mundo de los vivos.

# 15

Girando la cabeza a uno y otro lado dentro del casco, a través de las ventanillas redondas, Alex podía ver cómo la luz del sol se hacía más escasa a medida que descendían verticalmente a unos diez metros por minuto. Ya no quedaba rastro de los calderones, y solo un pequeño cardumen de atunes como una salva de flechas plateadas pasó a una decena de metros a su derecha en línea recta y sin demostrar el menor interés por los dos hombres agarrados a la cesta de hierro.

A mayor profundidad, el mar perdía progresivamente cualquier gama de color y todo tomaba esa tonalidad azul grisácea, casi fantasmagórica, que a Alex siempre le recordaba a la espesa niebla de los Grandes Bancos del Atlántico Norte, cuando los vientos que soplan sobre la cálida corriente del Golfo se van a topar con la fría del Labrador y no se puede distinguir nada más allá de unas pocas brazas. Frente a él, podía ver a Marco Marovic mirando alrededor con cierto nerviosismo, también consciente de que no se encontraría a salvo hasta regresar a la luz del día y su vida quedaba en manos del azar y el buen hacer del equipo de superficie.

Lo que más inquietaba a Alex, sin embargo, no era saberse bajo miles de toneladas de agua o la siempre cierta posibilidad de ahogarse, sino el absoluto silencio que reinaba allí abajo. Un silencio ominoso y abrumador que no era comparable a ningún otro silencio en la Tierra, solo roto por el átono burbujeo del aire exhalado que salía a borbotones por la válvula del casco. Un sonido que, dicho sea de paso, esperaba no dejar de oír en ningún momento, pues escucharlo significaba que todo marchaba como era debido y el oxígeno seguía fluyendo por el conducto.

Sintiéndose mucho más ligero que en la superficie, inclinó la cabeza hacia abajo sin miedo a romperse el cuello y contempló cómo la negra quilla del Phobos parecía ascender hacia ellos desde las profundidades. Dejó pasar unos segundos, y cuando calculó que se encontraban a menos de diez metros de las planchas de acero, dio un tirón seco al cabo que, atado a la misma cesta, llegaba hasta el Pingarrón. El descenso se detuvo casi al instante, antes de hacer contacto con el casco del barco hundido. Dado que no había medio alguno de comunicación entre los buzos y el equipo de superficie, todo se tenía que hacer mediante un código preestablecido de tirones y repiqueteos con una simple cuerda. No daba para recitar un poema pero, hasta que nadie fuera capaz de meter un teléfono dentro de un traje de buceo, era lo mejor que había.

Desde aquella distancia y por lo que podía ver, la quilla del carguero parecía intacta, de modo que el hundimiento no parecía causado por «tocar» una roca sumergida. Tras un minuto de inspección visual, dio un repique y dos tirones al cabo y la plataforma de hierro se movió a la derecha. Luego dio dos tirones más y la cesta volvió de nuevo a descender, esta vez paralela a la borda de babor del carguero. Recorrieron el costado de la nave verticalmente, buscando con la vista alguna pista sobre la causa de su hundimiento, pero siguieron sin descubrir nada que les llamara la atención.

Por último, bajaron más allá de la borda y se situaron justo frente a la gran superestructura blanca de cuatro pisos de altura, punteada de negros ojos de buey que parecían mirar acusadores, como si aquel barco fuera una tortuga gigante que alguien hubiera puesto panza al aire y nadie se dignase a devolverla a su posición natural.

Entonces una mano se le posó en el hombro por la espalda, dándole un susto de muerte; se había olvidado de la presencia de Marovic. Giró hacia él y vio cómo le hacía un gesto extraño con las manos, juntándolas y luego separándolas verticalmente, como si estuviera matando un mosquito al revés. Durante un momento se quedó mirando tontamente al mercenario, que repetía el gesto una y otra vez mientras enseñaba los dientes en algo que parecía una sonrisa. Repasó el glosario de gestos para buzos y no recordó ninguno ni remotamente parecido, hasta que Marco señaló el barco hundido y repitió el gesto con entusiasmo.

Y de repente lo comprendió. No entendía cómo no se había dado cuenta antes.

Por obra y gracia de la orografía submarina del estrecho de Gibraltar, el Phobos había quedado apoyado entre dos grandes masas de roca a proa y a popa, mientras que la sección central, donde se hallaba la superestructura, se encontraba parcialmente suspendida en el aire —en el agua, para ser exactos—, y solo la parte superior se había aplastado contra el fondo arenoso. Esto dejaba la totalidad de los camarotes y probablemente el puente de mando lo suficientemente intactos como para poder entrar y buscar el artefacto que presumiblemente los iba a hacer ricos.

Sin duda tras haber llegado a la misma conclusión, Marovic le hizo un gesto entusiasmado para que descendieran aún más y, una vez en el fondo, se adentraran en el barco hundido. Alex a punto estuvo de dejarse llevar y dar un par de tirones al cabo para seguir descendiendo, pero el plan de buceo no había sido aquel, y si convertía una breve inmersión de reconocimiento en otra cosa, los cálculos de descompresión que había hecho previa-mente se irían al garete. No valía la pena correr el riesgo; menos aún teniendo en cuenta que apenas quedaba una hora de luz aprovechable. Así que, ante la decepción del yugoslavo, negó con el dedo enguantado, y dando un repique y un tirón hizo que la cesta avanzara en dirección a la proa del Phobos para finalizar la inspección previa antes de regresar a la superficie. Ahora eso no tenía demasiado interés, era cierto, pero como aún les quedaban unos minutos de buceo sin que debieran someterse a las engorrosas y eternas paradas de descompresión, no perdían nada por aprovecharlos ahí abajo.

Lo más sorprendente era que el carguero en cuestión no parecía haber sufrido ningún daño, aparte del evidente de encontrarse hundido. En el costado en que se encontraban no se apreciaban grietas, agujeros o marcas de ninguna explosión a bordo. Incluso las compuertas de las bodegas permanecían cerradas, lo que le llevó a deducir que, o bien la carga estaba fantásticamente estibada, o la nave no llevaba carga alguna y por esa razón las compuertas no habían cedido bajo su peso.

La cesta siguió desplazándose de forma lateral hasta la proa del buque, y una vez allí y comprobado que no se apreciaba ningún tipo de daño, Alex tiró del cabo para que César los subiera.

Extrañado por la ausencia de vías de agua en el casco, planeaba ya la inmersión del día siguiente cuando, casi en el límite de la percepción, algo anormal llamó su atención y, justo antes de que desapareciera ante sus ojos, tiró de la cuerda de señales y la cesta se detuvo con brusquedad.

Marovic se volvió hacia su capitán, con una deformada interrogación en su rostro tras el vidrio del casco.

Alex lo ignoró e hizo que desde el Pingarrón César maniobrara la cesta hasta situarla a pocos centímetros de la amura de estribor, por debajo de lo que en su día había sido la línea de flotación del Phobos.

Debido a la inherente oscuridad a esas profundidades y lo avanzado de la tarde, apenas era capaz de distinguir aquello que ahora tenía justo frente a sus ojos. Así que, como para asegurarse, estiró la enguantada mano derecha hasta tocar el casco del barco.

No. Sus ojos no lo habían engañado, pensó mientras reseguía con el dedo índice la regular hendidura de un metro de diámetro y forma de alargada elipse, que como un bajorrelieve se dibujaba en la plancha de acero.

El yugoslavo también pasó la mano por la misma ranura, y enseguida comprendió de qué se trataba. Con un gesto con las manos que no daba lugar a equívoco, le confirmó a Alex lo que este ya había deducido.

Aquello era una compuerta hermética, elíptica y situada justo por debajo de la línea de flotación.

Solo había visto una vez un tipo de compuerta como esa, pero no en un barco.

Una compuerta con una finalidad única e indudable, que solo podía servir para una cosa.

Pero era imposible.

Mejor dicho. Habría creído que era imposible... hasta ese preciso instante.

La mente de Riley bullía en un sinfín de ideas descabelladas, y así dejó transcurrir casi un minuto. Inmóvil y con la mano derecha apoyada en el casco del Phobos, como si le estuviera tomando el pulso al difunto barco.

Marco miraba la ovalada hendidura y a su paralizado capitán alternativamente, sin entender qué diablos estaba haciendo. Finalmente le dio un golpecito en el hombro, señaló en su muñeca un reloj que no llevaba y levantó el pulgar. Era hora de subir, decían sus gestos.

Aturdido por lo que acababa de descubrir y las implicaciones que ello suponían, Alex aún tardó un momento en contestar imitando el gesto con el pulgar. Dio tres tirones a la cuerda y la canasta de acero comenzó a ascender —siempre a menor velocidad que las burbujas de aire que exhalaban— hacia la luminosa superficie y la negra silueta del Pingarrón que flotaba indolente sobre ellos.

Pero Riley apenas era consciente de nada de eso. Su cabeza no dejaba de darle vueltas al inesperado hallazgo y sus inquietantes consecuencias.

# 16

—¿Un tubo lanzatorpedos?

—Uno, que hayamos visto. Apuesto a que hay otro en la amura opuesta.

La pregunta de Jack estaba hecha con un tono que incluía la cuestión de si estaba sobrio o si se había golpeado la cabeza al subir a bordo.

Tripulantes y pasajeros del Pingarrón se encontraban una vez más reunidos alrededor de la sólida mesa de nogal, y la feliz noticia de que la superestructura estaba prácticamente intacta se había ensombrecido a medida que Alex les relataba el resto de la inmersión.

—¿En un carguero? —insistió, incrédulo—. ¿Estás seguro?

—Tenía la forma, el tamaño y la disposición exacta —contestó con aplomo—. No me cabe ninguna duda.

—¿Y tú, Marco? ¿También los viste?

El mercenario se rascó la cabeza.

—En ese momento no me di cuenta, pero ahora le encuentro todo el sentido. Si no era la compuerta de un tubo lanzatorpedos... desde luego lo parecía.

—Pero eso supondría —murmuró, dirigiéndose de nuevo al capitán como si fuera su culpa—, que ese carguero es en realidad...

Dejó la frase en el aire, dándola por sobreentendida.

—Eso parece —resopló Alex.

El primer oficial se reclinó sobre la mesa, con las manos entrecruzadas y gesto preocupado.

—Entonces... —caviló, mirando hacia abajo—. March nos proporcionó información falsa.

—Probablemente —asintió, fatigado—. De ese hombre cabe esperar cualquier cosa. Sobre todo, cualquier cosa mala.

—Pero ¿por qué haría eso? —intervino Marco—. No tiene sentido que nos contrate para hacer un trabajo, y en cambio nos oculte algo así.

—Quizá pensó que de saberlo no aceptaríamos. —El capitán Riley pareció reflexionar sobre ello durante un momento, y al cabo se encogió de hombros con estoicismo—. Y el caso es que habría estado en lo cierto. Pero nos guste o no —añadió, resignado—, ahora ya no podemos echarnos atrás.

Jack bajó de nuevo la vista, chasqueando la lengua con fastidio.

—*Cagüenla*.

Durante casi un minuto todos se quedaron en silencio, hasta que Helmut carraspeó indeciso, y mirando a Alex preguntó tímidamente:

—Disculpen mi ignorancia, pero... ¿cuál es el problema? —Miró a unos y a otros, antes de proseguir—. Sé que solo soy un pasajero y en realidad esto no es asunto mío, pero me intriga por qué les preocupa tanto que el Phobos lleve unos tubos lanzatorpedos. Al fin y al cabo, estamos en mitad de una guerra, ¿no?

Fue Julie, sentada a su lado, la que le señaló la obviedad.

—Los barcos cargueros no llevan torpedos, *monsieur* Kirchner.

—Ya, claro, pero quizá en este caso...

—Sin excepciones —subrayó la piloto—. Un navío armado es por definición un navío de guerra.

—Y si estos tubos lanzatorpedos están ocultos —apuntó su marido— o disfrazados dentro de un carguero de aspecto inofensivo...

—... es porque, sin duda, se trata de un barco corsario —remató la francesa.

En ese momento, fue Elsa la que alzó las cejas con incredulidad mientras se le iban arqueando las comisuras de los labios.

—¿Corsario? —dijo al fin, con algo muy parecido a una sonrisa—. ¿De los de pata de palo y parche en el ojo? Quizá venían de abordar un galeón lleno de tesoros —bromeó.

—He dicho corsario —repitió Julie con gravedad—, no pirata.

—¿Y qué diferencia hay? Corsarios, piratas, bucaneros...

Antes de que la piloto replicara, Jack alzó la mano pidiendo la palabra.

—Señorita Weller —dijo con una frialdad desacostumbrada—. Entiendo que una veterinaria y un físico no sepan demasiado de historia, así que les aclararé un par de puntos que veo desconocen. Los piratas fueron exactamente eso que tienen en mente: delincuentes que a bordo de un navío asaltaban, secuestraban o asesinaban a todo el que se les ponía por delante. Mientras que los bucaneros eran en esencia lo mismo, pero especializados en atacar barcos y territorios españoles con la bendición del resto de potencias europeas.

—¿Y los corsarios? —quiso saber Helmut.

—Los corsarios son piratas a sueldo de un gobierno, el cual en tiempos de guerra les extiende una llamada «Patente de corso», que les otorga un estatus cuasi militar.

—Pero usted está hablando de algo que pasaba hace trescientos años —alegó, convencido.

Joaquín Alcántara negó con la cabeza.

—Créame, los corsarios son tan habituales hoy en día como lo eran en el siglo diecisiete.

—Pero... ¿por qué? —replicó Elsa, aún incrédula—. Hace siglos que no hay barcos que lleven oro de América a España.

—Creo que no lo ha entendido —bufó, como si llevara horas repitiendo lo mismo—. Los corsarios trabajan para un país que esté en guerra, hundiendo transportes o barcos de pasajeros desarmados del enemigo. Ahora no se trata de oro, ni de españoles, sino de infligir el mayor daño posible al oponente.

—¿Quiere decir...?

—Quiero decir que ese barco de ahí abajo —dijo señalando el suelo con el pulgar— seguramente tenía como misión aproximarse a su presa aparentando cualquier pretexto, ondeando una bandera amiga para que se confiaran. Entonces, cuando hubieran estado lo bastante cerca como para no errar el tiro, sin aviso alguno le habrían lanzado uno o varios torpedos hasta hundirla. Luego habrían asesinado a los náufragos supervivientes, para no dejar así testigos de sus fechorías.

—Dios mío... —masculló Helmut.

—Mejor resérvese el «Dios mío» para luego, doctor, porque en realidad ese no es el verdadero problema.

—No le comprendo.

—A todos los efectos —retomó la explicación el capitán tras un carraspeo—, los tratados internacionales prohíben rigurosamente a cualquier nación armar o hacer uso de barcos corsarios. Así que la nación que incumpla esos tratados hará todo lo necesario para ocultar su existencia.

—Pero al fin y al cabo —apuntó Elsa, como si hubiera recordado un dato que invalidaba cualquier preocupación—, se trata de un barco holandés, ¿no? No creo que tras estos dos años de guerra, la marina holandesa, si es que aún existe algo que pueda llamarse así, represente ninguna amenaza. Ni siquiera para nosotros.

Jack, a quien evidentemente no le había sentado nada bien la escenita de la alemana besando al capitán, replicó de nuevo con aspereza:

—El que este barco corsario navegara bajo bandera holandesa, señorita Weller, lo único que nos indica es justo todo lo contrario. Que con toda certeza no es un barco holandés, ni de ningún otro país aliado.

La veterinaria se quedó callada unos segundos, desentrañando la lógica de esa inesperada deducción.

—Pero, entonces... —caviló, pensativa— eso querría decir que...

—Querría decir que con toda probabilidad eran alemanes.

Elsa se llevó la mano a la boca en un teatral gesto de sorpresa, pero como aún no alcanzaba a comprender la verdadera importancia del asunto pareció artificioso, como si acabara de descubrir que el gato se había hecho pipí en la alfombra.

—Eso también explicaría —barruntó César, rascándose la nuca— las prisas de March por que terminemos el trabajo tan rápido.

—*Mon cher*, no te sigo —confesó Julie, inclinando la cabeza.

—Pues que supongo —aclaró el mecánico, encantado de demostrar su sagacidad ante su esposa—, que si Joan March tiene la localización exacta del hundimiento, es probable que los alemanes también la tengan. Los siete días de plazo que nos ha dado puede ser el tiempo que tardará en aparecer por aquí algún navío de la *Kriegsmarine*.

—*Merde...* —resumió la francesa—. Si nos marchamos, perdemos el millón de dólares y nos exponemos a la ira de March y si nos quedamos, nos la jugamos contra los nazis. *Magnifique*.

—Prefiero arriesgarme con los nazis —afirmó Marco sin pensarlo.

—¿Y los demás? —quiso saber Alex, pasándose la mano por el rostro enjugándose el cansancio—. ¿Estáis dispuestos a seguir adelante?

Jack fue el primero en hablar.

—¡Qué remedio! —rezongó alzando las manos—. Ya tenemos localizado el barco y sabemos que es posible acceder a él. Si nos damos prisa, quizá terminemos a tiempo.

Por su parte, Julie y César intercambiaron unas pocas palabras en voz baja, y seguidamente el portugués asintió en nombre de los dos.

—¿Y qué podrían... —intervino entonces Helmut con tono preocupado, mirando de soslayo a Elsa— qué podrían hacernos si nos descubren?

Alex tomó aire, pero cuando fue a contestar Marovic se le adelantó, encantado como siempre de dar malas noticias y ver la cara que se le quedaba a su interlocutor.

—¿Se pregunta qué podrían hacernos —preguntó a su vez— si los nazis nos descubren tratando de robar en uno de sus barcos corsarios y del que ni tan solo quieren que se descubra su existencia? —El mercenario se quedó callado un momento, regocijándose en la expresión del doctor Kirchner, que palidecía por momentos—. Pensaba que para ser científico —concluyó, echándose hacia atrás en la silla y cruzándose los brazos— había que ser mucho más listo.

Una vez concluida la reunión, y decidido que todo seguiría según lo planeado, cada uno regresó a su camarote para descansar y cambiarse antes de la cena. Una cena que Jack estaba comenzando a preparar, fileteando unas pechugas de pollo que pensaba acompañar con patatas hervidas y salsa de curry.

—¿Y a ti qué narices te pasa? —preguntó una voz a su espalda.

El primer oficial y cocinero del Pingarrón se volvió a medias hacia el centro de la sala, donde su capitán lo miraba ceñudo, sentado aún a la mesa con una taza en la mano.

—No sé a qué te refieres —contestó, al tiempo que volvía a darle la espalda.

—Lo sabes perfectamente. Desde lo que pasó en cubierta, estás insoportable.

—Mi trabajo en este barco no incluye ser simpático —objetó sin volverse.

—Te estás comportando como un idiota.

—Me comporto como me sale de los huevos.

En cualquier otro barco, una réplica así del segundo a su capitán le habría supuesto un severo rapapolvo y abrillantar el suelo de la cubierta con la lengua. En cambio, la respuesta de Alex fue una carcajada seca y desprovista de humor.

—Coño, Jack... —dijo, dando un pequeño sorbo—. Parece mentira que a estas alturas de la película te hayas encoñado con una muchacha que podría ser tu hija.

El aludido se dio la vuelta de inmediato, con el afilado cuchillo de cocina en la mano.

—De quien yo me encoñe —replicó de inmediato— es cosa mía. Y además —puntualizó, apuntando a Riley con el cuchillo—, tampoco hay tantos años de diferencia entre ambos, no me hables como si fuera un pervertido.

—Es que no me lo acabo de creer... Pensaba que lo de la apuesta era solo una broma. Un pasatiempo.

—Esto no tiene nada que ver con esa estúpida apuesta.

—Pero hombre, Joaquín... —alegó, meneando la cabeza—. ¿Cómo es posible que un tipo con toda tu experiencia y tu mundo se haya ido a enamorar como un becerro de...? —Hizo un vago gesto para referirse a la espigada pasajera—. Me parece increíble, con la cantidad de mujeres que conoces en cada puerto donde atracamos.

—Furcias —despachó Jack—. Con suerte, alguna viuda de guerra desconsolada. Pero ella es diferente... carallo. Casi pertenece a otra especie.

—Eso es porque tiene veintipocos años. Cuando tenga cuarenta será como esas viudas a las que consuelas.

—Me parece que no —rechazó la perspectiva, imaginándola con algunas arrugas y kilos de más, pero que no harían sino redondear su esbelta silueta—. Las mujeres como ella, como el buen vino, mejoran con el tiempo.

Alex se quedó mirando al gallego fijamente, comprendiendo que por ahí no iba a llegar a ningún sitio.

—Está bien —dijo, dejando la taza y frotándose las cuencas de los ojos con cansancio—. Entonces dime, ¿cuál es tu plan? ¿Pedirle que se case contigo? ¿Que viváis en tu camarote y se haga contrabandista?

—Eso ya no tiene importancia... —se lamentó en voz baja, ensimismado en hacer cada vez más delgados los filetes—. Está claro que ella ya ha elegido. Como era de esperar, se ha quedado con el capitán alto y guapo, y no con el cocinero gordo y bajito. Espero de verdad que seáis muy felices.

—¡Serás majadero! —replicó Alex, exasperado, poniéndose en pie y acercándose en dos zancadas—. ¿Pero tú te estás escuchando?

Agarró a Jack por las solapas con brusquedad, acercando mucho su cara a la de su segundo, al que sacaba casi un palmo de altura.

—Te lo diré una única vez, y espero no tener que repetírtelo —masculló entre dientes—. No tengo el menor interés en tu amiguita alemana. No hay ni habrá nada entre nosotros, y por lo que a mí respecta, puedes casarte y tener quince hijos con ella si eres capaz de convencerla. Pero te diré una cosa —y se acercó tanto, que le echó el aliento y casi se tocan nariz con nariz—, si este estado tuyo de estupidez transitoria entorpece nuestro trabajo o de alguna manera nos pone en peligro a la tripulación, al barco o lo que es peor, a mí mismo, os desembarcaré a los dos en Tánger sin dudarlo y te quedarás con tu mujercita en tierra pero sin tu parte de los beneficios —dicho esto dio un paso atrás, con la mirada aún fija en su antiguo camarada de armas—. ¿He sido lo bastante claro?

Desviando la vista hacia un lado, Jack pareció avergonzado cuando asintió una sola vez sin mirar a Alex. Lo hizo lentamente, como si mientras lo hacía meditara sobre los avatares del amor y la vida.

—Perdona que te hable así, viejo amigo —añadió entonces el capitán en tono conciliador, apoyándole la mano en el hombro—. Pero te necesito concentrado en lo que estamos haciendo. No podemos permitirnos que andes por ahí como un adolescente despechado. Lo entiendes, ¿no?

—Lo entiendo —susurró, alzando la vista—. Pero ¿puedo hacerte una pregunta?

—Claro, dispara.

—Hablando de estar concentrados en lo que hacemos… Eso que estabas bebiendo —dijo con una mueca, señalando la taza que había quedado sobre la mesa—, no es agua, ¿no?

# 17

Debían esperar a que el sol estuviera a una buena altura sobre el horizonte de la mañana para que algo de su luz llegara hasta los treinta metros de profundidad a los que se hallaba el pecio. Esto se tradujo en que al día siguiente no hubo necesidad de madrugar, de modo que cuando descendieron de nuevo hacia el naufragio, lo hicieron bien descansados y despabilados, con una buena ración de huevos con beicon y un par de tazas de café caliente en el estómago.

Hundiéndose como una plomada colgada desde la grúa, la cesta de hierro se sumergía con Alex y Marco aferrados a ella, y se adentraba en aquel extraño universo de silencio donde los seres vivos parecían volar con sus pequeñas aletas, el aire era un bien escaso con sabor a caucho de manguera y las diferentes gamas de azul marino eran el único color posible.

El capitán juntó la punta del pulgar y el índice de su mano derecha ante la escafandra de Marovic, preguntándole —como era aconsejable hacer con frecuencia—, si todo iba bien. Algo a lo que el yugoslavo respondió afirmativamente con el mismo gesto, para acto seguido mirar a sus pies, donde la alargada forma oscura de la quilla del Phobos no paraba de crecer.

Para esta segunda inmersión se había decidido que, antes de tratar de entrar en la superestructura, sería conveniente inspeccionar el costado de babor del pecio. Tanto daba entrar en él por un lado que por otro, y de ese modo podrían hacerse una mejor perspectiva de la disposición de la nave que yacía en el fondo.

Esta vez ningún banco de atunes se cruzó con ellos en el descenso, pero una sinuosa silueta apareció y desapareció fugazmente en el límite del campo de visión de Alex, sin que le diera tiempo a identificarla. De inmediato le vino a la cabeza la turbadora imagen de un tiburón acechándolos en la distancia, pero la descartó de un manotazo mental convencido de que era una simple sombra, transformada en depredador marino por obra y gracia de las ilusiones ópticas submarinas.

Un minuto más tarde, al situarse a unos tres metros sobre la quilla, Alex dio las instrucciones necesarias al equipo de superficie a través de la cuerda atada a la cesta y comenzaron a bajar paralelos a la borda de babor del Phobos.

No habían recorrido ni tres metros cuando Marco lo agarró del brazo, señalando exaltado hacia la popa.

Allí, tres grandes boquetes de cuatro metros de diámetro cada uno, de bordes irregulares y afiladas planchas de hierro retorcidas hacia adentro como irregulares colmillos, se abrían paso muy por debajo de la que había sido la línea de flotación del navío, separados cada uno del otro por unos veinte metros. No había que estrujarse mucho los sesos para deducir que esa era la razón por la que el Phobos se había ido a pique, y los autores de aquellos descomunales agujeros tampoco eran un misterio. Solo unos torpedos habrían podido causar tal grado de destrucción en esa sección del buque, fuera del alcance de cualquier proyectil aéreo o bomba convencional.

Lo más probable —dedujo— es que el barco corsario hubiera sido atacado por una torpedera o por aviones torpederos Fairey Swordfish procedentes de la cercana Gibraltar. Aunque lo raro, era que los ingleses hubieran advertido que el Phobos no era un carguero común y corriente. Sus tripulantes de ningún modo habrían hecho nada sospechoso encontrándose tan próximos a la base aeronaval inglesa, pues la supervivencia de un barco corsario dependía enteramente del camuflaje y la discreción. Una pequeña incongruencia que le hizo abstraerse un momento frente a las terribles brechas, semejantes a fauces congeladas a medio rugido, divagando sobre la suerte de los tripulantes y rogando íntimamente para que algo así nunca le sucediera a su querido Pingarrón.

Sin embargo, lo que de verdad le erizó los vellos de la nuca a Alex fue constatar instantes más tarde, que tanto en ese costado como en el de estribor, la totalidad de las lanchas de salvamento aún permanecían sujetas a sus anclajes. Ello significaba que muy pocos habrían podido huir del hundimiento. Viendo el tamaño y la situación de las vías de agua, dedujo que el malhadado barco se habría dado la vuelta rápidamente al inundarse su costado de babor, y se había ido a pique quizá en menos de un minuto, lo que no habría permitido de ningún modo arriar los botes salvavidas.

No lo había pensado hasta ese momento, pero el interior de aquella nave estaría sembrado de cadáveres.

Cuando sobrepasaron el nivel de la cubierta, que como era natural se encontraba boca abajo, Alex transmitió la orden de detener el descenso. Tras un par de movimientos más, se situaron justo frente a una escotilla abierta de par en par, en la segunda planta de la superestructura, lo bastante amplia como para que cupieran con el voluminoso traje de buzo. Aquella podría ser una entrada perfecta a la zona del puente, así que poniéndose de acuerdo por medio de gestos, él y Marco se agarraron a la invertida borda y ataron un cabo desde la cesta hasta la misma escotilla para que el paso de una a otra resultara lo más fácil posible. En cuanto estuvieron seguros de que la cesta —su único medio para regresar a la superficie— no se iba a alejar por cuenta propia al abandonarla, sacaron cada uno su propia linterna de dinamo y se dispusieron a acceder al interior del barco hundido.

Alex sacó el pie derecho de la cesta y lo apoyó en el marco inferior de la puerta. Luego asió firmemente el borde con la mano izquierda, y dándose impulso irrumpió en el interior.

El primer pensamiento que cruzó por su mente fue que se encontraba en una de esas casas encantadas que había visto en ferias ambulantes, en las que sillas y mesas —con sus respectivos platos, vasos y manteles— aparecían clavadas al techo, mientras la lámparas se mantenían verticales sobre el suelo, provocando unos instantes de desorientación y una leve sensación de vértigo en tanto el cerebro trataba de adivinar si era él o el resto del mundo lo que estaba cabeza abajo. En el pasillo que tenía ante sí no había nada de eso, pero la situación de las puertas a ras del techo, así como las luces de emergencia y las tuberías que recorrían el suelo eran suficiente como para confundir a cualquiera.

Cuando el inicial desconcierto hubo pasado, dio un paso y se adentró en el corredor. No fue hasta que se sintió caer más de medio metro arrastrado por sus zapatos de plomo y cayó de rodillas en el suelo con un juramento en los labios, que se dio cuenta de la estupidez que había cometido. Aún no había asimilado que el mundo estaba ahora boca abajo, y por ello no cayó en la cuenta de la separación que había entre el marco superior —ahora inferior— de la compuerta, y el techo —ahora el suelo— del pasillo. Fue como bajar una escalera a oscuras, y ya en el aire descubrir aterrado que alguien se había llevado los dos primeros escalones.

Por suerte se encontraban bajo el agua, lo que había amortiguado el golpe, así que con toda la dignidad posible volvió a ponerse en pie y se volvió hacia Marovic, haciendo un gesto para indicarle que se encontraba perfectamente —no le cupo duda, sin embargo, de que el mercenario estaría muriéndose de la risa dentro de su escafandra, y por una vez se alegró de que nadie hubiera inventado todavía los intercomunicadores para buzos—. Luego encaró de nuevo el oscuro corredor, y blandiendo la linterna a izquierda y derecha se adentró en él como un ciego explorando el mundo con un difuminado rayo de luz.

El plan de búsqueda, trazado mientras se sentaban alrededor de la mesa del salón estudiando los planos del Phobos con la taza de café en la mano, había parecido unas horas antes terriblemente obvio y sencillo. Todo lo que había que hacer era entrar en la superestructura, acceder al puente y la sala de radio, y una vez allí registrarlos a fondo hasta dar con el artefacto.

Por desgracia, como siempre, la realidad resultaba un poco más compleja.

Al hecho de que todo el barco estuviera del revés —con lo que la disposición de las diferentes secciones que Alex se había esforzado en memorizar, ahora parecían no tener ningún sentido— había que sumar la apremiante falta de luz, que apenas se filtraba por los ojos de buey de la nave después de atravesar treinta metros de agua. Eso sin contar con la miríada de insignificantes objetos flotantes como trozos de papel, tela o madera que se levantaban a cada paso que daban y estorbaban la visión como si se encontraran en mitad de una ventisca.

Pese a todo, lenta y metódicamente fueron adentrándose en el interior de la nave hasta que encontraron la escala de hierro que conducía al puente. El inconveniente era que, lo que sobre el plano era una escalera, con la nave boca abajo se convertía en un techo escalonado sobre un oscuro vacío de dos metros y medio al que debían descender. Previsoramente, esta vez llevaban consigo unas grandes bolsas con herramientas, así como cinco metros de escala de cuerda, por si se presentaban situaciones como la que se acababan de encontrar. De modo que, tras asegurarla a la barandilla con un as de guía, la dejaron caer por el hueco de la escalera con una llave inglesa atada en el extremo para que no flotara y se dispusieron a descender por ella.

Por fortuna, la longitud de las mangueras de aire no era problema, pues habían sido diseñadas para trabajos de ese tipo. Aun así, debían ser en extremo cuidadosos. Si llegaban a rajarse por culpa de algún elemento cortante, a doblarse en un ángulo exagerado, o a quedar aprisionadas por alguna compuerta de hierro que inoportunamente se cerrase tras ellos, el aire dejaría de llegarles y pasarían a formar parte permanente del naufragio.

Tras descender por el hueco de la escalera, llegaron a la cubierta superior del buque, en cuya sección delantera debía hallarse el puente.

No llevaban ni veinte minutos de inmersión y las cosas habían ido hasta el momento sorprendentemente rápidas. Dejando de lado el tropezón del principio y el vaho que se acumulaba en las ventanillas de la escafandra, no habían tenido ningún inconveniente en llegar hasta ahí. De modo que, cuando Alex llegó frente a una escotilla cerrada, con una placa metálica y una indescifrable palabra escrita del revés, dio por hecho que había dado con el puente de mando del Phobos. Estaba resultando tan inesperadamente fácil que pensó que de regreso sería divertido aderezar la inmersión con algún peligro inventado, aunque fuera para darle algo de emoción al relato.

Gracias a que el mecanismo aún no había tenido tiempo de oxidarse, no le resultó demasiado difícil girar el volante del cierre —aunque al estar todo boca abajo, este se encontraba por encima de la altura de su cabeza— y, haciendo fuerza con las dos manos, abrir la compuerta de acero. Frente a él, como había supuesto, apareció el puente de mando del buque, mortalmente desierto, y de nuevo se sintió momentáneamente confuso al encontrarse con todos los instrumentos y consolas de mando colgando del techo como absurdos carámbanos.

Con cuidado de no tropezar de nuevo, se encaramó al marco de la escotilla y franqueó el umbral de un salto. Plantado en medio de lo que había sido el techo del puente, miró en derredor, eligiendo por dónde empezar a buscar entre las montañas de trastos que se amontonaban en los rincones. Todos los objetos pesados que no habían sido atornillados al suelo, así como cartas de navegación, documentos y libros henchidos de agua como peces globo, flotaban en una orgía de desorden; sobre todo en el techo, donde alrededor de unas menguadas bolsas de aire se arremolinaban ahora desde sillas a zapatos.

Aun entre aquel caos, era evidente que el puente del Phobos era mucho más grande que el del Pingarrón, y además estaba dotado de la última tecnología en instrumentos de precisión y navegación, así como multitud de indicadores que Alex no pudo identificar y que supuso debían estar destinados al control de tiro de los torpedos que se ocultaban bajo cubierta. Los grandes ventanales, la mayoría de ellos rotos, parecían ahora bocas cuadradas de afilados dientes irregulares. Alex tomó nota mental de cuidarse mucho de los cristales que andarían por el suelo, pues el más pequeño corte en el equipo supondría un desastre de fatales consecuencias.

Sin perder tiempo fue hasta el montón de basura más cercano, se agachó flexionando las rodillas, enganchó la linterna a la sujeción del pecho y comenzó a escarbar con cuidado. En ese mismo instante las botas de plomo de Marovic golpearon con lo que había sido el techo de acero del puente, y Riley se volvió para señalarle el lado opuesto del puente, donde el mercenario se puso manos a la obra sabiendo lo que le pedía su capitán.

Estorbado por la rigidez del traje y los gruesos guantes de caucho, Alex apartaba los objetos que no le interesaban procurando no agitar el agua y provocar un remolino de papeles desmenuzados. Pero se sentía tan torpe como un gorila tocando el piano, y a medida que se abría paso entre el montón de escombros el agua a su alrededor se enturbiaba y le hacía aún más difícil el trabajo.

Una vez dio por registrado el primer montón se dirigió al siguiente, apilado justo bajo la rueda del timón, y pensó, mientras avanzaba con pies de plomo, que al igual que las personas los objetos inanimados parecían congregarse tras los desastres. Como si después de un bombardeo o un naufragio buscasen compañía para no enfrentarse solos a la desgracia.

Con el dorso de la mano apartó los trastos más grandes, para descubrir entre ellos el reloj del puente que, con elegantes números romanos marcando las horas, un marco de madera hermosamente tallado con delfines y el vidrio de la esfera increíblemente intacto, se había quedado anclado en las cuatro y cuarenta minutos. Por un instante sostuvo el reloj de pared entre las manos, meditando si llevárselo de regreso al Pingarrón, pero su corazón de marino le dijo que sería como robarle a un muerto y que era más prudente dejarlo allí, descansando eternamente con el resto de la nave.

El artefacto que buscaban, aquella estrafalaria máquina de escribir, aunque en la fotografía aparecía dentro de una caja de madera, era sin duda una máquina compuesta de piezas metálicas, así que desde un primer momento descartó la posibilidad de que se encontrara entre los objetos que flotaban sobre su cabeza —la eventualidad de que hubiera caído por la borda y ahora reposara en algún lugar del fondo marino no quería ni planteársela—. Lo que sí parecía evidente era que el capitán y sus oficiales habían evacuado el puente, porque allí no había nadie. De hecho, no se habían tropezado con ningún cadáver en su corto trayecto hasta ese punto, lo que podía significar que la mayoría de la tripulación había tenido tiempo de saltar por la borda antes del hundimiento. Algo que, aun tratándose de corsarios y probablemente nazis, no dejó de aliviarle.

Tras revolver cada palmo de la mitad del puente que le tocaba registrar, se volvió hacia Marco, que en ese instante también se incorporaba, y levantando las manos a la altura de los hombros con las palmas hacia arriba dejaba bien claro que tampoco había encontrado nada. El yugoslavo señaló entonces una puerta de madera en el mamparo posterior, justo al lado de donde se encontraba. Alex se aproximó dando pasos cortos, mientras tiraba de la manguera como una novia de la cola de su vestido el día de la boda, se situó junto a Marovic, y a la altura de sus ojos, aunque invertida, pudo leer la palabra *Funkraum* escrita en tradicionales caracteres germánicos.

«Radio» tradujo para sí mismo, moviendo los labios en silencio.

184 | FERNANDO GAMBOA

En los informes que les había proporcionado March se apuntaba a que con toda probabilidad el artilugio que buscaban se encontraría en el puente de mando o la cabina de radio, así que sin perder un segundo agarró la manija de la puerta, y girándola hacia arriba abrió la puerta de madera.

Lo que no se esperaba era que un cuerpo blancuzco y en avanzado estado de putrefacción saliera despedido por el umbral y fuera a estrellarse contra él.

Durante un horrible instante se encontró cara a cara un rostro grotescamente hinchado, parcialmente devorado por los peces, y cuyas cuencas huérfanas de ojos parecían mirarlo con censura. De la sorpresa, Alex cayó de espaldas y fue a dar con sus nalgas contra el duro suelo, mientras como un fantasma, el cadáver deformado de un hombre vestido de civil flotaba sobre él como si volara, y quedaba finalmente enganchado en un saliente de lo que había sido el suelo, aunque mirando hacia abajo como si quisiera comprobar lo que iban a hacer aquellos recién llegados.

El susto había sido considerable, pero poco a poco Alex recuperó unas pulsaciones razonables y llegó a la obvia conclusión de que no todo el mundo había logrado escapar del hundimiento. Aquel debía haber sido el oficial de radio y posiblemente fue él, mientras se estaban hundiendo a toda prisa, quien había logrado transmitir las coordenadas del naufragio que les habían permitido encontrarlos con tanta precisión. Lo sorprendente era que March se hubiera hecho con dichas coordenadas, aunque sus conocidas conexiones con las altas esferas del gobierno alemán y un buen fajo de billetes seguramente habrían tenido mucho que ver.

El caso era que tenía ante sí la sala de radio, y cuando hacía el gesto de incorporarse para entrar en ella, apareció frente a él una mano enguantada ofreciéndole ayuda, y tras ella la escafandra de Marovic, que tras un grueso cristal enseñaba una hilera de dientes esbozando una sonrisa burlona. A regañadientes Alex aceptó la mano, se puso en pie, trepó al marco de la puerta y tras alumbrar a sus pies con la linterna, saltó al interior de la cabina.

Bastante más pequeño que el puente de mando, el cuarto de radio era un lugar únicamente dedicado a esa función. Sus dos por tres metros eran más que suficientes para albergar el equipo y al radiotelegrafista, que tenía todos los números de ser el muerto que acababa de salir con tantas prisas de la habitación.

Atornilladas al techo boca abajo había un par de mesas, y junto a ellas flotaba una silla de madera. El suelo estaba cubierto por pedazos de equipo electrónico, que habían tenido tiempo de destrozarse contra el techo cuando la nave volcó y antes de que el agua inundara la estancia. Al ver aquel batiburrillo de cables, teclas y relés desperdigados a sus pies, sintió una punzada de preocupación ante la posibilidad de que *su* máquina, aquella por la que le habían prometido un millón de dólares, formara parte de aquel informe montón de morralla. Pero de nada servía preocuparse por ello. Lo único que podía hacer era registrar a fondo el lugar, así que tras volverse hacia Marco para indicarle que no entrara, pues no había sitio para ambos, comenzó a inspeccionar detenidamente cada centímetro cuadrado de aquel cuarto que parecía la trastienda de un chatarrero.

Por desgracia, no tardó demasiado en comprobar que allí no había ni rastro del artefacto, lo que dejaba abiertas tres posibilidades: se había destrozado tanto que resultaba irreconocible, algún miembro de la tripulación se la había llevado consigo al abandonar la nave o aún permanecía en el Phobos en algún lugar que aún no habían registrado, lo que suponía decenas de camarotes, bodegas y salas que registrar concienzudamente. Esto habría supuesto días o incluso semanas, en las mejores circunstancias y con el buque amarrado a puerto flotando plácidamente. Hacerlo embutidos en los trajes de buzo, a treinta metros de profundidad y con el mundo del revés era sencillamente imposible.

El capitán del Pingarrón suspiró decepcionado, aunque hubiera sido el primer sorprendido de que las cosas le hubieran salido bien tan fácilmente. Entonces consultó el reloj sumergible y se dio cuenta de que llevaban ya cuarenta minutos bajo el agua, así que le hizo una señal perentoria a Marovic, indicándole con el pulgar hacia arriba que era el momento de regresar. Desanduvieron todo el camino siguiendo la línea de sus propias mangueras, y a pesar de lo complicado que resultó ascender por la escala de cuerda con todo el equipo, en menos de diez minutos se encontraban de regreso en la cesta. Entonces se desligaron del Phobos, dieron tres tirones al cabo de señales, y como un globo al que sueltan lastre comenzaron a ascender hacia la brillante y anhelada superficie, en la que los reflejos del sol bailaban al son de las olas.

# 18

—Es muy raro... —dijo Julie, limpiándose los labios con la servilleta.

—Mucho. Pero os aseguro que no nos tropezamos con ningún otro cadáver. Únicamente ese tipo, que debía de ser el radiotelegrafista.

—Bueno —les recordó Jack, a quien aparentemente se le había pasado el enfado tras el opíparo almuerzo, retrepándose ahíto en la silla y encendiendo la cazoleta de su pipa—, al fin y al cabo, solo explorasteis una mínima parte de la nave.

—Aun así —insistió Alex—. No nos cruzamos a nadie por los pasillos... bueno —puntualizó, al ver cómo Helmut arqueaba las cejas—, a ningún muerto, quiero decir. ¿Cómo es que ni siquiera había un oficial en el puente?

—Quizá saltaron todos al agua —sugirió César—. Nadando se podría llegar hasta la costa.

—Es una posibilidad —admitió, aunque torciendo el gesto poco convencido—. Pero me cuesta imaginar a todos los tripulantes, a los oficiales y al propio capitán saltando al agua y dejando al pobre radiotelegrafista encerrado en su cabina.

—Puede que no supiera nadar —insistió el mecánico con humor negro.

El capitán no contestó, pero lo miró con cara de «eso no te lo crees ni tú».

Elsa, que había seguido el relato de la inmersión con gran interés, dejó el tenedor sobre el plato de espaguetis al pesto y, muy seria, alzó el dedo para preguntar.

—¿Cuánta gente... cuántos marineros podría haber en el Phobos?

Alex cruzó una mirada con Jack, cediéndole a este la palabra.

—Por el tamaño que tiene ese barco —contestó, apesadumbrado—, diría que entre doscientos y trescientos tripulantes. Quizá más.

La alemana compuso un gesto de congoja al pensar en todos esos hombres que, a fin de cuentas, eran sus compatriotas.

—Dios mío.

—Por eso parece extraño no haber encontrado más cuerpos. Puede que César esté en lo cierto —añadió, esforzándose por parecer creíble—, y ganaran la costa a nado.

—Os equivocáis —afirmó la voz de Marco con frialdad—. Están todos muertos.

Seis cabezas se volvieron al unísono.

Marovic se balanceaba sobre las patas traseras de la silla mientras se hurgaba los dientes con la punta de su cuchillo, en un nuevo alarde de malos modales a la mesa y falta de buen juicio.

—¿Y en qué te basas para decir algo así? —preguntó Alex, cruzándose de brazos.

—Muy fácil —contestó el otro—. ¿Recuerda que hubiera alguna compuerta que estuviera abierta?

—Pues... no, diría que no. Pero ¿qué sugieres? ¿Que decidieron encerrarse en sus camarotes, en lugar de ponerse a salvo? Eso no tiene ningún sentido.

—Lo tendría —alegó, guardando el cuchillo y reclinándose sobre la mesa—, si les hubieran atacado mientras dormían y el barco hubiera volcado en segundos. No les habría dado tiempo ni de saber lo que estaba pasando.

—¿Y qué te hace pensar que...? —Antes de terminar la pregunta, supo cuál era la respuesta—. Claro —afirmó, echando la cabeza hacia atrás—. El reloj.

—¿Qué reloj? —inquirió Jack, mirando a uno y a otro.

—Uno que encontré en el puente tirado entre los escombros, y que se había detenido a las cuatro y cuarenta.

—Las cinco menos veinte de la madrugada —resumió el yugoslavo mirando al techo, sonriendo ante su propio chiste—. Una mala hora para que tu barco se dé la vuelta y se hunda.

Alex torció el gesto ante la enésima muestra de desprecio de Marovic por la vida ajena, pero no le quedó más remedio que admitir que seguramente tenía razón.

El silencio se extendió sobre la mesa, como un improvisado minuto en memoria de los muertos.

—Eso lo explicaría todo —barruntó al cabo César, imaginándose lo que habría supuesto estar ahí—. Un destino horrible.

—Un destino horrible, es cierto —apuntó entonces Jack, pensativo—. Pero un destino que a nosotros nos podría brindar una oportunidad.

El capitán lo miró, escéptico.

—¿Qué quieres decir?

—Estaba pensando en que, si a los que dormían no les dio tiempo de salir de sus camarotes —habló lentamente, dando entre medio una calada a su pipa—, significa que casi nadie abandonó el barco, lo que aumenta mucho las probabilidades de que el artefacto siga en alguna parte ahí dentro.

—Humm... tiene sentido.

—Claro que lo tiene, y aún diría más —añadió, reclinándose sobre la mesa frente a su plato vacío—. Si ese cacharro que buscamos se encuentra en un camarote que ha permanecido estanco...

—*Mon Dieu!* —exclamó Julie, comprendiéndolo al instante—. Podría estar a salvo en una cámara de aire. ¡Podría estar intacto!

Pasadas escasamente las cinco horas que habían calculado para volver a sumergirse sin riesgo, por tercera vez Alex descendía en la cesta de la grúa. Aunque en esta ocasión, lo hacía solo. La razón era que no iban a ser necesarios dos buceadores, puesto que solo iba a realizar una exploración visual a través de los ojos de buey del Phobos para determinar si la teoría de Jack era correcta: que la tripulación se había quedado encerrada en sus camarotes sin tiempo para abandonar el barco. Además, de ese modo se podría turnar en las inmersiones con Marovic, y así aprovechar mejor el tiempo.

Sujeto a la cesta con la mano derecha, con la izquierda iba dando tirones al cabo de comunicación para dar instrucciones a César, que manejaba los controles allá en cubierta.

En breve se situó frente al primer ojo de buey y dio las órdenes precisas, cuidando de que no se enredara el cable que la sujetaba. La cesta quedó apoyada en el mamparo, y Alex se acercó para fisgar en el interior de la nave.

A pesar de pegar la ventanilla de su escafandra al ventanuco, no logró ver nada. La oscuridad reinaba en el interior, y la poca luz que hubiera entrado desde el exterior él mismo la bloqueaba. Pero como ya contaba con esto, sacó la linterna de la bolsa, la puso en marcha y la acercó al cristal todo lo que pudo, con lo que un rayo de luz amarillenta se abrió paso entre las sombras.

En un primer momento y tras el barrido inicial con el pequeño foco, no entendió lo que estaba viendo. De nuevo necesitó unos segundos para recordar que arriba era abajo, y solo entonces comprendió que las extrañas estructuras de acero colgando del techo eran literas. Dirigió la luz hacia el suelo y, bajo

Media hora después, la barquilla se posaba sobre cubierta, y en cuanto Jack hizo girar la escafandra y la retiró de la cabeza de Alex, preguntó sin preámbulos:

—¿Qué?

Alex se quitó el gorro de lana que llevaba bajo la escafandra y asintió.

—Tenías razón. Los camarotes están llenos de muertos.

—¿Y están...?

—Unos pocos se mantienen estancos... aunque la mayoría están inundados —contestó lánguidamente—. Algunas compuertas se encontraban abiertas y casi todas las ventanas han cedido a la presión y se han roto.

—Carallo.

—Bueno —dijo encogiéndose de hombros dentro del traje, mientras entre César y Jack le quitaban el pectoral de plomo—. Era lo previsible, y al fin y al cabo tampoco es tan grave.

—¿Cómo que no? —le espetó su segundo—. Si el agua ha entrado en los camarotes, lo habrá destrozado todo. Sabes tan bien como yo que cuanto más estropeada esté la máquina menos nos pagarán por ella.

Riley meneó la cabeza, apoyando la mano sobre el hombro de Jack.

—Te preocupas demasiado, viejo amigo.

—¿Que me preocupo demasiado? —alegó, ceñudo—. ¿Pero es que te ha entrado nitrógeno en esa cabeza hueca? ¿Cómo no me voy a preocupar? ¡Maldita sea!

El capitán compuso su cara de póquer, antes de contestar con calma:

—Pues porque no es necesario.

—¿Que no es necesario? ¿Pero qué narices...? —y dando un paso atrás, como para hacerse una idea mejor de la perspectiva, dejó pasar un momento antes de preguntar con suspicacia—: ¿No lo habrás...? —barbulló incrédulo—. ¿Es posible?

La ancha sonrisa que se abrió paso en el rostro de Alex fue un preludio de lo que iba a decir a continuación.

—Creo que la he encontrado —afirmó apoyando la mano enguantada en su hombro, y alzando la voz para que todos lo oyeran, repitió—. Creo que he encontrado la máquina.

La tripulación del Pingarrón se quedó paralizada de pura sorpresa, tratando de dar crédito a lo que acababan de oír. César permanecía con el cinturón de plomo en las manos y parecía haberse olvidado de su peso, Marco dejó de enrollar la manguera de aire y se quedó mirando a unos y otros, y Julie se asomó al balcón del puente con cara de haber visto un marciano.

Paradójicamente fue de nuevo Elsa, a quien a fin de cuentas ni le iba ni le venía todo aquello, la primera en reaccionar. Se separó de Helmut, que estaba apoyado con ella en la borda contraria observando las operaciones en la distancia, profirió un grito de entusiasmo y se lanzó en brazos de Alex sin que esta vez el primer oficial pareciera siquiera percatarse de ello. Posiblemente, debido a que para entonces él mismo había besado ya a su capitán y en ese momento, mezclando sus gritos de júbilo con los de Julie y César, bailaba fuera de sí en desatada alegría, cogido del brazo de Marovic como dos campesinas borrachas en la fiesta del pueblo.

Una bandada de gaviotas volaba en círculos sobre el Pingarrón, quizá al haberlos confundido con un barco pesquero, profiriendo sus graznidos tan similares a carcajadas burlonas. El suave sol de la tarde otoñal se derramaba sobre cubierta mientras Alex, aún con la ropa de abrigo que había llevado bajo el traje de buzo, se apoyaba en la regala de estribor detallando la reciente inmersión rodeado de una audiencia entregada.

—Al principio no me lo podía creer —explicaba—. Era de las últimas ventanas que me quedaban por comprobar, así que sin demasiadas esperanzas, acerqué la linterna al ojo de buey y me asomé. Entonces descubrí que era el tercer camarote que encontraba sin inundar, aunque esta vez había una diferencia. En los dos anteriores, se había tratado de camarotes de tripulantes con literas triples, taquillas, colchones, montañas de trastos... y cadáveres. Muchos cadáveres.

—¿Y esta vez no? —preguntó César.

Alex negó con la cabeza.

—Este camarote —dijo— era significativamente más grande que el resto. Disponía de dos ventanillas intactas, y en lugar de literas, amontonado sobre lo que había sido el techo pude ver una cama individual y un armario de madera, además de un escritorio, cuadros, montones de documentos esparcidos y varios detalles más que me hicieron pensar que aquel podía ser el alojamiento de un alto oficial.

—¿No sería el del capitán? —inquirió Julie.

—Eso pensé yo en un principio. Pero luego me fijé en el armario, que ha quedado casi intacto, y por una de sus puertas entreabiertas asomaba la manga de un uniforme. —Deslizó la mirada entre los presentes antes de seguir—. Una manga negra con galones plateados, y un brazalete con la bandera nazi.

—Un uniforme de oficial de las SS —musitó Helmut con un ligero temblor en la voz.

—¿Y por qué habría un oficial de las SS en un barco corsario? —planteó Jack con extrañeza.

El capitán del Pingarrón se encogió de hombros.

—No tengo la menor idea —confesó—. Pero lo importante es que eso me hizo escudriñar el camarote con mayor atención, y a pesar de lo difícil que es mirar a través de un ojo de buey con la escafandra y la escasa luz de la linterna... pude verla, pegada al techo en una esquina de la habitación.

—¿La máquina? —preguntó Julie, apenas conteniendo la emoción— ¿Viste la máquina?

—Una caja fuerte —contestó en cambio Alex.

—¿Qué?

—He dicho que vi una caja fuerte —repitió.

—Que estaba abierta... —aventuró Marovic— y dentro se veía nuestra máquina, ¿no?

Alex parpadeó un par de veces antes de contestar.

—Pues no —aclaró—. La caja fuerte estaba cerrada.

—Vale, está bien —intervino Jack con impaciencia—. Había una caja fuerte. Ahora continúa y por favor, ve al grano de una vez.

—Pues en realidad ya he terminado. Eso es todo. Luego me subisteis y aquí estoy.

—¿Cómo que eso es todo? —replicó el cocinero, como si un trilero le hubiera escondido la bolita—. ¿Dónde demonios viste la máquina?

Ahora fue el capitán quien lo miró extrañado.

—¿Verla? —preguntó—. Yo no he dicho que la haya visto. He dicho que creo saber dónde está.

—Joder, Alex. Déjate de adivinanzas. ¿El puñetero artefacto estaba o no en el camarote?

—Creo que sí. Es más… estoy convencido de que sí.

—¿Crees?

—¿No es evidente?

—Pues no, no lo es.

—Yo pienso que sí —dijo Elsa, haciendo que todos se volvieran para mirarla.

Jack Alcántara, con una actitud muy diferente a la que había tenido hacia ella hasta el día anterior, se cruzó de brazos antes de preguntarle:

—¿Ah sí? ¿No me digas?

—¡Es obvio! El aparato ese que estáis buscando está dentro de la caja fuerte.

—¿Y cómo has llegado a esa conclusión, si puede saberse? —preguntó condescendiente, como quien espera a que un adolescente le dé una charla sobre el sentido de la vida.

—Fácil —repuso Elsa, ajena al tono—. Te preguntabas hace un momento qué hacía un oficial de las SS en ese barco, ¿no? Pero si ese aparato que estáis buscando es tan valioso… ¿Quién sería el encargado de custodiarlo y dónde crees que lo guardaría?

—Humm… —murmuró Helmut, que parecía escuchar a las partes con objetividad académica—. Esa suposición es bastante lógica.

—Es verdad —opinó también César—. Tiene sentido.

—Puede —rezongó Jack, volviéndose hacia Alex—. Pero como bien dice Helmut, no deja de ser una simple suposición.

—Una buena suposición —puntualizó el capitán—. Y además es nuestra mejor baza, ya que de lo contrario nos veríamos obligados a registrar el barco palmo a palmo, y sabes perfectamente que eso es imposible. Puede que me equivoque —añadió—, pero creo que es un golpe de suerte que debemos aprovechar.

El primer oficial, tras pensarlo un momento, alzó los brazos en señal de rendición.

—Está bien —aceptó a regañadientes—. Tú eres el capitán. Pero imaginemos que estás en lo cierto. ¿Cómo piensas hacerlo?

—¿Hacerlo?

—¿Cómo vamos a entrar en el camarote y abrir la caja fuerte? Te recuerdo que está herméticamente cerrado, y si abrimos la puerta el agua a presión nos haría pedazos.

—Oh, eso. Pues supongo que podemos romper uno de los ventanucos, dejamos que se inunde el camarote, y luego abrimos la compuerta cuando se haya igualado la presión. Sacamos la caja fuerte, la subimos a bordo con la grúa y la abrimos con un soplete. Pan comido.

—Pero ha mencionado que la caja fuerte está fijada a la pared —recordó César—. ¿Cómo haríamos para llevárnosla? Habría que cortar parte del mamparo bajo el agua.

—Recuerda que tenemos cortadores submarinos —señaló, estirando los brazos en un amago de bostezo—. Será laborioso, pero podemos hacerlo.

—¿Y si la caja fuerte no es estanca y le entra agua? —añadió Marovic, antes de que Alex contestara a la francesa—. Sé algo de ese tema, y os aseguro que no todos los modelos son herméticos.

—¿Por qué no me sorprende... —murmuró Jack, volviéndose hacia el mercenario— que tú «sepas algo» de cajas fuertes?

El yugoslavo le enseñó los dientes al primer oficial, del mismo modo que una hiena sonreiría a un impala cojo.

Alex, que parecía no haber oído el comentario de su segundo, rascándose la incipiente barba reflexionaba sobre las objeciones a su plan.

—Tenéis razón, a lo mejor no va a ser tan fácil —se excusó al cabo, rascándose la nuca con una sonrisa tímida—. Supongo que no lo había pensado demasiado. Pero bueno, eso no significa que no podamos hacerlo, solo que vamos a tener que utilizar un poco más la cabeza. Hay algo que vale un millón de dólares ahí abajo —concluyó, señalando la cubierta bajo sus pies—, y estoy dispuesto a llevármelo cueste lo que cueste.

# 19

El motor de la grúa del Pingarrón, manejada con precisión milimétrica por César, hacía un ruido infernal mientras recogía el cable de acero que sostenía la barquilla de inmersión y lo enrollaba en el molinete.

—Maldita sea, César —le recriminó Alex, apartando la mirada de la superficie del agua para girarse hacia su mecánico—. Tienes que engrasar esos cojinetes. Suena como si estuvieras triturando tornillos.

El portugués se limitó a asentir sin hacer demasiado caso y volvió a centrarse en los controles, mientras Julie permanecía sentada sobre el techo del puente atenta a los prismáticos y Jack sostenía el cabo de señales, que iba recuperando y enrollando sobre cubierta según ascendía la cesta que traía a Marovic de vuelta.

Sin embargo, había un rasgo común en todos ellos: unas marcadas ojeras. La causa era que, la noche anterior, se habían quedado despiertos hasta las tres de la madrugada elucubrando la mejor manera de recuperar el artefacto sin que entrara en contacto con el agua de mar en ningún momento.

El gran problema era que, aparte del obvio inconveniente de encontrarse sumergido en una burbuja de aire que podía romperse en cualquier instante, los casi treinta metros de profundidad a los que se hallaba el pecio se traducían en cuatro atmósferas de presión absoluta. Es decir, que la presión allí era cuatro veces mayor que fuera del agua. Nada menos que de cuatro kilogramos por centímetro cuadrado.

Como había mencionado Jack la tarde anterior, no podían simplemente abrir la puerta o romper una de las ventanillas del camarote, así que necesitaban una estrategia más ingeniosa para acceder a él.

Las propuestas habían ido desde la impracticable fantasía de Julie de reflotar por completo el Phobos, a la absurda sugerencia de Marovic de usar la dinamita para hacer pedazos el barco y luego recoger los trozos. Hubo quien sugirió cortar los mamparos hasta seccionar el camarote, separarlo del resto del barco y a continuación elevarlo con ayuda de la grúa, pero enseguida se desestimó por lo excesivamente laborioso del método y las dudas de que la grúa del Pingarrón pudiera elevar semejante peso. Poco a poco, descartando posibilidades, fue quedando claro que tendrían que acceder al camarote mientras este permanecía en el fondo.

A Alex se le ocurrió soldar unas planchas de acero en el pasillo de acceso, vaciar el espacio de agua con las bombas de aire, y luego entrar en el compartimento por la puerta. En principio no parecía una mala idea, pero tras plasmarla sobre el papel surgieron un reguero de inconvenientes de índole práctico y muy difícil solución. No tenían planchas de acero de esa medida, introducirlas por los pasillos sería muy complejo, y aún más hacer que encajaran y luego soldarlas bajo el agua.

Llevaban horas devanándose los sesos frente a los planos del Phobos, llenando hojas con garabatos y bebiendo café como para despertar a un muerto, cuando la solución les vino desde donde menos lo esperaban.

Los cinco tripulantes del Pingarrón estaban alrededor de la mesa del salón, exhaustos y a punto de darse por vencidos, cuando el doctor Kirchner, que había ido a calentarse leche a la cocina, pasó por delante de ellos —llevando la chilaba que le había comprado Julie en Tánger y que usaba como un estrafalario camisón con borlas y capucha—, y se quedó mirando la escena algo intrigado.

—Buenas noches —dijo cortésmente— ¿Siguen sin encontrar solución a su pequeño problema?

—¿Pequeño problema? —refunfuñó Jack con ojos enrojecidos.

—Está resultando algo más complicado de lo que esperaba —se apresuró a explicar Alex, antes de que el gallego mentara a la madre del doctor.

Entonces Helmut, con la humeante taza en la mano, se acercó a la mesa al tiempo que se sacaba las gafitas redondas del bolsillo y se las colocaba sobre la nariz.

—Humm... ya veo. Interesante —musitó, como quien examina una nueva especie de escarabajo—. ¿Me permiten una sugerencia?

—Por favor —dijo el capitán, invitándole a observar los detalles con más detenimiento.

El científico volvió a guardarse las gafas en el bolsillo y le dio un sorbo a su leche caliente.

—Dice usted que el navío está boca abajo, ¿no?

—Completamente —confirmó Alex.

—Ya... En ese caso, ¿por qué no se sitúan en el compartimento inferior y practican un orificio en el techo, para así acceder al camarote superior?

—¿Quiere decir... que entremos desde abajo? —preguntó César.

—En efecto.

—De hacer eso —objetó Jack—, el agua entraría por el agujero que abriéramos, ¿no lo entiende?

Helmut negó con el dedo, como si pensara que no se había explicado bien.

—Pero el aire que se encuentra confinado en el camarote lo impediría, ¿no es así?

—En parte tiene usted razón —apuntó Alex, valorando el ingenio de la sugerencia—. Pero la presión del agua a esa profundidad cuadruplica a la del aire que hay en el camarote, así que en cuanto abriéramos el agujero, el agua de mar inundaría al menos las tres cuartas partes del camarote y rompería el vidrio del ojo de buey, lo que sería un desastre.

—Entiendo… —masculló, dando un nuevo sorbo a su taza y pintándose de leche el labio superior—. Pero en ese caso —agregó, pensativo—, bastaría con aumentar la presión del aire dentro del camarote hasta igualarla con la del exterior, antes de practicar el orificio, y de ese modo no entraría una sola gota de agua. Ustedes tienen el equipo para hacer eso, ¿no?

Jack ya tenía una réplica malhumorada en la punta de la lengua, pero cuando estaba a punto de abrir la boca con el dedo alzado, se quedó callado frunciendo el ceño.

—Me parece que ha dado usted con la solución, doctor —admitió entonces el capitán, que estudiaba el corte transversal del Phobos imaginando cómo llevar a cabo la idea del físico, sin encontrar ningún inconveniente a la idea—. Podemos encajar una manguera en un ojo de buey, sellar los bordes herméticamente, y por ahí introducir aire a presión con el compresor hasta lograr las cuatro atmósferas necesarias. Luego solo tendríamos que entrar por debajo y el mismo aire a presión impedirá que entre el agua en la estancia. Es brillantemente sencillo —exclamó entusiasmado, levantando la vista de la mesa—. Muchas gracias, Helmut. Le estoy muy…

Pero el doctor Kirchner ya había desaparecido camino de su cuarto, con su taza de leche caliente y su chilaba, después de hallar en menos de un minuto la solución que la tripulación en pleno había pasado horas buscando.

El gancho de la cesta emergió rompiendo la superficie del agua, seguida por el bulbo cobrizo de la escafandra que se sostenía sobre los hombros de Marovic. Una vez que la barquilla pasó por encima de la regala, Alex y Jack la llevaron hasta el centro de la cubierta, donde la depositaron con cuidado y ayudaron al yugoslavo a desembarcar. Inmediatamente le quitaron la escafandra de la cabeza, así como los diferentes lastres de plomo repartidos por todo el cuerpo, mientras el buzo jadeaba por el esfuerzo y respiraba profundamente, llenando los pulmones de aire fresco.

—Ya está todo listo —decía mientras resoplaba—. He tendido la cuerda guía hasta el compartimento inferior, dejado allí la sierra y sacado los últimos escombros que estorbaban.

A nadie se le escapó que la palabra «escombros» incluía los cadáveres de los marineros que habían hallado flotando en el camarote inferior, desde el que debían perforar. Pero ninguno hizo el menor comentario al respecto.

—¿Y has comprobado si la manguera sigue bien ajustada en la ventanilla? —quiso saber Alex.

—Lo he hecho al subir —confirmó Marco—, y no he visto escapes de aire por ningún sitio.

—Estupendo —contestó satisfecho, y dejando a Marovic que terminara de desvestirse él solo, empezó a prepararse para su propia inmersión.

Dado que el plazo era muy limitado, no sabían lo que iban a tardar en practicar el orificio para acceder al camarote, o incluso podrían estar equivocados en sus aventuradas suposiciones —como que la máquina no estuviera allí y en consecuencia se vieran obligados a seguir buscando—, habían decidido arriesgarse con inmersiones individuales para ganar tiempo. El riesgo era alto, pues el accidente más tonto, como quedarse enganchado en el pomo de una puerta o que el umbilical se pinzara cortando el flujo de aire, sin la ayuda de un segundo buceador, podía significar la muerte. Sin embargo, haciéndolo así podían doblar el tiempo de trabajo bajo el agua, de modo que ahora Alex y Marovic se iban turnando, sumergiéndose uno mientras el otro descansaba, rozando permanentemente la línea roja en la tabla de descompresión. Las apuestas estaban altas, y aunque eran conscientes del riesgo que corrían, tampoco cabía duda de que el premio valía la pena.

Les había llevado casi todo el día y media docena de inmersiones despejar el compartimento, bajar el material, encajar la manguera en el ojo de buey y dejarlo todo preparado para empezar a cortar el mamparo.

Esforzándose por no pensar en todas las cosas que podían salir mal, y ya con el equipo de buceo puesto, Alex se encaramó a la cesta, que aún chorreaba agua, e hizo la señal de que estaba listo. Fue izado sobre cubierta y luego desplazado lateralmente hasta que bajo sus pies, sujetos a zapatos de plomo de diez kilos cada uno, solo había un mar verdoso y ligeramente crispado chapaleando contra el costado del Pingarrón.

Por enésima vez la grúa volvió a desenrollar ruidosamente el cable de acero, haciendo que la barquilla se hundiese lentamente, mientras Alex miraba hacia arriba justo cuando el agua empezaba a cubrirle la ventanilla de la escafandra, a tiempo de ver cómo Elsa le despedía desde la borda.

Esa iba a ser la última inmersión de un inacabable día que ya tocaba a su fin, pues al sol le faltaba poco más de una hora para ponerse, y aunque disponía de la linterna y no necesitaba demasiada luz para aquel trabajo, tampoco le hacía demasiada gracia quedarse a oscuras en el interior de aquel gigantesco ataúd. Habían instalado una cuerda guía desde la compuerta de entrada hasta el compartimento, pero no quería verse en la tesitura de andar a ciegas por aquellos fantasmagóricos pasillos.

Sumido en esos pensamientos, casi no se dio cuenta de que ya estaba alcanzando el fondo arenoso. Dado que la abertura la debían practicar desde el nivel inferior al camarote estanco, eso les situaba en la que había sido la última planta de la superestructura. Una última planta que ahora se encontraba a ras del lecho marino y que les permitía entrar en el barco caminando.

Una vez la cesta tocó fondo, levantando una nube de arena en suspensión, Alex salió de ella con un pequeño salto y caminó como a cámara lenta hacia la oscura mole del Phobos, distante apenas una decena de metros. Justo frente a él, se abría una compuerta semienterrada que traspasó siguiendo la cuerda que

Marovic había tendido poco antes. Aunque, de cualquier modo, la manguera que habían tendido para suministrar el aire comprimido que accionaba la sierra de corte circular y que serpenteaba bajo sus pies por el pasillo era suficiente pista como para adivinar el camino a seguir.

Llegó hasta el compartimento que solo unos días atrás debió ser un pequeño comedor de oficiales, y sin perder un momento, subiéndose a una sólida mesa metálica que habían decidido usar como tarima para alcanzar el techo cómodamente, abrió las válvulas de aire comprimido e, inmediatamente, la sierra comenzó a girar al tiempo que Alex la empujaba contra el mamparo. El esfuerzo que suponía cortar la gruesa plancha de hierro en esas condiciones era tremendo, pues a todos los inconvenientes de trabajar bajo el agua con el engorroso equipo de inmersión había que sumar el hecho de que, debido al diseño de la escafandra, apenas podía ver dónde diantres estaba cortando.

Puesto que ya llevaba varias inmersiones sucesivas en ese mismo día, el propósito de aquella última había sido tan solo asegurarse de que el equipo funcionaba correctamente y que la plancha de hierro que separaba los dos niveles se podía cortar. En consecuencia, tras menos de diez minutos usando la sierra, Alex se dio por satisfecho y calculó que, si tenían suerte, al día siguiente quizá ya habrían terminado.

Feliz con la perspectiva, cerró las válvulas de la sierra, se aseguró de dejarlo todo preparado para el próximo turno y, silbando satisfecho dentro de la escafandra, se encaminó a la salida.

Entonces, cuando estaba a punto de franquear el umbral del camarote y justo frente al débil foco de luz de su linterna, una sombra gris azulada cruzó el pasillo agitando el agua a su paso.

Instintivamente, Alex dio un paso atrás, más sorprendido que asustado. Aunque ambas emociones intercambiaron su importancia en cuanto, al final de aquella sombra, el ex sargento veterano de la guerra civil española distinguió la afilada silueta triangular de una aleta caudal. Se le heló la sangre en las venas al comprender que solo había un animal en la tierra que poseyera esa clase de extremidad.

No hubiera podido decir qué clase de tiburón era el que acababa de atravesar el pasillo a menos de dos palmos de su cara. Pero de una cosa sí podía estar seguro, en virtud de lo poco que había alcanzado a ver. Era grande.

Curiosamente, el primer pensamiento que cruzó por la mente de Alex fue el de indignación. ¿Qué demonios hacía un tiburón paseándose por el interior de un barco? ¿Qué se le había perdido ahí dentro? Y la respuesta le vino casi de inmediato, al recordar los cientos de cuerpos humanos en descomposición que había en el Phobos. En realidad —pensó con una mueca de asco—, para un escualo aquello debía de ser como una tienda de golosinas.

En cuanto recobró la calma, trató de enfocar el asunto con objetividad. De hecho, el tiburón no le había atacado, solo dio la casualidad de que pasaba por allí en aquel momento, y teniendo tantos cadáveres de alemanes con los que entretenerse, no había razón alguna para que mostrase interés por un capitán cuarentón con un voluminoso traje recauchutado y una absurda cabeza de cobre con ventanillas enrejadas.

Dándose ánimos a sí mismo, persuadiéndose de que no había peligro, respiró profundamente y dio dos pasos al frente.

—Vamos allá —se oyó decir a sí mismo—. No voy a asustarme a estas alturas por un puñetero pez.

Con más cautela de la que hubiera admitido, asomó la escafandra por la puerta y miró a izquierda y derecha, resoplando mentalmente al comprobar que el tiburón había desaparecido. La linterna apenas lograba penetrar más allá de unos pocos metros en el interior de aquella nave ya sumida en penumbras, disolviéndose su tranquilizadora luz antes siquiera de alcanzar el final del pasillo. Pero Alex sabía que, después de las varias inmersiones que había realizado ese día, a cada minuto de más que pasara bajo el agua se multiplicaba el periodo de descompresión así como el riesgo cierto de sufrir una embolia. Tenía que salir de ese maldito barco lo antes posible, con o sin tiburón.

Armándose de valor, agarró la cuerda que conducía a la salida y empezó a avanzar con pasos pesados, haciendo sonar la suela de sus botas de plomo contra el acero. Pensó por un momento si aquel ruido no atraería al escualo, pero enseguida concluyó que no recordaba haberle visto nunca orejas a un pez. Aunque se tratara de un pez de tres metros con muy mal carácter, no dejaba de ser un pez.

El corredor que debía seguir para llegar al exterior, según recordaba, seguía recto durante unos diez metros y luego se dividía en tres pasillos, del que debía tomar el de la derecha para luego girar a la izquierda en los dos siguientes. Solo eran veinte o veinticinco metros, pero se alegró mucho de sentir el roce de la cuerda bajo la mano enguantada. De ese modo, siguió caminando con precaución barriendo el suelo con el haz del foco, hasta que en el momento de doblar la esquina tuvo el impulso de alumbrar el pasillo por el que acababa de venir. Miró de reojo por la ventanilla derecha de la escafandra y se detuvo un instante con el corazón en la boca, convencido de que iba a ver aparecer unas descomunales fauces hambrientas abalanzándose sobre él.

Pero no había nada.

Mantuvo la linterna alumbrando en la misma dirección durante unos segundos, como dando la oportunidad al destino para que materializara sus temores. Pero ningún tiburón emergió de las sombras, y con un profundo suspiro, cerró los ojos y se dio cuenta de que hasta ese momento había estado aguantando la respiración. Sonrió aliviado, y al tiempo que giraba la cabeza dentro de la escafandra volvió a enfocar hacia adelante.

Y ahí estaba.

# 20

Durante un segundo no supo identificar lo que estaba viendo. Fue solo un reflejo fugaz. Tal vez ni eso. Cuando trató de revivirlo esa misma noche, tumbado en su camarote, de lo único que estaba seguro era de haber tenido una suerte increíble.

El tiburón arremetió contra él sin darle tiempo a reaccionar, golpeándole con el hocico en el centro del pecho. Fue como si le hubieran dado un puñetazo y, de no ser por la placa pectoral de plomo, estaba seguro de que podría haberle roto una costilla. Alex a duras penas pudo aguantar el equilibrio y, agarrado a la cuerda guía, se dobló sobre el estómago en el preciso momento en que el tiburón abría sus enormes fauces, tratando de morderle proyectando las mandíbulas hacia fuera de esa manera tan aterradora que solo los escualos pueden hacer.

Por fortuna, al encorvarse hacia adelante el tiburón fue a morder la dura esfera de cobre de la escafandra, con un chirrido de dientes contra metal como harían mil uñas arañando una pizarra, un sonido que le heló la sangre en las venas. Durante unos segundos eternos el escualo apresó la escafandra y la zarandeó con una fuerza tal que Alex creyó que se la iba a arrancar de la cabeza.

Sin embargo, tras asumir lo inútil de su forcejeo el animal soltó su presa y Alex cayó de rodillas al suelo, percibiendo con un escalofrío cómo el tiburón le rozaba la espalda al pasar por encima de él. Quizá despreciándolo por ser un bocado demasiado indigesto o más probablemente, satisfecho por quitarse de en medio a ese extraño ser que, en medio del estrecho pasadizo, le había estorbado el paso.

El caso es que, para cuando se incorporó trabajosamente, desenfundando el cuchillo de la pantorrilla, aturdido y sin saber exactamente lo que acababa de suceder, el tiburón ya había desaparecido como un fantasma, como si todo no hubiera sido más que una jugarreta de su imaginación. De no ser por los profundos surcos que habían quedado grabados en el cobre, así como el diente de cinco centímetros que encontraron en un remache de la escafandra de regreso en el barco, su propia tripulación no habría creído una palabra de aquel espeluznante encuentro que esperaba no volver a repetir.

Tras la generosa cena que había preparado Jack, y en la que se vio obligado a contar una y otra vez los detalles de aquel momento que no deseaba revivir, se encaminó al camarote arrastrando los pies, dejando a su segundo al mando de la nave y encantado con la perspectiva de que ese día terminara de una vez. Apenas entró en su cuarto y sin molestarse en quitarse la ropa o las botas, agotado, se derrumbó boca abajo sobre el catre y cerró los ojos casi al instante.

Y justo entonces, cuando empezaba a dejarse arrastrar por el bienvenido abrazo de la inconsciencia, unos inoportunos nudillos golpearon contra la puerta.

—Largo —barbulló malhumorado, con la boca pegada a la almohada.

Pero los nudillos volvieron a golpear contra la madera.

—¿Capitán? —preguntó una voz femenina con acento alemán.

«Mierda», pensó sin contestar, entreabriendo los ojos en la penumbra de la cabina.

—¿Puedo pasar, capitán? —insistió.

Alex suspiró elucubrando cómo librarse de la indeseada visita, pero un nuevo redoble de nudillos le hizo comprender que no iba a resultar fácil.

—Ya voy… —farfulló con desgana

Se puso en pie, encendió la luz y, al tiempo que abría la puerta, preguntó malhumorado:

—¿Se puede saber qué es tan importante para...? —Y ahí murió la pregunta, pues Elsa le pasó la mano derecha por el cuello, lo atrajo hacia sí y le dio un apasionado beso en los labios mientras empujaba al aturdido capitán al interior de la estancia y cerraba la puerta con su pie descalzo.

Adormilado, aturdido, subyugado por la irresistible avidez de unos labios ardientes y unas manos anhelantes que inmediatamente comenzaron a desabotonarle la camisa, Alex se sintió incapaz de ofrecer resistencia alguna. Los hábiles dedos de la joven encontraron el camino hacia su piel, enredándose primero en su pecho y luego abrazándole la espalda, haciendo fuerza para atraerlo hacia ella, aplastando sus senos contra el cuerpo de Alex mientras con la lengua se abría camino dentro de su boca.

El fuego del deseo se encendió como una hoguera avivada con gasolina, y el capitán se descubrió devolviendo los besos a la hermosa joven que no cejaba en su empeño de despojarle de la ropa, mientras él mismo hacía lo propio con el vestido de ella.

Una efímera sombra de culpabilidad se cernió por un momento sobre la llama de aquel deseo sexual inesperado, pero la pasión de la mujer que ahora se encontraba sobre él a horcajadas, en el suelo del camarote, sacándose el vestido por la cabeza para dejar a la vista sus blancos y menudos senos de rosados pezones enhiestos, fue demasiado para él. Dejándose arrastrar por la lujuria mientras alguna parte de su cerebro concebía excusas para su amigo, asió furiosamente aquellos dos pechos, estrujándolos entre los gemidos de placer de Elsa. Gemidos que aumentaron aún más la excitación de Alex, que atrajo hacia sí el rostro de la joven para besarla de nuevo y rodando por el suelo se situó encima de ella. Le arrancó las bragas con violencia, dejándola desnuda y vulnerable sobre el suelo de madera, contemplando absorto aquella hembra de piel clara y pelo revuelto, que con los labios entreabiertos lo miraba a su vez con el deseo llameando en las pupilas.

—Ven… —susurró ella con la voz ronca de deseo, abriendo los muslos, ofreciéndose sin condiciones.

Y Alex fue.

Cuando despertó, con las primeras luces del alba iluminando las paredes del camarote con una cálida luz anaranjada, Elsa ya no estaba allí.

En algún momento de la noche, ella se había levantado de la cama sin despertarlo, se había vestido y regresado a la habitación que compartía con Helmut. El primer pensamiento de Alex fue de decepción, pues nada le habría apetecido más que recrearse de nuevo en la suave piel de la alemana, cuyo sabor aún percibía en el fondo de la boca. Pero en realidad —pensó— era mejor así. Aún no sabía cómo le explicaría a su amigo lo que había sucedido, para que este no lo tildara de traidor. Claro que, antes de eso, él mismo debería comprender lo que había pasado realmente.

En la neblina del duermevela, arropado bajo las sábanas, pensó que hacía mucho que no tenía relaciones con otra mujer que no fuera Carmen, y una cierta sensación de haberla traicionado a ella también lo incomodó durante un momento.

—Venga ya… —se recriminó a sí mismo—. ¿Cómo se le puede ser infiel a una prostituta?

Pero muy al contrario, ese solo pensamiento también le hizo sentir culpable al considerar a Carmen como una prostituta y no como la mujer que, de más de una manera, lo había salvado. No al revés, como todos —incluso ella— creían. Además, en el arte de amar no había comparación posible entre ambas mujeres. La alemana gozaba de una belleza indiscutible y una energía inagotable que explotaba en erupciones de lujuria descontroladas sin otro propósito que el placer inmediato. Era un volcán de pasión teutónica, una valkiria veinteañera deseosa de cabalgar desbocada hasta el amanecer. Era lo que cualquier hombre en su sano juicio podría desear.

Pero no era Carmen.

Esa inevitable certeza le hizo estremecerse, inquieto, al comprender que no era solo sexo lo que lo unía a esa misteriosa mujer, de la que nunca podría saber más de lo que ella le quisiera contar.

Entonces alguien golpeó la puerta, haciendo que le diera un salto el corazón.

—¿Sí? —preguntó esperanzado y a la vez inquieto, al pensar que de nuevo pudiera ser Elsa.

Sin embargo, fue la voz de barítono de Jack la que sonó al otro lado de la puerta.

—Son las siete —anunció.

—¿Las siete? —repitió tontamente.

—Joder, Alex —le recriminó mientras entraba en el camarote sin pedir permiso—. Anoche quedamos en que haríamos la primera inmersión a las siete y media. ¿Es que se te ha olvidado? —Miró alrededor con asombro y preguntó—: ¿Y qué coño ha pasado aquí? Está todo patas arriba.

—No... no estoy muy seguro —confesó sinceramente, frotándose los ojos al tiempo que se incorporaba en la cama y apoyaba los pies en el suelo—. Ayer fue un día bastante largo.

—Ya —murmuró Jack, apartando con la punta del pie la chaqueta de piel de Alex, hecha una pelota bajo una silla—. ¿No habrás estado bebiendo?

—Vete al cuerno.

—Nos jugamos mucho, Alex. No es solo tu...

—No he tocado una botella desde hace días —lo interrumpió alzando la mano, antes de escuchar el enésimo sermón del gallego—. Sé mejor que tú que no se puede hacer una inmersión con resaca.

El primer oficial le dirigió una mirada evaluadora sopesando las probabilidades de que le estuviera mintiendo, pero lo cierto era que no había botellas vacías a la vista ni olor a alcohol en el aire.

—Está bien… —admitió—. En ese caso, estaré en cubierta preparando el equipo con los demás. Hay café hecho en la cocina. —Y se dio la vuelta para marcharse.

—Ah, Jack —le llamó Alex cuando ya tenía la mano en el pomo, e hizo que se detuviera y mirara hacia atrás—. Como vuelvas a entrar en mi camarote sin mi permiso, te juro que te cuelgo de la grúa por los huevos.

El aludido alzó una ceja con un remedo de hastío.

—Lo que usted diga, mi capitán —contestó socarrón, mientras salía cerrando la puerta a su espalda—. Hasta me colgaré yo mismo si eso le hace feliz.

Media hora más tarde, ojeroso pero despejado gracias al fuerte café que preparaba Jack a la manera italiana, Alex salió a la cubierta ya vestido con la ropa de abrigo necesaria para la inmersión. Lo cual fue una suerte, pues un antipático viento de levante soplaba cargado de humedad, arrastrando nubes que cubrían el cielo ocultando el sol y levantando un oleaje que, aunque aún pequeño, anunciaba el fin de la bonanza de la que habían disfrutado hasta ese día.

Como él había sido el último en sumergirse el día anterior, esta vez le tocaba bajar a Marco, a quien Jack y César ayudaron a equiparse y cargar con el quintal de plomo necesario para no flotar como una boya. Julie ya estaba encaramada de nuevo en su atalaya oteando el horizonte con los prismáticos, para avisar en el caso de que aparecieran curiosos en las cercanías. Mientras tanto Helmut, como solía hacer, los observaba atentamente pero guardando las distancias, poco inclinado a echar una mano, pero al menos lo bastante sensato como para no estorbar a nadie.

La que no estaba era Elsa, y Alex suspiró de alivio pues no sabía cuál iba a ser la actitud de la muchacha después de la noche anterior, y desde luego, no quería volver a tener otra discusión con su segundo. Mucho menos después de haber faltado tan flagrantemente a su palabra. Sabía que el problema estaba servido y que resolverlo no iba a ser agradable para nadie, así que cuanto más lo retrasase, mejor para todos.

Marovic terminó de estar listo en unos minutos, le encajaron la escafandra y sin perder tiempo se subió a la canasta de hierro, que seguidamente se elevó por encima de la borda y descendió sobre la mar encrespada. A Alex se le escapó una sonrisa cuando se percató de que el yugoslavo se llevaba con él un bichero, al que en un extremo había fijado uno de sus cuchillos a modo de arpón. Al parecer, el relato del encuentro con el escualo había hecho mella en el mercenario.

Cuarenta minutos más tarde, Marco estaba de vuelta chorreando agua sobre la cubierta, y en cuanto le quitaron la escafandra explicó que el tiburón no había hecho acto de presencia, pero que tenían un problema menos romántico aunque bastante más preocupante. La sierra circular que usaban para cortar el metal —explicó mientras se deshacía del equipo—, aunque funcionaba correctamente, se estaba desgastando mucho más deprisa de lo esperado. Cada vez cortaba peor y apenas habían serrado el primer metro de circunferencia de los tres que tenían planeado seccionar.

—¿No tienen una cuchilla de recambio? —preguntó Helmut, extrañado.

—Tenemos una —le aclaró Jack, con tono de preocupación—, pero solo una.

—Nos va a ir muy justo —concluyó César—. Si se rompen antes de tiempo, la fastidiamos.

—¿Y no pueden conseguir más? —quiso saber el físico—. Es decir... en el peor de los casos, se puede ir a Tánger a por otra, ¿no?

—No es tan fácil —le aclaró Alex, al tiempo que se ajustaba el traje de inmersión—. Estas sierras para cortar acero bajo el agua son especiales y muy difíciles de conseguir, no es como comprar un serrucho para madera. Aunque las pidiéramos tardarían meses en llegar, si es que llegan.

—¿Meses? ¿Pero desde dónde han de traérselas?

El capitán torció el gesto, mientras el mecánico y su segundo ya le encajaban la escafandra sobre la cabeza.

—De Alemania —fue lo último que dijo, antes de que le aseguraran los cierres y golpearan sobre el casco para indicar que estaba listo.

Mientras descendía por enésima vez, firmemente sujeto a la barquilla, Riley pensó que, de tan rutinario, era ya como cualquier trabajador usando el ascensor de su edificio camino de la oficina.

Sin contratiempos de ninguna clase —aunque no pudo evitar asomarse primero, antes de doblar cada esquina—, llegó a la estancia donde estaban practicando el agujero de aproximadamente un metro de diámetro, por el que tenían planeado acceder al camarote superior. Alex tomó la sierra hidráulica y examinó la hoja circular, que como había dicho Marco, estaba muy deteriorada y ya había perdido varios dientes. Luego echó hacia atrás la cabeza para ver lo que les faltaba y observó cómo un reguero de burbujas de aire se escapaba por la abertura recién hecha, lo cual era señal de que la presión ahí arriba era la adecuada. La mala noticia era que, aunque Marovic había hecho un buen trabajo y seccionado casi un tercio del futuro boquete, aún harían falta como mínimo un par de inmersiones más para terminarlo.

Evitando pensar en todas las cosas que podían salir mal, asió la sierra con las dos manos y, tras encaramarse a la robusta mesa que habían anclado para usarla de andamio, abrió las válvulas de aire a presión y empujó con fuerza la desgastada hoja contra el techo, haciéndola arañar el mamparo con una desagradable vibración que atravesaba el traje y parecía que iba a desencajarle los huesos.

Cuando se cumplió la media hora que había calculado para esa inmersión, con los brazos agarrotados y empapado en sudor debajo de toda la ropa de abrigo que llevaba puesta, desconectó la sierra y echó un vistazo a sus progresos.

El resultado fue desalentador. A pesar de sus esfuerzos, no había llegado ni a acercarse a lo conseguido por Marovic. Sin duda la causa era aquella cuchilla, que ya tenía menos dientes que un boxeador jubilado. No tuvo más remedio que extraerla y llevarla de vuelta al barco, para instalar el recambio en la próxima inmersión.

Desanduvo el camino hasta la cesta y casi de forma monótona dio tres tirones a la cuerda para que lo izaran con la grúa, mientras tenía la cabeza puesta en cómo podrían terminar el trabajo, si se llegaban a quedar sin aquellas cuchillas tan imprescindibles como quebradizas.

Entonces, una inesperada sacudida hizo elevarse la barquilla bruscamente y luego descender con un acusado vaivén que casi le hizo perder el equilibrio y caerse.. Alarmado por esa posibilidad, se aferró a los soportes con todas sus fuerzas y miró hacia arriba, justo cuando el brusco balanceo volvía a repetirse.

Inmediatamente comprendió que se había desatado una súbita tempestad en la superficie, y que él estaba en el peor lugar posible en aquellas circunstancias.

Sobre su cabeza veía cómo la quilla del Pingarrón recibía en el costado de babor el fuerte oleaje que iba a romper con fuerza contra el barco y que, de no ser por las cuatro anclas que habían lanzado a proa y popa para fijar su posición respecto al pecio, la fuerza del mar ya lo habría empujado contra los peligrosos bajíos de la costa. Pero aquella era una batalla perdida de antemano pues tarde o temprano las anclas empezarían a garrear, si no lo estaban haciendo ya, y perderían el control de la nave.

Por un instante, se preguntó irritado por qué demonios no habían levado anclas y puesto rumbo a puerto o mar abierto, al ver que la tormenta se les echaba encima, pero pronto cayó en la cuenta, con un sentimiento de culpabilidad, que la razón era él mismo. Aun sabiendo que se arriesgaban al naufragio, estaban esperando a que él regresara.

Cuando solo le separaban unos metros de la superficie, escuchó el tranquilizador rumor de los motores poniéndose en marcha y pudo ver cómo las anclas de proa se tensaban y eran izadas del fondo arenoso. Eso era exactamente lo que tenían que hacer, y sintió una punzada de legítimo orgullo por aquella exigua pero excelente tripulación, seguida de una ligera aprensión al razonar que, si sus competentes tripulantes se estaban haciendo cargo del manejo del Pingarrón y la sala de máquinas, ¿quién le estaba subiendo con la grúa?

Un minuto después tuvo la respuesta ante sí, pues con una sorprendente habilidad fruto de la observación el doctor Kirchner manejaba los controles del cabrestante ignorando la fuerte lluvia que le golpeaba el rostro, como si se tratara de un curtido marinero que llevara haciendo aquello toda su vida. Junto a él, además, se encontraban Marco y Elsa, ignorando las fuertes rachas de viento y lluvia bajo un cielo encapotado, mientras recogían el umbilical y se preparaban para recibirle en cubierta.

# 21

—¿Cómo vamos? —preguntó Alex irrumpiendo en el puente, sin la escafandra ni los plomos pero aún con el traje de buzo puesto.

—La borrasca se nos ha echado encima mientras estabas sumergido —le informó Julie mientras se mantenía firme al timón—. César está en la sala de máquinas exprimiendo los motores y Jack recogiendo las anclas. La presión ha bajado tres milibares en media hora y sigue descendiendo —añadió dando un golpecito en la esfera del barómetro—, así que estoy poniendo rumbo tres cero cero para dirigirnos a aguas abiertas y alejarnos todo lo posible de la costa.

Alex miró al frente, donde la proa del Pingarrón cabeceaba levantando nubes de espuma cada vez que daba un pantocazo. Resultaba increíble lo que había empeorado el tiempo en menos de una hora, aunque en el peculiar clima del estrecho de Gibraltar todo era posible, y los centenares de naufragios habidos a lo largo de la costa sur española y la norte marroquí podían dar fe de ello.

—No podemos irnos —dijo entonces.

—*Pardon?* —inquirió la francesa entrecerrando los ojos, segura de no haber entendido bien.

—La borrasca puede durar días. No podemos perder tiempo alejándonos mar adentro y luego haciendo el camino de vuelta.

—¡Pero tenemos que marcharnos! —alegó Julie señalando hacia adelante, por si Alex no se hubiera apercibido de que estaban en mitad de una tormenta.

—Lo sé, lo sé —dijo mientras ojeaba con avidez la carta del Estrecho—. Pero hemos de quedarnos cerca... Quizá deberíamos refugiarnos en Tánger.

—¿Con este temporal? *Il est impossible, capitaine!* —protestó—. Nos estrellaríamos contra la bocana si intentáramos entrar en el puerto.

—Está bien... ¿y qué tal aquí? —sugirió, señalando la misma bahía de Tánger pero fuera de la protección del dique—. Hay una buena ensenada donde podríamos fondear, a resguardo del levante.

—Pero si el viento rolara a noroeste —objetó, mirando la carta de reojo—, estaríamos en una ratonera.

—En ese caso, no nos quedaría más remedio que poner rumbo a mar abierto mientras rezamos con fuerza —admitió—. Pero mientras pueda evitarlo preferiría no tener que hacerlo.

La piloto frunció el ceño, poco convencida. La primera regla a seguir en caso de temporal es alejarse todo lo posible de la costa y sus peligros, sobre todo si esta se encuentra ribeteada de amenazadores bajíos y arrecifes. Es una regla sin excepciones y que hasta el marinero más novato conoce, de modo que todo el peso de la experiencia y el sentido común gritaban al oído de Julie que pusiera rumbo al Atlántico.

Sin embargo, la respuesta que dio fue justo la que Alex quería escuchar.

—Usted es el capitán —dijo con un punto de fatalismo inusual en ella, girando el timón hasta poner un rumbo paralelo a la costa—. Solo espero que sepa lo que hace.

Alex estuvo a punto de contestar que él también lo esperaba. Pero calló.

A lo largo del día la borrasca redobló su intensidad, y aunque se encontraban a sotavento de los vientos dominantes, guarecidos en el seno de la bahía, el inevitable mar de fondo hacía que el Pingarrón se balanceara adelante y atrás como una mecedora. Esto era algo que no sentaba nada bien a los dos pasajeros, que desde que se desató la tormenta andaban deambulando por cubierta como muertos vivientes, indiferentes al chaparrón y asomándose a la borda cada pocos minutos para vomitar.

Al caer la tarde Jack fue a relevar a Alex en el puente, que aunque ya se había sacado el traje de buzo, aún no había tenido tiempo de cambiarse de ropa.

—Apestas —dijo el gallego, nada más entrar en la cabina de mando.

—Gracias, yo también te quiero —contestó Alex, apalancado en su silla y sin apartar la vista del horizonte.

—Lo digo en serio. Hueles como si llevaras un gato muerto bajo el jersey.

El aludido acercó la prenda a su nariz, frunciéndola con desagrado.

—Es verdad. Quizá debería ir a ducharme.

—¿Quizá?

Alex se volvió hacia Jack, que con su corpachón ocupaba una buena parte de la pequeña cabina.

—Escucha... —dijo, rascándose distraídamente la barba— tenemos que hablar.

—Oh, no —exclamó el primer oficial llevándose la mano al corazón, antes de preguntar con gesto compungido—: ¿Vas a romper conmigo? ¡Acabas de decir que me querías!

—No fastidies —replicó el capitán tratando de no reírse—. Lo digo en serio.

Su segundo esbozó una mueca cómplice mientras se apoyaba de codos en la consola frontal.

—¿Qué pasa?

—Es sobre... Elsa.

—Ya —dijo con sequedad, y volviéndose hacia adelante observó la alta y delgada figura de la alemana que, desmadejada y demacrada, se asomaba por la regala de sotavento, dando de comer su almuerzo a los peces—. Vista así —murmuró—, no parece tan seductora.

—Todos hemos pasado por eso —la excusó Alex—. Recuerdo que en las primeras semanas a bordo tú perdiste casi diez kilos.

—Qué mal lo pasé. Aún tengo pesadillas con aquellas inacabables marejadas del mar del Norte.

—Sí —resopló Alex—. Fueron buenos tiempos.

Durante casi un minuto, ambos hombres se quedaron en silencio con la mirada perdida, recordando otros mares y otros tiempos.

—En fin... —suspiró—. Como te decía, hay algo que quiero decirte sobre la muchacha.

—No hace falta, Alex. Lo sé.

—¿Lo sabes? —preguntó sobresaltado, con cara de haberse tragado una mosca.

—Estuve pensando en lo que me dijiste... —continuó Jack, dándole una afectuosa palmada en el hombro—. He comprendido que es una mala idea encoñarse con una joven que se largará en una semana, y tienes toda la razón. Así que a partir de este momento —asintió con gravedad—, ella es para mí un asunto zanjado.

—¿En... en serio?

—Totalmente.

—¿Entonces, tú ya no...? —y señaló a la espigada joven a través de la ventana.

—Eso se acabó —aseguró con contundencia.

Durante unos momentos Alex no supo qué decir, dudando entre la confesión y el disimulo.

—Pues... me alegro mucho —murmuró al fin, apartando incómodo la mirada—. Es bueno saberlo.

— Gracias por preocuparte —contestó Jack, apoyándole su manaza en el hombro—. Solo espero que me disculpes por mi actitud de ayer.

—Claro, claro —repuso Alex con una sonrisa culpable—. Para eso están los amigos, ¿no?

Cuando el sol se ocultó tras la desarbolada montaña de Djebel Quebir, el temporal ya había comenzado a amainar y las nubes negras se alejaban por fin hacia el Atlántico, llevándose con ellas el grueso chaparrón y las rachas de viento de más de cuarenta nudos.

Ahora la nave apenas cabeceaba bajo la agonizante marejada, y apoyado en la regala de popa, Alex observaba ensimismado los centenares de luces de la ciudad de Tánger, que a menos de dos kilómetros por la banda de babor, y según oscurecía, semejaba una pequeña galaxia atiborrada de desordenadas estrellas.

—¿En qué piensas? —inquirió una voz a su espalda

El capitán del Pingarrón no necesitó volverse para saber de quién se trataba.

—En nada —contestó mientras Elsa se acodaba a su lado—. ¿Ya te encuentras mejor? —preguntó mirándola de reojo.

—Ya he dejado de vomitar y no he vuelto a plantearme el suicidio. Así que supongo que sí. —Sonrió, cansada—. Creo que estoy algo mejor.

—Me alegro. La primera vez siempre es la más desagradable.

—Como en casi todo... —rezongó ella.

Alex solo asintió en silencio, devolviendo la vista al frente.

Entonces la alemana se acercó hasta quedar hombro con hombro, y en un gesto tan natural que no requería explicación entrelazó su brazo izquierdo con el derecho de Alex.

—¿Qué te preocupa? —quiso saber, mirando al perfil del capitán.

—Nada —repuso él en voz baja.

—Ya... —Elsa emitió un leve suspiro—. Quieres decir, nada que me importe, ¿no?

—Yo no he dicho eso.

—Pero lo piensas.

La respuesta del capitán fue un significativo silencio.

—¿Lo de anoche... no ha significado nada para ti? —preguntó la joven.

Esta vez, Alex sí se giró hacia ella.

Las luces de la lejana Tánger iluminaban la mitad derecha del rostro de Elsa, remarcando la delgada línea del puente de su nariz, el contorno de sus pómulos y la sonrosada tersura de sus labios. El ondulado pelo caoba le caía sobre los hombros como una oscura y sensual cascada. A pesar del rastro que el cansancio había dejado bajo sus ojos esmeralda aquella joven era de una belleza que dolía.

—Dentro de una semana —dijo al fin, tratando de imprimir firmeza a sus palabras—, habrás desembarcado en Lisboa con Helmut y ya no volveremos a vernos jamás. Lo de anoche estuvo bien —añadió—, pero creo que lo mejor es que lo dejemos ahí.

La alemana le mantuvo la mirada sin decir palabra y, en la creciente oscuridad, Alex no supo si estaba recapacitando o a punto de montar en cólera.

—No tiene por qué ser así —dijo al cabo de casi un minuto, con un imperceptible temblor en la voz—. Podría quedarme aquí... contigo.

—¿Conmigo?

—En el barco. Unirme a vosotros. Seguro que no os vendría mal tener a alguien con conocimientos de medicina a bordo.

El capitán alzó la ceja izquierda.

—¿Una veterinaria en un barco contrabandista?

—No seas tonto. Estoy especializada en veterinaria pero también puedo hacer más cosas.

Alex negó con la cabeza en un acto casi reflejo. No era la primera vez que una mujer se ofrecía a acompañarle, y nunca le había parecido una buena idea. En el caso de Elsa era sencillamente impensable.

—No te gustaría —alegó, tratando de convencerla—. La vida a bordo es dura, se gana poco dinero y cada día existe el peligro de que nos peguen un tiro o nos metan en la cárcel. En serio, no creo que este sea un trabajo para ti.

La joven dio un paso al frente y apretó su cuerpo contra el de Alex.

—No es por el trabajo por lo que deseo quedarme.

Los anhelantes ojos de la muchacha estaban casi a la misma altura que los suyos y su tentadora boca se entreabría a solo unos pocos centímetros. Podía sentir bajo la vieja cazadora la insinuante presión de aquellos firmes pechos, y una oleada de deseo nació en la entrepierna y se extendió por todo el cuerpo hasta las yemas de sus dedos.

—Elsa... yo... —masculló—. No puedo. De verdad.

La joven echó la cabeza hacia atrás, volviendo a poner distancia entre ambos. Entonces señaló hacia las luces de Tánger y preguntó:

—¿Es por ella?

Alex tardó unos segundos en comprender a qué se refería.

—Esto no tiene nada que ver con Carmen.

Elsa parpadeó un par de veces, confusa.

—Pues entonces no lo entiendo. ¿Dónde está el problema?

—Preferiría no hablar de ello.

—¿Es por tu amigo Jack? —aventuró—. Parece un buen hombre. Pero la verdad, no es mi tipo.

—Tampoco es eso —replicó, impaciente—, y no me apetece jugar a las adivinanzas.

La alemana se cruzó de brazos, desafiante.

—Como tú has dicho me queda aún una semana a bordo, y hasta que no me respondas no pienso dejar de preguntarte.

Alex suspiró cansado. Se apoyó de nuevo en la borda y bajó la cabeza para contemplar el agua negra salpicada con esporádicos reflejos de las lejanas luces de la costa africana.

—No lo comprenderías.

—Yo creo que sí.

—No, no puedes —repitió, con la mirada perdida—. Eres demasiado joven para entenderlo. —Respiró y exhaló un aire que parecía haberse vuelto denso como melaza—. Sería un error que te quedaras, y aún uno mayor que te quedaras por mí. Lo único que te pido es que aceptes mi decisión y no hagas más preguntas. Créeme, este no es tu sitio.

Elsa lo miraba fijamente, tratando de encontrar un significado a aquella diatriba.

—Si lo que pretendes es decirme que no te gusto —arguyó, molesta—, hay formas más sencillas de hacerlo.

—Está bien, no me gustas. ¿Mejor así?

—Mientes de pena.

—Joder, qué terca eres.

—No tienes ni idea.

—¿Cómo puedo hacerte entender que te equivocas conmigo? —rezongó—. Te has encaprichado de mí, formándote una idea que nada tiene que ver con la realidad. Solo soy un marinero descreído que bebe para olvidar y que convive con demasiados fantasmas. Debes recorrer tu propio camino, Elsa —concluyó—. Averiguar quién eres lejos de alguien como yo.

Dicho esto, Alex levantó la vista hacia el cielo, en un abstraído silencio que ella no se decidió a romper hasta el cabo de casi un minuto.

—¿Es... —preguntó en voz baja— por lo que sucedió en la guerra?

El capitán se volvió hacia ella de repente, sorprendido.

—¿Qué sabes tú de eso? —le espetó.

La actitud de la joven se volvió casi temerosa.

—Le pregunté a Jack por el nombre de este barco. —Elsa parecía estar escogiendo qué palabras usar antes de seguir hablando—. Solo me dijo que hubo una batalla terrible y que murieron muchos soldados. Muchos compañeros vuestros. Me dijo —añadió, acercando la mano al punto bajo en el que se hallaba la cicatriz de bala— que te hirieron gravemente y tuviste mucha suerte de sobrevivir.

—¿Suerte? —bufó—. ¿Eso te dijo?

—¿Acaso no lo fue que sobrevivieras?

Alex tensó la mandíbula, echando la cabeza hacia atrás para volver a mirar las estrellas.

—¿No te explicó lo que pasó allí, y por qué?

—No. Él solo…

—Mejor así —la interrumpió—. No es asunto tuyo.

—Quizá sí que es asunto mío, si es la razón para que no me permitas quedarme.

Alex clavó una mirada gélida en los ojos verdes de Elsa. Luego inspiró y exhaló con un bufido antes de afirmar con rotundidad.

—Ya basta.

—Pero…

—No hay peros —atajó bruscamente—. Y ahora regresa a tu camarote, por favor.

Elsa titubeó, indecisa sobre si seguir insistiendo.

Alex no le dio opción a ello, señalándole la compuerta más cercana.

—Es una orden.

Por un momento la alemana pareció a punto de sufrir una rabieta juvenil, y miró a su alrededor con los puños crispados, buscando algo o alguien con quien desahogar su frustración.

Finalmente, respirando agitada y con las pupilas refulgiendo ira, le espetó:

—Eres un imbécil.

Riley asintió, conforme.

—Eso no te lo voy a discutir.

# 22

Dieciocho horas después de aquella conversación entre Alex y Elsa, el Pingarrón fondeaba de nuevo junto a la boya que marcaba el punto donde se encontraban hundidos los restos del Phobos. En un mar en calma y bajo un cielo azul cobalto, libre de las nubes que el levante se había llevado con la misma rapidez con que las había traído el día anterior.

El sol aún no había alcanzado el cénit cuando la grúa de carga sacó del agua la barquilla de hierro, con Riley sujeto a ella, y la depositó con un sordo entrechocar de metal sobre la cubierta. Con la rapidez y economía de movimientos que solo da la práctica, desembarazaron al capitán de la escafandra y las pesas, ayudándole seguidamente a quitarse el traje impermeable, los guantes y los zapatos de plomo.

La tripulación al completo esperaba expectante las palabras de su capitán, tras la inmersión en la que debía haber terminado el boquete definitivamente. Pero su expresión contrariada delataba que la cosa no había salido según lo planeado, y nadie se decidía a preguntar.

—Bueno, ¿qué? —inquirió Jack con los brazos en jarras, al ver que Alex no abría la boca—. ¿Ya está?

Este resopló, descorazonado.

—No he podido —dijo dirigiéndose a Jack, pero lo bastante alto como para que los demás le oyeran—. La sierra ha empezado a fallar cuando me quedaban solo treinta o cuarenta centímetros para acabar el agujero.

—¿Otra vez se ha desgastado la cuchilla? —dijo César, más como una certeza que como una pregunta.

—Esta vez no. La hoja dentada parece estar en buen estado —se acercó a la cesta y sacó la sierra circular que había subido con él—, creo que es algo del mecanismo del aire comprimido. Me gustaría que le echases un vistazo y veas si puedes repararla.

—Haré lo que pueda —contestó el mecánico, y se llevó la herramienta a la sala de máquinas.

Entonces Riley se dirigió a Marovic, que ayudaba a Jack a recuperar y enrollar en cubierta el umbilical que aún colgaba por la borda.

—En la próxima inmersión bajaremos tú y yo —le informó—. Si la sierra vuelve a estropearse quiero que estés ahí abajo conmigo para ayudar, por si no nos queda más remedio que entrar por la fuerza.

—¿Con dinamita? —preguntó, entusiasmado.

El capitán bufó y miró al cielo, ordenándole que estuviera listo para la inmersión dos horas más tarde.

Cuando Alex se hubo ido, mientras tiraba de la manguera Jack miró de soslayo a Marovic.

—Tus padres nunca te compraron petardos cuando eras pequeño, ¿no?

A la hora prevista, toda la tripulación estaba en cubierta ultimando la que esperaban fuera la última inmersión en aquel pecio. Riley y Marovic ya estaban embutidos en sus trajes de buzo, César y Jack les ayudaban a vestirse y se cercioraban de que los equipos estuvieran listos, y Julie conectaba el compresor y se aseguraba del buen funcionamiento de las mangueras de aire mientras Helmut iba de un lado a otro, ayudando a cualquiera que lo necesitara. Todo ello envuelto en un extraño silencio que solo era explicable por el nerviosismo del momento, pues en menos de una hora sabrían si iban a convertirse o no en ricos marineros retirados.

De Elsa no había ni rastro, y Alex, que no la había visto en todo el día, se alegró de no tenerla paseando por cubierta con cara de pocos amigos. La noche anterior se había despedido con algo que le sonó a un insulto en alemán en sus labios —aunque para ser justos, para cualquiera ajeno a la lengua de Goethe hasta un «buenas tardes» sonaba a ofensa lapidaria.

—¿Listo? —preguntó Jack, sosteniendo la escafandra que estaba a punto de colocarle sobre la cabeza.

—Acabemos con esto de una vez —contestó decidido, apretando las mandíbulas.

Entendiéndolo como un sí, Jack le fijó la bulbosa escafandra sobre sus hombros y se quedó mirándolo por la ventanilla frontal, esperando a ver si le llegaba el oxígeno correctamente o, por el contrario, comenzaba a ponerse azul.

Alex aspiró varias veces para comprobar el flujo de aire y dio su visto bueno haciendo una señal afirmativa con la mano. Entonces el primer oficial dio un par de palmadas en la superficie de bronce para dar su conformidad y le ayudó a llegar hasta la barquilla, al tiempo que César hacía lo propio con Marco.

En el suelo de la cesta ya estaba esperándoles la sierra que César había reparado, así como dos palancas de hierro y varias bolsas impermeabilizadas que esperaban se mantuvieran estancas.

En cuanto ambos buzos se encontraron bien sujetos a la barquilla, la grúa los elevó primero sobre cubierta, luego los desplazó lateralmente hasta quedar sobre la superficie del agua y, por último, el cable de acero comenzó a desenrollarse ruidosamente en el torno, hundiéndolos en el mar.

Asomado a la borda, observando cómo, a medida que descendían, el reflejo del sol en las relucientes escafandras de los submarinistas se difuminaba en las oscuras aguas del estrecho, Jack respiró profundamente y se mordió el labio con nerviosismo, rogando en silencio que esta vez todo saliera bien y cambiara de una vez su suerte.

En menos de tres minutos ambos buzos tocaron fondo y, sin necesidad de comunicarse entre sí, tomaron sus herramientas y se internaron por la compuerta abierta en las entrañas del Phobos. Sin perder la sana costumbre de asomarse a las esquinas antes de doblarlas, Alex caminó en cabeza por los pasillos a pequeños saltos hasta llegar al compartimento donde llevaban dos días trabajando.

Sobre sus cabezas se habían ido formando unas delgadas burbujas como charcos de mercurio, que no era si no el mismo aire que escapaba de sus trajes cuando exhalaban e iba a parar al techo. Aquello podría haber resultado un inconveniente a la larga —ya que la sierra estaba diseñada para cortar bajo el agua, y se habría recalentado de no ser así—, de modo que una de las primeras cosas que tuvieron que hacer en aquel camarote fue practicar un pequeño agujero para evacuar el aire expulsado.

Sin perder tiempo, Alex se encaramó a la mesa con la sierra radial en la mano, la puso en marcha y la empujó contra el acero, que milímetro a milímetro era seccionado bajo el efecto de la cuchilla. Le dolían los hombros y el cuello por lo incómodo de la postura, pero tras la escafandra sonreía feliz al comprobar que César había hecho bien su trabajo y la herramienta funcionaba perfectamente. En diez o quince minutos —calculó— habría terminado con el corte y podrían acceder a la planta superior.

El ruido de la sierra mordiendo el mamparo resultaba insoportable bajo el agua, pues aunque pareciera que esta debía amortiguarlo, el efecto era justo el contrario, y reverberaba dentro de la escafandra con un agudo chirrido que era para volverse loco. Pero gracias a ello, sin embargo, a Alex le fue fácil darse cuenta de que algo no iba bien en la sierra en el momento en que el registro pasó de ruido infernal a solo desagradable.

Cuando finalmente la cuchilla se detuvo entre estertores, sacó la sierra de la fisura y la sacudió un par de veces, como si así fuera a arreglarse.

—La madre que... —maldijo a la máquina

Se volvió hacia Marovic para mostrarle lo que había pasado, y vio que este ya se había hecho con una de las palancas y le alargaba la otra.

Alex levantó la mirada y pudo comprobar que apenas faltaban diez centímetros para terminar el trabajo. Si usaban las palancas, entre ambos podrían doblar el mamparo y abrir el hueco de entrada de una vez por todas.

Sin perder tiempo, tiró a un lado la inútil sierra y le ofreció la mano a Marco para que subiera con él a la mesa, introdujeron las palancas por la fisura y, haciendo la señal con los dedos de «a la de tres», tiraron al tiempo con todas sus fuerzas.

Con un crujido que sonó como un lamento, la plancha de acero se dobló lo suficiente como para poder agarrar el borde con las manos. Se colgaron de ella y cargaron con todo su peso hasta que, como si de una lata de conservas se tratara, la plancha circular se separó del techo, curvándose por la pequeña sección sin cortar y que hizo las veces de bisagra.

Tras varios minutos de esfuerzo y sudores, Riley y Marovic terminaron de doblar la «tapa» del mamparo hasta separarla. Hecho esto, ambos dieron un paso atrás y comprobaron cómo sobre ellos se abría un hueco diáfano por el que podrían acceder al camarote.

Fue en ese mismo instante cuando el capitán del Pingarrón se apercibió de un par de detalles importantes. Uno, bueno y esperado. El otro, ninguna de ambas cosas.

Por un lado, fue un gran alivio comprobar que las leyes físicas no los habían traicionado y, tal como Helmut había previsto, el aire comprimido a cuatro atmósferas dentro del camarote mantenía el agua mágicamente a raya, sin que esta pudiera ir más allá de la abertura que habían practicado y por el que planeaban entrar. Lo que llevaba al detalle importante número dos, de carácter puramente práctico. No sabía cómo demonios iban a poder hacerlo.

El orificio en sí no era problema, pues resultaba lo bastante ancho como para pasar al otro lado. Pero la inestimable ventaja de mantener el camarote lleno de aire, repentinamente se convertía en un inconveniente. En cuanto abandonaran el agua, aunque fuera parcialmente, sus pesados trajes de buzo con ochenta kilos extra en guirnaldas de plomo les pesarían como tales, poniéndoles muy difícil encaramarse a pulso como pensaban hacerlo. Si no hubiera llevado puesta la escafandra, Alex se habría dado una palmada en la frente lamentando no haber llevado una simple escalera.

Marco, que también parecía haberse dado cuenta del problema, levantó el pulgar sugiriendo regresar al barco y volver más tarde con el equipo necesario. Pero Alex consultó el reloj de buceo y comprobó que aún les restaban más de quince minutos de margen para ascender sin necesidad de descompresión, así que negó con el dedo y, por señas le dijo a Marovic que había que intentarlo.

En un primer momento, Alex pensó en que uno de ellos se subiera a la mesa e hiciera de escalera humana, pero rápidamente lo descartó al pensar en el descomunal peso que tendría que sujetar y el grave peligro de rasgar los trajes. Así que, eliminada esa posibilidad, empezó a mirar a su alrededor buscando algo que les pudiera resultar útil para encaramarse, sin descubrir nada lo suficientemente grande y resistente que les pudiera servir de ayuda. Pero justo cuando estaba a punto de darse por vencido, Marovic apareció por la puerta del camarote —no lo había visto salir—, arrastrando tras de sí la estructura de hierro de una cama.

Riley sonrió bajo la escafandra. Aquella iba a ser su escalera.

En cuanto lograron encajar el esqueleto del camastro entre una mesa y el techo, Alex se encaramó por ella sin perder un momento y, como un conejo del espacio saliendo de su madriguera marciana, asomó la escafandra por la abertura. Luego, tras barrer la estancia con la luz de la linterna y apoyándose con las manos en el borde mientras hacía fuerza con las piernas, logró salir del agua. Segundos más tarde, era Marovic el que lo imitaba tras pasarle las bolsas estancas y, ayudado por Alex, pronto se encontró junto a él alumbrando con la linterna, de pie en mitad del destrozado camarote.

Una vez fuera del agua, el enorme peso del equipo —casi cien kilos sumando traje y lastre—, convertía cada movimiento en un esfuerzo titánico, y una lucha por no caer de bruces a cada paso. Desgraciadamente no tenían opción, pues quitarse el traje y volver a ponérselo era inviable sin una o dos personas que les ayudaran. Pero lo que sí podía hacer —pensó Riley— era quitarse la pesada escafandra que tanto le limitaba la visión y amenazaba con hacerle caer de cabeza cada vez que se inclinaba.

Le hizo un gesto al yugoslavo para que le ayudara a desembarazarse de aquella burbuja de cobre con ventanillas, y aunque con alguna que otra dificultad, con un golpe seco la desenganchó del traje, pudo quitársela por encima de la cabeza y la dejó en el suelo.

Una nauseabunda vaharada de carne en descomposición golpeó su olfato como un puñetazo, trasladándolo en un instante a los antiguos campos de batalla de la guerra de España. Campos sembrados de cadáveres que nadie se aventuraba a recoger y se pudrían en tierra de nadie, cadáveres cuyo hedor a muerte sufrían igualmente las trincheras republicanas y las nacionales, según soplara el viento.

—Dios mío... —masculló asqueado, reprimiendo una arcada y tapándose la nariz.

Esforzándose por ignorar el fortísimo olor, ayudó también a Marovic a quitarse su escafandra. Así que, cuando el mercenario tomó desprevenido su primera bocanada de aire, se puso blanco como el papel y con ojos desorbitados se apoyó en la pared más cercana y devolvió el desayuno.

—Estupendo —rezongó Alex—. Ahora sí que va a oler bien este sitio.

Libre de escafandra y mientras Marco se recuperaba, miró en derredor buscando el origen de la podredumbre, hasta que sin necesidad de moverse del sitio pudo ver un pie desnudo que asomaba por debajo del colchón. Posiblemente —especuló para sí—, el pobre desgraciado se había golpeado la cabeza cuando el barco volcó mientras dormía.

—Marco —se dirigió al yugoslavo, con tono apremiante y señalando la caja fuerte pegada al techo—. Trata de abrir la caja mientras registro el camarote.

—Haré lo que pueda —contestó este, estudiándola con ojo profesional.

—Haz más que eso, porque si no nos veremos obligados a llevárnosla, y no tengo ni idea de cómo podríamos hacerlo.

Marovic le dedicó una mirada de orgullo herido al capitán, y repitió molesto:

—He dicho que haré lo que pueda.

Ahorrándose la réplica, Alex dejó que Marco se ocupara del asunto de la caja y se dispuso a registrar el resto del camarote.

Todo el suelo estaba abarrotado de restos de muebles rotos, ropa, objetos decorativos y, sobre todo, papeles; muchos papeles. Centenares de hojas sueltas así como varios libros y cuadernos, todos con el símbolo en el encabezado del águila sujetando entre sus garras la esvástica nazi.

Por supuesto, el capitán del Pingarrón no hablaba una sola palabra de alemán, de modo que no tenía manera de saber si aquellos eran valiosos documentos de alto secreto o las listas de la compra del cocinero del barco.

—Mierda —exclamó a su espalda el yugoslavo.

—¿Qué pasa? —quiso saber Alex, dándose la vuelta.

—Esta caja necesita una llave —explicó, encaramado a un taburete—. ¿No ha visto ninguna por el suelo?

—¿Una llave? —contestó, abarcando el caos del destrozado camarote—. ¿Estás de broma?

—La necesito para abrir la caja.

—¿Y ese es tu gran talento para abrir cajas fuertes? —gruñó Alex—. ¿Usar la llave?

—Capitán, puede ponerse sarcástico o ayudarme a buscarla —dijo, bajándose con cuidado del taburete—. Usted decide.

Riley miró a su alrededor, al maremágnum de aquella habitación por la que parecía haber pasado un tornado.

—¿Pero cómo diantres —empezó a despotricar— vamos a encontrar esa...?

Y se detuvo antes de terminar la pregunta, cuando la luz de su linterna fue a parar al pie hinchado y sin vida que asomaba bajo el colchón.

Dos minutos más tarde, manteniéndose en precario equilibrio sobre un resistente taburete, Marovic introducía la llave en la caja y hacía girar la rueda de apertura, que con un sordo chasquido liberó los pestillos interiores.

No había sido demasiado agradable despojar al putrefacto cadáver de la cadena que llevaba al cuello, pero eso era ya lo de menos. Afortunadamente, se había confirmado la sospecha de que si algo tan valioso se guardaba en aquella caja el oficial guardaría la llave lo más cerca que le fuera posible.

—Ya está —dijo Marco, y haciendo a la pesada puerta gemir sobre sus goznes, la dejó abierta de par en par—. Pero necesito que me alumbre aquí —añadió, señalando su interior.

—¿Qué ves? —inquirió Alex impaciente, mientras levantaba la linterna por encima de la cabeza—. ¿Está ahí?

En lugar de responder, el yugoslavo introdujo el brazo en la caja hasta el codo, rebuscó en su interior, y cuando lo sacó llevaba en la mano un librito azul con el omnipresente marchamo nazi y un pequeño fajo de marcos alemanes.

—Tenía razón, capitán —dijo Marovic con una mueca—. Después de este trabajo ya podremos retirarnos.

—¡Joder! —protestó Riley, dando una patada al suelo con su bota de plomo al comprender que se había equivocado.

—¿Y ahora, qué? —preguntó el mercenario, aún encaramado al taburete.

Alex tardó unos momentos en contestar, mientras se esforzaba por calmar su ira y no perder los nervios.

—Aún nos quedan dos días antes de la fecha de entrega —murmuró entre dientes, pasándose la mano enguantada por la cara—. Así que lo único que podemos hacer es recoger todos los documentos que podamos, por si acaso valen algo, y regresar al Pingarrón. Una vez a bordo, con calma, pensaremos lo que podemos hacer y quizá se nos ocurra algo.

—Sí, claro... —repitió el yugoslavo sin disimular su escepticismo—. Quizá se nos ocurra algo.

—Exacto —contestó Riley, ignorando el tono—. Ahora ayúdame con los papeles y salgamos de aquí lo antes posible.

El yugoslavo descendió de su precaria atalaya, guardó los billetes y el cuaderno en una de las bolsas, y se aplicó en recoger todo aquello que le parecía mínimamente valioso, entre lo que se encontraba el uniforme del oficial nazi, gorra y botas incluidas.

Alex, por su parte, siguió también con su tarea de saqueador, pero con la cabeza ya puesta en otra parte. Aunque sabía que estaba jugando a una lotería en la que tenía muy pocos números, y a pesar de su sentido de la fatalidad tan propio de marinos y soldados, involuntariamente se había ido ilusionando día a día con la posibilidad de dar con aquel artefacto que los haría ricos a todos. Cada indicio que habían encontrado apuntaba a ese camarote como el lugar donde podrían hallar su particular tesoro, pero de nuevo la providencia se mostraba como una vieja tozuda y amargada, con un burdo sentido del humor.

Decepcionado, malhumorado y derrotado, agarraba las hojas y carpetas sueltas a manojos, sin preocuparse de su valor ni posible importancia. Solo deseaba salir de allí cuanto antes, regresar al barco y emborracharse en su camarote lenta y metódicamente hasta perder el conocimiento.

Pero entonces, tras guardar con rabia un último puñado de papeles en la bolsa estanca, bajó la vista y a sus pies vio una especie de caja de madera oscura tirada en el suelo, oculta entre un montón de escombros. La caja tenía la tapa parcialmente levantada y dejaba a la vista lo que parecía una extraña máquina de escribir con dos teclados independientes y cuatro pequeñas ruedas dentadas.

Alex Riley se quedó de piedra, sin dar crédito a lo que le mostraban sus ojos. Incrédulo de que la esquiva fortuna por fin se hubiera dignado a sonreírle.

# 23

Treinta metros por encima de las cabezas de los dos submarinistas, una tensión expectante se había apoderado del Pingarrón. Tanto la tripulación como los pasajeros contemplaban absortos las burbujas que regularmente rompían la superficie del agua, a la espera de que el cabo de señales sufriera algún tirón y que aquella inmersión, que de un modo u otro a todos podía cambiarles la vida, tocara de una vez a su fin.

Todos ellos se encontraban apoyados en la borda —incluida Elsa, que había salido de su camarote con cara de malas pulgas—, en silencio, escrutando entre el leve oleaje en busca del menor indicio, cuando sucedió algo completamente inesperado.

Poco más allá de donde brotaban las burbujas de los buceadores, a unos cincuenta metros de la borda de estribor a la que se asomaban, un mástil romo de un par de metros de altura emergió del agua, y a Jack, que se incorporó de golpe haciendo visera con la mano, se le ocurrió la absurda idea de que, de algún modo, Alex y Marco estaban reflotando el Phobos, haciéndolo regresar desde su tumba submarina.

—¿Pero qué carallo...?

—No... —prorrumpió Julie, dando un paso atrás atemorizada—. Otra vez no...

—¿Otra vez? —preguntó César a su esposa.

—¿Es que no lo veis? —contestó señalando al frente—. *Mon Dieu!* ¡Eso es un periscopio!

No acabó de pronunciar estas palabras que el presunto mástil se elevó aún más, rodeado de media docena de antenas y, finalmente, mostrándose como parte de una estructura de hierro que chorreaba agua y espuma y que, por desgracia, les era ya muy familiar.

—*Mein Got!* —exclamó Elsa con un grito ahogado, llevándose la mano a la boca.

Durante un segundo todos quedaron paralizados por el horror, hasta que el primer oficial recordó que era él quien ahora estaba al mando, y sin dejar de mirar de reojo la torreta gris con el emblema nazi en la proa, se dirigió a Helmut y Elsa con voz imperiosa.

—¡Rápido! —les gritó con urgencia—. ¡Escondeos en vuestro camarote!

Los dos alemanes tardaron un instante en reaccionar, pero enseguida comprendieron que debían ocultarse y siguiendo sus órdenes corrieron hacia la superestructura. Elsa, sin embargo, antes de abandonar la cubierta, se volvió hacia el gallego con una aterrorizada súplica en sus ojos y este, haciendo acopio de toda la impostura que pudo reunir, asintió lentamente e incluso le ofreció una forzada sonrisa de confianza.

«Todo va a ir bien», decía el gesto, aunque en realidad pensaba que no iba a ser así ni de lejos.

—¿Creéis que es el mismo? —preguntó César viendo cómo la nave emergía con un furioso borboteo.

—Sin identificación de la *Kriegsmarine*, con la esvástica en la proa... —murmuró Jack, apoyándose en la borda— no creo que haya muchos así —y echó un vistazo a las mangueras de aire que se perdían bajo el agua—. Maldita sea —masculló con rabia, meneando la cabeza—, no podían haber aparecido en peor momento.

—¿Qué vamos a hacer? —quiso saber Julie con preocupación

Jack inspiró con fuerza, esforzándose sin éxito en hallar una respuesta.

—No lo sé —confesó finalmente, con la vista clavada en el submarino—. Te juro por Dios que no lo sé.

El U-Boot ya había emergido por completo, situándose hábilmente entre ellos y la cercana costa marroquí, bloqueando así cualquier posibilidad de escape y al mismo tiempo usando el Pingarrón como pantalla frente a los vigías ingleses del Peñón de Gibraltar. Además, el carguero estaba firmemente anclado al fondo por proa y popa, y Alex y Marco permanecían aún bajo el agua unidos a la nave por los umbilicales, de modo que la huida era imposible.

En cuanto el agua dejó de manar por los imbornales de la torreta del submarino, se oyó el golpe seco de una escotilla al abrirse. Tres marineros fueron a situarse junto al cañón de proa rotándolo hasta que este apuntó directamente al casco del Pingarrón, mientras otros dos hacían lo propio con la ametralladora antiaérea situada en la popa de la torreta.

—Parecen enojados... —murmuró Julie, con un eufemismo que a Jack le habría hecho gracia de encontrarse en otra situación.

—Si saben lo del Phobos —insinuó César—, me parece que vamos a tener que dar muchas explicaciones.

El segundo al mando desechó esa posibilidad, chasqueando la lengua.

—Me temo que no están aquí por eso —dijo en voz baja, pasándose la mano por el pelo con gesto preocupado.

—Vienen a por ellos —apuntó Julie, señalando hacia la superestructura con la barbilla—. Y esta vez no tenemos los trajes para esconderlos en el depósito.

Jack suspiró de nuevo.

—Eso da igual. Les engañamos una vez y escapamos con vida. Hagamos lo que hagamos, no creo que volvamos a tener esa suerte.

—¿Entonces? —inquirió el mecánico.

Y como si de una respuesta se tratase, de la torreta emergieron varios oficiales del submarino, así como un hombre de uniforme negro y ribetes plateados, con un inconfundible rostro tan blanco como la muerte.

—*Guten morgen!* —saludó de lejos, con una camaradería que no auguraba nada bueno—. ¡Qué afortunada casualidad volver a encontrarnos!

Por desgracia, si de algo podían estar seguros era de que aquello no se trataba de ninguna casualidad. Y mucho menos, afortunada.

A Jack no le costó imaginar el más que probable hilo de los acontecimientos. El capitán Jürgen Högel de la *Geheime Staatspolizei* habría seguido la falsa pista que Alex le había proporcionado hasta Barcelona, y al darse cuenta del embuste, regresó sobre sus pasos en busca de aquel insignificante carguero y su tripulación, que habían tenido la desfachatez de burlarse de él y, por extensión, del propio Reich y de Alemania entera.

Pero era naipe fijo que eso no volvería a suceder, y probablemente pagarían con su vida por ello.

—¿Cómo nos ha encontrado? —preguntó en voz alta fingiendo despreocupación, con la única finalidad de ganar tiempo.

—¿Qué importa eso? —repuso el nazi, casi de buen humor—. Tenemos ojos y oídos en todo el mundo —explicó, condescendiente—, y por supuesto Tánger no es una excepción.

—Ya, claro... ¿Y qué quieren ahora de nosotros?

El nazi sonrió exactamente igual a como deben hacerlo las serpientes.

—Lo sabe perfectamente. Quiero que me entregue a sus dos pasajeros.

—¿Pasajeros? No sé de qué me habla.

El capitán Högel se quitó la gorra, sacó un pañuelo blanco para enjugarse el sudor de la frente, y se dirigió en voz baja a los dos marineros que ocupaban la ametralladora doble de 20mm.

En respuesta, uno de ellos montó el arma, y apenas tuvo tiempo Jack de gritar cuerpo a tierra que la ametralladora comenzó a escupir balas en una aterradora granizada de proyectiles que barrió la cubierta de la nave, acribillando la superestructura, los camarotes y todo el costado de estribor del casco.

Aplastados contra el suelo con las manos cubriéndose la cabeza, Jack, Julie y César trataban de soportar el mortífero zumbido de los proyectiles que volaban sobre ellos y el terrible sonido que producían al impactar contra el acero del casco, que en los puntos de menos grosor alcanzaban a atravesarlo y dejaban agujeros del tamaño de un puño.

Una lluvia de cristales, metralla y esquirlas de metal les atacaba desde todas direcciones. Aunque para el gallego veterano de guerra aquello no era algo nuevo, sí lo era en cambio para César y Julie, que en posición fetal se abrazaban el uno al otro en busca de un ilusorio refugio.

Usando aquella ametralladora antiaérea difícilmente lograrían hundir el Pingarrón, pero Jack sabía que era cuestión de tiempo que aquellas balas de casi un kilogramo de peso disparadas a más de mil kilómetros por hora, acabaran matándolos a todos de un modo u otro. No había dónde esconderse.

Pero justo entonces, cuando parecía que ahí terminaba todo y sin razón aparente, el ametrallamiento cesó.

—¿Estáis bien? —gritó Jack, volviéndose hacia el mecánico y la piloto.

El portugués sufría una herida superficial en el hombro, por la que manaba la sangre en abundancia, mientras su esposa tenía varios pequeños cortes en el rostro provocados por fragmentos de metralla.

Ninguno de ellos contestó, mudos de terror, y Jack dirigió la mirada hacia la acribillada superestructura donde se encontraban los camarotes. Allí donde se habían refugiado Helmut y Elsa.

Los oídos aún le pitaban por la cacofonía de los disparos y no estaba seguro de que sus piernas le sostuvieran al tratar de ponerse en pie, pero hizo el esfuerzo de incorporarse y, con la mayor prestancia posible, se asomó de nuevo por la borda.

—¡Ah! Está usted vivo —exclamó al verlo el oficial de la Gestapo en un teatral tono de alivio, como si él no hubiera tenido nada que ver con el ataque—. Estupendo, así no tendré que repetirme. Entrégueme a los dos pasajeros.

—Nosotros, no... —empezó a contestar Jack, pero antes de que lo hiciera, el nazi lo interrumpió alzando la mano.

—Sé que se encuentran a bordo —afirmó, impaciente—. Si vuelve a insultar mi inteligencia negándolo les dispararemos de nuevo... pero esta vez, no con una inofensiva ametralladora —Y señaló el potente cañón de proa del submarino, que parecía estar apuntando al primer oficial entre ceja y ceja.

Estaban en un callejón sin salida, y a Joaquín Alcántara no se le ocurría manera alguna de escapar de aquella trampa.

—De acuerdo —admitió al fin—. Supongamos que las dos personas que buscan están aquí. Si nos siguen disparando —advirtió—, nos matarán a nosotros, pero también a ellos.

El nazi esbozó una sonrisa lobuna.

—Es un riesgo que estoy dispuesto a correr. Mi misión es retornar esos dos traidores a Alemania de inmediato. Pero, por encima de todo, he de asegurarme de que no caigan en manos enemigas.

—Y usted quiere que se los entreguemos, a cambio de no hundirnos.

—Veo que es usted un hombre más razonable que su capitán —contestó sin responder a la cuestión—. Y a todo esto —añadió, recorriendo con la vista la eslora del Pingarrón—. ¿Dónde está él?

—Desembarcó en Tánger. Tenía negocios que atender allí.

—Entiendo... luego nos encargaremos de él. En fin, ¿va a entregarme a los traidores o me obligará a hundir su nave y luego recoger los cadáveres del agua?

Jack miró al joven matrimonio, que aún se mantenía a cubierto, y luego hacia los camarotes donde esperaba que aún estuvieran vivos los dos pasajeros.

—Está bien... —claudicó, cabizbajo—. ¿Pero qué garantía tengo de que, después de entregarlos, no nos hundirá igualmente?

Jürgen Högel rio estrepitosamente y consultó su reloj de pulsera.

—Lo que tiene son tres minutos —contestó—, que es el tiempo que tardará en abordarles nuestra lancha. Y por su bien —añadió con una sonrisa maligna—, espero que para entonces estén listos los prisioneros.

Durante las largas temporadas pasadas en las trincheras junto a los camaradas del Batallón Lincoln, Jack había aprendido a jugar bastante bien al póquer, y una de las muchas lecciones que había interiorizado de ese juego, tan similar a la vida misma, es que hay ocasiones en las que no se puede ganar y lo único que cabe hacer es limitar las pérdidas.

Esa situación, con el submarino nazi a tiro de piedra apuntándole con el cañón de 88mm, le recordó curiosamente a una partida jugada en una casona a las afueras de Toledo, destruida un par de días antes por los bombardeos de la Legión Cóndor.

En aquella ocasión lo había apostado casi todo a una pareja ganadora de reinas, que terminaron como meras concubinas cuando sobre la mesa aparecieron dos ases y al tipo que tenía enfrente una sonrisa de oreja a oreja mientras sacaba un billete de cincuenta dólares y una manoseada foto de su novia desnuda, que valía por lo menos otro tanto. Para aguantar la subida, solo podría haberlo hecho jugándose todo lo que le quedaba, y aunque dudó por unos segundos, ya que si tiraba las cartas perdería todo lo apostado hasta ese momento, recordó aquella frase de «una retirada a tiempo es una victoria», y se rindió.

Aquella mano le costó el noventa por ciento de su dinero, pero con lo poco que salvó siguió jugando y pudo recuperarse en pocos días, e incluso con el tiempo, hacerse con aquella foto codiciada por medio pelotón —la chica era una preciosidad, había que admitirlo.

—Vosotros dos —susurró entonces, mirando a Julie y César de reojo—. Manteneos agachados y tratad de llegar a la popa sin que os vean desde el submarino. Luego lanzaos al agua, y cuando haya pasado el peligro tratad de ganar la costa a nado.

La pareja franco-portuguesa intercambió una mirada interrogativa, como preguntándose el uno al otro si habían entendido bien.

—¿De qué estás hablando? —inquirió Julie, haciendo el amago de incorporarse.

—He dicho que no os levantéis —le exhortó Jack, haciéndole aspavientos con la mano.

—Pero ¿por qué diantres quieres que saltemos del barco? —preguntó entonces César, sin entender las razones del segundo de abordo para hacer aquello.

Jack miró de reojo al submarino, y vio cómo un grupo de marineros ya inflaba el bote hinchable de goma.

—Ese desgraciado disparará en cuanto les entreguemos a Helmut y Elsa —murmuró, sombrío—. Tendréis más oportunidades de sobrevivir si os alejáis del barco a nado, y cuando se hayan ido, podréis tratar de ganar la costa.

La piloto parpadeó tres o cuatro veces en un solo segundo, sin dar crédito a sus oídos.

—¡Eso no lo sabes! —protestó—. Y además, si piensas entregárselos a los nazis, ¿cuál es la diferencia?

—La diferencia es que de ese modo al menos ellos salvarán la vida. Y si Högel cree que habéis muerto, quizá también así la salvéis vosotros.

—¿Y qué será del capitán y de Marco? —preguntó, casi como una súplica—. Si nos hunden, no podrán regresar a la superficie.

El gallego negó con la cabeza muy lentamente, señalándoles el compresor que debía enviarles el preciado aire y que había dejado de funcionar, destrozado por un proyectil.

—Olvidaos de ellos... —masculló, desolado ante la certeza—. Ambos ya están muertos.

# 24

Cuando Jack entró en el camarote de pasajeros para buscarlos, Helmut y Elsa ya le esperaban de pie en medio de la habitación, con expresión grave.

—Lo siento, yo... —fue lo único que acertó a decir el gallego, mirándose la punta de los zapatos.

—Sabemos que ha hecho todo lo posible —dijo Helmut, acercándose y ofreciéndole una mano que Jack estrechó sin levantar la vista, mordiéndose los labios con rabia.

—Es vuestra única oportunidad —añadió, aún cabizbajo—. Si no os entregáis, hundirán el barco y moriremos todos. Al menos así, podréis sobrevivir.

—¿Y qué... qué va a ser de vosotros? —preguntó Elsa, temerosa de la respuesta—. De Julie, del capitán, de ti...

En silencio, Jack alzó la mirada, escrutando por un momento a la alemana sin saber qué contestar.

—Hay que irse —murmuró en cambio, señalando la puerta—. Tenemos poco tiempo.

Sin embargo, ignorando sus palabras Elsa le tomó del brazo y, atrayéndolo hacia sí le pasó la mano por el cuello y le abrazó con fuerza. Un abrazo de disculpa y de despedida. Un inesperado gesto, que a Jack le pareció un prólogo apropiado antes de irse al otro barrio.

Cuando la alemana se separó del gallego, sus ojos verdes eran la viva imagen del desamparo.

—Todo va a salir bien —mintió el segundo del Pingarrón, acariciándole la mejilla con el dorso de la mano.

Los tres sabían que aquella frase vacía era lo opuesto a la realidad que les esperaba. Pero también sabían sin ningún tipo de duda lo que iba a suceder en los próximos minutos, dijeran lo que dijeran. Así que asintieron, fingiendo creerla.

—Está bien —dijo Helmut, carraspeando como para infundirse ánimos—. Vámonos. —Y encajándose las gafitas sobre la nariz, salió por la puerta del camarote en dirección a cubierta.

Cuando salieron al exterior, ya no estaban allí Julie ni César, y Jack rezó para que hubieran seguido su consejo y saltado al agua sin ser vistos.

—¡Magnífico! —exclamó el oficial de la Gestapo al verlos aparecer, dando inaudibles palmadas con sus manos enguantadas—. ¡Por fin logro encontrarles! Cuando me encomendaron la misión de llevarlos de vuelta a Alemania, jamás pensé que fueran a darme tanto trabajo. Pero al fin son míos, como no podía ser de otra manera. —Señaló el bote inflable en el que ya estaban subiendo cuatro soldados y añadió—: Ahora solo les ruego que esperen a que lleguen mis hombres para escoltarles hasta el submarino.

—Así que es usted —dijo Helmut entornando los ojos, con un tono de sospecha al fin revelada—. Había oído hablar de un capitán de la Gestapo albino y fanático, al que llamaban «el demonio blanco». Creí que era una invención del partido para asustar a los disidentes.

Al oír aquello, Jürgen Högel sonrió henchido de orgullo.

—Pues ya ve que no. El sobrenombre me lo puse yo mismo... y luego hice correr la voz. ¿Le gusta?

—Dicen que usted es un monstruo —le espetó el científico.

El capitán Högel, lejos de ofenderse, pareció complacido.

—Solo cumplo órdenes —alegó cínicamente—. Pero en cuanto estén a bordo de mi nave, los tres podremos hablar todo lo que quieran sobre mis métodos... y descubrir si están o no justificados.

Jack no pudo evitar mirar a Elsa, que a su vez miraba fijamente al oficial nazi con el gesto descompuesto. Empezó a sospechar que el futuro que podía esperarle a la espigada veterinaria podía no ser mejor que el suyo propio.

Inmediatamente comenzó a lamentar la decisión que había creído era la mejor, y mientras observaba cómo los cuatro soldados ya comenzaban a remar en dirección al barco, en su cabeza se dispararon toda suerte de planes disparatados que impidieran el trágico final, que parecía inevitable para todos.

Pero, inesperadamente, quién tomó la decisión de actuar fue el aparentemente pusilánime doctor Kirchner, que sacó del bolsillo de su pantalón una pistola y sin mediar palabra la apoyó en la nuca de Elsa.

Incapaz de comprender ni el cómo ni el porqué de aquello, Jack dio un titubeante paso atrás, como si así pudiera ganar una mejor perspectiva de aquel incomprensible gesto.

—¿Qué... qué hace? —balbució aturdido.

—Lo único que puedo —contestó Helmut, sujetando con manos temblorosas el Colt de Alex, que al parecer había robado de su camarote—. No puedo permitir que ninguno de los dos caigamos en sus manos —Y señaló con la cabeza el submarino—. La vida de millones de personas podría depender de ello.

—Pero esto es... es una locura. Tiene que haber otro modo.

—No lo hay, Jack —dijo Elsa, sorprendiéndolo aún más si es que eso era posible—. Si nos hacen volver, obligarán a Helmut y a mi padre a construir esa terrible arma que proyectan, y no quiero cargar con eso sobre mi conciencia.

Entonces Jack dio un paso al frente, dispuesto a arrebatarle el arma a Helmut, pero este se revolvió interponiendo a Elsa entre ambos, sin dejar de apuntarle a la cabeza.

—No trate de impedirlo —dijo el físico con el dedo en el gatillo, terriblemente alterado—. Ha de entender que es lo mejor para todos.

—Por favor, Jack —le suplicó Elsa, con el cañón de la pistola clavándose en su sien—. No lo hagas más difícil.

—¡Y una mierda más difícil! —estalló el gallego—. ¡Me cago en Dios y en todos los santos! ¡Ni se os ocurra hacer esa estupidez!

Los ojos de la alemana se humedecieron mientras dirigía su mirada hacia el bote cada vez más cercano.

—No hay más remedio.

—¡Aparte el dedo del gatillo! —gritó amenazando con el dedo a Helmut, que se veía obligado a sostener la pesada pistola con ambas manos.

—¡Vamos, dispare! —vociferó en cambio el nazi, riéndose sádicamente desde su submarino—. ¡No tiene lo que hay que tener!

—¡Cierre el pico, hijoputa! —rugió el gallego, volviéndose hacia él.

El capitán de la Gestapo volvió a reír con ganas.

—No será usted tan gallito cuando hunda su barco a cañonazos.

—Que te den por el culo —replicó Jack.

Y devolviendo su atención a los dos suicidas que tenía delante, insistió vehemente.

—Os equivocáis ¿No os dais cuenta? ¡Tiene que haber otro modo!

Elsa bajó los párpados y negó con la cabeza.

—Pero yo... te quiero... —esgrimió Jack como último argumento—. Te quiero, Elsa. Por favor... no lo hagas.

La alemana posó en el gallego unos ojos verdes desnudos de esperanza. En sus pómulos se trazaron dos pinceladas húmedas.

—Lo siento —musitó ella, acariciando el rostro del hombre—. Lo siento mucho.

Jack tomó aquella blanca y delicada mano entre las suyas, apretándola con desesperación, pero al alzar la vista pudo ver una inquebrantable decisión en las pupilas de la alemana y supo que ya nada podía hacer.

—Hazlo, Helmut —dijo entonces, volviéndose hacia el amigo de su padre y agarrando ella misma el cañón del arma, presionándolo con fuerza contra su frente.

—¡No! —gritó Jack.

Pero antes de que pudiera evitarlo, Helmut apretó el gatillo.

# 25

Clic.

El percutor golpeó con un chasquido metálico, pero su punta de acero no impactó contra el detonante del cartucho. La bala no salió del arma.

El científico se quedó mirando tontamente la pistola en su mano, incapaz de explicarse lo sucedido. Parpadeó un par de veces, perplejo, y alzó la vista justo a tiempo para descubrir cómo el segundo oficial del Pingarrón se abalanzaba sobre él con el rostro desencajado por la ira.

El gallego se lo llevó por delante sin ningún miramiento, aplastándolo contra las planchas de hierro del suelo y haciéndole soltar el arma con un bufido.

—¡Maldito desgraciado! —le increpó Jack, agarrándole de las solapas y sacudiéndolo como a un guiñapo— ¡Ha apretado el puto gatillo! ¡Iba a matarla!

—Yo, no —tartamudeó Helmut, mirando el Colt—. No he hecho nada. Yo...

—¡Porque no le quitó el seguro! ¡Pero iba a matarla! —repitió Jack poniéndose en pie, fuera de sí, mientras zarandeaba al hombre ratón—. ¡Apretó el puto gatillo!

—Pero...

Y justo cuando el marinero se disponía a propinarle un inapelable puñetazo, una terrible explosión sacudió el aire y Jack se lanzó cuerpo a tierra en un acto reflejo, llevándose de nuevo por delante a Helmut.

La cubierta del Pingarrón fue sacudida por la onda de choque y Jack comprendió que, a la postre, el capitán Högel había decidido no esperar más. Estaba cañoneándolos desde el submarino.

Y un único pensamiento acudió a su mente.

«Se acabó».

Levantó la cabeza, esperando encontrarse con la superestructura del Pingarrón hecha pedazos y envuelta en llamas.

Pero resultó no ser así.

Se puso en pie trabajosamente y paseó la mirada por la cubierta de la nave en busca del lugar donde había hecho impacto el proyectil. Pero no veía nada. Ni hierros retorcidos, ni fuego, ni siquiera humo.

«Es imposible que hayan fallado a esa distancia» —pensó—. «A menos que se tratase de un disparo de adverten...».

—¡Mirad! —el grito de Elsa le sacó de sus cavilaciones.

Se había olvidado de Elsa al centrar su ira en Helmut. Pero allí estaba ella. Asomada a la borda y señalando hacia el navío alemán, como si no hubiera estado a punto de morir pocos segundos antes.

—¡El submarino! —gritó de nuevo.

Jack siguió la línea que marcaba el largo brazo de Elsa, hasta posar los ojos sobre el navío alemán.

—¿Pero qué carallo...? —barbulló, aún más confuso si cabe.

Por un momento creyó estar viendo una escena de *Una noche en la ópera*, recreada por una docena de marineros alemanes admiradores de los hermanos Marx.

Corrían por la cubierta del submarino tropezándose unos con otros, abandonando precipitadamente sus puestos en el cañón y las ametralladoras, apelotonándose en las escotillas mientras un puñado de oficiales les gritaban desde la torreta tratando de poner orden en aquel manicomio.

Aunque, por supuesto, Jack no entendía una palabra de alemán, no hacía falta ser muy listo para deducir que aquellas prisas, la palabra *alarm* repetida a gritos y la sirena de inmersión que acababa de ponerse en marcha, indicaban que los alemanes tenían serios problemas. Una deducción que pasó al rango de certeza cuando fue evidente que el submarino comenzaba a escorarse por la popa y se hundía con rapidez, dando el tiempo justo a los últimos marineros a cerrar las escotillas tras ellos, en el instante en que la cubierta del sumergible desaparecía bajo el agua.

El último en guarecerse fue precisamente el capitán de la Gestapo, que desde lo alto de la torreta miraba en silencio en dirección al Pingarrón, y más concretamente a Jack, con un gesto a medio camino entre el odio y el desconcierto.

El oficial albino movió los labios, pero entre el estruendo de la sirena y el del aire que salía a borbotones de los depósitos de lastre del submarino, Jack no pudo oír lo que decía. Así y todo, no le quedaron muchas dudas del mensaje cuando, con el agua a punto de alcanzarle y justo antes de refugiarse como todos los demás en el interior de la nave, Jürgen Högel lo señaló con la mano enguantada y con un amplio e inequívoco gesto, se pasó el pulgar por el cuello como si se lo estuviera rebanando.

Solo treinta segundos después de que comenzaran las carreras y los gritos sobre la cubierta del U-Boot, el extremo superior de su periscopio se hundía con una erupción de burbujas, y toda huella de su presencia se esfumaba en un último remolino de agua, como si nunca hubiera estado ahí.

Para entonces, además de Jack, Elsa y Helmut se asomaban por la borda con idéntica expresión de incredulidad, sin entender tampoco lo que acababa de suceder ante sus atónitos ojos. Ninguno de ellos se acordaba ya de la angustiosa escena que habían protagonizado hacía menos de un minuto, y toda su atención se centraba en la superficie del mar, idéntica a otra cualquiera, que momentos antes había sido ocupada por un submarino de casi mil toneladas.

Tanto era así, que ni siquiera se dieron cuenta de cómo César y Julie salían a la carrera de la superestructura llevando la metralleta Thomson y una pistola automática respectivamente, y se asomaban a la borda con asombro, buscando con la mirada el submarino que debía estar ahí.

—¿Dónde se han ido? —preguntó César, confuso, oteando el horizonte.

Fue entonces cuando Jack se dio cuenta de la presencia de la pareja junto a él.

—¿Qué leche hacéis aquí? —les espetó, ceñudo—. Os di la orden de abandonar el barco.

—Con todo respeto, Jack —contestó el portugués, que se había anudado un pañuelo alrededor de la herida—. Ese plan tuyo era completamente estúpido, así que decidimos que era mejor entrar en el camarote de Marovic, coger sus armas y plantar cara al submarino nazi.

—Ya veo... plantar cara al submarino nazi con una metralleta y una pistola —dijo, echándole un vistazo a las dos armas de pequeño calibre—. Muy listo. ¿Y no pensaste en que tu mujer podía resultar muerta o herida?

—En realidad —arguyó, señalándola con la mirada—. La idea fue de ella.

El primer oficial iba entonces a sermonear a la francesa, que se había limpiado la sangre del rostro, cuando esta se adelantó repitiendo la pregunta que todos tenían en mente.

—¿Qué ha pasado? —preguntó mirando al frente— *Où est le sous-marin?*

Jack señaló con el pulgar hacia abajo, como un emperador dictando veredicto.

—Se han sumergido —aclaró—. Y no me preguntes por qué, porque no tengo ni idea. Nos tenían a tiro, estábamos a su merced y de repente... ¡Carallo, eso es! ¡La detonación!

—¿La detonación?

—¡Claro! —exclamó dándose una palmada en la frente—. Creí que había sido un cañonazo, pero ahora comprendo que no. ¡Ha tenido que ser una explosión en el mismo submarino! —Y barriendo el horizonte con la vista, y luego elevándola hacia el cielo mientras hacía visera con la mano, añadió—: Ha debido atacarles una torpedera inglesa o quizá un avión antisubmarino.

—Pues yo no veo a nadie —apuntó César, que imitándolo miraba en derredor, en busca de una estela en el agua o un punto en el cielo.

Sin embargo, fue Elsa la que apenas repuesta del dramático trance dio la voz de alarma al asomarse a la regala y descubrir, a solo unos metros del casco, un bote inflable con seis soldados alemanes y un oficial que, sin tiempo para regresar a su nave, al parecer se había quedado a medio camino entre el submarino nazi y el Pingarrón.

Los cinco tripulantes del carguero se asomaron por la borda, miraron hacia abajo y se encontraron con los rostros compungidos de los soldados que, sabiéndose sorprendidos y vulnerables en aquella ridícula barca inflable, no dudaron en tirar las armas al agua y levantar las manos en señal de rendición.

—¿Qué hago? —quiso saber César, que ya los apuntaba con la Thomson—. ¿Disparo?

Jack se acodó en la borda decidiendo la suerte de aquellos siete hombres, ahora indefensos, pero que habían sido enviados para matarlos.

—Según me han dicho —agregó César, que parecía deseoso de apretar el gatillo—, los nazis no les tienen demasiada simpatía a los de mi raza. Creo que sería de justicia darles un poco de su propia medicina.

—No todos los alemanes somos nazis, señor Moreira —le recordó Helmut, molesto, saliendo de su mutismo—. Ni siquiera los militares.

—Entonces se lo preguntaremos. —Inclinándose sobre la borda, vociferó mirando hacia abajo—: ¡Eh! ¡Los de la barca! ¿Sois nazis? *Hail Hitler?*

Los soldados alemanes intercambiaron unas breves palabras entre ellos y les faltó tiempo para contestar a voz en grito:

—*Nein! Wir sind keine Nazis! Hitler kaput!*

—¿Hace falta que lo traduzca? —preguntó Elsa—. Estos renegarían de su madre con tal de salvar la vida. Yo digo que nos los carguemos.

—¡Elsa! —la reprendió Helmut—. ¡Son alemanes como nosotros!

—Pues a ellos no creo que les hubiera importado ese detalle.

—¡Pero nosotros no somos así!

—Quizá es hora de que cambiemos.

—Ya basta —los interrumpió Jack, alzando la mano—. No vamos a disparar a nadie desarmado. Helmut, dígales que tienen cinco minutos antes de que empecemos a practicar puntería con ellos, así que ya se pueden dar prisa en saltar de la barca y nadar hacia la costa.

—¿De verdad va a dispararles? —preguntó el científico, confuso, antes de traducir—. Ha dicho que no lo haría.

—Y no voy a hacerlo —dijo, y justo cuando estaba dándose la vuelta, pareció que se le ocurría una última cosa—. Ah, y dígales que antes de saltar —añadió con una sonrisa maliciosa—, se quiten toda la ropa y la dejen en la barca. A ver qué explicaciones dan a los nativos bereberes cuando les vean salir del agua completamente desnudos.

Olvidándose de los soldados, Jack miró a su alrededor para hacerse una idea de la situación en la que se encontraban y de la que, como oficial al mando, era ahora responsable. Por desgracia, solo se le ocurrió una frase que pudiera definirla: «absoluto desastre».

El Pingarrón parecía un queso de gruyere, acribillado por no menos de cien impactos de ametralladora de grueso calibre. En el lado de estribor no quedaba ni una sola ventana u ojo de buey intacto, y una miríada de trozos de cristal se esparcían por toda la cubierta. La superestructura donde se encontraban los camarotes y el salón principal tenía tantos agujeros que dudaba que volviera a ser habitable, y la mitad superior de la chimenea, literalmente, había desaparecido, como si alguien le hubiera propinado un gran mordisco. El costado de estribor del casco también había sido cosido a balazos, algunos de los cuales atravesaban la plancha de acero y debían ser reparados de inmediato, pues estaban a pocos centímetros de la línea de flotación y podrían representar un serio problema en caso de levantarse oleaje. Aunque la peor parte sin duda se la había llevado el puente de mando, que ahora era un amasijo de maderas rotas, como si alguien hubiera lanzado una granada en su interior. Sin necesidad de acercarse a comprobarlo, supo que el timón, la radio y todos los instrumentos de navegación, ya eran historia.

Luego desvió la vista a la grúa y el cabestrante, que aparentemente no habían sufrido ningún impacto, y por último se acercó al compresor de aire, que había reventado a causa de un impacto directo y, sin necesidad de preguntarle a César, saltaba a la vista que ya no era más que un montón de chatarra.

La nefasta consecuencia de que hubieran destrozado el compresor estaba en la mente de todos, que unidos por un mismo pensamiento, se habían agrupado alrededor de la malhadada máquina como si fuera un ataúd y aquello un funeral.

Elsa fue la primera que reunió fuerzas para hablar.

—¿Cabe alguna posibilidad... —preguntó sombría, sabiendo de antemano la respuesta— de que ellos...? —Y no consiguió terminar la frase.

—Ninguna —negó César en el mismo tono lúgubre—. A esa profundidad, el aire del depósito de reserva no les habrá durado más de un par de minutos.

La alemana miró a Jack, interrogativa, buscando un resquicio para la esperanza en alguna parte. Incapaz siquiera de levantar la vista, desolado, el gallego negó en silencio con la cabeza corroborando la explicación del mecánico del barco.

—Y ahora —musitó Julie compungida—. ¿Qué vamos a hacer?

El que había pasado a ser capitán del Pingarrón se mantuvo en silencio un largo rato antes de contestar.

—No lo sé, Julie. No lo sé.

—¡Pues podríais empezar por echarme una mano! —gritó entonces una voz desde la proa.

Al instante las cinco cabezas se volvieron hacia allí, y atónitos vieron cómo un hombre alto y de pelo negro, completamente empapado, vestido con un grueso jersey de cuello vuelto y pantalones de lana, trataba de encaramarse con dificultad por encima de la amura de babor, pugnando por subir a bordo con un saco a la espalda.

Era como una extravagante versión marinera de Santa Claus, pero a destiempo y sin traje rojo ni renos a la vista.

# 26

Cinco pares de ojos incrédulos se clavaban en el hombre que acababa de poner los pies en cubierta y les sonreía de oreja a oreja, divertido ante la expresión estupefacta de la que aún era su tripulación, mientras se iba formando un gran charco de agua bajo sus pies.

—Pero bueno, ¿y a vosotros qué os pasa? —preguntó abriendo los brazos.

Eso pareció romper el hechizo —amén de convencerlos de que no era una aparición de ultratumba—, y como si alguien sí hubiera dado un pistoletazo de salida, los cinco se abalanzaron sobre Alex entre exclamaciones de alegría y retahílas de preguntas.

—¿De dónde demonios sales? —quería saber uno.

—¿Cómo es que estás vivo? —inquiría otro.

—¿Cómo has regresado a la superficie?

—¿Cómo has podido respirar si el compresor no funciona?

—¿Por qué has tardado tanto?

—Luego. Luego —repetía, alzando las manos—. Más tarde os lo explicaré todo. Pero antes, ¿estáis todos bien?

—Por los pelos, pero sí —confirmó Jack, echando un rápido vistazo a los demás—. No te imaginas por lo que hemos pasado aquí arriba.

—No hace falta que lo imagine. Estaba en el agua cuando os ametrallaron.

—¿En el agua? —preguntó Elsa—. ¿Dónde?

—Ya os daré los detalles —insistió—. Ahora ayudad a Marco a regresar a bordo, tenemos que marcharnos de aquí echando leches.

—¿Marco también está vivo? —se sorprendió César.

—Claro que está vivo. Aunque sigue en el agua, cabreado, y esperando a que le ayudemos a subir las bolsas.

—Un momento, ¿qué bolsas? —inquirió Jack—. ¿Quieres decir que habéis… que lo habéis…?

—Oh, sí, claro. ¿No os le he mencionado? —dijo fingiendo indiferencia—. Tenemos la máquina.

Durante un instante, un silencio escéptico reinó en la cubierta del carguero. Todos habían oído perfectamente las palabras del capitán, pero ninguno daba crédito a aquel giro de los acontecimientos. Y menos, al ser anunciado de aquella forma tan displicente, como de casualidad.

Solo unos minutos antes todos ellos se habían sabido firmes candidatos a cadáveres, y ahora, un hombre que pensaban que jamás iban a volver a ver, reaparecía de entre los muertos para comunicarles que acababan de convertirse en felices millonarios.

—No bromee con eso, capitán —le advirtió Julie, apuntándole con el dedo.

—¿Acaso tengo cara de estar bromeando?

—Pues la verdad es que sí.

—No tenemos tiempo para esto… —gruñó meneando la cabeza, y señalando el lugar por el que él mismo había subido, tomó de nuevo el mando de la nave impartiendo órdenes a sus tripulantes—. Venga, ayudad a Marco de una puñetera vez y luego levad anclas. Voy a cambiarme a mi camarote y para cuando salga, dentro de dos minutos, quiero que ya estemos en marcha y camino a Tánger. ¿Entendido?

Y dicho esto, se dirigió hacia la superestructura dejando tras de sí un reguero de agua, haciendo caso omiso de los cristales rotos y trozos de metralla desperdigados por el suelo. Mientras, el resto de la tripulación se asomaba por la borda y se encontraba con un malhumorado Marovic que, agarrado a dos bolsas impermeables que usaba como salvavidas, les conminaba desde el agua a que le lanzaran un maldito cabo.

Sin perder un instante y dando cumplida cuenta de las órdenes del capitán, en cuanto subieron al yugoslavo a bordo, César y Jack soltaron amarras y Julie puso rumbo a la cercana Tánger, adonde ya apuntaba la proa del Pingarrón para cuando Alex entró en el puente, con ropa seca y escrutando el horizonte con los prismáticos.

—Si busca el submarino —apuntó Julie, mientras manejaba desde la cabina del puente, ahora al aire libre, lo poco que quedaba de la rueda del timón—, se sumergió de repente tras una explosión. Creemos que fue atacado por una torpedera o un avión inglés procedente de Gibraltar.

Alex se apartó los prismáticos de la cara y miró a la francesa por el rabillo del ojo, estirando una sonrisa torcida.

—¿Ah sí? —preguntó interesado—. ¿Un avión inglés?

—Bueno, no pudimos verlo, pero c'est la única explicación razona… ¡Oh! ¡Ha sido usted! —exclamó con súbita comprensión, soltando ambas manos del timón y dando un paso atrás—. ¡Lo sabía! No me pregunte por qué, pero lo sabía.

—En realidad —alegó, meneando la cabeza—, lo hicimos entre Marco y yo. Y para ser justos, el mérito es más suyo que mío.

—Pero ¿cómo? ¿Cuándo?

—Luego —repitió por enésima vez—. En cuanto atraquemos y Jack haya terminado de revisar las bolsas, nos regalaremos una buena cena y os contaré todo lo que queráis saber. De momento —dijo, llevándose de nuevo los prismáticos a la cara—, solo quiero llegar a puerto antes de que aparezcan más invitados en este baile.

Tres horas más tarde, ya amarrados al pantalán del muelle sur y mientras en el exterior la noche se hacía dueña del puerto de Tánger, cinco hombres y dos mujeres reían a carcajadas, bebiendo y brindando alrededor de la mesa del salón de la nave, cubierta de fuentes y platos rebañados.

—¡Por nuestro capitán! —exclamaba Jack, sonrojado por el alcohol, alzando un vaso lleno hasta el borde de champán francés de contrabando—. ¡Por el hombre que nos ha hecho ricos a todos!

Helmut Kirchner, aunque imitando el gesto del gallego, lo miró de reojo y carraspeó sonoramente.

—¡Bueno, a casi todos! —rectificó el primer oficial con una sonrisa, y en el mismo gesto dedicó una mirada cómplice a Elsa que, en la neblina de la embriaguez, imaginó que era correspondida.

—¡Por el capitán! —repitieron algo más que achispados Julie, César e incluso Marco, que inusualmente risueño compartía con sus compañeros una alegría que, al fin y al cabo, era también la suya.

—Por vosotros. —Alex alzó la copa, mirándolos uno por uno, con el semblante serio que se le quedaba siempre cuando bebía—. La mejor y más valiente tripulación de la que un barco haya disfrutado jamás.

—¡Yujuuu! —aulló la francesa, antes de vaciar su vaso de un trago y golpear la mesa con él—. ¡Somos ricos! ¡Ricos! —Se volvió hacia su marido y le estampó un beso en los labios que lo tiró de la silla, provocando la risotada general.

—¡Polinesia! —rugió Jack, que ya se había vuelto a llenar el vaso y lo levantaba por encima de su cabeza—. ¡Allá voy!

—Nosotros —anunció César, mirando a su esposa mientras se reincorporaba— hemos pensado irnos a Brasil hasta que acabe la guerra. Y cuando Francia vuelva a ser libre he prometido a Julie que nos compraremos una casa en Niza, frente al mar.

—Ese también es un buen plan —valoró Jack, asintiendo—. Vaya que sí.

—Yo regresaré a mi tierra —intervino entonces Marco, en voz baja, mirando muy fijamente su vaso lleno, y que extrañamente aún no había tocado—. Les compraré una casa a mis padres, otra a mis hermanos y reformaré nuestra antigua granja para criar cerdos y vacas… y luego repartiré el resto entre los más necesitados de mi aldea natal.

Todos los que le escuchaban se quedaron mudos de asombro, impresionados por las buenas intenciones de aquel hombre al que habían creído perfectamente capaz de vender a su madre por una caja de cigarrillos.

—Eso… eso es muy bonito —murmuró Julie, conmovida—. Jamás hubiera pensado que tú…

Entonces Marovic levantó la mirada, exhibiendo una sonrisa marca de la casa.

—Pero claro —puntualizó muy serio—, eso será si me sobra algo después de tirarme a todas las putas que hay de aquí a Belgrado —Y se partió de la risa.

—Menudo cabrón —masculló Jack, meneando la cabeza—. Casi me llego a creer que eras una persona decente.

—Mira quién fue a hablar —replicó el mercenario—, el señor Polinesia. ¿Acaso vas allí a compartir tu fortuna con los nativos? ¿O solo con las nativas? —dijo mirando de reojo a Elsa.

—Con tu puta madre la voy a compartir —replicó el cocinero, poniéndose en pie de un salto vacilante.

—Ya basta —terció Alex alzando la mano, imponiendo paz—. Es estúpido ponerse a discutir a causa de un dinero que, os recuerdo, aún no tenemos.

—¿Qué quiere decir con eso, capitán? —preguntó César, con un rastro de inquietud—. ¿Prevé problemas?

—No, espero que no —se apresuró a señalar—. Pero no vendamos la piel del oso antes de cazarlo. Ya habrá tiempo de ponernos a contar el dinero a partir de mañana, cuando hayamos finiquitado el negocio.

—¿Ha concretado con el contacto de March el lugar y la hora del encuentro?

—Mejor —apuntó—. He contactado con Ahmed el Fassi y me ha confirmado que March ya está aquí, en Tánger. Me ha asegurado que trae el dinero y mañana por la noche nos encontraremos con él personalmente para el intercambio.

—¿Y cómo lo haremos? —quiso saber Jack—. El intercambio, me refiero.

—Mañana os daré los detalles —dijo Alex, quitándole importancia al asunto con un gesto—. Ahora, limitémonos a celebrar que estamos todos vivos, que no es poca cosa con lo que nos ha caído.

—Yo quiero escuchar la historia de cómo nos salvaste —intervino Julie, apoyados los codos en la mesa y mirándolo fijamente.

—¿Otra vez? ¡Si lo he explicado hace un momento!

—¡Pero yo estaba en capitanía sellando los documentos de entrada! —protestó la francesa— ¡Cuéntelo otra vez!

—¡Que lo cuente! ¡Que lo cuente! —corearon los demás entre risas etílicas.

Riley dio un largo trago hasta vaciar su vaso y se rascó la barba de varios días antes de hablar, como si estuviera haciendo memoria de un hecho acontecido años atrás.

—En fin... —empezó a decir—. Como ya he dicho antes, Marco y yo estábamos a punto de salir del camarote cuando escuchamos el cercano sonido de una hélice en el agua. Entonces me asomé por un ojo de buey y vi cómo pasaba justo por delante de la ventanilla un submarino alemán.

—¿Ya sabía que era el de la otra vez?

—¿Cómo iba a saberlo? Pero en cualquier caso era una amenaza, lo cual se confirmó en cuanto vi que se detenía y comenzaba a ascender. Las probabilidades de supervivencia de nosotros dos —señaló a Marovic y a sí mismo—, metidos en aquel barco a treinta metros bajo el agua y a punto de cumplirse el tiempo de inmersión, se reducían a cada segundo que pasaba, y no se me ocurría nada para evitarlo. Pero entonces, cuando ya nos daba por muertos, Marco me confesó que a pesar de mis órdenes había bajado un cartucho de dinamita al pecio, metido dentro de su traje.

—Hay que ser burro… —rezongó Jack—. En una atmósfera a presión, la dinamita es extremadamente volátil.

—Eso mismo le dije yo —apuntó Alex con una mueca—. Pero según él, lo llevaba por si la sierra submarina volvía a estropearse. Aunque esa estupidez, al final resultó ser la salvación de todos nosotros —hizo un nuevo gesto hacia el yugoslavo—, y es justo que se lo reconozcamos.

Una salva de agradecimientos —más o menos entusiastas— volvieron a granizar sobre el mercenario que, poco acostumbrado a los elogios, correspondió con un fruncimiento de labios, al que había que echar mucha imaginación para entenderlo como una sonrisa.

—El caso —prosiguió, dirigiéndose a la piloto— es que se nos ocurrió detonar el cartucho en el exterior del depósito de lastre del submarino, donde el casco es más fino, y así se hundiría de inmediato. El problema, claro, era cómo llegar hasta la superficie.

—Y es entonces —recordó el doctor Kirchner— cuando ustedes deciden despojarse de los trajes de buzo.

—Bueno, despojarnos no es la palabra que yo usaría. En realidad no teníamos tiempo para hacerlo, así que simplemente los cortamos por la mitad con nuestros cuchillos y los dejamos ahí. Luego, solo hubo que nadar bajo el agua con las bolsas, a las que extrajimos todo el aire que nos fue posible para que no estorbaran, y en menos de tres minutos salimos a la superficie, justo detrás del submarino.

—Un momento —intervino César, levantando un dedo—. Lo que no comprendo es cómo aguantasteis la respiración tanto tiempo. ¿No os faltó el aire?

—En realidad, el problema era exactamente el contrario: el exceso de aire.

—¿Cómo dice?

—Verás... tienes que pensar que el aire que estábamos respirando era el contenido en el camarote, a cuatro atmósferas de presión. De modo que en cuanto comenzamos a emerger, este mismo aire, que era el que llevábamos en los pulmones, comenzó a expandirse rápidamente multiplicando por cuatro su volumen y amenazando con hacernos estallar como un globo.

—¿Y cómo lo solucionasteis? —inquirió Julie, intrigada.

—Fácil —contestó con un guiño—. Cantando.

—No, en serio.

—Lo digo en serio —replicó, rellenando el vaso con más champán—. La mejor manera de deshacerte del exceso de aire mientras emerges es mirar hacia arriba, abrir la boca y decir «Aaaaaa...» hasta que sales a la superficie. Así que eso es lo que hicimos, y mientras los nazis estaban entretenidos con vosotros...

—Querrás decir —lo interrumpió su segundo— entretenidos en dispararnos.

—No pudimos evitarlo, si es eso a lo que te refieres. Pero en cuanto emergimos al otro lado del submarino, sin que nadie se apercibiera de nuestra presencia, Marco se alejó todo lo que pudo con las bolsas, yo coloqué la dinamita... y el resto ya lo sabéis.

—¡Pum! —escenificó la francesa, haciendo explosión con las manos.

—Eso mismo.

—¿Crees que volveremos a verlos? —preguntó Jack, poniéndose repentinamente serio.

—Ni idea —admitió—. Pero sinceramente, espero que no, porque si nuestro amigo de la Gestapo consigue salir de esta... —torció el gesto, acercándose el vaso a la boca— creo que va a estar muy, pero que muy cabreado con todos nosotros.

# 27

Eran las nueve de la mañana del día siguiente, cuando en el camarote del capitán del Pingarrón dos hombres estudiaban detenidamente lo que habían logrado rescatar del Phobos a costa de tanto esfuerzo.

Apiladas sobre el camastro, media docena de bolsas de tela anudadas con cordel contenían las carpetas, cuadernos y hojas sueltas recuperadas: centenares de páginas escritas en alemán cuyo contenido desconocían. Ignoraban el valor que aquellos documentos podían llegar a tener, pero esperaban sacar a March un buen dinero por ellos.

—Deberíamos mostrárselos antes a Helmut y Elsa —dijo Jack, ojeroso, de pie en medio de la habitación mientras sostenía una taza de café humeante.

—No creo que sea buena idea —opinó Alex, retrepado en su silla con los brazos cruzados.

—¿No te fías de ellos? —preguntó su segundo.

—No, no es eso.

—¿Entonces?

—Verás… —dijo rascándose el puente de la nariz—. En este caso en concreto, con tanto secretismo y cabos sueltos, saber más de la cuenta podría ser perjudicial para nuestra salud.

—¿Qué quieres decir?

—Imagina que echamos un vistazo a esos documentos y averiguamos que son muy valiosos. ¿Qué le diríamos a March si este nos asegura que no valen nada? ¿Que los hemos leído de cabo a rabo y sabemos algo que quizá no deberíamos? —preguntó con una mueca sardónica—. Es un riesgo que no vale la pena correr, Jack. Y además —añadió, señalando la caja de madera que descansaba sobre la mesa—, no olvides que nuestro encargo era recuperar la máquina y es por ella que nos pagarán una fortuna. Le venderemos ese montón de papeles por el dinero que nos ofrezca y nos olvidaremos del asunto —concluyó—. Prefiero no complicarme la vida más de lo imprescindible.

El gallego sopesó las palabras de su capitán frunciendo el ceño.

—Quizá tengas razón. Pero, aun así, no nos haría ningún mal saber a qué atenernos, ¿no crees? Solo hemos de ser discretos. ¿Es que acaso no sientes curiosidad?

—Sí, como el gato del refrán. Y ya ves cómo acabó.

—Vamos, Alex. ¿Y si tuviéramos ahí —insistió, mirando hacia la cama— las notas del colegio de Hitler o sus planes para invadir Inglaterra? ¿No querrías saberlo? Podrían valer muchísimo dinero. Quién sabe si más incluso que ese trasto.

Riley miró a su amigo, luego a las bolsas de tela y finalmente asintió.

—Está bien —admitió de mala gana, poniéndose en pie—. Pero te doy dos horas, ni un minuto más. Y bajo ningún concepto —le advirtió muy serio—, podrán sacar un solo papel de este camarote.

—Por supuesto.

—En fin... —bufó, dirigiéndose a la puerta— me voy arriba a tomar algo. Te hago responsable de todo esto.

Y salió de la habitación murmurando:

—Ojalá no tenga que arrepentirme.

No había pasado ni una hora, que Julie subía por la escala del puente saltando los peldaños de dos en dos.

—*Capitaine!* —exclamó irrumpiendo en el salón—. ¡Tiene que bajar enseguida!

—¿Qué pasa? —inquirió este alarmado, levantándose de golpe de la mesa de mapas—. ¿Nos atacan?

—No, no es nada de eso —le tranquilizó, bajando el tono—. Jack quiere que vaya a su camarote enseguida.

—¿Jack? ¿Por qué?

Y sin molestarse en contestar, la francesa se dio la vuelta y corrió escaleras abajo, dando por hecho que Alex iría detrás.

Este, sin embargo, se quedó un instante pensativo con una carta náutica en una mano y en la otra una copa de jerez que acababa de servirse.

—Ya me estoy arrepintiendo —gruñó bajando la cabeza, y dejó la copa de vino sobre la mesa como quien abandona a un hijo.

Para cuando llegó a su camarote, exceptuando a Marovic, la tripulación al completo ya estaba en él, arremolinados junto al escritorio.

—¿Alguien puede explicarme qué diantres está pasando aquí? —inquirió con los brazos en jarras.

Todos se dieron la vuelta al unísono, pero nadie se tomó al pie de la letra la pregunta.

—Alex —dijo su segundo, acercándose y tomándolo del brazo—. Tienes que ver esto.

—¿Esta es tu idea de ser discreto? —preguntó malhumorado, aunque dejándose llevar.

—Olvídate de eso —desdeñó la protesta con un gesto—. A ver, doctor Kirchner, repita lo que me ha explicado antes.

El primer oficial plantó a Riley frente al científico alemán, que a su vez estaba de pie junto a la mesa del escritorio escoltado por Elsa.

—A petición del señor Alcántara —dijo este—, Elsa y yo vinimos a examinar los documentos que rescataron del Phobos, la mayoría de los cuales, he de añadir, son de carácter militar y llevan el sello de máximo secreto.

—Al grano, doctor.

—Sí, claro... —carraspeó—. Pues mientras estudiábamos los citados documentos, el señor Alcántara me mostró el aparato que piensan vender, por si yo sabía lo que era... y cuál no fue mi sorpresa al descubrir que se trataba, nada más y nada menos —aquí hizo una pausa teatral, apoyando la mano sobre la caja de madera que contenía el artefacto— de una máquina Enigma.

Si esperaba una dramática reacción por parte del capitán, se debió quedar con las ganas, pues este miró la caja y luego al físico, expectante.

—De acuerdo, es un enigma —dijo, al ver que la revelación terminaba ahí—. ¿Eso es todo?

—No, no me entiende —dijo el hombre sonriendo—. Esta máquina se llama Enigma.

—¿Para esto me llamáis? —gruñó, volviéndose hacia Jack—. ¿Para decirme que habéis bautizado a una máquina de escribir?

—Joder, qué corto eres —replicó Jack, y levantando la tapa de madera, dejó a la vista un sello metálico en su parte interior y en el que hasta el momento no habían reparado. En él se podía leer claramente la palabra ENIGMA enmarcada dentro de un pequeño óvalo.

Alex le prestó atención al detalle durante solo un momento.

—Muy bien —admitió al cabo—. Se llama Enigma, ¿y qué?

—Acláreselo, Helmut —intervino Elsa, que permanecía a su lado muy circunspecta.

—Verá —dijo recolocándose las gafitas, haciendo caso a la joven—. En realidad, esto no es ni mucho menos una máquina de escribir. Se trata de un sistema de encriptación codificada usado por el ejército y la marina alemana, diseñado para enviar órdenes desde Berlín a cualquier unidad, nave o submarino en cualquier lugar del mundo en que se encuentren. Un sistema de comunicación total y absolutamente indescifrable para los aliados.

—¿Enprictación codificada?

—Encriptación codificada —corrigió Helmut—. Aunque para ser precisos, el término exacto sería encriptación cifrada.

—Me estoy perdiendo.

—La máquina Enigma —dijo inclinándose sobre el artilugio— es un mecanismo portátil capaz de cifrar cualquier mensaje, haciéndolo incomprensible para cualquiera que lo reciba y no tenga una máquina exactamente igual a esta. Es la piedra angular en la que se basan todas las comunicaciones del Tercer Reich, y una de las razones por las que Alemania está ganando esta guerra. No se deje engañar por su inofensivo aspecto —concluyó, dándole un golpecito con el dedo—. Esta de aquí es actualmente el arma más poderosa del arsenal de Hitler.

—¿Se burla de mí? —preguntó, observando de nuevo aquella vulgar caja de madera que contenía un aparato negro sembrado de teclas, con cuatro ruedas dentadas y un par de interruptores en su parte superior.

—En absoluto —intervino de nuevo Elsa, poniéndole todo el énfasis—. Si esta máquina cayera en manos aliadas, los nazis perderían la que, a día de hoy, es quizá su mejor baza en esta guerra.

Pasó un minuto largo antes de que el capitán Riley procesara aquella inverosímil revelación, y aún albergaba muchas dudas cuando volvió a dirigirse al científico alemán.

—Y usted, ¿cómo sabe tanto de este aparato? —inquirió con suspicacia—. Pensaba que su especialidad era la física.

—Oh, eso es fácil de explicar. En el laboratorio de Peenemünde teníamos uno igual.

—¿En su laboratorio? Creí que había dicho que era un aparato de uso militar.

—Y lo es. Por eso, en cuanto las SS tomaron el control del proyecto y lo clasificaron como «Alto Secreto», instalaron uno en la sala de radio para comunicarse directamente con su cuartel general en Berlín. De ese modo nadie podía interceptar nuestros mensajes, ni averiguar cuán adelantadas estaban nuestras investigaciones en el campo de la física nuclear.

—¿Y está completamente seguro de que este trasto es igual al que tenían allí?

—Sin ningún tipo de duda —afirmó, tajante.

—Entiendo… —murmuró pensativo, pasándose la mano por la barbilla.

—Pero eso no es todo —intervino de nuevo Jack—. Hemos… ellos han encontrado algo más, entre los papeles que subimos a bordo.

—¿Algo más?

—En realidad un par de cosas —se adelantó a contestar Helmut—. Una es la identidad del ocupante del camarote —y desdoblando un documento de identificación militar, añadió—: el coronel de las SS, Klaus Heydrich.

—¿Todo un coronel de las SS solo para cuidar de ese trasto? —apuntó Alex, estudiando la foto del documento, en el que aparecía un hombre engominado y de aspecto anodino, con el uniforme negro de las *Schutzstaffel*.

—Bueno, quizá no fuera esa su misión. Puede que solo se tratara de un pasajero, y que él o la Enigma tuvieran otro destino, vaya usted a saber. Aunque… —agregó Kirchner, quitándole importancia a ese hecho con un ademán— tampoco creo que tenga mayor importancia. Lo verdaderamente interesante…

—Lo verdaderamente interesante —lo interrumpió Elsa, exhibiendo una arrugada hoja de papel escrita a máquina— es esto.

La atención de los presentes se dirigió hacia la alemana y la hoja que sostenía con el omnipresente membrete de las SS.

—Se trata de una página suelta —indicó—, que debe de pertenecer a un documento más extenso y que, o está en medio de ese revoltijo —dijo señalando a lo que ahora era una desordenada montaña de papeles sobre la cama—, o se quedó en el Phobos. Pero lo que dice en ella… —añadió con preocupación.

Alex alzó las cejas en una muda pregunta, al ver que no se decidía a continuar.

—La encontré por casualidad —prosiguió casi excusándose, pasados unos segundos—. Iba a dejarla a un lado, cuando me llamó la atención el encabezado.

Señalando con el dedo el punto exacto, les mostró a lo que se refería.

—¿*Apokalypse Operation*? —preguntó el capitán con extrañeza, releyendo varias veces aquellas dos palabras impresas en abigarrados caracteres germánicos—. ¿*Apokalypse* significa… lo que parece?

—Exacto —asintió la alemana—. Y diría que es el título de un documento mucho más extenso.

Dicho esto, se quedó en silencio de nuevo, mirando pensativa el papel que sostenía entre las manos.

Alex se cruzó de brazos con impaciencia.

—¿Y qué más?

—Oh, perdón —se excusó con un leve sobresalto—. Es que aún sigo dándole vueltas a su significado, tratando de… Mejor se lo explico.

—Eso estaría bien.

—Verá, capitán. Ha de entender que se trata de una sola página, y que solo una parte de la información es comprensible. Pero a pesar de ello, resulta… resulta muy inquietante.

—¿Siempre da tantos rodeos para decir las cosas?

—En este documento —afirmó poniéndoselo frente a la cara— se menciona un inminente ataque por mar. Una operación secreta —dijo, acelerando la explicación, como si quisiera soltarlo todo lo antes posible para quitárselo de encima— orquestada por las SS contra la ciudad de Portsmouth. Una operación que, según dan a entender, tendría un efecto devastador y llevaría al tercer Reich a la victoria absoluta en la guerra.

Esta vez fue Riley quien se quedó callado, de nuevo expectante.

—¿Y ya está? —preguntó finalmente, al ver que la exposición se acababa ahí—. ¿Una página donde se alude a un plan alemán, para atacar una ciudad de la costa sur de Gran Bretaña? Menuda novedad. ¿Os he de recordar que ambos países están en guerra y llevan ya un par de años bombardeándose el uno al otro?

—Esto es diferente —sentenció Elsa.

—¿Por qué?

—Déjeme que le lea un fragmento —dijo, buscando un pasaje en concreto—: «... nuestros científicos estiman que la mortandad será de más del 90% en la población que quede expuesta a la *wunderwaffe*»

—¿Qué es eso de *wunderwaffe*? —la interrumpió Julie.

—No se me ocurre ninguna traducción exacta —repuso, levantando un instante la vista de la hoja—, pero *wunderwaffe* sería algo así como «arma maravillosa».

—Esos nazis... —barruntó—. Son pomposos hasta para ponerle nombre a las cosas.

La alemana se encogió de hombros, no tenía respuesta para ello.

—Prosigo —dijo a continuación—. «El impacto de esta nueva arma será tan definitivo que los aliados se verán abocados no ya a la rendición, sino a su completa aniquilación». —A continuación levantó la vista hacia el capitán—. ¿Qué le parece?

Alex parecía poco impresionado.

—Pues me parece que a los nazis les encanta exagerar... —dijo encogiéndose de hombros—. Con que la mitad de sus fantásticos planes fueran ciertos, habrían ganado la guerra hace ya tiempo.

—¿Quiere decir que no cree lo que pone aquí? —replicó ella, señalando el párrafo que acababa de leer—. ¡Pero si lleva el anagrama de las SS!

—¿Y qué? Sabes tan bien como yo que vuestro Führer está como un cencerro. Cualquiera que le vaya con un estrambótico plan para dominar el mundo es tenido en cuenta, y las SS no hacen más que seguirle la corriente a su jefe. Sinceramente, no me creo una palabra de ese presunto plan apocalíptico.

—¿Y si fuera verdad? —preguntó Jack a su espalda con inquietud—. ¿Y si esta vez no fuera una fanfarronada?

—¿Un ataque por mar contra Portsmouth que va a aniquilar a los aliados? —Riley se volvió con los brazos en jarras—. ¿Lo dices en serio?

—Quizá sea algo exagerado —admitió el segundo—. Pero si no recuerdo mal, en esa ciudad se encuentran los mayores astilleros de la Royal Navy. Un ataque alemán a ese puerto podría tener consecuencias muy graves para los británicos.

—¿Y acaso te crees que ese puerto no ha sido atacado ya? Los alemanes llevan dos años bombardeándolo desde el aire, pero está tan protegido por mar que ningún submarino alemán ha podido acercarse a menos de veinte millas.

—Bueno —intervino César—. Quizá los nazis han inventado una forma de camuflar sus U-Boot para no ser detectados y consigan llegar hasta el mismo puerto. De hecho, he oído rumores de que están cubriendo los cascos de algunos submarinos con caucho para absorber las ondas de sonar, haciéndolos casi indetectables bajo el agua.

Riley miró al mecánico sin poder disimular la impaciencia que le producía aquella conversación.

—Eso no importa —insistió—. Los astilleros están en tierra, y aunque lograran infiltrar un submarino, lo más que alcanzarían sería a torpedear algún barco antes de ser destruidos. Sería un golpe inesperado a la moral de la Royal Navy, como lo de Scapa Flow hace un par de años, pero desde luego no tendría una importancia relevante en el transcurso de la contienda.

—Entonces —quiso saber Julie— ¿las referencias a la aniquilación de los aliados, o esa nueva arma jamás vista antes por el ser humano...?

—Olvidaos de eso —replicó Alex con contundencia—. Pura propaganda nazi. Os garantizo que no existe ningún arma capaz de hacer lo que ellos dicen. No hay nada que ni siquiera se acerque a...

—Capitán Riley —carraspeó Helmut—, eso que dice quizá no sea del todo cierto.

Todos los presentes se volvieron hacia el científico.

—¿Se acuerda de lo que les expliqué hace unos días sobre el Proyecto Uranium?

Alex tardó un instante en contestar, rememorando aquella conversación.

—Lo recuerdo —afirmó al cabo—. Aunque también recuerdo que dijo que de momento aquello era pura teoría y aún faltaba mucho tiempo para poder llevarlo a la práctica.

El alemán adoptó un aire contrito.

—Eso es lo que yo creía —confesó con tono de disculpa—, pero tras leer ese documento he empezado a pensar que quizá estuviera equivocado. No sería la primera vez que Hitler mantiene a varios equipos de investigación trabajando en el mismo campo sin tener conocimiento unos de otros. Por ejemplo, el profesor Heisenberg lleva años estudiando la mecánica cuántica y las radiaciones que...

—Un momento, doctor —lo interrumpió Jack—. ¿Nos está diciendo que quizá Hitler tiene ya en su poder una de esas bombas atómicas de las que nos habló, capaces de destruir ciudades enteras?

—Esta mañana le habría dicho que eso es imposible —contestó, quitándose las gafas y enjugándose el sudor de la frente con el pañuelo—. Pero ahora, tras leer este documento... la verdad, ya no sé qué pensar.

—Entiendo —murmuró el primer oficial con preocupación—. Y dígame, doctor Kirchner. De ser factible esa bomba, ¿qué efectos tendría sobre una ciudad de tamaño medio como Portsmouth?

—¿Efectos? Pues dependería de la cantidad de uranio enriquecido que se usara, pero un explosivo nuclear pequeño arrasaría completamente la ciudad en un radio de dos o tres kilómetros desde el punto de detonación, y en diez kilómetros a la redonda difícilmente quedaría alguien con vida debido a la radiactividad. Una radiactividad que luego se filtraría en la tierra, haciendo el lugar inhabitable durante años.

—¿Me está hablando de una sola bomba?

—De una pequeña —le recordó Helmut.

—*Meu Deus...* —musitó César, santiguándose.

—No puedo creer —apuntó Julie tras recobrar el habla— que alguien se plantee utilizar un arma de ese tipo contra una ciudad. Es... inhumano.

—Es la guerra —apuntó Jack en voz muy baja—. Lo inhumano sería no utilizarla.

Elsa sin embargo, de pie a su lado, sí que pudo oírlo.

—Eres un cínico —le recriminó, clavándole sus ojos verdes.

El gallego no se molestó en contradecirla.

—Y esa bomba «pequeña» —insistió con su interrogatorio— ¿qué tamaño cree usted que debería tener? ¿Como una maleta? ¿Como un coche?

—No sabría decirle... Piense que hasta hace una hora, no habría creído siquiera en su existencia.

—Por favor —le apremió—, especule. ¿Qué tamaño debería tener para causar los efectos que describe?

El doctor Kirchner respiró hondo y se quedó mirando el techo del camarote.

—El uranio 235 necesario para lograr una masa crítica sería relativamente poco —apuntó, pensativo—, unos pocos kilos quizá. Pero el mecanismo para hacerlo explosionar tendría que ser forzosamente complejo, pesado y lo bastante grande como para evitar la pérdida de radiación antes de detonarlo. Si tuviera que adivinar, imagino que en total no pesaría menos de veinte o treinta toneladas.

—¿Como una casa entonces?

Helmut le dedicó una mirada evaluadora al segundo de a bordo.

—Más bien como un camión. Y si lo que me está preguntando es si un explosivo nuclear cabría en un submarino, la respuesta es que sí. Es perfectamente posible.

—¿Capitán? —preguntó entonces Julie, tratando de sacar a Alex del profundo silencio en que se había sumido.

—¿Sí? —contestó levantando la vista.

—¿Qué vamos a hacer?

Alex compuso una expresión de extrañeza.

—¿Hacer? ¿A qué te refieres?

—Julie quiere saber —apuntó Jack— qué vamos a hacer ahora que sabemos... lo que sabemos.

—En realidad, no sabemos nada —repuso Riley—. Todo lo que tenemos son meras especulaciones, así que seguiremos con el plan previsto.

—No puedes hablar en serio.

—¿Te apuestas algo?

—Pero si no avisamos a los ingleses... —musitó César.

Alex meneó la cabeza contrariado, molesto por aquel inesperado debate.

—Nos han contratado para hacer un trabajo —afirmó, elevando la voz—. Un trabajo por el que nos van a pagar muy bien y que pienso cumplir a rajatabla. Así que me trae sin cuidado que ese aparato Enigma sea el secreto mejor guardado de los nazis, o que exista una remota posibilidad de que vayan a atacar Gran Bretaña con su superbomba. Esta misma noche —prosiguió, llevándose las manos a la espalda— le venderemos todo este material a March a cambio de un millón de dólares. Lo que él haga luego con todo ello ya no será mi problema. Ni tampoco el vuestro.

—Pero, capitán —replicó Julie—. Nos contrataron para rescatar la Enigma de un barco corsario, justo frente a las narices de la base británica de Gibraltar, cosa que habría resultado imposible para un barco alemán. Sin duda, eso apunta a que una vez se la entreguemos a March, este se la revenderá junto al resto de documentos a sus amigos del Tercer Reich.

—En cierto modo —remarcó Jack—, se puede decir que hemos estado trabajando para Hitler.

Alex Riley miró a sus tripulantes uno por uno, escrutando sus expresiones.

—¿Adónde queréis ir a parar?

El primer oficial se aclaró la garganta antes de tomar de nuevo la palabra con gesto solemne.

—Creo que hablo en nombre de toda la tripulación —dijo—, e incluso de nuestros dos pasajeros, si sugiero que deberíamos replantearnos la venta de la máquina Enigma a Joan March y alertar a los británicos sobre el posible ataque sobre Portsmouth.

El capitán del Pingarrón entrecerró los ojos.

—¿Y por qué crees que debería hacer algo así?

—A mi entender… —arguyó el gallego— porque tenemos una responsabilidad que no podemos ignorar. Ya has oído al doctor Kirchner. Lo que decidamos aquí, quizá podría alterar el curso de la guerra.

—Eso no es asunto tuyo. Ni mío.

—Carallo, Alex. Te estoy hablando de salvar millones de vidas. De derrotar al totalitarismo. ¿No es eso por lo que luchamos en la guerra civil española?

—Exacto —dijo dando un paso hacia su segundo—. Luchamos, en pasado. Yo ya cumplí mi parte, ahora que se maten otros. Esta guerra ya no es la mía.

—¡Pero es la misma!

—No para mí.

Por un instante los dos camaradas de armas se miraron cara a cara en silencio, desafiantes.

—Maldita sea —negó el gallego con la cabeza, bajando la mirada—. No te reconozco.

—Ni falta que hace. Basta con que me obedezcas.

—*Mon capitaine… s'il vous plaît…*

—¿Tú también, Bruto? —gruñó, contrariado—. ¿Es que ninguno de vosotros tiene dos dedos de frente? Estamos a punto de cerrar el negocio de nuestras vidas y de repente os entran escrúpulos. ¿Qué demonios os pasa? Somos contrabandistas, no soldados ni agentes secretos. Si queréis luchar por las libertades y la democracia, podéis marcharos ahora mismo y alistaros, no seré yo quien os lo impida. Pero mientras permanezcáis en este barco —hizo una pausa para mirarlos uno a uno—, trabajaréis para mí y cumpliréis mis órdenes sin rechistar. ¿Está claro?

—Capitán... —terció César con cautela— pero si este aparato Enigma es tan importante como dice Helmut, también podríamos vendérselo a los aliados, quizá incluso por más dinero todavía. Y además, si la información que tenemos sobre ese submarino es cierta y logran detenerlo gracias a nosotros, hasta seríamos unos héroes.

Riley se volvió hacia el mecánico con impaciencia.

—Ricos y héroes, ¿no? —repitió, sarcástico—. Y dime, César. Cuando March descubra que le hemos traicionado y nos pegue un tiro en la cabeza a cada uno, ¿prefieres que te entierren o que te incineren con el dinero y las medallas?

—Podríamos marcharnos muy lejos de aquí.

—¿Muy lejos? —Soltó una carcajada seca, desabrida—. ¿Escondernos de uno de los hombres más ricos del mundo y que, además, trabaja para los nazis? ¿Adónde irías? —Y paseando una mirada inquisitiva por los presentes, insistió—: ¿Dónde iríamos todos? Vamos, decidme, ¿a la Luna?

Esta vez nadie se atrevió a replicar. Un tenso y espeso silencio se adueñó del camarote, y ninguno de ellos hizo amago de hablar, o siquiera de moverse.

—Disculpe, capitán Riley —murmuró Helmut, terriblemente cohibido—. Sé que solo soy un pasajero que le he creado muchos y graves problemas, y que por supuesto no tengo voz ni voto en sus negocios.

—Hasta ahí estamos de acuerdo —rezongó Alex cruzándose de brazos, imaginando lo que iba a venir a continuación.

—Pero no puedo dejar de señalar —prosiguió aquel, en tono mesurado—, al margen de los peligros o beneficios económicos que ello pueda suponer, que sería un gran golpe contra los nazis el que este aparato llegara a manos aliadas. O por lo menos, hacerles llegar la información que hemos descubierto.

—Piensa en todo el bien que podrías hacer —recalcó Elsa, apoyando la mano en su brazo—. Salvaríamos millones de vidas en ambos bandos.

Riley respiró hondo y luego suspiró bajando la cabeza, meditabundo.

—¿Sabe qué? Tiene usted razón, doctor Helmut —afirmó con voz cansada.

—Eso creo. Yo diría que…

—Tiene usted razón —lo interrumpió— en que en este barco ni usted ni Elsa tienen ni voz ni voto. Así que espero no volver a oír ninguna sugerencia, propuesta o consejo de su parte —dijo mirando gravemente a los dos pasajeros alemanes— sobre lo que debería o no debería hacer en mi barco. ¿Está claro?

Helmut rehuyó sumiso la mirada, Elsa alzó la barbilla desafiante y la tripulación permaneció en silencio, sabiendo que nada de lo que pudieran decir cambiaría la decisión de su capitán.

# 28

Tras la tensa discusión, Alex despachó a todos excepto a Jack, con quien de nuevo se quedó a solas en el camarote.

—¿Estamos juntos en esto? —preguntó muy serio el capitán a su segundo—. Necesito saber si estás al cien por cien conmigo, Jack. Nos va el pellejo.

—Sabes que sí —murmuró.

—Joaquín…

—Carallo, sí —replicó, malhumorado—. Claro que sí. Y como vuelvas a preguntármelo me vas a cabrear.

—De acuerdo, de acuerdo… —admitió, levantando las manos apaciguador—. Solo quería estar seguro.

—Pues ya lo estás —replicó, zanjando el tema—. ¿Cuándo y dónde será la entrega?

—Mañana a las ocho de la tarde, en la suite presidencial del hotel El Minzah. Pero antes necesito que hagas otra cosa.

—Tú dirás —rezongó, cruzándose de brazos.

—Quiero que te escabullas hasta el muelle sin que nadie te vea, luego subas a un taxi y te presentes en el consulado británico de Tánger, donde entregarás a la atención del cónsul el documento que ha encontrado Elsa —dijo al tiempo que lo ponía en su mano—. Luego regresarás al barco evitando que te sigan. ¿Alguna pregunta?

El gallego echó una mirada de reojo a Alex, evaluando largamente si su capitán le estaba tomando el pelo o sufría de un trastorno de doble personalidad.

Al final, sin llegar a decidirse por ninguna de las opciones, solo alcanzó a preguntar:

—¿Qué?

—Ya me has oído, Jack. Quiero que alertes a los ingleses del posible ataque alemán a Portsmouth. Pero eso sí —le advirtió con el dedo—: ni una palabra sobre la máquina Enigma o sobre cómo hemos conseguido este documento. Limítate a entregárselo y advertirles que es de suma importancia, nada más.

—Pero... —balbució, señalando a su espalda con el pulgar—. ¿Por qué antes has...?

—¿Te preguntas por qué he montado el numerito? Demonios, Jack, piensa un poco. Vamos a cabrear a mucha gente, gente con muy mal perder, dicho sea de paso. Cuantos menos sepan lo que vamos a hacer, mucho mejor. No quiero arriesgarme a que alguien se vaya de la lengua sin querer. Además, no olvides que estaban presentes nuestros dos pasajeros alemanes a los que conocemos desde hace poco más de una semana.

—¿Acaso crees que nos traicionarían?

—No, en realidad no lo creo. Pero como ya te he dicho, prefiero no arriesgarme. —Apoyó la mano en su hombro—. ¿Harás lo que te pido? Tendrás que ser rápido y discreto, porque te necesito aquí en un par de horas para empezar con las reparaciones.

—Claro. Estaré de vuelta antes de que nadie note que me he marchado, pero... aclárame una cosa. ¿La máquina Enigma sí que se la vamos a vender a March?

—¡Por supuesto! Cumpliremos nuestro contrato, y le entregaremos la máquina y el resto de la documentación que sacamos del Phobos a cambio de ese millón de dólares. ¡Que quiera fastidiarle la fiesta a los nazis no significa que me haya vuelto imbécil! —enfatizó—. Lo que dije antes iba en serio: somos contrabandistas y trabajamos por dinero. Los escrúpulos no tienen cabida en este negocio, y si los aliados quieren la Enigma que se la compren a Joan March, ese ya no será problema nuestro.

—Comprendo —murmuró Jack, con un tono que parecía contradecir sus palabras—. Y volviendo al tema del encuentro con March en El Minzah, ¿iremos tú y yo solos?

—Tú no vendrás.

—¿Perdón?

—Será Marovic quien me acompañe.

El cocinero guardó silencio, esforzándose por encontrarle un sentido a aquella decisión.

—En caso de que haya problemas, prefiero que seas tú quien me cubra —aclaró Alex, adelantándose a la pregunta—. Ya viste lo que pasó hace unos días en el cafetín y, sinceramente, preferiría no repetir la experiencia. Contigo vigilándome las espaldas me sentiré más seguro.

—Sigues sin fiarte de March —dedujo el gallego.

—Ni un pelo.

—Ya veo... —asintió, dando un pequeño sorbo al café—. Entonces, ¿cuál es el plan?

—Como ya te he dicho, Marco vendrá conmigo al encuentro con March, y he pensado que Julie se haga pasar por clienta del hotel y esté remoloneando por la recepción, atenta a cualquier movimiento sospechoso a la espera de que yo llegue.

—¿Julie? ¿Estás seguro?

—¿Se te ocurre alguien mejor? March y sus hombres no la conocen, y nadie prestará atención a una joven francesa haciendo tiempo en el vestíbulo de un hotel elegante.

—De acuerdo —concedió Jack—. Pero ¿qué hago yo entonces?

—Tú esperarás con César, oculto en algún lugar cercano y con toda la artillería que tengamos, por si la cosa se pone fea. Será Julie quien te confirme que todo va bien o dé la voz de alarma si llega el caso.

—Si llega el caso... —rumió el cocinero las últimas palabras.

—Es lo que hay.

—Ya veo. En fin… —chasqueó la lengua, poniéndose en pie y encaminándose hacia la puerta— voy a ponerme de acuerdo con la parejita, y en diez minutos saldré hacia el consulado.

—Muy bien. —Y recordando algo en el último momento, añadió—: Ah, antes de que te vayas, dime, ¿en qué estado está el barco?

—De momento seguimos a flote, lo cual no es poco. Pero nos han dado una buena paliza y hay pocas cosas que hayan sobrevivido intactas. La radio, por ejemplo —añadió— es ahora un montón de astillas y cables sueltos.

—¿Reparable?

Jack negó con la cabeza.

—Se la daré a Helmut para que le eche un vistazo. Pero lo más seguro es que tengamos que comprar una nueva, y también una antena —afirmó—. Hasta entonces, estamos sin radio.

—Entiendo… ¿Algo más?

—Mil cosas más —bufó—. César está tapando como puede los agujeros que se encuentran más cerca de la línea de flotación, pero me temo que en los camarotes vamos a pasar bastante frío, y necesitaremos como mínimo un par de días para que el puente de mando vuelva a tener techo y paredes.

—Está bien. En cuanto regreses, coge a Marco y ve a echar una mano a César, que yo voy a ver qué se puede salvar aún del puente.

—De acuerdo.

Pero cuando el grueso primer oficial estaba a punto de salir del camarote, se volvió una última vez hacia su capitán.

—Alex.

—¿Qué?

—Esperemos que a March no le dé por jodernos —dijo con voz preocupada—. Porque de ser así, poca cosa podré hacer para salvarte el cuello —agregó, como si su capitán pudiera arrojarle alguna luz al respecto.

Riley, en cambio, se limitó a mirarlo y encogerse de hombros con estoicismo.

«Qué se le va a hacer», decía el gesto. «Así es este negocio».

# Agente

*Oficinas del MI6*
*Londres*

El agente examinaba el contenido de la carpeta, con la advertencia TOP SECRET sellada en rojo en la portada. En total se trataba de solo tres páginas escritas a máquina a doble espacio indicando, como era habitual, solo aquello que le era imprescindible saber para llevar a cabo su misión.

Como era lógico, ese documento no podía salir bajo ningún concepto de aquella habitación, así que el agente se esforzaba por memorizar los nombres, lugares y fechas relativos a aquella nueva misión, que por todo lo demás resultaba meridianamente clara. Venía a ser lo que en el argot de la agencia llamaban una «limpieza a fondo». Es decir, la eliminación inmediata de todas las personas o documentos que estuvieran detallados en la lista, así como de cualquiera que hubiera tenido contacto con la información que se trataba de proteger. Podía equipararse con taponar una fuga en una tubería y luego desinfectarlo todo concienzudamente para que no quedara rastro alguno. Por eso le habían llamado a él, porque era condenadamente bueno haciendo limpiezas.

Tras quince minutos de minuciosa lectura, el agente levantó la mirada de la mesa.

Frente a él, el teniente coronel Stewart Menzies seguía sentado en su silla, con los codos apoyados sobre la mesa, manos entrelazadas y expresión ceñuda en su severo rostro. Era el director de la agencia prácticamente desde el comienzo de la guerra, y su prestigio a ojos del gobierno y la ciudadanía aún no se había repuesto del maldito «Incidente Venlo», en el que la Abwehr les había pasado la mano por la cara convirtiéndolos en el hazmerreír de los servicios secretos del mundo.

Pero eso iba a cambiar muy pronto.

—¿Está todo claro? —preguntó Stewart Menzies, cuyo nombre en clave dentro del MI6 era simplemente «C», herencia de su antecesor en el cargo.

El agente lo miró con sus fríos ojos azules.

—¿La fuente es fiable?

«C» ladeó una sonrisa amarga.

—Las fuentes nunca son fiables —repuso—. Pero hay órdenes de lo más alto de que igualmente lo hagamos. Los posibles beneficios superan en mucho a los riesgos.

El agente asintió, no porque ello le constara, sino porque no era asunto suyo. Él solo tenía que «limpiar».

—¿Cuándo? —preguntó a continuación.

—Volará esta misma tarde haciendo escala en Lisboa —dijo «C», poniendo sobre la mesa un billete de avión, un pasaporte y un salvoconducto—. En su destino, le estarán esperando unos agentes locales de los que puede esperar una total colaboración. Procure ser rápido y contundente, pero también todo lo discreto que le sea posible. Nada de explosiones ni acciones que puedan levantar las sospechas de las autoridades locales o, aún peor, de nuestros enemigos. ¿Me comprende?

—Rápido y discreto —repitió el agente, como una estrofa que ya hubiera escuchado demasiadas veces—. ¿Algo más?

—Antes de proceder, debería interrogar al primer sujeto de la lista y averiguar lo que sabe, y si ha compartido la información con alguien más… para que no queden cabos sueltos.

—Así lo haré —asintió de nuevo.

—Ah, y una última cosa —advirtió «C», alzando el índice—. Aunque el informe subraya que es prioritario destruir cualquier documento, cabe la posibilidad de que recupere cierto… artefacto, que también podría resultar muy valioso para la agencia. Se trata de un objetivo secundario pero muy importante, así que haga lo que sea necesario para hacerse con él.

El agente sonrió a medias e inclinó la cabeza.

—Haré todo lo que esté en mi mano, señor.

Tras oír aquello, el teniente coronel se puso en pie con gesto satisfecho, y el hombre al otro lado de la mesa le imitó de inmediato.

—Buena suerte —le dijo, ofreciéndole la mano—. Y no olvide que hay mucho en juego. Gran Bretaña confía en que cumpla con su misión.

El otro se la estrechó formalmente, cuadrándose acto seguido.

—Gracias, señor —contestó—. No le defraudaré ni a usted ni a la patria.

Girando sobre sus talones, dio media vuelta y salió en dos zancadas por la puerta.

Stewart Menzies se quedó de pie, contemplando con la mirada vacía la puerta que se cerraba frente a él, mientras sus pensamientos volaban en dirección a una pequeña ciudad al norte de África. Una pequeña ciudad sin importancia en la que, por un capricho del destino, se podía llegar a dirimir el futuro del Imperio Británico.

# 29

Alrededor de las ocho de la tarde del día siguiente, Riley y Marovic descendían por la pasarela del Pingarrón llevando un abultado petate cada uno. Cualquiera que los viera pensaría que eran dos simples marineros recién llegados a puerto, y esa era exactamente la impresión que querían dar.

Ambos se habían cambiado de ropa tras rebuscar en sus taquillas el atuendo más anodino posible, y ahora marchaban uno junto al otro, vestidos con raídos jerséis y gorros de marinero, iguales a muchos otros que recalaban buscando trabajo, alcohol o mujeres en aquel puerto africano en la puerta del Mediterráneo.

Caminaban por los desérticos muelles en dirección a las animadas calles de la medina, que a lo lejos ascendían en dirección al Gran Zoco y a su destino, el lujoso hotel El Minzah.

—No he visto irse a Jack y a los demás —comentaba Marco en voz baja.

—Salieron hace una hora —aclaró Alex—. Así tenían tiempo de sobra para prepararse.

—¿Confías en ellos? —preguntó Marovic a bocajarro.

Alex alzó una ceja con desagrado.

—Mejor cierra el pico —contestó sin mirarlo.

—Es una simple pregunta. Hay mucho dinero de por medio, y nos estamos jugando la vida.

—Te equivocas —replicó, ahora sí volviéndose hacia él—. Tú te juegas la vida si vuelves a decir estupideces.

Y sin intercambiar una sola palabra más, siguieron caminando hasta salir de la zona portuaria.

Estaban ya a medio camino y habían dejado a la izquierda la tapia del cementerio judío, cuando la lejana letanía del muecín llamó a la oración desde la gran mezquita. De inmediato, la mayoría de los hombres que a esas horas circulaban por la calle se pararon en seco llevándose las manos al rostro, y unos pocos incluso extendieron pequeñas alfombras de rezo en dirección a la Meca.

Quizá si no hubiera sido por eso, Alex no habría reparado en los tres hombres que, aunque vestidos con la típica chilaba magrebí, caminaban tras ellos con paso resuelto y sin detenerse.

—No te vuelvas —susurró al mercenario—. Pero a unos veinte metros a nuestra espalda hay tres tipos que creo que nos siguen.

—¿Cómo sabes que nos siguen? —preguntó nervioso, echando un fugaz vistazo de reojo—. A mí me parecen tres moros dando un paseo.

—Es por la forma en que se mueven —contestó—, demasiado decidida para ser casual. Pero pronto saldremos de dudas. Apretemos el paso y veremos qué sucede.

Como si hubieran recordado una cita urgente, aceleraron el paso discreto que llevaban hasta el momento, y tras doblar un par de esquinas, Alex se detuvo frente a una platería simulando que admiraba el repujado de una bandeja de té, pero usándola en realidad como espejo para observar a su espalda.

—Ahí están —dijo, devolviendo la bandeja a su sitio y reanudando la marcha—. Tenemos que deshacernos de ellos.

—¿Serán gente de March? —apuntó el mercenario.

—Puede —convino Alex, dándole vueltas a la cabeza mientras caminaba cada vez más rápido—. Pero no tiene mucho sentido. En unos minutos estaremos llamando a la puerta de su suite. ¿Para qué iba a seguirnos?

—Quizá no se fía. O trata de robarnos la máquina para así no pagarnos.

—No creo —jadeó, con la respiración alterada por el esfuerzo de ascender por aquellas callejuelas a toda prisa—. Eso podría hacerlo más tarde y sin demasiados problemas. Si nos quisiera robar, no tendría más que esperarnos sentado.

—Entonces, ¿qué hacemos?

—Escapar —dijo tirando súbitamente de la manga del yugoslavo—. Hemos de despistarlos como sea.

Dicho y hecho, al doblar la siguiente esquina ambos se lanzaron a una precipitada carrera con los petates a la espalda, apartando a los transeúntes a empujones entre gritos de protesta e insultos en árabe, mientras sus perseguidores aún perdían unos segundos preciosos en reaccionar.

Alex se vio obligado a sortear un rebaño de cabras ociosas que ocupaba todo el ancho de la calle, tiró al suelo un tenderete de especias al esquivar a una anciana que salía de un portal, empolvando el callejón con nubes de pimienta y azafrán que volaron en todas direcciones mientras el tendero salía tras él vociferando, e incluso se vio obligado a regatear a un grupo de chiquillos que jugaban al fútbol en mitad de la calle y que creyeron que el capitán Riley y su tripulante, que le seguía de cerca, eran dos espontáneos decididos a robarles la pelota.

Apenas había esquivado a dos angelitos que se empeñaban en zancadillearle con muy malas intenciones cuando, al levantar la mirada, descubrió a otros tres hombres vestidos también con chilabas —y con unos delatores pantalones largos y mocasines asomando por debajo—, que les cortaban el paso justo delante.

—¡Por aquí! —le gritó a Marco sin mirar atrás, internándose por un angosto callejón que serpenteaba entre las sombras.

Aquel lugar no era el mejor sitio para escabullirse. Nunca había estado en ese estrecho pasaje techado de soportales y contrafuertes que iban de lado a lado, y del que ni siquiera estaba seguro de que no fuera un callejón sin salida. Para colmo, el alumbrado público era inexistente, lo que podía jugar a su favor si hallaba dónde ocultarse, o ser su perdición si tropezaba, pues podía oír perfectamente los pasos apresurados de los que les seguían a poca distancia, y que rápidamente iban ganando terreno.

Fue en ese momento cuando se percató de que llevaba un rato sin escuchar las protestas de Marovic, y al mirar a su espalda descubrió que estaba solo.

—Mierda —resumió.

El yugoslavo se había evaporado, quizá colándose por la puerta abierta de alguna casa, pero lo peor era que los seis tipos le seguían ahora solo a él, y el creciente ardor en los pulmones le decía que estaba llegando al límite de su resistencia.

De ese modo, al llegar a la siguiente esquina y encontrar un trecho especialmente oscuro y con un buen portal donde parapetarse, no se lo pensó dos veces, dejó caer el petate y se agazapó desenfundando el Colt dispuesto a madrugar al primero que doblara la esquina, y quizá con algo de suerte —caviló—, los otros se lo pensaran mejor al comprobar que no iba a ser presa fácil.

El ruido de pisadas aumentó al momento y, tal y como imaginaba, el primero de ellos se puso a tiro convenientemente iluminado por la luz de la luna, que justo en ese punto se abría paso entre las casas.

Sin tiempo ni para decir «ay», el esbirro se encontró con la explosión de pólvora a cinco metros de su cara, y una décima de segundo más tarde ya volaba hacia atrás con un feo agujero en mitad del pecho.

Sin esperar a ver el resultado, Alex disparó de nuevo e hirió a otro, que lanzó un grito de dolor y se refugió tras la esquina. Los demás, lejos de arredrarse, se lanzaron cuerpo a tierra cobijándose rápidamente, y tras desenfundar sus propias armas comenzaron a disparar a su vez.

Alex no tuvo más remedio que resguardarse de la granizada de plomo que se le vino encima, aplastándose contra el grueso portón de madera en el que se apoyaba. Las balas volaban frente a él y arrancaban trozos de pared y madera a pocos centímetros de su cabeza, e incluso un par hicieron diana en el macuto que estaba a sus pies. Tanto por la rítmica disciplina de fuego que le impedía asomar la nariz, como por la rapidez con que se habían desplegado, Riley dedujo que aquellos tipos no eran simples rateros ni matones de a tanto el fiambre, sino gente entrenada que conocía su trabajo.

No pintaba nada bien. Estaba a salvo de los impactos directos, pero tarde o temprano alguna de aquellas balas, aunque fuera de rebote, terminaría por acertarle.

—Maldita sea mi estampa —blasfemó entre dientes, sabiéndose en un callejón sin salida.

Sin poder hacer gran cosa más, disparó un par de veces sin asomarse, solamente para mantenerlos a raya y ganar unos segundos.

Estaba claro que venían a por el artefacto, aunque no imaginaba cómo podían saber que estaba en su poder. Por un momento se planteó la posibilidad de rendirse y entregarles el petate a cambio de su vida, pero por experiencia sabía que en esos negocios no solían dejarse testigos que pudieran irse de la lengua, y que aunque llegaran a aceptar el trato sería únicamente para pegarle un tiro en cuanto se diera la vuelta.

Así que si se rendía, estaba muerto.

Y si no se rendía, también estaba muerto.

De modo que abrió fuego dos veces más.

Pero tras extinguirse el eco de sus propias detonaciones, se dio cuenta de que los otros habían dejado de dispararle. Con los latidos de su propio corazón cañoneándole en los oídos, esperó unos segundos para cerciorarse de que las balas ya no volaban por el callejón. Muy lentamente, se asomó al borde del portal tratando de averiguar si sus atacantes seguían ahí, o contra todo pronóstico, habían puesto tierra de por medio.

Alex se quedó muy quieto sabiéndose protegido por la noche, escrutando el mezquino callejón durante casi un minuto a la espera de algún movimiento delator. Al no ver más que sombras y oscuridad silenciosa, entendió que se había quedado solo y se decidió a salir. Pero en el último segundo, se detuvo.

Tras una voluminosa maceta junto a la pared, una silueta se movió apenas en el límite de la percepción.

Ahí estaban. Esperando. Agazapados.

Pero ¿por qué habían dejado de disparar? ¿Quizá esperaban que se confiara, y él solo se pusiera a tiro? No tenía mucho sentido, ya lo tenían acorralado.

«Quizá —pensó—, no querían que...»

Justo en ese instante oyó un ruido a su espalda, y demasiado tarde comprendió por qué habían dejado de disparar.

No tuvo tiempo siquiera de girarse y mirar atrás cuando algo duro y metálico lo golpeó en la nuca. Todo se volvió negro mientras perdía el conocimiento y caía al suelo.

# 30

El agua fría impactó en su cara como una bofetada, arrancándolo despiadadamente del mullido colchón de la inconsciencia. Alex abrió los ojos de golpe, tomando una angustiada bocanada de aire, como un ahogado que se salva en el último momento.

Se sentía mareado, confuso y terriblemente desorientado, como si cada pensamiento tuviera que abrirse paso a través de un espeso mar de gelatina para salir a la superficie. Era como cuando amanecía en cama ajena tras una soberbia melopea, y durante los primeros instantes, le invadía un absoluto desconcierto mientras trataba de esclarecer dónde se encontraba, cómo había llegado ahí, o si en realidad seguía aún dormido.

Ese desconcierto no hizo más que aumentar al descubrir que, por alguna razón, se estaba mirando fijamente las rodillas, y mientras parpadeaba tratando de enfocar la vista y recolocar los globos oculares en su sitio, le alcanzó un fulminante rayo de dolor desde la base del cráneo, como si le hubieran clavado un punzón incandescente que le obligaba a cerrar los ojos de nuevo y apretar los dientes para soportarlo. A pesar de ello se obligó a levantar la cabeza, aunque muy lentamente, con la esperanza de aclararse un poco las ideas.

Fue entonces cuando descubrió, a menos de medio metro, un par de gastados zapatos marrones que apuntaban en su dirección. Siguió alzando la vista y se encontró con unos pantalones de franela barata, luego un cinturón, una arrugada camisa gris y, asomando sobre su cuello, una expresión a medio camino entre cruel e indolente plasmada en un rostro curtido de facciones innegablemente magrebíes, en el que destacaban dos ojillos duros y evaluadores bajo una única y tupida ceja que casi iba de oreja a oreja.

El tipo —bajito y enjuto como la madre que lo parió— lo observó durante casi un minuto, de pie y sin decir una palabra, con la misma cara con que debía mirar al cordero el último día del Ramadán. Luego dejó el cubo vacío en el suelo, aparentemente satisfecho con el resultado y en silencio se dio la vuelta, abrió una puerta y salió.

Curiosamente, no fue hasta ese instante que Alex se dio cuenta de que estaba desnudo y sentado en una silla de madera, o para ser más precisos, atado a ella. Tenía los tobillos sujetos a las patas, el torso amarrado al respaldo y las manos fuertemente anudadas a la espalda.

Se balanceó ligeramente, comprobando satisfecho que la silla no estaba fijada al suelo y que, además, tampoco parecía excesivamente sólida. Con algo de esfuerzo, si se lo proponía —pensó—, podría tirarse al suelo o contra la pared, y quebrarla lo suficiente para liberar alguna de las extremidades, y el resto ya sería más fácil. Lo malo era que haría mucho ruido y esa carta solo podría jugarla una vez, pues no dudaba que en cuestión de segundos aparecería el fulano cejijunto, cabreado y seguramente acompañado de algún que otro compinche, con el que estaría encantado de cobrarle en hostias cada céntimo del precio de la silla.

El agua helada que le habían tirado a la cara le resbalaba por la espalda y llegaba al suelo por sus piernas desnudas, pues aunque habían tenido el detalle de dejarle en calzoncillos, le habían despojado de todo lo demás; hasta los calcetines le habían quitado. Por experiencia Riley sabía que ese detalle no auguraba nada bueno, y que aquel que llevaba era el traje de gala para interrogatorios bajo tortura.

En cuanto la puerta de la habitación se cerró y oyó el correr del cerrojo al otro lado, se centró en un chequeo mental para asegurarse de que no tenía ningún hueso roto, y que todos los dedos de pies y manos estaban de momento en su sitio. Lo siguiente fue ordenar las ideas y tratar de adivinar qué demonios había pasado.

Descartando que su secuestro hubiera sido casual u obra de maleantes de puntapié, la conjetura más razonable era que alguien sabía que él y Marovic iban a entregar la máquina Enigma a March, y había tratado de adelantarse. Tal como le había dicho a Marco, no tenía mucho sentido que el mismo Joan March hubiera organizado todo aquello. De querer evitarse el pago del millón de dólares, lo podía haber hecho de otras formas menos llamativas y sin correr el riesgo de que la máquina resultara dañada en la huída o el tiroteo. Pero aun descartando al millonario mallorquín, la lista de sospechosos seguía siendo muy larga, sobre todo si era cierto lo que había dicho Helmut sobre aquella máquina. Si resultaba ser tan valiosa como aseguraba, y podía llegar —aunque eso le seguía pareciendo una exageración— a cambiar el curso de la guerra, tanto los aliados como los alemanes harían lo que fuera por conseguirla. Pero de ser así, la pregunta seguía siendo la misma: ¿por qué hacerlo de ese modo? Si sabían que él tenía la Enigma, ¿por qué simplemente, al atracar en puerto, no se había acercado un tipo con un maletín ofreciéndole un trato que no pudiera rechazar? Aquello rechinaba por todas partes, a menos que...

Un chispazo de comprensión le hizo dar un respingo en la silla cuando la primera pieza encajó en el puzle.

¿Cómo no lo había visto antes?

Era evidente. No habían intentado comprar la máquina ni se habían preocupado por que resultara dañada en el tiroteo, porque precisamente no les importaba en absoluto. Su intención no era hacerse con ella, sino destruirla para evitar que cayera en manos enemigas.

Esto reducía el número de posibles culpables a solo uno: los nazis.

Ahora lo veía todo con meridiana claridad. Quizá el submarino en el que iba Högel les había estado espiando previamente y, de algún modo, averiguó lo que el Pingarrón estaba haciendo allí, transmitiendo justo antes de hundirse su posición y lo que había sucedido. Quizá todo fue una coincidencia —barruntó— o quizá el interés del capitán de la Gestapo no se limitaba a capturar a Helmut y Elsa.

En cualquier caso allí había excesivos «quizás», y a él le dolía demasiado la cabeza para seguir dándole vueltas al asunto, de modo que apartó de su mente todas aquellas conjeturas que no le llevaban a ninguna parte y se centró en dos cuestiones mucho más prosaicas y urgentes: dónde estaba y cómo podía salir de allí.

La primera incógnita tenía fácil respuesta: en una habitación. Eso era todo lo que podía deducir con seguridad. Una habitación sin muebles, de unos tres metros de largo por otros tantos de ancho, con una sola puerta, restos de varias capas de pintura en las desconchadas paredes, suelo toscamente embaldosado, una escuálida bombilla colgando del techo y un mínimo ventanuco enrejado por el que apenas habría cabido un ratón, en el punto donde se juntaba la pared con el techo. Quizá ello significaba que se encontraba en un sótano o una bodega, y quién sabe si aquel tragaluz daría al exterior. Pero de lo que podía estar seguro era de que, si no lo habían amordazado, era porque estaba en alguna zona poco transitada de Tánger —suponiendo que aún siguiera en la ciudad— o la abertura daba a un patio interior donde nadie podría oírlo. De cualquier modo, y llegado el momento, no descartaba ponerse a gritar como un poseso y rezar para que alguien lo oyera; pero como sucedía con el plan para romper la silla, era una baza que solo podría jugar una vez, y más le valía escoger bien la ocasión para hacerlo.

El cerrojo se descorrió ruidosamente y la pesada puerta gimió sobre sus goznes mientras se abría. En el umbral apareció enmarcada la silueta de un hombre alto, con traje oscuro, gabardina y sombrero: el uniforme de manual para cualquier espía que se precie. Fugazmente, a su espalda, Alex alcanzó a ver en la habitación contigua a cuatro hombres más sentados alrededor de una mesa, al parecer jugando a cartas. Pero esa imagen duró solo un segundo, pues inmediatamente el hombre de la gabardina dio un paso adelante y cerró la puerta, arrastrando una silla tras de sí.

El fulano parecía salido de uno de esos documentales nazis de propaganda, en los que se mostraba cómo debía ser el hombre ario perfecto: alto, musculoso, mandíbula rotunda, piel blanca, pelo rubio engominado y ojos fríos y azules como un lago de Baviera, o de donde demonios sacaran los alemanes sus malditas metáforas.

Sin decir palabra, el recién llegado colocó la silla frente a Alex, se quitó el sombrero, que colgó en el respaldo, e hizo lo mismo con la gabardina después de doblarla cuidadosamente. Por último tomó asiento con toda la parsimonia del mundo, como si estuviera ocupando su localidad en la tribuna de la ópera.

—Disculpe que no me levante —dijo Alex, estirando sus ataduras.

El tipo amagó una sonrisa antes de hablar.

—Me alegro de que se tome esto con humor, capitán Riley. Quizá así concluyamos con rapidez este asunto y no nos veamos obligados a adoptar medidas más desagradables.

Los ojos de Alex se achicaron al oír aquello. Pero no por lo que había dicho, sino por el cómo lo había dicho. El acento del hombre era de todo menos alemán.

—¿Es usted... escocés? —preguntó, sin poder disimular la sorpresa.

—En efecto —contestó con un deje de orgullo—. De un bonito lugar llamado Johnstone, a las afueras de Glasgow.

—Esto sí que no me lo esperaba... —adujo Alex con tono de reproche—. ¿Y cómo lleva lo de ser un traidor? ¿Está contenta su madre de que trabaje para las SS?

El hombre enarcó una ceja y se tomó un momento antes de preguntar:

—¿Traidor? ¿De las SS? Pero ¿de qué está usted hablando? —Sacudió la cabeza con incredulidad—. Obviamente no voy a revelarle mi nombre —prosiguió—, pero puede usted llamarme señor Smith. Soy un leal súbdito de su graciosa majestad y estoy aquí en representación del gobierno británico.

—¿Qué? —preguntó Riley, atónito—. ¿Británico?

—Oficial del Servicio de Inteligencia Exterior del Reino Unido, o MI6 como decimos para abreviar. Estamos en el mismo bando, capitán.

—¿Y qué bando es ese, si puede saberse?

—El de la Libertad y la Justicia, por supuesto.

Alex bajó la cabeza para mirar las cuerdas que le rodeaban el torso antes de alegar:

—Pues no lo parece.

—Ha sido algo necesario —replicó Smith, excusándose—. Salió corriendo antes de que pudiéramos hablar con usted, y mis agentes se vieron obligados a perseguirle.

—¿También se vieron obligados a dispararme?

—Según tengo entendido, usted abrió fuego en primer lugar e hirió a dos de mis hombres, a uno de ellos de gravedad. ¿Qué quería que hicieran? —preguntó encogiéndose de hombros—. Y al fin y al cabo —añadió—, le trajeron aquí con vida, cuando tuvieron oportunidad de meterle una bala en la cabeza.

En eso tuvo que darle la razón al escocés. De quererlo muerto, ya lo estaría hacía rato.

—Bueno, pues en ese caso, no hay necesidad de mantenerme así, ¿no? —dijo exhibiendo sus ligaduras.

—Lo siento mucho, capitán. Pero de momento no puedo hacer eso. Antes me veo obligado a tratar con usted un asunto de suma importancia.

—Un asunto que requiere mantenerme atado a una silla en calzoncillos.

—No se lo tome a mal, por favor. Le prometo que en cuanto aclaremos un par de puntos, estaré encantado de desatarle y devolverle su ropa.

Alex estaba convencido de que eso no iba a suceder de ninguna de las maneras, pero también estaba claro que no podía hacer otra cosa que seguirle el juego.

—De acuerdo —concedió, resignado—. ¿De qué se trata?

—Así me gusta —asintió Smith.

Entonces el escocés sacó una pitillera del bolsillo interior de su americana, se llevó un cigarrillo a los labios y le ofreció otro a Alex, que aunque con las manos a la espalda, lo aceptó con la esperanza de que al menos le ayudara a entrar en calor.

—Dígame, capitán Riley... —prosiguió, tras darle lumbre con un encendedor a juego con la pitillera—. ¿Qué puede usted decirme de la Operación Apokalypse?

—¿Perdón?

—Operación Apokalypse —repitió, exhalando una nube de humo—. Y antes de contestarme, le sugiero que haga memoria, porque muchas cosas pueden depender de lo próximo que vaya a decirme.

Si en una enciclopedia decidieran acompañar la palabra estupefacto con una fotografía, sin duda, la expresión que Alex exhibía en ese momento habría sido una firme candidata a ese puesto.

De todas las preguntas que esperaba que le iban a hacer —respecto a la máquina Enigma, el hundimiento de un submarino nazi a pocas millas de Tánger o la fuga de un físico nuclear y la hija de otro de la Alemania del Tercer Reich, y sobre las que el ex brigadista estaba dispuesto a mentir como un bellaco—, aquel fulano repeinado con modales de Oxford iba y le preguntaba sobre la Operación Apokalypse.

—No sé de qué me habla —mintió, desplazando el cigarro a la comisura de los labios—. Es la primera vez que oigo ese nombre.

Smith suspiró y bajó la mirada, aparentemente interesado en la punta de sus mocasines.

—Capitán Riley, por favor... —murmuró sin levantar la vista—. No haga esto más difícil de lo que debería. Le aseguro que será mejor para usted decirme todo lo que sabe.

Alex resopló, echando hacia atrás la cabeza. Al parecer el bueno de Jack no había podido evitar que le siguieran el día anterior.

El tal Smith parecía saber de lo que hablaba, pero el problema era que él mismo sabía muy poco más. Aún peor; no le cabía ninguna duda de que esa mínima información que poseía era lo único que le separaba de convertirse en un bonito cadáver. En cuanto le dijese lo que sabía del Phobos y la *Wunderwaffe*, el escocés le pegaría un tiro en la cabeza. Cuanto menos le contara, más tiempo seguiría con vida.

—Toda la información que teníamos, esa única página donde se mencionaba la Operación Apokalypse, la entregamos ayer en su consulado —explicó entonces—. No esperaba que me dieran las gracias —añadió con acidez señalándose a sí mismo—, pero tampoco acabar así.

Smith se frotó la barbilla, pensativo e indiferente al reproche.

—¿Y eso es todo? ¿No tiene más documentación sobre ello? —preguntó.

—Si supiera algo, se lo diría. Créame, tengo mejores cosas que hacer que estar aquí con usted.

El agente se inclinó hacia adelante y se situó a menos de un palmo de su cara. Sus ojos azules lo miraban con evidente desconfianza, y tras un prolongado silencio terminó por negar con la cabeza, chasqueando la lengua varias veces como si la respuesta del capitán le decepcionara profundamente.

—Pensaba que era usted un hombre razonable, capitán —susurró—. Me va a obligar a hacer cosas que detesto y que, créame, usted va a detestar aún más.

—Pues entonces va a ser una velada del todo detestable —sonrió, desabrido—, porque ya le he dicho todo lo que sé.

—Capitán Riley —le regañó, al tiempo que se incorporaba—, sabemos exactamente quién es usted y el tipo de actividades que realiza, así como que está en posesión de unos archivos muy valiosos que desearíamos que nos entregara inmediatamente.

—No sé de qué me habla —insistió en voz baja.

—No se haga el tonto, capitán. Uno de sus hombres se presentó hace unas horas en nuestro consulado con un fragmento de un informe mucho más amplio. Queremos... Quiero que me entregue el resto.

Alex negó con la cabeza.

—No hay más, ya se lo he dicho. Eso es todo lo que tenemos.

Smith, en cambio, se limitó a sonreír enigmáticamente e ignorar la pregunta.

—Capitán Riley, tenemos nuestras propias... ejem, fuentes de información, y por eso no tiene sentido que trate de engañarme o fingir ignorancia. Verá... —dijo en voz baja, cambiando a un tono casi confidencial— admito que fue una sorpresa para nosotros descubrir que en el petate que le confiscamos y en el que esperábamos encontrar la máquina Enigma y los documentos que iba a entregar a Joan March, solo había periódicos viejos y una pieza de maquinaria rota.

—El pistón del compresor.

—¿Cómo dice?

—La pieza de maquinaria que usted dice es una parte del compresor de aire que llevaba a reparar. No se imagina lo que cuesta encontrar uno nuevo.

—Sí, claro... Contábamos con hacernos con usted, con los archivos y con la Enigma de una sola vez, pero aunque ha supuesto un ligero inconveniente, la máquina no es mi objetivo prioritario ni supone ningún problema real. Su barco sigue amarrado a puerto y podremos hacernos con ella llegado el momento. Lo que ahora mismo nos urge —añadió, enfatizando la última palabra—

es que nos explique todo lo que sabe de la Operación Apokalypse, y si ha hecho partícipe de esa información a alguien más.

—Se lo repito de nuevo. De la Operación Apokalypse solo sé lo que aparecía en esa hoja que les hice llegar al consulado... algo de lo que, para serle sincero, estoy empezando a arrepentirme.

—Por favor, capitán. Sea razonable.

—Si no me cree, ¿por qué no se lo pregunta a sus «ejem-fuentes»? Seguro que podrán confirmárselo.

El agente británico alzó las manos, dándose por vencido.

—Está bien... —murmuró contrariado, tirando el pitillo y aplastándolo contra el suelo mientras se ponía en pie—. Que conste que he intentado evitarlo, pero por su culpa me veo obligado a hacer algo que no quiero.

—Ya, claro. Estoy seguro de ello.

Smith se volvió a poner la gabardina y el sombrero con parsimonia, y le dedicó una última mirada mientras se acercaba a la puerta. Tras llamar con los nudillos, esta se abrió con escándalo de cerrojos y bisagras.

En la sala contigua, a través de la puerta abierta pudo ver cómo intercambiaba unas palabras en árabe con los cuatro esbirros, tres de los cuales inmediatamente se levantaban de la mesa, y con sonrisas funestas se encaminaban hacia él y entraban en la habitación.

No hacía falta ser demasiado imaginativo para saber qué iba a suceder a continuación. Pero para asegurarse, el moro cejijunto al que flanqueaban los otros dos, que de tan parecidos se diría hechos con el mismo molde —uno con una sonrisa plagada de dientes de oro, y el otro directamente desdentado— se aproximó a Alex y, echándole encima un apestoso aliento a cebolla y perejil, le dijo al oído:

—Primo Abdulá estar en hospital muriendo por disparo tuyo en barriga —siseó como una serpiente—. Señor Smith decirme que ayudarte a recordar cosas mientras él ir a cenar. Si tú recordar, bien, porque él pagar más. Pero si tú no recordar —añadió,

recreándose en la perspectiva con una sonrisa perversa—, yo feliz… porque así nosotros poder hacerte mucho, mucho daño.

# 31

Todo lo que tenían de peculiares y poco agraciados aquellos tres marroquíes, lo tenían de versados y metódicos en el arte de provocar dolor.

Llevaban ya más de media hora consagrándose a la tarea de torturar a Alex a conciencia. Le habían amordazado antes de iniciar el proceso, golpeándole seguidamente en cada centímetro cuadrado de su cuerpo con un listón de madera, a patadas o usando un puño americano cuando pretendían ser más precisos. Primero le habían clavado agujas bajo las uñas; luego, usando una navaja de barbero le habían sembrado el cuerpo de finos cortes en los que habían frotado sal y vinagre a conciencia, y con la misma navaja, le habían arrancado de cuajo la uña del dedo medio de la mano derecha; también le habían dislocado el anular y el meñique de la mano izquierda, que ahora se veían retorcidos en un ángulo extraño, como ramas rotas. Pero donde de verdad se habían cebado con gusto había sido en la cara, que tras la tormenta de golpes parecía la de un boxeador aficionado tras doce asaltos frente a Joe Louis.

Increíblemente aún no había perdido ningún diente, pero los labios semejaban dos salchichas moradas y sangrantes, y tenía el rostro tan hinchado por los golpes recibidos, sobre todo en el lado derecho, que apenas lograba ver algo a través de la mínima hendidura que le quedaba entre los párpados inflamados.

A esas alturas incluso le habían quitado la mordaza de la boca, pues apenas tenía ya fuerzas para hablar, y aun menos para gritar. Hacía mucho rato que Alex había cruzado la barrera del dolor insoportable, y cada nuevo golpe que recibía era ya como una gota de agua en un barril que rebosaba por todas partes. Hay un límite en el tormento que se puede infligir a un hombre antes de que pierda el conocimiento o se desangre, y los tres marroquíes —que afirmaban haber luchado en las filas franquistas durante la guerra civil, donde decían haberse hecho expertos en diversos métodos de tortura— sabían dónde estaba ese límite y comprendieron que con Alex habían llegado a él; así que decidieron detenerse y esperar a que regresara Smith para que concluyera el interrogatorio. Más tarde, si aquel daba su conformidad, ya tendrían tiempo para saldar cuentas por la más que probable muerte de su primo Abdulá —que resultó, para más inri, ser familia de todos ellos—, cumpliendo su última amenaza de cortarle los testículos con la navaja, muy despacio, para luego hacérselos tragar debidamente condimentados.

Cuando lo dejaron de nuevo solo en la habitación, Alex Riley ya no tenía fuerzas ni para respirar. Parecía que le habían roto varias costillas, y con cada inspiración sentía como si se le clavaran en el pecho como afilados cuchillos. Las heridas untadas con sal y vinagre —ese había sido un detalle de pésimo gusto— le ardían como hierro candente, y hubiera regalado gustosamente el Pingarrón, a cambio de una dosis de morfina que le aliviase aquel intolerable dolor. Un dolor que no había sido más que el preludio de lo que aquellos tres sádicos pensaban hacerle si Smith lo dejaba en sus manos. Cosa que intuía era naipe fijo en aquella partida, dijera lo que dijera.

Porque esa era otra. Aquellos cabrones no le habían formulado ni una sola pregunta, y mucho se temía que el escocés, ya fuera porque se convenciera de que Alex no sabía una palabra de esa maldita Operación Apokalypse o porque creyera que seguía ocultándole la verdad, decidiría deshacerse de él de forma definitiva y, más que probablemente, a continuación haría lo propio con los tripulantes del Pingarrón. Si es que no lo había hecho ya.

Ese funesto presagio le llenó de desesperación, y echando la cabeza hacia atrás se quedó mirando la sucia bombilla del techo y rogó a Dios —del que solo se acordaba cuando venían muy mal dadas—, que por favor le ayudara a que sus amigos no corrieran su misma suerte.

Y justo entonces, lo que a Alex le pareció una voz de un ángel atendiendo a sus plegarias opinó a cosa de un metro por encima de su cabeza:

—Paisa, tú no tener buena cara.

Tardó lo suyo el capitán del Pingarrón en comprender que no se trataba de un emisario divino enviado para mofarse, sino de una voz humana, real. En concreto, la de un niño marroquí que, asomado al pequeño ventanuco con las manos en los barrotes, observaba con ojos de asombro a aquel *ecce homo* amarrado a una silla.

—Eh, muchacho... —le llamó Alex en susurros, en cuanto fue capaz de enfocar la vista—. ¿Me oyes?

—Yo oír a tú, pero poco.

—¿Cómo te llamas? —preguntó, esforzándose por que el dolor no le deformase la voz.

—Abdul.

—Hola, Abdul. ¿Podrías decirme... dónde estamos?

El zagal le dedicó una mirada de extrañeza, antes de contestar:

—En Tánger, paisa.

—Entiendo... Yo me llamo Alex... Alex Riley, y soy capitán de un barco... ¿Te gustan los barcos?

—Abdul no gustar barcos —contestó, categórico—. Abdul no saber nadar.

—Claro, claro... —repuso, escupiendo la sangre que le llenaba la boca—. Abdul... ¿Quieres ganar dinero? ¿Mucho dinero?

Al jovencito se le pusieron los ojos como platos, pero hábilmente preguntó antes:

—¿Cuánto?

—Te pagaré cien pesetas... si me haces un pequeño favor.

—Pero ¿dónde tener tú dinero? —observó el zagal, viéndolo en calzoncillos—. Tú desnudo.

—Aquí no tengo, pero te lo daré después. Te lo juro.

—Yo no creer.

—Mil pesetas.

—Tú no tener ni ropa, paisa —observó, perspicaz—. ¿Tener mil pesetas?

—En mi barco. Te doy mi palabra de que te pagaré, Abdul... Pero tienes que ayudarme primero.

El muchacho miró a un lado y a otro, como asegurándose de que no había cristianos en la costa, y advirtió con gravedad:

—Si tú no pagar, el diablo llevar tu alma.

—Que el diablo se lleve mi alma... si no te pago —ratificó Alex, que en su cabeza estaba trazando un desquiciante plan a toda prisa—. Pero ahora necesito que hagas algo por mí... ¿Conoces bien la ciudad?

—Conosco.

—Estupendo. Pues escúchame con atención, Abdul, porque quiero que hagas exactamente lo que te voy a decir...

A continuación, Alex le dio al muchacho unas instrucciones muy precisas, que le hizo repetir dos veces para asegurarse de que las había entendido correctamente.

—¿Lo tienes claro? —le preguntó al cabo.

—Abdul no tonto —replicó con orgullo—. Ni sordo.

—Vale, vale... Pero ahora necesito que corras... todo lo deprisa que puedas. Si no regresas antes de que los hombres malos vuelvan —le advirtió— te quedarás sin el dinero.

—Abdul correr mucho y volver pronto.

Dicho esto, el joven se fue sin más, abofeteando el suelo con sus sandalias.

Alex se quedó mirando el vacío ventanuco, cavilando sobre el hecho de que su vida y la de sus amigos estuvieran en manos de un mozalbete al que ni siquiera había visto bien la cara.

Resulta difícil medir el tiempo cuando se está maniatado, sufriendo un dolor atroz y esperando una muerte horrible que puede sobrevenir en cualquier momento. En esas circunstancias cada minuto se hace eterno, así que el capitán del Pingarrón no habría sabido decir si había transcurrido media hora o media noche, cuando de nuevo se abrió la puerta de la habitación y apareció en ella el agente Smith, con su gabardina y sombrero de espía.

—Dios mío —murmuró, quedándose en la puerta—. ¿Qué... qué le han hecho esos salvajes?

Alex levantó la cabeza y le miró con su ojo sano.

—Imagino... —contestó, mientras un hilillo de sangre caía de su boca— que lo que usted les dijo que hicieran.

—No, por todos los santos —dijo, agachándose y limpiándole la sangre de la cara con su propio pañuelo—. Yo solo les pedí que le ablandaran un poco. Esto es... es... del todo intolerable.

—Eso mismo les decía yo... —tosió dolorido—. Pero ni caso.

—No sabe cuánto lo siento —se excusó de nuevo, apoyándole la mano en el hombro—. Le aseguro que yo no quería que esto sucediera, y permítame que le ofrezca mis más sinceras disculpas.

—Pues me va a perdonar usted... que no se las acepte.

—Claro, claro... —asintió, comprensivo—. Pero, dígame —añadió, cambiando sutilmente de registro—. Regresando de nuevo al tema que nos atañe, y después de todo lo que ha pasado... ¿Hay algo que desee compartir conmigo?

Alex era consciente de que no saldría vivo de un segundo baile con los parientes de Abdulá. Tenía que ganar tiempo.

—La Operación Apokalypse... —inspiró profundamente antes de proseguir— Creemos que se trata de un plan nazi para atacar la ciudad de Portsmouth con un... con una nueva arma. Una especie de superbomba... capaz de arrasar una ciudad por completo.

El capitán del Pingarrón dijo todo esto mirando fijamente a los ojos al agente del MI6, pero este no alteró el gesto ni un ápice. No parecía en absoluto alarmado. Ni tan siquiera sorprendido.

—Ya... —fue su único comentario, cuando vio que Riley ya no iba a añadir nada más— ¿Eso es todo?

Alex era conocedor de la proverbial flema británica. Pero eso ya rozaba el ridículo.

—¿Ha entendido lo que le he dicho? —insistió—. Los alemanes planean atacar y destruir Portsmouth. Matar a cientos de miles de compatriotas suyos.

—Le he entendido perfectamente, capitán Riley —replicó el escocés—. Pero sigo esperando a que me cuente algo que no sepamos.

Los esquemas mentales de Alex se derrumbaron como un castillo de naipes.

—¿Lo... lo saben?

—Por supuesto que lo sabemos —sonrió con suficiencia—. El nuestro es el mejor servicio secreto del mundo. Lo sabemos todo sobre la Operación Apokalypse.

Definitivamente, aquello cada vez tenía menos sentido. Más bien ninguno, para ser precisos.

—Pero... entonces... —sacudió la cabeza, esforzándose por aclararse las ideas— ¿Qué demonios hago yo aquí? —dirigió la vista a sus ligaduras, y de nuevo al agente— ¿Por qué me han secuestrado y torturado... si ya saben todo eso?

—¿Aún no lo comprende? —Smith se puso en pie, esbozando un mohín decepcionado— No se trata de lo que nosotros sepamos. Se trata de lo que *usted* sabe. Eso es lo que quiero averiguar.

—¿Lo que *yo* sé? Pero... ¿por qué? ¿Qué importancia tiene eso?

Smith chasqueó la lengua.

—Puede que ninguna, o puede que mucha —aclaró crípticamente—. Pero en cualquier caso, necesito que me cuente más cosas.

—Se lo he dicho absolutamente todo.

Escupió la sangre que se le había acumulado en la boca al hablar.

—Entiendo... —asintió Smith, limpiándose las manos con el pañuelo, y tirándolo al suelo—. Creo que usted no termina de ser consciente de la situación, capitán Riley.

—Oh, sí —replicó con un gesto de dolor en su rostro deformado—. Créame cuando le digo que soy muy consciente de la situación.

El escocés se llevó las manos a la espalda y comenzó a pasear por la habitación.

—Lo que usted no entiende —prosiguió, como si Alex no hubiera abierto la boca— es que se trata de un asunto de máxima importancia para mi gobierno, y usaremos cualquier medio a nuestro alcance para evitar que salga a la luz.

—Y eso incluye la tortura.

—Cualquier medio —repitió Smith—. Aunque algunas personas inocentes tengan que sufrir las consecuencias.

—Ya le he dicho que mi tripulación no sabe más que yo mismo de esa maldita operación suya. Y lo que yo sé, ya se lo he contado ¿Qué puedo hacer para que me crea?

—Nada, en realidad.

—Entonces, ¿qué quiere de mí?

—Asegurarme.

—¿De qué?

—De que cualquier posible filtración quedará sellada —expuso con frialdad, como si estuviera hablando de una cañería rota—. Puede que sepa algo de lo que ni siquiera es consciente, y no podemos arriesgarnos. Ni con usted... ni con nadie más.

—Pues se va a llevar una sorpresa si cree que capturar a mi gente va a ser tan fácil como les ha sido conmigo. Son una tripulación de curtidos marineros, bien armados y entrenados, y no dude que estarán alerta. Le aseguro que si usted o alguno de sus sicarios intenta abordar el Pingarrón, le volarán la cabeza de un disparo.

Smith se detuvo en su paseo circular para mirarlo de hito en hito.

—Por favor, capitán, déjese de bromas —le reprendió, como a un alumno desobediente—. Además, no me estaba refiriendo solo a los tripulantes de su barco.

Alex se quedó mirando a Smith, tratando de adivinar su pensamiento.

—Creo que usted —prosiguió el escocés, reanudando su camino— tiene una amiga íntima aquí, en Tánger. ¿Me equivoco?

—¿Está usted hablando de…? —Riley no fue capaz de terminar la frase.

—Carmen Debagh, creo que es su nombre, ¿no? —dijo Smith, como si se acabara de acordar—. Una mujer muy hermosa, según dicen… y muy conocedora de todo lo que sucede en esta ciudad. Y claro, siendo su amante, usted no tendrá secretos para ella, ¿no es así?

Alex no lograba salir de su estupor, logrando apenas balbucear una objeción.

—Pero ella… Yo… No puede hablar en serio.

—Mucho me temo que sí —asintió contrito como si lo lamentara de verdad, cosa que a esas alturas Alex sabía que era solo una falsa pose—. Ya le he dicho que no podemos arriesgarnos. Con nadie.

—¡Joder! —explotó, debatiéndose en la silla—. ¡Ni siquiera he hablado con Carmen desde hace una semana! ¡Ella no sabe nada, maldito cabrón!

Smith lo miró con la indiferencia del verdugo, y sonrió.

—Puede que no, o puede que sí… —dijo encogiéndose de hombros—. Sea como sea, serán mis «ayudantes» —añadió, inclinando la cabeza hacia la puerta— quienes se encarguen de averiguarlo.

La mera idea de imaginar a Carmen en manos de aquellos monstruos le provocó unas arcadas que le ascendieron por la garganta y le inundaron la boca con el amargo sabor de la bilis.

—Te juro —masculló entre dientes— que si le pones un solo dedo encima a Carmen, te mataré yo mismo.

El agente del MI6 se cruzó de brazos y alzó su pelirroja ceja con británica condescendencia.

—Creo, capitán Riley, que no está usted en situación de proferir amenazas.

Pero justo en ese instante, como el redoble del tambor antes del salto del trapecista, se pudo oír cómo un tamboreo de pasos apresurados iba a detenerse a pocos metros del ventanuco.

—Quién sabe —dijo entonces Alex, esbozando una media sonrisa—. En realidad... puede que sí que lo esté.

No terminó de pronunciar esa premonición, que comenzaron a oírse fuertes golpes contra la puerta de la casa y gritos exhortando a que la abrieran en nombre del Tercio.

El agente Smith se quedó paralizado, escuchando con atención sin comprender lo que sucedía.

No fue hasta que oyó el sonido de las llaves abriendo la cerradura, que se volvió hacia la puerta y salió por ella dando un portazo, al tiempo que exclamaba:

—¡Deteneos, no abráis la puerta!

Pero ya era demasiado tarde.

En cuanto uno de los esbirros, intimidado por el requerimiento, franqueó el paso a los soldados, una estampida de más de una docena de legionarios tomó la casa por asalto. Lo siguiente que Alex pudo oír fue un crescendo de improperios en árabe, español e inglés que, en pocos segundos, se convirtieron en un estrépito de golpes, muebles y huesos rotos, y no pocos lamentos en la lengua de Mahoma.

Tras unos segundos de caos, con sorprendente rapidez se pasó del escandaloso fragor de la pelea al silencio casi absoluto. Un silencio solo salpicado por alguna que otra pregunta sin respuesta entre los recién llegados, que terminó cuando de golpe se abrió la puerta de la habitación.

Frente a Alex, enmarcado en el umbral, un legionario con brazos arremangados en jarras, grandes patillas y galones de sargento, exhibía una feroz sonrisa de marrajo a la que le faltaban tres incisivos.

—Me cago en la puta de oros… —murmuró dándole un beso al medallón de la Virgen que llevaba al cuello, al ver a Riley atado a la silla y completamente indefenso—. He tenido que ser muy bueno en otra vida para que Dios me quiera tanto.

# 32

Joaquín Alcántara, primer oficial y cocinero, contemplaba absorto las luces nocturnas de la cercana Tánger a través del ojo de buey, con las manos a la espalda y mordiéndose inquieto el labio inferior mientras se esforzaba por encontrarle un sentido a todo aquello.

—Sigo pensando que ha debido de ser March —insistió la voz de César a su espalda.

El ex brigadista se giró en redondo, encarándose a los dos tripulantes y dos pasajeros que, sentados alrededor de la mesa del salón, le miraban expectantes y preocupados.

Tras más de dos horas de espera infructuosa, los tres tripulantes habían regresado al Pingarrón muy decepcionados, esperando encontrar en ella al capitán con alguna buena excusa para haberles dado plantón. Pero una vez de vuelta en la nave, y tras comprobar que tanto él como Marovic habían desaparecido sin dejar rastro, la sospecha de que hubieran sufrido un mal encuentro camino de su cita en El Minzah se había convertido ya en una inquietante certeza.

—No lo creo… —replicó Jack, con gesto fatigado—. Julie ha dejado bien claro que media hora después de la hora acordada para el encuentro, al no aparecer Alex, Joan March abandonó el hotel acompañado de sus guardaespaldas, tremendamente irritado.

—Hasta pude escuchar, cuando pasó junto a mí —abundó la francesa—, cómo le decía a uno de sus hombres: «Ese maldito capitán se arrepentirá de haber…».

—¿Lo ves? No tendría sentido ese enfado —concluyó el cocinero— si él mismo fuera el responsable de su desaparición. A pesar de los precedentes, yo lo descartaría casi con toda seguridad.

—Pero si no ha sido March, entonces... ¿quién ha podido ser? Es el único que sabía del encuentro y de lo valioso que es este jodido trasto.

Dijo esto mirando las dos grandes bolsas de piel que descansaban sobre la mesa. Una contenía documentos y dossiers de las SS, y la otra, la codiciada máquina Enigma.

—Ni idea, César. Pero podemos dar gracias de que a tu esposa se le ocurrió en el último momento que cambiáramos las bolsas, y que fuéramos nosotros quienes llevásemos la mercancía.

—Pensé —explicó la francesa— que podía haber alguien vigilándonos, y que de ese modo creerían que era el capitán quien llevaba la máquina.

—Como finalmente ha sucedido —lamentó su marido.

—Pero gracias a esa treta —señaló Jack tomando asiento—, ahora tenemos algo con qué negociar. Si quien quiera que haya asaltado a Alex se hubiera hecho con la Enigma, podéis estar seguros de que él ya estaría muerto.

—¿Y cómo... —intervino Elsa, sobrecogida— cómo sabes que no es así?

Jack bajó la mirada un instante, dejando entrever sus dudas.

—Lo más razonable es pensar que sigue vivo —argumentó—. No ganarían nada con matarlo.

La alemana pudo ver en los grises ojos del gallego que aquello era una esperanza, más que una suposición fundada.

—Y de ser así —preguntó de todos modos—, ¿qué podemos hacer nosotros?

El segundo de a bordo apoyó los codos en la mesa, entrelazando los dedos.

—Sentarnos y esperar —respondió escuetamente.

—¿Sentarnos y esperar? —repitió, escéptica—. ¿Esperar a qué?

—A que muevan ficha.

—¿Quiénes?

—¿Cómo quieres que lo sepa, Elsa? ¡Quien sea!

—¿Y eso es todo lo que se te ocurre? —inquirió alzando el tono—. Alex podría estar herido en algún callejón, desangrándose, mientras nosotros estamos aquí sentados esperando a que alguien «mueva ficha».

—Cálmate, Elsa —le reprendió Julie—. No eres la única que está preocupada por el capitán... o por Marovic, quien te recuerdo que también está desaparecido y es parte de esta tripulación, por muy mal que nos caiga a la mayoría.

—¡Pero es que no entiendo por qué seguimos aquí! —insistió la alemana, cada vez más nerviosa—. Tendríamos que registrar las calles en su busca. ¡Deberíamos estar ahí fuera!

—¡Maldita sea! —replicó Jack, dando un puñetazo en la mesa—. ¿Es que no lo entiendes? ¡Quizá es justo lo que quieren que hagamos! La única posibilidad que tenemos de recuperar a Alex y Marco es mantener la calma y permanecer a salvo. Lo que quieren no es al capitán, sino esto —añadió, señalando las dos bolsas—. Así que nuestra principal preocupación ha de ser proteger la máquina, porque de ello dependen sus vidas... y quizá hasta la nuestras. ¿Está claro?

Elsa hizo el amago de replicar, pero un ligero codazo por parte de Helmut le hizo replanteárselo y guardar silencio. Sin embargo, fue precisamente el científico quien pensó en voz alta.

—Todo lo que usted expone, señor Alcántara, es muy razonable, pero ¿no hay algo en lo que no estamos pensando?

—Ilumíneme, doctor Kirchner —contestó, malhumorado.

—Pues me vengo a referir a que si aceptamos la premisa de que hay alguien detrás de la desaparición del capitán Riley y de Marovic que desea hacerse con la Enigma, y que a estas alturas ya habrá averiguado que la máquina la tenemos nosotros, aquí en el barco... ¿qué le impediría asaltar la nave y arrebatárnosla por la fuerza? No veo que nadie —añadió, paseando la mirada por los presentes— esté vigilando el exterior.

Jack asintió, comprensivo.

—Es un razonamiento muy sensato —admitió—, pero no tiene de qué preocuparse. Tenemos un efectivo sistema de alarma en la pasarela de acceso y en los cabos de amarre. Si cualquiera tratara de abordarnos, de inmediato sonarían alarmas en toda la nave.

Y justo en ese instante, como si formara parte de un ejemplo práctico de la misma explicación, el megáfono situado sobre el techo del puente estalló en una ululante cacofonía de sirenas alertando de la presencia de intrusos.

Tras un breve momento de incredulidad ante la coincidencia, todos los que se encontraban en el salón de la nave se precipitaron al exterior con el corazón en la boca, esperando encontrarse con comandos especiales que tomaban el barco por asalto o cualquier otra cosa por el estilo.

Lo que difícilmente se podían haber imaginado era a un pelotón de soldados legionarios, borrachos como cubas, subiendo tambaleantes por la pasarela que iba del muelle a cubierta mientras entonaban a voz en cuello aquello de:

*¡A la Legión le gusta mucho el vino!*

*¡A la Legión le gusta mucho el ron!*

*¡A la Legión le gustan las mujeres!*

*¡Y a las mujeres les gusta la Legión!*

Pero lo más alarmante fue descubrir que a la cabeza del homogéneo grupo de borrachos uniformados marchaba el pendenciero sargento Paracuellos, con el que habían tenido aquel violento encontronazo una semana antes.

—Joder, lo que nos faltaba —renegó Jack al percatarse de ello, desenfundando la Beretta de 9mm que llevaba en la cartuchera bajo el jersey—. ¡Doctor, llévese a Elsa a su camarote y quédense allí! —gritó por encima del escándalo de la alarma—. ¡César y Julie, id a por vuestras armas!

—*Merda* —dijo entonces César, aguzando la vista—. ¿Pero ese tipo no es el mismo que…?

—¡Claro que es él! —replicó Jack con una mirada furibunda—. Por eso quiero que te des prisa, carallo. Y apaga esa puta sirena antes de que me vuelva loco.

Julie y César obedecieron en el acto, pero los dos pasajeros, sin embargo, en lugar de buscar refugio en su camarote tal y como les habían ordenado, corrieron a ver lo que estaba pasando.

—¡Alto ahí! —gritó Jack a los legionarios, exhibiendo en alto la pistola para que todos pudieran verla—. ¡No tienen permiso para subir a este barco!

Estos, sin embargo, hicieron caso omiso y siguieron avanzando como si no fuera con ellos la copla.

—¡Si tratan de abordarnos abriré fuego! —insistió, ahora sí apuntándoles.

Los soldados parecían demasiado borrachos para darse por aludidos y no dejaban de cantar y reír, ajenos a las advertencias. Ni siquiera el mismísimo sargento Paracuellos parecía haberse dado cuenta de quién era el que le apuntaba a menos de diez metros con una pistola, aunque aquello podía ser una simple artimaña para tomarlo por sorpresa, y Jack no dejaba de tenerlo en el punto de mira.

Finalmente, al comprobar que las amenazas resultaban inútiles y aquella recua de beodos no mostraba indicios de ir a detenerse, echó hacia atrás el percutor y se dispuso a descerrajarle un tiro entre ceja y ceja al primero que pusiera un pie en cubierta. En ese caso, y según las leyes del mar, aquello podría ya considerarse un acto de piratería, y como oficial al mando estaría en pleno derecho de usar la fuerza para defender la nave.

Aunque sin demasiadas esperanzas de ser atendido, avisó una última vez aferrando con fuerza la culata y amartillando el arma.

—¡Os juro por Dios que me cargo al primero que pise mi barco!

Entonces, uno de los soldados, que parecía el más ebrio hasta el punto de que era llevado casi en volandas por dos compañeros, ignorando olímpicamente aquella última amenaza, adelantó al sargento y cruzó el umbral de la borda trastabillando torpemente al abandonar la pasarela.

Cuando el gallego ya presionaba el gatillo de la pistola, aquel legionario alzó el rostro. Un rostro inflamado y magullado, cuyos labios hinchados se abrieron para preguntar con voz quejumbrosa:

—Explícame una cosa, Jack. ¿Desde cuándo este barco es tuyo?

# 33

Tumbado en el camastro de su camarote, todavía con el pantalón del uniforme de legionario que había intercambiado por su propia ropa, desnudo de cintura para arriba, el capitán del Pingarrón se dejaba hacer por Elsa y Julie, que ejercían como voluntariosas enfermeras. Las dos mujeres habían tomado el mando de las operaciones, y entre comentarios de indignación y estupor por la infinidad de golpes y laceraciones del paciente, se afanaban en aplicar desinfectante en las heridas, hielo en los moretones y linimento en cantidades industriales.

Tras vendar con esmero el dedo del que le habían arrancado la uña, Elsa tomó la mano izquierda y estudió los dos dedos retorcidos hacia arriba en una posición antinatural, palpándolos con sumo cuidado.

—Afortunadamente no están rotos —concluyó, circunspecta—, pero hay que recolocarlos en su sitio ahora mismo.

Alex la miró con el ojo en que no tenía una bolsa de hielo, admirándose de la confianza y aplomo que en esos momentos mostraba la joven, actuando como si aquello fuera pura rutina para ella.

—¿Estás segura de lo que haces? —preguntó.

—¿Aquí quién es el médico?

—Eres veterinaria —le recordó Alex, para subrayar de inmediato—. De animales.

—¿Y eso qué más da? Animales, personas… todo es lo mismo. Un hueso dislocado es un hueso dislocado, y solo hay una manera de tratarlo.

—Ya. Pero eres veterinaria.

—Mejor cállate, ¿quieres? —Y volviéndose hacia la puerta gritó—: ¡Helmut, date prisa!

De inmediato, el físico apareció por la puerta con unas tiras hechas con tela de sábana para los vendajes y una botella de licor ambarino en la mano.

—No… —protestó Alex al verlo—. El ron añejo no…

—Ya no hay más alcohol —adujo la joven—, y aún queda mucho por desinfectar. Helmut —dijo mirando al amigo de su padre—, necesito que tú y Julie lo sujetéis con fuerza mientras le recoloco los dedos.

El capitán frunció el ceño al oír aquello.

—No te preocupes —dijo Elsa al ver la cara que ponía, agarrándole el meñique con firmeza—, no te dolerá.

En cuanto comprobó que el científico y la francesa lo tenían inmovilizado, tiró enérgicamente del maltrecho dedo, que crujió repulsivamente e hizo que su dueño profiriese un alarido de dolor que retumbó en toda la nave.

—¡Dios…! —masculló entre dientes, apenas recobrando el aliento—. ¡Eres una jodida mentirosa!

La alemana, lejos de mostrarse arrepentida u ofendida, sonrió con malicia mientras se disponía a hacer lo mismo con el anular.

—Vamos, no exageres —le recriminó—. Eres el paciente más quejica que he tenido nunca.

—¡Eso es porque soy el único humano al que…!

Pero antes de que terminara la frase, repitió la operación con el otro dedo, que chasqueó con el roce de hueso contra hueso al devolver la falange a su sitio.

En esta ocasión, Riley apretó con fuerza las mandíbulas procurando no gritar, pero aun así resultó inevitable que se le escapara un bufido y que alguna lágrima asomara en la comisura de sus ojos.

—Tranquilo, ya hemos terminado con esto —le informó Elsa, comprobando el resultado de su manipulación—. Ahora te los entablillaré, y en unos días ya podrás moverlos con normalidad. Respecto a estas costillas —agregó, pasándole la mano por el torso vendado—, la buena noticia es que no parecen rotas aunque sospecho que pueden estar fisuradas; pero por desgracia no puedo hacer nada para curarlas. Con el tiempo se soldarán ellas solas, y de momento lo único que puedo recomendarte para evitar el dolor es que no hagas esfuerzos, no tosas, no te rías y procures respirar lo menos posible.

—Entiendo... Respirar lo menos posible.

—Eso es —confirmó Elsa sin asomo de sarcasmo—. En cuanto a las demás heridas y moretones, no he visto nada especialmente grave, y también con el tiempo irán cicatrizando y desapareciendo. Aunque te recomiendo que durante unos días no te mires al espejo.

Alex la miró largamente antes de preguntar:

—A ti... te divierte todo esto, ¿no?

Antes de que Elsa contestara, Jack irrumpió en el camarote seguido de cerca por César, que cargaba la metralleta Thomson bajo el brazo.

—¿Cómo estás? —quiso saber, dirigiéndose al paciente postrado en la cama.

—¿A ti que te parece? —dijo exhibiendo la profusión de apósitos y vendajes.

—Se oían tus gritos desde arriba —señaló su segundo, más molesto que preocupado—. Pensé que te estaban rematando.

—Eso me pareció a mí también —asintió con voz lastimera—. Por cierto, ¿cómo te ha ido con nuestros «amigos»?

El segundo se pasó la mano por la nuca y miró de reojo a César.

—No nos hemos liado a tiros, lo cual ya es bueno. Pero no me ha hecho maldita la gracia regalarle cien dólares a cada uno y trescientos a ese sargento Paracuellos. Eso es como su salario de un año.

—Te aseguro —dijo Alex, meneando la cabeza— que cuando los vi aparecer por la puerta les habría dado diez veces esa cantidad. Me salvaron la vida.

—Ya, bueno... pero lo que no acabo de entender es cómo se te ocurrió recurrir a ellos. ¿Por qué diantres no le dijiste al muchacho que viniera aquí, a buscarnos a nosotros?

A Riley le hizo gracia el tono empleado por su viejo amigo, que parecía francamente molesto por aquella aparente falta de confianza.

—Me pareció lo más sensato.

—¿Lo más sensato? ¿Estás de guasa? ¿Pedirle a alguien que te odia a muerte que vaya a salvarte te parece sensato?

—Yo no le pedí que viniera a salvarme... —aclaró, respirando hondo con gesto dolorido—. El muchacho le dijo que había sido testigo de nuestra pelea con ellos en la tetería, y que si querían encontrarme, a cambio de una propina podría guiarlos hasta donde estaba escondido con otros ex milicianos.

—¿Quieres decir —inquirió Julie— que en realidad fueron hasta allí pensando en darte una paliza?

—Más bien pensando en lincharme —puntualizó—. Así que, cuando al llegar se encontraron con ese inglés y su cuadrilla de sicarios magrebíes, fue como acercar una cerilla a la gasolina.

—¿Y cómo es —preguntó Helmut con curiosidad sincera— que al encontrarlo en este estado, atado a una silla e indefenso en lugar de... bueno, ya sabe... ajustar cuentas, decidieron rescatarlo y traerlo aquí?

—En realidad, esa fue la parte fácil —y haciendo la seña universal, Alex frotó las yemas de los tres dedos sanos de su mano derecha—. «Poderoso caballero es don Dinero», decía un antiguo escritor español en sus versos. Apelé al deshonor de cargarse a un oponente en mi estado, algo de palabrería sobre los valores de un caballero del Tercio, y le di mi palabra de volver y resolver nuestras diferencias cuando estuviera recuperado. Además —añadió—, ¿se le ocurre mejor escolta de guardaespaldas que una docena de legionarios?

—Pero sigo sin entender —insistió Jack— por qué no mandaste aquí al muchacho.

Alex levantó la cabeza con no poco esfuerzo.

—Compréndelo. Yo estaba atado a una silla en un sótano y no tenía manera de saber qué había sido de vosotros. Os podían haber capturado como a mí. Diantre, ni siquiera sé qué ha sido de Marovic, y eso que venía conmigo.

—Esa es otra cosa que te quería preguntar —requirió entonces el gallego, dejando de lado el tema—. ¿Dónde lo viste por última vez? ¿Crees que lo han matado, o que también lo estén torturando?

—No lo sé. Iba justo detrás y de repente, en mitad de la huída, desapareció. Lo primero que pensé fue que había logrado escapar y que estaría de regreso en el barco, porque los que nos perseguían vinieron todos detrás de mí.

—Pues por aquí no ha venido —confirmó Julie, chasqueando la lengua.

—Ya. Quizá esté oculto, esperando el momento para regresar.

—O quizá —sugirió César en voz baja, poniendo palabras a lo que todos estaban pensando en mayor o menor medida— es precisamente él quien nos ha vendido.

El resto de los presentes guardó silencio, ilustrando el también viejo refrán de «Quien calla, otorga».

—No digo que no haya sido así... —apuntó al cabo Jack— y conste que tampoco me fío un pelo de ese malnacido, pero él sabía que los petates que llevabais eran solo un señuelo. Si les dio el chivatazo, ¿por qué no vinieron a por nosotros —concluyó, abarcando con un gesto a Julie, César y a él mismo—, que éramos quienes en realidad nos habíamos llevado la Enigma y los documentos, mientras esperábamos en las cercanías del hotel?

—Quizá no tuvo tiempo —sugirió César—. Recuerda que hicimos el cambio en el último momento. A lo mejor no tuvo oportunidad de avisarles.

—No sé, César. Puede que tengas razón. ¿Tú qué opinas, Alex?

El aludido se había incorporado en la cama y ahora estaba sentado en el borde, masajeándose las sienes.

—Opino que en realidad eso no es lo importante.

—¿Ah, no?

—No, en absoluto —reiteró alzando la cabeza, roja como un tomate—. Marco no está aquí, y si acaso aparece, ya le haremos las preguntas pertinentes. Lo que ha de preocuparnos, a *todos* —recalcó—, es qué vamos a hacer a partir de este momento. Por desgracia el tal Smith logró huir con sus matones, pero con lo poco que me contó creo que puedo hacerme una ligera idea de lo que está pasando.

—Pues ilústranos —dijo Jack, cruzándose de brazos—, porque nosotros estamos a oscuras.

Apoyándose en Elsa y con no poco esfuerzo, Alex se puso en pie y caminó hasta el escritorio, donde se apuntaló con ambas manos.

—Si he de creer lo que me dijo y no tengo motivos para no hacerlo, pues está claro que no contaba con que yo saliera vivo de aquella habitación, el señor Smith era un agente del MI6.

—¿Del Servicio Secreto Británico? —preguntó Julie—. ¿Estás seguro?

—Desde luego que no. Pero el tipo tenía acento escocés, actuaba como un inglés y sabía de la Operación Apokalypse. Así que, blanco y en botella...

—¿Sabían de Apokalypse? —inquirió César, perplejo—. ¿Pero cómo es eso posible? ¡Pero si encontramos el documento ayer mismo! ¿No puede ser que fuera un nazi haciéndose pasar por agente británico?

—Todo es posible. Pero el caso es que, tras informar al consulado británico sobre nuestro descubrimiento...

—Un momento —le cortó esta vez Elsa—. ¿Informaste a los británicos? —preguntó, incrédula—. ¿Pero no decías que de ningún modo ibas a hacerlo?

Riley se encogió de hombros.

—Yo digo muchas cosas, guapa —replicó—. Aunque en esta ocasión ojalá hubiera seguido mi propio consejo. —Respiró hondo, y las costillas le hicieron fruncir el ceño de dolor—. Ayer envié a Jack al consulado para alertar a los británicos, pero preferí manteneros al margen por si la cosa se torcía.

—Y vaya si lo ha hecho... —murmuró el aludido.

Julie sacudió la cabeza, como si fuese la única manera de que las piezas de aquel rompecabezas pudieran encajar en su sitio.

—*Un moment, s'il vous plaît...* —dijo, respirando y expirando sonoramente—. ¿Nos está diciendo que informó a los británicos sobre los planes alemanes... y que su reacción ha sido secuestrarle y torturarle? ¿Por qué? —añadió, confusa—. ¿Querían averiguar lo que sabía?

—Más bien, creo que trataba de asegurarse de que yo no supiera nada.

—No le comprendo.

—Intentaré explicarme —adujo, pugnando por aclarar las ideas dentro de su maltratado cráneo—. Ese supuesto agente británico no hacía más que preguntarme por la Operación Apokalypse. Pero lo que realmente quería no era que yo le hablara sobre ello, sino asegurarse de que ni yo ni ninguno de vosotros supiera nada al respecto. Que no existiera la posibilidad de que se lo contáramos a terceras personas. En resumen: lo que el MI6 quería... o mejor dicho, quiere, es silenciarnos. A todos.

La francesa agarró con fuerza la mano de su marido.

—Y con silenciarnos, quieres decir…

—Matarnos, Julie. Asegurarse de que ninguno de nosotros pueda decir una sola palabra sobre esa misteriosa operación.

—Pero esto es algo de locos —afirmó el primer oficial—. Nosotros no sabemos nada más de lo que yo les dije en el consulado. ¿Le explicaste que no tenemos más información de la que les entregué?

—Joder, Jack —rezongó—, mira cómo me han dejado. ¿Qué coño crees que les decía mientras me torturaban?

—Vale, vale… Solo quería saber si se lo dejaste bien claro.

—Como el agua. Pero eso les da igual. Parece evidente que no quieren dejar abierta la menor posibilidad a una filtración y, ante la duda, están dispuestos a hacer lo que sea necesario.

—Pues cualquiera diría que en realidad esa Operación Apokalypse es una operación secreta de los británicos —opinó el mecánico, meditabundo—, y que no quieren arriesgarse a que los alemanes la descubran.

—¿Una operación secreta para atacarse a ellos mismos? —preguntó su propia esposa, haciéndole ver lo absurdo de su planteamiento—. Además, no olvides que el documento estaba en el camarote de un oficial de las SS, en un barco corsario alemán. Lo que sugieres, amor mío, no tiene sentido.

—En realidad nada lo tiene —reafirmó Alex—, pero me temo que nuestras vidas dependen de que lo tenga. Creo que hemos de averiguar lo antes posible qué demonios es en realidad esa Operación Apokalypse, y pronto.

Joaquín Alcántara se rascaba la nariz, inquieto.

—¿Estás seguro de eso? ¿Y dónde ha quedado lo de: «Somos contrabandistas. Ni soldados, ni agentes secretos»?

—¿Es que no me has estado escuchando? El MI6 cree que sabemos algo que en realidad no sabemos, y por alguna razón han decidido eliminarnos. Joan March, si es que no está también en el ajo, debe tener un cabreo de mil demonios por el plantón de esta noche y sospechará que le hemos engañado, lo cual puede acortar significativamente nuestras vidas. Y eso sin contar con nuestros amigos nazis, que quizá ya estén al corriente de nuestra excursión al Phobos.

—Acabas de dar tres buenas razones para salir corriendo —alegó el gallego.

El capitán del Pingarrón negó con un gesto de cansancio.

—No, Jack... No podemos huir de los nazis, los aliados y de March al mismo tiempo. La única manera de salir bien librados de esta es averiguar de qué va todo esto, y luego, si jugamos bien nuestras cartas, intercambiar esa información por nuestro pellejo. Y me refiero al de todos —añadió mirando a Helmut y Elsa, que dieron un respingo al verse incluidos en la conversación.

—Pe... pero... ¿nosotros? —tartamudeó Helmut—. ¿Qué tenemos que ver en esto? ¡No sabemos nada de nada!

—¡Toma, ni yo! —arguyó Jack, casi divertido con el azoramiento del científico—. Aquí estamos todos en el mismo barco, Helmut —Y sonrió torcido ante su propia ocurrencia—. Literalmente.

—Además —añadió Alex, dirigiéndose a los dos alemanes—, ustedes van a ser una ayuda imprescindible en este asunto. Les necesitaremos para salir de este embrollo.

Helmut iba a protestar de nuevo, pero Elsa le hizo callar con un enérgico gesto y, dando un paso adelante, preguntó decidida:

—¿Qué quieres que hagamos?

Alex admiró la determinación de la joven, pero se limitó a decir:

—Necesito que estudiéis a fondo todo lo que recuperamos del pecio. Puede que ahí esté la clave.

—Pero la Enigma... —empezó a alegar el físico.

—Olvídese de momento de la Enigma, doctor. Quiero que se lea todos y cada uno de los documentos que rescatamos, en busca de cualquier referencia, por mínima que sea, a la Operación Apokalypse.

—Eso nos puede llevar días —apuntó Elsa.

—Lo sé. Tendréis tiempo de sobra mientras navegáis.

—¿Navegar? —preguntó Jack, desconcertado por el imprevisto anuncio—. ¿Quieres decir que zarpamos?

Alex miró a su segundo.

—Zarpáis —le corrigió—. Y lo haréis de inmediato.

El aturdimiento se plasmó en el rubicundo rostro del gallego.

—¿Qué quieres decir?

—Quiero decir que te entrego el mando de la nave, para que la lleves al lugar que voy a indicarte. Tenéis que alejaros de Tánger esta misma noche.

Jack iba a abrir la boca, pero Elsa se adelantó.

—¿Y tú? —preguntó.

—Yo me quedo.

# 34

El camarote estaba ahora casi vacío, pues César y Julie, ayudados por Helmut y Elsa, se ocupaban del manejo del Pingarrón, que en esos momentos franqueaba la bocana del puerto camino a mar abierto. Solo quedaban en él Alex Riley, preparándose para marcharse, y Joaquín Alcántara, intentando convencerlo de que no lo hiciera.

—¿Y cómo vas a pasar desapercibido con ese aspecto? —señaló el gallego, aludiendo a su rostro hinchado y amoratado—. La gente pensará que te ha atropellado un tranvía.

—Por eso llevaré la chilaba. De noche y con la capucha puesta, nadie me verá la cara.

—¿Y cuando se haga de día?

—Jack... no insistas. He tomado una decisión y no voy a cambiarla por mucho que hables.

—¡Pero es que es una estupidez! Carallo, hasta tú deberías admitirlo. Tienes varias costillas machacadas y apenas puedes caminar.

—Mañana estaré mejor —replicó crispando el gesto mientras introducía el brazo derecho por la manga de la cazadora.

—Mira que eres terco... ¿Por qué diantres no esperas unos días?

Alex le dedicó una mirada reprobadora.

—Sabes que no podemos hacer eso. A estas alturas, March debe pensar que estamos vendiendo su máquina a otro, y si no contacto con él enseguida y arreglo la situación, puedes imaginarte lo que nos hará.

—Sí, claro que lo sé. Pero también podemos hablar con él por radio, o enviarle un mensaje a través de…

Alex se acercó a su amigo y le apoyó la mano en el hombro.

—He de quedarme en Tánger, Jack. No somos los únicos que estamos en peligro.

—¿Qué quieres decir?

—Ya te lo dije. Quieren eliminar a cualquiera que tenga o haya tenido contacto con nosotros.

El segundo al mando se quedó pensativo, intentando adivinar a qué se refería.

—No estarás hablando de… —preguntó, señalando en dirección a la ciudad que iban dejando atrás.

Alex asintió con gesto grave.

—Pero no le habrás contado nada, ¿no?

—¡Claro que no! ¿Por quién me tomas? Pero eso ellos ni lo saben ni les importa —exhaló, enojado—. Solo quieren cerciorarse de no dejar ningún cabo suelto.

—Entonces —barruntó—, lo que quieres es ir y avisarla de que está en peligro.

—Lo que quiero es alejarla de aquí todo lo posible, hasta que se aclare este embrollo —puntualizó mientras introducía el brazo en la otra manga con idéntico esfuerzo—. Solo espero no llegar demasiado tarde.

—Pero ¿cómo lo harás? Tanto los británicos como la gente de March estarán deseando ponerte la mano encima.

Riley negó con la cabeza, enfundando el Colt del 45 que afortunadamente había podido recuperar en la guarida de sus secuestradores.

—Si creen que voy en el barco no me buscarán en la ciudad. Por eso necesito que, en cuanto nos alejemos un poco, me lleves de nuevo a tierra en la lancha y me dejes en la playa.

—Lo que tú digas —aceptó, resignado—. Pero una vez de vuelta en Tánger, y aun suponiendo que logres llegar hasta Carmen, ¿qué harás entonces?

Alex, que en ese momento se frotaba el mentón frente al espejo, se volvió esbozando una mueca torcida por la hinchazón.

—Sobre eso sí que no tengo la más remota idea —admitió—. Tendré que improvisar.

—*Cagüenla*, Alex —alegó Jack, meneando la cabeza—. ¿Te crees un personaje de novela de aventuras? Esto es el jodido y asqueroso mundo real. Te atraparán y te harán rodajas antes de matarte.

El capitán del Pingarrón asintió con estoicismo.

—Puede —se colgó la mochila a la espalda—. Pero a veces hay que hacer lo que hay que hacer. Eso lo sabes tan bien como yo.

Joaquín Alcántara volvió a negar con el gesto y se giró hacia la ventana, muy lejos de estar convencido.

—¿Y tú? —le preguntó Riley a su espalda, cambiando el tema de conversación—. ¿Tienes clara tu parte?

—Acabo de hablar con capitanía —contestó de mala gana, volviéndose—. Les he informado de que nos dirigimos a Cartagena. Eso quizá les despiste y, con suerte, para cuando se haga de día ya estaremos ilocalizables.

—Estupendo. Y recuerda —dijo, acercándose y poniéndole el dedo en el pecho—: a partir de este momento eres el nuevo capitán, y la tripulación queda bajo tu mando y responsabilidad. Si algo saliera mal… bueno, el Pingarrón será tuyo.

—De acuerdo —gruñó—. Pero más vale que no te pase nada. Quiero mi parte del millón de dólares.

Alex sabía que la preocupación de su viejo compañero de armas iba mucho más allá de la posible recompensa de March, y que aquella actitud cínica era una pose. Procurando no lastimarse aún más las costillas, le dio un corto abrazo y le tendió la mano a modo de despedida.

—No te preocupes por mí —le dijo—. Sé cuidarme solo.

El gallego lo miró de arriba abajo antes de contestar con mucha sorna.

—Eso está claro —dijo—. No hay más que verte.

Ya bien entrada la madrugada, una sombra sigilosa se deslizaba por los solitarios callejones de la medina de Tánger, escrutando atentamente cada esquina antes de doblarla, ante la desagradable perspectiva de tropezarse con el sereno haciendo su ronda, o alguna patrulla militar española a la que tendría que dar muchísimas explicaciones.

La normalmente bulliciosa calle Siaghine, que durante el día se encontraba colmada de tenderetes y vendedores ambulantes que apenas dejaban espacio libre para caminar, aparecía a esa hora como un lugar huraño y desangelado, en el que solo un flaco perro callejero acurrucado en un portal alzó la cabeza para ver quién era ese encapuchado que le estorbaba el sueño en horas tan intempestivas.

Trataba de centrarse en lo que había venido a hacer, pero Riley aún sentía el corazón encogido tras la breve pero conmovedora despedida de su tripulación una hora atrás. Una despedida que bien podría haber sido para siempre.

Ahora, con la fortuna de no haberse encontrado con una sola alma en el tortuoso camino a través de la medina, Alex llegó hasta el Pequeño Zoco, e instantes después se detenía frente al sólido portón de madera azul celeste.

Sin muchas esperanzas de ser atendido a la primera, repiqueteó la puerta con los nudillos, temiendo llamar la atención indeseada de vecinos o vigilantes nocturnos. Pero como ya había supuesto, nadie acudió a abrir.

—Carmen… Carmen… —exclamó en susurros, haciendo bocina con las manos en dirección a la ventana del piso de arriba—. Carmen…

El resultado fue idéntico. Del interior de la casa no llegaron señales de vida, y Alex recordó entonces que el ama de llaves dormía en la parte de atrás, así que su única oportunidad era tratar de despertar a la propia Carmen. El inconveniente era que si comenzaba a dar voces como un amante despechado llamaría demasiado la atención, que era justo lo último que deseaba.

Curiosamente, estar ahí plantado le provocó cierta sensación de ridículo, como si volviera a tener veinte años y se encontrara de nuevo bajo la ventana de Judith Atkinson, esperando a que ella se asomara para declararle su amor eterno. Claro que aquello no era una elegante calle de Boston, la vieja chilaba que llevaba puesta no era precisamente el traje de gala de la marina mercante, y esa ventana sin cristales, ciertamente, no era la de una virginal damisela a la que se dispusiera a pedirle matrimonio.

Se le escapó una sonrisa cansada bajo la capucha, al comprender cuánto habían cambiado las cosas desde entonces. O según se mirara, qué similares continuaban siendo.

—Tantas vueltas para acabar haciendo lo mismo —murmuró para sí, golpeando de nuevo la puerta con más convicción.

El efecto fue el mismo que antes.

Entonces levantó la cabeza y advirtió que desde una de las celosías de la planta baja podría alcanzarse el soportal de la entrada y, desde ahí, la ventana de la habitación de Carmen, que se encontraba justo encima.

En circunstancias normales, ascender por la fachada de aquella casa habría resultado un ejercicio de agilidad y equilibrio digno de un funambulista. Pero intentarlo en las condiciones en que se encontraba suponía un desafío más allá de sus mermadas fuerzas.

Sin embargo, no le quedaban muchas más opciones y el tiempo corría en su contra. Así que, encomendándose al santo patrón de los ladrones, apretó los dientes, se aferró con fuerza al marco de la ventana y comenzó a trepar.

Entones recordó las palabras de Jack, y pensó que quizá sí que, al parecer, se creía Errol Flynn interpretando al intrépido capitán Blood.

Solo esperaba poder terminar como él: venciendo a los malos y llevándose a la chica al huerto.

Si desde la perspectiva del suelo trepar por la fachada de la casa le había parecido una empresa difícil, encaramado al borde superior del enrejado, mientras mantenía un precario equilibrio aferrándose con dos dedos a una pequeña oquedad y trataba de alcanzar con el pie izquierdo el borde del soportal, se le antojaba una de esas cosas que es mejor no contarle a los amigos si no quieres que se rían de ti el resto de tu vida.

Pegado a la pared como una lagartija, al cabo de varios intentos logró asentar el pie en el borde del pórtico. Luego, muy lentamente, movió su centro de gravedad hacia la izquierda, estirando el brazo hasta que logró asirse al borde inferior de la ventana, y por último, con un esfuerzo que le arrancó un ahogado quejido, coronó el alero de tejas del portón.

Una vez ahí pudo recuperar el aliento y se tomó unos segundos para que remitiera el agudo dolor. Luego, hizo a un lado las vaporosas cortinas y se asomó al interior de la habitación, esperando ver a Carmen durmiendo en su cama.

Lo que de ningún modo se esperaba, era que una fría daga saliera a recibirlo y su afilada punta acero se clavase en su garganta.

—¿Quién eres y qué quieres? —preguntó una voz desde las sombras, hundiendo la punta del cuchillo en la carne, hasta que por su hoja corrió un hilo de sangre.

—Soy yo, Carmen —susurró, tragando saliva con extrema prudencia—. Alex.

Ante él aparecieron dos enormes ojos negros que durante un buen rato lo estudiaron con recelo, escépticos de que el dueño de aquel rostro, abollado y casi irreconocible, fuera quien decía ser.

Como para ayudar a despejar dudas, Riley se echó hacia atrás la capucha dejando a la vista su ensortijado pelo.

Para su sorpresa, la presión del puñal apenas disminuyó cuando ella preguntó de nuevo, siempre en voz baja, casi al límite de la audición.

—¿Qué quieres?

—Entrar, si no es mucha molestia.

—No estoy de broma —insistió, adquiriendo un tono tan duro como el del acero con que amenazaba—. ¿Qué haces en mi ventana?

—Tengo que hablar contigo.

—¿A las cinco de la mañana?

—Es urgente. Cuestión de vida o muerte.

La mujer, vestida con una liviana bata de seda roja que resaltaba el moreno de su piel, acercó su rostro al del capitán.

—¿Qué vida? —preguntó, calculadora—. ¿La tuya o la mía?

—Ambas —replicó Riley, impacientándose—. Déjame entrar y te lo explicaré todo.

—No puedo —dijo haciéndose a un lado, dejando a la vista la cama por toda explicación.

En ella, un tipo grande y gordo, tan velludo de cuerpo como pelón de cabeza, dormitaba desnudo enrollado entre las sábanas, roncando como un bendito.

—¿Quién es ese? —inquirió, con una apenas disimulada punzada de celos.

—No hagas preguntas estúpidas.

Riley sabía perfectamente cómo se ganaba la vida aquella mujer pero nunca se había encontrado de frente con la desagradable y peluda realidad, así que no pudo evitar el tono de reproche cuando volvió a abrir la boca.

—Pensaba que seleccionabas a tus… clientes.

Carmen inspiró levantando la barbilla con altivez, a punto de despachar con cajas destempladas al magullado marinero disfrazado de moro de su ventana.

Sin embargo, en un gesto poco propio de ella, suspiró resignada haciéndose a un lado.

—Es un alto cargo militar del protectorado —dijo, volviéndose hacia el feo durmiente—. Llevaba meses amenazando con denunciarme, si yo no... en fin, gajes del oficio. A veces jodes, y a veces te joden.

—Ya... —murmuró Riley, arrepintiéndose de su reacción—. No sé qué decir.

—No tienes que decir nada —replicó, y se quedó callada. Pensativa.

Riley también aguardó un momento, antes de afirmar con rotundidad:

—Tienes que echarlo.

—¿Qué? —inquirió, creyendo haber oído mal—. ¿Echarlo?

—Sí, ya sabes. Gracias por venir, ha sido un placer, vuelva otro día y todo eso.

—¿Lo dices en serio? —preguntó atónita, levantando involuntariamente la voz—. ¿Es que no has oído quién te he dicho que es?

—Como si fuera el mismísimo Franco. Tienes que deshacerte de él.

Carmen lo miraba sin dar crédito. Aquel individuo de cara amoratada retrepado en el alfeizar le pedía que echara de su casa, en plena noche, al hombre más poderoso de la ciudad.

—Tú estás mal de la cabeza.

—Lo digo en serio, Carmen. Tenemos problemas muy serios. Tienes que venir conmigo ahora mismo.

—¿Pero de qué hablas? Yo no pienso ir a ningún sitio —replicó ceñuda, apartándose de la ventana—. Y te pido que te marches inmediatamente, antes de que se despierte mi invitado.

Entonces, una voz grave y autoritaria llegó desde el otro lado de la habitación, tomándolos a ambos por sorpresa.

—Me temo —dijo la voz, con evidente irritación— que ya es demasiado tarde para eso.

# 35

Durante un instante interminable, nadie movió un músculo ni dijo una sola palabra.

Allí estaba Riley, aún asomado a la ventana y sin tener la menor idea sobre qué hacer o decir a continuación; Carmen junto a él, conservando su porte altivo y la apariencia de que nada de aquello iba con ella; y por último, el recién despertado militar español. Desnudo, plantado en medio de la habitación con los brazos en jarras y exhibiendo una rebosante barriga que le colgaba hasta la altura de los genitales.

—¿Quién cojones es este —inquirió imperativo, dirigiéndose a Carmen—, y qué hace aquí?

—No lo sé —contestó, impasible—. Le estaba pidiendo que se fuera.

La inquisidora mirada del gobernador se volvió hacia Alex.

—¿Sabe que en esta ciudad —dijo con la prepotencia de los que se saben revestidos de poder— a los ladrones los ahorcamos en la plaza?

El día había sido muy duro para Riley. En las últimas horas le habían disparado, secuestrado, acuchillado, apaleado, dislocado dedos y machacado las costillas. De modo que, a esas alturas de la jornada, encontrarse en la habitación de Carmen a aquel fulano sin ropa y de ademán insufrible, que para colmo lo amenazaba con ahorcarlo en la plaza pública, era más de lo que podía soportar.

—Verá —dijo pasando las piernas por encima del alfeizar—. En realidad soy el fantasma de las navidades pasadas, y he venido a verle... —desenfundó la pistola y apuntó a la cabeza del militar— para saldar cuentas.

El militar, con todo el aspecto de ser un veterano de la Guerra Civil, ni siquiera cambió de postura cuando se vio con el negro agujero del cañón a menos de un palmo de la cara.

—¿Qué va a hacer? —preguntó, desafiante—. ¿Robarme? —Sonrió incluso, abriendo los brazos para exhibir su desnudez—. ¿Matarme? La puta ya le ha dicho quién soy. Si aprieta el gatillo, le aseguro que la horca le parecerá una bendición... y su amiga la fulana —añadió, mirando de reojo a la aludida— no correrá mejor suerte.

—Alex —advirtió Carmen con severidad—. No lo hagas. Habla en serio.

Una oleada de ira profunda y oscura se cernió sobre el marino, empujándolo a ver en aquel individuo la personificación de todos los demonios que llevaban toda la vida acosándolo. Desde el patético vendedor de coches que había descubierto tirándose a su mujer, a los fascistas contra los que había luchado durante años o incluso el misterioso señor Smith, que esa misma noche había amenazado también con asesinarlo a él, a su tripulación, e incluso a la misma Carmen. Aquel militar era la obesa gota que colmaba el vaso.

Riley incrementó la presión sobre el gatillo, tensando los músculos del antebrazo, dispuesto a volarle la cabeza a aquel cabrón y que luego el diablo se los llevara a todos.

El hombre intuyó la determinación del capitán, pues crispó el gesto y varias gotas de sudor le corrieron por la frente.

—No lo hagas —insistió a su espalda la voz de Carmen, como si fuera capaz de leerle el pensamiento—. Él no te ha hecho nada.

Quizá fue el tono sosegado de la mujer más que las palabras en sí lo que atenuó la creciente furia que se había adueñado de su voluntad y lo llevó a titubear. Un titubeo que percibió el hombre desnudo al otro extremo del cañón, que dejó escapar el aire que retenía en los pulmones.

—Alex... —insistió la mujer, acercándose a él—. Por favor, baja el arma.

La duda se abrió paso en la mente del ex miliciano, comprendiendo al fin que aquello no llevaba a ninguna parte, y que en cambio les podía acarrear a ambos consecuencias terribles.

—De acuerdo —consintió, desamartillando la pistola y enfundándola en la cartuchera que llevaba bajo la chilaba, sin despegar la mirada del militar.

—Hace bien —se atrevió a abrir de nuevo la boca el hombre gordo, con aire de jactancia—. Y ahora nadie va a salir de aquí hasta que yo lo diga, y más os vale que...

No pudo acabar la frase, ya que Riley proyectó la punta de su bota derecha hacia sus testículos y le propinó una patada que lo dejó hecho un ovillo quejumbroso, gimiendo de dolor y sin aliento para lamentarse.

—¡Alex! ¡No! —exclamó Carmen, llevándose las manos al rostro con espanto.

Pero Riley, ignorándola, se agachó acercando su boca a la oreja del militar.

—Esto —susurró—, por llamarla puta y fulana.

Dicho lo cual, se puso en pie para añadir:

—Y esto...

Y sin darle tiempo a Carmen para detenerlo, le propinó un violento puñetazo en la sien que lo dejó sin sentido, como a un títere sin hilos tirado sobre la alfombra.

—Esto por todo lo demás.

Carmen se arrodilló junto al cuerpo inerte del militar y le tomó el pulso con gesto preocupado para, al cabo, levantar la vista hacia Alex meneando la cabeza.

—¿Qué has hecho? —masculló acusadora, mirándolo como a un loco—. ¿Qué has hecho?

—Solo está inconsciente.

—Pero ¿por qué? —insistió con el aire descompuesto—. ¿Por qué le has pegado?

—Te lo he dicho. Tenemos que irnos.

—No lo entiendes, ¿no? —dijo plantándose frente a él, desafiante y furiosa—. No tienes ni idea de lo que acabas de hacer —prorrumpió fuera de sí, empujando a Riley—. ¡Acabas de hundirme!

—Te equivocas, yo no...

—¿Que me equivoco? —replicó colérica, alzando la voz—. ¡Acabas de noquear al gobernador militar, imbécil! —añadió, señalando el cuerpo a su espalda—. ¡Dime en qué parte me equivoco!

Riley alzó un poco las manos, en un vano esfuerzo por calmarla.

—Eso ahora no importa.

—¿Cómo que no importa? —le increpó, empujándolo, fuera de sí—. ¡Creerá que lo que ha pasado es culpa mía! —Miraba al militar con expresión sombría—. Me lo hará pagar... —masculló—. Ese cabrón me lo hará pagar muy caro.

—Carmen, escúchame —dijo tratando de sujetarla por las muñecas—. Tienes que venirte conmigo.

La mujer se desasió de un tirón, y la bata se le abrió dejando a la vista uno de sus senos, pero estaba tan furiosa que ni se dio cuenta de ello.

—¡Tú has perdido la cabeza! —sentenció, dando un paso atrás—. Creí que serías diferente... pero eres como todos. Piensas que porque me acuesto contigo soy de tu propiedad. Escúchame con atención —agregó con una mirada glacial, apuntándolo con el dedo—. No voy a ir contigo a ninguna parte, ni hoy ni nunca, y quiero que salgas ahora mismo de mi casa y no regreses jamás.

—No es lo que tú te crees, Carmen —insistió el capitán, tratando de apaciguarla—. He venido a salvarte.

Esta, en cambio, estalló en una carcajada sin rastro de humor.

—¿A salvarme, dices? —replicó exasperada, alejándose de él con los brazos abiertos—. ¿Tienes idea de cuántos hombres han querido «salvarme» antes que tú? ¿Y de qué quieres salvarme, Alex? ¿De vivir en pecado? ¿De follar con quien me apetezca? ¿De ser una mujer libre? ¿De no tener un hombre que me diga lo que tengo que hacer?

Pero antes de que Riley pudiera formular una respuesta, un estruendo de golpes y maderas quebrándose retumbó en el piso de abajo.

—De ellos —le refutó al oído, mientras la tomaba por la cintura con una mano y le tapaba la boca con la otra—. He venido a salvarte de ellos, maldita sea.

Tras advertirle que no hiciera el más mínimo ruido, Riley se asomó discretamente a la ventana, desde donde pudo ver a los mismos marroquíes que se habían estado entreteniendo con él unas horas antes, tratando de echar la puerta abajo. A Smith no se lo veía por ningún lado, pero no le cupo duda de que no andaría lejos.

Rápidamente se volvió hacia Carmen, que aguardaba en el centro de la habitación arrebujada en su exigua bata, con el desconcierto pintado en la cara. Era una mujer de mundo, inteligente y hábil a la hora de amoldarse a los azares del destino, pero aquello la superaba incluso a ella. En cuestión de minutos, el único hombre en quien se había permitido el lujo de confiar había irrumpido en su casa, atacado a un cliente que podría —y sin duda querría— arruinarle la vida, y aún no acababa de entender la razón de que aquello hubiese sucedido, que unos desconocidos trataban de echar abajo la puerta de su casa, su *sancta sanctorum* inviolable, su refugio del bárbaro mundo exterior donde jamás había puesto un pie nadie que no hubiera sido invitado previamente.

—¿Qué está pasando? —fue lo único que atinó a decir, azorada como no lo había estado desde muchos años atrás, cuando huyó de aquel harén en que...

—¿Hay alguna otra salida? —la interpeló Riley, devolviéndola a la realidad.

—¿Qué?

—Te pregunto si hay otra salida —repitió con urgencia—. Por la ventana nos verían y en un minuto habrán roto la puerta y estarán aquí dentro. Tenemos que escapar.

—Pero ¿por qué? ¿Quiénes son esos hombres?

—No hay tiempo para explicaciones —la apremió tomándola por los hombros—. Necesito saber si hay otra forma de salir de esta casa.

Carmen parpadeó pensativa, sobrepasada por los acontecimientos.

—Hay una... una puerta trasera —murmuró, como si le costara horrores recordar la disposición de su propia casa.

—¡Pues vámonos! —exclamó Riley, agarrando la mochila con una mano y a ella con la otra.

—Un momento —protestó Carmen, soltándose bruscamente—. ¿No ves que solo llevo puesta la bata? ¡Necesito vestirme!

—¡No hay tiempo!

—¿Y el dinero? ¿Y mis documentos? —prosiguió ella, mirando alarmada a su alrededor—. ¡No puedo dejarlo todo aquí!

Haciéndose cargo del lógico aturdimiento de la mujer, Riley se tomó un segundo para tomar aire y, esgrimiendo la mejor sonrisa que podía lograr con su cara inflamada, trató de imprimir un tono tranquilo y sereno a sus palabras.

—Carmen —le dijo suavemente, casi en susurros, ignorando el escándalo de golpes que se desarrollaba a pocos metros—. Conseguiremos ropa nueva y documentos, y cualquier cosa que necesites. Pero ahora hemos de marcharnos porque esos hombres vienen a matarnos a ti y a mí. Cuando estemos a salvo —musitó tomando su mano con dulzura—, te juro que te lo explicaré todo. Pero ahora necesito que confíes en mí... —se llevó la mano al pecho— por favor.

Tras un breve instante en el que pareció reordenar pensamientos y prioridades, Carmen inspiró profundamente, expiró con lentitud y, cuando se supo de nuevo dueña de sí, asintió con la mirada.

—Está bien —concedió, al mismo tiempo que en la planta de abajo se oía crujir la madera del portón—. Sígueme.

Los pies desnudos de Carmen palmeaban contra los escalones que llevaban hasta el patio mientras los bajaba velozmente, seguida de cerca por Riley, que en las penosas condiciones en que se encontraba apenas era capaz de mantener el ritmo.

Este, en un rápido vistazo al llegar al piso de abajo, pudo ver cómo los asaltantes ya habían abierto un agujero en la madera y por ella se introducía una mano nervuda tanteando en busca del cerrojo.

Durante un momento le tentó la idea de disparar a la puerta y darle un susto al que estuviera detrás. Pero enseguida comprendió que no iba a ganar mucho con ello, aparte de ponerlos en guardia y llamar la atención de la policía lo cual, con el gobernador militar inconsciente en el piso de arriba, iba a terminar siendo más un problema que una solución. Además, la dueña de la casa no aflojaba el paso, y en ese momento ya traspasaba una pequeña puerta en la esquina del patio, que daba a una lóbrega habitación en la que desapareció de inmediato.

Sin pensarlo dos veces, Riley fue en pos de ella, cerró a su espalda la puerta y se encontró repentinamente rodeado de la más absoluta oscuridad.

—Carmen… —susurró, desorientado—. ¿Dónde…?

Un fósforo prendió frente a su cara.

—Chsss… —le chistó un perfil recortado por la llama amarillenta.

La cerilla se acercó a un quinqué de alcohol, prendió su mecha e iluminó la habitación. Una habitación con un catre en una esquina, varios muebles, un cuadro que representaba La Meca con lo que debían ser unas suras del Corán, y efectos personales desperdigados aquí y allá.

—Es la habitación de Fátima —aclaró Carmen—. Está en Chefchaouen visitando a su familia. —Tras cruzar la estancia, descorrió un pestillo, abrió una puerta y salió a un estrecho pasillo por el que se internó sin dudarlo.

Alex, que seguía la luz del quinqué como una polilla, cerró de nuevo la puerta a su espalda pensando que, aunque acabarían dando con aquel pasadizo más pronto que tarde, como poco les llevaría cinco minutos de búsqueda. Lo suficiente como para escabullirse y encontrar un lugar donde ocultarse.

—Vamos —le impelió Carmen, que había tomado algo de ventaja—. No seas tan lento.

El capitán bufó por el esfuerzo y el dolor que le provocaban las costillas mientras corría tras ella por aquel angosto y enrevesado pasaje que, para su sorpresa, descubrió que tenía el techo salpicado de estrellas.

Al cabo de cincuenta metros, una nueva puerta cerraba el camino. Pero en esta ocasión Carmen apagó el quinqué primero, la abrió con precaución tras asomarse y la volvió a cerrar.

—Hay gente —cuchicheó a Alex en la oscuridad—. Vendedores preparando sus puestos callejeros.

—¿Y qué?

—¿Cómo que y qué? ¡Voy casi desnuda! Si me ven así llamaré mucho la atención.

—Ah, claro. Toma mi chilaba —propuso él, al tiempo que se la sacaba por la cabeza.

A regañadientes, Carmen la sujetó cuando Riley se la puso en las manos, sopesándola mientras la miraba con recelo.

—¿Qué pasa? ¿No te gusta el color?

Carmen lo taladró con la mirada.

—Vas a tener que darme muchas explicaciones… —masculló entre dientes, enfundándose la holgada túnica que le quedaba ridículamente grande.

—En cuanto estemos a salvo —aseveró, ayudándola a esconder el largo pelo azabache bajo la capucha— te contaré todo lo que sé. Aunque si te soy sincero, tampoco es demasiado.

—¿Se nota mucho que no soy un hombre? —preguntó ella entonces, dando un paso atrás y extendiendo los brazos, de cuyos extremos colgaba la manga sobrante.

—Estás guapísima.

Ella se miró los pies, ocultos bajo el exceso de tela que arrastraba por el suelo.

Luego levantó la cabeza, cubierta por la capucha que hacía su rostro invisible por las sombras.

—Te mataré por esto —afirmó sin rastro de humor.

Y dicho esto se dio la vuelta, abrió la última puerta y salió a la calle.

# 36

A aquella temprana hora eran pocos los que se encontraban en la calle, lo que incrementaba notablemente las probabilidades de llamar la atención. Por suerte, se trataba de comerciantes callejeros, tan afanados preparando los tenderetes de sus negocios, que ninguno le dirigió una segunda mirada a Alex o siquiera una primera. Era solo uno más de los muchos extranjeros que poblaban Tánger, acompañado de lo que parecía ser un segundo hombre, más menudo y enfundado de una chilaba demasiado grande.

—¿Por qué no podemos ir a un hotel? —susurraba este último con una voz definitivamente femenina, siguiendo el paso rápido que ahora marcaba el extranjero alto.

—Es el primer sitio donde buscarán —contestó—. Además, habría que registrarse, y puede que alguien te reconociera y diera el chivatazo. No podemos arriesgarnos —concluyó.

Carmen aún se tomó un segundo antes de hacer la pregunta que, desde que Riley apareció en su ventana, aún no había sido formulada.

—¿Quién me busca, Alex?

—Nos buscan —apuntilló—, pero exactamente no sé quiénes son en realidad. Solo que quieren asesinarnos.

—¿Son los mismos que te han dejado la cara hecha un mapa?

Él asintió frunciendo los labios.

—¿Por qué?

Riley meneó ahora la cabeza, mirándola de reojo.

—Es largo de explicar.

Carmen pareció rumiar esas palabras antes de volver a preguntar en un tono más práctico:

—Y entonces, ¿adónde me llevas? —inquirió, alzando una ceja—. ¿A tu barco?

—El Pingarrón ya ha zarpado —contestó, ajeno al gesto de ella—. Pero hay una vieja pensión cerca del puerto donde me he quedado otras veces. Allí no harán preguntas.

—Eso está al otro lado de la medina —replicó, agarrándole por la manga y apuntando hacia atrás—. En dirección contraria.

—Lo sé, pero prefiero dar un rodeo —contestó, deteniéndose un instante—. Cuanto más difícil les resulte seguirnos la pista, mejor.

—Pasear de madrugada por media ciudad también es peligroso.

—Cierto —concedió, reanudando la marcha—. Pero de momento, no se me ocurre un plan mejor.

—A mí, sí.

—¿Cómo? —Riley se volvió hacia la figura encapuchada, que se había detenido en mitad de la calle.

—Tengo amigos, Alex —indicó—. Gente de confianza que nos puede acoger sin hacer preguntas.

—¿Estás segura de eso?

—Más que de seguirte a ti.

Riley hizo una mueca.

—Muy bien —resopló—. Y ¿viven lejos esos amigos tuyos?

Sin tener que pensarlo, la figura encapuchada alzó el brazo derecho, señalando una bocacalle que se abría a la izquierda a menos de treinta metros.

—Ahí mismo vive uno —afirmó, y sin más preámbulos se encaminó hacia allá a toda prisa.

—Espera —la llamó el capitán.

Pero ella, o no lo oyó o no quiso oírlo, y antes de que Riley pudiera hacer nada para evitarlo ya se internaba por el callejón, haciendo sonar sus pies descalzos sobre los adoquines.

Plantados frente a un portón de madera oscura labrado con enrevesadas cenefas geométricas, Carmen y Riley esperaban a que alguien respondiera a los varios aldabonazos que acababan de dar. El estrecho pasaje donde se encontraban parecía desierto, y no se escuchaban voces ni pasos de nadie que pudiera verlos, aunque no por ello el capitán del Pingarrón dejaba de estar al acecho, con todos los sentidos alerta.

Quizá fue por eso que dio un respingo cuando un brusco golpe metálico sonó al otro lado de la puerta, seguido del inconfundible descorrer de un cerrojo y, finalmente, el gemido de las bisagras cuando la puerta se abrió lo justo para que asomara, candil en mano, el rostro cansado de un hombre que ya habría superado la cincuentena, pelo cano y despeinado, y grandes bolsas bajo sus aceitunados ojos de párpados caídos. A Riley le pareció estar frente a un cruce entre humano y Basset Hound.

—¿Quiénes son? —preguntó taciturno, escrutándolos con desconfianza a la luz del candil—. ¿Qué quieren?

Ella echó hacia atrás su capucha, y la expresión del hombre cambió al instante al reconocerla.

—¡Carmen! —exclamó alborozado, transformándose al instante en otra persona—. ¡Qué alegría verte! —Y mudando a un tono más dramático, preguntó alternando la mirada entre la mujer y el magullado hombre que se encontraba a su lado—: ¿Qué haces aquí a estas horas? ¿Va todo bien?

—Tengo un problema y necesito tu ayuda, Julio. ¿Podemos pasar?

—Por Dios, claro. Pasad, adelante —indicó abriendo la puerta de par en par, invitándolos con el gesto.

—Gracias —contestó, cruzando el umbral sin pensarlo dos veces—. Ah, y este es Alex —añadió, casi con descuido—. Viene conmigo.

—También eres bienvenido —dijo Julio, llevándose la mano al pecho al tiempo que hacía una leve inclinación de cabeza—. Los amigos de Carmen son mis amigos.

Riley agradeció la cortesía con un leve asentimiento, y antes de entrar en la casa echó un último vistazo al callejón para asegurarse de que nadie los seguía.

Una vez los tres estuvieron dentro y la puerta se cerró tras ellos, el ex brigadista pudo ver que se encontraban en un salón de modestas dimensiones pero profusamente decorado, cuyos muros se encontraban abarrotados de coloridos cuadros de estilo impresionista, pintados con un aire peculiar que delataba la mano de un mismo autor en todos ellos. Entonces Julio dejó el candil sobre una ajedrezada mesita de té que ocupaba el centro de la habitación y se los quedó mirando en silencio, esperando que uno de los dos le aclarara el motivo de tan inesperada visita.

Carmen, sin embargo, haciendo caso omiso del desconcierto del anfitrión, se dejó caer sobre una de las montañas de cojines que rodeaban las cuatro paredes y exhaló un profundo suspiro de alivio al tiempo que cerraba los ojos, como si pretendiera echarse a dormir allí mismo.

El dueño de la casa miró a Riley de reojo, escrutando su apaleada fisonomía pero sin decidirse a preguntar.

—No se preocupe —apuntó el capitán, al percibir su curiosidad—. No es contagioso.

El hombre ladeó una sonrisa.

—Julio Villalobos —se presentó, ofreciéndole la mano.

—Alex Riley. —Hizo lo propio y se la estrechó.

—¿Inglés?

—Norteamericano.

—¿Amigo de Carmen?

—Puede —Alex miró a la aludida de soslayo—. O puede que ya no.

—Entiendo… —mintió, y volvió a guardar silencio a la espera de que la mujer envuelta en la chilaba, de la que solo asomaba su mata de pelo revuelto por arriba y sus pies descalzos por abajo, abriera de nuevo sus grandes ojos negros y resolviera sus dudas.

Tardó casi un minuto de incómodo silencio en hacerlo, pero para entonces pareció milagrosamente recuperada, y la turbación y agotamiento que habían sometido su ánimo un minuto antes eran ahora todo aplomo y serenidad cuando, sentándose de rodillas sobre la mullida alfombra que cubría el suelo, invitó a los dos hombres a hacer lo propio.

—Siento mucho haberte molestado, Julio —dijo tomándole la mano—. Necesitaba un lugar para ocultarme y pensé que podrías darme cobijo por unas horas.

El hombre asintió beatífico, desechando con un gesto el requisito de justificación alguna.

—El tiempo que quieras, cariño —contestó, hipnotizado sin remedio—. Pero me gustaría que me explicaras qué es lo que sucede.

Carmen tomó aire antes de contestar, haciendo un claro esfuerzo para no enfadarse al pensar en ello.

—Pues aquí el gran capitán Alex Riley —dijo, volviéndose hacia él con el ceño fruncido— hace cosa de una hora apareció en la ventana de mi habitación. Entró en casa sin mi permiso, agredió a un invitado y me arrastró a la calle casi desnuda mientras unos desconocidos forzaban la entrada principal, según él —agregó escéptica, señalando al marino— con la intención de matarme.

—¿Cómo que «según él»? —replicó Riley, indignado—. ¿No me crees? Si tienes dudas, ¿por qué no regresas y preguntas?

—Puede que lo haga.

—Te acabo de salvar la vida —le recordó, circunspecto.

—Acabas de arruinarme la vida —corrigió enfurecida, imitándole el gesto—. Jamás te lo perdonaré.

—Con un «gracias» era suficiente.

La mujer meneó la cabeza con incredulidad.

—Ni siquiera entiendes lo que ha pasado, ¿no? —le increpó con furia mal contenida—. Por tu culpa lo he perdido todo. ¡Todo! —estalló, pero enseguida recobró el dominio de sí misma—.

Tendré suerte si no termino en un calabozo... —suspiró bajando la cabeza— o de puta en un burdel de legionarios.

Riley se aproximó con la idea de pasarle el brazo por los hombros para consolarla.

—Ni se te ocurra tocarme —siseó ella, adivinando su intención.

—Escúchame —dijo, rectificando el gesto en el aire—. Siento mucho lo que le hice a ese tipo gordo, me dejé... me dejé llevar, y lo siento de veras. Pero créeme cuando te digo que los que de verdad han de preocuparnos son los otros. Mírame, Carmen, por favor.

Reacia, tardó unos segundos en levantar la vista.

—Ellos son los que me han hecho esto —indicó Riley, señalando su propia cara con la mano vendada—. Me hubieran matado de no haber escapado. Y te hubieran matado a ti también, si no llego a aparecer en tu casa para arruinarte la vida. Te doy mi palabra —sentenció con gravedad— de que no habría hecho lo que hice de haber tenido otro remedio.

Carmen guardó silencio y clavó sus negras pupilas en los ojos color avellana del capitán.

—Yo le creo —intervino entonces Julio, de forma inesperada—. No tengo la menor idea de lo que habla, pero tu amigo parece sincero.

En recompensa por el comentario, la mujer lo fulminó con la mirada.

—Está bien —admitió al cabo de una breve reflexión—. Digamos que es cierto, y que esos hombres que estaban forzando el portón venían a matarme... o a matarnos. ¿Por qué?

Riley fue a rascarse pensativamente la cicatriz de la mejilla, pero un espasmo de dolor le recordó que era mala idea.

—Es complicado.

—Aún no ha amanecido —replicó Carmen—. Fíjate si tenemos tiempo.

—No, no se trata de eso —dijo, volviéndose hacia Julio—. Es que es un asunto muy delicado. Delicado y peligroso.

Carmen rechazó la objeción con un gesto de la mano.

—Julio es de absoluta confianza —afirmó—. Confío más en él que en muchos otros —añadió, contemplando a Riley sin ninguna sutileza.

Este negó con la cabeza, ignorando el reproche.

—Es peligroso para él —advirtió, señalándolo con una inclinación de cabeza—. Incluso estar aquí sentado con nosotros podría ser motivo para que también quisieran matarlo.

—En ese caso —opinó el dueño de la casa, poniéndose en pie casi de un salto—, será mejor que os deje solos. Os traeré un par de mantas y podréis pasar lo que queda de noche aquí mismo. Descansad lo que podáis, y mañana ya hablaremos con más calma. ¿De acuerdo?

Dicho esto, dejó el candil sobre la mesa y desapareció por la puerta que daba a su habitación.

Entonces Carmen se cruzó de brazos, expectante, y alzando una ceja inquisitoria esperó a que el capitán del Pingarrón le contara de una vez, quién y por qué quería acabar con ambos.

Una hora más tarde, Riley ya le había narrado todo lo sucedido en los últimos diez días, las posibles implicaciones y las imprevisibles consecuencias que habían acarreado cada uno de sus actos. Omitiendo tan solo y por absurdo que pudiera parecer —dedicándose Carmen a lo que se dedicaba— su efímera aventura con Elsa.

—Es increíble —musitó ella, al concluir la larga explicación interrumpida por un sinfín de preguntas. Su atención parecía centrada en los arabescos de la alfombra, con la cabeza gacha y el perfil recortado contra los postigos por los que se filtraban las primeras luces del amanecer—. Increíble… —repitió.

Alex asintió, comprensivo.

—Lo sé. Parece el argumento de una novela de espías, pero te juro que todo es cierto.

—Pero no tiene ningún sentido. ¿Cómo pueden querer matarnos por algo que ni siquiera sabemos?

—Me temo que puestos en la balanza junto a esa misteriosa Operación Apokalypse nuestras vidas valen más bien poco.

—¿Y no sabes más de lo que había en esa página?

—De momento, no. Solo espero que nuestros dos pasajeros alemanes encuentren algo más entre todos los papeles que recuperamos del pecio y nos ayuden a arrojar alguna luz sobre el asunto.

Carmen se masajeó el puente de la nariz con el índice y el pulgar, tratando de calmarse.

—Siento haberte metido en todo este lío —murmuró Riley—. Si hubiera sabido que algo así podía llegar a pasar, yo...

La mujer de piel canela suspiró resignada.

—Olvídalo. Si lo que me cuentas es cierto, no es culpa tuya —resolvió con frialdad, mientras se anudaba el pelo en la nuca con un ágil movimiento.

Luego, sin decir más, se estiró en la alfombra acomodando la cabeza sobre un cojín y, tras cubrirse con la manta, dándole la espalda a Riley se deshizo de la chilaba y la bata de seda, arrojándolas a un lado.

Alex, aún sentado, se quedó callado, observando en la penumbra la grácil curva del cuello de Carmen donde este se unía con los hombros.

—¿Significa eso... que me perdonas? —preguntó en susurros.

—De ningún modo —fue la rotunda respuesta—. Y ahora déjame, necesito dormir.

Tragándose una réplica, Riley también se acomodó lo mejor que pudo entre los cojines y, sin fuerzas para desvestirse, también se tumbó en la mullida alfombra de lana y se tapó con la manta.

Tendido boca arriba para mitigar la presión en el pecho, no pudo evitar volver la vista hacia su derecha, donde la voluptuosa silueta de Carmen —a la que sabía enteramente desnuda bajo la manta y al alcance de su mano— se adivinaba perfectamente y le provocaba esa desmedida excitación sexual que le invadía siempre que se encontraba junto a aquella sensual mujer.

Sin embargo la sensual mujer pareció leerle el pensamiento, y volviéndose hacia él con el ceño fruncido le advirtió muy seria:

—Ni se te ocurra.

# Wilhelm y Heinrich

*Oficinas de la Gestapo*
*Berlín*

En una pequeña y desangelada sala situada en las entrañas de un antiguo teatro de la calle Prinz Albrechstrasse, donde se encontraba la sede central de la Gestapo —un edificio conocido por los berlineses como «La casa de los horrores»—, dos hombres se sentaban uno frente al otro en sendos sillones de ante gris. Los separaba una pequeña mesa redonda, en la que descansaba una bandeja de plata con dos tazas de café que ninguno de los dos había tocado todavía.

Las diferencias entre uno y otro no podían ser más notables. Mientras uno lucía un elegante traje de lana que resaltaba un porte digno y sereno, subrayado por el pelo plateado y las tupidas cejas que destacaban una mirada azul y franca, el otro parecía la versión humana de una comadreja, con sus pequeños ojillos enmarcados en unas gafas redondas, bigotito negro, mandíbula huidiza, y gestos nerviosos como si estuviera dispuesto a saltar del asiento a la primera oportunidad. Sin embargo, y en contraposición con su físico tan poco marcial, este último portaba el intimidante uniforme negro y plata de las SS, de las que había sido nombrado líder supremo doce años atrás. A todos los efectos, Heinrich Himmler era el segundo hombre más poderoso y temido del III Reich. Un hombre que solo debía rendir cuentas al propio Adolf Hitler.

La antipatía que se profesaban ambos hombres era un secreto a voces, y el hecho de que el primero fuera el jefe de la denostada Abwehr y único miembro del gobierno que no pertenecía al partido nazi, mientras el segundo dirigía con cruel mano de hierro a la todopoderosa Waffen-SS, hacía que la línea que les separaba a ambos estuviera claramente definida. Todos aquellos que querían navegar con el viento a favor en la Alemania nacionalsocialista de Hitler tenían perfectamente claro en qué lado de esa línea debían estar. De hecho, el que Wilhelm Canaris se mantuviera aún al frente de la Abwehr, dada su conocida oposición a los métodos del Reich, era un misterio para casi todo el mundo. Excepto, claro está, para aquellos que habían sido objeto de la habilidad del almirante para manejar información comprometida y usarla para mantener a raya a sus enemigos. Enemigos entre los que, por supuesto, se encontraba también Heinrich Himmler.

La tensión entre ambos casi podía verse fluyendo en el enrarecido aire de la sala, tan solo iluminada por la escasa luz que entraba por una ventana orientada al norte. A regañadientes, el líder de las SS había accedido a aquella reunión sin sentido, amenazado por unas supuestas fotos en las que aparecía en una actitud algo más que cariñosa con unos niños. Una razón más para odiar a aquel viejo marino que renegaba del nacionalsocialismo, que no hacía otra cosa que intrigar contra sus superiores y desmoralizar a sus subordinados, y de quien sospechaba, era el auténtico responsable de haber convencido a Franco para que España no entrara en la guerra del bando de Alemania. Era, en definitiva, un pesado lastre para el Reich, y más pronto que tarde encontraría la manera de meterle a él, a su familia y a sus estúpidos perros en un campo de concentración. Le obligaría a comerse sus chuchos antes de ahorcarlo por traición —pensó Himmler, estirando los labios bajo el bigotito con íntima satisfacción—. Sí, eso haría.

—Es un error —repetía Canaris por tercera vez, ajeno a los pensamientos del hombre que tenía enfrente—. La Operación Apokalypse es un grave error, que sin duda pagaremos muy caro.

—Usted no sabe nada sobre esta operación –replicó Himmler con suficiencia—, aunque pretenda hacerme creer lo contrario.

—Sé lo suficiente para temerme lo peor.

Himmler sonrió cínicamente.

—Le recuerdo que la idea original fue suya.

El almirante abrió desmesuradamente los ojos al escuchar aquello, esforzándose por no caer en la provocación.

—¿Cómo se atreve? —replicó indignado, aunque sin llegar a alzar la voz—. El plan que le propuse al Führer consistía en el desembarco de agentes para su infiltración, usando buques corsarios. No en... en lo que sea que ustedes pretenden llevar a cabo, y que solo nos conducirá al desastre.

Himmler, deleitándose con el acaloramiento del almirante, se retrepó en el sillón y juntó las yemas de los dedos.

—¿Sabe que ese comentario derrotista podría ser considerado traición?

Canaris se inclinó hacia adelante y clavó la mirada en el jefe de las *Schutzstaffel*.

—Ni usted ni su ejército de camisas negras me intimidan lo más mínimo, Heinrich —contestó con voz glacial—. Si es necesario, acudiré al mismo Führer para hacerle ver cuán equivocados están con este plan. La Operación Apokalypse no solo será un fracaso, sino que traerá sobre Alemania la derrota y la aniquilación, porque hay un hecho crucial que usted desconoce —añadió—. Mis informantes en Londres me aseguran que el gobierno británico está al corriente de Apokalypse —hizo una pausa, a la espera de una reacción de su interlocutor, que no se produjo—. De modo que esta operación... —concluyó— está condenada al fracaso.

Canaris esperaba ver en el rostro que tenía enfrente una expresión de sorpresa o contrariedad, al oír de sus labios que los británicos estaban al tanto de la operación.

Sin embargo, el sorprendido fue él, cuando Himmler dejó escapar una risita por debajo de su ridículo bigote.

—Ese gordo borracho de Churchill en realidad no sabe nada de nada.

—Pero mis agentes...

—Los británicos saben —aclaró, ensanchando una sonrisa triunfal— exactamente lo que nosotros queremos que sepan.

Canaris se tomó un momento para reflexionar.

—Aun así —insistió—, hay que detener esta locura antes de que sea demasiado tarde.

Himmler esbozó una mueca de impaciencia.

—Sabe tan bien como yo —alegó— que eso ya no es posible. Y aunque así fuera —añadió, mirándose la uñas con indiferencia—, el Führer jamás lo autorizaría. Ni a él, ni a mí, ni a los que realmente dirigimos Alemania —dijo esto último deleitándose en cada sílaba— nos cabe la menor duda de que será un golpe definitivo contra los aliados. No solo nos llevará a vencer en esta guerra de forma inmediata, sino que en menos de un año dominaremos el mundo entero. Un apocalipsis —concluyó, levantando la mirada con emoción contenida— en el que solo la raza aria prevalecerá.

Consternado, Canaris vio en el fondo de aquellos ojos fanáticos el inconfundible brillo de la locura.

—Escúcheme bien —dijo usando esta vez el tono conciliador que se emplea con los desequilibrados—. Aún en el caso de que esa operación tuviera éxito, estaríamos muy lejos de conseguir lo que ustedes creen. Solo lograrían desatar la ira de nuestros enemigos y cargar de razones a aquellos que aún no lo son. Pondrían a todas las naciones en nuestra contra... y ni siquiera Alemania puede enfrentarse a todo el mundo y salir victoriosa. ¿Es que no lo comprende? —concluyó entrelazando los dedos, casi se diría que suplicando—. El único apocalipsis que habrá será el nuestro.

Himmler negó lentamente con la cabeza y sonrió complacido.

—No, Wilhelm —replicó, condescendiente—. Quien no lo comprende es usted. Esta operación es más importante y va mucho más allá de lo que usted cree saber. —Apoyándose en los brazos del sillón, se puso en pie y estiró los faldones del uniforme, dando la reunión por concluida—. Así que limítese a mantenerse al margen y cumplir las órdenes del Führer sin discutirlas, si en algo valora su vida y la de sus seres queridos. —Y por último, añadió—: ¿He sido lo suficientemente claro?

El almirante Canaris alzó la vista hacia el hombre que tenía enfrente uniformado de negro de pies a cabeza, con la seguridad de que estaría encantado de cumplir su amenaza a la menor oportunidad. De modo que asintió, resignado.

—Muy claro —murmuró.

—Así me gusta —repuso Himmler, satisfecho con la sumisión de aquel viejo cobarde, al que de cualquier modo pensaba quitar de en medio—. No se interponga en nuestros planes y quizá llegue a ser testigo del nacimiento de un nuevo mundo gobernado por Alemania y el nacionalsocialismo.

Sin molestarse en hacer gesto alguno de despedida, Heinrich Himmler se dirigió a la salida y abandonó la estancia, dejando al almirante aún sentado en el mullido sillón, con el ceño fruncido y una profunda preocupación en el gesto.

Cuando convocó a Himmler a aquella reunión sabía de antemano que no podría hacerle cambiar el rumbo de sus planes ni un solo milímetro. Pero el fin último no había sido otro que confirmar sus sospechas de que la información que él había obtenido sobre la Operación Apokalypse, por terrible que esta fuera, no suponía más que la punta del iceberg de algo aún más perverso y peligroso.

Desde que había sido puesto al cargo de una pequeña parte de los preparativos, su intuición de espía veterano le había dicho que aquello era solo una estratagema para mantenerlo ocupado, haciéndole creer que era parte del operativo cuando en realidad no era así en absoluto. Una intuición que las palabras de Himmler le acababan de confirmar, seguro de que ya nada podría hacer por entorpecer sus planes.

Y lo peor era que estaba en lo cierto.

# 37

A Riley le pareció que habían transcurrido solo unos minutos desde que había logrado conciliar el sueño, cuando unas voces al otro lado de los postigos cerrados de la ventana le despertaron bruscamente, haciéndole incorporarse como un resorte con todos los sentidos alerta.

El brusco movimiento de Alex despertó a su vez a Carmen, que se irguió alarmada, y miró también a su alrededor con ojos desorbitados.

—¿Qué pasa?

En vez de contestar, Riley se llevó el índice a los labios mientras con la mano derecha buscaba la culata de la pistola.

—Hay alguien ahí fuera —susurró, aguzando el oído.

Entonces, una fuerte sacudida hizo temblar la puerta de madera, seguida de inmediato por un coro de risas infantiles y gritos de algarabía en árabe.

—Maldita sea… —resopló con alivio, dejándose caer sobre la alfombra—. ¿Es que no tienen otro sitio para irse a jugar los puñeteros niños?

—¿Por eso me has despertado? —gruñó Carmen, señalando al exterior con enojo—. ¿Por unos niños jugando al fútbol?

—Estaba dormido y creí que… que… —Y la explicación terminó ahí, cuando Alex se dio cuenta de que ella estaba desnuda y sus pezones le apuntaban inmisericordes.

Ella aún tardó un instante en darse cuenta de su exhibición y, llevada más por el enojo que por el pudor, se cubrió de inmediato, alzando la manta para arroparse. Paradójicamente, esto aún excitó más la imaginación de Riley, sin defensa posible frente a aquella mujer que lo miraba reprobadoramente con sus grandes ojos negros y el pelo sensualmente revuelto que le caía desordenado sobre los hombros.

Alex abrió la boca con la idea de decirle lo hermosa que estaba por las mañanas, pero no le dio tiempo a pronunciar la primera sílaba antes de que un nuevo ruido sonara junto a la puerta. Esta vez, acompañado del inconfundible trasiego de una cerradura que se resistía a abrirse.

El capitán del Pingarrón se abalanzó sobre Carmen, sacó la pistola de debajo de un cojín y le ordenó con un gesto perentorio que guardara silencio. Se puso en pie de un salto junto a la puerta que ya se abría, y en cuanto por ella asomó la forma de un hombre en chilaba con una cesta en la mano, Riley apoyó el cañón del arma contra la sien del desconocido.

—Ni se mueva ni hable —le susurró, sin dejar de apuntarle a la cabeza—. Ahora deje la cesta en el suelo, cierre la puerta muy lentamente y luego levante las manos.

El recién llegado obedeció a rajatabla sin decir esta boca es mía, y no fue hasta cuando Riley le echó hacia atrás la capucha, que descubrió turbado que aquel hombre al que amenazaba era nada menos que Julio Villalobos, su anfitrión.

—Oh, disculpe —se excusó azorado, apartando el arma—. No creí que pudiera ser usted.

—Eres idiota, Alex —concluyó Carmen, poniéndose en pie mientras se cubría con su exigua bata de seda roja—. ¿Estás bien, Julio?

—Sí, sí —contestó mientras bajaba las manos—. La culpa es mía por asustaros.

—Lo siento mucho —alegó Riley, metiéndose la pistola en la parte de atrás del pantalón—. Creí que estaba durmiendo.

—Lo estaba.… Pero ya son casi las doce del mediodía, y tuve que salir a hacer algunas compras. ¿Habéis desayunado?

—Nos acabamos de despertar —explicó Carmen, dirigiendo una última mirada furibunda al capitán.

—Entonces llego a tiempo. ¿Os apetecen unas tostadas francesas? ¿Unos huevos revueltos, quizá?

Riley negó con la cabeza.

—Se lo agradezco mucho, Julio, pero tenemos que marcharnos enseguida.

—Yo tomaré las tostadas, gracias —indicó en cambio Carmen, ignorando el rechazo de Riley—. Tengo un hambre que me muero.

El anfitrión miró a uno y a otro, y encogiéndose de hombros se dirigió a la cocina.

—Haré huevos y tostadas —dijo dándose la vuelta.

—Tenemos que irnos —insistió Riley en cuanto Julio salió por el pasillo—. ¿Es que no recuerdas lo que pasó anoche? Tánger ya no es segura para nosotros.

—Razón de más para quedarnos aquí —arguyó ella, abarcando la casa con un gesto.

—No. Hay que salir de esta ciudad lo antes posible.

—¿Por qué tanta prisa?

—Porque los que nos persiguen no son aficionados, Carmen. Removerán la ciudad entera para encontrarnos, y lo primero que harán será ir a casa de tus amigos y conocidos. Solo es cuestión de tiempo que den con el nombre de Julio y llamen a esta puerta.

—¿Quieres decir que lo he puesto en peligro por venir a su casa?

—Si nadie nos vio llegar y nadie nos ve salir, no creo que corra ningún riesgo. Pero cada minuto de más que pasemos aquí, aumenta las probabilidades de que alguien nos descubra.

Carmen se llevó la mano a la frente, negando con la cabeza.

—Maldito seas, Alex —se lamentó—. Pero en qué lío me has metido.

En ese momento Julio regresó de la cocina, asomando la cabeza por el pasillo.

—¿Té o café? —preguntó.

—Lo siento, Julio —contestó Carmen—, pero no podemos quedarnos. Nos vamos ya.

—¿Con el estómago vacío? —insistió con una mueca de decepción.

—Te agradezco mucho que nos hayas acogido —repuso ella, acercándose y tomándole de la mano—, pero la gente que nos sigue es probable que venga aquí a buscarnos.

El hombre pareció tomarse unos segundos en reflexionar sobre esa posibilidad, aunque si le preocupó no dio señales de ello.

—Aún no me habéis explicado lo que pasa, ni de quién estas huyendo —exigió.

—Y por su bien es mejor que siga siendo así —advirtió Riley—. Si quiere evitarse problemas con esa gente, no le diga a nadie que hemos estado aquí.

—¿Son los mismos que… —frunció el ceño, ahora sí con un rastro de inquietud— le han hecho eso en la cara?

Alex se pasó la mano por el rostro, como si se hubiera olvidado por un momento del lamentable aspecto que presentaba. Luego asintió pesadamente.

—Está bien —aceptó el otro, tragándose las dudas—. Y ¿adónde pensáis ir, si puede saberse?

—También es mejor que no lo sepa.

—Tetuán, en el protectorado español, está a poco menos de una hora de camino —sugirió el locuaz anfitrión—. Allí tengo amigos que podrían acogeros.

—Lo tendremos en cuenta, gracias. Pero es mejor que no…

—¿Tenéis salvoconductos? —continuó, dirigiéndose ahora a Carmen.

—¿Salvoconductos? —repitió ella, abriendo los brazos para mostrar todo lo que le quedaba en el mundo—. ¡No tengo ni ropa!

—Pues os podrían hacer falta. En la oficina de gobernación militar, incentivando con una pequeña propina al funcionario, quizá podréis conseguirlos hoy mismo. ¿Necesitáis dinero? Puedo prestaros un poco si…

—No, gracias —lo interrumpió Riley—. No necesitamos dinero, y tampoco creo que sea buena idea tratar de conseguir esos salvoconductos. Tendremos que salir de incógnito.

—Este patán —explicó Carmen, antes de que Julio formulara la pregunta— entró en mi casa anoche y no se le ocurrió otra cosa que darle una paliza al gobernador militar.

El pintor miró de nuevo al capitán con un punto de diversión.

—¿Eso hizo?

Alex se encogió de hombros.

—Había tenido un mal día.

—¿Pues sabe qué le digo? Ese fulano es un mal bicho y espero que le diera bien duro —dijo guiñándole el ojo—. Capitán Riley, acaba usted de ganarse mi simpatía.

—No hay de qué. Fue todo un placer —contestó mirando a Carmen de reojo.

—Pues a mí no me hace maldita la gracia —barbulló enfurecida, apuntando a Alex con un dedo acusador—. Me has jodido bien jodida.

—¿Ah sí? Pues diría que era exactamente eso lo que estaba haciendo tu amigo el gobernador —arguyó Riley sin pensarlo, arrepintiéndose al segundo de haber abierto la boca.

Afortunadamente, Julio terció en la discusión antes de que Carmen replicara al capitán con un insulto que ya se le estaba formando en los labios.

—Mejor centrémonos en lo inmediato —razonó interponiéndose entre ellos, tratando de calmar los ánimos—. ¿Cómo vais a salir de la ciudad sin que os descubran? Carmen es quizá la mujer más conocida de todo Tánger y usted, capitán Riley, con ese aspecto también llamará mucho la atención.

Alex hizo un gesto resignado.

—Lo sé, pero no hay otro remedio que arriesgarse. Trataremos de ir por calles poco transitadas, y con la capucha de la chilaba puesta será más difícil que alguien reconozca a Carmen. Y ahora que lo pienso… ¿Tendría alguna otra chilaba vieja que pudiera prestarme? Me ayudaría a pasar desapercibido a mí también.

Julio negó con la cabeza, meditabundo.

—Eso no servirá —dijo mirándolos a ambos—. Por la noche, a oscuras, puede ser suficiente, pero a plena luz del día vestiros con chilabas no os va a servir de gran cosa.

—Por desgracia, no podemos esperar a que se haga otra vez de noche.

Julio sonrió misteriosamente y les hizo una seña para que aguardaran.

—Quizá no haga falta —dijo, y volvió a salir por el pasillo a toda prisa.

Riley se cruzó de brazos y miró el reloj con impaciencia.

—Estamos perdiendo un tiempo precioso —murmuró.

—Por mí, puedes marcharte cuando quieras —replicó Carmen, alzando una ceja desafiante.

—Si hubiera querido marcharme, lo habría hecho anoche, en mi barco.

La que decía ser hija de un tuareg y una princesa india miró largamente al capitán a los ojos, evaluando tanto al hombre que tenía delante como sus intenciones.

—Está bien —refunfuñó, frunciendo los labios—. Gracias por… venir a salvarme.

—Eso está mejor —convino Alex, sorprendido por aquel súbito cambio de actitud—. De nada.

—…de unos hombres que no conozco —añadió entonces Carmen, apretando el índice contra el pecho del marino— que quieren matarme por algo que *tú* has hecho, y con lo que yo no tengo nada que ver.

Los interrumpió un estrépito de trastos rompiéndose al otro lado de la casa.

—¿Estás bien, Julio? —preguntó Carmen con preocupación.

—Sí, sí —contestó la voz de aquel, ahogada por los recovecos de la vivienda—. Esto está muy desordenado, pero voy enseguida.

Alex hizo un gesto con la cabeza en dirección a la voz.

—Parece un tipo peculiar —apuntó en voz baja—. ¿De qué le conoces?

Carmen lo miró de soslayo, aparentemente a punto de sugerirle que se metiera en sus asuntos.

—Es un viejo amigo —dijo en cambio—. Algo excéntrico, pero muy de fiar, además de ser un gran artista. —Y volviéndose, señaló un óleo situado a un par de metros de altura, compuesto de cuadros, rectángulos y triángulos de diferentes tamaños y formas—. Esa soy yo —afirmó con un matiz de orgullo.

El capitán se giró también y miró la obra, con el escepticismo pintado en la cara.

—¿Estás segura? Yo solo veo cuadrados de colores.

—Se llama cubismo, zoquete. Julio conoció a Picasso en persona, y algunos hasta lo han comparado con él por su genio artístico.

—Pues qué quieres que te diga... —comentó torciendo la cabeza casi noventa grados, para tener otra perspectiva—. ¿Y cómo dices que se titula el cuadro?

—*Carmen desnuda.*

Riley miró a la mujer en busca de alguna señal de burla, y de nuevo a la pintura, buscando entre aquellos trazos rectilíneos rastros de ese cuerpo que tan bien conocía.

—¿Tú y él...? —preguntó sin despegar la vista del cuadro—. Ya sabes...

—¿Por qué? ¿Quieres pegarle también?

—¡Yo no...! —empezó a replicar airadamente, aunque dejando la frase a medias—. ¡Bah! Olvídalo.

—Que me pintara desnuda no quiere decir que me acostara con él.

—Está bien. No debí preguntar, no es asunto mío.

—Exacto, no es asunto tuyo —remarcó—. Pero en este caso, te puedo asegurar que no soy su tipo.

Alex se volvió hacia ella con una mueca de incredulidad.

—Eso sí que no me lo trago —bufó—. Si es humano y tiene pulso, te aseguro que eres su tipo.

Carmen esbozó algo que casi podría haberse tomado por una sonrisa.

—Los gustos de Julio van por otro lado.

—¿Quieres decir...?

—Y además, es comunista —añadió, contestando implícitamente a la pregunta de Riley—. Por eso se exilió aquí en Tánger. Para estar cerca de su Málaga natal, pero fuera del alcance de la dictadura fascista y homófoba de Franco.

—Entonces... —rumió Alex— tu amigo debe de estar bastante intranquilo desde que las tropas españolas invadieron la ciudad el año pasado.

—Procuro ser discreto —contestó la voz de Julio a sus espaldas.

Ambos se giraron al unísono y descubrieron al pintor en la entrada del pasillo, portando en las manos unas telas blancas enrolladas que debían tener varios metros de longitud.

—Creo que he encontrado la solución a vuestros problemas —añadió, extendiendo los brazos para mostrar lo que traía.

—¡Qué gran idea! —exclamó Carmen, tomando una de las telas y desenrollándola en toda su longitud—. ¿De dónde las has sacado?

—Las compré para las modelos de un cuadro titulado *Mujeres de Tánger*, que vendí al embajador ruso hace un par de años. Suerte que me dio por conservarlas.

—Gracias, Julio —dijo estampándole un sonoro beso en la mejilla—. Es justo lo que necesitamos.

Riley se quedó mirando el lienzo que Carmen se había colocado sobre los hombros, sin llegar a comprender.

—¿Lo que necesitamos? —preguntó, extrañado—. ¿Para qué?

—Para que no nos reconozcan —le aclaró ella, cubriéndose el rostro hasta los ojos con el paño—. ¿Para qué si no?

—¿No querrás decir…? —barbulló Alex, irguiéndose sobremanera al intuir a lo que se refería—. ¿No esperarás que yo…?

Carmen sonrió ahora sí abiertamente, complacida ante la innegable turbación del capitán.

—No seas tonto —apuntó, burlona—, que seguro que vas a estar guapísima.

# 38

Bajo el tibio sol del mediodía de diciembre, dos figuras casi fantasmales caminaban, una junto a la otra, haciendo rozar las suelas de sus babuchas sobre las empedradas calles de la medina de Tánger.

A primera vista no llamaban demasiado la atención. El jarque de blanco inmaculado que las cubría de la cabeza a los pies, y dejaba solo una estrecha abertura para los ojos, era la prenda típica de las mujeres de la región de modo que, confundidas entre la multitud de viandantes ataviadas exactamente igual, resultaban virtualmente invisibles. De no ser así, cualquiera que les hubiera prestado la mínima atención se habría percatado de lo singular de aquellas dos presuntas moras —una de porte erguido y grácil, y la otra aunque mucho más alta, encorvada exageradamente sobre su bastón como una anciana—, que llevaban cada una de ellas un pequeño saco de rafia a la espalda y andaban con pequeños pero presurosos pasos, como si llegaran tarde a una cita.

Claro que más sospechoso aún habría sido escuchar la voz grave de una diciéndole a la otra:

—Ni una palabra de esto, a nadie —susurraba una advertencia tras el paño que le cubría el rostro—. Jamás.

—Oh, vamos —le contestaba su acompañante, esta sí con voz femenina—. No puedes negar que es el disfraz perfecto. Vestidas así ni nos miran, y nadie se ha percatado por ahora de que no eres una pobre ancianita. ¿Qué más quieres?

—Puestos a pedir —indicó quejumbroso—, una caja de calmantes.

Los ojos de Carmen se desviaron hacia Riley, haciéndose idea del dolor que debía provocarle su rosario de cardenales, cortes y heridas.

—Aguanta —lo animó, tomándolo del brazo—. En cuanto lleguemos a la estación de autobuses podrás descansar. Ya queda poco.

—Antes tenemos que ir a otro sitio.

—¿Qué? ¿Cómo? —preguntó incrédula, parándose en seco y alzando la voz por encima de lo aconsejable—. ¿A qué otro sitio? Creí que íbamos a subir a un autobús para salir de Tánger.

—Y lo haremos —murmuró, instándola a bajar el tono—. Pero primero hay que hacer una pequeña parada en el camino. No hay otro remedio.

—¿Una pequeña parada? —repitió, perpleja—. ¿Dónde? ¿Para qué?

—En el Boulevard Pasteur. Tengo que hacer una visita a un viejo amigo.

—¿Una visita? —inquirió de nuevo, cada vez más confusa—. ¿Te parece un buen momento para hacer vida social?

Riley la miró fijamente con su ojo bueno, arrimándose luego para decirle en voz baja:

—Sé que no te resulta fácil, pero tendrás que confiar en mí y hacer exactamente lo que te voy a decir —secreteó bajo el velo del jarque—, porque nos puede ir la vida en ello. —Y acercándose aún más, añadió apremiante—: Y por el amor de Dios, no vuelvas a alzar la voz si no quieres que nos descubran.

Pocos minutos más tarde, se encontraban frente a un edificio de cuatro plantas de nueva construcción y estilo netamente europeo. Un portón de hierro entreabierto franqueaba la entrada y junto a él una placa en bronce anunciaba en cinco idiomas el despacho de un abogado especializado en administración y comercio internacional, así como su propio nombre en grandes letras mayúsculas.

Con solo su voz melosa y una seductora caída de párpados, Carmen convenció al portero de que las dejara subir a ella y a su encorvada y anciana madre a la oficina del abogado, donde tres inacabables tramos de escalera después, llamaban al timbre con insistencia.

Abrió la puerta una secretaria alta y rubia, de porte frío y eficiente, que compuso el mismo gesto de sorpresa al descubrir en su puerta a dos humildes moras con jarque, como si en su lugar hubiera encontrado a dos camellos haciendo tiempo en el rellano.

—¿Qué desean? —preguntó con desdén y marcado acento escandinavo, tratando de recuperar la compostura ante aquellas dos desconocidas.

—Venimos a ver al señor El Fassi —contestó Carmen, exagerando a su vez un deje árabe que en realidad no tenía.

—¿Tienen cita concertada?

—No. Se trata de un asunto urgente.

—Pues lo siento mucho —replicó con evidente satisfacción—, pero sin cita previa no las puedo dejar pasar.

Carmen desvió la mirada un instante hacia Alex, que le hizo un gesto imperceptible con la cabeza.

—Pues es una lástima... —dijo teatralmente decepcionada—. Porque mi difunto padre acaba de fallecer y nos ha dejado a mi madre y a mí dieciséis fincas en Tánger que, por nuestra ignorancia, no somos capaces de gestionar, y un amigo de la familia nos recomendó venir a hablar con el señor Ahmed... Pero claro —concluyó, amagando con darse la vuelta—, si no es posible que nos atienda tendremos que buscar otro administrador que...

La secretaria reaccionó dando una muestra de buenos reflejos, tomando afablemente del brazo a Carmen.

—Esperen un momento... —solicitó, transformando al instante el matiz de desprecio en algo muy parecido a la adulación—. Aunque no tienen cita previa, no puedo permitir que, ya que han venido hasta aquí, se marchen sin hablar con el señor abogado. Por favor —añadió haciéndose a un lado—, entren y pónganse cómodas. Estoy segura de que el señor El Fassi encontrará un hueco en su agenda para poder recibirlas.

En cuanto las dos supuestas mujeres tomaron asiento, la secretaria llamó a la puerta del despacho, donde una voz masculina respondió al otro lado haciéndola pasar.

Cuando se quedaron solos, Carmen se volvió hacia Riley con una interrogación en la mirada.

—¿Y ahora qué? Todavía no me has dicho qué hacemos aquí.

—Ten paciencia, enseguida lo verás. Tú solo sigue con la comedia, que yo me encargo del resto.

No acabó de decir esto, que la puerta volvió a abrirse y por ella apareció de nuevo la secretaria.

—Pasen adelante, por favor —dijo con un gesto de invitación—. El señor El Fassi las atenderá con mucho gusto.

Con una muda inclinación de cabeza le dieron las gracias, y en su papel de achacosa madre y abnegada hija, se pusieron en pie y entraron en el despacho. Allí, Ahmed el Fassi las aguardaba de pie junto a su mesa, con una obsequiosa sonrisa en los labios y vestido con el mismo traje de lino blanco que llevaba puesto una semana atrás, cuando en la tetería de la medina les entregó a Riley y Jack el sobre con las instrucciones de Joan March para el rescate submarino.

—*As Salaam alaykum* —saludó, llevándose la mano al pecho.

—*Wa alaykum as-salaam* —contestó Carmen.

—Por favor, tomen asiento —indicó servicial, señalando las sillas y haciendo lo propio en su mullido sillón de cuero tras el escritorio—. Díganme, ¿en qué puedo tener el placer de ayudarles?

El guion de Carmen terminaba ahí, así que sin saber muy bien qué decir se volvió hacia Alex, que estaba arrellanándose en la silla.

—No sé ella —dijo este con voz fatigada, dejando su saco en el suelo—. Pero yo mataría por un buen lingotazo de *bourbon* y una aspirina.

Al orondo abogado se le heló la falsa sonrisa en los labios al escuchar una voz de hombre salir del interior de aquel atuendo femenino, incapaz de asimilar aquella inadmisible incongruencia.

—¿Qué...? ¿Quién es usted? —tartamudeó, anonadado.

—Soy Batman —dijo, y señalando a Carmen con el pulgar añadió—: Y ella es Robin.

—No comprendo —farfulló, saliendo poco a poco de su asombro—. Pero si no sale inmediatamente de mi despacho, le aseguro que...

—Déjese de amenazas absurdas, Ahmed... Y le sugiero que deje las manos a la vista, porque le juro que si hace alguna tontería le pego un tiro aquí mismo. —Acompañó la amenaza con el chasquido del percutor de la pistola.

Raudamente y con expresión alarmada, El Fassi levantó las manos como si le estuvieran asaltando.

—No tengo dinero —musitó, asustado—, pero llévense lo que quieran. Por favor, no disparen.

No fue hasta entonces que Alex se descubrió la cara y echó hacia atrás la capucha, dejando a la vista su rostro amoratado.

—Tranquilo, Ahmed —dijo, aliviado por quitarse el velo—. Solo he venido a hablar con usted. No tengo intención de dispararle... al menos, de momento.

El abogado estiró el cuello hacia adelante entrecerrando los ojos, tratando de reconocer en aquellas inflamadas facciones un semblante que le resultaba familiar.

—¿Capitán Riley?

—El mismo que viste y calza.

—¿Qué... qué le ha pasado?

—Bueno, esperaba que usted me ayudara a contestar esa pregunta.

—¿Yo? —preguntó con lo que parecía sincera sorpresa—. ¿Por qué iba yo a saberlo?

Riley se sacó el Colt por debajo de las ropas y la dejó sobre la mesa con aparente indiferencia, pero con el cañón apuntando inequívocamente hacia el abogado.

—Verá, Ahmed… Resulta que ayer me tendieron una emboscada cuando iba de camino a hacer la entrega al señor March y su problema, amigo mío, es que usted es de las pocas personas que debía conocer los detalles del encuentro. Así que, por la cuenta que le trae, necesita convencerme de que no fue usted quien dio el chivatazo.

El abogado se tomó unos segundos de reflexión antes de preguntar a su vez:

—¿Por eso no se presentó ayer en el hotel El Minzah? ¿Le asaltaron?

—Me tendieron una emboscada —matizó—. Y no eran vulgares ladrones, sino sicarios profesionales dirigidos por un cabrón del MI6. Asesinos que sabían dónde y cuándo encontrarme, así como de la mercancía que debía entregar a su jefe. Detalles que usted, sin duda, conocía.

—¿Y cree que yo les di a esos sicarios que dice los pormenores del encuentro? —inquirió ya con las manos bajadas, señalándose a sí mismo con el pulgar.

—Es una de las posibilidades.

Inesperadamente, Ahmed el Fassi estalló en carcajadas.

—¿Está de broma? —preguntó cuando recobró el aliento, enjugándose las lágrimas—. ¿Cree que yo trataría de jugársela a Joan March? ¡Sería un suicidio! Habría que ser muy estúpido para hacer algo así.

—A veces, hasta la gente más lista comete estupideces.

—Oiga —insistió, tratando de imprimir un tono racional a sus palabras—. Llevo más de cinco años trabajando con el señor March, y como ya le dije soy el representante de sus intereses en el norte de África. ¿Cree acaso que ostentaría esa responsabilidad de no gozar de su completa confianza? Jamás de los jamases —recalcó— se me ocurriría hacer nada que le perjudicase.

Riley se mordió el labio inferior, pensativo, y se volvió hacia Carmen, que no había abierto la boca desde que se sentaron, ni quitado el velo que ocultaba su rostro.

—¿Tú qué opinas?

—Tiene cara de mentir más de lo que habla —dijo tras pensarlo un momento—. Pero en este caso parece que dice la verdad.

—Está bien... —concedió Riley, recuperando la pistola y guardándola en su cartuchera—. Digamos que usted no tuvo nada que ver. Ahora vamos a por el segundo tema que me ha traído aquí: necesito que me organice una nueva cita con Joan March. Esta misma noche a ser posible.

El abogado se reclinó sobre la mesa entrelazando los dedos.

—Me temo que ya es un poco tarde para eso —dijo, tratando de parecer contrariado.

—¿Qué quiere decir?

—Quiero decir que el señor March se marchó en avión esta misma mañana. Le puedo asegurar que no lo hizo muy contento —añadió—, y cuando descubra que le han robado la mercancía que usted debía entregarle... En fin, —hizo un vago gesto con la mano— más le valdrá encontrar un agujero donde esconderse que sea muy, muy profundo.

—Pero es que la mercancía sigue estando en mi poder —aclaró Alex—. Yo no he dicho que me la robaran, solo que intentaron hacerlo.

—¿Me está diciendo —preguntó escéptico— que aún tiene ese objeto por el que el señor March estaba tan sumamente interesado?

—Así es —aclaró Alex encogiéndose de hombros—. Y lo único que quiero es quitármelo de encima y que me paguen lo acordado. Me da igual el dónde y el cómo, solo necesito que sea pronto.

—Quizá eso no sea tan fácil como cree —alegó, apoyando ambas manos sobre su prominente barriga—. El señor March está convencido de que usted le ha traicionado vendiendo su mercancía a otro comprador, y antes de irse dio orden de que lo buscaran a usted y a su barco. Yo estaba presente cuando hizo la llamada —añadió con una mueca—, y créame que no le gustaría saber lo que oí salir de su boca.

—Puedo imaginármelo.

—Entonces también podrá imaginarse que no será fácil convencerle de que regrese a Tánger para un nuevo encuentro.

—O yo podría entregárselo a usted —sugirió Riley—, y con una llamada informar a March para que ingrese el dinero en una cuenta bancaria.

—Oh, no, capitán Riley —objetó, alzando las manos y meneando la cabeza—. De ningún modo podría hacerme responsable de algo así. Este es un asunto que el señor March lleva en absoluto secreto, y él personalmente es el único que puede aceptar la entrega y cerrar el trato.

—Está bien. Entonces coja ese teléfono, llámele y dígale que estoy en su oficina dispuesto a entregarle la mercancía que me pidió.

—Tampoco eso es tan sencillo… —arguyó de nuevo—. Al hacer de intermediario me hago también responsable de la transacción, y si algo volviera a salir mal, sin duda también pagaría las consecuencias.

Exasperado por las reticencias de su interlocutor, Alex tomó la estilográfica de oro que había sobre la mesa y cogiendo un papel en blanco empezó a escribir.

—Le propongo un trato —dijo mientras apuntaba—. Si consigue convencer a March para realizar la entrega en los próximos días, y de que si no pude presentarme anoche en El Minzah fue porque estaba atado a una silla mientras me hacían una cara nueva, le pagaré una generosa comisión por sus servicios.

Y dándole la vuelta al papel lo puso frente a los ojos del orondo abogado, que no pudo disimular una expresión de sorpresa.

—¿Tiene usted —preguntó, suspicaz— esta cantidad de dinero?

—La tendré si usted me consigue esa cita con March.

—En ese caso, no deja de ser un simple número apuntado en un papel.

El ex miliciano metió la mano derecha bajo la ropa y sacó un gran fajo de billetes que dejó sobre el escritorio.

—Aquí tiene un pequeño adelanto —afirmó—. El resto se lo daré tras la entrega.

—Bueno —musitó el abogado, pasándose la mano por la frente—. Siendo así, quizá podría intentar...

—No lo intente. Hágalo.

Ahmed el Fassi volvió a mirar la cifra escrita por Riley, y sopesó mentalmente los probables riesgos y posibles beneficios.

—Está bien... —aceptó al fin—. El señor March está resolviendo unos negocios en Argel, pero dentro de cinco días hará una breve escala en Tánger de regreso a la península. Supongo que podría arreglar una reunión para entonces, aunque antes, evidentemente, tendré que confirmarlo con el interesado. Dígame —añadió, disponiéndose a tomar nota con su estilográfica—. ¿Dónde puedo localizarle para darle los detalles del encuentro?

—No podrá. Nos vamos a Ceuta, donde nos esperan mi barco y mi tripulación. Yo le llamaré en dos días para saber si ha cumplido con su parte del trato.

—De acuerdo —aceptó, poniéndose en pie y ofreciéndole la mano al capitán por encima de la mesa—. En ese caso, esperaré su llamada.

Riley lo imitó, estrechándole la mano para cerrar el acuerdo.

Seguidamente, recolocándose el velo y la capucha, se puso al hombro el saco de rafia y, apoyándose en el bastón que completaba el disfraz, se acercó a la salida seguido por Carmen.

—Capitán —dijo a su espalda la voz del abogado, cuando ya se disponía a girar el pomo de la puerta— ¿Y si no logro convencer a March de su inocencia, ni de que vuelva a reunirse con usted?

Volviéndose a medias, Alex pudo ver cómo Ahmed el Fassi ya había descolgado su teléfono y lo miraba con cierta diversión, feliz con la perspectiva de ganar una considerable cantidad de dinero sin realizar demasiado esfuerzo.

Por eso, por el insufrible dolor de las costillas y porque no le hacía maldita la gracia volver a la calle con aquel jodido disfraz, ni pudo ni quiso resistir la tentación de llevarse la mano a la cadera, haciendo una clara alusión a la pistola que llevaba bajo la túnica.

—Yo de usted, me esforzaría en conseguirlo —le contestó con voz glacial.

# Wilhelm y Joan

Esta vez, la comunicación resultó aún peor que en anteriores ocasiones. Quizá una metáfora de cómo estaba marchando la guerra para uno de los dos interlocutores. O quizá, la consecuencia de un nuevo sabotaje a las líneas telefónicas entre España y Alemania por parte de la resistencia francesa.

—¿Qué ha sucedido exactamente, Joan? —preguntaba la voz que hablaba desde Berlín.

—La verdad, no lo sé. He recibido un mensaje de mi agente en Tánger, diciendo que alguien está tratando de matar al hombre que contraté para recuperar la Enigma.

En el auricular sonó un chisporroteo de interferencias, seguido del final de una pregunta.

—¿... mo es eso posible? ¿Alguno de tus hombres... podido irse de la lengua?

—Lo dudo —contestó sin vacilar—. Todos los que trabajan para mí saben que las traiciones se pagan con la vida. El número de personas que saben del rescate del Phobos es muy pequeño; y son aún menos los que están al tanto de los detalles de la operación.

—Entiendo —murmuró, tomándose unos instantes para meditar—. ¿Y no te han informado —quiso saber— sobre la naturaleza de los agresores?

—Asesinos profesionales, según parece del MI6.

Esta vez, la pausa del alemán fue mucho más prolongada.

—¿Wilhelm? —preguntó March, creyendo que se había cortado la línea—. ¿Estás ahí?

—¿Dices… —murmuró con preocupación— que eran del Servicio Secreto británico?

El mallorquín se tomó su tiempo antes de hablar.

—¿Qué está pasando aquí, Wilhelm? Sabes algo que yo ignoro, ¿no es cierto?

Si no fuera por el mal estado de la línea, Joan March habría tomado el seco traqueteo del teléfono por una lejana carcajada sin humor.

—Por supuesto, querido amigo —dijo entonces el jefe de la Abwehr—. Pero hay muchas cosas en este asunto que yo también ignoro… demasiadas. Aunque ni siquiera las pocas que sé, quiero compartirlas contigo.

El banquero ya era un perro demasiado viejo para molestarse por ese comentario que, a fin de cuentas, no era más que la constatación de un hecho. Pero aun así, concluyó que no perdía nada por insistir. La información es poder.

—Vamos, Wilhelm. Sabes que puedes confiar en mí.

Esta vez, el cloqueo de una carcajada ya fue indiscutible.

—Le dijo el zorro a la gallina… —replicó Canaris, se diría que divertido.

Joan March rio también ante su propia ocurrencia, y cuando estaba a punto de dar el tema por concluido, para su sorpresa, el almirante Canaris adoptó un tono grave y confidencial.

—Es muy poco lo que puedo decirte… pero sospecho que es el gobierno británico quien va detrás de tus chicos.

—¿Quieren la Enigma? —inquirió, tratando de parecer impasible.

Una nueva pausa. Chisporroteos.

—Puede que sí… o puede que no —fue la enigmática respuesta.

Antes de formular la siguiente pregunta, el mallorquín comenzó a atar cabos en su cabeza, buscando por él mismo la solución.

—Había algo más en el Phobos, ¿no? —dijo al cabo.

Ahora el tono de Canaris fue de sincera admiración.

—Eres un hombre muy sagaz… —admitió— pero no te puedo contar mucho más. Estoy tratando de evitar una catástrofe por todos los medios a mi alcance. Aunque lo que no me esperaba —añadió— era el interés de los británicos en el asunto.

—Disculpa, Wilhelm. Pero no te sigo.

Allá en Berlín, el alemán bufó sobre el aparato.

—Puede que esos buzos que contrataste encontraran en el pecio indicios de una operación militar de enorme importancia planeada por el propio Führer. Una operación secreta de la que me han dejado al margen.

—¿Y por qué iban a hacer algo así? —inquirió March, con sincera extrañeza—. Tú eres el jefe del servicio secreto del ejército. ¿Cómo es posible que te oculten una operación militar secreta, precisamente a ti?

Canaris resopló al otro lado de la línea. Su natural reticencia a compartir información se vio superada por el íntimo deseo de desahogarse con alguien.

—Eso solo puede significar que estaban seguros de que me iba a oponer a ella. Y por lo poco que he podido averiguar hasta el momento, no les faltaba razón para pensarlo. El caso es que esos buzos tuyos —añadió tras un momento— quizá se tropezaron en el Phobos con informes de esta operación, y luego trataron de venderlos por su cuenta a tus espaldas. Puede que esa sea la razón de que los británicos, por algún motivo, estén tratando de matarlos.

Joan March necesitó unos momentos para digerir esa posibilidad.

—Ese *fill de puta* americano… —masculló con rabia entre dientes, estrujando el auricular—. No creí que fuera tan estúpido como para fallarme de nuevo. Más le vale que le maten los ingleses, porque como caiga en mis manos yo le…

—Un momento, Joan —lo interrumpió Canaris—. ¿Dices que el jefe del equipo de rescate es americano? ¿Estadounidense?

—De Boston, creo —apuntó March—. Pero ¿qué importancia tiene eso?

El mallorquín oyó cómo Canaris ahogaba un suspiro.

—Puede que mucha, amigo mío. Puede que mucha.

—Hoy estás más críptico que de costumbre —rezongó March—. ¿Me puedes explicar de qué estás hablando ahora?

—En realidad, no —contestó el almirante, tajante—. Pero quizá ese hombre acabe jugando un papel fundamental en todo esto.

—¿Bromeas?

—¿Quién sabe? —elucubró Canaris, como si no hubiera oído la pregunta—. A lo mejor el americano consigue hacer lo que yo no he podido.

—Que es… —formuló March, dejando la frase abierta.

—Salvar a Alemania de la completa aniquilación. —Dio un suspiro seco—. Puede que a toda Europa. Tal vez al mundo entero.

# 39

Alex y Carmen se encontraban ya en los aledaños de la estación de autobuses cuando ella por fin preguntó en voz baja algo a lo que llevaba un buen rato dándole vueltas.

—¿Te fías de ese abogado?

Riley se volvió hacia ella, con cierta extrañeza por la pregunta.

—No me fío de nadie —susurró sin dejar de caminar—. Mucho menos de un abogado, y menos aún de ese abogado.

—Entonces, ¿por qué le has contado adónde vamos?

—No lo he hecho.

—¿Quieres decir...?

—¿No pensarás que le he dicho la verdad? Eso ha sido solo una medida de precaución, por si en la soledad de su despacho se le ocurre pensar que sería un buen negocio para él quitarme de en medio y entregarle personalmente el artefacto a March.

Carmen miró de reojo a la figura blanca que caminaba a su lado, fingiendo ser una desvalida anciana de metro ochenta.

—Pero si quisiera hacer eso, ¿no podría haber aceptado quedarse con ese trasto cuando se lo propusiste?

—No sin pagarme antes —señaló—. Y él no tiene tanto dinero, te lo aseguro.

—Entiendo... —contestó, pensativa—. ¿Y a mí me vas a decir adónde vamos en realidad, o tampoco te fías?

Como accionado por un resorte, el capitán del Pingarrón se detuvo en seco, cruzando el bastón para cerrarle el paso y plantándose frente a ella.

—¿Pero qué haces? —protestó Carmen—. Estás llamando la atención.

—Te lo voy a decir una última vez —gruñó Alex, arrinconándola contra la pared con los ojos encendidos—. Siento mucho todo lo que ha sucedido y sé que sin beberlo ni comerlo te has visto envuelta en un grave problema, del que en gran parte soy responsable. Pero te guste o no —aproximó el rostro al de ella—, las cosas están como están y te garantizo que a pesar de todo soy tu mejor opción para llegar viva a la semana que viene. De modo que, o confías en mí como yo he confiado en ti, y dejas de lanzarme indirectas y reproches cada diez minutos, o ya puedes dar media vuelta y seguir tu propio camino, porque te aseguro que no estoy de humor para escuchar un solo lamento más.

Terminado el monólogo, Riley se quedó esperando la reacción de Carmen mientras esta dirigía la mirada hacia la calle por la que acababan de pasar, calibrando las ventajas de volver por donde había venido y hacer las cosas a su modo, recurriendo a los muchos contactos que tenía en Tánger para que la ayudaran a salir de aquel condenado embrollo de agentes secretos, naufragios, máquinas misteriosas y asesinos a sueldo, en el que se había visto involucrada desde hacía menos de doce horas. Un embrollo que ya la había abocado a abandonar su casa, su ciudad y todo lo que había dado sentido a su vida los últimos diez años.

—Si me voy contigo —musitó, con la congoja asomándose a sus felinos ojos negros—, dejaré de ser Carmen Debagh, la mujer más deseada y envidiada del norte de África, para convertirme en una refugiada más en un mundo en guerra. ¿Es que no lo comprendes? Si me marcho ahora... —insistió con un creciente nudo en la garganta, volviendo esta vez la mirada a la media docena de polvorientos autobuses que mostraban sus destinos en carteles escritos en español, francés y árabe— lo perderé todo.

Y entonces, desdeñando todo sentido común o amago de sensatez, Riley tomó por los hombros a Carmen e ignorando los velos que separaban sus bocas la besó apasionadamente en los labios a través de la burda tela, abrazándola con fuerza importándole un pimiento llamar la escandalizada atención de todo hombre, mujer o animal en cien metros a la redonda.

—Todo no —sentenció cuando, tras aquel insólito beso, separó sus labios de los de ella.

La terminal de autobuses de Tánger era en realidad un pequeño edificio blanco de una sola planta y estilo morisco, con las paredes de cal algo desconchadas y unas ventanas de marcos verdes y cristales sucios, a través de los cuales se veía a los pasajeros haciendo cola ante las taquillas del interior. Se encontraba en el límite sur de la ciudad y, a pesar de su modesta apariencia era, junto al puerto, el mayor punto de entrada y salida de personas que llegaban para buscarse la vida en aquella ciudad dinámica y cosmopolita o que, por el contrario, ya fuera por razones políticas o económicas, trataban de salir de ella lo más rápida y discretamente posible.

Cogidos del brazo, caminando con la cabeza gacha, Carmen y Riley atravesaron el umbral de la terminal y se dirigieron a la taquilla expendedora. Allí Carmen le compró a un malcarado de cejas hirsutas un par de boletos para el siguiente autobús con destino a Tetuán, la mayor urbe y centro administrativo del protectorado español de Marruecos, a poco más de una hora de viaje al sureste de Tánger.

Acto seguido, se dirigieron a la explanada donde aguardaban su salida los autobuses, rodeados por decenas de viajeros que esperaban con sus fardos y maletas de cartón a que el revisor comprobara sus billetes y les diera permiso para subir a bordo.

—Un momento —susurró Carmen, tomando a Riley del brazo, que se encaminaba a uno de los extremos del andén—. Es por el otro lado —le señaló—. El que va a Tetuán es el de color verde.

—Ya lo sé.

—¿Adónde vas entonces? La gente ya está subiendo y nos van a tocar asientos separados.

—Eso no importa, nosotros no vamos a Tetuán.

—Pero... ¿qué? ¿Me tomas el pelo?

—En realidad, a quien espero tomárselo es a cualquiera que trate de seguirnos la pista.

—¿Otro engaño? Por favor, Alex... estás paranoico.

Los ojos del marino se detuvieron unos segundos en los de ella antes de contestar.

—Si alguien aparece por aquí preguntando por dos mujeres con jarque, una de ellas joven y la otra una señora anciana con bastón, no quiero que averigüe nuestro verdadero rumbo.

—Que es...

Riley señaló al último autobús de la estación: una carraca de principios de siglo sin puertas ni vidrios en las ventanas, que esperaba su turno de salida con apenas media docena de campesinos nativos ocupando sus toscos asientos de madera.

—¿Asilah? —preguntó Carmen, incrédula, leyendo el cartel del parabrisas—. Ese es un pueblucho de pescadores. ¿Para qué diantres quieres ir ahí?

—¿Qué pasa? ¿No te gusta el pescado?

—Déjate de tonterías. ¿Qué se te ha perdido a ti en Asilah?

Riley sonrió bajo el velo ante el desconcierto de su compañera de fuga.

—No te preocupes —la tranquilizó—, allí solo haremos transbordo. En cuanto lleguemos, buscaremos un medio de transporte que nos lleve a Larache. Ese es nuestro destino real.

—Y ¿por qué no me lo has dicho de buen principio, en lugar de marear la perdiz?

Riley hizo un gesto que apenas pudo intuirse bajo aquella larga tela blanca que le llegaba hasta los tobillos.

—No lo sé. Me pareció más divertido.

A pesar de los escasos cuarenta kilómetros que separaban Tánger de Asilah —Arcila, para los españoles—, el precario estado de la carretera de la costa y, sobre todo, el famélico motor que empujaba aquel autobús al que le habría ido mejor con un tiro de caballos, supuso que tardaran más de dos horas en llegar a su destino.

Como bien decía Carmen, Asilah era solo una aldea de pescadores, con ajadas casas encaladas frente a una playa sembrada de algas muertas y troncos traídos por el océano, y donde las rústicas barcas de madera de los pescadores, pintadas de vivos colores, descansaban sobre la arena a salvo de la marea alta y las inesperadas tormentas. Sintiéndose a salvo, Riley volvió a calzarse sus botas y se deshizo del saco con la aparatosa túnica blanca y las babuchas en su interior, dejó en un rincón el personaje de renqueante abuela mora y recuperó su apariencia de magullado marinero expatriado.

Seguidamente y tras un breve regateo, lograron convencer al único habitante que tenía un vehículo en condiciones para que los llevara hasta Larache esa misma tarde. El hombre, un enjuto pescador de edad indeterminada con un rostro requemado por el sol, arado de profundas arrugas, le recordó, a pesar de vestir con chilaba y turbante, a los pescadores con los que tanta frecuencia había tratado al otro lado del estrecho. Hombres callados y circunspectos pero duros y francos, con los que había compartido tantas y tantas noches en tabernas de puerto desde Palamós a Isla Cristina, jugando a cartas o bebiendo tinto peleón entre frases a medias y silencios sobreentendidos, hasta que al filo de la madrugada cada uno regresaba dando tumbos a su casa, a su barco o al prostíbulo más cercano.

Mohamed, que así se llamaba, les hizo subir en la cabina de un pequeño camión que parecía hecho con las sobras de otros y que apestaba a pescado podrido. Tras hurgar un buen rato bajo el capó y media docena de intentos de poner el vehículo en marcha, el motor empezó a carburar estrepitosamente entre una nube de humo negro y pusieron rumbo al sur, a Larache.

El camino esta vez no transcurría a la vera del mar, sino que daba un pequeño rodeo por el desértico interior antes de acercarse de nuevo a la costa, así que a través de las ventanillas solo se veía un pedregoso desierto de pequeñas colinas a uno y otro lado de la parcheada y terriblemente solitaria carretera. «Menos mal que son menos de cuarenta kilómetros», pensó Riley, agobiado por el cansancio, el calor dentro de aquel estrecho habitáculo y el dolor de las costillas que parecían clavarse en sus pulmones a cada bache. Sus dos compañeros de cabina, cada uno a un lado, parecían sumidos en sus propios pensamientos y no habían abierto la boca desde que habían salido de Asilah.

En realidad, que Mohamed no abriera la boca le daba igual, pues tampoco iba a entender lo que decía, pero en cambio le hubiera gustado aprovechar el momento para hablar con Carmen y saber cómo se sentía, y qué le rondaba por aquella cabeza suya, aún escondida tras aquel basto jarque cada vez menos blanco.

Estaba a punto de aventurarse a entablar una conversación con ella, aun a riesgo de que le mandara a paseo, cuando Mohamed desvió la vista al espejo retrovisor y súbitamente empezó a despotricar en árabe. El pescador siguió con la vista el objeto de su enfado, un sedán negro que adelantó al camión envuelto en una nube de polvo y que, acelerando más de lo que el sentido común y el estado de la calzaba aconsejaban, se alejó de ellos en un santiamén, perdiéndose tras la siguiente curva. Mohamed se volvió hacia Alex, levantando las manos del volante con irritación y maldiciendo en la lengua del profeta a aquel conductor imprudente, a lo que Alex respondió asintiendo en silencio, sin comprender una palabra pero solidario con la indignación del pescador.

Fue entonces, mientras miraba a su izquierda, que entrevió por el rabillo del ojo algo que bloqueaba la carretera cien metros por delante de ellos. Volvió la vista al frente, y se le heló la sangre en las venas al comprobar cómo el sedán se encontraba ahora atravesado en mitad de la vía. Cuatro hombres se hallaban de pie junto al coche. Tres cetrinos magrebíes y un hombre alto, rubio, impecablemente trajeado y con sombrero. Los cuatro apuntándoles con pistolas.

La reacción instintiva de Mohamed fue apretar el pedal del freno, haciendo chirriar las gastadas pastillas contra las llantas del camión.

—¡No frene! —le gritó Alex—. ¡Acelere! ¡Acelere!

Carmen, que comprendió en el acto quiénes eran aquellos hombres armados, le gritó también en árabe que no frenara y acelerara, pero aquel seguía presionando el pedal con todas sus fuerzas, ignorando las exigencias de sus pasajeros.

A Riley no le quedó más remedio que hacer a un lado de un empujón a Mohamed, y tomando el volante, quitarle el pie del pedal de freno y acelerar todo lo que aquella cafetera daba de sí, embistiendo al sedán si era necesario.

El pescador, entonces, furioso con aquel extranjero que lo arrinconaba contra la portezuela de su propio camión, forcejeó con Alex por el control del vehículo mientras Carmen le seguía increpando en árabe para que acelerase. Se encontraban a solo unas decenas de metros de Smith y sus sicarios, a los que se acercaban a toda velocidad, cuando aquellos abrieron fuego y una ráfaga de disparos atravesó el radiador y el parabrisas, haciéndolo añicos.

Alex se olvidó del volante y se lanzó sobre Carmen, lo que hizo que cayeran ambos sobre el suelo de la cabina, al tiempo que Mohamed se llevaba la mano al corazón y se desplomaba sobre el salpicadero con un balazo en el pecho y el motor se detenía unos metros más allá con un sordo traqueteo, herido de muerte como su infortunado dueño.

# 40

Antes de que el camión llegara a perder toda su inercia, chocó contra el hito de piedra pintado de amarillo que marcaba el kilómetro 58 de la carretera Tánger a Larache. El golpe, afortunadamente, se produjo cuando ya iban a menos de veinte kilómetros por hora, pero fue suficiente como para dejarlos aturdidos durante unos segundos. Justo el tiempo que necesitaron los hombres de Smith para llegar hasta el camión, abrir la puerta del copiloto, quitarle la pistola a Alex y sacarlos a ambos de la cabina sin miramientos, dejándolos tirados sobre el asfalto.

En cuanto la cabeza dejó de darle vueltas, Riley hizo el esfuerzo de incorporarse, apoyando la mano buena en el suelo y ayudando a Carmen a hacer lo propio tan pronto se puso en pie.

Frente a ellos, los tres sicarios que tan bien conocía de dos noches atrás, estaban plantados en mitad de la carretera, apuntándoles en silencio con sus revólveres. Con un punto de satisfacción, observó que tampoco ellos habían salido indemnes del encuentro con los legionarios y dos de ellos lucían ojos a la funerala mientras el tercero, el cejijunto, llevaba el brazo izquierdo en cabestrillo.

—Capitán Riley —dijo entonces Smith, que se aproximaba a ellos revelando una marcada cojera, sin duda también fruto de su encuentro con las huestes del sargento Paracuellos—. Tengo que admitir que es usted un hombre difícil de atrapar.

Alex ignoró al británico, preocupándose del estado de la mujer que, aparte del golpe y el susto, parecía ilesa. Luego echó un breve vistazo a su espalda, para comprobar cómo el pobre Mohamed yacía inerte sobre el asiento con la boca abierta y los ojos sin vida. Una gran mancha de sangre se extendía por su chilaba.

A paso lento Smith se acercó a ambos y, con un rápido gesto, despojó a Carmen del velo, echando hacia atrás la parte del jarque que le cubría la cabeza. Dejó así a la vista las facciones de aquella mujer por la que muchos hombres habían perdido la cabeza.

—Veo que los elogios sobre su belleza no eran exagerados, señorita Debagh —añadió al cabo de un momento con cínica cortesía, dando un paso atrás mientras se llevaba la mano al pecho—. Incluso después de sufrir un accidente de tráfico, he de admitir que es usted una de las mujeres más hermosas que he visto jamás.

Carmen, por su parte, recibió el halago con una mueca de repugnancia y desdén.

—Y yo veo que lo que me contó Alex sobre un hijo de puta inglés tampoco era exagerado.

—En realidad soy escocés —apuntilló—. Y lo de hijo de puta tiene gracia en la boca de alguien que…

—¿Qué coño quiere de nosotros? —lo interrumpió Riley, harto de tanta palabrería.

El agente Smith desvió la mirada hacia él, y con una sonrisa cansada afirmó tranquilamente:

—Vamos, capitán… ya lo sabe.

En efecto, Riley lo sabía. Dio un paso hacia su derecha y abrazó la cintura de Carmen.

—Ella no sabe nada —afirmó—. Déjela ir.

Smith pareció pensárselo, rascándose la barbilla.

—Está bien —dijo al fin—. Si me dice dónde encontrar al resto de su tripulación, quizá la deje marchar.

—No. Déjela marchar primero, y cuando sepa que está en lugar seguro le diré todo lo que sé.

Smith negó con la cabeza.

—Si hago lo que me pide, luego usted no me contará nada.

—Y si yo hablo antes, nos matará a los dos.

El agente sonrió y miró a su espalda como si fuera a consultar algo con los tres sicarios.

—Entonces, me parece que estamos en un punto muerto —dijo volviéndose de nuevo hacia ellos dos, riéndose por lo bajo de su propio chiste.

Riley ojeó a su alrededor, consciente de que estaban indefensos a merced de un despiadado asesino y sus tres secuaces, cuya única misión era asesinarlos. Entonces apretó con más fuerza la cintura de Carmen, y se sorprendió al ver una mirada de resignación y orgullo en los ojos de ella. Sabía perfectamente lo que iba a sucederle, pero no había rastro de reproche ni lamento en su expresión, solo la serena aceptación de un desenlace inevitable.

Un minuto más tarde caminaban hacia una cercana vaguada, seguidos a prudente distancia y punta de pistola por Smith y el sicario cejijunto, y algo más atrás por los otros dos esbirros que cargaban con el cuerpo de Mohamed.

Estaba claro que los llevaban a algún lugar apartado de la carretera, donde los ejecutarían a ambos de un tiro en la cabeza y abandonarían los tres cadáveres, a la espera de que buitres y alimañas acabaran en pocos días con sus despojos. Riley sabía que les quedaban solo unos pocos latidos de existencia, y lo peor era saber que no podía hacer nada para evitarlo. Si salía corriendo llevando de la mano a Carmen, los alcanzarían de inmediato y no tenía duda de que el resultado final sería el mismo. Quizá dispondría de una remota oportunidad, pensó fugazmente, si trataba de huir solo y la suerte le sonreía. Pero desechó inmediatamente esa idea y se avergonzó de que su propio subconsciente la insinuara siquiera. No iba a dejar a Carmen bajo ningún concepto, y si aquel era el final, lo sería para ambos.

Movido por ese sentimiento, tomó a Carmen de la mano y le dedicó una última sonrisa. Una sonrisa de ternura y disculpa.

Ella le devolvió el gesto con afecto, y haciendo gala de un aplomo que ya querrían para sí la mayoría de los soldados, se permitió el lujo de murmurar:

—¿Te das cuenta —miró sus dedos entrelazados— de que es la primera vez que tú y yo damos un paseo cogidos de la mano?

Alex estiró la sonrisa, se diría que feliz y orgulloso de caminar junto a aquella mujer, y sin que el hecho de estar a pocos pasos de la muerte supusiera diferencia alguna. Pensó en todos los campos de batalla y las trincheras con hedor a cadáver, mierda y orines en los que podía haber muerto durante la guerra, y llenando los pulmones del aire seco de aquel hermoso desierto, concluyó que al fin y al cabo no era mal lugar para terminar la partida, caminando de la mano de la mujer que, ahora se daba cuenta con meridiana claridad, amaba mucho más de lo que se había imaginado.

—Lo siento —dijo volviéndose hacia ella—. Perdóname.

Carmen cerró los ojos por un momento e inspiró profundamente.

—No hay nada que perdonar —musitó acurrucándose contra el cuerpo de Riley, que la abrazó con todas sus fuerzas justo en el instante en que Smith les ordenaba que se detuvieran.

—Alto ahí. Daos la vuelta.

Se encontraban junto al lecho de un riachuelo seco, en el fondo de una pequeña cañada rodeada de matojos. El lugar perfecto para que nadie los encontrara jamás.

Los dos sicarios que llevaban el cadáver del pobre Mohamed lo lanzaron sin ningún miramiento junto a unos arbustos y desenfundaron sus pistolas. Entonces, el cejijunto dijo algo al oído a Smith sin quitarle la vista de encima a Carmen.

Este, inesperadamente, se volvió hacia el moro con expresión admonitoria y apuntándole con el dedo le recriminó algo en voz baja.

—¿Sabéis lo que me ha pedido este miserable? —dijo dirigiéndose hacia Riley y Carmen—. Que vaya a dar un paseo y le deje a él y a sus primos, como lo diría... disfrutar de unos minutos a solas con la señorita.

Instintivamente, Alex se interpuso entre Carmen y sus verdugos, en un vano intento de protegerla.

—Tranquilo, capitán —dijo el agente británico, al advertir la reacción de Alex—. A pesar de lo que pueda usted pensar de mí y de las desagradables circunstancias en que nos hallamos, le garantizo que soy un caballero y de ningún modo permitiré tal acto de vileza.

—Desagradables circunstancias... —repitió Riley, masticando las palabras—. Te iba a dar yo a ti «desagradables circunstancias».

Smith fingió sentirse dolido por el comentario.

—Solo cumplo órdenes. Pensé que como antiguo soldado usted lo entendería.

—Vete a la mierda.

El agente del MI6 le respondió con una mirada de indiferencia.

—Está bien —bufó—. Acabemos de una vez. Ibrahim, Abdul —les dijo a dos de los matones—. Aseguraos de hacer bien el trabajo, y esconded los cuerpos entre los arbustos. Os espero en el auto, no tardéis mucho.

Dicho esto se volvió hacia los dos reos, tocándose el ala del sombrero.

—Señorita Debagh, capitán Riley —añadió con una sutil inclinación de cabeza, a modo de despedida—. Si me disculpan, no soporto este calor y las ejecuciones me resultan ciertamente repulsivas. —Y en el colmo del cinismo, antes de darse la vuelta, añadió sonriente—: Que tengan un buen día.

—Eh, Smith —le llamó Alex cuando ya se marchaba.

—¿Sí?

—Nos veremos en el infierno.

El escocés se encogió de hombros.

—Es posible —contestó, y prosiguió su camino.

Ahora solo estaban ellos dos frente a los citados Ibrahim y Abdul, pues el cejijunto del brazo en cabestrillo se había marchado junto a Smith.

—Al *suilo* —ordenó uno de ellos, con una cruel sonrisa de dientes de oro—. *Di* rodillas —añadió.

Carmen y Riley se miraron y se tomaron de las manos.

—¡*Di* rodillas! —insistió aquel, señalándoles el suelo con el cañón del arma.

Ignorándolo, la pareja permaneció en pie contemplándose el uno al otro por última vez.

—Hasta pronto —susurró Alex.

Los secuaces amartillaron sus revólveres.

—Hasta siempre —susurró Carmen.

El capitán y la prostituta cerraron los ojos, entrelazando los dedos para darse fuerzas ante el inevitable destino.

El estampido de dos detonaciones desgarró el silencio del desierto.

# 41

Sin embargo, transcurrió casi un segundo y ambos se mantenían en pie.

Alex advirtió que, contra todo pronóstico, aún seguía vivo.

Muy lentamente abrió un ojo para averiguar la razón de aquel milagro, y lo que vio ante sí lo sumió en una confusión aún mayor. Si es que eso era posible.

—¿Qué ha pasado? —oyó que una voz de mujer preguntaba a su lado.

Sin respuesta alguna que ofrecer, Riley miró a su derecha para comprobar que Carmen estaba tan ilesa como él, y solo entonces volvió a mirar al frente, donde los dos sicarios que un segundo antes estaban a punto de ejecutarlos, se encontraban ahora desmadejados en el suelo en extrañas posturas, inertes, con un charco de sangre oscura bajo sus cabezas.

—Los dos... —barbulló Riley, sin terminar de creerse lo que veía—. Los dos están muertos.

—Pero... ¿cómo es posible?

—Te juro que no tengo la menor idea —dijo acercándose a los dos cuerpos y observando que ambos tenían un disparo en la cabeza—. Sé que parece una locura, pero es como... si se hubieran suicidado.

En este momento, una sonora carcajada les llegó desde lo alto de la vaguada, y ambos se movieron al unísono en su dirección.

—¿Suicidado? —preguntó el recién llegado, mientras descendía por el pequeño terraplén con una Beretta en las manos—. Y un cuerno.

—¿Marco? —inquirió Riley, tan perplejo al reconocer al yugoslavo como si fuera el mismísimo Espíritu Santo el que acabara de aparecer—. ¿Qué...? ¿Cuándo...? Pero ¿de dónde demonios sales?

El mercenario llegó hasta donde se encontraban y, antes de que tuviera tiempo de contestar Carmen se lanzó a darle un abrazo. Riley, aunque tentado de hacer lo propio, se limitó a estrecharle la mano y felicitarle con un fuerte espaldarazo.

—Nunca creí que me alegrara tanto de verte —confesó con una sonrisa de oreja a oreja.

—Lo mismo digo —afirmó Carmen. Lo que no era poco, pues tras la única ocasión en que se había encontrado previamente con el mercenario, le había sugerido a Riley que le pegara un tiro y lo lanzara por la borda a la primera oportunidad.

—¿Qué haces aquí? —insistió Alex, aún sin creérselo—. ¿Cómo nos has encontrado?

—¿Cómo va a ser? —replicó aquel—. Siguiéndoos, por supuesto.

—¿Siguiéndonos? ¿Desde cuándo? ¿Por qué? ¿Y dónde has estado desde anteayer por la noche, cuando nos perseguían estos mismos tipos?

—Eso mismo le quería preguntar yo, capitán —contestó con un tono no demasiado amistoso—. Después de que nos separáramos en la medina, busqué un lugar seguro donde esconderme unas horas, y para cuando regresé al puerto el Pingarrón ya no estaba allí. Me abandonasteis como a un perro.

—Te equivocas, Marco. El barco zarpó por orden mía, porque temía que estuvieran todos en peligro si permanecían amarrados en Tánger. No sabía dónde estabas o si seguías con vida, así que tuve que elegir. La responsabilidad es toda mía, pero es lo único que podía hacer.

—Pero usted se quedó.

—Tenía que advertir a Carmen —dijo acercándose a ella y tomándola por la cintura—. También la buscaban para matarla.

—Ya veo... —asintió, enfundando la pistola en la sobaquera— y a mí que me parta un rayo.

—No es eso, Marco. Ya te he dicho que...

—Yo sigo sin entender cómo nos has encontrado —lo interrumpió Carmen— ¿Desde cuándo nos sigues?

El mercenario sacó uno de sus puros y se dispuso a encenderlo mientras contestaba.

—Lo primero que pensé cuando todos desaparecisteis fue que me la habíais jugado para dejarme sin mi parte de la recompensa. Así que decidí ir a montar guardia frente a la oficina de ese abogado gordo, esperando que aparecierais en algún momento para venderle la máquina... —y con una sonrisa lobuna, añadió—. Como así fue.

—¿Nos reconociste?

Marovic compuso un gesto como si recordara un viejo chiste.

—He de admitir que el disfraz era bueno —contestó, dirigiéndose a Riley—. Pero llevo ya demasiado tiempo viéndole cada día como para no reconocer su forma de andar y de moverse. Y además, no se suelen ver muchas viejas de metro ochenta.

—Pero sigo sin entender por qué no te acercaste en ese momento y nos dijiste que estabas vivo.

—Ya le he dicho que pensaba que me la estaba jugando. Y verle presentarse en el despacho del agente de March no hizo sino confirmar mis sospechas.

—Un momento —intervino Carmen, cambiando totalmente el tono—. Entonces, eso significa que no nos seguiste para ayudarnos... sino todo lo contrario.

El yugoslavo se limitó a enseñar de nuevo los dientes en una sonrisa poco tranquilizadora.

—Joder, Marco. —Alex chasqueó la lengua, decepcionado—. No me puedo creer que pensaras que te estábamos traicionando.

—¿Pensara? —Marovic se cruzó de brazos, dejando la mano muy cerca de la culata de su pistola—. Yo no he dicho que haya cambiado de opinión.

Riley tardó varios segundos en considerar aquella absurda insinuación.

—¿Qué? —fue lo único que acertó a decir—. ¿Acaso sigues creyendo que trato de engañarte?

—Eso es exactamente lo que parece.

—Por todos los santos, Marco. Eres un puto paranoico.

—¿Ah, sí? ¿Niega entonces que me abandonaran en Tánger sin saber qué suerte había corrido? ¿Que ha tratado de venderle la máquina a Ahmed el Fassi esta misma mañana? ¿Que ha concertado un encuentro con el propio March para dentro de unos días? ¿Lo niega, capitán?

—¿Cómo sabes eso? —quiso saber Riley, extrañado—. ¿Cómo sabes de lo que he hablado con Ahmed?

—Ya le he dicho que les vi entrar en el despacho del abogado. Lo único que tuve que hacer a continuación fue efectuar una breve visita al señor El Fassi para que me aclarara algunas dudas. Y he de admitir —añadió con un rictus cruel— que ese tipo se tomaba la confidencialidad muy en serio. Tuve que apretarle un poco las tuercas para que me pusiera al corriente de lo que estabais planeando.

Un escalofrío recorrió la espalda de Riley al intuir lo que para Marovic significaba «apretarle un poco las tuercas».

—Maldita sea, Marco... Espero que no hayas hecho nada irreparable.

—He hecho lo que me habéis obligado a hacer —replicó—. Y no olvide que acabo de salvarle la vida. A usted y a su putita.

El rostro de Carmen se encendió de ira, y Alex detuvo en el aire el intento de esta por abofetear al mercenario.

—Eres un estúpido loco —lo increpó Riley con un dedo amenazador—. Y más te vale no haber estropeado el acuerdo con March.

—Si con estropear se refiere a que no he dejado que me…

Una nueva detonación sacudió el aire y Marovic se derrumbó como un pesado títere al que acaban de cortar los hilos de un tijeretazo.

Riley se lanzó sobre Carmen y la tiró al suelo al tiempo que levantaba la cabeza y veía a unos cincuenta metros la silueta del tercer sicario, que les apuntaba desde lo alto de la loma. Al parecer, había regresado para averiguar por qué sus primos tardaban tanto en volver, y se había encontrado con aquella inesperada escena.

Apenas cayeron rodando por el suelo, un segundo balazo levantó tierra y piedras a menos de un metro de distancia. Estaban totalmente expuestos en el fondo de aquella vaguada y solo la mala puntería del tirador les libraba de estar ya muertos. Era solo cuestión de tiempo que terminara por acertarles.

Sin pensarlo, Riley corrió a gatas hacia donde yacían los dos hombres que había matado Marovic, y haciéndose con ambos revólveres se puso en pie e inició una desesperada carrera cuesta arriba, zigzagueando mientras gritaba como un demente y abría fuego alternativamente con las dos pistolas.

El asesino cejijunto disparaba a su vez con el brazo sano, pero que debía ser a la vez su brazo inhábil, pues aun cuando Alex estuvo ya a solo una decena de metros, erró su último tiro casi a bocajarro. La siguiente vez que apretó el gatillo, el magrebí descubrió con espanto cómo el clic del percutor le decía que ya no le quedaban balas en el tambor. Al ver cómo el capitán del Pingarrón se le echaba encima escupiendo balas y maldiciones por igual, no dudó en tirar el arma, dar media vuelta y salir corriendo camino de la carretera.

Cuando Riley llegó a lo alto de la loma se detuvo boqueando y sin resuello. El corazón estaba a punto de estallarle en el pecho y las fuerzas, de abandonarle ya de forma definitiva. Pero una inyección de adrenalina fruto de la rabia entró a raudales en su flujo sanguíneo cuando vio justo enfrente y a menos de cien metros de donde se encontraba, cómo el agente Smith esperaba apoyado en el capó de su Citroën 202 fumando plácidamente, como si esperara a una damisela a la puerta de su hotel.

Para su satisfacción, Riley pudo distinguir en la distancia cómo el escocés dirigía primero una mirada de extrañeza al moro que corría ladera abajo como un conejo, y luego se le caía el cigarro de la boca, al descubrirle a él, no solo vivo, sino de pie y sujetando un revólver en cada mano.

Llevado por aquella furia desbocada, Alex se lanzó sin dudarlo en pos del agente del MI6, que inmediatamente subió a su coche para ponerlo en marcha.

El esbirro del brazo en cabestrillo ya estaba a solo una veintena de metros del automóvil, pero quedó claro que Smith no iba a quedarse a esperarle cuando el agente arrancó el motor del vehículo y perezosamente este se puso en marcha, alejándose en dirección contraria.

A esas alturas el capitán del Pingarrón ya había dejado de sentir dolor, agotamiento, miedo, o cualquier otra banalidad parecida. Alex Riley era básicamente ochenta y cinco kilos de cólera desbocada armada con dos pistolas humeantes que, echando espumarajos por la boca, solo quería ver correr la sangre de cualquiera que se le pusiera por delante.

El corazón martilleando en su pecho y el olor a pólvora quemada que le inundaba las fosas nasales le hicieron retroceder en el tiempo hasta aquella tarde de hacía cuatro años en que corría con la misma desesperación y el mismo odio golpeándole las sienes en dirección a las trincheras fascistas, sin más esperanzas que llevarse por delante a todos los enemigos que pudiera antes de que lo mataran a él. Y quizá fue ese estado de enajenación asesina el que le permitió alcanzar al hombre que corría delante, justo cuando alcanzaba la carretera, y lo llevó a dispararle por la espalda al pasar por su lado sin remordimiento alguno, dejándolo herido de muerte sobre el asfalto gritando de dolor y sin dignarse siquiera a dedicarle una última mirada.

Muy al contrario, el único pensamiento que ocupaba su mente era el de perseguir aquel Citroën negro, que lenta pero inexorablemente iba ganando velocidad.

De nuevo, sin pensarlo ni detenerse en su carrera, Riley levantó ambas pistolas y disparó en dirección al coche que se alejaba cada vez más. Sin apuntar, sin pensar en que ya estaba en el límite del alcance de un revólver, sin preocuparse por vaciar el cargador. Solo corría, disparaba, accionaba el percutor y volvía a disparar.

Y entonces, con el sexto o séptimo disparo, el parabrisas trasero del vehículo estalló en una lluvia de cristales, y un segundo más tarde comenzó a dar pequeños bandazos que fueron acentuándose hasta que, finalmente, se salió de la carretera y terminó cayendo en la cuneta con un fuerte golpe, con el morro hundido en el badén y las ruedas traseras girando inútilmente en el aire.

Riley refrenó entonces su frenética carrera, dándole una oportunidad al aire para que retornara de nuevo a los pulmones, que le ardían como si hubiera tragado aceite hirviendo. Aunque notaba cómo las piernas estaban a punto de fallarle, siguió caminando en dirección al coche, paso a paso, mientras comprobaba los tambores de las armas y se deshacía de una de ellas, ya vacía.

Cuando llegó a la altura del vehículo se situó detrás de él y, asomándose por el destrozado parabrisas, pudo ver cómo el agente Smith se hallaba inclinado sobre el volante, aparentemente inconsciente.

Rodeó el coche con precaución, y mientras apuntaba con el revólver, con la mano izquierda abrió la manija de la puerta del piloto y se encontró al agente británico con el rostro ensangrentado por el impacto y una fea herida de bala bajo el omóplato derecho. Parecía conmocionado por el disparo y el accidente, pero estaba vivo.

Sin miramientos, agarró de la americana al espía y lo sacó a rastras del vehículo hasta dejarlo tirado en la carretera. Entonces ya no parecía tan arrogante ni condescendiente, con su elegante traje hecho un guiñapo, un gran tajo en la frente del que brotaba sangre en abundancia y le cubría la cara, y un orificio de salida de la bala que le había impactado por debajo de su hombro haciéndole un severo destrozo de carne desgarrada, astillas de hueso y algodón egipcio de su camisa de Harrod's.

Al cabo de unos segundos el agente Smith abrió los ojos, parpadeando torpemente como quien se despierta tras un largo sueño. Enfocó la vista en Riley, que de pie frente a él, resoplaba mientras le apuntaba con el revólver.

—Puedo... —masculló el escocés, apenas sin voz—. Puedo ayudarles.

Riley no dijo nada, pero Smith siguió hablando.

—Puedo comunicar a mis superiores que los he eliminado... a todos, y así dejarán de buscarles... —Tosió, y unas gotas de sangre salieron despedidas de su boca—. Usted y los suyos... solo tendrán que cambiar sus identidades... y desaparecer hasta el fin de la guerra.

—Lo que quiero, es que me diga por qué.

El agente del MI6 lo miró sin comprender.

—¿Por qué quieren matarnos a mí y a todos lo que conozco? —repitió.

Smith volvió a toser sangre. Quizá el disparo le había afectado algo más que al hombro.

—Yo solo cumplo órdenes —recitó—. Me limito a hacer lo que me ordenan cumpliendo mi deber, como cualquier soldado... Usted debería comprenderlo.

—¿Y su deber incluye ocultar un plan nazi para destruir una de sus propias ciudades y matar a decenas de miles de compatriotas?

El agente trató de respirar profundamente con evidentes muestras de dolor, y terminó por menear la cabeza levemente.

—Todo este asunto... está mucho más allá de su comprensión —repuso, esbozando una mueca triste—. Y de la mía.

—Comprendo que se han vuelto locos o se han vendido a los alemanes.

Smith negó de nuevo con ojos turbios. La pérdida de sangre estaba a punto de dejarlo inconsciente.

—No ha entendido nada, capitán Riley... Está jugando una partida... y ni siquiera conoce las reglas del juego.

—Explíquemelas, entonces.

—Eso no puedo hacerlo... —masculló con un hilo de voz—. Pero acepte mi proposición... Todos saldríamos ganando. De otro modo, mi gobierno mandará a otro en mi lugar para matarles... y si fracasa, mandarán otro más... y así hasta que usted y sus amigos hayan muerto...

Con aire meditabundo, Alex se colocó en cuclillas frente a él y le quitó la pistola de la cartuchera.

—¿Sabe qué? Seguro que tiene razón, y me encantaría aceptar su oferta. —Pero chasqueando la lengua, añadió—: Aunque hay un pequeño problema.

—¿Un... problema?

—Sí. Que no me fío de usted.

—Yo... le doy mi palabra de que...

Riley alzó la mano para hacerle callar, al tiempo que se ponía en pie de nuevo.

—Conserve las fuerzas. Le van a hacer falta si quiere sobrevivir unas horas más.

—Pero... ¿va a ayudarme?

El capitán del Pingarrón negó con la cabeza, guardándose ambas pistolas en la parte de atrás del cinturón.

—La sangre le está encharcando los pulmones —afirmó, impasible—, y en menos de una hora habrá muerto ahogado en sus propios fluidos.

—¿Y va... —más tos y más sangre— a dejarme aquí tirado? ¿Sin más?

—Por supuesto que no —replicó Alex—. Con su permiso me llevaré su coche, pero a cambio le dejaré cómodamente instalado en la cuneta, no vaya a ser que venga alguien y tenga la mala ocurrencia de socorrerle. Aunque con el poco tráfico que hay en esta carretera —añadió mirando a los lados—, no creo que eso pasara aunque se quedase aquí una semana.

—Es usted... un hijo de puta.

Riley, lejos de ofenderse, le regaló una sonrisa satisfecha.

—Tengo mis días.

Y dándole la espalda con indiferencia, se dirigió hacia donde venían dos siluetas caminando por la carretera. Una delante, corpulenta, se apoyaba con dificultad en una gruesa rama a modo de bastón. La segunda detrás, a una distancia prudente, mucho más menuda y cubierta con un jarque blanco, sostenía una pistola en su mano derecha.

# 42

Fiel a su palabra de abandonar al espía y su esbirro en una zanja junto a la cuneta —ambos aún vivos, y sufriendo una agonía que ninguno les quiso ahorrar—, y tras colocar al infortunado Mohamed de vuelta en la cabina de su camión para que la familia pudiera recuperar el cadáver, devolvieron el Citroën a la carretera y sin más ceremonia pusieron rumbo sur.

Riley iba al volante del vehículo y Carmen ocupaba el puesto del copiloto, vuelta hacia atrás y apuntando con su misma pistola a Marovic, que estirado en el asiento trasero y con un jirón del jarque envolviéndole la pierna herida, escuchaba atentamente el relato de Alex de las últimas veinticuatro horas. Poco antes de llegar a destino, el yugoslavo pareció convencido de que no había ninguna conspiración en su contra, y que los posibles beneficios por la venta de la máquina Enigma serían repartidos equitativamente entre toda la tripulación del Pingarrón, incluido él mismo.

El sol ya frisaba el horizonte cuando llegaron a las afueras de la pequeña y encantadora ciudad de Larache. La antigua Lixus fenicia, situada en una magnífica ensenada y puerto natural, era donde según la leyenda se encontraba el mítico Jardín de las Hespérides y se decía que un terrible dragón custodiaba un manzano que daba frutos de oro puro. Una ciudad que en su dilatada historia había sido árabe, portuguesa, española e incluso refugio de piratas, pero que desde la instauración del protectorado español en 1911 se había convertido en un pujante centro comercial de la costa atlántica, a medio camino entre Casablanca y Tánger, frente a la desembocadura del modesto río Locus.

La Plaza de España, donde habían decidido abandonar el coche, era el centro neurálgico de Larache y el punto que separaba la ciudad nueva, erigida durante el protectorado al rectilíneo gusto europeo, de la medina árabe de casas encaladas y callejones sinuosos. Bajo el sol de la tarde tamizado por el harmatán, que llegaba del desierto cargado de arena pintando la ciudad de amarillos y ocres, se encaminaron hacia la puerta de Bab Barra, que franqueaba la entrada a la ciudad amurallada y daba paso a la pacífica plaza porticada del Zoco Chico.

No eran pocos los nativos que, a pesar de estar habituados a la presencia de occidentales en la ciudad, volvían la mirada al paso de Carmen, Marovic y Riley, pues lo que ya no resultaba tan normal era ver a un cristiano llevando de la mano a una mujer marroquí, seguidos de cerca por un gigante malcarado, que cojeaba y blasfemaba al mismo tiempo tratando de seguirles el ritmo.

—¿Por qué demonios vamos tan rápido? —protestaba apretando los dientes—. ¿Es que nos persigue alguien más?

—Llegamos tarde —contestó Riley, echando un vistazo al reloj de pulsera.

—¿Tarde? —preguntó Carmen, a la que también le costaba ir deprisa con sus babuchas—. ¿Para qué?

—Ya lo veréis.

—¿Otra vez con las adivinanzas? —rezongó ella, amagando con detenerse.

—No hay tiempo para explicaciones —la apremió—. En cuanto lo veas lo comprenderás.

—¡No! —exclamó, deteniéndose en mitad de la plaza y haciendo que muchas cabezas se giraran hacia ellos—. Ya estoy cansada de que me arrastres de aquí para allá como una maleta. Cansada de que me persigan. Cansada de que me disparen...

Maldita sea, Alex. Que haya decidido confiar en ti no significa que vaya a seguirte a todas partes sin rechistar.

Los aburridos parroquianos que se encontraban en la plaza, asombrados de escuchar hablar en ese tono a una mujer mora, que se dirigía con reclamos y aspavientos a un hombre —aunque este fuera extranjero—, comenzaron a aproximarse al insólito trío con curiosidad y algún que otro cuchicheo de desaprobación.

—Escúchame —repuso Riley en tono conciliador, acercándose a ella—. Comprendo que estés cansada de…

—¡Ah, cállate! —lo interrumpió alzando los brazos—. No tienes ni idea de cómo me siento, y no vuelvas a tratarme como a una mujer estúpida que necesita de un hombre para valerse. —A medida que hablaba, iba alzando la voz, ignorando la presencia de un público cada vez más numeroso—. Dos días atrás a estas horas, estaba dándome un baño caliente con pétalos de rosas… y hoy me encuentro corriendo detrás de ti por esta jodida ciudad, vestida de campesina, sucia, cansada y hambrienta. —Se cruzó de brazos y concluyó—: Así que, hasta aquí hemos llegado. No pienso dar un paso más hasta que me expliques exactamente qué hacemos en Larache y adónde vamos con tanta prisa.

Alex miró a su alrededor y contó no menos de treinta personas haciéndoles corrillo, muy interesadas en la discusión que mantenía con Carmen que, indiferente a los espectadores, se mantenía en sus trece con el ceño fruncido y actitud desafiante plantada en mitad de la plaza, mientras Marovic los miraba a ambos alternativamente con gesto de no entender nada.

—¿Te parece que este es un buen lugar para hablar de ello? —le preguntó el capitán en voz baja.

Carmen miró en derredor, imperturbable, y alzó una ceja displicente por respuesta.

Riley resopló, impaciente.

—Eres como una niña caprichosa y malcriada.

—Y tú un arrogante descerebrado.

—¿Arrogante? —replicó, más desconcertado que ofendido—. ¿Pero a qué viene eso?

Carmen se echó hacia atrás la tela que le cubría el cabello, escandalizando aún más a la creciente concurrencia, que empezaba a creer que aquello se trataba de una improvisada obra teatral callejera.

—Viene a que me llevas de un lado a otro como si fuera de tu propiedad, sin consultarme ni una sola vez y contándome lo menos posible. Dime, ¿si fuera un hombre me tratarías igual?

Riley se mordió los labios y tomó aire antes de contestar con irritación contenida:

—Si fueras un hombre, quizá no habría vuelto a buscarte.

—Si fuera un hombre —objetó Carmen, taladrándolo con la mirada—, nadie estaría buscándome para matarme.

El capitán del Pingarrón, sulfurado por el indómito carácter de aquella mujer, estaba a punto de poner punto y final a aquella absurda e inoportuna discusión a la vista de todo el mundo, cuando en una parte del muro de público se abrió una brecha. Abriéndose paso a empujones, apareció una pareja de policías militares mezjaníes con sus típicos turbantes y vistosos uniformes de estilo moruno. Eran el equivalente en el protectorado a la Guardia Civil de la península, y atraídos por las voces y la creciente multitud habían decidido aproximarse a investigar lo que sucedía.

El mayor de los policías, el que lucía en la bocamanga los galones de sargento, estudió al extraño trío con gesto de teatral suspicacia. Cuando el examen visual no le llevó a ninguna conclusión sobre qué hacía aquella joven mujer vestida con un jarque, discutiendo a gritos con un forastero al que parecían haberle dado una buena paliza y bajo la atenta mirada de otro extranjero de aspecto sospechoso con una herida sangrante en la pierna, decidió hacer lo que se suele hacer en esos casos.

—Ustedes tres —ordenó con voz autoritaria, acomodándose los pulgares en el cinturón—. Enséñenme su documentación.

Carmen y Riley cejaron en su discusión de inmediato y, todo hipocresía y disimulo, se cogieron de la mano el uno al otro con una exagerada sonrisa en los labios.

—Buenas tardes, señores agentes —dijo ella con la mejor de sus sonrisas, bajando la mirada sumisamente—. Disculpen que hayamos llamado tanto la atención. Es que mi esposo y yo hemos tenido una pequeña discusión, y soy consciente de que hemos levantado demasiado la voz. Les doy mi palabra de que no volverá a suceder y lamento las molestias que les podemos haber causado. Que Alá sea con ustedes y tengan un buen día.

Y tomando a Alex de la mano se encaminaron a la puerta de salida de la plaza, seguidos por el renqueante eslavo.

Sin embargo, la voz autoritaria sonó de nuevo a sus espaldas.

—¡Alto ahí!

Los dos mezjaníes los miraban ahora con auténtico recelo, y el segundo descolgaba su fusil máuser del hombro, mientras el sargento se llevaba la mano a la Luger que asomaba de su cartuchera.

Los tres se detuvieron en seco y cruzaron una mirada de preocupación.

—¿Eso que lleva ahí es una pistola? —preguntó el sargento—. ¿Tiene usted permiso para ir armado?

El capitán cayó entonces en la cuenta de que tras recuperar de nuevo su pistola se la había guardado en la parte de atrás del pantalón, y que no hacía falta ser muy observador para intuir la naturaleza del bulto que se adivinaba bajo su cazadora. Por desgracia, aquello ya no era Tánger, y la relativa permisividad hacia las armas en la antigua ciudad internacional no se aplicaba a las estrictas leyes españolas del protectorado.

Separando las manos del cuerpo, se volvió con parsimonia hacia los dos policías.

—Entrégueme el arma —insistió el sargento.

—Oficial. Le aseguro que es solo un recuerdo que...

—He dicho que me la entregue —repitió enfadado, desenfundando la Luger mientras el otro cargaba una bala en la recámara de su fusil y la multitud daba varios pasos atrás, por si las moscas.

Riley miró a su alrededor en busca de una salida, pero no vio otra que obedecer y esperar su oportunidad.

—Por supuesto —contestó, sacando la pistola con dos dedos y ofreciéndosela al militar.

Este, sin dejar de apuntarle, tomó el arma con la mano izquierda y la sopesó. Luego accionó el resorte del cargador, que asomó repleto de balas de plomo.

—Así que un recuerdo, ¿no? —preguntó irónico, mostrando una sonrisa torcida bajo el fino bigote, requisando la pistola y encajándola en su propio cinturón—. ¿Y la documentación?

—Aquí tiene mi pasaporte —dijo echando mano al bolsillo trasero y sacando su pasaporte granate con el águila dorada en la cubierta.

—¿Americano? —inquirió, ojeándolo.

—En efecto.

—No veo aquí el sello de entrada... señor Riley —comentó tras revisar cada una de las páginas.

—Soy capitán de barco, y acabo de...

—¿Tiene salvoconducto? —le atajó.

—Pues no, no lo tengo.

El suboficial asintió como si aquello no hiciera más que confirmar sus sospechas, y se volvió hacia Carmen, guardándose el pasaporte de Riley en el bolsillo de la camisa.

—¿Y usted? —le preguntó—. ¿Me muestra sus documentos?

—No tengo —contestó Carmen con altivez—. Ni tampoco salvoconducto, antes de que me lo pregunte.

El sargento la repasó con la mirada de arriba abajo, tratando de imaginar el cuerpo que se ocultaba bajo el jarque de aquella mujer.

—Interesante... —dijo, y volviéndose a su subordinado añadió—: Me parece que tendremos que llevárnoslos a todos al cuartel, y allí registrarlos bien a fondo por si ocultan más armas.

—Un momento —se interpuso Alex—. Seguro que podemos arreglar esto sin necesidad de tomarnos más molestias, ¿no le parece? —añadió, frotando el índice con el pulgar frente a la cara del sargento.

Este pareció dudar un momento, miró primero al hombre de la chaqueta de cuero que le hacía el símbolo internacional del soborno, y luego de nuevo a la mujer de grandes ojos negros.

—No —dijo, acompañando la palabra con una mueca lasciva—. No me parece. Vamos a ir al cuartel, y yo me encargaré personalmente de inspeccionar a la señorita.

La aludida, lejos de molestarse, se aproximó al mezjaní y con una mirada libidinosa le pasó la mano por el cuello y el pecho.

—Será un placer —ronroneó pegándose a él, bajando sensualmente hasta los pantalones ante la estupefacción del sargento.

—Mujer —alcanzó este a farfullar con embarazo—. No deberías...

No acabó de decir la frase que, ante la sorpresa de todos, sobre todo del policía, Carmen le sacó el cuchillo reglamentario del cinto y como un rayo se lo colocó bajo la entrepierna.

—¿Qué no debería hacer? —le preguntó al oído, añadiendo en voz baja y amenazante—: Como muevas un solo músculo te convierto en eunuco. ¿Estamos? Y dile a tu hombre que tire el arma —agregó, empujando la punta del cuchillo contra sus genitales—. Ahora.

—Mahmud —musitó el sargento con voz atiplada—. Por lo que más quieras...

El cabo, tomado también por sorpresa, tardó un segundo de más en aceptar el hecho de que una mujer hubiera reducido a su sargento, y tras un instante de indecisión, decidió seguir el ruego de su superior y dejó el máuser en el suelo.

Sin perder un momento, Riley recuperó el Colt y su pasaporte, haciéndose también con la Luger y el fusil, que le entregó a Marovic.

—¿Y ahora? ¿Qué hacemos? —preguntó, al tiempo que veía cómo el corrillo de curiosos se dispersaba rápidamente, alarmados por el inesperado giro de los acontecimientos.

—¡Y yo qué sé! —alegó ella, dando un paso atrás pero sin dejar apuntar con el cuchillo al sargento bigotudo.

—Yo digo que los matemos —propuso Marovic.

Riley miró de reojo al mercenario y suspiró con hastío.

—Lo mejor será marcharnos de aquí y tratar que nadie resulte herido. Así que a la de tres, salís corriendo y yo os cubro. ¿De acuerdo?

—Sería mejor matarlos —insistió el yugoslavo, apuntándoles con el máuser.

—Cierra el pico, Marco. —Y dirigiéndose a los mezjaníes, les advirtió—: Si se os ocurre seguirnos, os juro que haré caso a mi amigo psicópata y os dispararé sin dudarlo. ¿Está claro?

Aunque a regañadientes y encendidos de rabia por aquella humillación pública, ambos militares asintieron en silencio.

—Así me gusta. —Y mirando de reojo a su izquierda, preguntó a continuación—: ¿Estás lista, Carm...?

Pero el espacio físico que había ocupado la tangerina un segundo antes ya estaba vacío, y por el rabillo del ojo Riley pudo ver cómo tras quitarse las insidiosas babuchas Carmen ya corría calle abajo como una gacela.

# 43

La medina de Larache se parecía a la de Tánger. No solo en el estilo arquitectónico de casas y serpenteantes callejuelas de paredes blancas o en la exótica uniformidad de sus mujeres con jarques y hombres con chilaba que la poblaban, sino que, como su vecina del norte, también estaba enclavada en la falda de una suave colina que terminaba besando el mar.

El ritmo de vida en esta ciudad portuaria, sin embargo, era sensiblemente menos agitado que en Tánger, y la actividad comercial de sus calles así como el trasiego de personas, animales y mercancías, también mucho más sosegado. Un sosiego que se vio hecho pedazos cuando apareció una mujer con la cabeza descubierta y el jarque arremangado corriendo descalza como alma que lleva el diablo, seguida de cerca por un fulano de dos metros con fusil en bandolera, cojeando y perjurando en arameo, que precedía a otro forastero de ojos ambarinos y rostro magullado que, sosteniendo una pistola en la mano derecha, arengaba a los que lo precedían para que aceleraran el paso.

—¡No puedo ir más deprisa! —replicó Carmen sin volverse.

—¡Un último esfuerzo! —la instó Riley—. ¡En la próxima esquina gira a la derecha!

Los vecinos se asomaban a los portales y las ventanas con estupor, poco acostumbrados a aquel escándalo y repiqueteo de pasos apresurados por los adoquines. Tanto era así, que cualquiera que anduviera tras ellos no tendría más que seguir el rastro de caras de asombro que iban dejando a su paso.

La mujer, una vez llegó a la esquina, torció a la derecha y se dio cuenta de que no tenían escapatoria.

—¡No hay salida! —exclamó alarmada, señalando al frente—. ¡Ahí solo está el mar!

—¡Ya lo sé, no te pares! —replicó Alex, guardando el Colt y tomando la delantera del grupo.

Siguiendo al capitán del Pingarrón franquearon la Puerta del Muelle que limita la muralla de la medina con el Atlántico, y torciendo a la izquierda sin aflojar el paso entraron en tromba en una tetería con vistas a la bahía, espantando a los comensales por lo estrepitoso de la irrupción, lo insólito del trío y lo lamentable de su aspecto.

Una sorpresa que no lo fue tanto para un hombre corpulento con gorro de lana y borla, que sentado en una mesa del fondo se incorporó de un salto al verlos llegar.

—¡Alex! —exclamó con una amplia sonrisa, levantando la mano.

—¡Jack! —contestó el recién llegado con indescriptible alivio, acercándose en dos zancadas y dándole un fuerte abrazo—. ¡Qué alegría verte, amigo mío!

—Yo también me alegro —repuso el otro, igual de feliz—. Ya pensaba que no ibas a aparecer.

—Pues casi aciertas —apuntó resoplando—. Llevo a la policía militar pegada a los talones.

—¿A la policía militar? —preguntó dando un paso atrás—. ¿Pero qué has hecho ahora?

—Te juro que esta vez no ha sido culpa mía —alegó, inclinando la cabeza hacia atrás y a su derecha—. O al menos, no del todo.

Ese gesto hizo que el primer oficial del Pingarrón mirara a la espalda de Riley. Junto a la puerta, una mujer con aspecto de indigente lo miraba con cara de sorpresa, mientras un tipo muy grande vigilaba la calle con un fusil en la mano.

—Hola, Carmen.

—¿Jack? —respondió ella—. ¿Qué haces tú aquí?

—Eso mismo iba a preguntar yo —replicó, volviéndose hacia el capitán para añadir—: Pensaba que solo ibas a ponerla sobre aviso.

—La cosa se complicó un poco, ya te contaré.

—¿Y a Marovic? ¿Dónde le has encontrado? —Fijándose mejor, añadió—: ¿Está herido?

—En realidad nos encontró él a nosotros, pero esa es también otra larga historia. Lo que tenemos que hacer ahora es salir pitando antes de que nos encuentre la policía.

—Ya veo… —murmuró el segundo del Pingarrón—. Así que ahora soy vuestro equipo de rescate, ¿me equivoco?

—Eso parece —asintió, apoyando la mano en el hombro de su amigo—. ¿Está todo listo?

—Cuando quieras nos vamos —dijo señalando hacia afuera—. Tengo el esquife amarrado aquí mismo.

—Entonces no perdamos más tiempo —declaró encaminándose a la salida—. Ya he tenido bastante de la maldita tierra firme.

Diez minutos más tarde, con la perfecta esfera del sol poniéndose sobre el océano Atlántico y subidos en la lancha auxiliar, se aproximaban traqueteando a cinco nudos de velocidad al costado de estribor de un mercante de cuarenta y cinco metros de eslora, que acribillado de proa a popa por decenas de agujeros del tamaño de un puño, se mecía lánguidamente en mitad de la bahía de Larache. El barco, además, lucía media chimenea amputada como si alguien le hubiera dado un descomunal mordisco, una especie de chabola hecha de planchas de madera y chapa, justo donde debería haberse encontrado el puente de mando y la timonera, así como pedazos de cartón parcheando los ojos de buey que habían perdido los vidrios de sus ventanucos, que eran casi todos.

Carmen tuvo que mirar dos veces el nombre escrito con grandes letras blancas en la amura para convencerse de que aquel era el mismo navío que conocía de otras ocasiones, y del que Alex estaba tan orgulloso y presumía a la primera oportunidad.

—¿Qué diantres le ha pasado a tu barco? —le preguntó por encima del ruido del motor, impresionada por el lamentable estado del Pingarrón.

—Tuvimos un mal encuentro con un submarino alemán.

La mujer se quedó mirando a Riley con la boca abierta, sin dar crédito.

—No me lo puedo creer. ¿Es que también tenéis problemas con los nazis?

—Con todos no. De momento solo con uno.

—Aunque tú danos tiempo… —apuntó Jack desde atrás con una mueca desganada.

Carmen miró a uno y otro con gesto preocupado.

—¿Y tiene eso algo que ver con todo lo que nos ha pasado?

—Pues aunque parezca extraño, creo que no.

—Entonces, ¿por qué…?

—Luego, Carmen —la interrumpió, dejando la mano sobre su rodilla—. En cuanto subamos a bordo y pongamos rumbo a mar abierto, responderé todas las preguntas que quieras hacerme.

Ya había caído la noche cuando Riley, recién duchado y por fin con ropa limpia, se llevó la taza de café caliente a los labios mientras miraba a través de uno de los ventanucos que se habían improvisado en el reconstruido puente.

Levantada con trozos arrancados de otras partes del barco, la nueva timonera era una frágil casamata para mantener a cubierto al timonel y los instrumentos de navegación, pero solo repasando con la mirada las apresuradas soldaduras y remaches se hacía evidente que, en caso de tormenta, entraría agua por todas y cada una de aquellas junturas. No obstante, el hecho de haberlo reparado en menos de veinticuatro horas sin apenas materiales tenía un mérito enorme y el capitán del Pingarrón se sintió una vez más orgulloso de la tripulación que comandaba. Y precisamente era uno de los miembros de esa tripulación quien a su lado manejaba en ese momento el timón con la mirada puesta en el horizonte.

—*Capitaine* —dijo Julie con su voz musical—. Ya estamos a veinte millas de la costa. ¿Seguimos con el rumbo dos nueve cinco?

Riley dio un nuevo sorbo a la taza y echó un vistazo a la brújula antes de decidir.

—No, creo que ya nos hemos alejado lo suficiente para evitar sorpresas a media noche. Vira a cero uno cero y pon el motor a avante poca. No tenemos prisa por llegar a ningún sitio.

—A la orden, rumbo cero uno cero —contestó, girando la rueda del timón hacia la derecha—. Ah, una cosa más, capitán.

—¿Sí?

—Me alegro... —Sonrió, girándose a medias—. Todos nos alegramos de que esté de nuevo a bordo.

Alex asintió sin decir nada, y tras apoyar la mano en el hombro de la francesa en señal de agradecimiento, abandonó el puente y se dirigió al comedor.

Allí se encontró, sentados alrededor de la mesa, a su segundo al mando y a la pareja de alemanes, pues César se hallaba ocupado en la sala de máquinas, Carmen aún se estaba duchando, y Marovic descansaba en su camarote después de que Elsa le vendara la herida de bala, que afortunadamente era un orificio limpio de entrada y salida, y no había afectado a ningún hueso ni arteria principal.

Riley tomó asiento con un leve quejido y dejó la humeante taza sobre la mesa al tiempo que decía:

—En fin, yo ya os he contado mis correrías... Ahora dime, Jack, ¿cuál es el estado del barco?

El gallego se rascó la barba, repasando la lista mentalmente.

—Dentro de lo que cabe hemos tenido suerte porque milagrosamente ni el motor, ni el depósito de combustible, ni el timón fueron afectados por el ametrallamiento, de modo que tenemos propulsión y gobierno de la nave. Y además, como acabas de ver, hemos reconstruido de la mejor manera que hemos podido el puente de mando, y quien vaya al timón podrá hacerlo sin sufrir una hipotermia.

—He de reconocer que habéis hecho un buen trabajo. ¿Qué más?

Jack se removió inquieto en la silla.

—Pues las buenas noticias acaban ahí —sentenció, reclinándose sobre la mesa—. Todo lo demás, o está roto o a punto de romperse. La radio está destrozada y aunque Helmut ha logrado habilitarla para recibir no podemos emitir de ningún modo; podemos oír, pero no enviar mensajes —aclaró—. Además, el cuadro de mandos voló también por los aires, así que carecemos de los indicadores de presión y temperatura del aceite, voltímetro, amperímetro o cuentarrevoluciones. Lo que supone que el pobre César tenga que vivir prácticamente en la sala de motores, controlándolo todo de forma manual.

—Ya veo...

—El higrómetro, el barómetro y el termómetro están *kaput*. El anemómetro salió volando con el techo de la cabina, y tanto el compresor de aire como el motor de la grúa también han pasado a mejor vida.

—Comprendo...

—Y por último, supongo que ya te habrás fijado en el centenar de agujeros que tenemos de proa a popa —bromeó sin humor—. Casi todos están en el costado de estribor, pero algunos impactos atravesaron la nave de lado a lado y han dejado agujeros también en el otro costado. Hemos cubierto con cartones los boquetes de la superestructura y taponado con espiches de madera los más cercanos a la línea de flotación. Pero si se levanta oleaje nos entrará agua como en un colador y me temo que las bombas de achique no darán abasto.

—Entiendo... —masculló el capitán, pasándose la mano por la cara con enorme cansancio—. Pero aparte de eso todo bien, ¿no?

—En lo que al Pingarrón se refiere… sí —respondió Jack, con una mueca amarga que ni se acercaba a la sonrisa que Alex le había querido arrancar.

—No pasa nada —indicó este con un tono que pretendía parecer despreocupado—. En cuanto cobremos la recompensa de March, habrá dinero de sobra para hacer cualquier reparación. E incluso comprar un barco nuevo, si nos apetece.

Jack asintió conforme, pero aquel rictus desazonado no se le borraba del rostro.

Riley se quedó mirando fijamente a su camarada de armas, tratando de adivinar lo que había tras aquel gesto.

—¿Qué pasa, Jack?

Pero el gallego parecía reacio a hablar, a todas luces más incómodo que cuando le relataba sin ambages el lamentable estado de la nave.

—Verás, Alex… —dijo al fin, tragando saliva—. Durante el trayecto de Tánger a Larache, Elsa y Helmut estuvieron examinando los documentos que cogimos del Phobos, como nos pediste, y entre ellos hemos encontrado… bueno, encontraron dos páginas más del archivo de esa jodida Operación Apokalypse.

—¿Y habéis averiguado algo interesante?

El primer oficial dirigió un vistazo furtivo a su izquierda, donde Helmut y Elsa permanecían serios y silenciosos.

—La palabra sería más bien… preocupante —corrigió, resoplando—. Muy preocupante.

—Déjate de rodeos, Jack. ¿Qué me quieres decir?

El aludido, sin embargo, le pasó con la mirada la palabra al doctor Kirchner.

—Capitán Riley —dijo aquel, carraspeando—, creemos que, a tenor de lo que hemos descubierto la señorita Weller y yo en el nuevo documento, cometimos un error al especular sobre la naturaleza de la citada operación.

—¿Acaso va a decirme ahora —inquirió, atónito— que toda esa historia sobre un ataque a Portsmouth con una bomba atómica... finalmente no es cierta?

El científico pareció pensárselo un momento antes de contestar.

—Bueno... sí y no.

Riley alzó las cejas, esperando una explicación que no se produjo.

—Estoy muy cansado —dijo, echando la cabeza hacia atrás—, y las costillas me están matando, de modo que dejemos las adivinanzas para otro día. —E hizo el amago de ir a levantarse.

—Espera un momento, Alex —dijo Jack, sujetándole el brazo—. Tienes que escuchar esto.

El capitán paseó la mirada por los tres semblantes circunspectos que tenía delante, y con desgana volvió a sentarse.

Entonces Helmut colocó frente a Riley un par de arrugadas hojas de papel mecanografiado con el emblema de las *Schutzstaffel*.

—Según estos documentos —prosiguió—, el Phobos era parte activa de la Operación Apokalypse. Al parecer, llevaba como pasajeros a treinta agentes nazis cuya misión era desembarcar en territorio enemigo.

—¿Agentes nazis?

—Espías y saboteadores de las SS, cuya misión era desplegarse antes de llevar a cabo el ataque.

—Entiendo... ¿Y dónde exactamente tenían previsto desembarcar?

—Ese dato no lo hemos encontrado —explicó Jack en su lugar—. Pero al fin y al cabo, eso es lo de menos. El Phobos ya no irá a ningún sitio.

—¿Entonces?

—Aparte de los treinta agentes —añadió con gravedad—, hemos averiguado que el Phobos también llevaba en sus bodegas una *Wunderwaffe*.

—¿Cómo dices?

—Estábamos equivocados, Alex. El plan nazi no era atacar desde un submarino, como suponíamos. Iban a hacerlo con el Phobos.

A Alex le tomó un instante procesar aquella información, mirando alternativamente al español y al alemán con auténtica sorpresa.

—Un momento… ¿Insinuáis que esa *Wunderwaffe* con la que pretendían ganar la guerra, se encuentra ahora en el interior del Phobos hundida a cuarenta metros bajo las aguas del estrecho de Gibraltar?

El aludido asintió dubitativo, frunciendo ligeramente los labios.

—¡Estupendo! —Riley dio una fuerte palmada de satisfacción—. ¡Asunto resuelto entonces! Muerto el perro, se acabó la rabia. ¡Esto hay que celebrarlo!

Sin embargo, la incipiente sonrisa del capitán se quedó a medio camino al ver los rostros serios que le rodeaban.

—¿Qué? —inquirió, intrigado—. ¿Hay algo más?

—Hay mucho más, Alex —añadió su segundo con gravedad—. Según lo que Elsa y Helmut han descubierto, parece que el objetivo del Phobos no era Portsmouth. En los documentos que tenemos no aparece su destino, pero en cualquier caso estamos seguros de que no era Portsmouth.

—Un momento. —Hizo con las manos el gesto de que se detuviera—. ¿Cómo que no? Pensaba que eso era lo único de lo que estábamos seguros.

—¡Hay dos barcos! —intervino Elsa de golpe, harta de rodeos y dispuesta a aclararle la situación a Alex de una vez—. Los documentos que encontraste nos confundieron. En realidad —añadió, pasándose la mano por la frente con nerviosismo—, hay dos bombas, dos *Wunderwaffe* en dos barcos distintos. Hemos averiguado que el Phobos tiene un buque gemelo: el Deimos. —La joven alemana clavó su mirada azul en la del capitán—. Es ese otro barco el que se dirige a Portsmouth, y no el Phobos, como creíamos. Al parecer el Deimos también navega bajo falsa bandera holandesa, con treinta y tantos agentes en sus camarotes y creemos que con otra bomba de fisión en la bodega de carga.

Alex se echó hacia atrás en la silla, entrecerró los ojos y se masajeó las sienes.

—A ver si me aclaro... —dijo tras una larga pausa—. Me estáis diciendo que el Phobos transportaba una de esas bombas de uranio a un objetivo que no habéis podido determinar, pero que de cualquier modo los nazis ya no van a poder usarla porque el barco está hundido. ¿Cierto?

—Cierto.

—Pero en cambio, ahora resulta que hay un segundo barco. Un buque idéntico al Phobos llamado Deimos, que también transporta una de esas bombas. Y este sí que se dirige a Portsmouth, donde tratará de infiltrarse y hacer estallar el artefacto en el interior del puerto.

—Eso es.

El capitán del Pingarrón se rascó la cabeza, tomándose un momento para ordenar las ideas.

—Dos barcos. Dos bombas. Dos objetivos —murmuró tamborileando con los dedos sobre la mesa—. Todo esto es cada vez más extraño... Aunque, en cualquier caso —resopló y se encogió de hombros—, ahora sabemos mucho más que antes. Del Phobos ya no hemos de preocuparnos, y del otro barco sabemos a dónde se dirige, su tamaño y hasta su nombre. En fin... mañana decidiremos qué hacer con esa información o si se la vendemos a March junto con la máquina. Pero lo que ahora necesito es irme a dormir. —Bostezó sin disimulo, haciendo el amago de levantarse—. Estoy muy, muy cansado, y todo esto puede esperar unas cuantas horas, así que me voy a mi camarote a ver si puedo dor...

—Carallo, Alex. ¡Cállate y escucha!

Riley frunció los labios y estuvo a punto de reprender a su segundo por hablarle de ese modo frente a los pasajeros, pero en el último momento y viendo las expresiones compungidas a su alrededor, decidió pasarlo por alto.

—Está bien, os escucho —dijo en cambio—. ¿Pero me vais a decir de una puñetera vez qué es lo que pasa realmente?

Tras un nuevo intercambio de miradas conspiratorias, Jack volvió a tomar la palabra.

—Lo que pasa no es el *qué*, Alex. Sino el *dónde*.

—No te sigo.

El gallego se pinzó con el índice y el pulgar el puente de la nariz en una muestra de cansancio y tensión.

—Como te he dicho antes, Helmut logró reparar la radio para poder recibir —prosiguió, tratando de insuflar calma a su tono de voz—. Así que mientras navegábamos de camino a Larache, le pedí a nuestro amigo alemán que aprovechara para comprobar si la máquina Enigma funcionaba correctamente o había sufrido algún daño en el naufragio.

—Bien hecho.

—Ya… supongo —murmuró lánguidamente—. El caso es que tras unas horas de aprendizaje y usando el libro de códigos que tú mismo trajiste del Phobos… —le pareció ver una sombra de duda en el los ojos de Alex, y le preguntó antes de proseguir— ¿Te acuerdas? Aquel librito de tapas azules que encontraste en la caja fuerte.

—Ah, sí. Pequeño y con un águila nazi en la portada.

—Ese mismo —asintió—. Pues bien, sintonizamos la frecuencia indicada en el cuaderno, e inmediatamente comenzamos a recibir multitud de comunicaciones procedentes de Berlín dirigidas a sus naves en alta mar. Entonces aplicamos la clave correspondiente al día de ayer a la máquina Enigma y comenzamos a descodificar uno por uno todos aquellos mensajes secretos de la marina nazi.

—Entonces funciona —se alegró Alex, feliz de recibir al menos una buena noticia.

—Oh, sí. Funciona perfectamente —Jack bajó la vista y torció el gesto—. Solo que...

—¿Qué?

—Verás, Alex... —le costaba horrores continuar hablando y miró a su alrededor, como esperando que alguien le tomase el relevo. Pero nadie lo hizo, así que respiró profundamente y continuó—. Una de las comunicaciones que recibimos iba dirigida precisamente al Deimos, y en ella le ordenaban mantener absoluto silencio de radio para evitar ser identificados, así como que mantuvieran la posición 36º 30 ´Norte y 25º 00 ´Oeste —al tiempo que decía esto, le alargaba un trozo de papel con el texto y las coordenadas anotadas a lápiz— hasta las cero horas de pasado mañana. En ese momento deberán poner rumbo a Portsmouth a toda máquina, extremando las precauciones al adentrarse en el golfo con el fin de alcanzar el objetivo cuatro días más tarde.

Alex se quedó mirando a su segundo en silencio, mientras trataba de encajar toda aquella nueva información con lo que ya sabía. O más bien, con lo que creía saber.

—¿Y esas coordenadas son de...?

Antes de que Riley formulara la pregunta, Jack se apresuró a precisar.

—Se trata de una posición a treinta millas al sur de la isla de Santa María, en el archipiélago de las Azores.

El capitán, tras realizar unos pocos cálculos mentales y situar en un mapa imaginario las islas Azores, fijó su vista en la hoja escrita que tenía ante sí, como si fuera a sacar algo en claro de aquellas pocas líneas escritas en alemán.

—Pero eso no tiene sentido —razonó al cabo, dirigiéndose a Helmut—. Debéis haberlo descodificado mal. Las Azores están a más de dos mil kilómetros al suroeste de Inglaterra, en mitad del Atlántico. Un carguero alemán jamás seguiría esa ruta para llegar a Portsmouth. Sería como ir de Barcelona a Nápoles pasando por Beirut. Es absurdo.

—Lo sé —coincidió Helmut—. Pero el mensaje es correcto.

—No puede serlo —insistió Riley, negando con la cabeza.

Entonces Jack le hizo un gesto a Elsa, quien se acercó a la mesa de mapas, escogió una carta náutica en concreto y se la entregó a Jack, que la extendió sobre la mesa.

Para sorpresa de Alex, en lugar de una carta de navegación resultó ser un viejo mapa del *National Geographic* que había comprado tiempo atrás durante su estancia en Londres, y en el que se mostraba la totalidad del océano Atlántico. Desde el Polo Norte, a la Antártida, y desde las costas americanas, a las de Europa y África.

Seguidamente, el cocinero del Pingarrón se inclinó sobre el mapa de uno por dos metros, lápiz en mano.

—El Deimos partió de aquí. —Hizo una pequeña cruz justo sobre la ciudad portuaria de Kiel, en Alemania—. Y la isla de Santa María está más o menos aquí. —Dibujó otra cruz sobre Las Azores.

—Y Portsmouth está aquí —añadió Riley con hastío, colocando el dedo sobre la ciudad inglesa.

Jack lo miró fijamente, y suspiró de nuevo antes de contestar:

—*Ese* Portsmouth, está ahí.

Alex se quedó en blanco, sin entender a qué diantres se refería su amigo.

—¿Hay otro Portsmouth? —preguntó extrañado, acercando la vista a la isla de Gran Bretaña—. No lo sabía —admitió, alzando la vista—. Pero de cualquier modo, la ruta hacia cualquier otro punto de la costa británica es…

Joaquín Alcántara puso su rolliza manaza sobre el mapa, cubriendo con ella toda Europa occidental.

—Alex… —musitó— No es ahí donde tienes que buscar.

—¿Qué?

—Mira —dijo, llevando la punta del lápiz en dirección opuesta a la mano que mantenía sobre el mapa.

Entonces, sintiendo como la sangre se helaba en sus venas, Alex contempló paralizado cómo su segundo trazaba una línea recta que comenzaba en las Azores y se desplazaba hacia el oeste hasta alcanzar, tres mil novecientos kilómetros más allá, las costas de los Estados Unidos de América.

Concretamente una pequeña ciudad portuaria en el estado de New Hampshire a solo setenta kilómetros al norte de su Boston natal. Una pacífica ciudad de pescadores que conocía por haberla visitado en su infancia junto a sus padres y donde, para su desgracia, junto al punto que la señalaba, podía leerse claramente en pequeñas letras negras minúsculas el nombre de Portsmouth.

# 44

Un mutismo abrumador se abatió sobre la sala como una bruma densa y lúgubre en la que incluso parecía faltar el aire para respirar.

Alex Riley, lívido como una estatua de mármol, mantenía la vista puesta en aquella línea recta trazada a lápiz que iba desde una insignificante isla en las Azores a la costa de New Hampshire.

Transcurrieron varios minutos hasta que, esforzándose por controlar su propio nerviosismo, tomó de nuevo la palabra.

—Quiero… —dijo mesándose el pelo con ambas manos— quiero que me expliquéis, detenidamente, cómo habéis llegado a esa conclusión.

—Por desgracia —contestó Jack con resignación, señalando las hojas que Alex tenía ante sí—, está todo escrito ahí. Los cuatro días de travesía al objetivo son los que necesitarían para cubrir a toda máquina, tal y como les ordenan, las dos mil doscientas millas que separan las islas Azores de la costa este de los Estados Unidos. Y además, ese «extremar las precauciones al adentrarse en el golfo» dirigido al comandante del Deimos, solo puede referirse al Golfo de Maine. No se menciona en ningún momento la ruta a seguir, pero como tú bien sabes —añadió, apesadumbrado—, únicamente existe una ciudad llamada Portsmouth a orillas de un golfo. Y ese golfo —sentenció— es el de Maine.

Riley volvió a volcar su atención en el colorido mapa, buscando otra explicación a aquella concatenación de indicios que apuntaban en una misma dirección. Aunque en su interior intuía que Jack estaba en lo cierto y que, por alguna razón incomprensible, Adolf Hitler había decidido aniquilar un apacible puerto de pescadores sin ninguna relevancia a solo unas decenas de kilómetros de Boston, su ciudad natal.

—Pero en Portsmouth no hay casi nada que valga la pena destruir —argumentó, tratando de convencerse a sí mismo más que a los demás—. Tan solo un pequeño astillero y unas cuantas fábricas auxiliares. Desde luego, nada que justifique un ataque de esa envergadura. ¿Por qué iban los nazis a esforzarse tanto en arrasar una ciudad sin importancia? No tiene ninguna lógica.

—Nada de esto lo tiene —convino su segundo.

Riley levantó la vista y se encontró con la melancólica mirada de Jack.

—Estados Unidos no está en guerra con Alemania —insistió el capitán—, y tanto Roosevelt como Hitler se andan con mucho ojo de no dar un paso en falso que les meta en el conflicto. Sería una gran estupidez por parte de los nazis, con la mayor parte de sus recursos ocupados en el frente ruso, atacar a los Estados Unidos y forzarlo así a entrar en la guerra. Sería una locura.

—Alex, te recuerdo que estamos hablando de Hitler, y que los locos tienen la mala costumbre de hacer locuras.

—Pero es que es algo… irracional. Por muy desquiciado que esté, debe tener generales que lo asesoren. Hasta el soldado más idiota le podría decir que un ataque sin provocación contra los Estados Unidos le puede llevar a perder una guerra que ya tiene casi ganada.

—Quizá… —sugirió Jack, encogiéndose de hombros— puede que crean que la campaña contra la Unión Soviética y Gran Bretaña está terminada, y pretendan así extender la guerra más allá del Atlántico.

Riley lo meditó un instante, pero terminó negando con la cabeza.

—No creo que piensen eso, ni mucho menos. Los británicos aún pueden resistir en su isla y Rusia es muy grande… y está llena de rusos. Insisto en que en algún punto habéis cometido un grave error en la descodificación o la interpretación de todo esto —añadió mirando a la pareja de alemanes—. Por un simple mensaje de radio y unas pocas páginas escritas a máquina con el emblema de las SS —las tomó con dos dedos, poniéndolas en alto y sacudiéndolas como para demostrar su inconsistencia—, no me voy a creer algo así. Ni hablar, no me lo trago.

Jack se volvió hacia Helmut, pidiendo ayuda.

—También existe la posibilidad... —sugirió el científico, carraspeando como siempre— de que se trate de un acto de intimidación.

El capitán se volvió hacia él.

—¿Qué quiere decir?

—Me refiero a que, si como parece, los nazis han logrado construir una bomba de fisión con una capacidad destructiva miles de veces superior a cualquier otra arma conocida por el hombre... No me parece descabellado que hayan decidido usarla contra su país como forma de advertencia para que no se involucren en esta guerra.

—Pero si lo que pretenden es intimidar al gobierno americano, ¿por qué no atacan Nueva York, Washington o cualquier otra ciudad importante del país? —adujo, buscando una brecha en su argumento—. ¿Por qué un lugar tan insignificante como Portsmouth? No tiene sentido.

Helmut hizo un gesto de negación con la cabeza.

—Al contrario, capitán Riley. Ese hecho, precisamente lo que hace es apoyar mi teoría. Los nazis deben saber que si destruyen una gran ciudad y asesinan a millones de ciudadanos, la Casa Blanca se vería obligada a declarar la guerra, aunque solo fuera por el deseo de venganza de los norteamericanos. En cambio, si el ataque no fuera tan sangriento aunque lo bastante cerca de una gran ciudad como Boston para evidenciar su vulnerabilidad, el mensaje del poderío militar nazi será igual de claro, pero la presión popular para entrar en guerra no será tan fuerte. Es una forma de actuar muy de los nazis —recalcó con un gesto de tristeza, dejando ver que sabía de lo que hablaba—. Te disparan a las rodillas para advertirte que es inútil levantarte contra ellos.

Riley apretaba los puños con tanta fuerza que los nudillos se le estaban poniendo blancos.

—Pues si eso es lo que esperan —replicó con una rabia a duras penas contenida—, se van a llevar una buena sorpresa. Los Estados Unidos nunca se han arrodillado ante la intimidación, y por muy terrible que sea esa arma de los nazis el país entero se levantará en busca de venganza y no descansará hasta haberla conseguido. Si algún idiota nazi ha pensado que nos vamos a amedrentar... —concluyó, con las pupilas irradiando ira— es porque no conoce a mis compatriotas.

Ninguno de los presentes se atrevió a llevarle la contraria al capitán.

Sin embargo, Elsa levantó la mano para dar su opinión.

—Pero ¿y si al fin y al cabo Hitler sabe lo que se hace? —arguyó—. El Führer es un demente, pero no un imbécil, y aún menos lo son su larga nómina de generales. Si en realidad disponen de esa *Wunderwaffe* de la que tanto presumen y han decidido usarla contra tu país será porque han concluido que es lo que más les conviene en sus planes de conquista.

—En ese caso, ¿por qué no la hacen detonar en Rusia o Gran Bretaña? —quiso saber Jack—. Si volaran Londres por los aires, al día siguiente los británicos ya se habrían rendido.

Helmut se rascó su rala perilla antes de expresar de nuevo su opinión.

—Eso es difícil saberlo. Puede ser porque el uranio 235 es muy difícil de procesar, y que solo dispongan de material fisionable para un par de bombas. O quizá es porque planean ocupar Gran Bretaña y, como ya dije, una bomba de ese tipo dejaría el lugar de la explosión inhabitable, quizá durante siglos —explicó, y añadió a continuación—: Un razonamiento que también se aplicaría a la URSS, naturalmente.

—Y tal vez por eso no les importa hacerla estallar en los Estados Unidos... —coligió Elsa— porque no planean convertirlo en parte de su *Lebensraum*.

—¿*Lebensraum*? —inquirió el gallego, frunciendo la nariz—. ¿Qué es eso?

La muchacha pareció avergonzarse de haber hecho esa referencia, y dudó un instante antes de contestar.

—Es el término que utiliza Hitler —carraspeó ligeramente— cuando habla del «espacio vital» que, según él, está destinado a la raza aria. En *Mein Kampf* aboga por la expansión de Alemania por Europa y Asia, eliminando o desplazando a las poblaciones autóctonas que él y sus seguidores califican como *untermenschen* o razas inferiores.

El gallego bufó ruidosamente.

—Manda cojones... —renegó, meneando la cabeza—. Al cabrón de Franco tenemos que aguantarlo en España porque ganó la guerra y tuvimos que jodernos, pero a ese chiflado de Hitler lo elegisteis en unas elecciones. —Y girándose en la silla, les preguntó abiertamente a los dos alemanes—: ¿Pero en qué coño estabais pensando?

Helmut se puso muy serio antes de responder.

—Yo no voté a ese loco —afirmó con inesperada rudeza—. Pero piense que había treinta y ocho millones de ciudadanos alemanes desesperados, señor Alcántara. Y la desesperación es siempre una mala consejera.

Jack parecía de nuevo dispuesto a replicarle pero entonces, con la palabra en la boca, se percató del gesto de preocupación de su capitán y se dio cuenta de que aquel no era momento para una discusión sobre política.

—¿En qué piensas, Alex? —quiso saber.

Riley, con la mirada perdida en algún punto del mamparo del fondo, tardó unos instantes en reaccionar, y volvió en sí como tras un trance.

—Estaba acordándome —murmuró en voz baja, como si decirlo en alto fuera a disipar la idea que se estaba formando en su cabeza— del, espero que difunto, agente Smith. Pensaba en que, si como él aseguraba, se trataba de un agente del MI6, significa que los británicos están al corriente de la Operación Apokalypse, que quieren mantener en secreto —tomó aire e hizo una larga pausa, antes de añadir— y que están dispuestos a matar a cualquiera que sepa de su existencia.

Un inquieto silencio se abatió sobre los presentes, mientras cavilaban sobre aquello que les había señalado el capitán.

Elsa fue la primera en romperlo, reclinándose sobre la mesa con expresión interrogativa.

—Pero… no lo entiendo —alegó—. ¿Por qué iban los ingleses a apoyar una operación nazi contra el único país del mundo que les puede salvar de una derrota absoluta?

—Yo tampoco le veo sentido —admitió Jack.

Riley se frotó los ojos con cansancio antes de contestar:

—Pensadlo. —Los miró uno por uno—. Tal y como ha dicho Helmut, los Estados Unidos son el único país que podría inclinar el curso del conflicto en favor de los aliados… pero la realidad es que no lo hacen. Roosevelt no quiere ni oír hablar de entrar en guerra contra Alemania, pero los ingleses saben que si no cambia pronto de opinión solo es cuestión de tiempo que Hitler los invada, así que…

Jack abrió los ojos desmesuradamente, comprendiendo adónde quería ir a parar su capitán.

—… así que no tienen nada que perder ayudando a que los nazis sigan adelante con su plan —prosiguió él mismo el razonamiento—, con la esperanza de que la reacción norteamericana sea declararle por fin la guerra a Alemania.

Un desordenado murmullo de incredulidad se extendió por la mesa, en el que abundaban conceptos como «jodidos ingleses» o «traidores hijos de puta».

—No me puedo creer —rezongaba Jack— que esos ingratos sean cómplices de una cosa así. Con todo lo que les está apoyando el pueblo norteamericano, mandando convoyes cargados de comida y suministros a través del Atlántico, y esos malnacidos pretenden… —Y dejó la frase en el aire mordiéndose los labios, demasiado furioso como para terminarla.

—Todo esto me parece un gran disparate —apuntó Elsa, resistiéndose a creerlo—. Hitler pretende atacar Estados Unidos para evitar que entren en la guerra… mientras Churchill también quiere que Hitler lleve a cabo su plan, pero para conseguir exactamente lo contrario. ¡Absurdo!

—Y otra cosa —añadió Helmut—. Si los británicos saben del ataque, ¿por qué no lo hacen público? Si la población americana supiera que los nazis planean atacarles, la reacción sería la misma.

Alex negó con la cabeza.

—Se equivoca, Helmut. Los que están en contra de entrar en la guerra encontrarían la manera de quitarle hierro al asunto, e incluso acusarían a los ingleses de querer manipularlos. Es más —añadió con pesadumbre—, los submarinos alemanes ya han atacado a varios mercantes estadounidenses y hace poco más de un mes incluso hundieron el destructor USS Reuben James cerca de Islandia. Pero a pesar de todo, Roosevelt insiste en mirar hacia otro lado y proclamar la neutralidad norteamericana en la guerra europea. Créame, Helmut —resumió con un bufido—, los Estados Unidos no entrarán en el conflicto a menos que no les quede más remedio.

—Pero los americanos apoyan a Gran Bretaña —insistió Helmut una vez más—. Que los traicionen no tiene ningún sentido.

El capitán, sin embargo, tamborileando con los dedos sobre la mesa meneó la cabeza lentamente.

—Al contrario, doctor Kirchner —objetó, meditabundo—. Ahora es cuando todas las piezas de este siniestro puzle empiezan a encajar. Winston Churchill no deja de repetir en sus discursos que en los momentos desesperados hay que tomar medidas desesperadas, y por lo visto ha decidido llevar la teoría a la práctica. Está tratando como sea de implicar a los norteamericanos en la guerra, aunque ello suponga permitir que los nazis cometan una masacre. Un miserable complot —añadió, apretando las mandíbulas— que van a pagar con sus vidas decenas de miles de ciudadanos inocentes… a menos que hagamos algo por evitarlo.

Y poniéndose en pie se dirigió a su segundo con gravedad.

—Jack —dijo—. Ve a por Marco, César y Carmen, y reúnelos aquí. Tengo que hablar con todos vosotros, inmediatamente.

La orden del capitán fue cumplida sin dilación, y pocos minutos más tarde la tripulación al completo y los tres pasajeros, incluida Carmen —que por fin había podido deshacerse del incómodo jarque y sustituirlo por ropa de trabajo que le había dejado Julie—, se sentaban alrededor de la mesa, expectantes, esperando que el capitán les explicara el porqué de aquella apresurada reunión.

César había dejado los motores al ralentí y Julie la nave al pairo, tras cerciorarse de que no había otras embarcaciones en muchas millas a la redonda. Así, el Pingarrón se mecía cadenciosamente al compás de las olas, empujado levemente hacia el sur por un viento de ocho nudos que se colaba por la decena larga de agujeros que salpicaban el mamparo de estribor, y hacía que los allí presentes se arrebujaran en sus ropas para protegerse del húmedo aire marino.

El ambiente reinante era de innegable pesimismo, pues Riley les había hecho un resumen —dedicado a los que no habían estado presentes anteriormente—, donde les expuso las conclusiones a las que habían llegado, así como las terribles consecuencias que el ataque nazi tendría, en primer lugar para los Estados Unidos, pero a corto plazo también para la guerra que estaba arrasando Europa y que de ese modo se extendería inevitablemente al resto del planeta.

El capitán, ahora de pie en la cabecera de la mesa, paseó la mirada uno a uno por todos ellos antes de tomar de nuevo la palabra.

—Tenemos cinco días antes de que se lleve a cabo el ataque por parte del Deimos —concluyó—. Y no tenemos tiempo de llegar a Estados Unidos para dar el aviso, ni radio para informar al Departamento de Defensa en Washington de lo que sabemos. Aunque si así fuera, posiblemente tampoco nos creerían sin pruebas que aportarles —explicó, apoyando las manos en la mesa—. Además, apostaría a que la armada británica debe tener orden de hundirnos nada más vernos, y seguramente lo mismo pueda decirse de la marina nazi. Tampoco creo que sea posible buscar un puerto donde desembarcar, pues tanto la Gestapo como el MI6 tienen agentes de aquí a Ciudad del Cabo, así que en cualquier país en que bajáramos a tierra, ya fuera aliado, del eje o neutral, tarde o temprano alguien nos identificaría y un nuevo agente Smith trataría de acabar con todos nosotros. En resumidas cuentas —resumió bruscamente—, no tenemos medio alguno de alertar a Washington ni puerto en donde refugiarnos.

—Estupendo —gruñó Marovic desde el otro extremo de la mesa, con la pierna vendada apoyada sobre una banqueta—. Esto no hace más que mejorar.

—¿Estás sugiriendo acaso —preguntó Carmen, que tenía la expresión de alguien que no da crédito a lo que acaba de escuchar—, que nos quedemos indefinidamente en este cascarón lleno de agujeros?

—Ojalá eso fuera posible —contestó, alicaído—. Pero me temo que es solo cuestión de tiempo que la Royal Navy o cualquier U-Boot solitario nos encuentre y nos hunda.

—Hagamos lo que hagamos —resumió César, siguiendo el razonamiento—, estamos jodidos.

—¿Y qué hay de March? —preguntó Julie—. Tenemos su máquina del millón de dólares, y seguramente él tendría los medios para ayudarnos a desaparecer.

Riley asintió con una ironía sin rastro de humor.

—Tú lo has dicho, Julie. Ese hombre hace tratos indistintamente con británicos y alemanes, así que probablemente no dudaría en hacernos «desaparecer», una vez le entregáramos la Enigma. Y aunque decidiéramos arriesgarnos y recurrir a él —agregó—, sabemos que no regresará a Tánger hasta dentro de cinco días, y para ser sincero... dudo mucho que nos mantengamos a flote hasta entonces.

—Pero a Elsa y a mí podrá desembarcarnos en Lisboa tal y como acordamos, ¿no? —preguntó Helmut, con más esperanza que convicción.

—Lo siento, Helmut. La ruta de aquí a Lisboa está extremadamente vigilada por ambos bandos. No podríamos ni acercarnos a las costas portuguesas sin que nos detectaran.

Una sonrisa sardónica se formó en los labios del segundo de a bordo.

—Muy bien, Alex —dijo, sacándose la pipa del bolsillo tranquilamente y dando unos golpecitos con la cazoleta sobre la mesa—. Ya nos has convencido de que vamos a morir, que perdamos toda esperanza y todo lo demás... Así que, dinos, ¿qué te ronda por la cabeza? Porque si te conozco bien, y creo que es el caso, estás abonando el terreno para convencernos de hacer algo que de otro modo no haríamos ni hartos de vino. ¿Me equivoco?

Efectivamente, el antiguo cocinero tenía bien calado al capitán del Pingarrón y este no dudó en admitir con un gesto cómplice que la deducción del gallego era correcta.

—Lo que dice Jack es cierto —admitió—, pero también lo es cada palabra que os he dicho antes. Es verdad que quiero convenceros para hacer algo que ni me atrevería a sugerir en otras circunstancias, pero la realidad es que os necesito —añadió mirando fijamente a los ojos a cada uno de ellos.

—¿A todos? —preguntó Helmut con extrañeza.

—A todos —asintió.

La siguiente pregunta, la que todos tenían en mente, se demoró unos instantes hasta que el mismo Jack se atrevió a formularla.

—¿Para hacer qué?

El capitán irguió entonces la espalda, tomándose un momento de pausa antes de hablar, consciente de lo mucho que estaba en juego.

—Para hacer lo único que podemos: detener ese maldito barco —contestó, enérgico—. Quiero que me ayudéis a encontrar y hundir el Deimos.

# «C» y Winston

*Estancias del Gabinete de Guerra.*
*Subterráneos del Ministerio de Hacienda de la Gran Bretaña*
*Londres*

Aquella noche, como todas las anteriores en los últimos dos años, gruesos muros de hormigón protegían al ocupante de aquel despacho aislándolo del exterior para salvaguardarlo de los bombardeos nocturnos alemanes llevados a cabo por los Heinkel HE-111 de la Luftwaffe. El despacho se encontraba en penumbras y solo una pequeña lámpara de mesa arrojaba algo de luz sobre el rostro cansado del hombre que lo ocupaba.

El espeso humo de un puro a medio fumar que descansaba en el cenicero se elevaba hacia el techo en una perfecta línea blanca y recta que se perdía en la oscuridad, mientras al otro lado del escritorio, un ancho vaso vacío escoltaba a una botella de *whisky* apenas estrenada, que asomaba tras una pila de desordenadas carpetas de más de un palmo de altura.

Cuando la puerta del despacho se abrió, el hombre tras el escritorio levantó la vista del papel que sostenía entre las manos y con un conciso gesto invitó al recién llegado a tomar asiento.

—Primer Ministro —dijo aquel, todo solemnidad y deferencia.

El aludido lo apremió con cordial impaciencia.

—Déjese de formulismos, Steve. —Aparte de su propia esposa y la reina, el ocupante de aquel despacho era el único que podía tomarse la libertad de llamar así al director del MI6—. Siéntese y sírvase usted mismo —indicó señalando la botella—. Tengo una caja de escocés de Islay de doce años que hay que terminarse, no sea que se lo acaben bebiendo los jodidos alemanes —añadió con una sonrisa cínica.

—Gracias, Primer Ministro. Pero...

—Winston, maldita sea —protestó—. Necesito que alguien diga mi nombre de vez en cuando, antes de que se me olvide.

El recién llegado carraspeó mientras tomaba asiento, aunque ni siquiera miró la botella de licor ambarino.

—Winston —musitó, incómodo—. Tengo malas noticias.

—Menuda novedad —contestó el otro, dejando el papel y echándose hacia atrás en su sillón—. ¿De qué se trata ahora?

—Es sobre nuestro agente en Tánger. El que envié para...

—Sí, sí, lo sé —lo interrumpió—. ¿Qué ha pasado?

—Ha sido asesinado.

El inquilino del número 10 de Downing Street no dijo nada a aquello. Pero nubló la expresión y se quedó en silencio, pensando, con la mirada puesta en algún lugar muy lejos de aquella sala.

El teniente coronel Stewart Menzies se removió inquieto en su silla, a la espera de la explosiva reacción del Primer Ministro ante aquella pésima noticia.

En cambio, se limitó a preguntar sosegadamente mientras echaba mano al puro encendido.

—¿Llevó a cabo la misión que le fue encomendada?

«C» bajó la cabeza y negó de forma casi dolorosa.

—Desconozco los detalles, pero parece ser que los objetivos han logrado escapar.

—¿Cómo es eso posible? —inquirió con voz afilada—. ¿No se trataba de su mejor hombre?

—Lo era —asintió—. Y aunque desconozco las circunstancias, yo le aseguro que...

Churchill lo volvió a interrumpir con un brusco gesto de la mano que sostenía el puro, esparciendo una lluvia de cenizas sobre la mesa.

—No quiero oír ni una sola excusa —le advirtió—. Quiero soluciones.

El director del MI6 trató de imprimir convicción a sus palabras.

—Todos los agentes del norte de África, la costa mediterránea y la península ibérica están buscándolos, y he cursado una orden a la Royal Navy para que busquen y destruyan sin mediar aviso cualquier nave con las características del Pingarrón. Vayan donde vayan los encontraremos, Wins… Primer Ministro.

Winston Churchill dio una profunda calada al cigarro y exhaló volutas de humo de forma imprecisa. Esta vez no corrigió el tratamiento.

—¿Creen que pueden haber entrado en contacto con… terceras personas?

Menzies negó con rotundidad.

—Imposible —aseveró, contundente—. La única manera en que podrían perjudicarnos sería entregando el informe original de la Operación Apokalypse a las autoridades norteamericanas. Y eso no ha sucedido, ni va a suceder. Seguramente —añadió, algo más confiado—, a estas horas estarán buscando alguna piedra bajo la que esconderse, sin entender nada de lo que está pasando.

—Pero algo sospecharán —adujo Churchill—. Sobre todo después de que intentaran acabar con ellos… aunque sin éxito.

«C» sintió el golpe de la indirecta y se rehízo como pudo.

—Sin duda, sin duda… —admitió, sumiso—. Pero no olvide que se trata de un simple puñado de contrabandistas. No creo que sepan realmente lo que tienen entre manos.

Churchill se inclinó sobre la mesa, clavando a Menzies a su asiento con la mirada.

—¿Y nosotros, Steve? —inquirió, sibilante—. ¿Lo sabemos nosotros?

El aludido tuvo que tragar saliva antes de contestar.

—Yo… nosotros… sí, Primer Ministro. Conocemos desde hace tiempo los planes nazis a través de varias fuentes. Sabemos incluso dónde se producirá el ataque, y nuestros expertos coinciden en que, aunque el efecto de la bomba de uranio que harán explosionar será devastador, la reacción del pueblo estadounidense también será proporcionalmente violenta y a su gobierno no le quedará más remedio que declararle por fin la guerra a Alemania.

Churchill guardó silencio de nuevo, meditando una vez más sobre la terrible decisión que se había visto obligado a tomar y que costaría la vida a muchos inocentes, pero que podría suponer la diferencia entre la derrota y la victoria en aquella guerra de aniquilación.

—Si ese mojigato de Roosevelt hubiera entrado ya en guerra… —se lamentó en voz baja, y volviéndose hacia el director del MI6 le preguntó con aspereza—: Dígame, Steve… y quiero que sea completamente sincero, ¿cabe alguna posibilidad, aunque sea remota, de que ese «puñado de contrabandistas» como usted los llama, logre evitar de algún modo que los alemanes lleven a cabo su maldita Operación Apokalypse?

Antes de que terminara de formular la pregunta, Stewart Menzies ya estaba negando con la cabeza.

—Ni la más mínima, Primer Ministro —contestó, confiado y tajante, incluso insinuando una sonrisa en la comisura de los labios—. Es absolutamente imposible que eso pueda llegar a suceder.

# 45

La afilada proa del Pingarrón cortaba la superficie del agua a la máxima velocidad que permitían sus motores. El mar ya estaba picado y aparecía cubierto de borregos de espuma en los picos de las olas, que brillaban como un inmenso y desquiciado rebaño bajo la luz de la luna. Calculó que el viento también había aumentado dos o tres nudos su velocidad en la última hora, rolando a componente este y situándose justo en la popa, lo que hizo pensar a Alex, que se secaba las salpicaduras de agua salada con la manga de la cazadora, que posiblemente se dirigían en línea recta al centro de una borrasca.

Cruzó a la carrera la cubierta de la nave, subiendo de dos en dos los escalones entró en el comedor, y con el pelo chorreando por la humedad se inclinó sobre la carta de punto menor del almirantazgo británico de la costa marroquí, Canarias y Madeira. Sacó la pequeña libreta donde había apuntado las coordenadas tomadas con el Weems & Plath, y al trasladarlas a la carta para compararlas con las que había anotado dos horas antes dio un puñetazo de frustración sobre la mesa, meneando la cabeza al tiempo que mascullaba una blasfemia.

Sin perder un momento bajó hasta la sala de máquinas, cruzándose por el camino a Carmen y Elsa, que llevaban a la bodega de carga cuñas y espiches hechos con patas de sillas y trozos del mobiliario de madera, para que con ellos Jack, Marovic y Helmut trataran de taponar los agujeros del casco que se encontraban más cerca de la línea de flotación, y por los que a medida que empeoraba el tiempo, entraba cada vez más agua.

El capitán del Pingarrón, al pasar junto a ellas a toda prisa, pensó en lo raro que le resultaba ver a la madura y liberada tangerina con la joven —y hasta cierto punto— ingenua alemana; las dos trabajando codo con codo para evitar que su nave se hundiera en mitad del Atlántico. Luego trató de imaginarse de qué podrían hablar esas dos mujeres que tan pocas cosas tenían en común, hasta que cayó en la cuenta de que lo único que las unía era él mismo. Torciendo el gesto con un mal presentimiento, apartó esa idea de su cabeza y aceleró el paso hasta alcanzar la última compuerta y entrar en la sala de máquinas.

—¡Necesito más potencia! —le gritó sin preámbulos al mulato enfundado en un mono azul lleno de grasa, alzando la voz por encima del estrépito del motor nada más cruzar el umbral—. ¡Apenas alcanzamos los dieciocho nudos!

Este se giró hacia su capitán, con una gran llave inglesa en la mano y cara de malas pulgas.

—¡¿Y qué quiere que yo haga?! ¡Vamos al ciento diez por ciento! ¡Mire el cuentarrevoluciones! —añadió, señalando un reloj semicircular frente a la culata de los pistones, y en el que la aguja indicadora ya había llegado al final de la franja roja—. ¡No puedo sacarle ni un caballo más!

—¡Pues ponlo al ciento veinte! ¡Tienes que conseguir que alcance los veinte nudos como sea! ¡Aunque explote el motor!

César se abrió de brazos, como mostrando que eso era todo lo que tenían.

—¿Es que no lo entiende? ¡Esto es lo que hay!

Riley se mordió el labio conteniendo la rabia, sabiendo que lo que decía su mecánico era cierto, pero aun así frustrado hasta lo indecible.

Furioso con los impávidos dioses de la mecánica propinó una fuerte patada al bloque del motor, que trepidaba como si estuviera a punto de caerse a pedazos.

—¡Haz lo que sea necesario! —rugió, señalando a César—. ¡Cualquier cosa! Pero consigue que este barco alcance los veinte nudos o sino todo lo que hagamos no servirá de nada.

Y sin darle tiempo a que le contestara algo que no quería escuchar, se dio la vuelta y salió de la sala de máquinas con la misma prisa que entró.

Era injusto y lo sabía. César estaba haciendo todo lo humanamente posible para lograr que el Pingarrón llegara puntual a su cita con el Deimos, pero él era el capitán de la nave y su obligación en aquellos momentos era exprimir a su tripulación aún más allá de lo razonable. Eran lo único que se interponía entre la vida y la muerte de muchos compatriotas, y si tenía que comportarse como un cabrón, por Dios y todos sus santos que lo haría.

Los cuatro tripulantes y los tres pasajeros, sin dudarlo un segundo, habían accedido a acompañarle en aquella desquiciada persecución. El plan que Alex había propuesto consistía en ayudarle a llevar el Pingarrón hasta las cercanías de la isla de Santa María, donde todos menos él usarían la lancha auxiliar para llegar a tierra, y tras desembarcar tratarían de alertar de algún modo a las autoridades norteamericanas.

Lo que él iba a hacer a partir de ese momento, cuando se encontrara solo a bordo, ya era algo más confuso, y la única idea que se le había ocurrido hasta ese momento era tratar de acercarse al falso carguero y luego tratar de embestirlo hundiéndolo o dañándolo lo bastante como para impedir que prosiguiera con su misión. Era un plan infantil, con muy pocas oportunidades de éxito frente a un navío cuatro veces mayor y armado con torpedos. Para conseguirlo, él tendría que ser extremadamente afortunado y el comandante del Deimos un inepto con exceso de confianza; dos condiciones que difícilmente se iban a dar —ni siquiera una de las dos—. Pero como solía decir su madre gaditana: «Hasta el rabo, todo es toro».

De nuevo en la planta superior de la superestructura, entró a la carrera en la timonera. Allí Julie miraba al frente a través del ventanuco protegida con un gastado impermeable verde, con los ojos entrecerrados por el viento húmedo que le empapaba la cara y sujetando el timón con ambas manos.

—Hemos cubierto solo treinta y seis millas en dos horas —soltó Riley nada más entrar—. Tenemos que ir más rápido.

La francesa se volvió un instante hacia el capitán.

—¿Ya ha hablado con César?

Riley asintió, con la vista fija en la oscuridad.

—Dice que los motores ya no dan más de sí.

—Pues yo tampoco puedo hacer más —aclaró ella—. El mar se está picando. Las olas ya superan el metro de altura y antes de que amanezca llegarán a los dos metros. El viento de popa nos ayuda un poco, pero con esta marejada se hace difícil avanzar y me temo que cada vez iremos más lentos.

Alex también sabía aquello, así como que cuanto más se adentraran en la borrasca, más altas serían las olas, más agua entraría por los agujeros del casco, y haría que el barco fuera cada vez más pesado.

Con ambas manos apoyadas en lo que quedaba del tablero de instrumentos, bajó la cabeza y dejó escapar un hondo suspiro. Estaba haciendo todo lo que estaba en sus manos, pero todos los elementos parecían haberse confabulado en su contra y aquella era una batalla que de ningún modo podía ganar. Aun en el mejor de los casos, manteniendo esa misma velocidad, llegarían cuatro horas tarde a su cita con el Deimos... pero como había insinuado Julie, a medida que se acercaran al núcleo de la tormenta cada vez irían más lentos, con lo que esas cuatro horas se convertirían fácilmente en seis, o incluso ocho.

—Maldita sea... —masculló entre dientes, dando un fuerte golpe con la palma de la mano sobre la madera—. Así no tenemos ninguna posibilidad.

Julie ignoró el gesto de desesperación de su capitán, manteniendo la vista al frente como si no hubiera oído nada.

Riley levantó entonces los ojos, y con la mirada puesta en el creciente oleaje, pensó por primera vez que el estado de la nave no era el mejor para enfrentarse a un temporal del Atlántico, y que si las olas llegaban a superar los dos metros, con todas aquellas pequeñas vías de agua medio parcheadas, podrían darse por contentos si lograban llegar a las Azores sin hundirse.

De pronto, un áspero ruido de desgarro sonó sobre sus cabezas, y un segundo más tarde, el trozo de hule que Jack y César habían clavado sobre el techo del reconstruido puente para evitar que se filtrara la lluvia salió volando en dirección a la proa como un fantasmagórico pájaro iluminado por los focos de cubierta.

—Joder —bufó Riley con desánimo, meneando la cabeza—. Ahora hasta el viento se ha empeñado en tocarnos los co...

Y ahí terminó la frase.

Se quedó con la boca a medio abrir. Sin decir una palabra. Viendo cómo aquel retazo de hule se retorcía en el aire, mientras se alejaba de ellos hasta desaparecer por completo en la noche.

La francesa miró entonces de reojo hacia su derecha, donde el hombre a su lado parecía haber quedado en estado catatónico.

—*Capitaine?* —preguntó, al ver que no movía ni un músculo—. ¿Está usted bien?

La respuesta aún tardó algo en llegar. Aunque en realidad esta nunca llegó a producirse de forma verbal, pues la reacción de Riley fue volverse hacia su piloto con una incongruente sonrisa triunfal en los labios. Luego le estampó un inesperado beso en la frente, antes de darse la vuelta y, sin mediar explicación alguna, salir de la cabina escaleras abajo como si le hubieran prendido fuego a la ropa.

Julie Daumas se quedó mirando el espacio vacío que había ocupado Alex. Luego volvió la vista hacia la proa y concluyó que, sin duda alguna, el hombre que la había contratado tiempo atrás para que oficiara como piloto y navegante del Pingarrón había perdido definitivamente la cabeza.

El viento arreciaba en cubierta con rachas de treinta kilómetros por hora y los rociones de espuma ya llegaban a superar la borda en cada cabeceo de la nave, barriéndola con una lluvia horizontal, fría y salada. Además, solo un puñado de luces en lo alto de la grúa y en la superestructura apenas hendían la oscuridad lo suficiente como para iluminar frugalmente aquella parte del Pingarrón, lo que en resumidas cuentas suponía que, en ese momento, era el último punto del barco donde nadie querría encontrarse. Pero precisamente, ese era el lugar donde el capitán había decidido reunir de nuevo a toda la tripulación a excepción de Julie, pues no era aconsejable que abandonara su puesto en mitad de una borrasca que ya se había convertido en fuerte marejada, con olas de casi dos metros y vientos de popa de veintiún nudos.

—Espero que sea importante —rezongó Jack nada más aparecer, empapado de pies a cabeza—. El agua está entrando en la bodega más rápido de lo que las bombas pueden achicarla —dijo señalándose a sí mismo como prueba—. Si no conseguimos taponar todas las fugas, vamos a tener serios problemas de aquí a nada.

—Lo sé —replicó Riley, por encima del ventarrón—. Pero tengo que poneros al corriente de la situación.

—¿Y tenía que hacerlo aquí? —le reprochó César, con los ojos entrecerrados por el insistente viento.

Justo en ese momento aparecieron también Carmen y Elsa, envueltas en sendas mantas.

—Como ya sabéis —dijo sin preámbulos, al comprobar que estaban todos—, tenemos problemas con las vías de agua y, como dice Jack, el fuerte oleaje está inundando la bodega, con lo que corremos serio riesgo de hundirnos.

Alex hizo una pausa, pero ninguno de los presentes dijo nada. No era ningún secreto.

—Además, tras hacer los cálculos, os puedo asegurar que a este ritmo no llegaremos a tiempo al encuentro con el Deimos. Nuestra velocidad actual es de dieciocho nudos, y bajando. Y al menos necesitaríamos alcanzar los veinte nudos y medio, cosa que es imposible aun poniendo los motores a su máxima potencia.

Una nueva pausa.

—De modo —prosiguió, alzando la voz— que estamos frente a un dilema. Si seguimos con el plan que os propuse de llegar a la isla de Santa María en menos de cuarenta y ocho horas, es muy difícil que lo logremos, y no descarto que naufraguemos en el intento. Quiero que tengáis esto muy claro —dijo, dirigiéndose sobre todo a los tres pasajeros—, así como que lo prudente sería dar media vuelta ahora mismo y regresar a puerto.

El viento silbaba a sus espaldas. Silencio expectante.

—Pero sin embargo, os voy a pedir... —añadió con una voz extrañamente segura y tranquila, y que apenas era audible entre el ulular del viento y el impacto de las olas— que arriesguéis vuestras vidas y me ayudéis a llevar esta nave hasta las Azores. Quiero exprimir hasta la última posibilidad que nos quede de alcanzar al Deimos antes de que se marche y ya sea imposible de alcanzar. —Apoyó los antebrazos en la mesa antes de preguntar—: ¿Qué me decís? ¿Estáis conmigo?

El primero en contestar fue Joaquín Alcántara, que sin dudarlo replicó:

—Tú eres el capitán de este barco, Alex. No tienes ni que preguntarlo.

—Pero no os enrolasteis para perseguir barcos corsarios alemanes.

—Perseguir barcos corsarios alemanes, trapichear con pesqueros italianos... ¿Qué más da? Un trabajo es un trabajo.

—Esto es una misión sin remunerar, no un trabajo —subrayó, centrando de nuevo su atención en los tres pasajeros, y muy especialmente en Carmen, que parecía estar muriéndose de frío—. Así que no os puedo ordenar que me sigáis en esta locura... aunque os pido, por favor, que lo hagáis.

—Perdona, Alex —intervino la tangerina—. Pero ¿no hemos tenido ya esta conversación hace solo unas horas?

—Hace unas horas no nos estábamos hundiendo, y estaba convencido de que íbamos a llegar a tiempo.

—¿Y ahora no?

—Ahora es posible —asintió—. Aunque poco probable.

—Y si regresamos a tierra firme, ¿dónde lo haríamos?

—En nuestro estado, la única opción sería Marruecos. Si tratáramos de llegar a España o Portugal, sin duda seríamos descubiertos por el camino.

—Pero en Marruecos dice usted que también nos buscan, ¿no? —apuntó Helmut.

—Así es —confesó abiertamente—. No hay ninguna elección correcta. Solo nos quedan de las malas, y las peores.

César giró sobre sus talones y abandonó la cubierta sin dar explicaciones.

Marovic, apoyado en una chapucera muleta que se había hecho él mismo, lo miró de reojo con una sonrisa burlona.

—Parece que el mecánico se ha cagado de miedo.

—Cállate, Marco —le reprendió Riley, para preguntar a continuación a todos los demás—: ¿Qué queréis hacer? ¿Damos media vuelta... o seguimos adelante?

—Déjame ver —preguntó Jack, enumerando con los dedos—. Las opciones son: regresar a Marruecos, donde será solo cuestión de tiempo que vengan a por nosotros de nuevo, ya sean los alemanes, los británicos, los secuaces de March o la madre que los trajo a todos. Tratar de alcanzar las costas europeas —prosiguió, alzando un segundo dedo—, con el riesgo de que nos hundan por el camino y en el mejor de los casos, de conseguirlo, que también nos hagan desaparecer nada más pisar tierra. O por último, intentar detener al Deimos, evitar la muerte de miles de personas, joder a las SS y al MI6, y luego, si tenemos suerte, tratar de alcanzar las islas Azores como buenamente podamos. —Con los tres dedos levantados se dirigió a Alex—: ¿Me dejo algo?

—Lo has resumido perfectamente —afirmó, con el pelo negro revoloteándole en la frente—. Ahora necesito saber si estáis conmigo.

El intercambio de miradas entre tripulantes y pasajeros fue breve, y uno a uno asintieron con la cabeza sin dudarlo, incluso el mercenario yugoslavo o la propia Carmen, que tenía todos los motivos del mundo para negarse.

En ese instante regresó César, para decir que en nombre de él y de su esposa —había ido a consultarle—, también accedían a seguir adelante.

Elsa, sin embargo, parecía algo confusa.

—Capitán —dijo, enjugándose el rostro de las gotas de agua de mar que le resbalaban por la frente—, estoy de acuerdo en intentarlo, pero hay algo que ha dicho que me tiene confundida. ¿Cómo espera llegar a tiempo al encuentro con el carguero si afirma que el barco ya no puede ir más deprisa?

—En realidad, lo que he dicho es que los motores no dan más de sí.

—¿Y acaso no es lo mismo? —inquirió César con extrañeza.

—En circunstancias normales así es, por supuesto —convino, mientras se sacaba un pañuelo blanco del bolsillo del pantalón—. Pero hoy tenemos un elemento a favor. —Y levantándolo por encima de la cabeza, lo soltó.

Inmediatamente el pañuelo salió volando hacia la proa y más allá, esfumándose en la noche.

# 46

Desde el cielo, que se había ido nublando hasta ocultar por completo las estrellas, comenzaron a caer las primeras gotas de lluvia. De momento unas pequeñas y espaciadas gotas que apenas llegaban a percibirse, pero sin duda el anticipo de lo que estaba por venir en las próximas horas.

El pañuelo de algodón blanco hacía ya un rato que había desaparecido de la vista, pero aún ninguno de los presentes, que aguantaban estoicos la creciente fuerza del viento, había desentrañado el teatral gesto del capitán. Y si alguien lo había hecho, sin duda no podía dar crédito a la extravagante sugerencia.

—Tenemos un viento de popa de más de veinte nudos —dijo en voz alta el hombre de los ojos color avellana y chaqueta de cuero, señalando hacia atrás—, que es justo lo que necesitamos. Así que solo hemos de construir una vela para aprovechar este viento, y ella nos dará los dos o tres nudos extra de velocidad que necesitamos para llegar a tiempo a nuestra cita. —Y tras dejar unos segundos de pausa para que lo asimilaran, añadió—: ¿Alguna pregunta?

Cualquiera diría que la tripulación y los tres pasajeros parecían tenerlo todo claro, pues nadie abrió la boca hasta que el segundo de abordo se acercó al capitán y le olisqueó el aliento sin disimulo.

—¿Estás borracho? —le preguntó al cabo, dando un paso atrás.

La expresión de Riley cambió de inmediato al comprender que el mutismo de su gente no era una señal de aquiescencia, sino de absoluta incredulidad.

—Estoy hablando en serio —dijo, ajustando el tono de voz a la gravedad de su gesto—. Tenemos el material y la capacidad para hacerlo, y a menos que alguien aporte una idea mejor, es lo que vamos a hacer.

—¿La capacidad de hacerlo? —inquirió Jack, con un retintín que denotaba algo más que dudas—. ¿Quién? ¿Cómo? ¿Con qué material? ¿Es que acaso llevamos velas de contrabando en la bodega y yo no me he enterado?

El resto de los allí presentes permanecía en silencio, esperando a que el capitán al que habían confiado sus vidas demostrara no haber perdido la cabeza.

Este sin embargo, en lugar de la airada reacción que hubiera cabido esperar al poner en duda de una manera tan directa su buen juicio, se dirigió a paso tranquilo al centro de la cubierta y apoyó la mano en el robusto mástil de la grúa principal.

—Este será nuestro palo mayor —dijo, dándole un golpe con el puño como para demostrar su solidez—. Y lo único que hemos de hacer es usar un *spinnaker* para aprovechar al máximo este viento.

—¿Un *spinnaker*? —quiso saber Elsa—. ¿Qué es eso?

—Una gran vela que se utiliza en los veleros para aprovechar toda la potencia del viento. Un vértice lo fijaremos a la base de la grúa, otro lo izaremos a la punta del mástil —explicó señalando hacia arriba, haciendo que todas las barbillas se levantaran al unísono—, y el tercero lo ataremos a un cabo que nos servirá para controlarlo y cambiarlo de banda si es necesario.

—¿Y de dónde vamos a sacar ese *spinnaker*? —insistió el gallego.

—De ningún sitio. Tendremos que hacerlo nosotros mismos.

—Pero... ¿cómo?

Riley se permitió una sonrisa mordaz.

—Pues con aguja, hilo y tela, Jack —dijo estirando los labios—. Sobre todo mucha, mucha tela.

Tras repartir unas pocas indicaciones más y contestar un par de dudas, la tripulación regresó a la superestructura con la misión de reunir toda la tela que hubiera en la nave, empezando por las sábanas y terminando por cualquier retazo de toalla o paño susceptible de ser utilizado como parte de la futura vela.

Sin embargo, una persona se había quedado en cubierta junto al capitán, y una vez todos se hubieron marchado permaneció allí de pie, envuelta en una manta y con su larga melena negra agitada por el viento, mientras lo escrutaba como si pudiera leerle el pensamiento con solo mirarlo.

—Nunca hubiera dicho —murmuró finalmente, sin dejar muy claro con su tono si estaba orgullosa o decepcionada— que el cínico y desengañado capitán Riley estaría dispuesto a sacrificarse por el bien de unas personas que ni siquiera conoce.

—Son compatriotas, y son inocentes.

Carmen soltó un bufido, desechando aquella respuesta.

—Estoy cansada de oírte decir que nadie es inocente, y ¿desde cuándo el patriotismo significa algo para ti?

—Quizá he cambiado.

La mujer pareció evaluar aquella respuesta, como calibrando qué podía haber de cierto en ella.

—¿No tendrá esto que ver… —inquirió, suspicaz— con lo que pasó en aquel cerro a las afueras de Madrid? ¿Como una forma de ajustar cuentas? ¿De tranquilizar tu conciencia?

Alex abrió la boca para replicar que no, que de ningún modo pondría sus vidas en juego por algo tan absurdo, pero comprendió que mentiría si lo hacía. Carmen estaba en lo cierto y lo había visto antes que él mismo.

—Lo imaginaba —dijo ella.

—Tienes razón —admitió Riley, dejando caer los hombros—. Me he estado engañando a mí mismo… aunque puede, solo puede, que de alguna manera lo que ha sucedido estos últimos días me haya hecho replantearme ciertas actitudes. Quizá haya entendido que, aunque lo pretenda, no puedo dejar de tomar partido en esta guerra en la que ser neutral es ponerse del lado de los fascistas.

—«Lo único que necesita el mal para triunfar —recitó Carmen por sorpresa— es que los hombres buenos no hagan nada».

El aturdimiento de Alex al escuchar en labios de aquella mujer la famosa cita de Edmund Burke quedó patente en su expresión.

—¿Qué te creías? —preguntó ella, frunciendo el ceño al ver su cara—. ¿Que no leo libros? ¿Que me paso el día follando y ya está?

—Joder, no —se apresuró a replicar el capitán—. Es solo que me ha impresionado que conocieras esa cita en concreto.

—Sí... claro.

—Lo que sí me ha extrañado —adujo Riley, tratando de corregir el rumbo de la conversación— es que hayas aceptado venir con nosotros. No imaginé que tuvieras vocación de heroína.

—Y no la tengo.

—Entonces, ¿por qué no te has negado a seguir adelante?

La tangerina lo interrogó con sus ojos antes de hacerlo con palabras.

—¿Habría servido de algo?

—Por supuesto. Por eso os he preguntado.

—No, Alex —replicó ella—. Nos has preguntado para quedarte con la conciencia tranquila. Para no cargar con más muertos en tu petate. Dime, ¿habrías dado la vuelta si te lo hubiera pedido? ¿Si te lo hubiéramos pedido todos?

Riley tardó unos segundos en contestar, mientras la lluvia ligera se convertía en gruesos goterones, aunque a ninguno de los dos pareció importarle.

—No —confesó—. La verdad es que no.

—Pues ahí lo tienes —apuntilló—. Sabes que tu tripulación, e incluso tus dos pasajeros, darían la vida por ti, que te seguirán adonde quiera que les lleves aunque sea una estupidez o un suicidio. Lo sabías, Alex, aunque no fueras consciente. —Y alzando una ceja, añadió—: Te dejo a ti decidir si te has aprovechado de ello o no.

Y tras decir esto, se echó una esquina de la manta sobre el hombro como si fuera un capote y sin más que añadir se dirigió a la compuerta que llevaba a los camarotes.

Cuando comprendió lo cierto de las palabras de Carmen, Riley sintió como un funesto escalofrío le recorría la espalda, erizándole el vello de la nuca. Una sensación que no experimentaba desde aquel trágico atardecer en el valle del Jarama.

Entonces, una negra ola de culpa y remordimientos se abatió sobre Riley. Mayor y más oscura que cualquiera de las que en ese momento se estrellaban contra la proa de la nave.

Un nudo en su garganta le impedía respirar, mientras los rostros de todos aquellos muchachos de la Brigada Lincoln comenzaban a desfilar uno por uno frente a sus ojos. Se apoderó de él el irrefrenable deseo de buscar refugio en el fondo de una botella de *bourbon*, el único lugar donde se sabía a salvo del acoso de los fantasmas.

Y entonces, de forma inesperada, la voz de Carmen le llegó desde el umbral de la compuerta. Se había detenido ahí, como si lo estuviera esperando.

—Pero, por si te sirve de algo saberlo —dijo en un murmullo apenas audible por encima del incipiente chaparrón, hilvanando una inesperada sonrisa—, a pesar de todo, estoy orgullosa de ti.

A través de uno de los agujeros del casco, Riley pudo ver cómo la mortecina luz de aquel amanecer plomizo y lluvioso pintaba de gris el cielo y el océano, donde solo destacaba la blanca espuma de las crestas de las olas. Al parecer, el núcleo de bajas presiones lo tenían ahora al suroeste de su posición, con lo que el viento seguía siendo del este y continuaba empujándoles por la popa en dirección a las Azores.

Alex se encontraba colgado de un improvisado arnés a unos tres metros de altura sobre el suelo de la bodega, con un cinturón de herramientas de carpintero en el que llevaba un gran mazo de madera, un serrucho y un cuchillo y, atado a una cuerda, un saco con cuñas de madera y pequeños retales de tela.

Tirando de esa misma cuerda recuperó el saco con las cuñas y, tras mirar en su interior, eligió la que creía más adecuada para taponar el agujero que tenía delante. Afianzándose con los pies en la pared interior del casco de acero, situó la cuña frente a él, y tras un par de tajos de cuchillo calculó que ya era suficiente como para hacerla encajar. Entonces se pasó la cuña a la mano izquierda, agarró con fuerza el mazo con la derecha, y cuando se disponía a dar el primer golpe un violento pantocazo lo lanzó por los aires, en un vuelo que podría haber terminado mal de no haber estado firmemente asegurado. Con todo, el capitán se golpeó de espaldas contra una de las cuadernas de acero, e inevitablemente tanto el tapón como el mazo de madera se escaparon de sus manos y fueron a caer sobre el medio metro de agua con olor a sal y gasoil que rezumaba de la inundada sentina.

—Me cago en... ¡Joder, Julie, ten más cuidado! —exclamó irritado mirando al techo, aunque sabía que no había nadie allí abajo que pudiera oírlo.

La nave, aunque relativamente nueva y bien construida, estaba pensada para las travesías costeras, no para resistir durante mucho tiempo las olas de casi cuatro metros como a las que ahora se enfrentaban. Alex confiaba en la habilidad de la francesa al timón, pero aquellos bruscos pantocazos afectaban peligrosamente a la integridad del Pingarrón. Si no corregían una posible sincronía longitudinal, esta podía llevarles a, literalmente, clavar la proa en el seno de una ola. De llegar a suceder, el barco podría partirse por la mitad, dar una vuelta de campana o, sencillamente, hundirse como una piedra sin tiempo siquiera para lanzar un bote al agua.

A pesar de ello, lo que de verdad sacó a Riley de sus casillas fue verse obligado a descender en rápel hasta el fondo de la anegada bodega para tratar de recuperar el dichoso mazo de madera.

Fue una vez que llegó abajo, con el agua cubriéndole por encima de las rodillas, que alzó la vista y, acodada en la barandilla de la pasarela superior, descubrió a Elsa observándole en silencio con una sombra de sonrisa burlona arrugándole la comisura de los labios.

—¿No deberías estar ayudando a los demás con la vela? —le preguntó Alex con aspereza.

La alemana sin embargo, ignorando la pregunta y el tono, se acercó a la escalera metálica y bajó los escalones con parsimonia y la mirada fija en los ojos del capitán. Cuando llegó al final avanzó a través de aquella agua fría, oscura y maloliente que le mojaba los muslos y le empapaba el ligero vestido que llevaba puesto y que ahora se pegaba a su piel, sin que ello pareciera importarle en absoluto.

—Elsa, ¿qué...?

Antes de que pudiera terminar la pregunta, la esbelta muchacha apoyó el índice en los labios de Alex y, ciñéndole el cuello con las manos, se puso de puntillas y le besó apasionadamente.

—Shhh... —ronroneó Elsa, mordiéndole el lóbulo de la oreja.

—No. Espera... —masculló él, tomándola de los hombros pero sin llegar a apartarla.

—Calla —musitó ella, y llevándose las manos a los finos tirantes del vestido, con un sensual gesto se deshizo de ellos y dejó que la fina tela resbalara sobre su piel, quedándose desnuda frente a él. Un delirio de incongruente belleza en aquella grasienta y oscura bodega de carga.

Alex cerró los ojos.

Resopló...

...y dio un paso atrás.

—No puedo... —barbulló sin aliento, alejándose un segundo paso—. No puedo hacerlo.

—¿Qué? —preguntó incrédula la mujer desnuda frente a él— ¿Cómo que no puedes?

—No debo. Lo... lo siento, pero no voy a... —Y terminó la frase con un gesto mudo que abarcaba lo que allí estaba pasando.

La joven se volvió hacia él con la ira flameando en sus pupilas, clavándole iracunda una mirada de orgullo herido.

—¿Qué te pasa? —le espetó abriéndose de brazos—. ¿Ya no me deseas?

Riley sacudió la cabeza.

—Eres muy hermosa, pero no... no puedo.

—¿Es por ella? ¿Por la puta?

Alex se obligó a llenarse los pulmones de aire y contar hasta diez antes de contestar. Pero la alemana de nuevo se le adelantó.

—Yo puedo darte más que ella —afirmó entonces, cambiando a un tono rayando en la súplica—. Mucho más. —dio un paso al frente acercándose de nuevo a él, apoyándole una mano en el pecho y la otra en sus pantalones.

—No, Elsa —replicó con un nuevo paso atrás, como en un extraño baile de apareamiento en el que la hembra hostigase al macho.

—Me deseas —insistió —. Lo sé.

Riley se disponía a contestarle cuando la compuerta que daba a la pasarela superior de la bodega chirrió sobre sus bisagras, y al instante una voz de mujer llamó al capitán por su nombre.

—¿Alex? —preguntó en voz alta—. Elsa me dijo que bajara a buscarte. ¿Qué es lo que...?

El aludido miró hacia arriba, y paralizado vio cómo Carmen descubría aquella escena en la que él se hallaba de pie frente a la joven, completamente desnuda y apenas a unos centímetros de distancia.

Y entonces lo comprendió todo: por qué Elsa había bajado a la bodega y por qué había hecho lo que había hecho.

Levantó la vista hacia la tangerina y elevando una mano hacia ella balbuceó:

—Carmen, yo...

Pero la mujer ya se había dado la vuelta para regresar por donde había venido. Justo antes de cerrar la puerta a su espalda, informó con voz gélida:

—La vela ya está terminada.

Cuando Alex subió a la cubierta, allí estaban Helmut, Carmen, Marovic y Jack. Julie y César no podían separarse de sus puestos, al timón y junto al motor respectivamente, así que, menos él mismo, que había pasado la noche taponando los agujeros del casco, los demás se habían dedicado a confeccionar la vela según sus indicaciones. Y ciertamente allí estaba. Cuidadosamente doblada frente al mástil de la grúa, con cabos en cada una de sus esquinas reforzadas y lista para ser izada en cuanto diera la orden.

Inmediatamente buscó la mirada de Carmen, pero ella simplemente le ignoró sin titubeos. Tratando de rehacerse, Alex se dijo a sí mismo que estaban en juego cosas más importantes que aclarar un malentendido, y sacudiéndose el malestar como un perro unas pulgas, se centró en aquello que a partir de ese momento debía ocupar toda su atención.

Miró un momento hacia atrás para comprobar la posición del sol, que se intuía tras las nubes justo sobre el horizonte del este, y haciendo bocina con las manos se dirigió a Julie, que estaba en la casamata, para ordenarle que virara a oeste-noroeste, a lo que ella respondió alzando el pulgar y girando veinte grados la rueda del timón.

La lluvia ya era un chaparrón continuo y frío que calaba en cuestión de segundos, pero gracias al viento de popa —que soplaba por encima de los treinta nudos—, por lo menos les llegaba por la espalda en lugar de golpearlos en el rostro, que solía ser lo habitual en estos casos.

—¡Está bien! —vociferó por encima del rugido del viento y la lluvia—. ¡Vamos a izar esa cosa! ¿El cabo de la base del mástil está bien amarrado? —preguntó, volviéndose hacia su segundo.

—¡Como un político a su escaño! —respondió este.

—¡Pues pasad el cabo por el cabestrante y subámoslo de una vez!

Siguiendo sus órdenes se dividieron en dos equipos. Uno compuesto por la tangerina y los dos alemanes, que usando la polea llevaron el extremo del *spinnaker* hasta lo más alto de la grúa; y otro en el que, no sin gran esfuerzo, Marovic, Jack y el propio Riley tensaron el último vértice de aquella vela triangular, que de inmediato se infló sobre la amura de babor, tensando los aparejos y poniendo a prueba las costuras.

Alex no descansó hasta que estuvo seguro de que todos los cabos estaban firmemente anudados en sus respectivas cornamusas, y no fue hasta entonces que pudo contemplar en toda su amplitud el trabajo llevado a cabo por su tripulación.

A lo primero que le recordó fue a una vieja colcha de casa de sus padres, hecha con un centenar de pequeños trozos cuadrados de telas diferentes y que formaban un mosaico multicolor de alegre diseño. Algo ideal para la habitación de un niño, pero no tanto para usarlo como improvisado velamen en un carguero de cuatrocientas veinte toneladas.

—¿Cómo lo ves? —preguntó Jack, acercándose mucho a su oído.

Por un breve instante Riley tuvo la tentación de mentir, pero con la mirada puesta en aquel desordenado batiburrillo de sábanas y mantas recosidas como el culo de Frankenstein, terminó contestando:

—¡No es muy bonita! ¡Pero parece que aguanta!

—¡Es fea de cojones! —gritó el primer oficial con una sonrisa—. ¡Los bordes están enrollados en cuerda para que no se desgarren! —añadió, señalando hacia delante—. ¡Y para los ojales, hemos usado arandelas robadas de los repuestos del motor!

—¡César te matará si se entera!

El gallego asintió sin perder la sonrisa.

—¡Nos hemos quedado sin mantas ni ropa de cama! —concluyó—. ¡Pero la jodida vela está tan reforzada que aguantaría un huracán!

Riley asentía ante aquella afirmación, cuando la proa del Pingarrón hendió una ola particularmente alta, que rompió por encima de la borda e inundó con toda su potencia la cubierta con una espuma blanca, y que en su camino de huída por los imbornales estuvo a punto de llevarse con ella a Helmut.

Era el momento de regresar adentro, antes de que alguien sufriera un accidente. Ahí ya habían terminado.

Luego, en cuanto estuvieron de regreso bajo techo, se organizaron dos turnos de descanso y la mitad de ellos se fueron a dormir, mientras los demás deberían esperar cuatro horas más para poder echar una cabezada. Quizá las únicas horas de sueño de las que podrían disfrutar en mucho tiempo.

# 47

Aprovechando el primer turno de descanso, Jack, Julie, Elsa y Helmut se habían ido de cabeza a sus maltrechos camarotes. Unos camarotes que, entre las ventanas rotas, los agujeros en los mamparos y el destrozo absoluto provocado por los proyectiles de veinte milímetros —sobre todo en los de la banda de estribor—, recordaban más bien a las ruinas de una chabola tras un bombardeo.

La borrasca parecía haber alcanzado el máximo de su furia en el límite entre la mar gruesa y la muy gruesa, haciendo cabecear mucho la nave aunque sin llegar a poner en peligro su estabilidad. No obstante, el capitán se veía obligado a dar continuos golpes de timón para enfrentar de la mejor manera posible las enormes olas que, una tras otra, se le venían encima sin pausa ni tregua, mientras a él se le cerraban los ojos tras sesenta horas despierto y apenas tres o cuatro cabezadas que ahora se revelaban como claramente insuficientes.

Paradójicamente, era aquella violenta tempestad aderezada con el frío viento de diciembre y la lluvia que se colaba en la cabina lo que impedía que se quedara dormido allí mismo, de pie y agarrado a la rueda del timón como una ojerosa estatua de cera. Así que, cuando vio aparecer a Carmen en el puente con una taza de café humeante en cada mano, se sintió enormemente agradecido… a la vez que realmente intrigado.

Alex se quedó mirando a la tangerina, sin atreverse a abrir la boca. Desconcertado por su presencia en el puente, íntimamente convencido de que lo sucedido en la bodega horas atrás había sido una bofetada para lo que fuera que hubiese entre los dos.

—Carmen —se decidió a hablar finalmente—. Sé lo que debes creer que ha pasado, pero te doy mi palabra de que...

—No sigas —lo interrumpió, negando tajante con la cabeza—. No quiero escuchar ni una sola justificación.

—Quiero explicarme, no justificarme. Lo que viste en la bodega no es lo que parecía.

Carmen compuso una mueca de hastío.

—Al menos podrías esforzarte en ser más original.

—Es la verdad. Ella lo organizó todo para que nos vieras —ensayó un gesto de extrañeza—. Hasta tú deberías haberte dado cuenta.

—Por supuesto que me di cuenta —replicó airada—. Pero eso no quita que estuvieras a punto de joder con tu amiguita alemana.

—Yo no estaba a punto de... —Comenzó a protestar alzando las manos, pero dejó la frase a medias—. Bah, olvídalo. —Y devolvió la vista hacia el frente, dando un golpe a la rueda del timón.

La tangerina alzó una ceja de indiferencia.

—Eso intento.

Alex se giró de nuevo hacia Carmen. En realidad no era capaz de dejarlo ahí.

—No puedo creer que esté aquí deshaciéndome en explicaciones. Precisamente tú deberías comprenderlo.

La tangerina devolvió a Alex una mirada suspicaz.

—¿Precisamente yo? —La frase regresó como un boomerang para golpear al capitán en la frente— ¿Qué quieres decir exactamente con eso?

Tragó saliva.

—Nada... No quiero decir nada —balbució—. Solo que deberías ser capaz de...

—¿Porque soy una prostituta? ¿Es eso? —preguntó Carmen con voz gélida y casi inaudible, lo cual preocupó más a Riley que si la hubiera emprendido a gritos—. ¿Por eso debo comprenderlo?

Alex renunció a contestar. Nada podía hacer para deshacer sus inoportunas palabras, y definitivamente estaba demasiado cansado como para pensar con claridad o hablar con cierto sentido, no digamos ya para discutir.

—No tengo por qué mentirte, y no lo hecho —concluyó, arrastrando las palabras como un reo que se ya sabe condenado—. Es decisión tuya creerme o no.

Carmen pareció ignorar aquel último alegato, con la vista puesta en la borrasca que se extendía en la distancia hasta fundirse con el horizonte. Silenciosa y meditabunda.

Al cabo de un largo e incómodo minuto de silencio, Alex estuvo a punto de añadir algo más, creyendo que no lo había oído, pero entonces ella le señaló una de las tazas de café que había traído y dejado en la repisa junto al timón.

—¿Lo quieres o no? —le preguntó.

—Sí, claro —asintió, confuso y al tiempo aliviado por el cambio de rumbo de la conversación. Tomó la taza y le dio un sorbo—. Humm… Está delicioso.

—Lleva azúcar moreno, nuez moscada y canela —aclaró ella esforzándose por mantener a raya el enfado, aunque los músculos tensos de su mandíbula decían lo contrario.

—No sabía que hacías un café tan bueno —la halagó Alex, tratando de aprovechar la inesperada tregua.

Ella tomó un sorbo de su café y lo miró por encima del borde de la taza antes de contestar.

—Hay muchas cosas que no sabes de mí —zanjó secamente.

—Lo sé —convino Riley, para añadir a continuación con pies de plomo—, pero eso… eso es algo que me gustaría cambiar.

La tangerina le dedicó una larga mirada evaluadora, se diría que sopesando la honestidad de aquella insinuación.

Alex la imaginó respondiendo que eso no iba a pasar ni en un millón de años o algo por el estilo, y mentalmente se preparó para encajar el golpe.

—Eso depende —musitó ella sin embargo, tras una pausa reflexiva.

Sin añadir nada más devolvió la taza a la repisa, y dándose la vuelta se dispuso a salir de la casamata en silencio.

—¿De qué? —le preguntó Alex antes de que lo hiciera.

Con la mano en el pomo de la puerta, Carmen contestó sin volverse.

—Del tiempo que consigas mantenernos con vida.

Al cabo de las cuatro horas programadas, Julie apareció en el puente para relevar al capitán, y tras un breve intercambio de impresiones sobre el estado del mar y el rumbo a seguir, se hizo cargo del timón.

—¿Funciona bien la vela? —quiso saber la piloto.

—Mientras no varíe la dirección del viento, tendremos tres o cuatro nudos extras de velocidad, pero en algún momento rolará a noreste, y entonces nos dará uno o dos… como mucho.

—¿Será suficiente?

El capitán hizo una mueca de cansancio.

—Puede —respondió, lacónico—. Aún es pronto para saberlo.

—¿Alguna otra novedad que deba saber? —preguntó, mientras Riley hacía una breve anotación en el cuaderno de bitácora.

—Tu marido ha encontrado la forma de exprimir hasta el último caballo del motor evitando que saltemos todos por los aires. Marco ha tapado unas cuantas vías de agua a pesar de la pierna herida, y Carmen se ha ocupado de mantenerme despierto a base de café y conversación, lo cual no es poca cosa.

—Carmen me gusta mucho —afirmó la francesa, haciendo que Riley levantara la vista del cuaderno y le dedicara una sonrisa maliciosa.

—¿Ah, sí?… ¿No me digas?

—¡Oh, no! *Mon Dieu!* —replicó ruborizada, al ver el gesto del capitán—. Quiero decir que me gusta para usted.

Sin duda no era el momento ni el lugar para esa conversación, pero antes de que su embotado cerebro pudiera evitarlo, Riley se oyó preguntar a sí mismo con curiosidad:

—¿Y por qué crees eso?

La piloto se encogió de hombros antes de contestar, como si la explicación fuera tan obvia que aquella fuera una pregunta ociosa.

—Está aquí, ¿no?

—Pero no por su propia voluntad —subrayó Alex—. De ser por ella se habría quedado en tierra. Sigue a bordo porque no tenía otra opción.

Julie alzó una escéptica ceja.

—¿Que no tenía otra opción? —preguntó, irónica—. Estamos hablando de Carmen Debagh, *capitaine*. Ella siempre tiene opciones. —Y tras una pausa, añadió sin sombra de duda—: Está enamorada de usted. Por eso está aquí.

Por un instante, Riley trató de hacer encajar esa extraña idea en sus esquemas mentales.

Bien mirado, la discusión que había tenido con ella unas horas antes parecía apuntar a lo que sugería Julie. Aun así le costaba imaginar que el nombre de Carmen y la palabra «enamorada» pudieran aparecer en la misma frase. Era consciente de que gozaban de su mutua compañía, pero aparte del sexo ocasional sin preguntas ni compromiso, sinceramente no creía que por parte de ella hubiera algo más.

Antes de que pudiera rebatir la conclusión final de la francesa, esta añadió con toda la naturalidad del mundo:

—Y si no es capaz de verlo, es que es usted el hombre más tonto del mundo… *mon capitaine*.

Sin fuerzas para rebatir ni el argumento ni la flagrante falta de respeto, Riley optó por salir de la timonera, no sin pedirle a su piloto que le despertara al cabo de cuatro horas.

En todo lo que podía pensar, mientras arrastraba los pies camino de su camarote, era en su añorado colchón o en las probabilidades que tenía de no alcanzar a subirse a la cama antes de quedarse dormido.

Con los párpados a punto de cerrarse, abrió la puerta del camarote, cruzó el umbral, la cerró tras de sí, y desechando incluso la interminable tarea de desvestirse o quitarse los zapatos puso timón a la vía con destino al catre.

No fue hasta que estuvo a menos de medio metro del mismo, que se percató de que ya estaba ocupado.

De cara a la pared, ocupando la mitad de la cama, estaba Carmen. Dándole la espalda aparentemente dormida y, a pesar del frío, completamente desnuda.

El capitán del Pingarrón, muy lejos de encontrarse en plena posesión de sus facultades mentales, parpadeó confuso ante la visión de aquella melena azabache, desordenada sobre una espalda de piel morena que se prolongaba en unas nalgas duras y redondas como manzanas, que a su vez se dividían luego en unas piernas firmes y esbeltas que daban paso a unos delgados tobillos envueltos en pulseras de plata, y que terminaban en unos delicados pies de dedos pequeños que siempre había creído sencillamente perfectos.

Cuando al fin reaccionó, cayó en la cuenta de que a ella no le había asignado camarote alguno, con lo que lo más normal es que la tangerina se hubiera decidido por el suyo —aunque se olió la intervención de Julie en todo el asunto—. A pesar de todo, no podía pensar en otra cosa que no fuera tumbarse y cerrar los ojos, de modo que, aunque haciendo la concesión de quitarse las botas, se tumbó en la cama sin quitarse siquiera la cazadora.

Buscando la mejor postura se giró hacia el lado de Carmen, y entonces se dio cuenta de que estaba mirándolo por encima del hombro sin volverse.

—Tengo frío —dijo.

Riley sentía la lengua torpe, pero fue capaz de preguntar con voz ronca:

—Entonces, ¿por qué estás desnuda?

—No quedan mantas y sabes que no soporto dormir con ropa.

—¿Y por qué no...?

—¿Y por qué no dejas de hacer preguntas tontas —lo interrumpió, ovillándose— y me abrazas?

Incapaz de hacer otra cosa que no fuera obedecer, Riley pasó el brazo izquierdo sobre el costado de Carmen y la estrechó contra él. Torpemente juntó su cuerpo magullado al de la mujer, aferrándola como si fuera el único náufrago del Pequod y ella el ataúd de Queequeg.

Y entonces, hundiendo el rostro en aquella mata de revuelto pelo negro, el capitán Alex Riley cerró los ojos y cayó de inmediato en un profundo sueño.

Curiosamente, lo que hizo que despertara no fue ningún golpe de trastos cayéndose al suelo, ni un fuerte pantocazo, ni cualquiera de los otros muchos ruidos y crujidos inherentes a un barco en mitad de una tormenta. En realidad, lo que hizo que Riley se despejara como si le hubieran arrojado a la cara un cubo de agua fría, fue la total ausencia de cualquiera de estos sonidos. Solo el rítmico repiqueteo del motor alteraba el silencio y la quietud imperante, y por un momento tuvo la absurda idea de que la tripulación había abandonado el barco y lo habían dejado solo, a él y a su estúpido plan de enfrentarse a un barco corsario alemán con un pequeño carguero de cabotaje.

Entonces oyó pasos sobre su cabeza. Había alguien en el salón. Pero estaba todo demasiado silencioso y oscuro. Pensó también que tantas horas despierto habían pasado factura a su vista, aunque levantando un poco la cabeza vio un rastro de luz que entraba por debajo de la puerta. Simplemente, había anochecido.

Alarmado, se llevó instintivamente el reloj a la cara, pero estaba demasiado oscuro para ver las manecillas. Y no fue hasta ese instante, que estiró el brazo derecho y descubrió que Carmen ya no estaba ahí.

Tremendamente confuso, se incorporó en la cama y puso los pies en el frío suelo. ¿Frío? ¿Y los calcetines? Se palpó como un ciego al que han robado la cartera y descubrió que los calcetines no era lo único que ya no tenía. Alguien lo había desnudado de pies a cabeza.

Poniéndose en pie, palpó la pared hasta encontrar el interruptor de la luz, abrió el pequeño armario, y tras vestirse con lo primero que encontró salió a cubierta precipitadamente.

Ya era noche cerrada. Las estrellas brillaban por millones en el cielo y la borrasca había desaparecido por completo, del mismo modo que el *spinnaker*, que brillaba por su ausencia, como si nunca hubiera estado ahí. Pero lo que no dejaba de preguntarse era: ¿cuánto tiempo había dormido?

Sin perder un segundo, con un torbellino de dudas en la cabeza, subió por las escaleras hasta el comedor, por cuya compuerta se escapaban voces y risas, la abrió de golpe y se plantó en el umbral con la pregunta en la punta de la lengua de por qué no lo habían despertado. Una pregunta que nunca llegó a salir de sus labios, pues de la impresión que sufrió estuvo a punto de caerse de espaldas víctima de un infarto de miocardio.

Allí, plantado en mitad del comedor de su barco con su cara de ratón y sus gafitas redondas, estaba Helmut Kirchner, ataviado con el inconfundible uniforme negro de las SS diseñado por Hugo Boss.

El resto de tripulantes y pasajeros —a excepción de Elsa— también estaba presente, y todos se volvieron sobresaltados ante la brusca irrupción del capitán, como si los hubiera descubierto en mitad de una conspiración.

Riley se quedó mudo, incapaz de cerrar su boca abierta de par en par y aún menos de articular palabra alguna.

Quien sí lo hizo sin embargo fue el propio Kirchner, esbozando una sonrisa satisfecha y alzando la mano a la altura de su cabeza al tiempo que exclamaba con entusiasmo:

—*Hail Hitler!*

# 48

El capitán del Pingarrón llevaba más de una hora sentado a la mesa, escuchando paciente el intrincado plan, urdido hasta el último detalle, mientras a él lo habían dejado durmiendo catorce horas seguidas.

En ese mismo momento, Jack le revelaba cómo aquella idea se le había ocurrido al propio Helmut en el transcurso del almuerzo y Riley miraba de reojo al científico alemán, aún vestido con el uniforme de las SS y la gorra de plato a su lado sobre la mesa.

—De repente —argumentaba el primer oficial—, lo vimos todo claro. Gracias a la afición de Marco por coleccionar uniformes militares se había traído del Phobos el del oficial que custodiaba la máquina Enigma. Así que teníamos el disfraz perfecto y, como puedes comprobar —añadió, señalando a su izquierda por encima de la mesa—, también tenemos a la persona perfecta para llevarlo puesto.

Alex le dio un bocado más al sándwich de queso que tenía entre las manos, antes de dar su opinión sobre todo aquello.

—De ningún modo —dijo tajante, cuando acabó de masticar—. Es un plan absurdo, complejo e innecesariamente arriesgado. Ya os lo podéis ir sacando de la cabeza. Esto es cosa mía.

—¿Cosa tuya? —replicó, alzando las manos—. ¡Carallo! ¿No ves que es absurdo tratar de embestir el Deimos con este barco? Antes de que logres acercarte a menos de una milla, ya te habrán hundido cuatro veces. Tu plan es pésimo, Alex —concluyó, bajando el tono—. Si quieres detener ese barco tendrá que ser con nuestra ayuda, porque de otro modo no conseguirás nada, aparte de suicidarte.

El capitán negó de nuevo con la cabeza.

—Ese es mi problema —recalcó—. No voy a permitir que os arriesguéis más de lo que ya lo estáis haciendo. Cuando nos aproximemos a la isla de Santa María, todos abandonaréis la nave. Ya habéis hecho mucho más de lo que deberíais llegando hasta aquí.

—Capitán Riley —intervino Helmut—. ¿No cree que somos nosotros quienes hemos de decidir hasta dónde queremos llegar?

Cada vez que Alex miraba al alemán vestido de esa guisa, no podía evitar un leve estremecimiento.

—Podríais si esta fuera una democracia. Pero no lo es. Se trata de mi barco y yo soy el capitán, así que aunque no os guste mi decisión es la única que cuenta.

—Pero esa decisión tuya —insistió Jack, irritado ante su tozudez— puede matar a mucha gente. ¿Es que no lo ves? Te lo estás tomando como un asunto personal, cuando en realidad, lo único que importa es evitar una catástrofe de consecuencias inimaginables. Sabes perfectamente que el plan del doctor Kirchner tiene muchas más probabilidades de éxito que el tuyo —se reclinó sobre la mesa, clavándole la mirada—, y por muy capitán que seas, no tienes derecho a decidir por la gente que morirá por culpa de tomar una decisión equivocada.

La insistencia de Jack empezaba a hacer mella, pero Riley seguía buscando puntos débiles en el razonamiento.

—Creo que se os está pasando algo por alto —dijo entonces, limpiándose la boca con la servilleta—. ¿Qué pasará cuando suba a bordo del Deimos y su comandante se ponga en contacto con Berlín para confirmar su identidad? —preguntó dirigiéndose a Helmut—. Yo se lo diré. Que un minuto más tarde será comida para peces.

Esta vez, el doctor Kirchner sonrió astutamente antes de responder.

—Eso no va a suceder —repuso, ladino.

—Explíquese.

—Muy sencillo, porque no pueden hacerlo —afirmó—. La misión es tan secreta que tienen prohibida la comunicación por radio para evitar el riesgo de que la transmisión sea interceptada. ¿No lo recuerda?

Alex alzó una desconfiada ceja en dirección al alemán.

—Es cierto —confirmó Jack—, y para entonces nuestro amigo ya habrá hecho el trabajo.

—Piénselo —insistió Helmut—. Ellos solo pueden recibir mensajes, no emitirlos, y estarán puntuales en las coordenadas que les han indicado desde Berlín.

—¡Y allí estaremos nosotros! —exclamó Jack con entusiasmo, dando una palmada en la mesa—. Helmut embarcará en el Deimos haciéndose pasar por el difunto coronel Klaus Heydrich de las SS, alegando ser un enviado del mismo Himmler para supervisar la operación. Luego saboteará la bomba durante el trayecto, y por último desembarcará vestido de paisano con los otros agentes nazis, en la costa americana.

—Sin saberlo —sonrió el científico—, las SS me estarán pagando el billete de ida a los Estados Unidos.

En realidad a Riley ya no le quedaban argumentos con los que oponerse, y paseando la vista por los siete rostros que lo observaban expectantes, comprendió que no iba a poder convencerlos de que cambiaran de opinión. La voz cantante la había llevado Helmut, que sin duda era el que más se jugaba en aquel arriesgado plan, pero estaba claro que contaba con el total apoyo de cinco de ellos y la callada resignación de Elsa.

—Está bien —aceptó finalmente—. Lo haremos a vuestro modo, pero con una condición.

—¿Qué condición?

—Yo acompañaré a Helmut.

El científico miró por encima de sus gafitas al capitán, con cara de no haber entendido bien.

—¿Perdón? —preguntó con incredulidad—. ¿Ha dicho usted... acompañarme?

—Eso he dicho. Yo iré con usted.

El doctor Kirchner miró de un lado a otro, como esperando que alguno de los presentes le ofreciera una explicación a aquel sinsentido.

—Pero... ¿para qué? —inquirió, volviendo su atención hacia Riley—. La idea es que suplantando al coronel Heydrich acceda al barco, y una vez dentro y gracias a mis conocimientos, durante el trayecto hasta la costa norteamericana pueda desactivar el artefacto explosivo o, en su defecto, sabotear de algún modo los sistemas de la nave y obligarles a regresar.

—Eso ya lo ha explicado antes. Pero ¿y si no puede?

—¿Qué quiere decir?

—Si no puede desactivar la bomba por alguna razón, ¿cómo haría para sabotear un buque de casi ocho mil toneladas?

—Bueno, aún no he pensado en ello. Supongo que algo se me ocurriría.

Alex miró a Helmut, como un padre a un hijo demasiado ingenuo.

—Si no hundimos el Deimos, lo único que lograremos será retrasar su operación una o dos semanas, y entonces, quizá ya no tendremos forma alguna de detenerlos. No, doctor Kirchner, no podemos arriesgarnos. Si no logra desactivar la bomba, habrá que hundir ese barco.

—¿Hundirlo? —intervino César—. ¿Cómo?

—Solo hay dos maneras de hundir un buque desde dentro —aclaró Jack—. Usando explosivos para crear una vía de agua, o abriendo las llaves de fondo para que se inunde.

—Exacto —reconoció el capitán—. Y usted, doctor Kirchner, no sabría cómo hacer ninguna de ambas cosas, así que le acompañaré.

El científico rio sin humor, como si aquello fuera un mal chiste.

—¿Quiere entrar conmigo en el Deimos? ¿Está loco? ¡Lo único que conseguirá será hacer que me descubran! —Y con una desabrida carcajada, apostilló—: ¡Pero si ni siquiera habla alemán!

—Eso no importa —repuso—. Usted dijo que ese barco corsario lleva más de treinta agentes alemanes, con la misión de infiltrarse en los Estados Unidos, ¿no? ¿Pues qué mejor espía puede haber para los nazis —añadió apuntándose con el pulgar— que un auténtico norteamericano?

La tripulación asistía incrédula a la encendida discusión entre Helmut y el capitán, debatiendo al fin y al cabo sobre quién tenía más cualidades para inmolarse.

El alemán negaba constantemente con la cabeza, tratando de hacer ver al ex brigadista que su propuesta no solo era inútil, sino que podía dar al traste con toda posibilidad de desactivar la bomba de uranio antes de llegar a las costas de New Hampshire.

—¡No, no y no! —repetía Helmut, una y otra vez—. No sé qué concepto tiene usted de los alemanes, pero le aseguro que no son idiotas. ¡Jamás se creerán que usted es un agente secreto!

—Se lo creerán porque usted se lo dirá —insistía Riley, señalándole con el dedo—. Precisamente porque es tan absurdo, ni se plantearán otra posibilidad que no sea pensar que sus mandos son unos genios al haberme seleccionado. Dígales, simplemente, que soy un fiel miembro del Partido Nazi Americano.

—¿Partido Nazi Americano? —inquirió, incrédulo—. ¿Existe tal cosa?

Riley frunció los labios con amargura.

—¿No lo sabe? —le preguntó, aunque volviéndose también hacia los demás al ver unas cuantas expresiones de asombro—. ¿Ninguno lo sabe? En la tierra de la Libertad también hay fanáticos nazis que creen que el fascismo y el racismo son la única forma de salvar al país. Y no se trata de cuatro extremistas —recalcó—. Son tantos, que hasta han hecho desfiles en algunas ciudades norteamericanas vestidos como las juventudes hitlerianas y exhibiendo banderas con esvásticas. Incluso hay personalidades como Henry Ford o la familia Bush, que a través de la familia Thyssen han financiado al partido nazi alemán y al Tercer Reich.

—Es cierto —secundó Jack, con una mueca de asco—. Los nazis americanos han llegado a organizar mítines en el mismísimo Madison Square Garden de Nueva York. Había miles de ellos.

Helmut los miraba a ambos, tratando de decidir si le estaban tomando el pelo.

—No... no tenía ni idea —barbulló, aturdido—. Jamás lo hubiera imaginado.

—Pues créalo, porque es absoluta y tristemente cierto.

—Y yo le creo, capitán —asintió meditabundo, al cabo de un momento de reflexión—. Pero a quien tiene que convencer es al capitán del Deimos, y puede que él no tenga tanta confianza en usted.

En respuesta, Riley hizo un ademán quitándole importancia.

—Pues entonces explíqueles lo que quiera: que soy un miembro desquiciado del Kukuxklán o que Roosevelt es mi padre y me abandonó en un orfanato. Lo que quiera, Helmut. Usted será un coronel de las SS y le creerán.

—Es un riesgo innecesario —objetó no obstante, renuente a dar su brazo a torcer—. Si le descubren, y no dude que tarde o temprano lo harán, lo echará todo a perder.

Riley tamborileó sobre la mesa, tomando aire antes de contestar.

—Doctor Kirchner —replicó, conteniendo la impaciencia—. No se hace usted una idea de lo que le agradezco que esté dispuesto a arriesgar su vida de este modo para salvar la de mis compatriotas. Pero ha de comprender que no puedo dejarle en ese barco y dar media vuelta tranquilamente, rezando para que logre desactivar una bomba atómica que, a fin de cuentas, hace unos días ni siquiera creía que pudiera existir. Tengo que cubrir la mayor cantidad de apuestas posibles —añadió—, y aunque usted tenga más probabilidades que nadie de conseguirlo, he de acompañarlo por si no queda más recurso que mandar a pique ese jodido barco. ¿Me comprende?

Tardó unos instantes en hacerlo, pero a la postre el científico asintió.

—Piense —arguyó aún el capitán, para terminar de convencerlo—, que de cualquier modo usted será el centro de atención. Yo solo seré un agente más a bordo, y en lugar de treinta y cinco, serán treinta y seis espías a desembarcar cuando lleguen a la costa.

—Treinta y siete —corrigió la voz de barítono de Jack—. Seremos treinta y siete. Yo también voy.

Helmut hizo una mueca de hastío, poniendo los ojos en blanco y cara de «éramos pocos y parió la abuela», mientras Riley se volvía hacia su segundo ya con el no en la boca.

—Ni te molestes, Alex —dijo el gallego, alzando la mano para acallarlo—. Voy a ir sí o sí, y mis argumentos son tan válidos como los tuyos, así que no tienes nada que alegar.

—De ningún modo, Jack —contestó igualmente, ignorándolo—. Tú has de quedarte al mando del Pingarrón, y es una idiotez que también te arriesgues. No tiene sentido que vengas —alegó—. Si al final hay que hundir el Deimos, dará lo mismo que estés o no.

—Ya te he dicho que ni te molestes —refrendó, impasible—. No tienes ni la menor idea de lo que va pasar una vez estéis dentro de ese barco, así que puede que al final mi ayuda sea imprescindible. Y además, aunque nací en España me siento tan americano como tú, y esa gente son también mis compatriotas. De modo que no se te ocurra volver a decirme —añadió muy serio, cruzándose de brazos— lo que puedo o no puedo hacer. ¿Estamos?

El capitán del Pingarrón, conocedor de la cabezonería de su segundo, comprendió que no había nada en el mundo que pudiera hacerle cambiar de opinión y, después de todo, podía ser que el antiguo chef tuviera razón y su presencia marcase la diferencia entre el éxito y el fracaso.

—Muy bien. Es tu decisión, Jack —rezongó, aunque en el fondo feliz por saber que a su lado iba a tener a su leal camarada de armas—. Nos quedan poco más de veintiséis horas por delante —añadió, echando un vistazo a su reloj de pulsera—. ¿Cuál es nuestra posición y velocidad?

Entonces Julie, como si de pronto la despertaran de un sueño, se sacó un pequeño bloc del bolsillo y pasó las primeras páginas hasta encontrar lo que buscaba.

—Latitud treinta y seis grados, treinta y tres minutos norte —recitó mientras leía—. Longitud quince grados, veintitrés minutos oeste. Estamos a unas cuatrocientas sesenta millas del punto de encuentro —añadió, levantando la vista—, y sin viento que nos ayude, nuestra velocidad actual vuelve a ser de dieciocho nudos.

Alex atrajo hacia sí la carta náutica del Atlántico y, tras unos rápidos trazos con la escuadra y el cartabón, chasqueó la lengua, y se puso a dar golpecitos con la punta del lápiz sobre la mesa.

—Nos va a ir muy justo.

—Pues aún gracias a su idea de la vela, que nos ha hecho ganar cuatro o cinco nudos extra durante la tormenta —le hizo ver la piloto—. Si no, no lo habríamos conseguido ni de lejos.

—Eso será un pobre consuelo —murmuró, sin levantar la vista de la equis dibujada al sur de las Azores— si no estamos justo ahí mañana a medianoche.

# 49

De nuevo se distribuyeron en turnos, para que todos pudieran estar bien descansados cuando llegara la hora de la verdad, y como ya no había vela de la que preocuparse, ni tormenta que los desviase del rumbo o inundara la bodega de carga, la noche y el día siguiente transcurrieron en relativa calma, mientras con la brújula clavada en el dos ocho cero, la nave se abría paso entre los estertores de la borrasca que iban dejando atrás. Sin embargo, aún les quedaba un arduo trabajo por delante en las horas que restaban hasta su cita con el Deimos.

Por fortuna el encuentro iba a realizarse de noche con lo que, aliados con la oscuridad y mientras mantuvieran las distancias, sería más fácil disimular el penoso estado de la nave, algo que podría llegar a despertar la curiosidad y provocar preguntas incómodas. De todos modos, optaron por recortar con un soplete la malhadada chimenea, hasta que dejó de parecer —al menos, de lejos— que la habían atacado a dentelladas. También pintaron de negro la desastrada chabola que ahora hacía las veces de timonera, y ante el riesgo de que el nombre de Pingarrón hubiera entrado en la lista negra de la *Kriegsmarine* cubrieron también de pintura el nombre en ambas amuras, del mismo modo que en la popa taparon las dos letras de en medio, rebautizando a la nave con el poco heroico nombre de «PING RON». En resumen, una operación de maquillaje en toda regla destinada a engañar al capitán del buque alemán, con la esperanza de llevar a cabo el plan ideado por Helmut sin levantar demasiadas sospechas.

La tarde ya tocaba a su fin cuando Riley se encaminó hacia a su camarote.

Al entrar en el pasillo que conducía hasta él, la puerta de la habitación que correspondía a Helmut y Elsa se abrió y apareció la alemana. Aparentemente recién salida de la ducha, con una minúscula toalla que sujetaba a la altura de los senos y con la que apenas alcanzaba a cubrirse, goteando agua que iba a formar un pequeño charco alrededor de sus pies descalzos.

—Hola, capitán —le saludó cuando llegó a su altura, recostándose en el quicio de la puerta con toda naturalidad.

Él se detuvo y miró furtivamente a lado y lado, con todas las alarmas sonando en su cabeza como si se hubiera declarado un incendio a bordo.

—No te preocupes —dijo la joven con un asomo de sonrisa ladina, leyéndole el pensamiento—. Esta vez nadie va a aparecer para interrumpirnos.

Alex se cruzó de brazos y respiró hondo, aun sabiendo que era una pésima idea quedarse ahí plantado.

—¿Por qué lo hiciste? —preguntó sin necesidad de señalar a lo que se refería.

Elsa se encogió de hombros.

—¿No es obvio?

Riley resopló mientras sacudía la cabeza.

—Pensé que eso ya había quedado aclarado.

—No por mi parte.

—Joder... Elsa —Alex se frotó los párpados con inmenso cansancio—. De verdad, no tengo tiempo para esto.

—Entiendo... Tú solo tienes tiempo cuando *a ti* te apetece.

—No digas eso.

—¿Por qué? Es la verdad —alzó la voz a modo de desafío—. Solo que no quieres que ella se entere.

—Olvídate de Carmen. Esto es algo solo entre tú y yo.

—De modo que admites que sí hay algo entre tú y yo.

Alex miró al techo y bufó.

—De acuerdo, es cierto. Tuvimos una aventura —claudicó— ¿Eso es lo que quieres oírme decir? No debió haber sucedido, pero sucedió. Y no sabes cómo lo lamento.

—Mientes —afirmó ella con absoluta seguridad—. Tú me deseas. Puedo verlo en tus ojos.

—En mis ojos... —respiró hondo y dedicó una larga mirada a la punta de sus botas antes de volver a hablar—. Mira, Elsa, esto ya ha ido demasiado lejos. No sé qué diantres has visto en mí, pero te aseguro que te equivocas. Eres una mujer fabulosa y cualquier hombre en su sano juicio se cortaría un brazo por tenerte, pero...

—¿Pero?

—No pierdas el tiempo conmigo, te lo digo por tu bien.

—Mi bien es cosa mía. Y yo sigo creyendo que nosotros...

Riley la interrumpió bruscamente.

—No hay ningún *nosotros*, maldita sea —estalló, alzando la voz—. Me trae sin cuidado lo que creas o dejes de creer, pero ni hay ni va a haber nada entre tú y yo. Lo que pasó, pasó, y eso no puedo cambiarlo, pero te aseguro que no se va a repetir. Nunca más. ¿Está claro? Nunca. —Y señalándole la sien con el índice, concluyó—. Grábatelo de una vez en esa dura cabezota alemana.

Alex se preparaba para afrontar una nueva réplica de la joven. De modo que no supo cómo reaccionar cuando ella se llevó las manos a la cara y comenzó a sollozar quedamente.

—Por todos los santos... —musitó poniendo los ojos en blanco.

Un reguero de lágrimas se escapaba entre los dedos de Elsa, como una inocente niña que acabara de perder a su gatito.

Riley se odiaba a sí mismo por haber tenido que hablarle de ese modo, pero sentía que debía poner fin a aquella situación, y por desgracia carecía del tacto necesario para hacerlo con mejores palabras.

Con todo, no soportaba hacer daño a nadie innecesariamente y menos aún a una mujer. Se corrigió mentalmente: a una muchacha. Una muchacha que en ese momento parecía desolada, vulnerable e indefensa.

Una insistente voz en su cabeza —inquietantemente parecida a la de su madre— le ordenaba que consolase a la joven y le pidiese perdón por lo que acababa de decirle y la forma en que lo había hecho. Y estaba a punto de ceder a aquel impulso, cuando Elsa levantó la mirada, le dejó ver sus ojos enrojecidos y los regueros de rímel que le surcaban las mejillas.

—Es por ella, ¿no? ¿A ella sí la quieres?

Por un instante pensó contestarle que aquello no era asunto suyo. Pero en realidad, sí que lo era.

—Así es —afirmó encogiéndose de hombros. «Qué se le va a hacer» decía su gesto.

La muchacha respiró profundamente, exhaló el aire de los pulmones en un intento por tranquilizarse y se pasó el dorso de la mano por la nariz y los ojos.

—Me estoy comportando como una loca ¿verdad? —preguntó en voz baja descubriendo los restos de pintura de ojos en su mano, como si aquella fuera la prueba definitiva.

—Estás para que te encierren y luego tiren la llave —certificó él sin dudarlo.

Elsa se volvió hacia Alex con gesto indignado y se encontró con una sonrisa anclada en el rostro del capitán.

—Eres idiota.

—Estoy progresando —se felicitó, estirando la sonrisa—. Hace unos días era imbécil.

Aún con el rostro compungido, Elsa no pudo evitar sonreír a su vez.

—Entonces... —dijo al cabo de un momento, sujetándose la toalla y frunciendo los labios, sintiéndose repentinamente incómoda— ¿Qué va a pasar a partir de ahora?

Alex se encogió de hombros.

—No tengo respuesta para eso, señorita Weller —contestó, llamándola por su apellido intencionadamente—. Pero de momento voy a entrar ahí —añadió, señalando la puerta cerrada de su camarote—, a darme una larga y merecida ducha.

Cumpliendo lo dicho Alex entró en su camarote, para descubrir que en su ausencia había sido reconvertido en una suerte de salón de pintura. Sentada en la silla de su escritorio, Carmen daba pinceladas sobre una gran tela roja sobre la que trazaba un preciso dibujo geométrico en blanco y negro.

—¿Cómo va eso? —preguntó el capitán, acercándose a ella por la espalda.

Carmen levantó la mirada, y en respuesta extendió la tela en el suelo, del tamaño de una sábana, que mostraba una imitación bastante aceptable de la bandera de la Marina de Guerra Alemana.

—¿Qué te parece? —preguntó, orgullosa.

—Te está quedando muy bien. ¿Qué es? ¿Un bodegón?

La tangerina sonrió a medias.

—Ya casi he terminado. Enseguida despejo todo esto.

—Tranquila —alegó él, mientras se abría el mono de trabajo—. Voy a ducharme, y mientras tú acaba con la bandera, que nos va a hacer falta de aquí a nada. —Se encaminó al baño, y como recordando algo en el último momento, se volvió con gesto inquisitivo—. Por cierto… ¿de dónde habéis sacado la tela roja?

Sin darle la menor importancia, Carmen sacó de una bolsa un gran retazo rectangular de trapo amarillo, con un águila imperial en el centro bajo el lema «Una, Grande y Libre».

Cuando Riley regresó de la revitalizadora ducha, encontró que Carmen había cumplido su palabra y el camarote estaba como debía estar, e incluso había vuelto a colocar el vaso y la botella vacía de Jack Daniel's sobre el escritorio.

La única y notable diferencia era que la misma Carmen permanecía sentada en la silla, con las piernas cruzadas en dirección a la puerta del baño y las manos en el regazo, como si hubiera estado aguardando pacientemente a que por ella apareciera Alex.

Este, con la toalla alrededor de la cintura, se sorprendió al verla allí, sin hacer nada aparte de esperarle.

—Pensé que te habrías ido —dijo, arrepintiéndose al momento de la posible mala interpretación de su comentario—. Es decir... no es que no me alegre de que...

—Cállate, Alex.

Se levantó con un gesto fluido, casi felino, se irguió frente a Riley y posó en él sus pupilas. Tan segura y dueña de sí misma y de la situación como si en lugar de hallarse en el maltrecho camarote de un carguero vistiendo ropa prestada, se encontrara en un elegante salón de baile, rodeada de admiradores y luciendo uno de sus deslumbrantes saris de seda y gasa que valían lo que la fortuna de un hombre —y que en no pocas ocasiones era justo lo que habían costado.

Mudo y de pie en el centro del camarote, Riley observó cómo ella se acercaba al ajado tocadiscos, seleccionaba uno de los vinilos y, tras extraerlo de su funda, lo ponía bajo el brazo de la aguja y liberaba el pestillo, haciendo que el plato comenzara a girar sobre su eje a cuarenta y cinco revoluciones por minuto.

Carmen dirigió de nuevo su atención hacia él, y la sincopada estática del disco pareció marcar el ritmo de aquellos pies morenos con rastros de henna, que fueron a detenerse frente a los suyos en el preciso instante en que el saxo de Ben Webster hacía vibrar el aire de la habitación con las primeras notas de *I wished on the moon*, y la voz de Billie Holiday le seguía como el perro fiel a su amo, acariciando su oído como lo hacían en ese mismo momento los dedos de Carmen con su nuca.

Luego, de una forma lenta y casi inapreciable, los pies de ella comenzaron a moverse al compás de la pieza de jazz, invitándole a él a hacer lo mismo con una sonrisa. Al instante siguiente ambos se mecían quedamente y Alex la abrazaba por la cintura, atrayéndola hacia sí hasta que ella apoyó la cabeza en su pecho.

La suave melodía ahogaba el rumor de los motores, y cerrando los ojos, ambos podían pensar que se encontraban de vuelta en algún club de Tánger, disfrutando de una noche como hacían tantas otras parejas, como nunca lo habían hecho antes, como quizá jamás podrían hacerlo.

—¿Sabes que también es la primera vez que bailamos? —susurró Carmen, leyéndole una vez más el pensamiento.

—Soy un bailarín pésimo —contestó a su oído, soslayando el significado de la pregunta.

En el gramófono, Lady Day fundió su voz con la del saxo y pareció apretar un nudo invisible alrededor de sus caderas.

Ella paseó la mano por el pecho, los hombros y el cuello de Alex, demorándose en los cortes aún frescos del torso, la vieja herida de bala del hombro, los moratones de su cara y por último en la cicatriz que le cruzaba la mejilla izquierda que un día los unió.

—Me pregunto qué hubiera pasado si tú y yo… —murmuró.

—No lo hagas, por favor.

—No sabes lo que iba a decir.

—Eso no importa. Cualquier «hubiera» solo servirá para lastimarnos, para hacer más dolorosa esta… esta…

—Esta despedida.

Alex no contestó, asintiendo con su silencio.

No hacía falta que le preguntara si iba a volver, porque ambos sabían la respuesta.

Entonces ella dio un paso atrás y lo miró fijamente, con las pupilas titilando.

—¿Me amas?

El capitán del Pingarrón se quedó sin palabras.

Jamás habría esperado escuchar aquella pregunta en boca de Carmen, como nadie espera que Jesucristo llame en persona a su puerta para preguntarle si cree en él.

—Más que a mi vida —consiguió decir con un nudo en la garganta.

Las miradas de ambos se entrelazaron en el aire surcado por las últimas notas de la canción, y Riley descubrió cómo una lágrima resbalaba por la mejilla de ella dibujando un difuminado trazo de sombra de ojos hasta la comisura de sus labios, que se estiraron en una sonrisa de alivio.

Carmen volvió a abrazarlo y ambos se estrecharon contra el cuerpo del otro como si así pudieran detener el tiempo. Sin necesidad de decirse nada más, porque ya no había nada más que decir. Sin plantearse otra existencia que el ahí y el ahora.

Aunque hubieran descubierto el amor cuando solo les quedaban unas horas hasta la inapelable medianoche.

Aunque ese baile que ya terminaba, pudiera ser el primero y último de sus vidas.

# 50

La manecilla pequeña había alcanzado la vertical en la esfera del reloj de pulsera de Riley, mientras la manecilla grande ya la había sobrepasado y estaba a punto de situarse sobre el número tres.

Tras apagar la linterna, el capitán del Pingarrón —ahora Ping Ron— se llevó los prismáticos a la cara y desde el balcón de la timonera rastreó con ellos el horizonte de aquella noche sin luna, en busca de cualquier indicio que delatara la presencia de un barco sin luces en las proximidades. Algo así como buscar un gato negro en un cuarto oscuro.

A su lado, mirando también con los prismáticos pero en dirección contraria, Jack buscaba en el lado de babor con idéntico resultado. Es decir, ninguno. En realidad, todos a bordo del Pingarrón se habían repartido a lo largo de la nave, que se hallaba al pairo sobre un mar en calma y en las coordenadas precisas, a las que habían llegado hacía escasamente media hora. La falsa bandera de la *Kriegsmarine* ondeaba en el asta de popa, mientras que del mástil de la grúa habían colgado las banderolas de señales que indicaban que se encontraban sin radio, con el fin de explicar su silencio en caso de que trataran de contactar con ellos. Pero la razón por la que se encontraban allí, el Deimos, simplemente no estaba donde se suponía que debía estar.

—Y estos no son italianos... —murmuró el primer oficial sin despegar los ojos de los binoculares, haciendo referencia al encuentro de hacía dos semanas.

—Por eso mismo —opinó el capitán—, sospecho que están aquí observándonos en la distancia. Esperando.

—¿Esperando? —preguntó, volviéndose hacia Riley—. ¿Esperando a qué?

—Vete a saber. Únicamente sabemos que tenían que estar aquí hasta medianoche.

—¿Crees que no se fían?

—Yo no me fiaría —afirmó contundente, mirando de reojo a su segundo—. Pero seamos positivos —añadió—. Si aún no nos han hundido, puede que estén dudando sobre qué hacer con nosotros.

Jack dejó colgar los prismáticos de su cuello y apoyó ambas manos en la barandilla, con gesto preocupado.

—Pues quizá deberíamos hacer algo al respecto, ¿no crees? Antes de que lo primero que veamos de ese barco corsario sea uno de sus torpedos viniendo hacia nosotros.

—¿Algo como qué? No tenemos radio, y parecen no hacer mucho caso de las banderas de señales. Si quieres podemos empezar a dar bocinazos, pero no creo que con eso ganemos nada aparte de un dolor de cabeza.

—¿Y señales luminosas? Con una linterna podríamos hacer señas en morse.

Alex se quedó pensativo, sopesando la sugerencia del gallego.

—No es mala idea. Pero… ¿qué le dirías? ¿Hola, confiad en nosotros, encended las luces para que os veamos?

—Más bien estaba pensando en transmitir una sola palabra. Una palabra que no dé lugar a equívocos y les diga quiénes somos y que sabemos que ellos están aquí.

Acompañado de Elsa, Jack Alcántara ya llevaba un buen rato en el castillo de proa, apuntando con una linterna en todas direcciones y repitiendo en código morse una y otra vez la misma palabra: Apokalypse.

Un velo de nubes altas ocultaba la luz de las estrellas. Eso añadía dificultad a la posibilidad de descubrir al Deimos, pero en cambio ayudaba a que fueran vistos desde muchas millas de distancia, iluminados como estaban tal que un árbol de Navidad. Así que tras cumplirse casi una hora de retraso conforme a la prevista para el encuentro, Alex empezó a pensar seriamente que el Deimos ni estaba ni iba a aparecer.

Una súbita sensación de ridículo se apoderó de él. Ridículo por haber pensado que podía cambiar las cosas. Ridículo por haber convencido a su tripulación. Ridículo por haber arriesgado sus vidas y probablemente haber tirado por la borda el negocio con March.

—March —rezongó para sí.

Le iba a dar plantón por segunda vez en solo una semana y como que el sol sale cada mañana por el este, que la cosa no iba a quedar ahí. Más les valía a todos olvidarse de conspiraciones y planes secretos, y poner rumbo al otro extremo del mundo a toda máquina, alejándose todo lo que fuera posible del banquero mallorquín y sus sicarios.

Unos pasos a su espalda le hicieron volverse y encontrarse de cara con Helmut, vestido impecablemente de oficial nazi.

—¿Hay algo? —preguntó en voz baja, como si temiera ser oído.

Riley negó casi imperceptiblemente con la cabeza.

—Ni rastro de ellos.

El doctor Kirchner frunció el ceño y volvió la vista hacia la proa.

—¿Cómo es posible?

—Pueden haber pasado mil cosas —arguyó—. Quizá recibieron nuevas órdenes, o tuvieron un mal encuentro y alguien los hundió por nosotros. Vaya usted a saber.

—¿Y usted qué cree?

—Creo —contestó, dándole una palmada amistosa en el brazo—, que se ha puesto usted muy elegante para nada.

Helmut fue a replicarle, pero justo en ese momento Julie se volvió hacia el puente, señalando en dirección a la aleta de popa.

—*Capitaine!* —exclamó a voz en grito—. ¡Ahí está!

Alex atravesó la noche con la mirada, y merced a los años en altamar buscando sombras en la noche, antes de verlo ya supo que estaba ahí. A milla y media de distancia y cinco cuartas de marcación a estribor, una enorme silueta se dirigía en línea recta hacia el Pingarrón.

Como una oscura y silenciosa ballena negra, el Deimos finalmente había acudido a su cita.

# 51

Marco Marovic, con el vendaje disimulado bajo los pantalones y órdenes estrictas de no abrir la boca, manejaba el pequeño motor fueraborda del esquife maniobrando con él en dirección a la nave que se mecía sobre las olas con una placidez engañosa.

El capitán Riley, sentado en el banco de madera delante de él, advirtió en aquel buque las mismas líneas que había visto en el Phobos y le recorrió una extraña sensación de reconocimiento. Como encontrarse al hermano gemelo de un amigo muerto recientemente.

A medida que se aproximaban al costado del Deimos, se revelaban con mayor claridad sus formas y dimensiones, a pesar de permanecer aún con las luces apagadas. Su borda se elevaba más de seis metros por encima de la línea de flotación, más allá de la cual se levantaba la superestructura —en la que ningún ojo de buey aparecía iluminado—, el puente de mando también a oscuras y las dos grandes grúas de popa y proa perfilándose como escuálidos árboles de treinta metros de altura.

Alex, Jack y Helmut se mantenían en cerrado silencio mientras Marovic los aproximaba al costado del Deimos, con la vista puesta en la diminuta figura de un hombre con gorra blanca que, asomado desde el balcón del puente de mando, los observaba atentamente con prismáticos. Pero no fue hasta que se encontraron a unos cincuenta metros del barco corsario, que tres marineros armados hicieron su aparición por encima de la regala e hicieron descender por el costado una frágil escala metálica.

No podía decirse que aquella fuera una gran recepción, pero de momento tampoco les habían disparado y con eso Riley se dio más que por satisfecho.

En cuanto la proa de madera del esquife tocó el costado del buque, Helmut se encaramó el primero por la escala con cierta dificultad, ya que los escalones estaban húmedos, pero mantuvo la compostura representando su papel incluso cuando se presentó ante los marineros con actitud autoritaria, indicándoles su nombre y rango con estudiado aplomo. Detrás subió Jack, cargado con dos petates de ropa a la espalda, y por último el propio Riley, que llevaba consigo un pesado paquete cuidadosamente envuelto, y que dirigió a Marovic un claro gesto de que regresara de inmediato al Pingarrón.

Siguiendo al cabo que marchaba en cabeza y escoltados por los otros dos marineros que portaban metralletas, los condujeron sin mediar palabra hacia el interior de la superestructura. Antes de traspasar la compuerta, sin embargo, el capitán del Pingarrón dirigió una última mirada a su barco que, a menos de una milla, era solo una sólida sombra sobre el agua, también con todas las luces apagadas y esperando a que retornara Marco con la fueraborda para dirigirse a la isla de Santa María, en las cercanas Azores.

Puede que aquella, fuese la última vez que lo viera —pensó—. Al igual que el apasionado beso de Carmen en su precipitada despedida, y cuyo dulce sabor aún conservaba en los labios, también podría ser el último beso de amor de su vida.

Entonces, por un momento, de pie sobre aquella cubierta ajena barrida por el viento, Alex Riley dudó.

Dudó de si tendrían éxito en la desquiciada empresa de infiltrarse en un barco alemán, para desactivar un arma que jamás habían visto o, más difícil aún, tratar por algún medio de hundir aquel navío de miles de toneladas.

Dudó de si Julie, César, Elsa, Marco o Carmen lograrían sobrevivir una vez pisaran tierra firme.

Dudó, finalmente, de si realmente valdría la pena su sacrificio, el de Jack y el de Helmut para salvar las vidas de unas personas que en realidad no conocía y que jamás sabrían lo que habían hecho por ellos.

Dudas que se esfumaron en cuanto el marinero a su espalda le dio un suave pero firme empujón, apremiándolo para que cruzara la compuerta de entrada.

Ya no había marcha atrás.

Una vez dentro, les hicieron descender una empinada escalera de caracol que les llevó al piso inmediatamente inferior, aunque esta también se prolongaba hacia arriba y hacia abajo al menos dos plantas más. A continuación les guiaron por un pasillo inusitadamente amplio, hasta detenerse frente a una puerta de hierro sin indicativo alguno. Luego la puerta se abrió, y con lo que Riley captó como una invitación a entrar por parte del cabo, franqueó el umbral después de que lo hicieran Helmut y Jack.

Allí no había nadie, y una vez dentro comprobaron que solo les aguardaban cuatro paredes grises, con una solitaria bombilla sujeta al techo y un banco de hierro soldado a la pared donde poder sentarse.

Alex aún tardó un segundo en comprender que los acababan de encerrar a los tres en el calabozo del Deimos.

—¿Pero qué coño ha pasado? —preguntó Jack, tras superar el desconcierto inicial—. ¿Por qué nos han…?

Riley hizo callar a su segundo tapándole la boca con una mano, llevándose el índice de la otra a los labios y luego señalando las pequeñas rendijas de ventilación que había junto al techo. Al hacerles comprender que seguramente había alguien escuchando al otro lado del mamparo, se limitaron a intercambiar calladas miradas de inquietud.

No hacía ni dos minutos que habían abordado el Deimos y ya los habían encarcelado. ¿Significaba eso que los habían descubierto? ¿Cómo era posible? ¿Quizá los esperaban? Aquella esperpéntica misión de sabotaje apuntaba a que iba a ser la más corta de la historia.

Pero había algo que no encajaba. Riley miró la pesada caja que tenía a sus pies, y pensó que, si en realidad estuvieran detenidos, eso es lo primero que les habrían quitado, al igual que los dos petates que llevaba Jack y que ni tan solo se habían molestado en registrar.

Antes de que pudiera llegar a ninguna conclusión, la puerta se abrió de nuevo y en ella apareció un oficial en traje de faena, que tras saludar marcialmente a Helmut se presentó con una actitud distante y le dio la mano sin quitarse los guantes.

—*Ich bin der Abgeordnete Karl Fromm* —dijo presentándose formalmente y dándoles la bienvenida al Deimos—. *Willkomen auf Deimos. Es tut uns leid dass wir Sie hierher gebracht haben* —añadió, mirando alrededor—, *aber wir haben kein Wartezimmerin dem Boot. Seien Sie bitte jetzt so freundlich und begleiten Sie mich zu dem Kommandanten Eichhain.*

Como era lógico, Jack y Riley no entendieron ni media palabra, pero al ver que Helmut correspondía con una educada inclinación de cabeza, lo imitaron obedientes y le siguieron cuando salió al pasillo tras los pasos del oficial.

Por el camino se cruzaron con unos pocos marineros que se hacían a un lado para dejarlos pasar, pero sin llegar a saludar ninguno de ellos a su superior. Algo que a Riley le pareció extraño en un navío de la *Kriegsmarine*, pero que concluyó debía tratarse de un comportamiento excepcional al tratarse en un barco corsario que simulaba ser un inocente carguero holandés.

Por fin, el oficial se detuvo frente a una puerta de madera que exhibía una placa en la que podía leerse la palabra *Kommandant*.

El oficial llamó a la puerta con los nudillos y pidió permiso. Luego, una voz en el interior lo invitó a pasar y educadamente abrió la puerta para cederles el paso.

Con Helmut a la cabeza entraron en lo que resultó ser el camarote del comandante, quien sentado tras un pequeño escritorio se puso en pie de inmediato para saludar a los recién llegados. Se trataba de un hombre de unos cincuenta años, facciones regias, pelo cano y ademán aristocrático. A Riley no le costó nada imaginárselo con una copa de coñac en la mano, mientras leía el periódico en el sillón orejero de su biblioteca. Tenía el aspecto propio de un barón o un conde, y probablemente lo fuera.

Tal y como habían acordado previamente, sería el doctor Kirchner, en el papel de coronel Heydrich, quien llevaría la voz cantante. Tanto Alex como Jack tratarían de quedarse en un discreto segundo plano siempre que fuera posible.

Con apenas una ligerísima vacilación, adoptando su papel como coronel de las SS en aquella farsa, Helmut se aproximó al comandante Von Eichhain para estrecharle la mano en primer lugar.

—*Iche beantrage die Erlaubnis an Bord zu kommen* —dijo Helmut, repitiendo la fórmula de cortesía que le había enseñado Riley, de pedir permiso cuando se subía a un barco.

—*Berechtigung erteilt! Sie sind herzlich eingeladen* —contestó aquel con una sonrisa afable, aceptando su petición de subir a bordo y echándole un vistazo a sus galones—, *Oberst...*

—*Heydrych* —aclaró Helmut, presentándose bajo el nombre del difunto oficial que hallaron en el Deimos—. *Oberst Klaus Heydrich, Kommandant Von Eichhain.*

—*Nennen Sie mich bitte Erich* —contestó Von Eichhain, pidiendo que le llamara por su nombre de pila—. *Und diese beiden Herren, die Sie begleiten* —agregó, dirigiéndose a los dos contrabandistas—, *sind...*

—*Sie sind Amerikannerund sprechen leider kein Wort Deutsch* —adujo Helmut con la mayor naturalidad, aclarando al presentarlos la procedencia de ambos, así como que no hablaban una sola palabra de alemán—. *Riley und die Alcántara Agenten wurden in letzter Minute in unsere Mission aufgenommen.*

El comandante y el subcomandante del Deimos intercambiaron una mirada de asombro al descubrir que aquellos dos hombres de aspecto tan poco castrense —uno alto, delgado, cubierto de moratones y con un ojo a la funerala, y el otro un Oliver Hardy de aspecto cansado, barba de un mes y gorro de lana con borla—, no solo no eran alemanes sino que ni siquiera conocían el idioma.

—¿No hablan ustedes nada de alemán? —inquirió entonces el comandante, sin poder disimular su extrañeza mientras los escrutaba con fríos ojos azules.

Los aludidos dieron un respingo cuando Von Eichhain se dirigió a ellos en perfecto inglés.

—Sabemos decir *Hail Hitler* y que al brindar con cerveza se dice *Prost* —alegó Riley con la mejor de sus sonrisas—. Creímos que con eso ya era suficiente.

Por un momento el comandante del Deimos pareció indeciso sobre cómo reaccionar, hasta que tras unos segundos que a Jack y Alex se les hicieron eternos, estiró una sonrisa mostrando una hilera de blancos dientes.

—Nunca podré entender el humor americano —dijo con tranquilizadora afabilidad, ofreciéndoles sentarse en un pequeño sofá de piel junto a la pared, mientras hacía lo propio con la solitaria silla frente al escritorio para que la ocupara Helmut—. Llevamos a bordo otros agentes de origen estadounidense —comentó mientras rodeaba la mesa y volvía a su asiento—, pero ustedes dos son los únicos que ni siquiera hablan alemán.

—Su entrenamiento ha sido algo más largo a causa de ello —intervino Helmut para desviar la atención hacia él—, y por eso no pudieron embarcar con los demás en primera instancia. Pero la Gestapo me ha garantizado que son ciegamente leales al

Führer, a la causa y al Tercer Reich, y que cumplirán su misión con total eficacia.

—No lo pongo en duda, coronel.

—Llámeme Klaus, por favor.

—Muy bien, Klaus —dijo cruzando los dedos sobre la mesa—. Una vez cumplidas las formalidades... ¿Me podría mostrar sus órdenes si es tan amable?

El científico se había mostrado como un consumado actor hasta el momento, pero aquella pregunta pareció descolocarle lo suficiente como para dejarlo repentinamente mudo.

—Las credenciales... —barbulló, indeciso.

—Las quemamos —lo interrumpió Alex, con buenos reflejos—. Fuimos interceptados por un destructor inglés, y ante el riesgo de ser descubiertos quemamos toda la documentación que poseíamos. Incluidas las órdenes de Berlín.

Un nuevo intercambio de miradas entre Von Eichhain y su segundo.

—Las quemaron... —barruntó el comandante.

—¿Y en cambio conservaron el uniforme del coronel? —preguntó Fromm con suspicacia—. Eso no tiene ningún sentido.

—Entiendo que así lo parezca —contestó Helmut—. Pero la razón es que no tuvimos ocasión de destruirlo. Afortunadamente, el registro de los ingleses no fue tan minucioso como temíamos, y estos dos caballeros fueron capaces de convencer al capitán inglés de que éramos un inofensivo carguero aliado.

Fromm entrecerró los ojos, escrutando los rostros que tenía enfrente.

—Están mintiendo —sentenció con dureza—. Sé distinguir una mentira cuando la oigo... y ustedes, sin ninguna duda, están mintiendo.

—¿Qué insinúa? —replicó Helmut, haciéndose el ofendido y poniéndose en pie de un salto para encararse al subcomandante Fromm—. ¡Le exijo que se retracte de inmediato!

—Caballeros, por favor... —terció Von Eichhain, atemperando los ánimos con su voz suave y educada—. Le pido disculpas en nombre de mi segundo, Herr Heydrich. Estoy seguro de que en ningún caso pretendía ofenderle. Pero tenemos órdenes estrictas de mantener silencio de radio hasta alcanzar nuestro objetivo para evitar ser localizados, de modo que no podemos contactar con Berlín para confirmar sus identidades. Así que tendrá que comprender —agregó, inclinándose sobre la mesa—, que no tenemos manera alguna de comprobar que, tanto usted como los dos hombres que le acompañan, sean quienes dicen ser.

—Por no mencionar —añadió Fromm con el mismo tono de antes, cruzándose de brazos— que no hemos recibido ningún aviso previo de su llegada.

—Muy irregular —Von Eichhain meneaba la cabeza con aprensión—. Todo esto es terriblemente irregular...

—Ustedes tres —concluyó Fromm— podrían ser unos espías ingleses que tratan de infiltrarse en esta nave.

—¿Espías ingleses? —alegó Jack, poniéndose en pie de un salto—. ¡Eso es una estupidez!

—Siéntese, señor Alcántara —ordenó Helmut tirándole del brazo, y volviéndose hacia Von Eichhain, dijo—: Entiendo sus dudas, comandante, y le pido mis más sinceras disculpas por haberle puesto en esta situación tan desagradable. De modo que, anticipando sus lógicas dudas, he traído conmigo algo que las despejará completamente —dirigió un sutil gesto de cabeza a Riley—. Algo que no podríamos poseer en caso de ser ingleses... y que de ningún modo les entregaríamos de ser así.

Como imitando el gesto de prestidigitación de un mago, el capitán del Pingarrón levantó del suelo el pesado fardo envuelto en varias capas de hule, lo plantó sobre la mesa de un golpe, y tras abrirlo dejó a la vista de todos la inconfundible caja de madera oscura que contenía la máquina Enigma.

# 52

Tal y como habían esperado, tras poner en manos de Von Eichhain la máquina Enigma se disipó cualquier rastro de desconfianza por su parte. Aunque en el caso de su segundo, Fromm, tan solo llegó a diluirse parcialmente y aún continuó dedicándoles no pocas miradas recelosas durante el resto de la entrevista.

Finalizada esta, y mientras Helmut se quedaba departiendo con el comandante aspectos de la misión que se suponía que Riley y Jack no tenían por qué saber, un marinero les condujo a una pequeña estancia sin ventilar cerca de la sala de máquinas, un improvisado camarote con olor a grasa de motor, que tendrían que compartir con estanterías repletas de repuestos mecánicos y cajas de herramientas. El marinero se disculpó alegando que el dormitorio habilitado para los agentes estaba al completo, y que ese cuarto era lo mejor que podía ofrecerles. Los dos ex brigadistas trataron de parecer contrariados pero en realidad, disponer de un espacio privado lejos de los ojos y oídos de treinta y cinco espías congregados en una misma habitación, no podía decirse que fuera una desgracia. El mismo soldado les entregó más tarde un par de jergones y mantas, y les informó de los turnos de comidas, del uso del baño y las zonas a las que tenían vedado el acceso, que resultaron ser casi todas.

—Bueno… —dijo Jack cuando se quedaron solos, tras dejar su petate en el suelo con cansancio—. Pues aquí estamos. No ha sido tan difícil.

Riley le hizo un gesto para que bajara la voz, señalando hacia la puerta.

—¿Insinúas que nos están escuchando? —preguntó el gallego en voz baja.

—Yo lo haría.

—Pero si desconfiaran... ¿No crees que estaríamos de nuevo en el calabozo?

Alex bufó al dejarse caer sobre el colchón.

—Quizá quieran saber si tramamos algo.

—O quizá estés paranoico.

—Quizá —admitió, al tiempo que se estiraba entrelazando los dedos bajo la nuca y cerraba los ojos—. Pero este paranoico ahora mismo está muerto de sueño, así que si no te importa apagar la luz...

—¿Es que vas a echarte a dormir? —preguntó.

—Si descartamos el sexo, no se me ocurre nada mejor que hacer a estas horas.

—Lo digo en serio, Alex. ¿No deberíamos buscar la manera de...?

Riley lo interrumpió antes de terminar la pregunta.

—¿De que te calles y me dejes dormir? Sí, me parece que deberías. Ahora no podemos hacer nada, Jack —dijo, apoyándose sobre el antebrazo para volverse hacia su segundo—. Helmut está con el comandante —añadió en susurros—, y si es hábil quizá pueda sonsacarle algo de información. Mientras tanto, lo que tenemos que hacer tú y yo es descansar, y esforzarnos por no llamar la atención hasta que llegue el momento de actuar.

El primer oficial del Pingarrón pareció rumiar la respuesta de su capitán, antes de darse por vencido y dejar caer su peso sobre el jergón tras apagar el interruptor.

—¿Crees que nuestro amigo logrará mantener el engaño? —cuchicheó, tras quitarse el abrigo y ovillarlo a modo de almohada.

—Hasta ahora lo ha hecho muy bien —contestó Riley con un bostezo—. El tipo se ha revelado como un actor consumado.

—Lo cierto es que cuesta reconocer en él al hombre que recogimos hace dos semanas y se asustaba de su propia sombra —apuntó Jack con un punto de admiración.

—Sí, claro… —musitó con voz apagada.

—Y también Elsa ha cambiado —prosiguió Jack en el mismo tono, hablándole a la oscuridad—. La muchacha ha demostrado un coraje que no habría imaginado antes, y la verdad es que a pesar de lo que te dije, creo… que me importa. No sé si en algún momento pasó algo entre vosotros, pero eso ya da igual. En la travesía de Tánger a Larache mantuvimos largas conversaciones y, bueno… —carraspeó—. Creo que yo… esto… le pediré que se case conmigo y me gustaría hacerlo a bordo de nuestro barco, el lugar donde nos conocimos. —El cocinero hizo una pausa, antes de preguntar—: ¿Me harías el honor, Alex, de oficiar tú mismo la ceremonia?

—…

—Sí, ya sé que pensarás que soy idiota, que me precipito y que lo más seguro es que me mande al diablo. Pero quiero intentarlo, y sé que nada me haría más feliz que estar con ella.

—…

—¿Es que no vas a decirme nada?

—…

—¿Alex? —preguntó a la oscuridad.

Pero la única respuesta que recibió fue de nuevo un largo silencio, culminado esta vez con un profundo ronquido.

El bullicio de voces en el pasillo los despertó a ambos cinco horas más tarde, y mientras trataban de dar con el cuarto de baño más cercano, un suboficial se acercó a ellos y, por gestos, los invitó a acompañarles al comedor de los marineros, donde ya se encontraba desayunando buena parte de la tripulación del Deimos.

Los dos marinos intercambiaron una fugaz mirada de inquietud al cruzar el umbral del comedor y encontrarse de frente con una multitud de marineros en traje de faena, así como un puñado de hombres vestidos de paisano que ocupaban la esquina más alejada —aquellos debían de ser los otros agentes, pensó Riley de inmediato—. En cualquier caso, todos los allí presentes sin excepción, volvieron sus caras hacia ellos al verlos llegar, provocando un repentino silencio. El capitán del Pingarrón se sintió como una gallina presentándose en una convención de coyotes.

El comedor en sí era una alargada estancia rectangular con dos filas de mesas con bancos y paredes revestidas de madera de haya, adornadas con fotografías de laureados comandantes de la *Kriegsmarine* y líderes del III Reich, como Wilhelm Canaris, Karl Dönitz y por supuesto, Adolf Hitler, que desde la pared del fondo parecía observarlos con desconfianza por encima de su ridículo bigote.

Sin cruzar una palabra y esforzándose por parecer confiados, Riley y Jack se encaminaron a la barra de autoservicio, y tras llenar los platos con huevos, beicon y salchichas, buscaron el primer sitio libre y empezaron a comer en silencio, concentrándose en sus respectivos platos y esperando que nadie viniese a hablar con ellos.

Pero aquello resultó demasiado pedir.

No pasó ni un minuto, que uno de los hombres de paisano se acercó con su bandeja en la mano y se sentó frente a ellos.

—Buenos días —los saludó jovialmente, en un perfecto inglés con acento del medio oeste.

Aparentaba unos veintiún años, y un rostro amigable acompañado de una franca sonrisa incitaba a confiar en él de forma automática. Vestía, además, una camisa a cuadros, unos Levi's gastados y botas altas, y solo le faltaba el sombrero tejano para parecer que iba a un rodeo. Ni en un millón de años alguien podría llegar a pensar que en realidad se trataba de un espía alemán.

—Ustedes dos son los que llegaron anoche, ¿no? —preguntó sin preámbulos, y ofreciéndoles la mano se presentó—. Me llamo Blunt, Frank Blunt. Bienvenidos a bordo.

—Alex Riley —contestó el capitán, correspondiendo al saludo.

—Joaquín Alcántara —añadió Jack, estrechándole también la mano.

—Eso no suena muy americano —comentó el alemán con sorpresa.

—Es una larga historia —repuso el gallego sin más, exagerando su acento neoyorquino.

—Entiendo… —dijo al ver que la explicación terminaba ahí—. He oído —añadió entonces— que ni siquiera hablan alemán. ¿Cómo es eso posible?

Ahora fueron los dos marinos quienes compusieron un gesto confuso.

—No se sorprendan —se apresuró a agregar el recién llegado—. En un barco las noticias vuelan y después de casi un mes navegando, esto es como un patio de vecinos lleno de viejas cotillas.

Aunque muy reticente a decir cualquier cosa, ya que el detalle más nimio podría echar por tierra su endeble historia, a Riley no le quedó más remedio que dar una breve explicación de su supuesta filiación al Partido Nazi Americano y su posterior reclutamiento por parte de las SS.

—Y usted, Frank —preguntó a su vez, tratando de cambiar el foco de la conversación—. ¿Nació también en los Estados Unidos?

—En Iowa —afirmó, dando un sorbo al café—. Mi padre tenía una pequeña granja a las afueras de Des Moines, pero se arruinó en la crisis del veintinueve y como mi madre es alemana, decidieron probar suerte en Argentina donde existe una gran colonia germana y así mi padre podía aprovechar sus conocimientos como granjero. Luego —añadió con evidente satisfacción—, cuando en el treinta y cinco Adolf Hitler pasó a convertirse en el

Führer, mi madre insistió en regresar a Alemania y por fin nos instalamos definitivamente en Múnich.

—Déjame que adivine... —comentó Jack, dándole cuerda—. Y entonces fue cuando te afiliaste al partido.

—Lo estaba deseando desde que leí *Mein Kampf* —sonrió orgulloso—, y una semana después de llegar a Alemania ya me había alistado en las Juventudes Hitlerianas. Pero díganme... ¿cómo se vive el nazismo en Estados Unidos? ¿Es poderoso allí el partido? ¿Comprenden la grandeza y el *Zeitgeist* que nos impulsa? ¿La indiscutible supremacía de la raza aria?

Riley intuyó que Jack estaba a punto de replicar al joven con algún comentario mordaz, y dándole un pisotón bajo la mesa se adelantó al gallego forzando una sonrisa cómplice.

—Desde luego —contestó—. El partido gana adeptos día a día en Norteamérica, y algún día expulsaremos a los judíos y a los comunistas de una vez por todas.

—¡Y a los negros! —añadió Blunt con entusiasmo.

—Por supuesto. También a los negros.

—Y a los gitanos. Y a los tontos. Y a los feos... —murmuró Jack sin levantar la vista del plato, en una voz que no fue lo suficientemente baja.

Riley se volvió hacia él fulminándolo con la mirada, mientras por el rabillo del ojo percibía la contrariedad del joven.

—¿Acaso no está usted de acuerdo, señor Alcántara, con la visión de nuestro Führer? —preguntó en un tono radicalmente distinto, alzando la voz y llamando así la atención de los comensales más próximos.

Aquel desenfadado muchacho de Iowa se había transformado en un segundo en un fanático de las Juventudes Hitlerianas. Su sonrisa ya no parecía franca y amigable, sino fría y afilada como un cuchillo de matarife.

—Por supuesto que sí —se apresuró a corregir Alex—. Es que mi amigo es de origen español y aún no domina bien el idioma. Dice muchas tonterías sin darse cuenta.

El joven nazi de Iowa clavó su vista en el gallego, quien trataba de aparentar indiferencia cortando metódicamente una salchicha de cerdo.

—Entiendo… —mintió, para añadir con toda la suspicacia del mundo—: Y dígame, señor Alcántara, ¿cuál es su capítulo favorito de *Mein Kampf*?

En ese momento ya eran muchas las cabezas que se habían vuelto hacia ellos. Sobre todo las de los agentes de paisano, que ahora seguían la conversación con sumo interés.

—Me gustan todos —replicó Jack en un tono que exudaba antipatía.

Pero el imberbe nazi, que sin lugar a dudas habría sido entrenado por las SS o la Gestapo, ya había olido la sangre y no iba a soltar su presa tan fácilmente.

—Claro, claro… —asintió con engañosa cordialidad—. Pero seguro que hay alguna parte que le haya inspirado más que otra… ¿quizá la que menciona la gran victoria de Franco en la guerra civil española?

—Sí, esa me gustó —contestó sin pensarlo, devolviendo la atención a su plato.

Pero no había terminado de decirlo, que comprendió que acababa de meter la pata hasta el fondo.

—Aunque ahora que lo pienso —dijo Blunt, fingiendo hacer memoria—. Nuestro Führer escribió *Mein Kampf* mientras estaba en la cárcel… casi trece años antes de que se iniciara la guerra en España. Así que es imposible que mencionara a Franco y su guerra de curas y paletos.

Jack levantó la mirada para encontrarse con los ojos glaciales del joven nazi. Unos ojos que delataban el placer de haber desenmascarado a un traidor, y posiblemente a dos.

Frank Blunt se puso de pie sin decir una palabra más, y Riley supo que, como que dos y dos son cuatro, aquel desgraciado llamaría la atención del centenar de hombres que los rodeaban, y un segundo más tarde estaría sujeto contra la pared con un cuchillo en la garganta.

Echándose la mano al cinto en un acto reflejo, lamentó no llevar encima el Colt para llevarse a unos pocos por delante. Pero entonces, una voz familiar pronunció su nombre a su espalda.

—Señor Riley y señor Alcántara. ¡Por fin doy con ustedes! Llevo una hora buscándoles.

Al volverse, se encontró con el doctor Kirchner con su uniforme de coronel, que amistosamente les ponía una mano en el hombro a cada uno.

—Mi coronel —intervino Blunt, cuadrándose de inmediato—. Debo advertirle que estos dos hombres no son lo que dicen ser. Ellos mienten cuando dicen que...

—Sé todo lo que hay que saber de estos dos *agentes* —lo interrumpió Helmut con brusquedad, subrayando la última palabra—, seleccionados por el mismísimo *Herr* Himmler y especialmente entrenados para esta importante misión. Así que ya puede dejar de hacer estúpidas acusaciones, y si descubro que les vuelve a molestar me encargaré personalmente de que se le arreste y sea juzgado por el comandante Eichhain con la mayor severidad.

—Pero...

El científico dio un golpe con el puño sobre la mesa, en un gesto autoritario sin precedentes en él.

—¿Acaso no he sido lo suficientemente claro, muchacho?

El joven buscó algún tipo de apoyo entre los que se encontraban a su alrededor, pero tras la irrupción de un coronel de las SS en la sala, todos parecieron repentinamente interesados en el contenido de sus respectivos platos.

—Muy claro, *Herr* coronel —respondió, y con una inclinación de cabeza y un taconazo, se dio la vuelta y se marchó por donde había venido.

# 53

Siguiendo un estrecho corredor transitado por atareados marineros, y que a modo de columna vertebral recorría toda la longitud del Deimos, se encaminaron hacia la proa del buque. Allí se encontraba el camarote que le habían asignado a Helmut en deferencia a su rango, y del que —para íntima satisfacción de los tres— Von Eichhain había desalojado a su inquilino, el subcomandante Karl Fromm.

—¿Cómo le fue anoche? —preguntó Riley aparentando indiferencia.

El aludido miró a uno y otro lado antes de contestar.

—Muy bien, capitán. El comandante es todo un caballero.

—Me alegro, Helmut, pero... no me refería a eso.

—Lo sé —contestó, dirigiendo una significativa mirada al contrabandista—. Aunque mejor hablemos de ello cuando estemos en mi camarote.

El buque estaba compartimentado en secciones divididas por mamparos, que cada quince metros debían atravesar cruzando compuertas que, en caso de necesidad, podrían cerrarse herméticamente. Conforme avanzaban, se sucedían salas repletas de instrumentos, indicadores, llaves de paso y mil mecanismos cuya naturaleza les era imposible adivinar. De hecho, incluso el mismo techo estaba abarrotado por un caos de tuberías de diferente grosor, marcadas cada pocos metros con indescifrables etiquetas de distintos colores.

Riley se preguntó por un momento qué pasaría si empezaba a abrir todas las válvulas que se iba encontrando, y si eso podría causar un grave problema al barco. Pero al cabo dedujo que sin saber qué hacía o deshacía, sería una pérdida de tiempo intentarlo; amén de que, antes de haber accionado siquiera una décima parte de todas las llaves de paso de la nave, alguien ya le habría metido una bala en la cabeza.

Sabotear el Deimos, concluyó con desánimo, no iba a ser tarea fácil.

—Este barco es enorme —murmuró entonces Jack observando a su alrededor, compartiendo en parte la preocupación de su capitán.

—Y aún no han visto nada —apuntó Helmut—. El comandante me ha asegurado que hay incluso un gimnasio totalmente equipado, y una sala de lastre que puede ser usada como piscina.

—Bromea.

—En absoluto. Me dijo que se encuentra bajo nuestros pies, en la bodega inferior. Según me han explicado —añadió, sin dejar de caminar—, este no es solo un buque corsario armado con torpedos, sino que además, al no dedicarse a llevar carga, dispone de muchísimo espacio libre que se utiliza para el esparcimiento de la tripulación. Aunque la bodega inferior se utiliza casi en exclusiva para el almacenaje de munición y provisiones.

—¿Y le han dicho también —preguntó, articulando una duda que tenía desde que vio por primera vez el Deimos— si hay muchos más como este?

El doctor Kirchner miró de reojo al capitán antes de contestar.

—El Phobos y el Deimos son, o mejor dicho, eran únicos —aclaró, comprobando el alivio que aquella noticia provocaba en Alex—. Parece ser que el proyecto de crear una serie de grandes barcos corsarios se anuló, en favor de la fabricación de más U-Boots.

—¿Y qué pasó? —quiso saber el gallego—. ¿Se lo pensaron mejor?

—En realidad, no. Lo que sucedió fue que Karl Dönitz, el *Grossadmiral* de la *Kriegsmarine*, se encaprichó del proyecto y decidió emplear los recursos destinados a los submarinos para construir el Phobos y el Deimos. La idea era convencer a Hitler de que es preferible disponer de varias naves como esta, surcando los mares y atacando cargueros aliados por sorpresa, que fabricar más submarinos como los que ya tienen.

—Si fuera a mí, ya me habrían convencido —barbulló Jack pasando la mano por la pared de acero.

—Entonces —insistió Riley—, ¿está seguro de que no existe otro barco igual?

—No creo que me hayan mentido en ese respecto —arguyó el científico.

Unos pasos más allá, el doctor Kirchner se detuvo frente a una puerta de madera y les invitó a entrar con un gesto.

—Pasen adelante, por favor.

Los dos marinos cruzaron el umbral para encontrarse en un camarote algo más modesto que el del comandante Von Eichhain pero, aun así, considerablemente amplio y lujoso.

—¿Puedo ofrecerles algo de beber? —preguntó Helmut en cuanto cerró la puerta—. Tengo un pequeño mueble bar junto al escritorio.

—No. Mejor que no —repuso Jack, mirando de reojo a su capitán.

—No perdamos más tiempo, Helmut —le urgió aquel—. Díganos qué ha averiguado.

El científico se sentó en la cama y se desabrochó la chaqueta del uniforme antes de empezar a hablar.

—Anoche el comandante y yo estuvimos hasta altas horas de la madrugada tomando vino y hablando de política. Y tengo que admitir que me ha sorprendido gratamente descubrir que se trata de un hombre con gran calado intelectual, cuyas ideas están muy lejos de la doctrina nazi. Es un marino de guerra de los que llevan agua salada en las venas —añadió—, y como fiel soldado cumplirá cualquier orden dictada por sus superiores. Pero insisto: no es ningún fanático, ni un descerebrado adorador del Führer.

—¿Y cómo llamaría usted a alguien cuya misión es hacer volar por los aires su barco y su tripulación con el fin de destruir una ciudad?

—Es ahí donde yo quería llegar... —dijo quitándose las gafas, comprobando a contraluz que estuvieran limpias y volviendo a colocárselas—. En realidad, no creo que Von Eichhain esté al corriente de la verdadera naturaleza de su misión.

—¿Qué quiere decir? —inquirió Jack, tomando una silla y sentándose frente a él—. Es el jodido comandante de la nave. No puede ignorarlo.

—Ya, ya... pero créanme. Es un oficial de la vieja escuela, hijo y nieto de militares prusianos, al que incluso los motores de explosión le parecen sucios e impropios para el arte de la guerra. Así lo llamó, con esas mismas palabras «el arte de la guerra»—apuntilló—. Si fuera por él —prosiguió—, no me cabe duda de que preferiría que las batallas navales siguieran desarrollándose con barcos de vela y asaltos al abordaje. Cree que su misión solo consiste en llevar unos espías a territorio enemigo, y luego regresar a Alemania.

—¿Me está diciendo —preguntó Riley con algo más que escepticismo— que Von Eichhain solo está al corriente del desembarco de los agentes? ¿Que sus jefes nazis lo están utilizando como una especie de... arma teledirigida?

—Yo no me lo trago —opinó Jack.

—Entiendo sus dudas —insistió Helmut—. Pero créanme que en todo este asunto cada vez hay más aspectos que no encajan. Por ejemplo: que los nazis decidan sacrificar el Deimos en una acción suicida que acaso podrían llevar a cabo con alguna otra nave menos valiosa.

Alex apoyó la espalda contra la pared, y se pasó las manos por la cara con infinito cansancio.

—¿Está insinuando —preguntó con un hilo de voz— que quizá nos estemos equivocando del todo y a fin de cuentas no exista esa bomba atómica, ni los alemanes estén planeando atacar a los Estados Unidos?

En este punto, el científico sacudió la cabeza con vehemencia.

—No, capitán —advirtió, rotundo—. Los documentos que rescatamos son solo una pequeña parte del informe completo, pero no hay duda alguna de que la misión del Deimos es atacar su país con un arma devastadora que, según creen los líderes del Reich, les hará ganar la guerra. Y esa arma —puntualizó—, esa *Wunderwaffe,* no puede ser otra cosa que un dispositivo de fisión, y desde luego se encuentra en esta nave.

Jack cerró los ojos y dejó escapar un largo suspiro.

—Está bien, Helmut —dijo tras una pausa—. Supongamos que tiene usted razón. Que el comandante es un hombre honorable que desconoce el verdadero alcance de la Operación Apokalypse, y que alguien en el gobierno alemán, quizá el mismísimo Hitler, se la está jugando. ¿En qué cambia eso nuestra situación?

—Podría hablar con él —sugirió el científico, aunque sin excesiva convicción—. Explicarle lo que sabemos y tratar de convencerlo para que aborte la misión.

Esta vez fue Riley quien negó con la cabeza.

—Demasiado arriesgado —objetó con un tono que no admitía réplica—. Si se ha equivocado al evaluar la lealtad de ese hombre hacia Hitler, los tres estaremos muertos antes de decir Jesús y ya no podremos hacer nada por detener el barco. No, Helmut. Por desgracia no podemos confiar en el buen corazón del comandante.

—Yo seguiría con el plan original —sugirió entonces su segundo, volviéndose en la silla—. Buscar la bomba para sabotearla y si no podemos, hundir este trasto antes de que llegue a los Estados Unidos.

—Estoy de acuerdo contigo, Jack. Pero por desgracia eso es más fácil decirlo que hacerlo. Para empezar, ni siquiera sabemos dónde diantres está la bomba y esta nave es inmensa.

—A ese respecto —intervino Helmut, sacándose un trozo de papel del bolsillo interior de la chaqueta y desdoblándolo sobre la cama—, quizá yo disponga de una información que podría interesarles.

—¿Cómo lo ha conseguido? —preguntó Riley, estudiando el sencillo plano del Deimos que Helmut les mostraba.

—Me lo dibujó el mismo comandante para evitar que me pierda por la nave y saber dónde está cada cosa. En realidad, fue gracias a él que os encontré en el comedor.

—Y muy oportunamente —recordó Jack—. De haber tardado un minuto más, me parece que nos habrían linchado allí mismo.

—Cierto —convino Alex—. Aún no le había dado las gracias por ello, pero si no llega a aparecer justo en ese instante y actuar del modo en que lo hizo, todo el negocio se habría ido a hacer puñetas.

En respuesta, el alemán tan solo hizo un gesto restándole importancia.

—Olvídense de ello —dijo—. Lo que quería enseñarles es algo que comentó Von Eichhain, quejándose sobre una bodega de la sección de proa a la que le han prohibido el acceso a él o cualquier otro tripulante de la nave. Estaba realmente indignado —añadió—, y al creer que yo soy un coronel de las SS no pudo resistirse a compartir su contrariedad conmigo.

—¿Lo dice en serio? —inquirió Riley, escéptico—. ¿Una parte del barco en la que su propio comandante no puede entrar? Cuesta creerlo —añadió.

—Pues hágalo —insistió, asintiendo con la cabeza—, porque es cierto. Según me dijo, tiene que ver con un sobre de órdenes que no puede abrir… hasta que no tengan a la vista la costa norteamericana.

Jack y Riley intercambiaron una mirada de preocupación, al entender lo que ello significaba.

—Las órdenes para hacer detonar el dispositivo —murmuró Riley.

Helmut asintió pesadamente.

—Eso es lo que parece.

—Muy bien —intervino Jack con inesperada energía—. Entonces hemos de encontrar esa bomba como sea. —E inclinándose sobre el plano hecho a lápiz, preguntó—: ¿Le dijo qué bodega era?

—No concretó tanto y tampoco me atreví a preguntar. Pero me dijo que estaba en la zona de proa, en la cubierta inferior.

—Bueno —exclamó el gallego, incorporándose de un salto—. Entonces ya sabemos por dónde empezar a buscar. ¿Nos ponemos en marcha?

—¿Ahora? —preguntó Helmut con sorpresa— ¿Así sin más?

—Es mejor que esperemos un poco —arguyó Riley—. Hace un momento casi nos descubren, y preferiría no pasearme ahora mismo por el barco. Démosles unas horas para que se olviden de nosotros y movámonos con el cambio de guardia.

—No obstante, me parece algo precipitado. Todavía no... —musitó el alemán, como un paracaidista que duda en el momento del salto buscando un último agarradero al que asirse.

Alex se agachó frente a él, apoyando la mano en su hombro.

—Doctor Kirchner —dijo tratando de imprimir tranquilidad a su voz—, quizá no tengamos otra oportunidad. De modo que, o aprieta los dientes y se arma de valor, o todo lo que hemos hecho hasta ahora no habrá servido para nada. ¿Lo comprende?

El científico cerró los ojos por un momento y, apoyándose en la cama, se puso en pie.

—Lo comprendo —afirmó, con una mortaja de seriedad.

—Anímese, amigo —dijo Jack, que se había hecho con una botella verde de Jägermeister y procedía a servirlo en tres vasos de licor—. Aún nos queda un buen rato hasta que tengamos que irnos, y nada nos impide saquear el mini bar de nuestro amigo el subcomandante.

Repartió los vasos llenos hasta el borde, y alzó el suyo en un brindis.

—¡Salud! —exclamó el segundo del Pingarrón.

—*Cheers! Prost!* —corearon Alex y Helmut, imitándolo.

Los tres sonrieron antes de llevarse el vaso a la boca, pero de los muchos pensamientos que en ese momento cruzaban por sus cabezas, ninguno de ellos era ni remotamente optimista.

# 54

Después de acabar con la botella y trazar un tosco plan de acción, esperaron hasta el cambio de guardia en el camarote de Helmut. Desde ahí, usando el plano, llegaron hasta una compuerta lateral frente a la que se detuvo el científico.

—Aquí es —dijo, echándole un último vistazo al esquema y volviéndolo a guardar en el bolsillo de la chaqueta—. Es el acceso a las bodegas de proa.

Sin necesidad de orden alguna, con la mirada Riley indicó a su primer oficial que oteara el pasillo, y seguidamente abrió la puerta con un sordo chasquido, franqueando el paso a una escalera que descendía hasta un nivel inferior envuelto en oscuridad.

—Quizá deberíamos haber cogido linternas —lamentó Alex, asomándose.

—No te preocupes por eso —apuntó Jack, sacando una caja de cerillas del bolsillo y haciéndola sonar—. Siempre llevo una de estas encima.

El capitán tomó los fósforos de su amigo y guardándoselos en el bolsillo descendió por la escala de hierro hasta llegar abajo. Entonces encendió un par de ellos, y mientras Jack y Helmut seguían sus mismos pasos, halló el interruptor de la luz y lo accionó.

Los tres se encontraron en una gran bodega que les recordó a la del Pingarrón —aunque mucho más grande, limpia y sin el penetrante olor a diesel de la sentina—. Tenía unos seis metros de alto por veinte de ancho y largo, y estaba colmada hasta el techo de cajas de cartón y madera, latas de comida y montañas de patatas. Por lo que podían ver desde donde estaban, supusieron que espacios como ese podrían sucederse uno tras otro tanto hacia proa como hacia popa, todos separados por los mismos mamparos de acero que recorrían la nave de punta a rabo.

—Carallo —musitó Jack, mirando alrededor y haciendo un cálculo mental de lo que supondría tener nueve o diez depósitos de almacenaje como ese—. Ahora sí que me creo que estos cabrones tengan gimnasio y piscina.

—Vamos —dijo en cambio Alex, dirigiéndose a la compuerta que daba a la siguiente sección—. No tenemos tiempo que perder.

Abriendo una compuerta tras otra, todas ellas dando paso a bodegas ocupadas por suministros y pertrechos —aunque ninguna con munición o armamento, que quizá debían de guardarse hacia la popa—, alcanzaron una que, a diferencia de las anteriores, estaba precintada con un sello de estaño estampado con la esvástica. Para despejar cualquier duda, un gran cartel colgaba del mecanismo de apertura con las palabras «PROHIBIDO EL PASO. PELIGRO» escritas en alemán con letras mayúsculas, sobre una calavera con dos tibias cruzadas.

—Mi afinado instinto —murmuró el gallego— me dice que este puede ser el sitio.

Tras arrancar de un tirón el alambre del precinto ya nada los separaba de aquel diabólico artefacto que habían venido a destruir. La razón por la que habían llegado hasta allí y estaban dispuestos a arriesgar sus vidas.

Pero ninguno de ellos se movió.

De algún modo, era como si estuvieran frente a la puerta del mismo infierno. Como si más allá de aquel vulgar mamparo gris les esperara un final terrible.

O aún peor, el fracaso.

—Muy bien —resopló Riley sacudiéndose la inquietud, agarrando con ambas manos el volante de apertura—. Veamos qué hay tras la puerta número uno.

Hizo girar la rueda en dirección contraria a las agujas del reloj, empujó la pesada compuerta de acero y esta rotó suavemente sobre sus engrasadas bisagras hasta quedar abierta de par en par.

Parte de la luz de la bodega en la que estaban se colaba a través del quicio, pero no era ni de lejos suficiente para ver más allá de un par de metros. De modo que Riley encendió una de las cerillas y atravesó el umbral, seguido por Jack y Helmut. Extendió la mano hacia la pared de la derecha hasta encontrar el interruptor, y tras accionarlo, una a una todas las bombillas de la sala se encendieron de inmediato revelando lo que contenía.

Cada uno de ellos se había estado preparando para aquel instante, imaginando cómo sería aquella misteriosa *Wunderwaffe*. Qué aspecto tendría un arma capaz de arrasar una ciudad entera y dejarla inhabitable durante años.

Pero para lo que no estaban preparados de modo alguno, era para lo que encontraron cuando todos los focos quedaron encendidos y se vieron allí, de pie, parpadeando de puro desconcierto.

No había ninguna bomba atómica.

Ni siquiera una bomba normal y corriente, de las de toda la vida.

Nada que ni remotamente se le pareciera.

Durante un buen rato, ninguno fue capaz de decir palabra. Aunque en realidad, tampoco había nada que decir.

El destino se había burlado de ellos una vez más, riéndose en sus caras sin empacho alguno. Eran Hansel y Gretel descubriendo que los pájaros se han comido las migas de pan. La expedición de Robert Scott alcanzando el Polo Sur tras dos meses de extremo sufrimiento, solo para descubrir una jodida bandera noruega plantada allí pocos días antes. Eran los marineros de Odiseo, naufragando en las playas de Feacio.

En aquella bodega de casi mil ochocientos metros cúbicos solo había una absurda camilla con un biombo, una estantería con vendas, gasas e inyecciones, una nevera para medicamentos y un pequeño escritorio con dos sillas de madera.

Eso era todo.

Una enfermería.

—¿Pero qué cojones...? —alcanzó a protestar el gallego, dando un paso al costado, cual si se tratara de un absurdo espejismo y pudiera borrarlo cambiando la perspectiva.

—Un dispensario —barbulló Riley, ahogando una carcajada amarga—. No hay bomba atómica, no hay *Wunderwaffe*... no hay nada de eso. —Se volvió hacia Helmut, que no había recuperado aún el habla—. Es solo un maldito dispensario.

—No lo entiendo... —farfulló el alemán, acercándose a la mesa—. Todo indicaba que... —Y hasta ahí llegó su disertación, mientras pasaba la mano sobre el respaldo de una de las sillas para cerciorarse de que era real.

Jack se acercó a la estantería y se plantó frente a ella con los brazos en jarras, como pidiéndole explicaciones en silencio.

Riley se dejó caer contra el mamparo, se quedó en cuclillas con la espalda apoyada en él y las manos sobre las rodillas, demasiado aturdido como para pensar nada coherente.

Por su parte, Helmut rodeó la mesa y se sentó frente al escritorio. Abrió ociosamente el primer cajón y extrajo un legajo de papeles guardados en una carpeta.

—¿Y ahora qué? —preguntó el primer oficial del Pingarrón, volviéndose hacia su capitán—. ¿Qué coño hacemos?

El aludido abrió las manos en señal de ignorancia.

—Ni idea, Jack —contestó echando la cabeza hacia atrás—. Te juro por Dios que no tengo ni la más remota idea.

—Quizá deberíamos regresar arriba —sugirió aquel—. Replantearnos la situación, a la vista de... en fin... —añadió, abarcando la estancia con un gesto— de esto.

Riley levantó la mirada hacia su amigo.

—Sabes que nos descubrirán de inmediato, ¿no? Por lo menos una docena de marineros nos han visto por los pasillos, por no hablar de las sospechas que ya puedan tener de nosotros.

—Podríamos forzar la entrada en la armería —divagó en voz alta—, y tratar de hacernos con el puente.

A Alex casi se le escapa la risa al oír la sugerencia.

—¿Nosotros tres? —preguntó sonriendo, señalando al científico que andaba enfrascado en su nueva lectura—. ¿Estás borracho?

Lejos de molestarse, el gallego también sonrió ante su propia sugerencia y fue a sentarse junto a Riley.

—Entonces... —preguntó al techo—. ¿Hasta aquí hemos llegado?

Alex suspiró, agotado.

—Hasta aquí hemos llegado, amigo mío.

Se miraron el uno al otro y asintiendo en mutuo reconocimiento se estrecharon la mano.

—Caballeros —les llamó entonces Helmut desde la mesa, estropeando la trascendencia del momento—. Caballeros. Creo que deberían venir aquí un momento.

—Déjelo ya, doctor —repuso Jack, haciéndole un gesto para que se aproximara—. Venga a sentarse aquí con nosotros.

El científico levantó la mirada de los papeles y los observó con extrañeza.

—¿Qué... qué hacen?

—Descansar un rato, Helmut —le aclaró Riley—. Y contando con la que nos espera de aquí a nada, creo que debería aprovechar y hacer lo mismo.

El alemán negó con la cabeza.

—No, no —repitió, alzando los documentos—. Tienen que venir a ver esto.

—¿Más papeles? —inquirió Jack, con sorna mal disimulada—. ¿Otra operación secreta nazi para ganar la guerra? ¿De qué se trata ahora? —ironizó—. ¿Quizá una camilla explosiva de un poder inimaginable? Vamos, doctor, déjelo correr.

Pero para su sorpresa y la de su capitán, lejos de dejarlo correr, Helmut compuso un rictus grave como no le habían visto hasta la fecha, como si le hubieran mentado la madre en el día de su funeral.

—¿Pueden dejar de comportarse como idiotas —siseó con voz gélida—, y venir aquí de una maldita vez?

Los dos contrabandistas, sorprendidos ante el tono imperativo del científico, no vieron otra opción que incorporarse y acercarse también a la mesa.

—¿Qué ha encontrado? —quiso saber Alex, colocándose a su lado con súbito interés—. ¿Algo relativo a la bomba?

—No exactamente, pero tiene relación con la Operación Apokalypse. —Y tras un segundo de pausa, añadió—: Me temo que hemos estado equivocados desde el principio. Mejor dicho: he estado equivocado. Creí que se trataba de una bomba de fisión, por culpa de mi trabajo yo... lo di por supuesto desde un principio. —Barajaba los papeles ante sí como un cartero desquiciado—. Pero estaba equivocado, ¿saben? Completamente equivocado.

Riley alzó levemente las manos, como solicitando una tregua.

—Un momento. ¿Está diciendo que aquí no hay una bomba? —Y señalando alrededor, a la camilla, al biombo, la estantería y la nevera, agregó—: ¿Es que no se había dado cuenta todavía?

—No, capitán. Se equivoca. Todos nos equivocamos —insistió Helmut, como si fuera un mantra.

Alex y su segundo cruzaron una fugaz mirada de preocupación. El pobre hombre había perdido la chaveta.

—Claro... nos equivocamos —le dijo entonces, como si tratara con un niño—. Gracias por la aclaración.

—¡Pero es que no hay tal bomba! —replicó, con ojos febriles—. ¡Nunca la ha habido!

—Ya lo sabemos, doctor —dijo esta vez, Jack—. Pero al fin y al cabo eso es bueno, ¿no?

—¡No! —contestó, poniéndose en pie y plantándole los papeles frente a la cara—. La Operación Apokalypse sigue en marcha. Pero no es lo que creíamos.

—Tranquilícese, doctor —dijo Riley, agarrándole por los brazos para intentar que se sentara y dejara de gritar.

—¿Cómo quiere que me tranquilice? —vociferó en cambio con creciente nerviosismo—. ¡Van a morir! ¿Es que no lo entienden?

El ex miliciano dio medio paso atrás, súbitamente inquieto.

—¿Quién va a morir, doctor?

Helmut se derrumbó en la silla.

—Todos. Todos van a morir —murmuró extenuado.

El curtido contrabandista tragó saliva antes de insistir.

—Pero ¿a quién se refiere, Helmut? —preguntó, apoyándole la mano en el hombro—. ¿Quiénes son todos?

El científico levantó la vista por encima de sus gafitas redondas. Su mirada de hombre desesperado no auguraba nada bueno.

—Todos... son todos —masculló tembloroso, como si las mismas palabras fueran malignas en sí mismas—. Los hombres. Las mujeres. Los niños... —Hizo una pausa para recobrar el aliento—. Todo el mundo —reiteró casi deletreando.

Se llevó las manos a la cara y se apoyó en la mesa como si estuviera a punto de echarse a llorar o sintiera una vergüenza inmensa.

—Esos locos... —concluyó con un hilo de voz— quieren acabar con la raza humana.

# 55

La incomprensible revelación de Helmut quedó flotando en el aire. Un susurro apenas audible que ni Alex ni Jack estuvieron seguros de haber entendido bien.

El pobre hombre había caído víctima de la presión y la frustración por no haber hallado lo que esperaba en aquella bodega. Sí, eso era sin duda, pensó Riley. Pero, aun así, dio la vuelta a la mesa, se sentó frente a Helmut y le apartó las manos de la cara.

—¿Qué quiere decir —se oyó preguntar a sí mismo con ansiedad, cuando de nuevo los ojos del alemán se fijaron en los suyos— con eso de acabar con la raza humana?

Helmut fue a abrir la boca para contestar, pero al ver las expresiones de Alex y Jack, que también se había situado frente a él, optó por mostrarles los documentos que descansaban sobre la mesa.

—Esto que ven aquí —dijo con voz temblorosa, pasando las hojas una a una— es un informe médico del departamento químico y biológico de las SS. ¿Lo ven? —indicó señalando el anagrama en el encabezado y el sello de «Top Secret» en cada página del texto—. Incluso alude en un par de ocasiones a la Operación Apokalypse —añadió—, pero en un contexto que no tiene nada que ver con lo que habíamos imaginado. Me temo que hemos estado equivocados desde el principio —repitió de nuevo—. Terriblemente equivocados.

—No me diga —murmuró Jack, aludiendo claramente a aquella bodega semivacía.

—Por favor, Helmut —le apremió Riley—. Vaya al grano.

El hombre asintió varias veces como si estuviera dándose la razón a sí mismo, o a alguien que solo él era capaz de oír.

—Lo que no sabíamos... lo que no podíamos saber... era la naturaleza enfermiza de... *esto* —dijo alzando una de las hojas, casi sin palabras—. Es... es abominable.

—¿Adónde quiere ir a parar? —insistió Jack, impaciente—. Ya ha visto que aquí no hay ninguna de esas bombas.

—Nada de bombas —contestó Helmut con amargura, volviendo de nuevo su atención a los documentos—. La *Wunder-waffe* que andábamos buscando se llama *Aussterben*, y no es una bomba de fisión. Ni mucho menos.

—¿Ah, no? —repuso el capitán con una mueca, como si sospechara de un chiste—. Entonces, ¿de qué demonios se trata?

—De un virus.

—¿Un virus? —preguntó Jack, no muy seguro del concepto—. ¿Como la gripe?

—Más bien como la peste.

—¿Tan malo? —inquirió Alex con un escalofrío, recordando haber leído que en la Edad Media aquella plaga había matado a más de un tercio de la población europea.

El doctor Kirchner parecía a punto de derrumbarse.

—No, capitán... —se tomó un instante antes de añadir— Según parece, el virus *Aussterben* es peor. Muchísimo peor.

—Pero ¿cómo lo sabe? —objetó—. ¿Cómo sabe que es tan malo?

El alemán, desolado, apoyó la mano sobre la carpeta de documentos.

—¿Sabe lo que quiere decir *Aussterben*? —preguntó bajando la mirada.

—Ni idea.

Helmut levantó la vista, clavando ahora sus ojos en los de Alex antes de contestar con un nudo en la garganta:

—Significa «Extinción».

Para exponer —y compartir— sus temores, el doctor Kirchner les fue traduciendo el detallado informe médico sobre los vectores idóneos de propagación, virología, epidemiología y cuadro clínico de aquel virus que los científicos nazis habían bautizado de una manera tan explícita y que pensaban utilizar como un arma.

—Al parecer —explicaba mientras leía—, este virus fue detectado en los alrededores del río Ébola, en el transcurso de una expedición científica nazi al Congo Belga en 1935. Lo aislaron, lo llevaron a Alemania y desde entonces... —añadió con voz ahogada— parece ser que han estado experimentando con él usando a los prisioneros de los campos de concentración como conejillos de indias.

A pesar de que los dos marinos no lograban entender todo lo que Helmut les iba traduciendo, este les explicó que se trataba de un organismo microscópico llamado filovirus, así como que se transmitía de un huésped a otro por contacto de fluidos como el sudor o la saliva, o por el aire a través de un simple estornudo, lo que lo convertía en algo tan contagioso como la gripe común. Pero ahí terminaban las similitudes.

—El virus *Aussterben* —prosiguió el científico con creciente aprensión— tiene un periodo de incubación de entre cinco y doce días, y a partir de ese momento el contagiado comenzará a sufrir unos síntomas similares a los de una cepa de gripe singularmente agresiva: fiebre, dolores musculares y abdominales, así como fuertes cefaleas. Algo que solo será el paso previo antes de llegar a la fase final de la enfermedad, en la que los vasos sanguíneos comenzarán a desintegrarse, provocando una hemorragia masiva del enfermo que se desangrará en cuestión de horas por todos y cada uno de los orificios de su cuerpo, incluso a través de los poros de la piel.

Según el informe —que a medida que Helmut iba leyendo, se les hacía más difícil de creer—, la mortalidad que provocaría el *Aussterben* estaba por encima del noventa por ciento, y no se conocía cura alguna una vez contraída la enfermedad.

El informe en sí incluía además un terrorífico listado de lugares donde la propagación del virus sería más efectiva, así como los medios ideales para hacerlo sin ser descubiertos.

Los colegios y guarderías encabezaban la lista. El contagio de unos pocos niños en una escuela se multiplicaría exponencialmente en cuestión de días. Antes de que los primeros niños comenzaran sufrir los primeros síntomas, que serían confundidos con un brote de gripe, estos ya habrían contagiado al resto de compañeros de clase así como a sus padres, y estos a su vez a compañeros de trabajo, amigos y familiares cercanos.

La lista también incluía hospitales, estaciones de trenes y autobuses, cines, grandes eventos deportivos, comedores sociales y cualquier concentración de personas, preferiblemente en lugares cerrados, donde el contagio y la dispersión sería máxima.

Un solo agente, concluía, armado con un simple pulverizador impregnado con sus propios fluidos, podía contagiar a miles en unas pocas horas. Y estos miles contagiarían a otros tantos ese mismo día. Y así sucesivamente, una vez, y otra, y otra.

—Una semana más tarde, ya habrá decenas de miles de infectados —aseguró Helmut, con la voz deformada por el horror—. Dos semanas más tarde, cuando los primeros comiencen a morir y las autoridades sanitarias descubran que la supuesta plaga de gripe no es tal, ya serán millones los enfermos, y se verán incapaces de reaccionar ni declarar una cuarentena a nivel nacional pues la infección se habrá extendido a todos los rincones del país. Tres meses después del primer contagio… —Levantó la vista del papel. Sus ojos miraban más allá de los mamparos de aquella bodega—. Tres meses después… —repitió, incapaz de terminar la frase.

Absorto, Jack mantenía la mirada fija en las páginas que Helmut iba leyendo con una lentitud casi pedagógica. El marino gallego exhibía una expresión de incredulidad que no hacía más que crecer según pasaban los minutos. «La misma cara —pensó Alex al verlo— que debo tener yo en este momento».

—Un momento, doctor —protestó Jack, cuando ya no pudo más—. Ya basta.

—¿Qué pasa? —quiso saber Riley.

—¿Que qué pasa? Pasa que no me puedo creer lo que está diciendo —replicó, señalando al hombre que tenía enfrente—. ¿Es que no te das cuenta, Alex? Es otra de esas estúpidas fantasías nazis, igual que esa jodida bomba. ¿Acaso la ves por algún lado? —preguntó volviéndose a uno y otro lado—. Me da igual lo que ponga en esos papeles, yo no me creo una palabra.

El capitán del Pingarrón asintió, dándole la razón a su amigo.

—Lo cierto, doctor —dijo, dirigiéndose al alemán—, es que opino igual que Jack. Yo tampoco me puedo creer que exista una enfermedad como esa, que mate a la gente desangrándola y se contagie como la gripe. Es más, aun en el caso de que existiera, ni siquiera el más loco de los líderes nazis se atrevería a usarla como arma. ¿Acaso no vería que algo así terminaría por volverse en su contra?

Helmut dejó la carpeta sobre la mesa y se tomó un momento antes de contestar.

—Entiendo sus reservas, capitán —dijo, enjugándose el sudor con un pañuelo—. Por desgracia no puedo acreditar la veracidad de estos documentos, pero piense que el continente americano se halla relativamente aislado, y aún más en periodo de guerra. No existen vuelos transoceánicos y la navegación por mar se halla seriamente comprometida. Dada la virulencia y velocidad de desarrollo de la enfermedad, alguien infectado difícilmente tendría tiempo de llegar vivo desde los Estados Unidos hasta Europa, y no digamos ya a Asia u Oceanía.

—Pero podría suceder.

—Así es —admitió—, cabe esa posibilidad. Pero tenga en cuenta que si el *Aussterben* llegase a Europa los más afectados serían también los países aliados, no los alemanes. Piense que ellos ya han trabajado con este virus desde hace años, así que probablemente ya han tenido en cuenta esa eventualidad y estarán preparados para protegerse de algún modo. Quién sabe —agregó pensativo—. Puede que incluso dispongan de algún tipo de vacuna.

—Si el virus existiese y llegase a cruzar el Atlántico —barruntó Jack—, les ayudaría a ganar la guerra en Europa.

—Y eso no es lo peor —añadió Helmut—. Si el virus alcanzase a una Europa asolada por la guerra se extendería como la pólvora por todo el continente y mataría a millones de personas.

—A decenas de millones —razonó Alex, demudado por el horror—. Y cuando se extendiese por África y Asia... serían cientos de millones.

Un tenso silencio se adueñó de la bodega, antes de que Helmut se atreviera a compartir sus conclusiones finales.

—Mucho me temo —dijo Helmut, con las palabras aleteando nerviosas en su garganta—, que el propósito de la Operación Apokalypse es, en primer lugar, destruir los Estados Unidos antes de que estos entren en guerra contra Alemania —inspiró con dificultad, como si escaseara el aire en aquella bodega—, y posteriormente diezmar la raza humana ...puede que hasta llevarla cerca de la extinción.

Tras una eterna pausa continuó hablando, con la expresión en el rostro del que se sabe portador de las peores noticias pero que no tiene más remedio que darlas.

—Si a causa del virus —prosiguió con voz rota—, la población mundial se redujese drásticamente, para una Alemania con la mayor parte de su ejército intacto sería un juego de niños conquistar el mundo entero. El nazismo se extendería hasta el último rincón de la Tierra —añadió, estremecido por sus propios pensamientos—, y la raza aria sería la especie dominante, relegando a todo aquel que sobreviviera al exterminio o a la condición de esclavo. El sueño cumplido de Adolf Hitler —concluyó, bajando la cabeza con vergüenza—. Un Tercer Reich planetario.

Riley necesitó varios minutos para ordenar sus pensamientos antes de volver a hablar, clavando sus ojos castaños en los del doctor.

—Se equivocó una vez —dijo con voz casi acusatoria—. Y se puede estar equivocando de nuevo.

—Es cierto —admitió con cautela—. Puede que me equivoque. Puede que todo esto no sea más que un malentendido, pero... piénselo. Vamos en un barco corsario bajo bandera aliada —enumeró, levantando los dedos de la mano derecha—, camino de la costa de su país, en cumplimiento de una operación secreta que consiste en que una treintena de agentes desembarquen cerca de una región densamente poblada. —Dejó caer la mano pesadamente sobre el legajo—. Y si añadimos este terrorífico virus a esa ecuación... de pronto las piezas encajan y todo cobra sentido.

Jack casi se atraganta al ir a hablar.

—Lo que está diciendo ¿es que esos espías, con los que hemos desayunado esta mañana —dijo, señalando hacia la puerta—, están infectados con el virus y su misión es propagarlo en Estados Unidos para que de ahí se extienda al resto del mundo?

Helmut carraspeó incómodo.

—A menos que hayan encontrado un medio de conservación y dispersión del virus que no requiera un huésped... Eso es lo que yo creo.

—Entonces, posiblemente nosotros también estamos contagiados, ¿no?

El alemán no tuvo ni que contestar para que el gallego obtuviera una respuesta.

—Un momento —intervino Alex, alzando el dedo—. ¿Cuál ha dicho que es el periodo de incubación de ese virus *Aussterben*?

—De cinco a doce... —Helmut comprendió antes de terminar la respuesta—. ¡Claro! —exclamó, llevándose el índice a la sien—.

Si ya estuvieran infectados podrían sufrir los efectos antes de llegar a tierra, ¿cómo no lo había pensado antes? Eso quiere decir que aún no han sido inoculados con el *Aussterben.*

—Lo que significa que de existir ese maldito virus —agregó Riley—, lo han de tener guardado en algún lugar listo para ser inyectado justo antes del desembarco.

Y sin decir una palabra los tres hombres se miraron entre sí y recordaron al mismo tiempo que se encontraban en una incongruente enfermería con una advertencia de peligro en la puerta.

Sus cabezas se volvieron simultáneamente hacia la vulgar nevera blanca de poco más de un metro de altura que, ronroneando inocente a solo tres pasos de distancia, albergaba en su interior el destino de la humanidad.

# 56

Con sumo cuidado, Riley abrió la puerta de la nevera como si de la del mismo averno se tratase.

Dentro había tres docenas de pequeñas cajas herméticas de aluminio alineadas ordenadamente, ocupando todo el espacio disponible. Cuando Alex y Jack dieron su aprobación con un temeroso asentimiento, Helmut estiró la mano hacia una de ellas y la sacó cuidadosamente, consciente de que si se le caía al suelo ese podía ser el último gesto de su vida.

Levantó la tapa.

En su interior una esponja amarilla se amoldaba a la forma de la caja, y justo en el centro un tapón de corcho con el número siete se hundía en ella. Sin consultarlo esta vez, Helmut introdujo los dedos índice y pulgar, y sujetando el tapón con extrema suavidad, extrajo una probeta de cristal que contenía un líquido rojo oscuro.

—Aquí está —murmuró con voz de ultratumba—. El apocalipsis en la palma de mi mano.

—Parece sangre —musitó Jack, hipnotizado.

—¿Está seguro de que eso...? —preguntó Riley a medias, señalando la probeta.

Helmut afirmó con la cabeza, mientras devolvía el tubo a su hueco con manos temblorosas y volvía a depositar la caja en la nevera.

—Tenemos que destruirlo —afirmó entonces el capitán—. De inmediato.

—La pregunta es: ¿cómo? —advirtió el alemán—. Si rompemos las probetas el virus se esparcirá por toda la nave.

—¿Y qué hay de malo en eso? —preguntó Jack, casi molesto—. Ya suponíamos que este era un viaje sin billete de vuelta. Lo que importa es que este barco nunca llegue a puerto.

—No se trata de eso, señor Alcántara. Aunque toda la tripulación se contagiara y enfermara, algunos sobrevivirían, o quizá la tripulación esté vacunada y de algún modo pueda llevar a cabo la misión.

—Helmut tiene razón —opinó Alex—. Suponiendo que no estén vacunados, muchos morirían antes de llegar a la costa de Estados Unidos; pero otros, aunque enfermos, podrían llegar a desembarcar y propagar el virus. No —negó con un gesto—. Tenemos que buscar otra manera.

—¿Y si las quemamos? —propuso el gallego—. El fuego lo mata todo.

—No siempre —adujo Helmut—, y el humo podría arrastrar consigo bacilos aún vivos.

—¿Y si simplemente desconectamos la nevera? —quiso saber Riley—. ¿No matará eso al virus?

—Con el tiempo, quizá. Pero no es seguro, y de todos modos alguien se daría cuenta antes o después.

—Podríamos cerrar las compuertas y hacernos fuertes aquí —adujo Jack, señalando la que aún permanecía abierta, y la otra, en el otro extremo de la bodega.

Riley cabeceó nuevamente.

—Se abrirían paso de un modo u otro, y sin armas solo lograríamos retrasarlos. —Y mesándose la mandíbula con preocupación, meditabundo, añadió—: Tenemos que pensar en algo definitivo. Algo que no puedan evitar. Que no les deje oportunidad alguna de hacerse con el virus.

—Pero no tenemos manera de destruirlo —apuntó Helmut.

Jack abrió los brazos con las palmas de las manos hacia arriba.

—Pues como no lo lancemos todo por la borda... —alegó, descorazonado.

El capitán del Pingarrón levantó la vista hacia su segundo, escudriñándolo con los ojos entrecerrados.

Aquel se dio cuenta de la mirada inquisitiva y frunció un ceño interrogativo.

—¿No lo estarás pensando en serio, Alex? ¿Cómo narices vamos a llevar todas estas probetas hasta la cubierta sin que nos vean? Alguien se dará cuenta de que algo raro sucede y nos atraparán y nos quitarán el virus justo antes de matarnos.

—Podemos crear una maniobra de distracción.

—¿Cómo?

—Aún no lo sé. Quizá provocando un incendio. Eso sí que podemos hacerlo.

Jack se rascó la barba y asintió.

—Podría funcionar —apuntó, pensativo.

—Pero tendrá que ser un gran incendio —sugirió Helmut, súbitamente esperanzado—. Y a ser posible en el otro extremo de la nave, para hacer que todos vayan hacia allá.

—Muy bien —afirmó Alex con decisión—. Entonces eso es lo que haremos. Tú y Helmut —dijo apoyando el índice sobre el pecho de Jack— iréis a la sala de máquinas a provocar una buena fogata. Mientras tanto, yo vaciaré una de las cajas de suministros de ahí fuera, meteré dentro las probetas, y en cuanto suenen las sirenas de alarma buscaré un camino hacia cubierta y lanzaré toda esa mierda al mar.

El cocinero y el científico intercambiaron una mirada y asintieron.

—Pan comido —dijo Jack.

—¿Y luego? —inquirió Helmut—. ¿Qué haremos?

La pregunta tomó tan de sorpresa a Riley que hubo de parpadear varias veces antes de responder:

—No hay luego, doctor. —Su voz bajó varios tonos—. Si tenemos la fortuna de conseguirlo, lo siguiente que harán será fusilarnos. Y eso, si tenemos suerte.

A pesar del momentáneo temor de Riley, el físico desertor uniformado como oficial de las SS solo demoró dos segundos en afirmar solemnemente con la cabeza, aceptando el inevitable final.

—Muy bien... —dijo, acercándose a los dos hombres y posando una mano sobre el hombro de cada uno, mientras los miraba a los ojos—. Entonces, me temo que esto es una despedida.

Helmut le tendió la mano a Alex, que se la estrechó con fuerza.

—Mucha suerte, capitán Riley. Ha sido un honor conocerle.

—El honor ha sido todo mío, Helmut. Lamento no haberle podido llevar a Lisboa.

—No lo lamente —repuso este—. No querría estar en otro lugar que no fuese este, haciendo algo realmente importante.

Riley le dio una palmada en el hombro en señal de reconocimiento y se enfrentó a Jack.

—Viejo amigo... —empezó a decir.

—Ah, carallo, cierra el pico. —Y le lanzó un abrazo de oso que casi le hace perder el equilibrio.

Riley advirtió que algo le humedecía el cuello, y cuando cayó en la cuenta de que eran las lágrimas de su fiel camarada de armas estuvo a punto de espetarle que no fuera una nenaza. Pero entonces descubrió que él mismo también estaba llorando, y sus lágrimas mojaban el hombro de Jack.

Abrazados en silencio tardaron casi un minuto en separarse uno del otro y con los ojos enrojecidos, mordiéndose los labios para que no temblaran, se miraron fijamente sin necesidad de decirse nada, pues ya todo había sido dicho.

—Por nuestros pecados —musitó entonces el gallego, con un hilo de voz.

—Por nuestros pecados —repitió Alex, asintiendo.

Respiró profundamente para infundirse valor y antes de decir adiós definitivamente, inquirió:

—¿Alguna pregunta?

La respuesta, sin embargo, no vino de la dirección que esperaba.

Fue la voz educada y con fuerte acento alemán del comandante Von Eichhain la que habló desde la puerta de la bodega.

—En realidad —dijo, al tiempo que sonaba el inconfundible clic clac del cerrojo de varias armas—, yo sí que tengo una.

# 57

Al mismo tiempo que los tres se volvían en dirección a la puerta con el corazón en un puño, media docena de marineros con metralletas MP40 se desplegaron a izquierda y derecha de la entrada, frente a la cual se encontraba el propio Von Eichhain sosteniendo una pistola Luger a la altura de la cadera, con la que apuntaba al estómago de Riley.

Finalmente los habían descubierto.

El que hubiera sido por casualidad, por llamar la atención en el comedor unas horas antes o porque en ningún momento se habían fiado de ellos era algo que ya carecía de importancia.

El hecho era, que hasta ahí habían llegado.

Fin del trayecto.

Riley se volvió hacia Jack, y en los ojos grises de su amigo vio escrita la palabra que brillaba en su propia mente como un cartel teatral de Broadway: «Fracaso».

Un fracaso que condenaba a muerte a cientos de millones de personas.

Todo el esfuerzo que habían hecho por llegar hasta allí. Todos los sacrificios y las vidas que había puesto en riesgo. Todo para nada.

Peor aún.

También a su tripulación, a Elsa, a Carmen, a sus decenas de amigos repartidos por cada puerto del mundo; a su propia familia, a su padre y a su madre… a todas las personas a las que alguna vez había conocido y amado.

A todos les había fallado. Una vez más.

Aquel parecía ser su sino. Solo que en esta ocasión también él pagaría su parte de la factura. «Al menos así —pensó con amargura— se acabarán las voces, y los fantasmas que cada noche se presentan para ajustar cuentas».

La abrumadora certeza de aquel último y definitivo fracaso se abatió sobre sus hombros con el peso de una montaña e, ignorando las voces de los soldados que les ordenaban algo en alemán, se dejó caer en la silla de madera y hundió la cabeza entre las manos, consciente de que daba igual obedecer o no. Todo se había terminado.

Helmut, sin embargo, hizo el amago de hablar, pero antes de que abriera la boca el comandante alzó la mano para impedírselo.

—Lo cierto es que no hay nada que necesite explicación —dijo, más con decepción que con ira—. Ahora está muy claro lo que son ustedes tres... algo que se paga con la muerte. —Y montando su propia arma, añadió en tono fúnebre—: Sin excepción.

—Que le jodan —murmuró Jack, bajando las manos y cruzándose de brazos en vista de que no iba a suponer ninguna diferencia.

El comandante gritó una orden a los soldados y estos respondieron apuntándoles, preparándose para disparar en aquel improvisado paredón.

—¡No lo haga, comandante! —exclamó Helmut, dando un paso adelante con las manos en alto—. ¡Tiene que escucharme!

—No hay nada que pueda decir para salvar su miserable vida —le recriminó Von Eichhain con voz helada—. Tenga al menos la decencia de morir con dignidad.

—¡No! ¡Escúcheme! ¡Nuestras vidas no tienen importancia! —alegó, señalándose a él mismo—. Pero escuche lo que tengo que decirle.

La dura expresión facial del comandante no varió un ápice, pero tardó un segundo más de la cuenta en contestar.

—Yo no hablo con espías y traidores —repuso secamente.

—No soy un traidor —replicó Helmut negando con la cabeza, mientras gotas de sudor frío le corrían por el rostro—. Al menos, no a nuestra patria. Deme cinco minutos y entenderá lo que le digo. ¿No quiere saber por qué estamos aquí?

Un nuevo silencio de duda. Esta vez más prolongado.

—Le doy treinta segundos —dijo sin dejar de apuntarle.

Helmut se volvió azorado hacia Jack y Riley, que habían levantado la cabeza con repentino interés. Sus expresiones decían: «Adelante, Helmut. Eres el único que puede hacerlo».

El científico se acercó a la mesa y bajó un brazo solo para hacerse con el legajo de papeles que seguía sobre ella y mostrárselos al comandante.

—Aquí está todo —dijo nervioso, sacudiendo los papeles frente a él—. La Operación Apokalypse no consiste, como seguramente usted cree, en desembarcar unas decenas de agentes para que se infiltren en los Estados Unidos y saboteen sus infraestructuras. La verdadera misión —dijo golpeando la carpeta con el índice— es asesinar a casi dos mil millones de personas en todo el mundo por medio de un terrible virus. La verdadera misión que le han encomendado nuestros líderes —insistió vehemente— es la aniquilación de la raza humana. ¿De verdad quiere ser usted parte de eso? —Tomó aliento, antes de volver a preguntar con voz temblorosa—: ¿Quiere ser el responsable del asesinato de casi dos mil millones de personas? ¿Qué le dice su conciencia de soldado, Comandante Eichhain? ¿Qué le dice su sentido del honor?

—¿Acaso me quiere dar lecciones de honor? —replicó—. ¿Usted?

—En absoluto. Solo apelo a él para rogarle que me escuche. Lea esto —añadió, mirando la carpeta—, y juzgue usted mismo.

El aludido estudió largamente a Helmut y su rostro contraído en una mueca suplicante.

—Por favor —dijo, alargándole los documentos como un preciado presente—. Léalo. Tan solo léalo.

Von Eichhain dedicó un vistazo fugaz a Riley y Jack, cuyos rostros reflejaban un rastro de esperanza que no estaba ahí un minuto antes. Entonces dio una nueva orden a los soldados, que avanzaron un paso hacia adelante sin dejar de apuntarles, y aunque sin quitarle la vista de encima al científico, enfundó la Luger. Luego, con la mano izquierda cogió la carpeta marrón, la abrió por la primera página y comenzó a examinarla.

La expresión del comandante del Deimos, a medida que iba leyendo página a página, fue pasando progresivamente del escepticismo más profundo a la sorpresa, y por último al horror. Tres minutos más tarde, una mueca de espanto se había adueñado de su gesto cuando levantó la vista y miró de nuevo a Helmut.

—¿Cómo sé —preguntó con voz entrecortada, cerrando la carpeta sin dejar de mirarla con expresión incrédula— que esto no es una falsificación preparada por ustedes para entorpecer mi misión?

Esta vez fue Riley quien abrió la boca, y lo hizo para soltar una risa seca y corta, sin rastro de humor.

—No tiene más que comprobarlo usted mismo —dijo, levantándose de la silla.

Luego dio unos pasos y apoyó la mano vendada sobre la nevera a despecho de los soldados, que no acababan de comprender la situación y cada vez parecían más inquietos.

—Si no nos cree a nosotros, ni lo que acaba de leer —añadió el capitán—, ¿por qué no echa un vistazo a lo que hay aquí dentro? —Y como el ilusionista que muestra al final del número que ya no hay nadie en el ataúd, abrió la puerta de la nevera para revelar las alineadas cajitas grises que albergaban el mortal contenido.

Von Eichhain pasó entre Helmut y Jack de camino a la nevera, cruzando una mirada con Riley. A continuación abrió una de las pequeñas cajas, examinó a contraluz su contenido y la dejó de nuevo en su lugar.

Dirigió una nueva mirada a Helmut, esta vez a medio camino entre la desconfianza y el reconocimiento, y tras dar unas escuetas órdenes a sus hombres se encaminó hacia la puerta.

Tras el primer paso, sin embargo, se volvió de nuevo hacia el capitán del Pingarrón.

—No se lleven a engaño. Ustedes tres están bajo arresto —afirmó sin titubeos, atravesándolos con la mirada—. Serán confinados hasta que regresemos a Alemania y un consejo militar dictamine su sentencia, que tengan por seguro será de muerte en la horca por espionaje e intento de sabotaje. —Volvió a mirar la carpeta que aún llevaba en la mano, para agregar—: Pero pienso llegar al fondo de este asunto. Romperé el silencio de radio para contactar con mis superiores, y si las cosas son como parecen... —Tragó saliva y negó con la cabeza, aún incrédulo— les garantizo que bajo mi mando no se cometerá una atrocidad como esta. Mientras yo sea el comandante de esta nave, no voy a permi...

Un estampido seco cortó de cuajo el discurso de Von Eichhain, y una irregular flor encarnada estalló en mitad de su frente.

Riley, que era quien se encontraba más cerca en ese momento, sintió cómo un líquido espeso y caliente le salpicaba la cara. Unas gotas que resbalaron por su rostro trazando gruesas líneas rojas.

El cuerpo inerte del comandante cayó de bruces hacia adelante, rebotando con un golpe seco contra el suelo metálico, y solo entonces Riley pudo distinguir, justo en el umbral de la compuerta de entrada, la figura del subcomandante Karl Fromm con una pistola humeante en la mano derecha.

—*Im Auftrag unseres Fhürers. Adolf Hitler una auf seinen direkten Befehl* —vociferó dirigiéndose a los soldados, paralizados, incapaces de reaccionar tras contemplar cómo el subcomandante asesinaba por la espalda a su comandante de un tiro en la nuca—, *Übergabe des Deimos von Major von Eichhain wegen versuchten Verrates des Dritten Reiches!*

CAPITÁN RILEY | 545

Luego se volvió hacia ellos tres con una sonrisa sádica en los labios.

—Acabo de asumir el mando de la nave —dijo, ignorando el cadáver de su antecesor en el cargo, como si ya no estuviera allí—. Mis superiores sabían que el viejo podía tener reparos en cumplir las órdenes, así que me enviaron a mí para... —sonrió de nuevo, amigable como un tiburón frente a una sardina— «relevarle» si era necesario. La verdad —añadió, arrancando de la mano de Von Eichhain la carpeta que aún sostenía y ojeándola como un raro espécimen, como si se hubiera tropezado con un cisne negro en mitad del océano—, no alcanzo a comprender cómo han averiguado ustedes todo esto y, a pesar de mi profundo desprecio, en cierto modo les admiro por haber llegado tan lejos. Han estado muy cerca de lograr su objetivo... —pareció reflexionar—, pero ya ven, la vida es así de injusta. En fin —concluyó, encogiéndose de hombros con una última sonrisa cínica mientras se daba la vuelta—. *Auf Wiedersehen.*

Cuando volvió a donde estaban los marineros, se dirigió a ellos en voz baja e indiferente.

—*Alle drei an die Wand stellen und erschiessen.*

Pero Helmut, que había entendido perfectamente la orden dada por Fromm de que se los llevaran al fondo de la bodega y los fusilaran a los tres, se volvió hacia el capitán. Sin necesidad de traducción alguna, al ver la certeza de la muerte inminente reflejándose en los ojos del científico, Riley entendió que les quedaban unos pocos segundos de vida.

# 58

Por fortuna aquellos militares, aunque armados con metralletas automáticas, eran marineros y no soldados de infantería, así que el brevísimo instante que transcurrió entre que recibieron la orden y se decidieron a acatarla fue suficiente para que Riley y Jack tuvieran tiempo de reaccionar.

El capitán se abalanzó hacia Helmut como un jugador de fútbol americano haciendo un placaje y lo aplastó contra el suelo sin miramientos al tiempo que de una patada tiraba la mesa para usarla como escudo. Inmediatamente una lluvia de balas rasgó el aire a su espalda, atravesó el lugar que había ocupado en el instante anterior y fue a impactar contra el mamparo del fondo. A su vez Jack, con el mismo instinto de supervivencia de soldado veterano, haciendo lo mismo que el capitán, rodó con pasmosa agilidad sobre su hombro para refugiarse tras la sólida nevera, fuera de la línea de tiro de los alemanes.

Sin embargo, sobre el ensordecedor tableteo de las armas y el estrépito del plomo chocando contra el metal y la madera, se alzó la voz del subcomandante Fromm, que gritaba por encima del estruendo haciendo aspavientos para que dejaran de disparar, advirtiendo el peligro que había de alcanzar los recipientes del virus.

—*Waffenruhe! Waffenruhe!* —exclamó, pidiendo alto el fuego.

Unas pocas balas de 9mm habían logrado atravesar la gruesa madera de la mesa, aunque la mayoría solo la habían astillado, mientras la nevera tras la que se había refugiado Jack únicamente había sufrido unas abolladuras en su puerta metálica.

Ahora el humo acre de la pólvora quemada flotaba como una niebla sucia en los escasos diez metros que distaban entre los marineros alemanes, que aún estaban junto a la entrada, y ellos, precariamente atrincherados en el centro de la bodega. En el súbito silencio, el subcomandante rugió nuevas órdenes a sus hombres para que los flanquearan.

Debían quedarles menos de diez segundos.

—Les está diciendo que no disparen aquí dentro —le susurró entonces Helmut, acurrucado junto a Alex tras la mesa—. Las probetas —añadió por toda explicación, señalando la nevera.

Siete segundos.

Riley asintió. Aquella posición les daba una inesperada ventaja, pero una ventaja que duraría los escasos instantes que tardaran en rodearlos. Levantó la cabeza y miró frenéticamente a su alrededor, buscando una idea entre el estropicio de astillas y cristales rotos. Su mirada fue a tropezarse con la de Jack quien, refugiado tras la nevera, con un gesto de cabeza apuntó al otro lado de la bodega, a la compuerta del otro extremo.

Tres segundos.

Estaba claro lo que sugería. El problema era cómo llegar hasta allí. En cuanto salieran de su parapeto estarían al descubierto y el humo no era tan espeso como para no ser vistos.

Fugazmente pensó en prender fuego a la camilla o lanzarse con la mesa por delante usándola como escudo, pero de inmediato desechó tales ideas por absurdas.

Un segundo.

Entonces lo vio.

El cuerpo inerte del comandante estaba a menos de un metro y de su funda de cuero asomaba la negra culata de la Luger. Esa era la respuesta.

Sin pensarlo saltó hacia el cadáver, y antes de que los sorprendidos marineros comprendieran lo que estaba haciendo, se hizo con la pistola y sin preocuparse demasiado en apuntar realizó cinco disparos a discreción.

En respuesta los marineros, con órdenes estrictas de no abrir fuego, trataron de ponerse a cubierto. Pero en aquella bodega desierta no había donde hacerlo, por lo que se hicieron cuerpo a tierra mientras Fromm, de pie sin moverse del sitio y desenfundando su propia pistola, les arengaba furibundo a que ignoraran los disparos y capturaran a los espías.

Aquel instante de confusión entre oficial y subordinados fue todo lo que Alex necesitó para romper aquellas frágiles tablas, y tras levantar a Helmut como un muñeco de trapo lo llevó en volandas hacia la compuerta del otro extremo mientras, cada dos pasos, se volvía hacia atrás y efectuaba un nuevo disparo al que los marineros no podían responder y los obligaba a cubrirse.

Al llegar a la compuerta, allí estaba ya el gallego haciendo girar el volante de hierro que la abría.

Para entonces los tripulantes del Deimos ya se habían incorporado y corrían hacia ellos y, cuando la pesada puerta de acero se abrió por fin, abrieron fuego de nuevo, justo cuando Jack se llevaba a Helmut bajo el brazo a través del umbral. Tras disparar la penúltima bala del cargador Riley los siguió de un salto, cayendo al otro lado y golpeándose contra el duro suelo. Luego, el tañido hueco del metal contra metal le dijo que Jack acababa de cerrar la puerta a sus espaldas.

Mientras este hacía girar la rueda que hacía a la puerta estanca, Riley se incorporó y buscó algo que le pudiera ser útil, y en una caja de herramientas junto a la compuerta descubrió el mango de hierro de una gran llave inglesa. Se hizo con ella, y en el preciso momento en que los primeros golpes de puño sonaban al otro lado del mamparo y varias manos comenzaban a luchar por girar el volante de apertura en dirección contraria, encajó la llave en el mecanismo de cierre y bloqueó la compuerta.

—La puta de oros… —masculló Jack recuperando el resuello, apoyándose de espaldas en la pared con la boca abierta—. De qué poco nos ha ido.

En aquella nueva bodega apenas había luz, solo la producida por una pequeña bombilla roja situada sobre la puerta y que apenas daba para iluminar las siluetas de Jack y Helmut, que aún permanecía tendido en el suelo. Sin embargo y gracias a un rápido escrutinio en aquella penumbra encarnada, Riley fue capaz de localizar una escotilla pequeña y redonda justo sobre sus cabezas, por la que ascendía una escala de hierro vertical.

—Aquí hay una salida —señaló, poniendo el pie en el primer peldaño—. Tenemos que seguir.

Aunque jadeando, el gallego se incorporó y se acercó a la escala, mientras que Helmut parecía no tener intención de levantarse.

—Vamos, doctor —le dijo Alex, alargándole la mano para ayudarle a incorporarse—. No podemos perder ni un momento.

El alemán, sin embargo, no hizo ademán alguno de aceptar la ayuda.

—Yo… yo creo que me quedo —dijo con voz calmada—. Solo conseguiría retrasarles.

—Deje de decir idioteces y deme la mano.

—Creo… que no.

—¿Pero qué demonios le…?

La pregunta de Riley quedó a medias, cuando Helmut se desabotonó la chaqueta negra y dejó a la vista una gran mancha sobre la camisa gris, casi en el centro del estómago. Una mancha que bajo aquella pálida luz de emergencia parecía negra, pero que Alex sabía que en realidad era de color rojo escarlata.

Los dos contrabandistas se inclinaban sobre Helmut, que tumbado boca arriba se llevó la mano a la herida para mirarse luego los dedos, se diría que estudiando con distante interés aquella sustancia espesa y pegajosa, como asombrado de que aquello pudiera proceder del interior de su cuerpo.

Riley y Jack compartieron una mirada de preocupación al abrirle la camisa y descubrir un agujero de apenas un centímetro a unos dedos por encima del ombligo.

—No... no me duele —apuntó Helmut con extrañeza, mirando a ambos.

—Eso es buena señal —mintió Jack, forzando una sonrisa falsa.

El alemán le devolvió una mirada reveladora. Sabía tan bien como él que un disparo en los intestinos significaba una muerte lenta y segura si no recibía asistencia médica inmediata. Y sabía también que ese no iba a ser su caso.

Riley se había quitado mientras tanto la cazadora, y con gestos rápidos había deshecho el vendaje que envolvía sus costillas para emplearlo en el científico.

—Ayúdame, Jack —dijo al terminar. Luego rasgó un trozo de la camisa del propio Helmut y, tras doblarlo varias veces, lo aplicó sobre la herida—. Tratemos de taponar esto un poco —añadió, y con ayuda del gallego, incorporaron a Helmut y rodearon su torso con la larga venda.

—Supongo que se habrán lavado las manos antes, ¿no? —bromeó Helmut con un hilo de voz—. No quiero coger una infección.

—Lamento mucho que las cosas hayan ido tan mal —contestó Riley, sinceramente afligido—. Quizá si le hubiera hecho caso y nosotros no hubiésemos venido esto no habría pasado. Lo siento mucho —añadió—. Yo debería haber recibido esa bala y no usted.

Helmut dio unas débiles palmadas en el hombro del capitán.

—En eso estoy completamente de acuerdo.

Alex tenía la nueva disculpa en la punta de la lengua cuando, de pronto, les alertó el eco de pasos apresurados y al unísono las miradas de los tres fueron a parar a la escotilla que se encontraba a varios metros sobre sus cabezas.

Olvidándose del científico, Riley se levantó de un salto, comenzó a subir por la escala de hierro y alcanzó la escotilla justo en el momento que la rueda de la misma comenzaba a girar para abrirse.

—¡Jack! —gritó sujetando la escotilla con ambas manos—. ¡Dame algo con que trabarla!

Pero el primer oficial del Pingarrón ya estaba hurgando en la caja de herramientas, tirándolo todo por el suelo en busca de algo útil.

—¡Deprisa! —rugió Alex, a quien la rueda metálica se le escurría entre los dedos—. ¡No puedo contenerlos!

Destornilladores, martillos y llaves volaban por los aires, pero no había nada lo bastante grande y resistente como para que sirviera.

—¡Joder, Jack! —le urgió Riley con la voz contraída por el esfuerzo—. ¡Dame lo que sea!

Entonces, al borde de la desesperación, el cocinero descubrió ante sí, tirada como si tal cosa, una tubería de acero que debido a la escasa luz no había visto hasta ese momento. La agarró con fuerza con una mano, y usando la otra se encaramó por la escala en un alarde de agilidad, encajando la tubería en la escotilla justo cuando a Riley se le escapaba de las manos.

—Sabes que solo los hemos retrasado un poco, ¿no? —jadeó Jack instantes después, mirando cómo desde el piso de arriba aún trataban de forzar la escotilla a golpes—. Al final usarán sopletes. Es solo cuestión de tiempo.

—Lo sé —dijo Alex, con la vista puesta en el mismo punto—. Me gusta el tiempo

—De todos modos —insistió Jack, irguiéndose y mirando hacia el resto de la espaciosa bodega, bañada en penumbras—, habría que asegurarse de que no hay más lugares por los que puedan entrar.

—Ya estarían aquí de ser así —objetó Riley, que apenas era capaz de mover los brazos tras el esfuerzo.

—De todos modos...

—Está bien, Jack. Si así te vas a quedar más tranquilo, echemos un vistazo.

Pero antes, inclinándose sobre Helmut, le preguntó cómo se encontraba.

—Mareado —contestó aquel—. Pero creo que puedo andar.

—No sé si eso es buena idea.

El alemán le miró con tristeza, antes de afirmar resignado:

—En realidad eso no va a suponer ninguna diferencia, ¿no?

Riley dudó un instante, pero terminó por negar con la cabeza.

Los dos contrabandistas ayudaron a incorporarse a Helmut, que apretando los dientes, se quedó apoyado sobre la misma compuerta por la que habían entrado.

—¿Dónde narices estará el interruptor de las luces? —preguntó Jack, palpando la pared—. Estoy harto de esta puñetera luz roja.

—Me parece que aquí hay algo… —murmuró Riley, hurgando en lo que a tientas parecían una serie de interruptores—. Ajá. Ya lo tengo.

Entonces se oyeron una serie de clics y resistencias que se calentaban con un zumbido y, de forma progresiva, cada una de las luces del techo se fueron encendiendo una tras otra hasta iluminar de un extremo a otro aquella última bodega.

Frente a ellos se extendía un espacio ancho y alargado que se estrechaba significativamente a medida que se alejaba, revelando que se hallaban justo en la proa de la nave. Un lugar atiborrado de tuberías, palancas, llaves de paso y decenas de indicadores, y en cuyos costados se apilaban en horizontal una serie de cilindros de acero apoyados sobre raíles, de más de medio metro de diámetro por siete de largo. Unos cilindros grises, con hélices y timón en un extremo y una cabeza redondeada pintada de rojo en el otro.

—*Mein Gott…* —masculló Helmut con incredulidad, olvidándose de su herida y dando un paso adelante—. Estamos en la sala de torpedos.

# 59

—¿Podremos usarlos? —preguntó Jack, pasando la mano cuidadosamente por encima de uno de los torpedos, como si se tratase del lomo de una temible bestia dormida.

—No veo cómo —contestó Riley, que caminaba a su lado pensativo—. No sabemos cómo se lanzan, y aunque supiéramos tampoco podríamos dispararnos a nosotros mismos.

—Pero tiene que haber una manera de que podamos detonarlos —alegó el gallego, y al llegar al morro del proyectil palpó su nariz bulbosa—. ¿Y si le golpeamos aquí con un martillo? Estos trastos detonan por impacto, ¿no?

Alex se masajeaba las sienes, estrujándose el cerebro en busca de una idea.

—Tampoco funcionaría. Los torpedos tienen un sistema de seguridad que impide que exploten hasta que no se han alejado más de doscientos metros.

—¡Maldita sea! —protestó Jack, dándole una patada al frontal pintado de rojo—. ¡Algo habrá que podamos hacer con una docena de torpedos!

—Cálmate, Jack.

—¿Que me calme? Tenemos que hundir este puto barco antes de que echen la puerta abajo —abarcó la sala con un movimiento de brazos—, y estamos rodeados de toneladas de explosivos que no podemos usar. ¿Cómo quieres que me calme?

Indiferente a la desesperación de su amigo, Riley se acercó a las compuertas de lanzamiento, saturadas de válvulas y aparatos de medición incomprensibles.

—Si está pensando en inundar la sala de torpedos usando los tubos de lanzamiento —susurró Helmut desde el fondo de la sala, intuyendo los pensamientos del capitán—, ya lo puede ir olvidando. Seguro que hay un mecanismo para evitar que eso suceda.

Los dos marinos se volvieron hacia él, con la misma expresión frustrada en el rostro.

—¿Se le ocurre algo que podamos hacer? —le preguntó Alex, aproximándose.

—¿Quieren hacer explotar la nave?

—Ya no podemos hacernos con el virus —apuntó, señalando la compuerta trabada con la llave inglesa—, así que lo único que nos queda es tratar de hundir el Deimos de algún modo.

Bajo la luz blanca de las bombillas saltaba a la vista el mal estado de Helmut. La piel de su rostro había perdido el poco color que tenía, en contraste con la mancha de sangre que seguía extendiéndose por el sucio vendaje que ahora rodeaba su estómago. Al mismo tiempo sus pupilas parecían ir apagándose poco a poco, extinguiéndose como la llama de un candil sin combustible.

Riley lo tomó por los hombros y lo sacudió sin miramientos.

—Necesitamos que nos ayude, Helmut.

—Yo... —dijo, llevándose la mano a la frente y torciéndose las gafas al hacerlo— no sé qué podría...

—Vamos, doctor —insistió—. Usted es más listo que Jack y yo juntos. Le necesitamos. —Con un apremiante susurro, añadió—: Sus amigos, su familia... millones de personas le necesitan, doctor Kirchner. El mundo entero le necesita.

Apretando los dientes, Helmut se apoyó en el hombro de Riley y, alzando la barbilla, se compuso las gafas sobre la nariz y parpadeó varias veces para despejarse.

—Ayúdeme —dijo, pasando el brazo sobre el capitán—. Déjeme ver esos torpedos de cerca.

Con el brazo de Alex sujetándolo por las axilas, Helmut se mantenía en pie mientras examinaba el descomunal proyectil submarino como si pretendiera radiografiarlo con la mirada.

—Es un modelo G7e, impulsado por un motor eléctrico... —masculló sin fuerzas— con una carga explosiva de casi trescientos kilos de trinitrotolueno, hexanitrophenylamina y aluminio...

Jack miró a Helmut como si acabara de recitar el padre nuestro en arameo.

—¿Cómo sabe usted todo eso?

—En las instalaciones de Peenemünde, donde yo trabajaba... —aclaró lacónicamente— hay muchos otros departamentos de investigación militar.

—¿Puede hacerlo detonar? —quiso saber Riley, yendo al grano con brusquedad.

El alemán negó con la cabeza.

—Como usted dijo... tiene un mecanismo de seguridad que lo evita.

—¿Y no podría puentearlo? —inquirió Jack.

Helmut tosió, lanzando pequeñas gotitas rojas sobre la pulida superficie metálica del torpedo. Luego, limpiándose los labios del sabor a hierro de su propia sangre, negó de nuevo.

—Sin un detallado esquema del sistema mecánico y eléctrico... eso es imposible. Tendría que ser un experto —resolló débilmente—. Y yo no lo soy.

—Entonces, ¿no hay nada que podamos hacer?

Bajando la cabeza, Helmut le dedicó una enigmática mirada al gallego por encima de sus gafas.

—Yo no he dicho eso.

—Déjese de adivinanzas, doctor —le urgió Riley—. No tenemos mucho tiempo.

—Lo sé —contestó, y examinando las junturas y tornillos de la carcasa del torpedo, añadió señalando con mano temblorosa—: Traigan aquí esa caja de herramientas.

Un minuto más tarde, mientras Helmut se sujetaba a una cadena del sistema de carga de los lanzadores con una mano y con la otra presionaba su herida, Alex y Jack se afanaban, con una llave cada uno, en sacar las tuercas que el alemán les iba indicando.

—Ahora... —musitó cuando quitaron todos los tornillos que sujetaban el morro del torpedo— separad la carcasa.

Sin formular preguntas siguieron las indicaciones del científico, y empleando todas sus fuerzas consiguieron separar el pesado armazón de proa del torpedo, de casi un metro de longitud. De ese modo quedó a la vista el complejo interior del ingenio, que a Riley le pareció una extraña combinación entre un alargado motor de coche y las tripas de una radio, todo ello ceñido a las limitadas medidas del proyectil, en una tupida maraña de cables, transistores y estrechas conducciones que serpenteaban sin aparente sentido por el complejo entramado.

—Esto es un sindiós —rezongó Jack, al verse frente a aquel caos tecnológico.

—¿Qué hacemos ahora, Helmut? —preguntó en cambio Riley, volviéndose hacia él.

—Eso de ahí debe de ser la espoleta de impacto... —dijo, acercándose y señalando una pieza frontal con forma de tapón de champán—. Lo de al lado parece el giróscopo, y esa pieza de vidrio llena de líquido... quizá sea una especie de inclinómetro, o puede que el sensor de profundidad junto a lo que parece...

Pero antes de que acabara la enumeración de los componentes, al otro lado de la compuerta se escucharon una serie de golpes sordos, seguidos por un sucio siseo que no auguraba nada bueno. Los tres volvieron la cabeza en la misma dirección y pocos segundos más tarde brotó un pequeño punto anaranjado en la mitad inferior de la gruesa puerta de acero. Un pequeño punto que en un instante aumentó de tamaño y pasó a ser de color blanco incrementando su brillo, y del que pronto comenzaron a saltar pequeñas chispas de metal incandescente, como una bengala en el cuatro de julio.

—Ya están aquí —advirtió Jack innecesariamente.

—Mierda —maldijo Riley, volviéndose ávidamente hacia Helmut—. Dese prisa, doctor, por lo que más quiera. Olvídese de las descripciones. Dígame qué hacer para que explote esta maldita cosa.

—Creo... —apuntó dubitativo, tocando con la punta del dedo un cilindro de aluminio de casi la anchura del torpedo, justo detrás del laberinto de instrumentos y sensores— creo que esta es la cabeza de combate.

—¿Donde está el explosivo?

—Eso espero... —asintió.

—Y ¿cómo lo hacemos detonar? —intervino Jack, impaciente—. ¿Golpeándolo? ¿Quemándolo?

El científico negó vigorosamente con la cabeza, y justo cuando iba a aclarar su respuesta, se le pusieron los ojos en blanco y sufrió un completo desvanecimiento. Alex y Jack lo sujetaron a tiempo para que no se estrellara contra el duro suelo. Con sumo cuidado lo dejaron tumbado boca arriba y le colocaron la caja de herramientas bajo los pies para que la sangre fluyera a la cabeza.

—¡Vamos, Helmut! —le gritó Alex, abofeteándolo sin miramientos para sacarlo de la inconsciencia—. ¡Despierte!

Como resultado, el hombre abrió los ojos y parpadeó confuso, mirando a Jack y Alex como si los viera por primera vez en su vida.

Abrió la boca con una interrogación en los labios, pero Riley lo interrumpió antes de que formulara la pregunta.

—Se ha desmayado —le aclaró—. Está perdiendo mucha sangre.

Hizo el amago de ir a levantarse, pero el capitán lo detuvo.

—Quédese tumbado —le ordenó—. El tiempo se nos acaba.

—Volvió la cabeza y pudo comprobar qué tan ciertas eran sus

palabras. El soplete ya había cortado más de un palmo de la plancha de acero—. Solo díganos cómo detonar la cabeza explosiva.

Helmut entrecerró los ojos, aparentemente molesto por la lámpara del techo, y levantando un dedo tembloroso hacia ella masculló con una voz apenas audible:

—Electricidad…

Los dos marinos intercambiaron una mirada interrogativa, pero entonces alzaron la vista comprendiendo lo que Helmut quería indicarles, y se lanzaron a la búsqueda desesperada de cualquier trozo de cable que pudiera haber en la sala de torpedos.

Por desgracia, en aquella impoluta nave de la *Kriegsmarine* parecía no haber espacio para la basura y los restos de material habituales. Así que trataron de arrancar los cables que llevaban la electricidad a las bombillas que les alumbraban, pero estos se encontraban dentro de unas tuberías sólidamente atornilladas al techo y no tenían ni el modo ni el tiempo para hacerse con ellos.

—¡Un jodido cable, por Dios! —exclamó Jack, inspeccionando a su alrededor exasperado—. ¡Solo necesito un jodido trozo de cable!

Entonces, la voz de Helmut volvió a oírse por encima del chisporroteo del soplete que avanzaba inexorable.

—En el torpedo —dijo esta vez en voz alta, señalando desde el suelo la sección que habían dejado al descubierto—. Coged de ahí los cables… —Y volvió a perder el conocimiento.

—¡Maldita sea, es cierto! —maldijo Riley, precipitándose sobre el torpedo—. ¡Ayúdame, Jack!

Ayudado por su segundo, en un momento arrancaron a tirones varios trozos de cable de cobre que, unidos, sumaban más de cinco metros. Aquello tendría que ser suficiente.

Una vez hecho esto y sin mediar palabra, el antiguo chef se afanó en empalmar los trozos pero sin quitar ojo a la puerta, en la que los tripulantes del Deimos ya comenzaban a cortar un segundo tramo, dibujando una L sobre el acero gris.

A su vez Riley se encaramó hasta la lámpara más cercana, desenroscó la bombilla sin preocuparse por quemarse los dedos y de un tirón sacó el portalámparas. Luego extrajo los dos cables con cuidado de no cruzarlos y se volvió hacia su amigo.

—¡Jack! ¿Cómo vas con lo tuyo?

—¡Estoy terminando! —contestó mientras hacía la última conexión y, al completarla, le lanzó el cable a Riley para que este lo uniera con los cables que acababa de sacar de la lámpara.

Forzándose a actuar con calma para evitar morir electrocutado prematuramente, y enjugándose con la manga el sudor que le resbalaba por la frente y le caía en los ojos, Riley unió los dos hilos de cobre trenzado al cable que habían sacado del torpedo.

—Ya está —afirmó al concluir, dando un salto hasta el suelo.

Mientras tanto, Jack había abierto un par de agujeros con un destornillador en el blando cilindro de aluminio que contenía el explosivo, y ya sostenía las dos puntas peladas del cable en la mano derecha, preparado para provocar el cortocircuito que haría estallar los casi trescientos kilogramos de TNT del torpedo, y con él, el resto de la nave.

—¿Listo? —preguntó con voz decidida, para insuflarse ánimo a sí mismo.

Riley asintió con un grave gesto de reconocimiento.

—Listo, compañero —contestó, y se estrecharon las manos a modo de despedida.

Jack asintió también, con una mueca resignada.

—Nos vemos al otro lado.

Y tomando un polo del cable cada uno se dispusieron a introducirlo por las dos pequeñas aberturas.

# 60

Jack introdujo el cable que sostenía hasta el fondo del agujero y cuando Riley ya tenía el suyo a menos de un milímetro, algo lo agarró del tobillo y le hizo dar un respingo.

Alex miró hacia abajo y descubrió que era la mano de Helmut que lo aferraba con fuerza. Se volvió hacia la puerta un instante, y aunque el soplete ya había dibujado una U negra calculó que aún faltaban por lo menos dos minutos antes de que terminaran el boquete. Así que se agachó junto al moribundo doctor, que apenas era capaz de entreabrir los ojos.

—Helmut —le explicó, tomándole la mano y hablándole en voz baja—, vamos a hacer estallar ese torpedo.

Para su sorpresa, la respuesta del alemán fue negar con la cabeza.

—No —dijo tomándole de la pechera.

Riley intuyó que las repetidas pérdidas de conciencia le habían afectado la capacidad de razonar con claridad.

—Lo siento, Helmut, pero no hay alternativa. Hay que destruir el barco.

Esta vez el científico asintió con todo el vigor que pudo reunir.

—Sí —afirmó—. Pero no vosotros... —Y tras tomar aire en una exagerada bocanada, agregó—: Yo lo haré.

Jack se inclinó también sobre Helmut.

—No hay tiempo para eso, doctor Kirchner —replicó, impaciente—. Vamos a hacerlo ya.

—Si lo hacen, morirán.

—Claro que moriremos —reiteró, sombrío—. Como todos los que estamos a bordo de esta nave.

—No... ustedes se pueden salvar aún...

—Pero ¿de qué está hablando? —inquirió entonces Riley, entre desconcertado y molesto por el precioso tiempo que estaban perdiendo—. ¿Es que no ve que estamos encerrados? No tenemos escapatoria.

En respuesta y haciendo un esfuerzo sobrehumano, Helmut se incorporó sobre el codo y girándose, señaló a su espalda.

—La tienen... —masculló, afirmando con la cabeza—. Por los tubos.

Los dos ex milicianos de la Brigada Lincoln siguieron la línea trazada por el huesudo dedo hasta las cuatro escotillas redondas pintadas de blanco, por las que eran lanzados los torpedos del Deimos.

—Imposible —objetó Riley de inmediato—. La presión del lanzamiento nos haría picadillo.

—Y eso sin contar con que, si estamos más de un minuto ahí dentro —añadió Jack— moriremos ahogados. Además, no tenemos ni idea de cómo se dispara.

Helmut tosió por el esfuerzo de sentarse.

—Yo sí... —afirmó, esforzándose por mantenerse erguido— Y no voy a dispararles... Solo inundaré el tubo cuando estén dentro... y saldrán nadando.

Riley negó con la cabeza.

—No podemos correr ese riesgo. Hemos de detonar el torpedo nosotros mismos, usted puede desmayarse en cualquier momento.

El alemán, con la ayuda de Jack, logró ponerse en pie a duras penas y dio unos pocos pasos hacia la salida apoyándose en las paredes.

—Yo lo haré —insistió mientras caminaba—. Les ayudaré a salir de este barco... y luego lo haré estallar.

—No, doctor, usted no…

Pero este alzó la mano para interrumpirlo.

—Me queda muy poco de vida… —alegó, agachándose a recoger algo del suelo con un rictus de dolor—. Pero aún la suficiente… como para hacer lo que les digo.

—¿Y si vuelve a desvanecerse? —repuso Jack—. ¿Quién activaría el explosivo?

—¡Eso no va a pasar! —replicó furibundo, e inesperadamente levantó la Luger del comandante que Riley había dejado tirada en el suelo al entrar y les apuntó con ella—. Cojan unos chalecos salvavidas… y entren en los tubos.

—Helmut —le advirtió Alex, dando un paso al frente apenas se recuperó de la sorpresa—. No haga tonterías.

El científico dio a su vez otro paso atrás, sin dejar de apuntarles.

—Métanse en uno de los tubos… o me veré obligado a disparar —les ordenó—. Les eyectaré… y luego detonaré el torpedo… Confíen en mí.

—No va a disparar —arguyó Riley, extendiendo la mano hacia la pistola.

Pero sí lo hizo.

Helmut había apretado el gatillo, y la bala de plomo rozó el hombro izquierdo de Alex, abriendo un tajo en su cazadora y llevándose un trozo de cuero, tela y piel.

—¡Joder! —exclamó el capitán deteniéndose en seco. Se llevó la mano a la herida y la contempló incrédulo, empapada en sangre—. Pero ¿es que se ha vuelto loco?

—Lo siento, yo… apuntaba al techo —se disculpó el alemán—. Pero háganme caso… No nos queda mucho tiempo… métanse en el tubo.

Riley y Jack cruzaron una mirada de aturdimiento, desbordados por aquella absurda situación y sin otra alternativa que obedecer a aquel hombre moribundo. Fue a la postre el gallego quien tomó la decisión por ambos.

—Hagamos lo que dice —dijo volviéndose hacia Helmut— y recemos para que lo consiga.

Alex miró entonces hacia la puerta. La U se estaba cerrando. Les quedaba menos de un minuto.

—Maldita sea —rezongó entre dientes, mirándose la mano manchada de sangre—. Vamos allá, y que el diablo se nos lleve a todos.

Sin perder más tiempo en discusiones, Riley y Jack se habían colocado dos chalecos salvavidas cada uno y se embutieron en el claustrofóbico tubo de lanzamiento número cuatro, gateando hasta el extremo más alejado de sus ocho metros de longitud.

Entonces, el rostro macilento de Helmut asomó por la abertura dedicándoles un lacónico gesto de despedida.

—Suerte —dijo, disponiéndose a cerrar la escotilla en la que se apoyaba.

En respuesta, Riley lo amenazó con el dedo.

—Cumpla su palabra —le exigió—. Haga explotar esta maldita nave.

El científico asintió.

—Cuiden de Elsa.

La escotilla se cerró con un golpe seco, la oscuridad se hizo absoluta y al cabo de un momento oyeron girar la manivela que los encerraba herméticamente.

—Espero que ese viejo loco sepa lo que se hace —gruñó la voz de Jack, un par de metros por delante.

—Yo también lo espero —masculló Riley, justo en el instante en que la cámara comenzaba a inundarse de agua helada y se obligaba a tomar una gran bocanada de aire. «Puede que la última», pensó mientras lo hacía.

En menos de cinco segundos el tubo de lanzamiento quedó inundado y los dos chalecos salvavidas que llevaba puestos pegaron a Riley al techo del cilindro como si estuviera imantado. Jack se agitó frente a él, también sorprendido por aquel inesperado efecto de flotabilidad. La abertura de salida del lanzador se deslizó lateralmente con un leve chasquido y dejó a la vista un círculo de cincuenta y cinco centímetros de diámetro, por el que entró la anhelada luz del sol filtrada por toneladas de agua.

Sin dudarlo un instante, el gallego se impulsó hacia la boca del tubo usando brazos y piernas, imitado enseguida por Riley quien, estorbado por los aparatosos chalecos —pensó incluso en quitárselos— tardó más de la cuenta en alcanzar la salida y, para cuando lo logró, descubrió que no podría ir más allá.

La fuerza del agua que chocaba contra la proa del Deimos a casi veinte nudos le empujaba hacia atrás con una fuerza irresistible.

Jack había logrado salir de algún modo, pero las múltiples lesiones que soportaba Alex le producían un dolor espantoso bajo aquella presión, y lo cierto es que ya no le quedaban fuerzas ni apenas aire en los pulmones.

Con un desesperado esfuerzo logró aferrarse al borde exterior del tubo con ambas manos, luchando contra la brutal fuerza del agua. En las pulidas paredes de aquel cilindro de acero no había dónde apoyar los pies y todo el esfuerzo debía llevarlo a cabo con los brazos.

El dolor de las costillas era insoportable.

Sus pulmones parecían a punto de estallar.

La falta de oxígeno empezaba a afectarle y podía sentir cómo las fuerzas lo abandonaban. Cómo la vida lo abandonaba.

Logró asomar la cabeza por el tubo.

Pero no pudo más.

En un instante de terrible certidumbre, con el último rastro de lucidez, supo que no lo iba a conseguir.

Iba a morir, y no podía hacer nada por evitarlo.

Consciente de que su suerte estaba echada, comprendió que ya no tenía sentido seguir luchando.

Soltó las manos del borde de acero y se dejó arrastrar por la fuerza de la corriente hasta el fondo del tubo.

«Adiós», pensó.

Pero aquel último pensamiento fue interrumpido súbita-mente, cuando una explosión pareció comprimir el agua a su alrededor y una violenta onda de choque empujó su cuerpo, como si le dispararan desde un cañón.

# 61

Lo primero que el capitán del Pingarrón vio al abrir los ojos fue el rubicundo rostro de su segundo, que lo miraba con preocupación mientras se preparaba para atizarle una nueva bofetada.

Riley boqueó y comenzó a toser convulsivamente expulsando aquella agua tan fría y salada pero que le abrasaba los pulmones como si fuera ácido.

Cuando al fin fue capaz de calmarse y controlar los estertores, miró al cielo azul oscuro sobre su cabeza, luego al sol anaranjado que colgaba a dos cuartas por encima del horizonte y por último de nuevo a Jack, que lo sujetaba del chaleco salvavidas con ambas manos flotando junto a él.

—¿Cómo estás? —le preguntó, tratando de disimular la preocupación sin conseguirlo.

Alex realizó un breve chequeo mental, constatando que las costillas le dolían como si lo hubiera atropellado un tranvía y la cabeza como si un clavo candente le atravesara la sien.

—He estado mejor —resumió, pasándose la mano por la frente—. Pero ¿me has estado abofeteando?

—Tenía que espabilarte.

—Joder, Jack… —le reprobó, ceñudo—. A la gente que se está ahogando no se le pega para espabilarla.

El cocinero le dedicó una mirada de incomprensión.

—¿Y qué querías que hiciera? ¿El boca a boca?

—Habría sido un bonito detalle.

—¡Sí, hombre! —protestó, escandalizado—. ¿Por quién me tomas?

Riley trató de sonreír, pero solo logró componer una mueca cansada.

—¿Y tú estás bien? —le preguntó entonces a su amigo—. ¿No has resultado herido en la explosión?

—Ya estaba lejos cuando detonó el torpedo. En cambio, tú...

—Aún no sé lo que ha pasado, Jack. —Se llevó la mano a la frente y se masajeó las sienes—. Solo recuerdo que estaba ahogándome dentro del tubo y un segundo más tarde salía disparado hacia el exterior. Creo que la misma explosión me ha salvado la vida. —Se quedó pensativo durante unos segundos, rememorando aquellos momentos—. Al final... Helmut lo consiguió —añadió, entristecido.

Jack no contestó. Solo asintió, admirando para sí el inusitado coraje y la determinación de aquel hombre que semanas atrás había embarcado en el Pingarrón como un asustado fugitivo, pero que había terminado salvándoles la vida a Alex, a él, y a buena parte de la humanidad.

—Los tenía bien puestos el doctor —afirmó—. Ojalá algún día el mundo sepa de su sacrificio.

—Ojalá —coincidió Riley, y tras elevar una muda plegaria por el alma de Helmut preguntó a su segundo—: ¿Viste cómo se hundía el Deimos?

Este lo miró atentamente, con un punto de extrañeza.

—¿Hundirse? —El gallego esbozó una sonrisa torcida, sin rastro de humor—. Creo que deberías mirar tras de ti, Alex.

Conteniendo el aliento el capitán movió los brazos en el agua helada hasta darse la vuelta, y como le había hecho presagiar el tono de su segundo, sus ojos se fueron a topar con la humeante forma del Deimos.

Y desde luego, no se había hundido.

Es más, el barco corsario había ido a parar a unos quinientos metros de donde se encontraban, y ahora flotaba indolente a la última luz de la tarde mostrándoles la popa en la que ondeaba la falsa bandera holandesa.

—¿Cómo es posible que aún siga a flote? —preguntó al cabo, incrédulo.

—Sé tanto como tú —contestó a su espalda—. En cuanto explotó la proa se apagaron sus motores, pero todavía siguió navegando por pura inercia hasta detenerse donde lo ves.

—¿Has podido ver el estado en que ha quedado la proa? —quiso saber Alex, mirando por encima del hombro a su segundo.

Este negó con la cabeza.

—No. Pero por la magnitud de la explosión, imagino que la proa debe haber volado en mil pedazos.

—Pero aun así, no se han hundido.

Ahora Jack se encogió de hombros.

—Puede que lo hagan. Todo depende del tamaño de la vía de agua y lo que sus bombas de achique sean capaces de evacuar.

—O puede que no.

—Vamos, Alex. Qué más da. Aunque no se vayan a pique, en ese estado no pueden ir a ningún lado. Hemos ganado —añadió, satisfecho.

Riley se volvió hacia su amigo.

—¿Ganado? Aún no, Jack —chasqueó la lengua—. No hemos ganado. ¿Qué pasaría si fueran rescatados por un navío estadounidense? Podrían contaminar a los marineros y provocar que de alguna manera el virus llegue a Estados Unidos.

—Carallo, no te pongas en lo peor.

—Es una posibilidad.

—Ya, bueno, quizá. Pero ¿qué más podemos hacer? ¿Ir nadando hasta el Deimos y pedirles que nos dejen estallar otro torpedo?

Alex fue a replicar el comentario mordaz de su segundo, pero se dio cuenta de que a fin de cuentas tenía razón.

Solo les quedaba una cosa que hacer: tratar de mantenerse con vida.

Algo que, sabía perfectamente, no iban a poder conseguir durante mucho rato.

Llevaban casi una hora flotando en el agua, cuando los primeros síntomas de hipotermia comenzaron a hacerse evidentes.

Ambos presentaban ya un color azulado en los labios, las orejas y la nariz, los músculos respondían tarde y mal, y los temblores habían comenzado a hacerse más frecuentes y violentos.

—*Cagüenla...* —balbució Jack, abrazándose a sí mismo—. Tengo un frío del copón.

Riley, preso de incontrolables espasmos, trató de hablar sin morderse la lengua en el intento.

—Pues mira... —dijo, vocalizando exageradamente con los labios entumecidos— que tú tienes... grasa de sobra... para aislarte... —trató de esbozar una sonrisa, pero el resultado fue una mueca grotesca—. Imagínate... cómo estoy yo...

Joaquín Alcántara se tomó un momento antes de contestar.

—Alex...

—¿Qué?

El gallego estiró sus labios azulados.

—Vete... a la mierda...

El capitán asintió entre temblores.

—¿No deberíamos... —sugirió entonces Jack, castañeteando los dientes— ponernos a nadar... o alguna otra cosa... para entrar... en calor?

—Es mejor... que conservemos... las energías... —Negó con la cabeza—. Si nadáramos... nos encontraríamos mejor... al principio... Pero nos congelaríamos... mucho antes.

El orondo cocinero compuso un mohín resignado.

—Lástima... —resopló—. Confiaba en... aprovechar... la ocasión... para mejorar... mi estilo.

Riley asintió de nuevo con una tenue sonrisa, antes de tartamudear en un murmullo:

—Por cierto... Jack... Hay algo... que necesito decirte...

Este frunció un teatral mohín de disgusto, llevándose la mano al corazón.

—Oh, no… —gimió—. ¿Finalmente vas… a romper conmigo?

Riley hizo un nuevo intento de sonreír, pero se dio cuenta de que tenía demasiado frío para ello.

—Verás… yo… —Aun a punto de morir congelado, sintió un nudo ardiente en el estómago—. Tienes que saber… que me acosté con Elsa… Lo siento… mucho… amigo.

—Eso ya lo sabía… —contestó su segundo de inmediato, aparentando indiferencia—. Ella me lo dijo… —Y viendo la pregunta en el ceño de Riley, añadió—: De camino… a Larache.

—¿Y no… te importa…?

—Ya no… —Negó con la cabeza—. Pero te sugiero que… si salimos de esta… no vuelvas a usar… tu cepillo de dientes.

—¿Mi… cepillo…?

Jack hizo un torpe gesto en el aire con la mano para que no hiciera preguntas al respecto.

—Tú solo… hazme caso…

El capitán le dedicó una fingida mirada de contrariedad.

Pareció que iba a añadir algo, pero guardó silencio y en lugar de hablar se quedó mirando al sol, cada vez más encarnado y próximo al horizonte.

—Aún… —murmuró Riley, siguiendo su mirada— nos queda… una hora… de luz…

Jack asintió. No hacía falta que su amigo terminara la frase diciendo: «Entonces se hará de noche, e irremediablemente los dos moriremos de frío».

En lugar de eso, Alex apuntó con toda la despreocupación que pudo reunir:

—¿Sabes… qué es lo que más… echo de menos… Jack?

El otro se volvió hacia él, alzando una ceja ya casi violácea.

—¿Una estufa?

Riley negó, tembloroso.

—Tus tortitas… —afirmó, tan circunspecto que parecía hablar en serio—. Eso sí… que lo clavas… Tus tortitas… con mantequilla… y sirope de arce, con…

Pero de pronto se detuvo en su cháchara sin sentido, al ver cómo la expresión de Jack pasaba de la congelada placidez a la viva imagen de la estupefacción.

Riley pensó instintivamente en la aleta de un enorme tiburón acercándose directamente hacia ellos, y mientras se daba la vuelta incluso especuló que tampoco era una mala forma de acabar. Puede que mejor que morir congelado, sufriendo una agonía de horas.

Los brazos apenas respondían ya a las órdenes de su cerebro, así que tardó una eternidad en girarse y ponerse al lado de Jack, que permanecía con la boca abierta en una mueca de estupor.

Y entonces, él también lo vio.

Y comprendió.

No era ningún tiburón, ni ninguna otra bestia marina conocida.

Hasta ese momento no se habían dado cuenta, pero empujado por el viento y la corriente el Deimos había reducido la distancia entre ellos a la mitad, y virado unos noventa grados a babor, permitiéndoles ver así el perfil de su proa reventada, hecha girones de metal retorcido, como unas fauces de pesadilla de largos dientes curvos, desiguales y amenazadores.

El aspecto del barco corsario era al mismo tiempo fascinante y aterrador, como un depredador malherido pero que aún se mantiene con vida ignorando el dolor.

Ahora que había menos de doscientos metros entre ellos y el Deimos, podían distinguir a decenas de hombres con lo que parecían equipos de reparación que se afanaban en remendar la maltrecha proa. Al mismo tiempo, varias siluetas se hicieron visibles en el balcón del puente de mando, y Riley estuvo seguro de que escrutaban el cielo y el horizonte en busca de posibles amenazas en forma de aviones o buques enemigos.

Pero allí estaban solo ellos.

—¿Qué… hacemos? —musitó Jack, como si temiese que fueran a oírle por encima del estrépito de voces y golpes metálicos.

Alex no sabía a qué podía estar refiriéndose su amigo. ¿Qué hacer respecto a qué? ¿Respecto a ellos? ¿Respecto al Deimos? ¿Respecto al frío implacable que le atenazaba los músculos penetrando hasta la médula de los huesos? Sea como fuere, la respuesta era idéntica para todas las preguntas.

—Nada —dijo mirando al buque corsario, paladeando todas las implicaciones de la palabra—. Como tú decías… ya está todo hecho.

Jack lo miró de soslayo. Luego asintió y guardó silencio, dejándose mecer indolente sobre las olas, hipnotizado ante la visión de aquel ejército de laboriosas hormigas que reparaban la nave entre chispas y redobles de martillo.

El Deimos estaba lo bastante cerca como para que cualquier marinero que dirigiera la vista en su dirección pudiera descubrirlos flotando en el agua, indefensos en sus abultados chalecos salvavidas.

Por suerte, todos los tripulantes que pululaban por cubierta estaban demasiado ocupados con las reparaciones y no eran tampoco náufragos lo que buscaban los prismáticos de los oficiales. Además, el sol ya se mecía sobre el horizonte y en pocos minutos la oscuridad caería sobre el océano ocultándolos a la vista definitivamente.

Pero fue justo entonces, cuando los últimos rayos de luz sembraban el mar de anaranjados destellos, que una de las pequeñas siluetas encumbradas en el balcón del puente señaló hacia donde se encontraban y alzó la voz por encima del estrépito general. Al instante varias figuras más se asomaron junto a la primera y dirigieron hacia ellos sus binoculares.

Alex y Jack eran plenamente conscientes de que su esperanza de vida en aquella agua a cuatro o cinco grados se medía en minutos. Iban a morir congelados de cualquier modo, y haber sido descubiertos no suponía mayor diferencia que la de, quizá, abreviar los trámites. De modo que, tras intercambiar una mirada cómplice y ante la certeza de no poder hacer nada más de lo que ya habían hecho, decidieron saludar descaradamente a los oficiales nazis con el brazo en alto y una sonrisa en los labios.

—¿Cómo va todo por ahí...? —les gritó incluso el gallego, haciendo bocina con las manos—. ¿Necesitan que les echemos una mano?

En respuesta, alguien aulló una orden furibunda y, casi de inmediato, una de las casamatas situada sobre la cubierta de proa del carguero sufrió una sorprendente metamorfosis.

Sus cuatro paredes cayeron al suelo de golpe y de su interior emergió un cañón de 88mm oculto hasta entonces. Tres marineros se arremolinaron sobre él, retiraron el tapón de la bocacha e hicieron girar varias manivelas hasta lograr que el arma apuntase justo hacia donde se encontraban los dos indefensos náufragos que, paralizados de frío y asombro, escucharon impotentes cómo alguien desde el puente gritaba la orden de abrir fuego.

# 62

Con un estampido, el proyectil de medio metro de largo y casi treinta kilogramos de explosivo voló a pocos metros por encima de las cabezas de Alex y Jack, y un segundo después de haber sido disparado fue a parar a casi media milla de distancia, estallando en un efímero torreón de espuma blanca.

—¡Rediós! —blasfemó Jack, llevándose las manos a los oídos y mirando a su espalda, reanimado por la excitación del miedo—. ¡Esos hijos de puta nos quieren desintegrar!

—¡No pueden bajar más! —señaló en cambio Riley, también ensordecido por la explosión mientras señalaba al frente con expresión satisfecha.

Jack comprendió a lo que se refería el capitán cuando vio cómo los artilleros que manejaban el cañón se esforzaban en vano por inclinarlo más hacia abajo sin ningún resultado.

—Pero ¿qué hacen? —se interrogó el gallego, sorprendido de seguir vivo—. ¿Por qué usan los cañones? ¿No ven que estamos demasiado cerca?

—Me parece que ese cabrón de Fromm es de los que mata moscas a cañonazos.

Jack aún no salía de su incredulidad.

—Y ¿por qué no ponen en marcha los motores... —inquirió— y sencillamente nos arrollan? La explosión solo ha afectado a la proa.

—Eso haría que se hundiesen, Jack —le explicó Alex—. Si se pusieran en marcha, aumentaría la presión contra el casco y el agua les entraría a toneladas. No creo que se muevan hasta que hayan taponado todas las vías de agua.

Jack fue a responderle, pero entonces se percató de otra cosa.

—Por cierto, ¿te has dado cuenta —sonrió extrañado, mirando a su amigo— de que ya no estamos tiritando?

—Es verdad —asintió, corroborando un hecho del que no había sido consciente hasta ese momento—. Será por la adrenalina, aunque me temo que no durará mucho.

Y mientras decía esto, observó que un grupo de marineros corría a toda prisa por cubierta y se situaban en la borda de babor, apoyados en la regala. Una vez allí, cada uno alzó el subfusil que llevaba en bandolera, y sin previo aviso comenzaron a disparar hacia ellos, ametrallándoles con una lluvia de balas.

El acto reflejo de los dos náufragos fue zambullirse bajo el agua, pero frustrados, descubrieron que los mismos chalecos salvavidas que los mantenían a flote les impedían sumergirse.

—¡Quítatelo! —exclamó Jack, mientras se desabrochaba los cordajes.

Alex, sin embargo, le sujetó del brazo.

—¡No! ¡Espera!

—¿Que espere? —replicó, desasiéndose—. ¡Somos como patos de feria!

Riley lo mantuvo aferrado con una mano, mientras con la otra señalaba el espacio de agua que los separaba del Deimos.

—Fíjate, Jack.

Así lo hizo, y en seguida comprendió lo que le mostraba su capitán. La superficie del agua hervía con los impactos de bala como si un extraño chaparrón estuviera cayendo sobre ella. Pero lo hacía, como mucho, a casi cincuenta metros de distancia. Ningún proyectil se les acercaba más de eso.

—Son metralletas de corto alcance —aludió Alex, tranquilizador—, y a esta distancia no tienen fuerza ni precisión. Aquí estamos relativamente seguros.

Jack miró primero a su amigo, sin tenerlas todas consigo a pesar de lo que veía, luego al aluvión de balas que se estrellaba contra el agua y por último a la mole del carguero y la multitud que correteaba por su cubierta.

—Ya, pero —preguntó, volviéndose con gesto preocupado— ¿qué pasará cuando decidan echar un bote al agua y aproximarse?

Braceando torpemente a causa de los gruesos chalecos y el frío, que cada segundo que pasaba se apoderaba un poco más de sus cuerpos y sus mentes, Alex y Jack trataban de alejarse del barco todo lo posible al amparo de la creciente oscuridad.

Ya no les preocupaban los cañones con sus obuses explosivos y mucho menos los marineros que les disparaban desde cubierta con sus metralletas, a los que ahora no podían ni siquiera ver. El problema más inmediato, aparte del insoportable frío, era la chalupa que habían botado minutos antes y que podían ver tras de sí buscándolos afanosamente, rastreando el agua con pequeñas linternas.

—Menos mal… *cof* —farfulló Jack, tragando agua en el proceso mientras nadaba dando brazadas— que el bote es de remos… *cof*… y no usan los reflectores del barco… *cof*.

A su lado, nadando del mismo modo —el más silencioso, y de hecho el único factible llevando puesto aquellos chalecos—, Alex echó un vistazo de reojo a su espalda.

—No creo que lo hagan… —apuntó, metiendo y sacando la cabeza del agua al ritmo de las brazadas—. El reflejo se veía a muchas millas… y ahora son muy vulnerables… Y además…

—¿Qué? —inquirió Jack, al ver que dejaba ahí la frase.

—Pues… que tampoco les hace falta… —Hizo una nueva pausa, antes de concluir con ahogada certeza—: Saben que en estas aguas… no duraremos… más de una o dos horas…

—Ya… claro… *cof* —reflexionó Jack con fatalismo, tosiendo agua salada—. No tienen prisa… los muy cabrones…

Un centenar de brazadas más allá decidieron detenerse a reponer el aliento, y al volver la vista atrás, pudieron ver los chispazos de los sopletes brillar como luciérnagas alrededor de la proa del carguero y reflejar su luz anaranjada en el agua oscura, desvelando por breves instantes la ominosa silueta del Deimos.

Habían optado por nadar haciendo zigzag para despistar a los alemanes, y ahora, mirando la nave a casi un kilómetro de distancia, viéndola recortarse sobre el fondo estrellado y más oscura que la misma noche, a Alex le hizo pensar en un gigante marino infectado por una miríada de laboriosos parásitos. Por otro lado, el bote que habían arriado para buscarles ya no estaba a la vista y aliviado, supuso que por alguna razón habían vuelto a izarlo a bordo del barco corsario.

—¿Oyes eso? —preguntó entonces la voz de Jack, desde algún lugar a su derecha.

Riley sacudió la cabeza para volver a la realidad, y aguzó el oído.

—Lo oigo —confirmó al cabo de un instante—. Es como…

—… máquinas —concluyó en voz baja, sin poder ocultar su frustración—. Acaban de poner las máquinas en marcha.

Por un instante Alex dudó de su sentido del oído, pero entonces vio cómo uno tras otro, grandes focos de luz blanca se encendían sobre lo más alto de la superestructura del Deimos y comenzaban a iluminar las aguas a su alrededor con movimientos exactos y metódicos, trazando círculos cada vez más amplios.

—Nos están buscando —murmuró, expresando algo de lo que su segundo ya se había dado cuenta.

El resplandor de los proyectores llegaba muy diluido hasta ellos, pero era suficiente como para que pudieran verse el uno al otro.

—¿Y ahora? —dijo Jack más como una queja que como una pregunta, y luego suspiró todo lo profundamente que le permitía el apretado salvavidas y el resuello perdido—. Estoy cansado, Alex… —musitó, sintiendo cómo de nuevo el frío mordía su cuerpo atravesando piel, carne y huesos en cada dentellada—. Muy cansado.

Riley miró a su amigo y asintió conforme.

—En realidad, este es un sitio tan bueno como cualquier otro... —afirmó tiritando— para pasar un rato.

Jack sonrió en las sombras y dirigió la vista de nuevo al barco corsario, que en ese preciso momento volvía a ponerse en marcha levantando chorros de espuma en la popa.

Los nerviosos haces de los reflectores seguían barriendo la superficie del mar, ya casi en calma, llegando cada vez más lejos. Círculos luminosos se deslizaban sobre el agua como espectros, acercándose, alejándose y volviendo a acercarse de nuevo. Hasta que al fin, inevitablemente, una cegadora luz pasó rauda sobre ellos.

Por un momento los dos marinos contuvieron la respiración, creyendo que no los habían visto. Pero un instante después el haz de luz blanca regresó sobre sus pasos y se detuvo fija sobre sus cabezas, atrayendo a las demás como buitres a la carroña.

Los potentes proyectores los cegaban, pero extendiendo la mano Riley pudo apreciar cómo el Deimos viraba lentamente y les apuntaba con su desgarrada proa.

—Me parece... que hasta aquí llegó nuestra suerte... amigo mío —dijo Alex, comprobando cómo el navío se dirigía directamente hacia ellos.

—Vienen hacia aquí... ¿no? —preguntó Jack, que entrecerrando los ojos y haciendo visera con la mano, trataba de distinguir algo.

El silencio de Alex fue toda la respuesta que necesitaba.

—Ese Fromm... —añadió Jack— ha resultado ser un cabrón muy vengativo.

Alex asintió, aunque su amigo no pudiera verlo.

—Bueno... —dijo con tono casi jovial, mirando la desgarrada proa que se les acercaba—. La verdad... es que motivos no le faltan...

—Eso es cierto... —rió por lo bajo el gallego, conteniendo la tiritona—. Les hemos jodido bien... ¿eh?... Y encima... —añadió alzando el índice, como para que no se les pasara por alto— hemos salvado al mundo.

Alex cabeceó en silencio, con la vista puesta en las luces que se aproximaban cada vez más veloces.

Karl Fromm había decidido arrollarlos con su nave, empalarlos contra los retorcidos hierros que sobresalían de la proa. El ahora oficial al mando del Deimos no quería simplemente matarlos, como podría haber hecho de cualquier otro modo. Quería ver los ojos aterrorizados de los condenados justo antes de morir.

Quería oír sus gritos de agonía.

Quería que sufrieran.

Quería disfrutarlo.

Mientras tanto, en el agua, Alex Riley se acercaba a su segundo y le pasaba el brazo sobre los hombros.

—Tienes razón —le dijo con algo muy parecido a la satisfacción en su tono de voz, ignorando al carguero de doscientos metros que se les echaba encima a toda máquina—. Después de todo... —hilvanó una sonrisa cómplice— tampoco ha sido un mal día.

# 63

Con la certeza de haber hecho todo lo que estaba en sus manos, los dos amigos, hombro con hombro, contemplaban estoicamente cómo el Deimos se acercaba velozmente, como un gigantesco toro enloquecido dispuesto a embestirlos.

Los potentes focos del barco seguían puestos sobre ellos, y se encontraban ya tan cerca que pudieron distinguir incluso a los marineros que los manejaban y a los oficiales instalados en el puente, observándolos sin necesidad de prismáticos, con la maligna curiosidad de un niño que está a punto de averiguar el efecto de la suela de su bota sobre un escarabajo.

La distancia menguaba vertiginosamente y, aunque la deformada proa antecedida por una vorágine de espuma blanca frenaba el avance de la nave, su velocidad era suficiente como para que el kilómetro de distancia que los separaba dos minutos antes ya se hubiera reducido a menos de trescientos metros.

A través del agua, podían sentir en el pecho las hondas vibraciones de la sala de máquinas del Deimos y sus poderosas hélices.

Doscientos cincuenta metros.

La nave se abría paso como un *bulldocer* oceánico. Empujando con su proa roma una montaña de espuma, como si una catarata lo precediera.

Doscientos metros.

La creciente mole negra del navío parecía rugir de furia. Un monstruo ansioso por devorarlos.

Ciento cincuenta.

Los dos camaradas guardaban silencio, impávidos. Todo lo que había por decir y hacer, ya estaba dicho y hecho.

Cien.

El subcomandante Fromm iluminó el balcón del puente con las luces rojas de combate, solo para asegurarse de que Alex y Jack pudieran verlo bien. Con su flamante gorra de comandante y una sádica sonrisa en el rostro que anticipaba el inminente espectáculo de gritos, sangre y cuerpos desmembrados.

Cincuenta.

Alguien gritó entonces, como él esperaba.

Pero extrañamente, no desde el lugar ni en el idioma que había supuesto.

El grito fue en alemán.

Un grito de alarma.

—*Achtung! Achtung!* —alertó la voz.

Todas las cabezas de los oficiales se giraron al unísono hacia su izquierda, y antes de que nadie a bordo comprendiera lo que sucedía una descomunal sombra surgida de la nada se abatió sobre el Deimos como un demonio del averno.

Una décima de segundo antes del impacto, uno de los proyectores se desvió a tiempo para descubrir la proa de un navío que se abalanzaba a toda máquina sobre la aleta de babor del inadvertido buque corsario.

Al estruendo del brutal impacto le siguió el crujido de metal contra metal, como un millón de uñas arañando un millón de pizarras. La violencia del ataque fue tal, que el barco agresor, aunque mucho más pequeño, se incrustó en el costado del Deimos y lo hendió como un cuchillo lo haría en una barra de pan, casi seccionándole la popa.

Un segundo más tarde los depósitos de combustible estallaron en una gigantesca bola de fuego.

Cuando el barco agresor se detuvo por fin, un desconcertado silencio sustituyó a los gritos de alarma en alemán. Ni uno solo de los oficiales del Deimos era capaz de aceptar aún lo que había sucedido, ni tenía la más remota idea de cómo actuar a continuación. Aquella situación era algo para lo que no les habían preparado en la academia naval.

Pero ese problema duró apenas un instante.

En cuanto uno de ellos —por la voz parecía ser el mismo Fromm— fue capaz de encajar en su esquema mental que había un barco de cuarenta y cinco metros ardiendo como una antorcha, incrustado en la sección de popa, comenzó a vociferar órdenes a sus subordinados. Las llamadas de emergencia se sucedieron entonces una tras otra, avisando de heridos, fuegos descontrolados y nuevas vías de agua a todo lo largo y ancho de la nave.

Fue en ese momento, menos de un minuto después del impacto, que de forma súbita y simultánea todas las luces de la nave se apagaron mientras el rumor de los motores se ahogaba hasta extinguirse por completo, y ya solo se oían las voces de los oficiales y marineros, y el sordo crepitar del fuego devorando ambas naves.

Desangrándose por la atroz herida del costado el Deimos ya no pudo resistir más y como una gran bestia agonizante se escoró hacia estribor, hundiéndose en el océano lenta y irremisiblemente.

La palabra «estupor» ni se acercaba remotamente para describir el ánimo de los dos hombres que, al borde de la congelación, habían contemplado aquel espectáculo desde el agua. Decirlo sería algo así como afirmar que Julio César se sintió levemente decepcionado cuando Bruto le clavó un puñal en las escaleras del Senado.

Alex Riley y Joaquín Alcántara estaban tan perplejos que, aun cuando el buque alemán ya comenzaba a hundirse, todavía no eran capaces de articular palabra alguna que tuviera sentido. Tan solo habían permanecido flotando boquiabiertos, con aquella amenazadora proa erizada de hierros a solo unas decenas de metros. Como un malcarado sabueso al que justo en el momento de ir a lanzar la dentellada, alguien hubiera sujetado por la cola.

Ambos lo sabían. Se habían dado cuenta desde el primer instante. Pero ninguno de los dos había dicho aún la palabra mágica. Como si hacerlo hubiera supuesto aceptar aquella nueva e incomprensible realidad, dar la condición de existencia a lo que por fuerza había de ser un mutuo desvarío.

—Ese es... —balbució Jack, señalando al frente con el dedo—. Es... el Pingarrón.

Riley aún seguía recorriendo con la mirada la silueta de aquella nave que tan bien conocía, pero que no podía creer que estuviera ante sus ojos, envuelta en llamas. Desde su proa destrozada por el brutal impacto, siguiendo la línea recta de la borda hasta la super-estructura, subiendo luego hasta la segunda cubierta, pasando por encima del reconstruido puente y el acribillado comedor, la media chimenea superviviente y por último la popa redondeada con una bandera ardiendo en el mástil como una antorcha.

—Pero... ¿cómo? —farfulló al fin—. ¿De dónde ha salido?

Las preguntas sin respuesta se agolpaban en la cabeza de Alex a tal velocidad que a su boca le era imposible vocalizarlas.

No era capaz de entender de qué modo habían podido apare-cer de la nada. Cómo los habían encontrado en la inmensidad del océano Atlántico. Cómo habían podido ser tan oportunos y, sobre todo, ¿por qué? ¿Por qué lo habían hecho, ignorando su orden de dirigirse a las Azores? ¿Para salvarlos? ¿Inmolándose?

—¿Los ves? —preguntó con voz temblorosa por la angustia y el frío, seguro de que Jack sabía a lo que se refería—. ¿Ves a alguien?

A pesar del feroz incendio, desde su perspectiva era muy difí-cil, por no decir imposible, ver algo más que retorcidas sombras y reflejos en el agua. La superestructura del barco corsario, ahora inclinada y aún imponente como una Torre de Pisa emergiendo del mar. Y tras ella, el Pingarrón, ardiendo como un barco vikingo en el funeral de su capitán. Solo que en esta ocasión el capitán no estaba en él yaciendo sobre una pira, sino observándolo todo desde el agua, estremecido.

—Quizá hayan saltado antes —musitó Jack sin ningún convencimiento.

—Quizá —contestó Alex, que no dejaba de mover la cabeza en todas direcciones, buscándolos. Pero allí no había nadie.

Ambos sabían que si el Deimos había sufrido daños irreparables, el modesto Pingarrón, varias veces más pequeño y aún manteniéndose a flote a pesar del violento fuego, debía haber sufrido también grandes daños en la quilla por debajo de la línea de flotación. Al igual que el barco alemán, el fiel carguero de cabotaje, herido de muerte, había cumplido su último viaje.

Enmarcadas por las lenguas de fuego que nacían del Pingarrón, pudieron intuir, más que ver, algunas sombras que saltaban desde la superestructura del Deimos antes de que esta desapareciese bajo las aguas y luego chapoteos y voces pidiendo ayuda, o lo que fuera que pidiesen los alemanes cuando se estaban ahogando. Pero en cambio no vieron ninguna silueta abandonando el Pingarrón. Ni gritos, ni nada que pudiera indicar que quedaba alguien vivo a bordo.

Un estremecimiento recorrió a Riley cuando pudo apreciar que su barco, perezosamente, comenzaba a escorarse por la proa.

Eso ya era lo de menos, y lo sabía, pero ser testigo de ello le inundó de una insoportable congoja.

Diez minutos más tarde, el extremo de la más alta antena del Deimos ya había desaparecido por completo, y ningún rastro quedaba de aquella maldita nave ni de sus tripulantes. Tan solo el apagado gemido de algún superviviente, que sin chaleco salvavidas tardaría poco en callar para siempre.

El Pingarrón a su vez, con el incendio remitiendo una vez se había quedado sin madera y combustible que quemar, se mantenía aún milagrosamente a flote, aunque el agua llegaba ahora a poco más de dos metros de la borda. Las bodegas ya debían encontrarse inundadas, y solo la presencia de una momentánea bolsa de aire atrapada entre sus cuadernas podía explicar que el carguero siguiera aún en la superficie.

Pero eso no era, ni de lejos, lo que de verdad preocupaba a Riley.

Con sus últimas fuerzas, él y Jack se habían aproximado a su calcinado barco y gritado los nombres de sus tripulantes. Pero la única respuesta había sido un silencio sepulcral.

No podían abordar la nave porque no había escala alguna para poder hacerlo ni energías para intentarlo, y para cuando la regala hubiera bajado a la altura suficiente como para sortearla, sería porque el hundimiento iba a ser inminente y entonces ya no importaría.

Aunque, de todas formas —pensó Alex con amargura—, para cuando eso sucediera, él y su segundo ya no serían más que dos cuerpos congelados.

—Jack... —musitó a duras penas, buscando con la mirada a su amigo—. ¿Dón... de...?

Su cuerpo, contraído y agarrotado, era solo un peso muerto que lo arrastraba hacia el fondo, mientras que cada músculo de su cara, desde los párpados a la lengua, no era más que una grotesca máscara contraída y azulada.

Emitir un torpe sonido requería de un esfuerzo titánico. Componer una simple palabra, siquiera balbucearla, resultaba sencillamente imposible.

Como pudo, Riley volvió la cabeza hacia donde un momento antes estaba su leal camarada de armas, pero lo único que encontró fue un cuerpo inerte flotando desmadejado con los brazos en cruz y un rostro liliáceo mirando a las estrellas, con los ojos abiertos, sin vida, fijos en algún punto impreciso del firmamento.

Quiso llamarlo, pronunciar de nuevo su nombre como si de una fórmula mágica se tratase para devolverle el aliento. Pero no pudo.

Logró abrir la boca, pero nada salió de ella. Ni un leve susurro.

Quiso llorar. Pero hasta las lágrimas estaban congeladas.

Era el último superviviente de aquella desquiciada empresa que había arrastrado a todos los que confiaban en él a un trágico final.

Todos habían muerto por su causa. Otra vez.

Sin duda merecía aquel final.

Sin ninguna duda.

Entonces comprendió que carecía de voluntad para seguir luchando, pues ya no había razones para ello. De modo que también él abrió los brazos y se entregó al océano que lo rodeaba, apremiando al último hálito de vida a que abandonase por fin su cuerpo.

Tomó aire y parpadeó una última vez, dejando vagar la vista entre las estrellas, y así llegó hasta la constelación de Orión donde, mientras se dejaba seducir por el cálido abrazo de la muerte, tuvo un momento para contemplar la perfecta línea con la que Alnitak, Alnilam y Mintaka se alineaban en su centro y formaban su mítico cinturón.

Por alguna razón recordó que, curiosamente, eran esos mismos astros los que miraba el día que lo hirieron en el cerro Pingarrón. Donde debía haber muerto años atrás.

«Eres un cabrón», juzgó dirigiéndose a Dios y su cruel sentido del humor.

Y al parecer debió sentirse aludido, porque le respondió llamándole por su nombre de pila. Algo que en realidad no le llegó a sorprender. Más bien lo enojó.

«Ya voy», pensó irritado. «Ahora no me vengas con prisas.»

Y exhalando una última vez, se dejó arrastrar hacia las negras aguas de la inconsciencia.

Alex Riley no pudo ver, por tanto, cómo apenas definiéndose en las densas tinieblas de la noche, una mancha blanquecina y difusa aparecía flotando sobre las aguas calmadas, acercándose

hacia él empujada por el ronroneo de un pequeño motor fueraborda.

# El asalto

23 de febrero de 1937
*Cerro Pingarrón*
*Madrid, España*

Menos de un minuto después de que el capitán Scout fuera abatido por las balas fascistas y el sargento Riley asumiera el mando, todos aquellos que quedaban en pie en la primera compañía del Batallón Lincoln avanzaban siguiéndole colina arriba, en dirección a los disparos provenientes de la cima del Pingarrón.

Amparándose en la oscuridad se arrastraban reptando como serpientes, apretándose tanto contra el duro suelo que se diría pretendían abrir zanjas. Los proyectiles de ametralladora se iban a estrellar contra la tierra la mayoría de las veces, aunque en ocasiones, el sordo eco del impacto del plomo contra el terreno era sustituido por otro mucho más desagradable; cuando atravesaba carne y huesos e inmediatamente era seguido por un aullido de dolor, una llamada de auxilio o, en el peor de los casos, un revelador y definitivo silencio.

Alex era consciente de que algunos de sus hombres estaban siendo alcanzados por los disparos del enemigo, pero ya habían avanzado demasiado como para darse la vuelta sin más, y hacerlo sería tan peligroso como seguir adelante. Además, las trincheras rebeldes estaban muy cerca y tenía órdenes que cumplir.

«Nadie va a acusarme de ser un cobarde», pensó, con sabor a tierra en la boca. «Tomaré este puto cerro aunque me cueste la vida.»

Parapetado tras el cuerpo sin cabeza de un legionario muerto, Alex alzó la vista y miró al frente, hacia las posiciones nacionales, y gracias al resplandor de los fogonazos, entre las nubes de pólvora y los sacos de arena, creyó ver turbantes blancos y casquetes rojos tras los fusiles que les disparaban.

—Moros… —masculló, contrariado—. Joder, tenían que ser los putos moros.

Sabía, como cualquier otro soldado del bando republicano, que los moros del ejército rebelde eran la infantería de choque del general Franco: los más duros, despiadados y experimentados hijos de puta de todo el ejército enemigo. Reclutados en las montañas de Marruecos, su sola mención aterrorizaba a los milicianos como a un niño el hombre del saco. También sabía, por experiencia, que más pronto que tarde alguien más en el batallón los vería y daría la voz; y entonces algunos vacilarían, otros correrían y al final casi todos morirían por culpa del pánico.

Tenía que hacer algo, y rápido.

Sin pensarlo demasiado —porque de ser así no lo habría hecho—, se giró hacia sus hombres y exclamó por encima del fragor del combate:

—¡Calen bayonetas! ¡Primera compañía, calen bayonetas!

Trazó mentalmente un plan desesperado, pensando que en cualquier momento comenzarían a atacarlos con morteros y de todos modos se verían obligados a avanzar. Esperaba que la creciente oscuridad los protegiera de la afinada puntería de los fascistas.

—¡Jack! —gritó a pleno pulmón, volviéndose hacia atrás mientras encajaba la bayoneta en la boca del fusil—. ¿Me oyes?

—Perfectamente, mi sargento —repuso la socarrona voz del cabo, agazapado a menos de un metro de él—. Yo y el resto del ejército republicano.

—Escúchame —le dijo, señalando con la mano libre—. Mientras el grueso de la compañía os cubre desde el centro, lleva a diez hombres hasta el flanco izquierdo sin que te descubran, y a mi señal, atacáis con todo. Sin dudar.

—¿Y usted?

—¿Tienes granadas?

—Un par.

—Pues dámelas.

—…

—Yo atraeré su atención desde la derecha con las granadas —se explicó—, y disparando sin parar. Entonces, mientras el resto avanza por el centro, tú asaltarás la trinchera por la izquierda. —Alex se alegró de no ver la cara que debía estar poniendo Jack en ese momento—. Cuando se quieran dar cuenta de lo que pasa —concluyó—, ya habremos tomado la colina.

—Con el debido respeto, mi sargento. Ese plan da pena.

—Es posible. Pero la ventaja es que si la cago no tendré que escuchar tus recriminaciones.

—Carallo, sargento… es usted brillante —adujo zumbón.

—Déjate de chuflas y haz lo que te digo, que tenemos muy poco tiempo.

—A la orden —respondió con un bufido, y Alex contempló cómo el abultado corpachón del gallego se escabullía entre las sombras.

Tratando de no ser visto, Alex se arrastró cuerpo a tierra rezando para que no lo hirieran antes de tiempo. Si lo hacían, no habría nadie que atrajera los disparos de los moros y el asalto de Jack sería una escabechina.

Avanzando palmo a palmo, reptando como una sigilosa sombra, encontró una depresión en el terreno que usó para ocultarse de la línea de tiro enemiga y flanquearlos sin ser visto. Cuanto más se alejara de sus hombres, más opciones habría de que la maniobra tuviera éxito.

Pero no había alcanzado aún el punto desde el que pensaba iniciar el ataque de distracción cuando los primeros proyectiles de mortero comenzaron a impactar exactamente donde se encontraba el grueso del batallón, avanzando a campo abierto y mortalmente desprotegidos.

Cuando escuchó los primeros gritos, comprendió que el tiempo se le había agotado. Los observadores enemigos, que eran fascistas pero no ciegos, los habían descubierto. No podía perder un segundo más tratando de rodear al enemigo y sorprenderlos por el flanco. Si no hacía algo en ese mismo instante, todos sus hombres morirían sin remedio.

Así que se santiguó como le había enseñado su madre treinta años atrás —toda ayuda es poca, pensó, dejando de lado su agnosticismo—, y accionando el percutor de la primera granada de mano, se puso en pie y la arrojó con todas sus fuerzas sobre las trincheras enemigas. Antes de que esta llegara a su destino, ya estaba arrojando la segunda, y en cuanto explotaron se lanzó hacia adelante aullando como un poseso, disparando sin apuntar, provocando la inmediata reacción de la infantería mora que, aún sin verlo, comenzó a tirotear en su dirección desde sus troneras.

El sargento Alejandro M. Riley, voluntario de las Brigadas Internacionales, nacido en Boston el veinticinco de marzo de mil novecientos dos, hijo de un marino de Maine y una bailarina española, cegado por el áspero humo de la pólvora quemada que le abrasaba los ojos, con la muerte silbando en sus oídos, se abalanzó sobre la trinchera enemiga más cercana.

No oía más que su propio grito reverberándole en el pecho.

No sentía más que la sangre retumbándole en las sienes.

Ni siquiera vio el fogonazo de la bala que llevaba su nombre cuando esta le impactó a más de novecientos kilómetros por hora y le derribaba hacia atrás como a un muñeco.

Y el tiempo se detuvo.

De cara al cielo con los brazos en cruz. Inmóvil. Aturdido. Con un feo agujero a la altura del corazón por el que manaba la sangre a borbotones y teñía de rojo la tierra a su alrededor, Alex supo que estaba gravemente herido.

«Así que es esto», reflexionó mientras boqueaba con dificultad, desangrándose, asombrado por la ausencia de dolor. «Esto es morirse.»

Entonces, en el breve soplo de claridad que precede al desvanecimiento, volvió la vista en dirección a los disparos y fue testigo de cómo los hombres que le habían seguido fielmente colina arriba, cumpliendo sus órdenes, asaltaban las trincheras rebeldes a bayoneta calada rugiendo de odio, miedo y rabia.

Disparaban a discreción mientras avanzaban, empuñando los fusiles como picas cuando agotaban el cargador. Ignorando el ensordecedor tableteo de las ametralladoras, los fogonazos de los máuseres fascistas a quemarropa, los cuerpos de sus camaradas despedazados por el fuego enemigo.

Inerte, paralizado, incapaz de articular siquiera una palabra, Riley contempló impotente cómo caían uno tras otro todos aquellos hombres. Hombres jóvenes y valientes. Decenas de compatriotas muriendo frente a sus ojos, desmembrados por las explosiones y acribillados a balazos, desplomándose sin vida sobre la ladera de aquel malhadado cerro.

Incapaz de soportar la visión de aquella carnicería de la que era responsable, volvió la cabeza y apretó los puños como si así pudiera acallar los gritos y las detonaciones, huir del horror que le rodeaba.

Fue amargamente consciente de que en tan solo unos pocos minutos de mando se las había arreglado para aniquilar a su propia compañía. Había cometido un terrible e irreparable error, y todos aquellos que habían confiado en él lo habían pagado con la vida.

Abrumado por el dolor y la culpa, con la sangre escapándosele por las venas que encharcaba la tierra reseca, Alex se dejó caer hacia la oscuridad mientras rogaba a un dios en el que en realidad no creía, que le permitiera morir allí mismo.

# 64

Despertando del profundo sueño de la inconsciencia como si regresara de un largo viaje del que nada recordaba, Alex oyó o creyó oír un rumor de voces lejanas, como guijarros arrastrados por las olas en la playa. Sin sentido alguno pero de algún modo reconfortantes.

Advirtió entonces que un resplandor amarillento flameaba frente a su cara y algo le dijo que tenía los ojos cerrados, y que de nuevo podía abrirlos.

Concentrándose en el esfuerzo, logró entreabrir los párpados lo suficiente como para que un cegador rayo de luz se abriera paso. Unas difuminadas siluetas se abatieron sobre él como espectros, susurrando sonidos incomprensibles.

Trató de preguntar algo, no sabía muy bien qué, pero el esfuerzo de mover los labios le resultó imposible de superar y presa de un súbito agotamiento, volvió a perder el conocimiento.

Pasaron varias horas.

Riley no era consciente en absoluto del paso del tiempo, así que para él habían transcurrido apenas unos segundos cuando despertó de nuevo.

Esta vez logró abrir los ojos algo más de un milímetro, y las sombras de antes tomaron formas corpóreas pero sin llegar a definirse, incapaz aún de enfocar la vista. Los sonidos, sin embargo, se convirtieron en voces. Voces vagamente familiares que, aun murmurando palabras incomprensibles, delataban una honda preocupación.

De nuevo quiso hablar. Preguntar quizá qué infierno de pacotilla era aquel, porque aún sentía que el frío le llegaba hasta la médula de los huesos. Pero lo único que logró fue mover algo la lengua y al pasarla por los labios sentirlos cuarteados y salados, incapaz que de su garganta pastosa e irritada surgiera algo más que un hilo de voz.

—Agua… —susurró, preso de una terrible sed de la que hasta ese momento no se había dado cuenta.

Los espectros se aprestaron a satisfacerle, y un sorbo de agua dulce se abrió paso en su boca como una ráfaga de viento fresco en una tarde de agosto. Entonces quiso alzar la mano para comprobar la existencia del ángel incorpóreo, pero de nuevo el esfuerzo resultó excesivo y, una vez más, se desmayó.

Cuando por tercera vez abrió los ojos, parpadeó con fuerza hasta fijar la vista y descubrió que un cielo azul cobalto limpio de nubes ocupaba todo su campo visual. Los fantasmas no aparecieron esta vez, así que pudo concentrarse en su propio cuerpo, como quien sobrevive a un accidente y se palpa de pies a cabeza en busca de heridas o miembros perdidos.

Un agudo dolor lo aguijoneaba desde las puntas de los dedos hasta la base de la nuca, pero sintió que de nuevo tenía bajo control sus extremidades y eso le hizo suspirar mentalmente de alivio.

A esas alturas ya había aceptado que no se encontraba en el infierno, y que de algún modo había vuelto a la vida y recuperado su cuerpo. La cuestión era cómo.

Buscando una respuesta, desdeñando las punzantes protestas de cada uno de sus músculos, Riley alzó la cabeza.

La deslumbrante esfera solar, a media altura sobre el horizonte, le golpeó las pupilas con un inesperado fogonazo que le hizo lagrimar y, en un acto reflejo, llevarse la mano derecha a los ojos y frotarlos con ahínco, lo que le supuso darse cuenta de que también podía mover los brazos. Así, invocando todas las fuerzas que fue capaz de reunir, apoyó ambas manos sobre la superficie en la que yacía y con el quejumbroso gemido de un muerto que se levanta de su tumba, se incorporó.

Y a punto estuvo de desmayarse de nuevo cuando, tras superar el mareo inicial, fue capaz de enfocar la mirada.

Se encontraba en la proa de una vieja chalupa que reconoció de inmediato, desnudo y envuelto en mantas. En el centro se amontonaban cajas de comida y bidones de agua, y en el extremo opuesto, arremolinados en la popa dándole la espalda, se encontraban Julie, Marco, César, Carmen y Elsa. Esta última arrodillada sobre el voluminoso cuerpo tendido de Jack, al que tomando de los hombros parecía querer decir algo al oído.

Alex parpadeó varias veces para asegurarse de que no estaba soñando, y mientras reflexionaba sobre la imposibilidad de que aquello estuviera sucediendo en realidad, una incontenible oleada de alegría ascendió desde el pecho a la garganta, tropezando con las cuerdas vocales y saliendo a trompicones de su boca con la euforia de la evidencia.

—Estáis vivos —dijo con voz agrietada.

La cálida bienvenida le llegó en forma de un largo y cálido beso por parte de Carmen que, tomando su aturdido rostro entre sus manos, lo dejó casi sin aliento. A partir de ahí, todos menos Marco —que estaba sentado a la caña del timón— se acercaron al capitán y lo colmaron de sonrisas, sinceros abrazos y palabras de cariño. Luego se volcaron en atenciones, dándole agua y comida, cambiándole los vendajes y prodigándole tantos cuidados que al final se vio obligado a amenazarlos de muerte si no lo dejaban en paz. Algo a lo que, para desesperación de Riley, ellos respondían con una sonrisa condescendiente como la que se ofrece a un bebé que protesta mientras lo bañan.

En cuanto se encontró con vigor suficiente, Alex se irguió ligeramente y dirigió una mirada temerosa hacia la inmóvil figura de Jack.

—¿Está...?

—Inconsciente —aclaró Carmen, antes de que formulara la pregunta—. Como lo estabas tú hace unas horas.

—Os encontramos a los dos en el agua —añadió César— con una grave hipotermia.

—Pero... ¿cómo pudisteis? —Se pasó la lengua por los labios cuarteados—. Vi arder el Pingarrón.

—Botamos la chalupa antes de chocar, *capitaine.* —Julie hizo un gesto en el aire, quitándole importancia a la maniobra—. Luego tardamos mucho en encontrarles porque el mar estaba lleno de restos, pero sabíamos que estarían vivos. Al final los descubrimos flotando, cerca del barco.

—Ya veo... —asintió—. Pero lo que no entiendo es cómo llegasteis a encontrarnos. Debíamos estar a más de trescientas millas desde el punto de encuentro, y a vosotros —añadió, frunciendo el ceño— os ordené que pusierais rumbo a las Azores.

Ante aquella insinuación de indisciplina la francesa se limitó a encogerse de hombros y sonreír, como si le hubieran recriminado una pequeña travesura.

—Hicimos una votación —apuntó César, en descargo de su esposa— y decidimos que podíais necesitar nuestra ayuda.

—Y como sabíamos el destino del Deimos —detalló su esposa— fue fácil trazar su mismo rumbo y seguirlo. Luego —añadió—, cuando se detuvieron para hacer las reparaciones, vimos las luces en la distancia y... bueno, el resto ya se lo imagina.

En lugar de la enhorabuena que esperaban, Riley les dedicó una mirada reprobadora a todos ellos.

—Hicisteis una votación...

—Hicimos lo correcto —le rectificó César.

—Poniéndoos en peligro innecesariamente y desobedeciendo una orden explícita.

—¡Vaya, hombre! —exclamó Carmen con reproche, poniendo los brazos en jarras—. ¡De nada!

Alex abrió la boca con la réplica en la punta de la lengua. Pero entonces recordó dónde estaba, cómo había llegado ahí, y tras dejar transcurrir unos segundos terminó por asentir con gravedad.

—En fin… gracias —rectificó, pero aún con semblante serio—. Aunque si os hubiera sucedido algo, yo… —masculló, dirigiéndose involuntariamente a Carmen sin decidirse a terminar la frase.

La tangerina meneó la cabeza.

—No sé qué te hace creer que tú, Jack y Helmut debíais arriesgar la vida mientras el resto corríamos a escondernos bajo la cama.

—Sabes que no es eso.

—Pues lo parece —insistió Carmen—. Y a fin de cuentas todo salió bien, y pudimos salvaros.

Riley torció el gesto a su pesar al escuchar aquello.

—No a todos, Carmen —murmuró, bajando la cabeza—. No a todos.

Al oírlos hablar, Elsa —que estaba sentada junto a Jack, tomándole la mano entre las suyas— se aproximó, y ahora observaba a Alex con sus ojos verdes a media asta.

—Helmut… —musitó, a medio camino entre la tristeza y la certeza—. ¿Qué le sucedió?

Alex estiró el brazo para enjugar la primera lágrima que se abrió paso por la mejilla de la alemana.

—Fue un valiente. Nos salvó la vida a Jack y a mí —Y añadió con sincera admiración—: Nos salvó a todos, en realidad.

La joven veterinaria apretó los labios ahogando un sollozo. Julie y Carmen la abrazaron, tratando de reconfortarla.

Secándose las lágrimas, Elsa se refugió en un abatido silencio con la mirada puesta en el horizonte.

—Por cierto, capitán —dijo entonces César, carraspeando incómodo—. Hay algo que… bueno, no le va a gustar oír.

—Si vas a decirme que habéis estrellado mi barco —hilvanó una mueca dolida—, llegas un poco tarde.

El mulato se rascó la nuca, sin decidirse a mirar a los ojos al capitán.

—Verá. Resulta que yo... nosotros...

—Hemos perdido toda la documentación del Phobos, así como el dinero del adelanto de March que estaba en la caja fuerte —se adelantó su esposa—. Con el ajetreo de cargar la chalupa y botarla al agua en la oscuridad antes de que nos descubrieran, ninguno se acordó de esas cosas. —Se encogió de hombros a modo de disculpa—. A todos se nos olvidó.

En ese instante, a Riley se le pasaron por la cabeza una docena de recriminaciones y otras tantas alusiones a los problemas que aquello les iba a suponer, así como la gran cantidad de dinero que habían perdido por aquel inoportuno descuido.

Sin embargo, todo lo que hizo fue resoplar.

—En fin... —dijo resignado—. No pasa nada. Lo importante es que estáis todos bien.

—¿En serio?

—Pues claro que no, maldita sea —resopló, frunciendo el entrecejo—. Pero qué le vamos a hacer. Bastante suerte hemos tenido hasta ahora. Mucha más de la que acostumbramos.

Durante unos instantes todos guardaron silencio, esperando a que el ceño del capitán se relajase lo suficiente como para no arriesgarse a que lanzara a alguno por la borda.

—¿Qué pasó en el Deimos? —preguntó entonces César en un susurro, ansioso por saber lo sucedido—. ¿Encontraron la bomba?

Riley ya se había olvidado de la desencaminada teoría de la bomba de uranio y casi se sorprendió de que los demás no estuvieran al corriente de la verdadera magnitud de la Operación Apokalypse.

Había mucho que explicarles y no estaba seguro siquiera de que alcanzaran a creerle, pero trató de ordenar sus recuerdos y tras mirarlos uno por uno, empezó a relatarles con todo detalle lo que había acontecido en el interior de aquella maldita nave.

Alrededor de una hora más tarde, cuando el sol del mediodía se acercaba a su punto más alto en el horizonte, Alex aún seguía sentado en la misma posición, explicando cómo habían sobrevivido gracias a la valentía de Helmut.

—Y entonces —concluía, recreando con el antebrazo izquierdo al Deimos, y con la mano derecha el movimiento del Pingarrón—, llegó a toda máquina, invisible con las luces apagadas, y cuando los nazis se quisieron dar cuenta ya no pudieron hacer nada. Les destrozó toda la sección de popa, les inundó la sala de máquinas y los mandó a pique. No tuvieron tiempo ni de botar una lancha salvavidas.

Excepto Jack, que permanecía inconsciente, los demás habían escuchado con estupor el relato de Alex, interrumpiéndolo cada pocas frases para que les aclarara conceptos tan poco claros como el asesinato del comandante por parte de su segundo o la inverosímil huída usando el tubo lanzatorpedos. Aunque sin duda, la parte más aterradora y que suscitó más preguntas fue la relativa al virus *Aussterben* y su capacidad para matar al noventa por ciento de la humanidad.

En ese punto, Elsa admitió haber sido inyectada meses antes por orden de las SS con el pretexto de vacunarla contra el tifus. Quizá sí que desarrollaron una vacuna para el *Aussterben*, conjeturó.

—Aunque soy una simple veterinaria —añadió, no exenta de vergüenza—. Supongo que... no era precisamente mi cerebro lo que les interesaba que sobreviviera.

Marovic, que aunque sentado al otro extremo de la chalupa había seguido atentamente la narración del capitán sin abrir la boca, en ese momento soltó una seca carcajada y un comentario obsceno.

Sin fuerzas para discutir, Alex se limitó a ignorarlo al igual que hicieron los demás, ya habituados al gusto por la ofensa del yugoslavo.

—Por cierto —quiso saber, viendo al mercenario con la mano en el timón—. ¿Adónde nos dirigimos? —Y volviéndose hacia Julie, agregó—: ¿Vamos rumbo a las Azores?

La francesa entornó los ojos, pareciendo a la vez turbada y divertida con la pregunta.

—*No, capitaine.* En realidad, no vamos a ningún sitio.

—¿Cómo?

—Mira a tu espalda, Alex —requirió Carmen, amagando una sonrisa.

Riley cayó entonces en la cuenta de que en las casi dos horas que llevaba despierto no le había dado por mirar hacia atrás.

Receloso por las expresiones expectantes de la tripulación, giró el entumecido cuello y siguiendo la línea de crujía de la lancha, volvió la cabeza hacia el oeste.

Incrédulo, sacudió la cabeza como si lo que tenía ante sí no fuera más que un producto de su imaginación o una extraña secuela de la hipotermia.

—No es posible… —musitó, sin aceptar aún lo que tenía ante sus ojos.

César, que se había puesto a su lado, sonrió con una suerte de orgullo paterno.

—Parece mentira, ¿eh? —comentó, admirado—. El muy terco se niega a hundirse.

A cosa de trescientos metros, el pequeño carguero Inverness, rebautizado posteriormente como Pingarrón, contra todo pronóstico se mantenía aún a flote.

La línea de flotación estaba un par de metros por encima de donde le correspondía, y la destrozada proa se hundía aún más en el agua, apuntando hacia el fondo como si amenazara con irse a pique en cualquier momento. Pero allí estaba. Escorado, a la deriva y con la superestructura calcinada por el terrible incendio, pero aún a flote. Como un guerrero malherido y moribundo que se niega a rendirse y doblar las rodillas ante el enemigo.

—No teníamos combustible para llegar a tierra —añadió el mecánico—, así que pensamos que lo mejor era quedarse cerca del barco, por si alguien había escuchado el SOS.

Al oír aquello, Riley se volvió hacia el mulato con gesto inquisitivo.

—¿Arreglasteis la radio? —preguntó, sorprendido.

—En realidad, no —aclaró, negando con la cabeza—. Pero conseguí que emitiera unos sencillos pulsos eléctricos, con lo que Julie pudo radiar en código morse un SOS junto con el nombre y la posición de la nave.

El capitán se volvió hacia la piloto, aún sin salir de su asombro.

—Solo pude hacerlo un par de veces, *capitaine* —explicó con modestia—, y no sé si alguien llegaría a escucharlo. Pero al menos es una esperanza, ¿no?

Alex Riley reprimió su primer impulso de abrazarlos a todos por su coraje e ingenio.

—Sois increíbles —declaró sin embargo, asintiendo, colmado de admiración—. Sin duda la mejor tripulación que se puede llegar a tener, y las personas más valientes que yo...

—¡Calla! —lo interrumpió Marovic.

Desconcertado, Riley se quedó mudo por aquella intolerable grosería. Pero cuando apuntándolo con el dedo como lo haría con un arma se dispuso a reprimirle, Marco se llevó el índice a los labios y alzó la cabeza como lo haría un zorro que oye perros en la lejanía.

El silencio se extendió como una manta sobre la lancha, y fue Carmen la primera en abrir los ojos desmesuradamente y señalar un lugar en el cielo.

—¡Allí! —exclamó—. ¡Es un avión!

—¡Un avión! —corearon todos con euforia, al distinguir un punto negro que se acercaba en línea recta hacia ellos—. ¡Un avión!

Alex aguzó la vista, tratando de averiguar su procedencia. De lo único de lo que podía estar seguro era de que no se trataba de un aparato alemán, pues los cielos del Atlántico eran territorio exclusivo de los aliados. Claro que, teniendo en cuenta los antecedentes previos al tratar con los británicos, de ningún modo las tenía todas consigo.

El punto en el cielo pasó a convertirse en una pequeña mancha, y al tiempo que les llegaba con mayor claridad el grave zumbido de sus motores, la mancha tomó una forma definida a medida que se acercaba y descendía. Una forma que Riley identificó de inmediato.

—¡Es un Consolidated PBY Catalina! —exclamó sin dejar de mirarlo—. ¡Un hidroavión de vigilancia y rescate de la USAF!

—¿Norteamericano? —preguntó Julie, expectante.

Por fin, Alex Riley se permitió una sonrisa de alivio.

—Norteamericano —confirmó, volviéndose hacia su tripulación—. ¡Creo que estamos salvados!

El hidroavión bimotor pintado de azul claro sobrevoló a los náufragos a trescientos kilómetros por hora y menos de treinta metros de altura sobre la cresta de las pequeñas olas, mientras todos —salvo Jack, que seguía inconsciente— movían frenéticamente los brazos. Más como muestra de pura alegría desbordada que para certificar que aún estaban vivos.

—Es un milagro —exclamó entonces César, abrazándose a su esposa—. Es un mila...

Y no fue capaz de seguir hablando, porque justo en ese momento y por la aleta de estribor y a unos cien metros de distancia, un mástil gris rompió la calmada superficie del mar, como el ojo telescópico de un gigantesco monstruo marino.

Seis rostros se volvieron al instante hacia aquella inesperada aparición.

El ojo de cristal situado en el extremo del mástil rotó sobre su eje trescientos sesenta grados hasta quedar de nuevo fijo en ellos, e inmediatamente, escupiendo chorros de agua, una silueta que reconocían y jamás hubieran deseado volver a ver, irrumpió desde las profundidades expulsando chorros de agua por sus imbornales.

Un U-Boot erizado de antenas, con un cañón de 88 mm en la cubierta de proa y el emblema del partido nazi luciendo orgulloso en el frontal de la torreta, emergió del abismo como un ser de pesadilla del que, al parecer, no se podrían librar jamás.

Sin palabras en la boca ni aliento para decirlas, los ocupantes del indefenso esquife se preguntaban cómo era posible tener aquel maldito submarino de nuevo ante ellos, en mitad del océano Atlántico y a mil quinientas millas de donde lo habían visto por última vez, hundiéndose frente a la costa de Marruecos.

Ninguno de ellos podía aceptar la insólita fatalidad de aquel imposible encuentro. Simplemente estaba más allá de los límites de la mala fortuna y las leyes de la probabilidad. Resultaba inconcebible que, justo en el momento en que iban a ser rescatados, precisamente *él* los hubiera encontrado.

Cuando el submarino se mostró en toda su longitud y a los pocos segundos una escotilla metálica gimió al abrirse, todos supieron perfectamente quién iba a aparecer por ella.

# 65

Aun en la distancia, era imposible confundir aquel inquietante rostro con ningún otro, blanco como la nieve en contraposición con el negro uniforme. No les hizo falta a ninguno volver a ver aquellos lechosos ojos azules de pupilas como puntas de alfileres, ni la calavera de plata engarzada en la gorra para saber que por tercera vez se encontraban frente al capitán Jürgen Högel de la Gestapo.

Desde la torreta del submarino Tipo VII y acompañado por una pequeña cohorte de oficiales, Högel miró primero al cielo y contempló despreocupado cómo el Catalina tomaba altura y se alejaba del submarino haciendo círculos. Luego desvió la vista hacia el aún humeante Pingarrón, al tiempo que los marineros del sumergible se aprestaban a ocupar sus puestos en la ametralladora y el cañón de cubierta. Solo entonces dirigió su atención a los ocupantes del esquife, y para sorpresa de todos estalló en carcajadas —una risa seca, estentórea—, a la vez que meneaba la cabeza de pura incredulidad, como si le hubieran contado un chiste condenadamente bueno.

—¡Pero qué afortunada coincidencia! —dijo al fin con su áspero acento, alzando la voz para asegurarse de que lo escuchaban desde la chalupa—. ¿Me han echado de menos?

Riley se tomó un momento antes de contestar.

—Helmut ha muerto —afirmó con voz firme y clara, para asegurarse de ser oído.

—Confieso —continuó Högel con su falso buen humor, como si aquel hecho no tuviera la menor importancia— que al principio dudé de mi buena suerte. Pero cuando ayer por la noche, el radiotelegrafista recibió el SOS de un barco llamado Pingarrón y las coordenadas para encontrarlo... —abrió los brazos, como si confesara que la situación le había caído del cielo—. Si les soy sincero —agregó, feliz—, no me lo podía creer. Era como si los dioses de Thule quisieran hacerme un regalo. Demasiado bueno para ser verdad.

En ese punto, se oyó el murmullo de Marovic dándole las gracias a Julie por enviar el mensaje de auxilio.

Alex levantó la mirada en busca del Catalina, cuyos motores sonaban cada vez más lejanos.

El capitán Högel debió ver su movimiento, pues afirmó de inmediato:

—Olvídese de él. —Apuntó al cielo con una mueca lobuna—. Ya sabe que los Estados Unidos son neutrales en esta guerra y su patético presidente Roosevelt no se atreve a provocar la ira del Führer. Sus compatriotas, capitán Riley —añadió con fruición—, no moverán un dedo por salvarles.

A pesar de la ira que lo consumía, ardiéndole en el pecho como un incendio, Riley sabía que el albino estaba en lo cierto. Estaban solos.

En ese momento, el piloto del hidroavión estaría recibiendo la orden desde el cuartel general de que se mantuvieran al margen y evitaran cualquier conflicto con el submarino nazi. Por lo que ellos sabían, aquellos desmañados náufragos a bordo de una lancha de madera podían ser supervivientes de un navío alemán... y para cuando comprobaran que no era así —seguramente al ver cómo los ametrallaban—, ya sería demasiado tarde.

Fue sin embargo César quien le dio la airada réplica al oficial de la Gestapo.

—Quizá ellos no hagan nada —admitió desafiante—. Pero puede estar seguro de que habrán radiado su posición, y alguien vendrá y le meterá un torpedo por el culo borrándole esa estúpida sonrisa de la cara.

Lejos de ofenderse, el alemán ensanchó la sonrisa, como si aquello le divirtiera en extremo.

—Capitán Riley —contestó con un tono burlón—. Dígale por favor a su mono amaestrado que no me interrumpa.

Ese comentario racista desató las carcajadas de todos los que se encontraban en la torreta del submarino y, si Julie no lo hubiera sujetado, el aludido habría saltado de la barca con la intención de nadar hasta el submarino y estrangular al nazi con sus propias manos.

Esforzándose por mantener la calma, Alex desdeñó las palabras de Högel, entendiendo que solo era un juego que estaba alargando premeditadamente para disfrutar del momento. Como un niño cruel que arranca una a una las patas de un saltamontes como forma de prolongar el placer que su agonía le produce.

—Le hacía en el fondo del mar —contestó con voz neutra, jugando a su juego en un intento desesperado de ganar tiempo—, sirviendo de comida a sus parientes los gusanos.

Högel hizo un ademán, desdeñando el insulto como a un mosquito.

—¿En serio creía que iba a hundir un U-Boot haciéndole un agujero en un depósito de lastre? Eso solo nos retuvo unas horas —añadió, despectivo.

Ahora fue Riley el que sonrió.

—Bueno —admitió, encogiéndose de hombros—. Al fin y al cabo, parece que eso fue suficiente, ¿no?

—¿Suficiente? En menos de un minuto ninguno de ustedes seguirá con vida. Está claro —sonrió a su vez— que no fue suficiente.

Al oír aquello, los supervivientes del Pingarrón se miraron entre sí con algo de sorpresa y mucho de satisfacción.

—No lo sabe, ¿no? —le preguntó entonces Elsa, agarrándose con ambas manos al borde de la lancha y destilando regodeo—. No tiene ni idea.

El capitán de la Gestapo libró una breve lucha contra su curiosidad, que finalmente acabó perdiendo.

—¿Saber? —inquirió con desdén—. No hay nada que yo haya de saber que no sepa ya.

La respuesta coral de los náufragos fue una estrepitosa carcajada de burla. Como si Högel hubiera caído al agua desde la torreta, tras tropezar con la escalerilla.

Aquella inesperada reacción crispó los nervios del nazi, que de ningún modo podía haber imaginado que unos condenados a una muerte inminente se burlaran así de él. Y lo que era aún peor, delante del resto de oficiales del submarino.

Rojo de ira, gritó una orden a los marinos de cubierta.

Estos respondieron en el acto montando las armas, soltando los seguros y poniendo la chalupa de madera justo en el centro de sus puntos de mira, listos para apretar el gatillo.

El tiempo se les había terminado.

Hicieran lo que hicieran o dijesen lo que dijesen, los ametrallarían a conciencia hasta hacerlos pedazos y ver sus miembros sanguinolentos flotando en el agua.

La inapelable sentencia ya estaba dictada, y esta vez no les quedaban cartas en la manga que jugar. Todos los naipes estaban sobre la mesa y ellos habían perdido.

Alex miró hacia arriba, en busca de aquel lejano punto volando sobre ellos. Pero el hidroavión había desaparecido definitivamente llevándose con él toda esperanza, y ahora el cielo era una sábana azul sin mácula.

—¡Es hora de morir! —exclamó Jürgen Högel, con las pupilas dilatadas mientras se pasaba la lengua por los labios, en un goce casi sexual.

Entonces levantó el brazo derecho para dar la orden de abrir fuego…

… y ese fue su último gesto en el mundo de los vivos.

Como una violenta erupción volcánica, el espacio que había ocupado la torreta explotó en una ardiente bola de fuego que volatilizó el acero y los cuerpos humanos que allí había, lanzando sus restos a centenares de metros de altura.

La inesperada explosión tomó desprevenidos a los tripulantes de la chalupa, arrojando a Alex y a Elsa por la borda contraria a causa de la onda expansiva.

Cuando un momento más tarde el capitán Riley sacó la cabeza del agua, aún aturdido, descubrió cómo toda la sección central del submarino había desaparecido como si nunca hubiera estado ahí.

De inmediato los restos ardientes del U-Boot comenzaron a hundirse y Alex aún se esforzaba por entender lo que había sucedido, por encontrarle una explicación a aquel milagro, cuando el potente rugido de unos motores de hélice hizo vibrar el aire. Apareciendo desde el lado opuesto del submarino, sobrevolando sus restos a pocos metros sobre el agua, el Consolidated PYB Catalina surcó el aire como un atronador pájaro azul justo por encima de sus cabezas.

Unos minutos más tarde el hidroavión ya había amerizado a poca distancia y se mantenía al pairo con una de sus compuertas laterales abiertas, mientras el pequeño motor de la fueraborda impulsaba la lancha en su dirección.

Un hombre joven con uniforme de piloto se asomó a la puerta, exhibiendo una ancha sonrisa.

—¿Quieren que les lleve? —preguntó jovial.

La respuesta fue una salva de vítores y aplausos por parte de los supervivientes que, en cuanto el esquife se abarloó al hidroavión, se abalanzaron uno a uno sobre el atribulado piloto, que no parecía capaz de gestionar tanta muestra de agradecimiento junta.

El joven aviador no pudo reprimir su sorpresa al comprobar que tres de los ocupantes del fueraborda eran atractivas mujeres. Especialmente dos de ellas y que a pesar del lamentable estado en que se encontraban, rivalizaban en belleza con cualquier estrella de Hollywood que hubiera visto en la gran pantalla.

El último en presentarse fue Riley, que saludó militarmente al oficial.

—Alex Riley —dijo conteniendo las emociones—. Capitán del carguero Pingarrón.

—Teniente George Pitt —contestó el piloto, correspondiendo cumplidamente al saludo—. De la Fuerza Aérea de los Estados Unidos. Y permítame que le diga —añadió con un desenfadado guiño— que es el náufrago mejor acompañado que he rescatado en mi vida.

Alex echó un breve vistazo a Julie, Elsa y Carmen, desaliñadas y sucias, pero pese a todo singularmente hermosas. Asintió con un apunte de sonrisa, y aún de pie en la cubierta de la lancha, señalando a su espalda los restos ardiendo del submarino, añadió:

—No hace falta que le diga que han sido ustedes muy oportunos. Aunque si he de serle sincero… por un momento pensé que nos habían abandonado.

—No le culpo. Lo primero que tuvimos que hacer fue ponernos a salvo de la artillería antiaérea del submarino. —Dio unos golpecitos al marco de la portezuela—. Este pájaro es duro y fiable, pero también demasiado grande y lento. Por suerte, los nazis estaban tan pendientes de ustedes —añadió, haciendo un círculo en el aire— que no se dieron cuenta de cómo dimos la vuelta y les lanzábamos un torpedo a ras del agua.

El capitán del Pingarrón le estrechó la mano al teniente.

—Pues en nombre de mi tripulación y en el mío propio —sonrió—, les doy las gracias por habernos salvado la vida.

—No tiene por qué —replicó aquel, aceptando el cumplido con modestia—. Solo hemos cumplido con nuestro trabajo. Ayer recibimos su SOS, pero ha sido una noche agitada y hasta hace unas horas no hemos podido venir a investigar.

Riley asintió agradecido, pero luego entrecerró los ojos con extrañeza.

—No es que no me alegre de que hayan volado por los aires ese maldito submarino —dijo—, pero ¿desde cuándo es su trabajo torpedear barcos alemanes? Según creo, en realidad tienen órdenes estrictas de no hacerlo.

Ahora fue el teniente Pitt quien apuntó un mohín de sorpresa en sus rasgos angulosos.

—Vaya. Veo que no se han enterado —preguntó con semblante repentinamente serio.

—¿Enterarnos? ¿De qué?

El teniente respiró hondo antes de contestar solemnemente.

—Ayer, siete de diciembre, los japoneses atacaron sin previo aviso nuestra base de Pearl Harbor en Hawái. Esta misma mañana —añadió, sombrío—, el presidente Roosevelt le ha declarado la guerra a Japón, Alemania y a todas las fuerzas del Eje.

Un escalofrío recorrió la espalda de Riley.

—Entonces... —musitó, tratando de acaparar todo lo que ello suponía—. Estamos en guerra.

El teniente Pitt asintió con gravedad.

Los supervivientes del Pingarrón, juzgando lo que aquella inesperada noticia suponía para cada uno de ellos, guardaron unos instantes de silencio.

Un silencio roto inopinadamente, cuando una adormilada voz de barítono inquirió confusa desde la lancha:

—¿Don... dónde estoy? —Jack contemplaba con desconcierto el hidroavión que tenía enfrente, pugnando por incorporarse mientras preguntaba—: ¿Qué ha pasado? ¿Me he perdido algo?

# El pacto

Un espeso manto de nieve cubría Washington D.C., como si una deidad bromista hubiese querido comprobar qué tal se veía una ciudad entera untada de nata. El frío de aquella tarde de mediados de diciembre tampoco invitaba a pasear por las calles de la capital, así que las luces y guirnaldas que las adornaban de cara a la inminente Navidad resultaban hasta cierto punto patéticas y tristes, bajo una nevada insípida y sin nadie que se ocupara de admirarlas.

O quizá se tratase de la preocupada atmósfera que se respiraba en todo el país, que apenas sacando la cabeza del negro agujero de la crisis del año veintinueve, se veía abocado contra su voluntad, a una espantosa guerra que ya se había cobrado millones de víctimas en Europa. Unas víctimas que, todos sabían perfectamente, en pocas semanas empezarían a estar envueltas en banderas de barras y estrellas.

No lejos del Jefferson Memorial, un variopinto grupo de personas tomaban café en un sencillo local de desvencijadas mesas de madera y ofertas de pasteles pintadas en la ventana.

Julie, César, Elsa, Carmen, Marco y Jack parecían engañosamente pensativos, cuando en realidad estaban disimulando una profunda inquietud. Unos, concentrados en la taza humeante que sostenían entre las manos, y otros, con la vista puesta más allá de la cristalera, en la retorcida silueta de los cerezos que ribeteaban la orilla del río Potomac.

—¿Sabíais —preguntó Jack sin demasiado entusiasmo, mirando los árboles recortarse en la fina cortina de nieve— que esos cerezos fueron un regalo de paz del gobierno japonés? Irónico, ¿no os parece?

Ninguno de los presentes contestó a la pregunta, y por supuesto, el que había sido segundo oficial del Pingarrón tampoco esperaba que lo hicieran.

—Odio este frío —murmuró en cambio César, envolviendo la taza con ambas manos.

—Tómate el café, *mon cher* —le sugirió Julie—. Te ayudará a entrar en calor.

El mulato se acercó el borde de la taza a los labios, le dio un pequeño sorbo, y con una mueca de desagrado la volvió a dejar sobre la mesa como si fuera veneno.

—Prefiero el frío —concluyó.

Elsa no pudo más que mostrarse de acuerdo.

—Pensaba que el café alemán era malo —dijo con un mohín—, pero después de probar este...

Los ocupantes de las mesas más cercanas volvieron la cabeza hacia el heterogéneo grupo con interés. Quizá por el reproche hacia el aguado café americano, o más probablemente por el inconfundible acento germánico de la veterinaria.

—Será mejor que no abras la boca —le hizo ver Carmen, que se había percatado de la atención levantada y sospechaba que no se debía a la crítica cafetera—. Creo que tu acento no es muy popular en estos días.

Carmen Debagh, casi irreconocible con un anodino vestido largo que ocultaba sus rotundas formas y una boina a juego que le cubría el moño de pelo negro, fijó su atención en la alemana. Desde su llegada a Estados Unidos la joven había mantenido las distancias respecto a Alex al tiempo que se acercaba cada vez más a Jack, puede que viendo en él el soporte emocional que había perdido con la muerte de Helmut, o quizá porque hubiera surgido algo entre ambos.

«Quién sabe —pensó—. Cosas más raras he visto».

Mientras tanto, sentado a su lado, el malcarado mercenario yugoslavo jugaba ociosamente con una servilleta y levantaba la cabeza solo para dedicarle a la camarera alguna de sus típicas miradas lascivas. Ninguno de ellos se escandalizaba ya por aquellas exhibiciones habituales de mal gusto que, sabían, no eran más que un mero mecanismo de defensa ante un mundo que en el fondo le asustaba.

La encantadora Julie, sin embargo, seguía tan adorable como desde el día en que la había conocido, siempre dispuesta a regalar una sonrisa y ver el lado positivo hasta en la más difícil de las situaciones. Una curiosa atracción la ejercida entre ella y César, un hombre taciturno y poco dado a sonreír, pero inquebrantablemente fiel a su esposa y a sus amigos. Él había sido el primero en sugerir que desobedecieran la orden del capitán de dirigirse a las Azores y quien se enfrentó a Marovic, pistola en mano, cuando este se negó en redondo a arriesgar el pellejo persiguiendo al Deimos.

Joaquín Alcántara, sentado a la mesa justo frente a ella, seguía con la mirada puesta en la nevada que caía en el exterior. Se había hecho con un nuevo gorro de lana —esta vez sin borla, gracias a la insistencia de Elsa—, y entre la tupida barba que se había dejado crecer y las varias capas de ropa de abrigo en las que se había envuelto, semejaba un gran oso paciente y vigilante. Carmen sabía que no era santa de su devoción —aquí sonrió mentalmente, al aplicarse a sí misma el apelativo de santa—, pero ambos mantenían una respetuosa relación de camaradería y la experiencia por la que habían pasado había sembrado la semilla de una futura amistad.

Y luego estaba ella, claro.

Todo lo que había sido hasta sus cuarenta y dos años recién cumplidos había quedado atrás irremisiblemente. Su vida de lujo, *glamour* y sexo en la exótica Tánger era solo un recuerdo irrecuperable, una etapa de su vida que había llegado a su fin. La rueda del destino había dado una vuelta completa y ni debía, ni quería llorar por la leche derramada. Desde luego, si lo deseara, no tendría dificultades para retomar sus actividades en aquel que llamaban «el país de las oportunidades» —tenía comprobado que, cuanto mayor es el puritanismo de un lugar, mayor es la hipocresía de sus ciudadanos y más requeridos son los amores de pago—.

Pero, a pesar de que se sabía aún bella y que por muchos años lo seguiría siendo, entendió que Visnú, Devi, Shiva o todo el panteón hindú al alimón, la habían llevado por un nuevo camino y le brindaban una oportunidad única de corregir su karma que no pensaba desaprovechar.

La pregunta, claro, era cómo iba a hacer eso.

Pudiera ser que parte de la respuesta la tuviera el hombre de ojos avellanados y pelo revuelto que, con una mano vendada y enfundado en su chaqueta de cuero surcada de cicatrices, acababa de entrar en la cafetería haciendo sonar la campanilla de la puerta.

Sin preámbulos ni saludos de cortesía —al fin y al cabo solo hacía unas horas que se había marchado y los había dejado esperando allí—, tomó una silla vacía y se sentó a la cabecera de la mesa.

La solícita camarera se acercó de inmediato, le puso delante una taza y la llenó acto seguido de aquel líquido negro y semitransparente que los americanos se empeñaban en llamar café.

Alex le dio las gracias sin levantar la vista y se quedó mirando fijamente la taza, como si esperara que ella sola levitara hasta su boca.

Así, sin decir nada y con ambas manos apoyadas sobre la mesa, dejó transcurrir un buen rato hasta que su viejo compañero de armas rompió aquel silencio absurdo.

—Bueno ¿qué? —le espetó—. ¿Qué ha pasado?

Riley hizo una pausa antes de levantar la vista y sonreír ladino.

—Arreglado.

—¿En serio? —inquirió Julie, alzando la voz y las cejas.

—¿Qué te han dicho? —preguntó César.

—Detalles, carallo. Danos detalles —le exigió el gallego.

El capitán alzó las manos requiriendo paciencia.

—Calma, calma… os daré todos los pormenores a su tiempo. Pero lo más importante es que la Oficina de Inteligencia de la Marina se ha ofrecido a resolver nuestros problemas.

—¿En serio? —se repitió la francesa, incrédula—. ¿Por qué?

Riley se encogió de hombros, admitiendo por adelantado que no tenía todas las respuestas.

—Parece ser que han llegado a una especie de acuerdo con Joan March. Un acuerdo en el que... de algún modo, entramos nosotros.

—¿Cómo? —preguntó Jack, como si no hubiera oído bien—. ¿Un acuerdo entre ese pirata y tu gobierno? ¿Y dices que nosotros estamos incluidos en él?

—Así es.

—Me huele muy mal —opinó Marovic meneando la cabeza, y por una vez la tripulación en pleno estuvo de acuerdo con él.

—Reunión de pastores... —rumió el antiguo chef— oveja muerta.

—Lo sé, lo sé —se apresuró a puntualizar el capitán—. Pero no había plan B. Era tomarlo o dejarlo, y creedme... dejarlo habría sido malísimo para nuestra salud.

—¿March? —preguntó César, con un tono que implicaba todas las malas consecuencias que solía acarrear un desencuentro con el banquero mallorquín.

En repuesta, Riley solo tuvo que responder en el mismo tono para hacerse entender.

—March —asintió—. Según su retorcida lógica estamos en deuda con él por haber perdido la Enigma, de modo que este acuerdo sería la manera de compensarle.

Un bufido de desagrado recorrió toda la mesa.

—¿Y a qué nos hemos comprometido exactamente, capitán? —preguntó Jack, destilando sarcasmo.

Riley miró muy serio a su amigo, antes de contestar con una sonrisa satisfecha:

—En realidad, el compromiso lo he adquirido yo solo. Pero vosotros estáis invitados a uniros si así lo deseáis. —Paseó la mirada por los rostros que le observaban con atención—. Todos vosotros.

—¿Invitados? —preguntó Julie

—Exacto —recalcó—. Invitados, pero no obligados.

—¿Te puedes explicar mejor, Alex? —intervino Carmen—. ¿Invitados a qué? ¿A una fiesta?

—No exactamente —aclaró, tomando al fin la taza y dándole un sorbo—. Veréis… —prosiguió—. Ahora que Estados Unidos ha entrado en la guerra, parece ser que andan cortos de agentes de campo que sepan moverse por el mundo sin levantar sospechas. De modo que… nos han ofrecido trabajar como agentes de la Oficina de Inteligencia de la Marina.

—¿Estás hablando —quiso saber Jack, atónito— de espionaje?

Alex le chistó, haciéndole señas para que bajara el volumen.

—¿Pero te has vuelto loco? —insistió el gallego, apenas haciéndole caso—. Lo nuestro es el contrabando. No tenemos ni idea de hacer de espías.

—Diantre, Jack —replicó Alex—, no me escuchas. Yo no he dicho nada de espionaje. Seguiremos haciendo más o menos lo mismo, solo que recibiremos los encargos de la OIM y March actuará como tapadera arreglando negocios que justifiquen nuestras misiones. Cobraremos del Tío Sam, nos llevaremos las comisiones habituales en los negocios que llevemos a cabo, y además —concluyó, abriendo las manos— será una forma de luchar contra los nazis.

—Vaya —inquirió socarrón su segundo, cruzándose de brazos—. ¿Ahora sí que es tu guerra?

Alex aceptó la puya con deportividad.

—Podría decirse, que desde que trataron de aniquilar a la raza humana les cogí un poco de manía.

—Por cierto —terció Carmen, como si hubiera estado a punto de pasársele por alto—. ¿Creyeron todo lo que les explicaste sobre la Operación Apokalypse y el virus *Aussterben*?

Riley movió la cabeza, dubitativo.

—Me hicieron pensar que no, alegando que no tenía pruebas, lo cual por desgracia es cierto, y que todo parecía la invención de un escritor de ciencia ficción. Pero en cambio me han insistido que os advierta de que no digáis una palabra a nadie de lo sucedido bajo pena de traición. Así que… a pesar de todo, estoy seguro de que algo saben.

—¿Incluso de la colaboración de los ingleses en una operación nazi contra tu país?

Alex asintió con gesto de desagrado.

—Incluso eso —admitió—. Pero ahora que estamos en guerra en su mismo bando no creo que hagan nada al respecto. Al menos de momento.

—¿Y si los nazis vuelven a intentarlo? —preguntó Jack, formulando la pregunta que todos tenían en la cabeza—. ¿Y si intentan repetir el ataque con el virus? Seguro que tienen más cepas allí en Alemania.

—Pues no sé si lo intentarán, amigo mío. Pero, como he dicho, ya estamos en guerra y eso cambia mucho las cosas. El ejército y la marina están en alerta máxima, con lo que supongo que ahora les resultaría muy difícil infiltrar un agente infectado con el virus en los Estados Unidos, y ya no digamos veinte o treinta.

—Me apunto —anunció Elsa inesperadamente.

Riley parpadeó, confuso.

—¿Perdón?

—Digo que me apunto, capitán —insistió, remedando un saludo militar—. Querías voluntarios, ¿no? Pues ya tienes uno... Una —corrigió.

Asombrado por el ofrecimiento de la alemana, a Alex le tomó un momento reordenar sus pensamientos al darse cuenta de que no había pensado en ella al decir «todos vosotros».

—En realidad, no sé si tú... —comenzó a objetar.

—Ni se te ocurra volver a soltarme uno de tus sermones *esta-no-es-vida-para-una-jovencita-inocente* —le interrumpió exasperada—. Después de todo lo que ha pasado, tengo todo el derecho del mundo a seguir con vosotros. Además, no tengo ningún otro lugar a donde ir y soy la única de los aquí presentes que habla alemán —alzó la barbilla y concluyó con énfasis, señalándose con el pulgar—. Bien pensado, *yo* debería ser tu primera elección.

Alex sabía que Elsa estaba en lo cierto. Podía resultar muy útil en tareas de espionaje y tenía motivos de sobra para odiar a los nazis. No obstante, vaciló antes de ofrecerle la mano por encima de la mesa.

—Que así sea entonces —aceptó finalmente—. Bienvenida a bordo. ¿Alguien más? —preguntó a continuación dirigiéndose a Jack, quien lo miraba como si acabara de robarle la cartera.

—Carallo... —masculló el gallego entre dientes—. *Cago en Deus...*

—Lo tomaré como un sí. —Sonrió abiertamente, a sabiendas de que adonde fuera la joven alemana él iría detrás sin dudarlo.

—Nosotros también —afirmó César, tras cruzar una breve mirada con su esposa.

—¿Marco? —le preguntó al yugoslavo, que casi no había dicho palabra.

—¿Cuánto nos pagarán? —preguntó aquel.

—Más que antes, eso seguro.

—Entonces de acuerdo —asintió, fingiendo desinterés.

—Un momento —intervino Jack, alzando un dedo conminatorio—. ¿No se te olvida algo? Ya no tenemos barco, ¿recuerdas?

Alex puso la misma cara de zorro que ponía cuando en la última ronda de apuestas de una mano de póker alguien iba con todo mientras él sostenía entre las manos una bonita colección de ases y reyes.

—Esa es casi la mejor parte —apuntó risueño—. Al parecer, un mercante uruguayo que se dirigía a las Azores avistó el Pingarrón a la deriva, a unas trescientas millas al sur de la isla de Flores.

Una retahíla de exclamaciones de sorpresa recorrió la mesa.

—¿Cómo es posible? —preguntó Jack sin dar crédito—. ¡Pero si la última vez que lo vimos parecía a punto de hundirse!

—Pues ya ves. —Alex puso las palmas de las manos hacia arriba, confesando que no tenía explicación alguna que ofrecer—. Según el informe, estaba muy escorado y calcinado, pero aún a flote. Me han prometido recuperarlo, repararlo y disponerlo de nuevo para la navegación en menos de tres meses. Todo a cuenta de la OIM. —Y ensanchando la sonrisa, añadió—: A condición, claro, de que reúna una dotación para tripularlo.

Joaquín Alcántara no pudo hacer otra cosa que echarse hacia atrás en la silla, aceptando que aquella situación era mucho mejor que cualquiera de las posibilidades que había imaginado una hora antes.

—No suena mal… —admitió al fin, mientras sacaba la pipa del bolsillo al tiempo que asentía—. Pero que nada mal.

—Creo que esto merece un brindis, ¿no? —preguntó entonces César, alzando su taza de café.

Todos lo imitaron de inmediato y las juntaron a dos palmos sobre la mesa.

—¡Por el Pingarrón! —exclamó.

—¡Por su tripulación! —prorrumpió Julie.

Elsa levantó su taza por encima de las demás.

—Por Helmut Kirchner —proclamó—. El hombre que salvó al mundo.

—¡Por Helmut! —corearon al unísono con profundo respeto, poniendo su corazón en el brindis, mientras siete tazas entrechocaban en el aire con un tintineo de porcelana.

Todos bebieron, y tras dejar en silencio las tazas sobre la mesa Alex paseó la vista por los presentes, comprobando sus rostros entre satisfechos y pensativos… Hasta que llegó a Carmen Debagh, quien le taladraba inmisericorde con sus grandes ojos negros.

—¿Y a mí? —preguntó airada, más molesta de lo que ella misma se hubiera imaginado—. ¿A mí no me preguntas si deseo unirme a vuestro estúpido club de espías aficionados? ¿Es que acaso no crees que esté a la altura?

Amagando una sonrisa Alex Riley miró fijamente a la tangerina, pero en lugar de responder sacó de su bolsillo un anillo de oro, la tomó de la mano, y arrodillándose ante ella le hizo la única pregunta que jamás habría esperado oír saliendo de sus labios.

Aquella que, en realidad, deseaba hacerle desde el día en que se conocieron.

# Lista de Correo

Antes de que se sumerja en la siguiente aventura, le invito a inscribirle en mi lista de correo. Así será el primero/a en saber de la próxima novela, tendrá información exclusiva sobre el desarrollo de series de TV y películas basadas en mis libros, recibirá material extra como cuentos y relatos inéditos, así como avisos cuando mis libros estén en oferta en Amazon o alguna otra plataforma. Todo gratis, por supuesto.

Ah, y nada de spam ni de compartir datos con terceros, esto es solo entre usted y yo. Solo recibirá correos de mi parte cuando tenga algo interesante que ofrecerle.

Si le interesa, para apuntarse puede hacerlo fácilmente en mi página web www.gamboaescritor.com o leer con el teléfono el código QR que verá a continuación. Le tomará menos de un minuto.

¡Le espero!

# 36° 15´23´´N 32° 43´02´´W

A más de dos mil millas del pequeño café de Washington D.C. donde se hallan los tripulantes del Pingarrón, el Atlántico Norte parece dormitar en una quietud sobrenatural, se diría que recuperándose aún de la furia de pasadas tormentas.

Sin viento, sin olas, sin una sola nube en el cielo que enturbie la luz de la luna brillando sobre un océano en absoluta calma que, como un espejo, devuelve el reflejo de hasta la última de las estrellas que tachonan la bóveda celeste.

Por ello quizá, llama aún más la atención un extraño objeto flotando en mitad de la nada. Una minúscula e incoherente anomalía quebrando la superficie del agua.

Una pequeña caja hermética de aluminio.

Pero entonces, algo inesperado viene a romper la quietud nocturna.

Se trata de un sonido. Un lejano ronroneo mecánico que va ganando en intensidad a medida que se aproxima.

Un barco.

Un pesquero de arrastre que atraviesa la noche con las luces de posición apagadas para ocultar su presencia.

Navega con las redes tendidas, presto a capturar cualquier pez que nade en las proximidades, dirigiéndose sin saberlo hacia el punto exacto donde flota la caja metálica. El recipiente en cuyo interior, se conserva viva la cepa de un virus gracias a la gélida temperatura del mar que la rodea.

Paciente, como solo una forma de vida prácticamente inmortal puede llegar a serlo.

# ¿QUIERES MÁS AVENTURA?

**TINIEBLAS**

(Las aventuras de Capitán Riley II)

\*\*\*\*\*\*

La novela más emocionante de Capitán Riley

# Nota del Autor

Amigo lector, espero sinceramente que haya disfrutado de esta novela y de ser así le agradecería mucho que la reseñara y/o puntuase allí donde la adquirió, de modo que otros lectores puedan conocer su opinión sobre la misma. Le tomará muy poco tiempo y para mí es muy importante.

Gracias.

Por último, quiero subrayar que, aunque algunos de los personajes históricos que se mencionan en esta novela son reales, no lo son en cambio las acciones o conversaciones que interpretan, ni es mi intención sugerirlo.

*Capitán Riley* es una obra de ficción, y así ha de ser interpretada.

Gracias por leerme y nos vemos en la próxima aventura

**CAPITÁN RILEY**

# LAS AVENTURAS DEL CAPITÁN RILEY I

## FERNANDO GAMBOA